W0291462

Gallmeister

Americana

COMME LA GRENOUILLE SUR SON NÉNUPHAR

Tom Robbins

COMME LA GRENOUILLE SUR SON NÉNUPHAR

Roman

Traduit de l'américain
par François Happe

Gallmeister

Collection AMERICANA
dirigée par Philippe Beyvin

Titre original :
Half Asleep in Frog Pajamas

ISBN 978-2-35178-027-5
ISSN 1956-0982

Pour Maestro Rudolpho

Pour notre homme au Nirvana

Et pour les “Professeurs Invités”

Il a été prouvé que certains amphibiens
peuvent s'orienter d'après les astres.

ENCYCLOPAEDIA BRITANNICA

Sans aucun doute, le monde est un monde totalement imaginaire,
mais il est très proche du monde réel.

ISAAC BASHEVIS SINGER

Jeudi soir, 5 avril

De retour de Tombouctou

16 h 00

Ce jour-là, la Bourse tombe de son lit et se brise la colonne vertébrale : c'est le pire jour de ta vie. Enfin, c'est ce que tu penses. Ce n'est pas le pire jour de ta vie, mais tu penses que ça l'est. Et quand tu exprimes cette pensée, tu le fais avec conviction et sans excès de fioritures rhétoriques.

— C'est le pire jour de ma vie, dis-tu en laissant tomber une cacahuète salée dans ton double Martini dry – les jours où ça va bien, tu bois du vin blanc – et en l'observant tomber au fond du verre.

Elle descend en spirale plus lentement, plus gracieusement que tes espoirs en chute libre et les jolies petites bulles de gin qui viennent se coller à la cacahuète forment un contraste frappant avec les tuméfactions, les teignes et toutes les choses douloureuses qui s'agglutinent autour de ton cœur.

Cela fait près de trois heures que le marché s'est mis à dégringoler et la clameur consternée, parfois hystérique, qui avait rempli le Bull & Bear plus tôt dans l'après-midi fait peu à peu place à un vacarme légèrement assourdi dans lequel se mêlent stratégies de survie élaborées et plaisanteries cyniques.

Tu ne participes pas à ces stratagèmes désespérés ni à cette hilarité factice. Tu te prends la tête entre les mains – une tête prématurément grisonnante – et tu répètes :

— C'est le pire jour de ma vie.

— Allons, ma petite, dit Phil Craddock, le marché va rebondir.

— Le marché, peut-être. Mais pas moi. Avec le plongeon que j'ai fait faire à mes clients, il va leur falloir des branchies pour respirer.

La gorgée de Martini dry que tu avales t'arrache la gorge.

— Posner le sait, lui aussi. Je l'ai croisé dans le couloir juste après la fin de la séance et il m'a demandé si je trouvais que le métier d'infirmière était une noble profession.

— Il pensait peut-être à lui.

Tu ris malgré toi.

— Posner, vider les bassins ? Avant que ça arrive, le pape aura joué dans un film porno tourné dans un élevage de visons. Non, Phil, le vieux m'a envoyé un signal qui voulait dire : "Tu peux vendre ta Porsche, ma mignonne, et aller faire la queue à la soupe populaire." Si ça ne remonte pas en flèche lundi, je vais me retrouver transformée en pâtée pour chiens.

— D'ici lundi, tu as encore quatre jours.

— Merci de me le rappeler. Une journée de plus pour devenir dingue. Mais bon, le Vendredi saint est le jour des exécutions.

— Pas d'affolement, ma petite, dit Phil. Le moment est venu d'enfiler ton soutien-gorge pare-balles.

L'allusion à ta lingerie intime te fait rougir. Cela t'allait bien de plaisanter avec les films porno, tu n'as jamais vu de porno, les pornos te sont complètement étrangers, mais quand un homme – même un homme comme Phil Craddock – te regarde dans les yeux et parle de choses personnelles, intimes et mêlées de grivoiserie, l'agitation que cela provoque inévitablement en toi étale une telle couche de piment rouge sur tes joues olive que l'on pourrait les utiliser pour décorer un Martini dry – en l'occurrence, ton troisième de l'après-midi, et tous des doubles –, et quand tu t'efforces d'empêcher le sang de te monter au visage, cela te fait rougir encore plus. Cette tendance à te sentir facilement gênée, au vu et au su de tous, est l'une des choses qui t'irritent dans la vie, un exemple parmi d'autres de la façon dont les Parques se plaisent à venir cracher dans ton potage. Les personnes avec qui tu es assise en sont un autre.

Phil Craddock fait du négoce de soja et de poitrine de porc et, si l'on excepte la cravate desserrée qu'il a autour du cou, on pourrait penser qu'il les produit aussi. D'ailleurs c'est plutôt une cravate de paysan qu'il porte, du genre rural, comme celles qu'on met pour aller à la messe le dimanche à la campagne, totalement dépourvue d'élégance, large avec le bout qui rebique. (Il n'y a qu'une personne plus négligemment habillée que Phil Craddock au Bull & Bear, c'est l'homme sur lequel Ann Louise, ton autre compagne de table, a les yeux rivés.) En fait, Phil est attentionné et sympathique, mais cela t'ennuie d'autant plus car il te rappelle celui qui est censé être ton petit ami, l'ennuyeux Belford Dunn. Phil et Belford ont pas mal de choses en commun, si ce n'est que Belford a dix ans de moins et qu'il est bien sûr difficile d'imaginer Phil partageant son appartement avec un singe régénéré.

Quant à Ann Louise, tu ne la connais pas très bien. Elle a rejoint Posner Lampard McEvoy et Jacobsen il y a environ six mois, après avoir quitté New York où, apparemment, elle faisait des étincelles comme broker tout en donnant libre cours, si l'on en croit les commérages, à son penchant immodéré pour la sodomie, qu'elle pratiquait avec toutes les huiles ou presque de Wall Street, certains de ses amants portant même des noms célèbres. Ann Louise est une femme d'âge mûr plutôt trapue mais pas sans charme, et tu as le sentiment qu'elle pourrait t'apprendre deux ou trois trucs – dans le domaine professionnel, s'entend. Seulement voilà, Ann Louise a une certaine réputation qui lui colle au train et, de plus, c'est tout juste si elle remarque ta présence, ayant passé la dernière demi-heure à fixer le dos de l'inconnu aux cheveux longs (inconnu de toi, convient-il de préciser) qui semble tenir cour au bar. De l'endroit où tu es, avec les yeux que tu as, tu ne peux pas le voir distinctement.

En tout cas, rien d'étonnant à ce que tu sois irritée. De tous les brokers, gérants de portefeuilles et cadres de banques d'investissement présents au Bull & Bear au milieu desquels tu pourrais te sentir soutenue moralement en cet instant critique, historique même, et devant qui tu pourrais entonner le singspiel de ton échec personnel, pourquoi a-t-il fallu que tu te retrouves assise à une table en compagnie de ces deux… exclus ? Vraiment c'est injuste, mais cette insulte qui vient s'ajouter à ta blessure n'a rien d'atypique – preuve supplémentaire que c'est bien le pire jour de ta vie.

Le pire jour de ta vie ? Mais peut-être oublies-tu, Gwendolyn, le jour – c'était quand ? il y a huit ans ? – où tu appris au même courrier que tes demandes d'inscription à Stanford, Harvard, Yale et Wharton avaient toutes été rejetées : dans le courrier de ce seul matin-là, tu avais été refusée par toutes les grandes universités placées en tête de ta liste, toi, une jeune femme membre d'une minorité ethnique, à une époque où ces établissements, qui tentaient de façon brouillonne et maladroite de racheter les injustices passées, se lançaient dans une course folle pour paraître sociologiquement corrects et se mettaient en quatre pour ajouter à leurs effectifs des étudiants ayant précisément ton profil.

Le pire jour de ta vie ? Il faudrait certainement un peu plus que la dégringolade de la Bourse t'entraînant avec elle dans sa chute libre pour éclipser ce jour où ta mère gribouilla un dernier sonnet dans son carnet lavande et mit sa tête dans le four à gaz.

Le pire jour de ta vie ? Mais tu n'as que vingt-neuf ans. Il y aura d'autres jours, d'autres catastrophes. Peut-être même dans un avenir proche. En fait, il est possible que quelque chose soit en train de se tramer à cette minute précise, quelque chose qui ne serait pas sans rapport avec ce singe régénéré – si ce n'est totalement provoqué par lui.

16 h 50

Situé en plein cœur malade du quartier d'affaires de Seattle, le Bull & Bear est un établissement de la vieille école, très masculin, avec des plafonds de zinc embouti, des lambris de bois sombre et des couloirs tapissés d'un papier marron velouté orné de rangées de fleurs-de-lis dorées très pointues, dans lesquelles, après quelques cocktails, certains clients reconnaissent des avatars du signe dollar, symboles d'argent devenus luxuriants, éclatants et, l'espèrent-ils, prophétiques. Le vendredi après-midi, le bar est pris d'assaut par une foule bruyante de "books", comme ils se nomment eux-mêmes, qui cherchent à se détendre après une semaine stressante d'un travail stressant ; mais en ce "vendredi", qui est en fait un jeudi, le nombre des consommateurs a pratiquement doublé – et rien n'indique qu'il pourrait diminuer. Il ne fait guère de doute que beaucoup de ces brokers vont rester au Bull & Bear jusqu'à ce qu'on les mette dehors à deux heures du matin. Ce n'est pas seulement qu'ils aient envie de faire couler l'alcool sur leurs blessures, ni qu'ils rechignent à rentrer chez eux regarder conjoint et enfants droit dans les yeux. Il y a aussi des raisons pratiques. Ils sont tous sur des charbons ardents (ou sur des fleurs-de-lis) dans l'attente de la réaction des marchés étrangers. Alors, et alors seulement, ils sauront clairement si oui ou non cette fois c'est la Chute Finale, le Plongeon de la Mort, l'Apocalypse financière qui va vider la Bourse de tous les brokers et les mettre sur la paille une fois pour toutes, en reléguant les États-Unis d'Amérique au sein de la communauté économique internationale quelque part entre le Portugal et la Mongolie.

C'est pour cela que tous les yeux sont fixés sur Tokyo où, en raison des seize heures de décalage, de la ligne internationale de changement de date et de l'heure d'été, le Nikkei commence tout juste à allumer le gaz sous sa bouilloire. Toutes les sociétés de courtage de Seattle ont laissé un observateur ou deux dans leurs bureaux pour surveiller le télex et, tout au long de la soirée, ces guetteurs téléphoneront au Bull & Bear, ou parfois même se déplaceront en personne pour donner les derniers chiffres du Nikkei. En Europe, c'est déjà Vendredi saint et les Bourses ont fermé bien avant qu'il ne devienne évident que l'Amérique était dans le caca jusqu'au cou, et elles ne rouvriront que dimanche soir, heure de Seattle.

Quand un barman hurle “Gwen Mati ! Téléphone pour Gwen Mati !”, un silence momentané se fait dans la salle. S'agirait-il de la première dépêche en provenance du front ? Alors que tu écartes prestement ta chaise de la table, les gens de chez Merrill Lynch, Prudential Securities et d'autres sociétés importantes te regardent avec des yeux curieux et presque envieux, oubliant de réfléchir et de se dire que si tu étais une vedette, tu aurais eu ton propre téléphone portable posé près de ton Martini dry. Tes collègues de chez Posner Lampard McEvoy et Jacobsen ne se trompent pas, eux, sur ton importance, mais ils connaissant tes ambitions et prennent quand même le temps de se demander si tu n'aurais pas par hasard soudoyé le guetteur du bureau pour qu'il te communique les premiers chiffres de Tokyo avant d'appeler Posner.

— Je suis là ! hurles-tu en agitant les bras.

Le téléphone est fixé au mur à l'autre bout du bar. Tu empruntes cette direction et te faufiles avec précaution à travers la foule. Dès que tu es hors de portée de voix – ce n'est qu'une question de quelques dizaines de centimètres –, Ann Louise se tourne vers Phil et lui glisse :

— Cette fille est finie dans le business.

— Pourquoi tu dis ça ? Tu as entendu quelque chose ?

— Disons juste que j'ai un pressentiment qui n'est sans doute pas sans... fondement, précise-t-elle avec un sourire lascif.

Tu continues à te frayer un chemin, recevant ici un coup de coude dans un sein, là une bouffée de fumée dans le visage. Il y a de l'ébriété dans l'air. On renverse de la boisson. On casse des verres. On échange des confessions. On renifle de la cocaïne – à quand remonte la dernière fois que tu as vu de la cocaïne dans ce milieu ? Des brokers et leurs assistantes se bécotent ouvertement, des gérants de portefeuilles caressent les cuisses de leur secrétaire. C'est comme quand une guerre éclate brutalement, toutes les règles de conduite sociale semblent temporairement suspendues. Quand tu passes tout près de la table où est assis Sol, l'analyste financier de ta société, celui-ci esquisse un sourire attristé et te dit :

— *Après nous le déluge*. Le bon temps est fini, *mon amie**.

Tu lui donnes une petite tape sur l'épaule et tu poursuis difficilement ta progression, mais lorsque tu arrives près du téléphone, tu entends sa voix derrière toi :

— Le bon temps est fini.

Tu prends le combiné. Au bout du fil, ce ne sera sûrement pas un collègue t'annonçant une exclusivité sur le Nikkei. Ça sera plutôt Q-Jo Huffington, qui est censée être ta meilleure amie, te disant qu'elle t'attend au Virginia Inn. Tu sais parfaitement que Q-Jo t'attend. Vous étiez convenues d'un rendez-vous à quatre heures et demie dans cette taverne d'artistes – Q-Jo se sent chez elle au milieu de cette clientèle bohème. Toi, tu n'aimes pas beaucoup cet endroit parce qu'il te fait penser à ceux qui sont censés être tes parents – c'est le genre de lieu qu'ils auraient fréquenté –, mais mieux vaut cela que faire venir Q-Jo au Bull & Bear pour qu'elle y exhibe la très embarrassante totalité de ses cent cinquante kilos. Son impatience te contrarie. Comment peut-elle s'attendre à ce que tu sois à ce rendez-vous un jour comme celui-ci ? Ce n'est pas possible si elle a écouté les informations. Hélas, Q-Jo n'écoute que la musique des sphères célestes.

* Les expressions en italiques suivies d'une astérisque sont en français dans le texte. (Toutes les notes sont du traducteur.)

— Salut, dis-tu d'un ton aussi bourru que ta voix fluette de petite fille le permet.

La voix qui te répond appartient à Belford Dunn, ton supposé prétendant.

— Bon sang, chérie, dit-il, désolé de t'ennuyer avec ça un jour aussi épouvantable – Belford a entendu les informations –, mais André est parti. Il s'est enfui !

Belford est pratiquement en sanglots. Pourtant, tu ressens plus de contrariété que de sympathie. Qu'il se débrouille ! Ta carrière descend à la vitesse grand V la pente savonneuse du toboggan de l'Enfer, l'économie américaine tout entière est en train de descendre ce toboggan, et pendant ce temps-là, Belford s'effondre à cause d'un animal qui s'est enfui.

Et d'ailleurs, il ne s'est pas enfui, il s'est échappé.

— Belford, s'il te plaît, te surprends-tu à le supplier.

Avec l'alcool, tu perçois une sorte de distance entre toi et ta propre voix, juste assez pour que tu puisses l'écouter comme si elle avait été préenregistrée. Malgré cela, tu ne peux pas être totalement objective. Rien, dans toute ta personne, ne te contrarie autant que ta voix. Tu te dis : C'est exactement la voix qu'aurait un paquet de mini-génoises si un paquet de mini-génoises pouvait parler. Q-Jo, par contre, prétend que ta voix est la seule chose qu'il y a de bien en toi. Elle affirme que de toutes les femmes carriéristes qu'elle a rencontrées, tu es la seule qui ne pratique pas la fraise de dentiste comme seconde langue. Tu lui réponds que si les femmes d'affaires parlent aussi sèchement, c'est parce qu'elles doivent rivaliser avec les hommes. Et que si ta voix est aussi argentine, chaleureuse et vulnérable que Q-Jo veut bien le dire, c'est uniquement parce que tu as été incapable de la changer. À un moment, tu t'es même mise à fumer pour essayer de donner à ta voix une tonalité plus grave, mais les cigarettes te rendaient malade. Ce que Q-Jo perçoit comme étant sexy n'est pour toi que couinement. C'est triste à dire, mais c'était ton surnom quand tu étais petite : "La Couineuse". Ta mère ne t'a jamais appelée autrement que "Gwendolyn", mais pour ton père et tous les autres, c'était "La Couineuse" par ci, "La Couineuse" par là. Tu finissais par avoir l'impression d'être une souris.

— S'il te plaît, Belford…

Tu lui fais comprendre que même si le marché est fermé depuis une heure de l'après-midi, même si le brusque plongeon de neuf cents points t'a, selon toute probabilité, définitivement ratiboisée, et même si tu es en train d'écluser du gin dans un bar classe, tu n'en es pas moins, techniquement parlant, toujours au travail. Tu dois bien à tes clients et à toi-même – ton compte personnel a été ponctionné d'un assez joli paquet de fric – de rester fidèle au poste jusqu'à ce que ces païens de Japs, pour qui l'anniversaire de la crucifixion de Notre Seigneur n'est qu'un jour de boulot comme les autres, montrent si oui ou non ils ont l'intention de nous suivre au fond du gouffre. Toutefois, ne voulant pas paraître insensible à la détresse de Belford, tu lui proposes, en dépit de tes responsabilités et de tes malheurs, le marché suivant : si André n'est pas rentré à l'heure du dîner – et tu es persuadée qu'il ne va pas se priver de son pain aux raisins ni de ses glaces à l'eau à la banane – tu participeras aux recherches. De plus, tu viendras avec Q-Jo ; ses remarquables dons de voyance seront bien utiles pour localiser le singe.

Soulagé, Belford se confond en remerciements. À un tel point que cela te contrarie.

— En attendant, poursuis-tu avec un grand sens de l'efficacité, tu peux faire le tour du quartier. Et il vaudrait mieux le signaler à la police.

— Ouais, je crois qu'il vaudrait mieux, convient-il, la mort dans l'âme. Je ne pense pas qu'André pourrait redevenir… ce qu'il était, ou quoi que ce soit. Mais je crois que je suis moralement obligé de prévenir les autorités.

Tu es sur le point de raccrocher – des expressions telles que "moralement obligé" sont plutôt de nature à t'agacer et à te mettre mal à l'aise – lorsqu'il ajoute :

— Tout d'abord, chérie, quand tu as dit que tu attendais des informations en provenance du Japon, j'ai cru que tu parlais du Dr Yamaguchi.

— Qui ça ?

— Tu sais bien, le Dr Yamaguchi. Il doit arriver ici ce soir.

— Ah, ce type, le spécialiste du cancer. Mais qu'est-ce qu'il a à voir avec tout ça ?

— Eh bien, dit Belford, il vient du Japon. Et il apporte de bonnes nouvelles. Ça pourrait avoir un impact favorable sur le marché.

Tu pousses ton meilleur soupir dans la catégorie “patience à toute épreuve” et tu raccroches. Comme tu es dans les parages, tu vas aux toilettes et tu urines aussi fort que tu peux, envoyant contre la porcelaine un jet assez puissant pour balayer un petit animal ou énucléer un cyclope. Puis tu entreprends de te frayer un chemin dans la cohue jusqu'à ta place. Alors que tu progresses parallèlement au bar, tu te retrouves juste derrière l'homme qu'Ann Louise n'a cessé de regarder – un homme grand et élancé avec des cheveux filasses décolorés qui tombent jusqu'au milieu du dos d'une veste de cuir usé. Il porte un jean serré mais effiloché et tu remarques une boucle d'oreille en or dans son lobe gauche, ainsi qu'une sorte de tatouage sur le dos de la main. S'il est surprenant qu'un type d'allure aussi frustre se trouve au bar du Bull & Bear, il est encore plus déconcertant que tout au long de l'après-midi, d'autres personnes vêtues de façon plus acceptable, des gens qui sont de la partie (même Posner !), se soient arrêtées pour discuter avec lui. Il y a à cet instant deux brokers en train de bavasser autour de lui, et tu te dis : Ça ne serait jamais arrivé dans les années 1980, ça ne pouvait arriver que le pire jour de ta vie.

Quand, sous l'impulsion du moment, l'inconnu fait volte-face pour te lorgner, un petit glapissement aigu à la Minnie la souris s'échappe de ta gorge et tu as un mouvement de recul, comme une tomate mûre qui vient d'entendre le grincement de la porte du jardin. Rien d'étonnant à ce que tu sois effrayée. Le sourire qu'il arbore fend l'étendue osseuse de ses mâchoires envahies par une barbe de plusieurs jours avec la férocité d'une entaille faite au rasoir et ses yeux aussi rougis que des escarres te sondent comme des baguettes de sourcier. Tu sens son regard pénétrer jusque dans ton utérus. Avant que tu puisses t'éloigner, il pose un doigt osseux sur ton poignet et fait un signe de tête en direction de Sol, l'analyste.

— Le bon temps ne fait que commencer, murmure-t-il sur le ton de la confidence, et son sourire mauvais s'élargit comme une déchirure dans une combinaison de plongée.

Quand tu rejoins ta table, tu te laisses glisser dans ton fauteuil avec une expression d'impuissance exagérée et tu restes affalée.

— Seigneur Dieu ! t'exclames-tu. Qui est ce sale type ?
— Eh bien, dit Phil, c'est Larry Diamond.
Et Ann Louise ajoute, comme si cela expliquait tout :
— Il rentre de Tombouctou.

17 h 15

Tu te sens un tantinet nauséeuse après avoir éclusé ton troisième Martini dry, alors tu décides de commander un peu de nourriture solide. Cela fait des années que tu te nourris principalement de salades concoctées avec des plantes exotiques aux saveurs astringentes et aux noms imprononçables (essayez de dire "arugula" ou "radicchio" après une longue journée passée à chevaucher dans la prairie), arrosées de filets de vinaigres qui coûtent plus cher que du champagne de qualité ; mais aujourd'hui, les règles sont suspendues et ton ventre plat réclame des protéines animales. Le Bull & Bear servant une nourriture traditionnelle du genre steak-frites, leur cuisine est tout à fait en mesure de satisfaire ta demande – un émincé de rumsteak garni d'oignons caramélisés et d'asperges cuites à la vapeur.

Pendant que la serveuse pose sur la table tes couverts, ta corbeille à pain et ton petit beurrier, Phil fournit spontanément quelques informations sur ce personnage peu ragoûtant, Larry Diamond. Il semble que ledit Diamond était un as en son temps, peut-être bien le plus doué de tout le Nord-Ouest des États-Unis, mais il a manqué de prudence, il a poussé le bouchon un peu trop loin et il a tout perdu, son boulot et tout ce qu'il possédait, lors du dernier krach, en 1987.

— Il était connu jusqu'à New York, intervient Ann Louise. Pour un bled comme ici, il a fait gagner des paquets de fric. Mais en fait, c'était un petit tricheur qui multipliait les opérations pour facturer les frais de courtage, et le démarchage par téléphone te mène tôt ou tard à ta perte.

En disant cela elle te jette un regard qui en dit long. Tu ne peux pas t'empêcher de blêmir.

— Ouais, reprend Phil en passant ses gros doigts de paysan dans ses cheveux blancs, ce vieux Larry était plutôt enclin à jouer du téléphone pour gagner du fric. Je me demande ce qu'il peut bien fabriquer aujourd'hui.

— Il rentre de Tombouctou.

— Oui, Ann Louise, tu l'as déjà dit. Mais pourquoi ? demandes-tu. Qu'est-ce qu'un type de la partie peut bien aller faire dans un endroit pareil ?

C'est Phil qui répond.

— Il sait peut-être quelque chose que nous ne savons pas.

— Au sujet de Tombouctou ?

— Et alors ? Aujourd'hui l'économie est planétaire.

— Oui, mais Tombouctou ! C'est le bout du monde.

— Eh bien, tout le reste a déjà été exploité. La Thaïlande, l'Argentine. La Turquie maintenant, et le Vietnam. Peut-être qu'il y a quelque chose à faire à Tombouctou.

— Elle repose sur quoi, leur économie ? demande Ann Louise. Je crois qu'il n'y a pas grand-chose.

Alors tu dis :

— M. Diamond n'a pas la tête d'un homme en quête d'une bonne affaire à l'étranger. Il a plus l'air d'un motard, ou d'un… d'une sorte de… musicien un peu dingue ou quelque chose comme ça.

Tu peux faire tous les efforts que tu veux, tu n'arrives pas à dire le mot musicien sans penser à ton père – mais ça, c'est un autre problème.

Ann Louise t'adresse un sourire plein d'indulgence. Elle s'apprête à répondre lorsqu'une vague d'excitation bruyante déferle sur l'établissement. Tout le monde se met à faire la girouette en se tournant d'un côté puis de l'autre, comme si une actrice célèbre était sur le point de se montrer toute nue sans que personne ne sache par quelle porte elle allait faire son entrée. Mais l'expression qui se lit sur le visage de certains suggère qu'ils attendent non pas une star, mais plutôt un terroriste armé. De toute évidence, une rumeur se répand dans la salle et devient folle, elle pince les fesses des gens, leur mord les chevilles. Le tohu-bohu augmente puis s'éteint dans un smorzando progressif et retombe sur lui-même comme un collant qu'on enlève en le roulant, lorsqu'un homme d'un certain âge, un des vice-présidents de Merrill Lynch, debout en équilibre précaire sur une table, annonce d'une voix rauque et chevrotante que le Nikkei a ouvert en nette baisse, mais pas autant que beaucoup le craignaient, et qu'il donne des signes de stabilisation.

Acclamations éparses et applaudissements prudents. Chacun se met immédiatement à spéculer. Ton plat arrive ; hésitante, tu t'apprêtes à mastiquer ta première bouchée de viande, mais les muscles de tes mâchoires se bloquent soudain quand tu entends quelqu'un remarquer, à une table voisine :

— Je vais te dire pourquoi je crois, moi, que le Nikkei résiste. Je crois que la raison, c'est le Dr Yamaguchi.

18 h 10

Tu as fini de dîner. Il y a eu deux autres flashes de Tokyo. Dans le premier, l'indice chute de façon vertigineuse. L'annonce de cette trajectoire descendante est accueillie au Bull & Bear avec résignation, sinon avec fatalisme. Le rapport suivant, qui fait état d'une remontée, est pris, selon le tempérament de chacun, avec optimisme ou incrédulité.

Sans savoir comment réagir, tu commandes un verre de porto, histoire de garder un peu de sucre dans ton réservoir, et tu déplaces ta chaise et te joins à Ann Louise dans son observation de Larry Diamond.

— Est-ce que c'est ça qui attend les brokers qui se font virer ? demandes-tu. Est-ce que je vais finir clodo comme lui dans quelques années ?

C'est une question rhétorique, mais Phil te répond.

— Larry était une sorte de génie, dit-il simplement.

Ann Louise hoche la tête, puis te regarde et sourit.

Bon, ça va, je m'excu-uuu-use ! te dis-tu à toi-même. N'empêche, tu considères maintenant le "génie" avec un peu plus d'attention. À quoi pensait-il quand il a dit que le bon temps ne faisait que commencer ? Et d'ailleurs, à quoi Sol faisait-il référence quand il a dit que le bon temps était fini ? Pour ce qui te concerne, le bon temps, le vrai, s'est terminé dans les années 1980. Avant ton époque. En ce temps-là, quelqu'un dans ta position pouvait se faire un tas de fric. Le mégapactole. Tout le temps que tu étais à la fac, tu lisais ça dans les magazines, tu en rêvais. C'est vraiment typique de ton manque de chance : lorsque tu t'es enfin retrouvée en position de mettre la main sur ses œufs d'or, la poule venait de subir une hystérectomie. On dirait que l'économie américaine a commencé à partir en eau de boudin le jour où tu as obtenu ton accréditation. Bon, mais ce qui se défait peut être refait, non ? Oui, mais tu te souviens vaguement avoir entendu dire que se faire refaire, ça veut aussi dire se faire avoir. Alors, comment faire pour ne pas se faire refaire de tous ses avoirs ? Tu ne peux vraiment pas t'arrêter de chinoiser. Ou, pour être plus précis, de philippinailler. Mais, Gwen, ça ne va pas non plus, ça. Si tu refuses d'admettre tes origines, comment peux-tu t'en servir pour expliquer tes problèmes ?

Plutôt embrumée par l'alcool, tu médites sur la mauvaise étoile sous laquelle tu es née – car tu n'as aucun doute à ce sujet. Bien que généralement l'auto-apitoiement t'ennuie, tu es en train de t'en injecter une dose à assommer un éléphant quand tu te rends compte que Larry Diamond a quitté son poste près du bar et s'approche de ta table en traînant les pieds. Quel personnage répugnant, te dis-tu. Il marche même comme un clochard.

— Comment va, Larry ? demande Phil.

— Monsieur Diamond, je présume, s'extasie Ann Louise qui, d'un seul coup apparaît plus écarlate que le bout de son petit cigare.

Diamond les ignore tous les deux. Il reste là un instant à se dandiner d'un pied sur l'autre dans une attitude aussi relâchée que le col autour du cou de l'éternité. Puis il te dit :

— Je parie que vous et moi, on a quelque chose en commun.

— Oh, j'en doute fort, répliques-tu. Je ne me suis pas fait virer – pas encore.

Il a un sourire inquiétant en ce sens qu'il est à la fois violent et généreux, hostile et admiratif. Ses yeux rougis, qui ressemblent à des cacahuètes, te parcourent de la tête aux pieds en une danse diabolique.

— Je ne suis pas venu jusqu'ici pour parler boutique, dit-il.

Toujours souriant, il indique du menton l'endroit où était posée ton assiette :

— Moi aussi, j'ai mangé des asperges, poursuit-il sur le ton de la confidence. Est-ce que vous vous rendez compte que, pendant les cinq heures à venir, notre urine va avoir exactement la même odeur ?

18 h 30

Au moins, il fait beau. Les pluies hivernales de Seattle – qui habituellement arrivent sur les talons infectés de champignons, couverts de taches couleur de mûres et spectaculairement moisis de ses pluies automnales – ont tourné court la semaine dernière et, chaque jour qui passe, le ciel semble gagner en légèreté et en hauteur, comme s'il avait rompu ses amarres et dérivait en s'éloignant de la Terre : le syndrome gaulois à l'envers. On raconte qu'au moment du krach de 1929, il y avait tellement d'ex-milliardaires qui se jetaient par les fenêtres que le ciel en était obscurci ; mais ce soir quand tu lèves la tête, rien, pas même le bouton d'un costume Ted Lapidus n'atterrit sur ton joli visage.

Car, bien sûr, Gwendolyn, tu es jolie – c'est quelque chose qui parfois t'agace parce que cela provoque des rencontres telles que celle qui t'a obligée à t'enfuir du Bull & Bear. Évidemment, c'est la première fois que tu attires un admirateur aussi détestable que ce Larry Diamond. Après sa remarque perverse, que Phil et Ann Louise ont trouvée étonnamment amusante, tu as attrapé ton sac à main et, te levant avec toute la dignité dont tu étais capable, tu as essayé de te diriger, tout en rougissant, vers les toilettes. Il t'a barré le passage. Peut-être souhaitait-il s'excuser, mais tu ne lui en as pas laissé le temps.

— Hors de mon chemin, Bozo, as-tu dit.

Bon, ton intention était de parler froidement, et à juste titre. Mais d'un autre côté, quelle froideur peut bien véhiculer une voix qui semble faite pour couver des bébés rouges-gorges ? Pourtant, Diamond a réagi comme si tu lui avais donné à la fois une gifle et la clé du trésor. Son sourire libidineux a disparu plus rapidement qu'une société d'arrosage de pelouses au Bangladesh et ses yeux brillants et malicieux sont brusquement devenus sérieux, soupçonneux et implorants.

— Vous voulez dire, demanda-t-il doucement, Bozo, la peuplade d'Afrique, ou Bozo le clown ?

Tu n'as pas pu répondre. Pour une raison quelconque, il te faisait plus peur maintenant que lorsqu'il se conduisait de façon lubrique. Tu es restée abasourdie jusqu'à ce qu'il te prenne brutalement les épaules et plaque son visage barbu juste en face du tien. Tu avais cru, en raison de son allure, qu'il sentirait mauvais, mais quand tu as repris ta respiration et inhalé involontairement son arôme, tu t'es aperçue qu'il dégageait une odeur métallique et sucrée, un peu comme une boîte de macédoine de fruits. Est-ce que cela t'a rassurée ? Pas le moins du monde. Il te secouait gentiment :

— Bozo la peuplade ou Bozo le clown ?

— Le clown, as-tu laissé échapper en t'attendant à à ce qu'il venge cette insulte en te molestant.

Mais avec un petit sourire déçu au coin des lèvres, il t'a lâchée aussitôt et s'est écarté pour te laisser passer. Ce que tu as fait et, les jambes flageolantes, tu es allée à la porte et tu t'es retrouvée dans la rue où tu as laissé un instant la douce brise d'avril jouer dans tes cheveux et sous ta jupe, et où tu regardes maintenant le ciel s'envoler bien au-delà des étoiles.

18 h 40

Sagement, tu choisis de ne pas prendre ta voiture. Tu dois encore trente mille dollars sur cette Porsche et, avec la veine que tu as en ce moment, tu serais pratiquement assurée de rentrer dans quelque chose de rigide – et de te faire condamner pour conduite en état d'ivresse par-dessus le marché. Le Virginia Inn n'est qu'à quelques minutes de là, mais après un examen minutieux des environs tu décides qu'y aller à pied est aussi hors de question.

Le centre de Seattle commence à ressembler aux bidonvilles de Calcutta, tellement y est dense sa population de mendiants, vagabonds, prostituées, musiciens des rues, barjos, voyous, poivrots, drogués et toutes sortes d'handicapés physiques ou mentaux. Maintenant que les pluies ont cessé, ils ont quitté les porches, les ponts, les bâtiments désaffectés, les égouts et les terrains vagues pour rejoindre en titubant, en se traînant, en boitant ou en se pavanant, les plus belles rues de la ville. C'est là qu'ils vendent leurs marchandises à la sauvette, qu'ils jouent de l'accordéon et qu'ils réclament, oralement ou sur des morceaux de carton, l'aumône, encore l'aumône, toujours l'aumône.

Certains de ces misérables sont menaçants, d'autres simplement pitoyables. C'est le cas de la famille installée en demi-cercle devant une fromagerie : Papa Mendiant, Maman Mendiant, Fiston Mendiant et Bébé Mendiant parés de leurs plus beaux haillons, la morve scintillante, accroupis, mal en point et endoloris, et pourtant pleins d'espoir, attendant le Bon Samaritain (envoyé par une Église ou le gouvernement) qui, en sont-ils convaincus, finira bien par arriver jusqu'à eux, leur épongera le front et leur achètera une télé couleurs. Un bon point pour toi, Gwendolyn, tu perçois au fond de toi la petite flamme de la compassion qui tremblote. Pour l'essentiel, cependant, c'est la stupéfaction qui l'emporte. "Qu'est-il arrivé à ces gens ?" te demandes-tu. "Comment ont-ils pu se laisser entraîner dans ce pétrin ? Où sont leurs petites maisons proprettes, leurs jolies fermes ? Où, mais où donc est passé tout l'argent ?"

L'argent. Le bel argent. Q-Jo soutient que c'est ton avidité de richesses matérielles qui est à l'origine de l'apparition de vingt-trois cheveux gris (elle les a comptés) dans ta crinière brune de Philippine, mais tu sais que ce n'est pas vrai : c'est le sang gallois du côté de ta mère qui est en cause. Et de toute façon, il n'y a pas d'avidité en toi, pas de vulgaire cupidité. Il s'agit plutôt d'un besoin biologique. C'est cela. À l'approche de la trentaine, tu entends le tic-tac de l'horloge. Seulement, toi, ce n'est pas des bébés que tu veux faire, c'est du fric. Tu ressens l'envie d'enfler, de devenir grosse de pognon et d'expulser des dollars en argent comme une machine à sous.

Oui mais voilà, l'argent s'en va. Il quitte l'Amérique aussi vite que ses petites jambes vertes le lui permettent. Il quitte l'Amérique, elle qui l'aimait si tendrement. Il a déjà abandonné les paresseux et les imbéciles – et maintenant c'est ton tour. Ça te fend le cœur et Bébé Mendiant peut toujours courir, pas question que tu lui donnes ce billet de cinq dollars que, sous l'effet de l'alcool autant que d'un vague sentiment de culpabilité, tu avais sorti de ton porte-monnaie. Désolée, braves gens ! Toi aussi, tu as des problèmes financiers. Et comment ! Au moins, ces gens-là n'ont pas à se soucier des mensualités de la Porsche, ni du crédit pour un appart.

Avant d'atteindre la station de taxis du coin de la rue, tu donnes tout de même ton billet de cinq dollars. Tu le tends à un vieux type tout décrépit avec une barbe qui ressemble à une dangereuse touffe d'amiante flottant au vent. L'homme porte un panneau autour du cou.

Le texte, tracé dans une écriture grotesque, dit : BEAUCOUP DE CHOSES M'ANÉANTISSENT. Ça, au moins, ça te parle.

18 h 50

Le chauffeur de taxi qui t'emmène arbore une coiffure jamaïcaine qui a dû lui prendre une quantité phénoménale d'heures sur son temps de travail, tant il a dû crêper et boucler ses cheveux : ça ressemble à un fourmillement de longs vers laineux. Pire, il dégage la même odeur que ton père. Ce qui signifie qu'il pue la marijuana fraîchement brûlée. Seigneur Dieu ! Pourquoi toi ? Qu'est-ce que tu as qui attire ces gens-là ? Enfin, tu supposes que si l'on est irréfléchi au point de donner rendez-vous à quelqu'un comme Q-Jo Huffington, il est tout à fait approprié que le moyen de s'y rendre soit une bizarrerie motorisée.

Un instant, tu envisages de lui demander de te conduire directement chez Belford Dunn, mais tu comprends à temps que c'est l'effet du gin sur tes glandes qui est responsable de ce besoin agaçant. Il y a eu une année au cours de laquelle tu buvais de sérieuses quantités de scotch, espérant acquérir ainsi une belle voix profonde aux accents de whisky. Hélas, tu t'es aperçue que l'alcool fort t'excitait sexuellement, alors, bien sûr, tu t'es rapidement remise au vin blanc. Mieux vaut passer pour une couineuse que pour une baiseuse.

— Chauffeur !

— Oui, sœurette ?

— Oh non, ça ne fait rien.

De toute façon, Belford aurait bien assez à faire avec la localisation et le rapatriement d'un primate récidiviste.

Le chauffeur de taxi, qui, en dépit de son accent des Caraïbes, s'exprime dans un meilleur anglais que l'étudiant américain moyen, commence à te parler de rastafarisme. Par pure politesse, tu lui demandes comment il se fait que Hailé Sélassié, empereur éthiopien des temps modernes, certes, mais tout de même mort et enterré, en est venu à être considéré par les Rastas comme leur grand prêtre et leur principal saint ? Il t'explique qu'une fois – il pense que c'était dans les années 1950 – la Jamaïque connaissait une sécheresse dévastatrice. Les gens ne se souvenaient même plus quand ils avaient vu leur dernière goutte de pluie. C'est alors que Sélassié se rendit en Jamaïque pour une visite d'État. À l'instant précis où son avion atterrit, il y eut une violente averse inattendue. Et il continua à pleuvoir chaque seconde que Hailé Sélassié passa dans le pays. Il plut à torrents trois jours d'affilée. Et quand son avion décolla, la pluie cessa.

— Voilà pourquoi, sœurette.

Tu ne peux que secouer la tête. Seigneur Dieu ! te dis-tu. Un type passe des vacances pourries, et eux ils fondent une religion là-dessus ! Tu secoues encore un peu la tête. Tes vingt-trois cheveux gris suivent le mouvement.

Pas de doute, Gwendolyn, on vit dans un monde vraiment bizarre. Et il devient de plus en plus bizarre à chaque minute qui passe.

Jeudi 5 avril, dans la nuit

Aboyer à la lune

21 h 00

Il fait nuit maintenant. Ce n'est plus le soir, mais vraiment la nuit, comme quand on la dit "noire", même si ce n'est pas précisément "au cœur de". Généralement, le soir a l'après-midi pendu à ses basques, il a des particules de lumière diurne qui s'accrochent à ses revers comme des peluches, mais la nuit est solitaire, détachée, sans compromis, extrême. Les marges sécurisantes du jour, encore légèrement visibles au crépuscule, ont été effacées par la gomme dense de la nuit, obscurcies par son lavis d'encre de seiche, par sa sauce pyjama et par le miel bleuté élaboré par ses papillons. Est-ce que la nuit est un masque, ou est-ce que c'est le jour qui n'est que le déguisement très comme il faut de la nuit ? La plupart d'entre nous naissent la nuit, et c'est la nuit que meurent la plupart d'entre nous. La nuit – quand la radio de l'infirmière passe des tangos, et quand la mort-aux-rats chante sa chanson derrière la porte de la cave. La nuit – quand le long serpent avale sa proie, quand la berline noire parcourt les quartiers chauds, quand le néon clignote "Libres enfin !" dans une dizaine de langues perdues et que des formes qui nous viennent de l'enfance bougent furtivement derrière les branches du sapin auxquelles la lune donne le vertige.

C'est la nuit du jour qui est censé être le pire jour de ta vie. Est-ce que ça va mieux maintenant ? Pas vraiment. Tandis que l'aigle américain dégringole comme un poulet décapité sur les marchés asiatiques en arrosant les traders affolés de grosses gouttes de sang, toi tu retiens ton souffle de petite fille, tu croises les doigts – et tu observes Q-Jo Huffington dévorer ses côtes de porc comme si les côtes de porc allaient se mettre à suivre l'argent sur le chemin qui te sortira du pétrin.

Tu es assise dans une stalle en plastique capitonnée du Dog House, un restaurant minable dont le nom signifie la Maison du Chien, et qui a pour devise "On ne ferme jamais", déclaration dont la justesse se reflète dans les gestes las des serveuses – certaines semblent être au travail 24 heures sur 24 depuis que le restaurant a ouvert ses portes en 1934. Le Dog House a principalement une clientèle d'ouvriers d'un certain âge, bien qu'aux heures un peu dingues après minuit il soit massivement infiltré par les éléments les plus extrêmes de la culture jeune : punks et dingues de la sono, minettes grunge, métalleux, thrashers et ninja boys, ainsi que des lycéens de Mercer Island, Hunts Point et autres banlieues chic à la recherche de frissons. Les serveuses aguerries tiennent tout ce petit monde bien en main, mais tu te réjouis qu'il soit encore tôt, ainsi les dîneurs sont moins gênants que miteux. Ce qui ne veut pas dire que tu n'es pas ennuyée de te retrouver dans cet endroit.

Lorsque Q-Jo a mentionné le Dog House comme destination pour son dîner, tu as cru que c'était une plaisanterie, un jeu de mots stupide lié au fait que dans la salle du Virginia Inn des tas de gens aboyaient. Oui, aboyaient ! Ils étaient tous là, les poètes de Seattle, les peintres, les musiciens, les cinéastes ; des gens dont on peut penser qu'ils sont cultivés et raffinés ; mais discutaient-ils de Gödel, Escher ou Bach ? Apportaient-ils une contribution particulièrement éclairante sur le krach de la Bourse en le reliant à la théorie de McLuhan sur la technologie ou à *La Chute de la maison Usher* ? Peut-être bien que c'est ce qu'ils faisaient. Il était difficile de suivre chaque nuance de chaque conversation dans cette taverne, surtout avec les enregistrements de blues qui passaient tellement fort que ces vieux chanteurs noirs en auraient sûrement laissé tomber leur vieille guitare bricolée pour aller se réfugier au plus profond de la forêt, les mains sur les oreilles. En toute justice, il est possible qu'il y ait eu à toutes les tables des spéculations intellectuelles stimulantes. Tout ce que tu sais, c'est que tu n'as entendu les mots "Dow Jones", "deutschemark", ou "Michel Foucault" sortir d'aucune bouche – mais par contre, tu as entendu une quantité impressionnante d'aboiements.

Et quand, venu d'une galerie quelconque, un type – une tapette à lunettes, cent pour cent "dans le coup" sous son béret pourpre – laissait échapper un petit aboiement, toute une meute autour de lui se mettait à en faire autant. Et le plus étrange, c'est que tout le monde arborait un air béat, comme s'ils étaient ravis sans toutefois comprendre le moins du monde l'origine de leur ravissement. Seigneur Dieu !

S'agissait-il d'une nouvelle tocade ? Tu as posé la question à Q-Jo. Elle a haussé les épaules en répondant :

— Oh, c'est le Dr Yamaguchi.

C'est alors qu'elle a mentionné le Dog House.

Naturellement, tu t'attendais à ce que des liens cachés se fassent jour. Avec le temps, c'est ce qui allait arriver. Mais pour l'instant, il ne s'agissait que de côtes de porc.

— Gwendolyn, tu es allée dîner sans moi. Quel manque d'égards ! Tu n'es qu'une chienne de bourgeoise. Maintenant, c'est mon tour et toi, tu vas regarder le gros toutou manger.

Effectivement, ça vaut le coup d'œil. Q-Jo attaque le plat de côtes de porc comme un épaulard se glisse dans un banc de saumons, en douceur, mais de façon dévastatrice, mordant dans une côte d'abord, puis dans une autre et ainsi de suite, les laissant toutes mutilées dans son sillage, incapables de s'enfuir ; ensuite elle fait demi-tour et revient les achever, une par une, le gras et tout ; pour terminer, elle suce jusqu'à la dernière gouttelette de sauce sur les os, si bien que ce qui reste est propre, blanc et poli comme les pièces d'un jeu d'échecs chinois.

Et quand tu te lèves de table pour aller téléphoner, elle en commande un deuxième plat.

Il n'existe pas de pèse-personne capable de prendre la mesure de la masse de Q-Jo Huffington. Elle bloque l'aiguille au maximum et il faudrait qu'elle monte sur une balance professionnelle pour déterminer avec précision de combien son poids dépasse vraiment la limite, fixée – par une certaine décence autant que par des contraintes mécaniques – à cent cinquante kilos. Quant à son niveau de cholestérol, s'il n'atteint pas le double de la norme, il n'en est pas loin. Et par-dessus le marché, elle fume comme un pompier des cigarettes qu'elle roule elle-même avec des brins noirâtres de tabac indonésien grossièrement haché et qui n'ont rien d'engageant. Elle fume ces cigarettes à un rythme qui te fait tourner la tête, et tu te demandes s'il y a des différences – autres qu'en termes de volume – entre ses poumons et les nappes de goudron du mésozoïque.

On pourrait supposer qu'une femme aussi sensible et consciente que Q-Jo, une femme dont les facultés précognitives sont si convaincantes qu'elles ont fait d'une sceptique aussi sceptique que toi une adepte, on pourrait supposer qu'une telle femme – une liseuse professionnelle de tarots, nom de Dieu – accorde un intérêt particulier à la diététique et à la santé. C'est ce qu'elle fait, d'ailleurs, pourvu qu'il s'agisse de la santé des autres. Mais il n'y a là, selon elle, ni altruisme, ni hypocrisie. C'est vrai, c'est une personne généreuse, et manger est aussi pour elle une façon de recevoir, une façon d'être nourrie en retour, mais ce n'est pas tout.

— Je mange et je fume pour ne pas m'envoler, explique-t-elle.

Elle veut dire s'envoler mentalement, mais cela ne t'empêche pas de l'imaginer en train de survoler la ville comme le dirigeable Goodyear.

— Quand on voyage autant que moi sur le plan astral, on a besoin de nourriture et de tabac pour redescendre dans son corps. Je m'en sers comme moyens d'ancrage.

C'est aussi une protection. Apparemment, Q-Jo est une éponge émotionnelle, une antenne psychique ambulante qui, même quand elle met en pièces des côtes de porc, doit lutter pour empêcher les transmissions inconscientes des autres clients du Dog House d'arriver sur son écran. Son obésité lui procure une certaine protection, c'est une enveloppe supplémentaire qui réduit sa vulnérabilité. Enfoui au fond d'un sanctuaire de graisse, son psychisme se sent un peu moins exposé.

Dans ton for intérieur, tu as toujours trouvé la taille de Q-Jo attirante. Depuis le jour où tu l'as rencontrée, tu éprouves – et réprimes rigoureusement – une forte envie de sauter sur l'étendue parfumée de ses genoux, de te reposer contre ses seins gros comme des bouddhas et de la laisser te bercer dans les baobabs qui lui servent de bras. Mais, si d'autres que toi sont aussi fascinés par Q-Jo et ses turbans violets, ses caftans multicolores, ses yeux qui lancent des étincelles comme un arc à souder, ses fossettes caverneuses, son rire de Père Noël, ses effluves de patchouli, son fume-cigarette en ébène et ses bagues dont les pierres ont la taille de goitres, ça te gêne tout de même d'être vue en sa compagnie. Et il ne faudrait surtout pas que tes employeurs ou tes clients viennent à découvrir que cette toquée pachydermique se considère comme ta copine. C'est pour toi une humiliation constante que les Parques aient jugé bon de te coller une telle amie. Une fois que tu auras emménagé dans ton nouvel appartement – si, par miracle, tes plans ne tombent pas à l'eau après le plongeon de la Bourse –, tu es bien décidée à réduire la place qu'elle occupe dans ta vie ; mais évidemment, même réduite, la place occupée par Q-Jo est toujours énorme.

21 h 10

— Alors, du nouveau ? demande Q-Jo quand tu reviens t'asseoir devant ta tasse de café qui a été remplie pendant ton absence.

— Au sujet d'André ou sur la Bourse ?

Elle te lance un regard incrédule.

— André, évidemment. La Bourse, ça signifie que dalle pour moi.

— Ça signifie beaucoup plus que tu crois. Si cet effondrement s'avère aussi catastrophique qu'il en a l'air, il aura un impact sur la vie de tout le monde dans ce pays.

— Ha ! Ha ! éclate-t-elle de rire, puis d'un coup de langue elle se débarrasse du bouton de fièvre en purée de pomme de terre qui ornait provisoirement sa lèvre supérieure avant de poursuivre : ça va perturber la vie de ceux qui le veulent bien. Les gens comme moi continueront comme avant, bien peinards.

— Ah ouais ? Ils seront encore peinards quand leurs placements ne vaudront plus rien, quand leurs fonds de pension auront fait faillite, quand les programmes sociaux ne seront plus financés par le gouvernement, quand les usines et les banques leur fermeront leurs portes à la figure et qu'ils se retrouveront au chômage ? Tu as bien un crédit immobilier à rembourser, toi aussi, non ?

— Ils continueront à vivre comme ils l'ont toujours fait. Comme avant qu'il y ait tous ces trucs, les banques, les emprunts immobiliers, les usines, le boulot. Comme avant qu'on leur fasse avaler ce mélodrame bidon.

— Quel mélodrame bidon ?

— Celui sur lequel tu as fondé ta vie. Maintenant bois ton café. Je veux que tu aies complètement dessoulé quand nous franchirons la porte.

— Seigneur Dieu, Q-Jo ! Tu es si… naïve. Tu vis dans ton petit univers à toi…

— Il est pas si petit.

— … et tu crois que tout le monde peut faire pareil. Bon, de toute façon, et même si ça ne t'intéresse pas, un type du bureau m'a dit qu'en ce moment Tokyo fait le yoyo. L'indice touche le fond puis crève le plafond, retouche le fond, recrève le plafond. À chaque fois que le Nikkei commence à s'enfoncer, les industries pharmaceutiques rappliquent et le sortent de là. Personne ne peut dire à quel niveau il fermera.

De toute évidence, tu es tout excitée.

— Gwen, mon chou, demande à la serveuse de nous apporter trois coquilles de noix et un pois sec. On va jouer à un petit jeu.

— Écoute, c'est mon avenir qui est en jeu en ce moment.

— Oui, oui. (Q-Jo pousse un soupir aussi gros et luxuriant qu'une cargaison d'herbe-à-chat.) Tu n'arrêtes pas de répéter ça. Tu confonds "avenir" et "carrière", tu confonds "carrière" et la roulette à laquelle tu joues tous les jours. Il se pourrait bien qu'un krach soit la meilleure chose qui puisse t'arriver.

— Toi non plus, tu n'arrêtes pas de répéter ça. Et je ne veux plus l'entendre. Si tu n'as pas envie de me tirer les cartes, n'en parlons plus.

— Pour l'instant, je mange, dit Q-Jo.

Un fait difficilement contestable.

21 h 15

Q-Jo ronge ses os. Tu ronges ton frein. Quel toupet elle a ! Critiquer ta profession ! Elle, une diseuse de bonne aventure, juste un cran au-dessus de la bohémienne voleuse dans une devanture poussiéreuse. Sans parler de son deuxième "boulot", un boulot que personne d'autre au monde ne fait à part elle ; un boulot tellement farfelu qu'il n'a pas de nom. Comment pourrait-on appeler ça ? Agent de voyage a posteriori ? Victime de l'ennui par procuration ? Un emploi marginal, quelle que soit la façon dont on voit les choses. Pourtant, elle affirme que c'est *toi* la marchande d'illusions. Quelle absurdité ! Confuses, fantasques, baroques, ses aspirations sont immatérielles au sens le plus vrai, le plus regrettable du mot ; tandis que toi, tes rêves reposent sur un sol ferme, pur, propre : ce sont les désirs délicieusement insatiables d'une jeune mariée. Dans ton petit tablier à froufrous décorés de zigzags de fraises que tu as brodées toi-même, tu t'agenouilles devant la porte du four du monde et tu surveilles avec appréhension ton soufflé à l'argent. Dans sa version de cette scène, Q-Jo ajoute un vampire caché derrière les rideaux.

— Bon, dit-elle en interrompant ta bouderie, tu as pu avoir Belford ?

— Oui. Je l'ai eu sur son téléphone de voiture. Il sillonne toujours le quartier Queen Anne à la recherche d'André. Plutôt contrarié qu'on ne soit pas là. Je lui avais promis qu'on l'aiderait.

— Presque fini, dit-elle.

Elle essuie de ses lèvres rouges et pleines les dernières traces de viande de cochon.

— Laisse-moi seulement le temps d'avaler en vitesse une portion de leur pudding au tapioca. On ne trouve pratiquement plus ce pudding au tapioca de grand-mère.

— Belford est dans tous ses états. Je ne l'ai jamais vu aussi énervé. Lui qui est si calme d'ordinaire. (Tu marques une pause. Tu réfléchis.) Bien sûr, j'espère qu'il va retrouver André, mais tu vois, ça pourrait être une bonne chose pour lui d'être débarrassé de ce singe.

— Ah, je ne suis pas d'accord. Pour parler franchement, ce singe est la seule chose intéressante chez Belford. Sans André, il est ennuyeux comme la pluie, triste comme un bonnet de nuit. (Elle marque une pause et réfléchit.) En tout cas pour ce que j'en sais. J'ai aucune idée de ce qu'il vaut au plumard. C'est un fait, il y a des hommes qui cachent l'essentiel de leur personnalité entre leurs jambes.

Elle te balance un sourire si large que tu pourrais y glisser un dictionnaire, puis te demande :

— Tu souhaites faire un commentaire ?

Seigneur Dieu, Gwen ! Ton visage devient si rouge que ça se voit dans le reflet renvoyé par les bijoux en argent de Q-Jo. La brigade des mœurs pourrait t'employer comme détecteur de grivoiseries. Tu vas pour bredouiller une réplique irritée quand, heureusement, une serveuse avec un chignon en forme d'essaim s'approche, de l'air de la butineuse qui ne sait plus où donner du suçoir, dans le but de prendre la commande de Q-Jo pour le dessert. Tu t'excuses et tu te rends aux toilettes, passant en chemin devant la machine à glace, le distributeur de lait et une vitrine où des bols de cet humble pudding de prolétaire et de gelée de fruits tremblotent d'un mécontentement apathique dans l'ombre d'opulentes parts de gâteau. S'il y a là, transposé en termes pâtissiers, un modèle de la lutte des classes imminente, il n'est pas difficile de deviner où vont tes sympathies. C'est tout juste si tu ne salues pas d'un signe de tête une portion de meringue à la noix de coco d'allure particulièrement aristocratique.

Ta sensibilité est mise à rude épreuve aux toilettes, non qu'elles manquent le moins du monde de propreté, mais parce qu'elles ont été fraîchement repeintes et qu'on a recouvert les murs de flots de laque jaune canari – un canari qui aurait le foie malade. Tu clignes des yeux face à ce brillant uniforme et fais la grimace devant la machine à parfum – cinquante cents la giclée de *Soir de Paris* – en te rappelant avec une soudaine tendresse l'élégance discrète des installations du Bull & Bear. Reprenant tes esprits, tu entres dans une des cabines jumelles jaune criard et, après avoir remonté ta robe, baissé ta petite culotte, puis frotté énergiquement le siège avec du papier toilette, tu t'assieds enfin. Bien que le bar soit à l'autre bout du restaurant, tu entends Dick Dickerson à l'orgue aussi clairement que s'il était branché sur les tuyaux de la plomberie. Dick offre sa version de "Lazy River" et quelques clients chantent en même temps. Autrefois ton père écoutait aussi "Lazy River" (version jazz, bien sûr) en accompagnant l'enregistrement sur ses bongos – ces satanés tambours qui ont gâché tes chances d'avoir une enfance normale.

Tu restes assise, mi-rêveuse, mi-soucieuse, lorsque ton corps se contracte brusquement en une sorte de réaction de surprise. Au milieu des arômes résiduels de tabac froid, de parfum bon marché, de peinture à l'huile et de désodorisant aux senteurs de pin, au milieu de l'odeur des toilettes, te parvient le fumet de ta propre miction, un fumet rendu cent fois plus puissant par l'ingestion récente d'asperges. Et à l'instant où ton cerveau identifie l'odeur, il pense à Larry Diamond. Exactement comme ce salaud de pervers l'avait prévu. Tu te dégoûtes et tu es furieuse contre lui. Et, ainsi que tu t'en aperçois en essuyant tes lèvres intimes, tu es, sans le moindre doute et sans savoir pourquoi, excitée.

21 h 25

Tu passes en trombe devant la vitrine des desserts où la gelée de fruits semble avoir commencé son ascension sociale de façon inquiétante et tu rejoins Q-Jo au comptoir à cigarettes. Elle règle l'addition en mâchonnant un cure-dents.

— Belford Dunn est un type bien et c'est l'homme le plus gentil que je connaisse, sa vie sexuelle ne regarde personne et je te rappelle que toi, tu n'as même pas de petit ami !

Tu lui sors ça sans desserrer les dents, mais en serrant pratiquement tes petits poings.

— Oh là là ! On se calme, ma petite dame. Pas la peine de monter aux barricades. Belford est un ange. Si les vifs d'esprit devaient le juger un jour pour ennui mortel, je témoignerais sous serment qu'il est deux fois plus gentil qu'il est chiant. Ça te va ?

L'envie de condamner énergiquement cette parodie de compliment est tempérée par la gêne que tu éprouves en voyant comment la caissière vous regarde toutes les deux. Énervée, tu opères un mouvement en direction de la porte et Q-Jo dit :

— Bon. Maintenant essayons de réunir notre brave garçon et son singe au cul rouge. (Elle pose une grosse main moite sur ton épaule et poursuit :) Je suggère qu'on commence par vérifier les bijouteries.

21 h 45

Un peu avant d'arriver en haut de Queen Anne Hill, Q-Jo gare sa Geo Storm sur le côté (les spécialistes du comportement devraient se pencher sur la raison pour laquelle tant de personnes obèses conduisent des petites voitures) et se colle au pare-chocs arrière de l'énorme Lincoln de Belford comme un cocker ambitieux reniflant le niveau d'œstrogènes d'une femelle doberman. Quand elle éteint ses phares, tu vois la silhouette – la tête carrée, les larges épaules – de l'homme que tu t'es juré de faire délicatement sortir de ta vie pour le 4 juillet (fête de l'Indépendance !) et dont pourtant tu viens de défendre l'honneur – à défaut de défendre sa vivacité – de façon passionnée et déconcertante. Une ambiguïté à laquelle tu n'es pas insensible. À dire vrai, cela t'agace. Et ce n'est pas fini ! À tout instant, cet homme peut maintenant coller sa bouche sur la tienne et, pour une durée qui dépendra du degré d'affolement que provoque en lui la disparition d'André, l'écraser dans tous les sens. Jusqu'à quel point vas-tu trouver cela agréable ? Compte tenu du fait que, petit ami obsolète ou pas, krach boursier ou pas, pire jour de ta vie ou pas, tu sens bien tes glandes s'activer allègrement.

Q-Jo ouvre sa portière et, telle un Houdini au rabais essayant de s'échapper d'un sac de golf, elle entreprend de se libérer de sa voiture. Belford ouvre sa portière, se glisse hors de son véhicule et s'empresse de lui prêter assistance. Tu restes assise. Tu l'examines soigneusement. Tu t'interroges.

Avant, Belford Dunn était sylviculteur. Ce que, dans des temps plus anciens et plus pittoresques, on appelait un bûcheron. Il habitait près de l'endroit où il est né, sur la péninsule Olympic, et gagnait sa vie en coupant des cèdres et des sapins. Un jour il lut un gribouillage sur le mur de la scierie qui disait : "Le bois n'a pas d'avenir."

Juste à côté, il y avait un autre mur sur lequel était écrit : "Une pépinière n'est pas une forêt." Belford fit le rapprochement, et il en vint à la conclusion qu'au rythme auquel les Américains vendaient leur bois aux Japonais, on allait bientôt être à court de forêts et que les "pépinières" que l'on plantait à la place n'avaient aucun intérêt, étant dépourvues de tout aspect sauvage et de beauté, de diversité et de danger, de curiosité et de profond respect, ce profond respect primitif que nous a toujours inspiré le Lieu Inconnu ; le lieu, pour être précis, inconnu de tous sauf de ces messagers de notre psychisme que sont la lune et le champignon et le hibou et le cerf.

Quand Belford fit sa valise et quitta Port Angeles, ses parents en furent tout surpris, eux qui avaient toujours vu leur fils exactement comme il avait été décrit dans l'appréciation donnée par son lycée : "Sympathique mais moyen." (Peut-être, Gwen, est-ce ainsi que tu le vois maintenant.) Aussi sympathique qu'il ait pu être, cependant, il était toujours célibataire à trente-trois ans et il eut peu de scrupules à laisser derrière lui des copains moins prévoyants gémir et hurler au sujet de la perte à moyen terme de leurs emplois. Il essaya bien de les amener à voir les choses avec un peu de bon sens, mais leur vision ne dépassait pas la longueur d'un pick-up et s'arrêtait à la taverne la plus proche et au tableau de commandes d'un magnétoscope. Alors, adios, amigos…

Une fois installé au YMCA de Seattle, Belford suivit une formation dans l'immobilier. Il obtint son accréditation d'agent immobilier, décrocha un boulot et, en moins d'un an et demi, il vendait plus de biens résidentiels et commerciaux que tous ses confrères, excepté une poignée d'agences de la région du détroit de Puget. Il se révéla être un vendeur-né, principalement parce qu'il aimait les gens et que les gens l'aimaient. Ils lui faisaient confiance. Le cerveau de Belford ruminait avec autant de placidité qu'une vache derrière la large façade ouverte d'un visage qui "respirait la franchise", comme on dit communément. Et c'est vrai qu'il était honnête. De ses fins cheveux blond-roux jusqu'au bout de ses chaussures cirées, il incarnait l'honnêteté. Il devint un membre actif de l'église luthérienne par conviction sincère, pas par calcul pour établir des contacts – ce qui ne l'empêcha pas de faire des connaissances en abondance. Et de gagner de l'argent en abondance également. Dix ans après, il se fait toujours ce que toi, Gwen, tu appelles un méga-pactole. Mais il en donne l'essentiel à l'église ou à des œuvres. Plus inquiétant encore, à ton avis, il envisage de quitter ce travail en septembre afin de reprendre des études pour devenir travailleur social. Seigneur Dieu ! Le côté positif, tu supposes, c'est que si personne ne parvient à pratiquer la manœuvre de Heimlich sur une économie en train de s'étouffer avec un os de dinosaure, l'Amérique va avoir besoin de plus de travailleurs sociaux que d'agents immobiliers. Le problème, c'est : Qui les paiera ? Et combien ?

C'est grâce à Belford Dunn que tu as acheté ton appartement. À l'époque, c'était son appartement, mais le trouvant trop chic, il s'est trouvé un logement plus petit et plus simple à quelques rues de là. Tu ne partages pas tout à fait sa conception du "chic". C'est un immeuble bas construit dans les années 1930, massif, avec des vitraux aux fenêtres, des poutres apparentes, des cheminées en céramique, des parquets en bois dur ; bref, un charme à l'ancienne indéniable, mais personne n'oserait prétendre que c'est chic. Comment cela se pourrait-il ? Q-Jo Huffington y habite aussi. Il y a quelques mois, après avoir mis le tien en vente, tu as signé une promesse d'achat pour un appartement avec vue sur mer dans une tour grand standing du centre-ville. Au revoir, voisins marginaux, bonjour, concierge ! La signature est prévue pour la semaine prochaine. Mais la semaine prochaine, tu pourrais bien – comme le collègue broker qui doit racheter ton logement actuel – boire ton café du matin en faisant la queue pour t'inscrire au chômage. Ce krach ne pouvait pas plus mal tomber. Quand tu y penses, tu as beaucoup de mal à t'empêcher de hurler des insanités et de trépigner sur place.

En tout cas, Belford semblait être un bon parti dans un premier temps. Aujourd'hui encore, tu n'es pas prête à admettre qu'une situation confortable et une certaine stabilité émotionnelle ne sauraient remplacer le savoir-vivre. Ni qu'un sens moral sans faille peut finir par taper sur les nerfs. Mais tu veux bien admettre que si tu savais que tu allais devoir passer le reste de ta vie avec un travailleur social, tu te ferais sauter la cervelle. Tu en es capable de toute façon. Ta mère l'a bien fait.

Dehors, sur le trottoir, Q-Jo donne une tape dans la main levée de Belford.

— Salut toi, espèce de grand polisson dévergondé !

Il sait qu'elle le charrie, il n'est pas stupide, mais il n'y a rien de faux dans le sourire qu'il lui adresse. C'est un sourire qu'une fille pourrait ramener à la maison pour le montrer à sa mère, pourvu qu'elle en ait une, un sourire qu'une fille pourrait caresser comme un poney, déguster comme une citronnade, chantonner comme une mélodie à succès ; c'est un sourire avec lequel une fille se sentirait en sécurité dans une ruelle sombre. Non que Belford soit du genre à t'emmener dans une ruelle sombre. À part deux ou trois week-ends de camping et de pêche, que tu as trouvés fatigants, sales et ennuyeux, Belford ne t'a jamais emmenée nulle part. Belford n'est pas porté sur les vacances romantiques, les endroits select, l'escapade improvisée à Palm Springs. Il y a trois ans, peu après votre rencontre, il est allé en Europe. Il s'était dit que ça valait le coup. Cela t'a beaucoup contrariée qu'il ne t'invite pas – tu avais couché avec lui plus tôt que prévu en espérant qu'il te propose d'y aller avec lui –, mais, hélas, c'était un voyage organisé. Prépayé et tout ça. Tu n'as pas boudé longtemps. Ça sera bénéfique pour lui, t'es-tu consolée. Il sera plus raffiné quand il aura vu Londres et Rome. Ce que tu n'avais pas prévu, c'est qu'il passerait le mois entier à Saint-Tropez à se battre pour la garde d'un singe qui menait la vie dure aux autorités françaises.

22 h 00

Sur les hauteurs de Queen Anne Hill, les endroits où un singe peut se cacher ne manquent pas. C'est une zone résidentielle avec des jardins partout. Bien sûr, la colline est entourée d'immeubles – comme le tien, par exemple –, mais c'est prioritairement un quartier très étendu de maisons individuelles. Et les maisons individuelles ont des jardins. Des jardins devant, des jardins derrière, des jardins sur le côté. Dans ces jardins il y a des arbustes, des buissons, des haies, des arbres. Ils sont bordés de cabanes à outils, de garages, de patios. Il y a également des cours d'écoles. Et deux ou trois parcs. Il y a même plusieurs zones boisées à l'état sauvage, pas très étendues mais offrant un refuge bien commode aux petits animaux. Si des opossums, des moufettes et des ratons laveurs peuvent s'y cacher et y survivre, année après année, décennie après décennie, au milieu d'une métropole grouillante et pleine à craquer, il n'est pas difficile d'imaginer comment peut s'en tirer un singe entreprenant.

À voir son désarroi – le baiser dont il t'a gratifiée n'était rien d'autre qu'une bise de vieux mariés –, tu crains que Belford ne sillonne le quartier au hasard, croyant voir André dans chaque chat qui file derrière un rosier, et pourtant, à ta grande surprise, il y a un semblant d'organisation dans ses efforts. Un semblant. Sa méthode consiste à rouler très lentement dans les rues d'un secteur de Queen Anne pendant vingt minutes, puis à rentrer rapidement chez lui pour voir si le primate prodigue n'est pas revenu, puis, déçu, il prend un autre secteur et recommence le processus. Tu pourrais améliorer grandement l'efficacité de cette opération et normalement tu ne t'accorderais pas de répit tant que tu n'y serais pas parvenue. Mais ce soir tu n'en as pas le courage. Le Destin a lancé les sorcières sur toi, et seul un miracle à Tokyo peut empêcher tes entrailles de figurer dans leur ragoût.

Et donc, Belford continue à faire ce qu'il fait depuis des heures, seulement maintenant, tandis qu'il surveille un côté de la route, tu surveilles l'autre sans conviction. Et derrière toi, occupant la quasi-totalité du siège arrière de la spacieuse Lincoln, Q-Jo suce ses minables cigarettes nauséabondes et tire sur les plis de son caftan après avoir mis en marche son radar psychique.

— Tu captes quelque chose, Q-Jo ? demande Belford.

— Nada. Mais ça n'a rien de surprenant. Je ne reçois pas les singes.

Tu lui lances un regard par-dessus ton épaule.

— Depuis quand ?

— Les ânes, oui. Les chacals aussi. Peut-être un babouin par-ci, par-là. Mais que ceux à deux pattes.

— André n'a que deux pattes, s'insurge Belford.

— Bon, ouais, c'est vrai. Pour faire ce qu'il faisait, il lui fallait bien des mains et des doigts.

Ce serait le moment idéal pour entamer une discussion sur les activités passées d'André et l'éventualité qu'il s'y remettre un jour ; le moment idéal pour aborder la suggestion de Q-Jo, à savoir que l'équipe de sauveteurs passe en revue les bijouteries du centre-ville, les musées et les palaces – mais ni Q-Jo ni toi n'osez vous engager dans cette voie. Voir un homme fort au bord des larmes a quelque chose d'intimidant. De plus, Belford n'a toujours pas prévenu la police. Il refuse de voir la réalité en face, te dis-tu. Te retournant vers la vitre, tu te remets à rechercher le singe, les yeux mi-clos, et repasse dans ton esprit les erreurs qui t'ont rendue personnellement vulnérable à ce krach boursier. Histoire de voir un peu la réalité en face.

Pâques tombe le premier dimanche après la première pleine lune suivant l'équinoxe de printemps. Par conséquent, puisque c'est une nuit sans nuages, il doit y avoir une lune dans le ciel. Et, croissante ou décroissante, elle doit être pratiquement pleine. Effectivement. Elle est bien là. Pointant sa face au-dessus de la tour de télécommunication de Queen Anne, grosse, bulbeuse, brillante et grêlée, comme le nez d'un acteur comique dans une bouffonnerie.

Tu y demeures, hélas, insensible. Un tissu de soucis s'étend telle une couche de cirrostratus entre la lune et toi. Tes yeux restent oublieux des cieux. Mais quand la Lincoln, sur le chemin du retour chez Belford, passe près de quelques couples discutant au clair de lune devant le 5 Spot Café, tes oreilles sont pratiquement certaines d'entendre des gens aboyer.

22 h 25

— Yamaguchi-san, dit Q-Jo en imitant l'accent japonais, puis elle émet un petit gloussement.

— Oui, confirme Belford. Le Dr Yamaguchi.

Lui aussi réussit à crachoter une espèce de rire.

— Hé ! Quel est le rapport entre ce Yamaguchi et le fait que les gens aboient ? demandes-tu.

Il se prépare quelque chose, quelque chose d'idiot et de stupide, sans doute, mais ça t'agace d'être apparemment la dernière personne dans tout Seattle à ne pas être dans le coup.

— Je ne l'ai pas vu personnellement à la télé, explique Q-Jo, mais…

— Attendez ! l'interrompt Belford. C'est pas lui ?

— Quoi ?

— Où ?

Belford freine et braque sur la droite si brusquement que le pneu avant noircit la bordure du trottoir. Une bouffée de caoutchouc brûlé te parvient, ainsi que le sentiment que le trottoir a posé un genou à terre, prêt à chanter “Maman”. Puis tu l'aperçois : une forme anthropoïde en train de détaler à quatre pattes sur la pelouse d'une maison jumelle. Une simple milliseconde sépare la synapse qui reconnaît à tort la silhouette d'André de celle qui t'informe à juste titre que cette silhouette est beaucoup trop grande pour être celle d'un singe.

— C'est un homme, dit Q-Jo.

— Ouais, admet Belford à contrecœur.

Un soupir profond comme un soufflet de forge emplit la voiture du dioxyde de carbone fade de sa déception.

Sous vos yeux, l'homme se précipite à quatre pattes dans l'ombre d'un massif de rhododendrons et y disparaît pratiquement.

— Un cambrioleur, tu crois ?

Q-Jo se moque de toi.

— Gwen, ce type est en caleçon.

— Ce pauvre gars est saoul, dit Belford. Ou dérangé.

— Alors, c'est sûrement un broker, répliques-tu.

Un coup d'œil à ta Rolex en or et tu poursuis :

— Encore trente-cinq minutes, et il pourrait bien y avoir un type comme lui derrière chaque buisson en ville.

Avec un petit rire amer, tu poses ta main sur celle de Belford. C'est la première fois que tu le touches ce soir.

— Allons-y, chéri.

Mais Belford a déjà la main sur la poignée de la portière.

— Il a peut-être besoin d'aide, dit-il. Peut-être qu'il souffre.

Ça ne sert à rien d'essayer de retenir ceux qui se sentent responsables de leurs semblables une fois qu'ils ont repéré leur cible en détresse. Tu retires ta main et le laisses partir. Q-Jo va pour le suivre puis se ravise et, à la place, allume une autre de ses cigarettes nocives.

— Tu as raison de rester ici, dis-tu. Imagine que ce soit un drogué ?

— Ça vaudrait mieux pour Belford. Les gens qui ont pris de la drogue causent généralement moins de problèmes que ceux qui ont bu.

Alors que ton petit ami présumé s'approche lentement de l'individu à quatre pattes – pour un ancien bûcheron, il est surprenant de voir avec quelle délicatesse et retenue il se déplace –, tu t'efforces de te souvenir si ton père causait plus de problèmes quand il sirotait du rouge ou quand il fumait de l'herbe du comté de Humboldt. "Problèmes" n'est peut-être pas le bon mot. Ferdinand Mati causait rarement des problèmes, simplement il ne jouait pas son rôle de père.

Un bras sort soudain de l'ombre du massif. Long, couleur d'albâtre sous la lumière de la lune, il fait penser aux membres sans corps qui, dans les anciens films d'horreur, étranglaient un à un les occupants de vieilles demeures gothiques et jouaient des solos tourmentés de Rachmaninov sur des pianos à queue au milieu de la nuit. Le bras fait énergiquement et désespérément signe à Belford de s'éloigner. Belford s'arrête mais il ne comprend pas la situation et demande au bras qui s'agite :

— Tout va bien, mon ami ?

À cet instant, la porte d'entrée de la maison s'ouvre violemment et, sous la minuscule véranda, un homme se précipite, vêtu d'un uniforme de facteur. Brandissant un maillet de croquet, il semble très agité et potentiellement dangereux, sauf que sa progression est entravée par une femme tout aussi agitée, portant un soutien-gorge rouge mais pas de petite culotte, qui le retient fermement par le col. La femme pleure et gémit, et l'homme essaie de s'en défaire pendant que sa vision s'adapte à la lumière plus faible du dehors.

— Y en a deux ! hurle-t-il. (Il fait un mouvement en avant si violent que la femme tombe et lâche le col de sa veste.) Tu étais en train de baiser avec deux types ?

Alors qu'il descend les marches à toute allure, levant son maillet de croquet, tu cries :

— Belford !

Ta voix est si haute qu'elle ressemble à un cui-cui d'oiseau et, gênée, tu préfères ne rien ajouter.

Tandis que le bras sans corps disparaît dans l'ombre, Belford lève le sien dans un geste de conciliation. Le vœu de Belford, c'est de pacifier, le vœu de Belford, c'est de raisonner. Mais ni la raison, ni la logique, ni l'obscurité de la nuit n'empêcheront le porteur de dépêches d'accomplir sa tournée. Le facteur fait tournoyer son maillet, égratignant la manche de Belford qui termine son geste apaisant. Maintenant c'est à Q-Jo de hurler un ordre :

— Prends le volant !

Sans savoir pourquoi, tu es incapable de bouger. Tu restes assise, comme hypnotisée par des chiffres sur un écran d'ordinateur tandis que le maillet siffle autour de la tête de Belford.

— Nom de Dieu, Gwen ! Mets-toi au volant et démarre !

Q-Jo t'enfonce son fume-cigarette entre les omoplates. Ainsi bousculée, tu te glisses sur le siège et tu mets le contact – et tu pleurniches. Le pire jour de ta vie ne va donc jamais se terminer ?

Paf ! Le bruit du maillet qui s'écrase sur le visage de Belford imite parfaitement le bruit d'une balle de base-ball qui frappe le gant du receveur. Belford n'avait pas goûté à tant de cellulose depuis qu'une grosse branche lui était tombée dessus lors de sa première semaine de travail dans la forêt. Des hiboux tachetés dansent autour de son crâne, poursuivis par des amours miniatures dont la couche est en feu. Belford vacille, le maillet se lève pour un autre paf lorsque l'homme à quatre pattes jaillit de sa cachette et s'enfuit dans la rue à grandes enjambées. Se détournant de Belford, le présumé cocu se lance à sa poursuite. Bousculée par Q-Jo, tu approches la Lincoln tout doucement. Q-Jo ouvre la portière pour Belford, et là tu éprouves simultanément un sentiment d'horreur en le voyant dégoulinant de sang, et de jalousie en le voyant faire un signe d'au revoir à la blonde sans culotte sous la véranda.

22 h 55

L'appartement de Belford est propre et bien rangé, mais il sent tellement le singe que ça t'écœure. Les sinistres cigarettes de Q-Jo ne tarderont pas à masquer l'odeur animale, mais le tabac t'a déjà passablement soulevé le cœur aussi. Tu files sur l'étroit balcon de Belford pour respirer un peu d'air pur. La nuit est plutôt fraîche, mais assez douce pour que ton imperméable Armani soit suffisant. Les arbres, à nouveau en feuilles, te bloquent la vue sur le centre-ville et ses lumières, mais tu peux voir (heureusement pour toi !) que le ciel est parsemé d'étoiles et que la lune ressemble à une cloque de coup de soleil qu'un médecin primitif aurait traitée au soufre. Que les cellules de ton cerveau puissent faire partie d'une chaîne les reliant à ces lointaines boules de feu fossilisées, c'est quelque chose que tu trouverais grotesque, mais à peine plus grotesque que les liens affectifs qui t'attachent à l'individu étendu sur le canapé, une poche de glace sur le visage.

Ni toi, ni Q-Jo ne pouvez prétendre à une quelconque expérience dans le domaine des premiers soins – le pauvre type mal en point qui compte sur l'une d'entre vous pour le réanimer peut se préparer pour le grand voyage –, mais à vous deux, vous avez correctement estimé que le nez de Belford était simplement ensanglanté, pas cassé, et que sa coupure à la lèvre ne devrait pas nécessiter de points de suture. Q-Jo lui a dit de se pincer les narines jusqu'à ce que le sang se soit coagulé et tu lui as essuyé le visage avec une serviette humide. Tu ne t'es pas montrée aussi douce que tu aurais pu – au diable Posner s'il croit que tu vas devenir infirmière ! –, mais Belford n'a rien dit. Quand il a ouvert la bouche, c'était pour plaindre les trois personnes impliquées dans l'affaire de la maison jumelle. Ce qui, bien entendu, t'a agacée, car tu penses que les gens qui se conduisent de façon sordide en ce bas monde n'ont que ce qu'ils méritent.

En ce moment, Belford parle à nouveau. Étouffés par la poche de glace, les mots ne parviennent pas jusqu'au balcon de façon intelligible. Peut-être par pure intuition, tu lèves à nouveau des yeux inquisiteurs en direction des étoiles comme si les constellations pouvaient t'apporter une réponse. (Et si tu étais en mesure de projeter ton regard jusqu'aux faubourgs de Sirius, elles le pourraient certainement – mais pas aux questions que tu as posées jusqu'à maintenant.) Puis tu retournes à l'intérieur.

— Qu'est-ce que tu disais, Belford ?

— Il a dit qu'il voulait retourner chercher André, répond Q-Jo à sa place, et il demande si tu accepterais de le conduire.

— Je pense que oui, consens-tu avec un enthousiasme réduit à sa plus simple expression. Quelle heure est-il ?

Tu fais suivre ta question rhétorique d'un coup d'œil à ta montre, puis tu t'exclames :

— Seigneur Dieu ! Il est…

23 h 13

Tu renverses une chaise et rebondis sur un repose-pieds dans ton sprint effréné vers le téléphone. Seigneur Dieu, seigneur Dieu, seigneur Dieu ! Comment as-tu pu laisser passer ce moment crucial ? Au diable Belford et sa manie de mettre son nez partout, au diable l'immoralité du prolétariat, au diable le singe, au diable les étoiles !

Dans les locaux de Posner Lampard McEvoy and Jacobsen, le téléphone glougloute, glougloute et puis reglougloute. Les premiers glouglous imitent électroniquement le bruit d'un dispositif d'alarme neurologique, les suivants reproduisent le bruit des frustrations cardiaques. C'est sûr, ils se sont taillés de là à toute vitesse, te dis-tu. Le Nikkei n'est pas fermé depuis un quart d'heure et ils se sont déjà tirés de la boîte ? Qu'est-ce que ça signifie ? Banzaï ou hara-kiri ? Une voix enregistrée caverneuse t'informe que les bureaux sont fermés jusqu'à lundi, puis te souhaite de joyeuses Pâques. Tu raccroches violemment et te demandes si Dieu n'a pas un répondeur pour filtrer les prières des gens vénaux et des raseurs. Et dans quelle catégorie il t'a placée ?

Ignorant les encouragements que marmonne Belford dans sa poche de glace, tu feuillettes frénétiquement les pages jaunes. "R" comme dans "restaurants". Il y en a tellement. Dans les pages jaunes, la seule rubrique qui soit plus longue que les restaurants est celle des avocats.

Donc, on mange en ville, on se casse une dent, on trouve un morceau de verre dans la soupe ou on a une intoxication et hop, on fait un procès ! Qu'est-ce que cela nous apprend sur l'Amérique ? Le voilà, Gwen. Le numéro du Bull & Bear. Compose-le.

Une fois de plus, tu assistes à une attaque de glouglous chroniques qui se répand en ville. Tu essaies d'imaginer les circonstances dans lesquelles le Bull & Bear aurait pu se vider, mais tu n'as pas assez d'imagination. Enfin, quelqu'un décroche et tu perçois les caquètements de basse-cour d'un bar bondé, suivis du allô sec du barman.

Tu demandes à parler à Phil Craddock, ce bon vieux Phil, et pendant qu'on l'appelle, tu essaies de saisir une indication concernant la performance du Nikkei d'après la tonalité des murmures dans la salle. C'est sûr, les gens ne parlent pas à voix basse. Mais n'était-ce pas là le bruit d'une lame de panique ferraillant à travers la clameur ?

— Pas là, grogne le barman.

Avec la même certitude que s'il était sur une télévision en circuit fermé, tu sais qu'il est en train de raccrocher.

— Un instant, hurles-tu.

— Ouais ?

— Essayez avec Sol Finkelstein, d'accord ? Merci.

Phil est courtier en matières premières, c'est pas la même chose, il est probablement chez lui, dans son lit, en train de ronfler comme un tracteur renversé. C'est Sol que tu aurais dû demander en premier. Ce bon vieux Sol. En l'attendant, tu entends, ou tu crois entendre, venant de si loin dans le téléphone que cela aurait bien pu émaner d'une source autre que le Bull & Bear, sauter – comme une étincelle perdue – d'une autre conversation sur une autre ligne, peut-être dans une autre ville, tu entends, donc, ou tu crois entendre, le mot “Bozo”. Un frisson des plus déconcertants te parcourt la nuque. Tu es encore en train d'essayer de l'analyser lorsque le barman revient et dit :

— Sol n'est pas là.

— Bon, alors voudriez-vous demander, s'il vous plaît…

— Écoutez, madame, je ne suis pas votre secrétaire particulier ! Je travaille, moi !

Et il raccroche brusquement, te laissant dans l'oreille un air plein de silence et de vibrations.

Tu t'enfouis la tête dans les mains. Tu peux presque sentir des cheveux qui, il y a un moment, étaient encore d'un noir brillant, devenir gris dans leurs follicules. Vingt-quatre. Vingt-cinq, vingt-six. Tes amis présumés se précipitent pour te consoler.

— Nous n'avons pas encore consulté les cartes, dit Q-Jo, en écrasant une cigarette au milieu d'un épais tourbillon de fumée asphyxiante. Ça pourrait nous permettre de voir cette affaire sous une tout autre perspective.

— Gwen, ma chérie, enchaîne Belford en enlevant la poche de glace et en se redressant sur le canapé taché de sang. Réfléchissons un instant. Il doit bien y avoir un autre endroit où tu pourrais obtenir l'information dont tu as besoin.

— Oh, peu importe, dis-tu, le moral aussi ratatiné qu'un marshmallow tombé dans le feu au cours d'un pique-nique. Peu importe comment Tokyo s'est comporté. Je suis foutue, de toute façon. Bel et bien foutue !

— Mon chou, non, ne dis pas ça, dit Belford.

Il passe un bras ensanglanté autour de toi.

Q-Jo se contente de te regarder. Elle est à peine surprise que le séisme de Wall Street agite quelques squelettes dans ton placard personnel. Elle (et ses tarots) soupçonne depuis fort longtemps que tu t'aventures dans des sables mouvants sans personne pour te guider.

MINUIT

De toute évidence, une lueur d'optimisme vive comme celle d'une bougie d'anniversaire continue à vaciller au fond de ton cœur, sinon pourquoi t'arrêterais-tu au Bull & Bear en allant chercher ta voiture ? Belford t'avait laissée au parking et tandis qu'il était occupé à vider son portefeuille pour une délégation de clochards, de soûlards et de déshérités qui avait trouvé en lui une oreille bienveillante, tu t'étais dépêchée de tourner au coin de la rue, toujours décidée à obtenir des informations en provenance d'Asie.

Q-Jo était rentrée chez elle se coucher. Elle avait une lecture de tarots, tôt dans la matinée, pour laquelle elle se devait d'être fraîche et dispose, ainsi qu'un rendez-vous à midi pour manger des sandwiches au concombre et regarder les vidéos floues qu'une veuve d'un certain âge a faites lors de sa visite des jardins d'Angleterre – et qui la paie pour ça. C'est cela, le deuxième boulot de Q-Jo. En vous embrassant, quand vous vous étiez séparées, Q-Jo et toi aviez prévu de vous revoir (peut-être) au milieu de la matinée pour une consultation des cartes et (à coup sûr) vendredi soir pour une sortie ; ce sera un bon petit film d'évasion si c'est toi qui décides et le Werewolf Club pour écouter Betty Spaghetti et les Meatballs si c'est Q-Jo.

— Après le thé léger et les images sous-exposées sur les techniques de plantations chez les constipés, je vais avoir besoin de sonorités puissantes, et en masse, avait-elle dit.

Tu détestes les clubs de musique pour des tas de raisons, y compris la menace de rencontrer ton père dans l'un d'entre eux, mais tu as consenti à envisager le Werewolf car ils ont un système de ventilation ultra-perfectionné et aussi parce que des gens importants – des gens bien réels, des gens avec des revenus à plus de cinq chiffres – y ont déjà été vus (bien que si ces gens-là te voyaient en compagnie de Miss Huffington, cela pourrait te faire plus de mal que de bien).

Après avoir raccompagné Q-Jo traînant dans son sillage un panache de fumée âcre jusqu'à son immeuble, tu avais suggéré à Belford de changer de stratégie à propos d'André :

— Deux voitures couvrent deux fois plus de terrain qu'une, lui as-tu expliqué.

Malgré tout le prix qu'il attache à ta compagnie, il n'avait pas pu ne pas être d'accord. Et malgré ton état d'épuisement, conséquence à la fois des coups durs de la journée et des cocktails avec lesquels tu avais cherché à les adoucir, tu étais fermement décidée à démontrer ta bonne volonté, trop souvent sous-estimée. Ainsi Belford avait laissé la Lincoln descendre tout doucement la pente de Queen Anne, te ramenant à ta Porsche bien-aimée pour que tu puisses l'engager dans le ratissage de la colline, à la recherche du singe disparu.

Belford déteste son automobile autant que tu adores la tienne. Pour l'instant, une voiture de luxe est un accessoire indispensable à son image d'agent immobilier, mais il attend avec impatience le jour où il pourra la changer pour un petit modèle sans prétention plus égalitariste, tel que celui de Q-Jo. Il te l'avait redit à nouveau alors que vous arriviez au bas de la colline, en vue des abris en carton des SDF. Comme d'habitude, cela t'avait agacé. Le problème avec Belford, c'est qu'il a réussi financièrement sans même jamais en rêver, ce qui va à l'encontre du style de vie à l'américaine. Le Rêve américain ne sert à rien pour les gens qui n'ont même jamais rêvé. Aujourd'hui que le fossé entre riches et pauvres s'est élargi, les vieux rêves traditionnels du genre tout-est-possible-en-Amérique s'y trouvent engloutis. Aujourd'hui, la route qui mène à la cagnotte est pavée de tickets de loterie et de procès intentés pour des motifs frivoles. Une façon vraiment louche d'y parvenir. Comme tes rêves à toi étaient glorieux et nobles en comparaison ! Si seulement tu avais eu un brin de chance, si tu n'avais pas été contrainte par les circonstances à prendre des raccourcis, à prendre quelques libertés avec les règlements…

— Qu'est-ce qui s'est passé aujourd'hui, ma puce ?

La question de Belford t'avait brutalement tirée de tes méditations.

— Je veux dire, comment se fait-il que la Bourse se soit effondrée comme ça ?

Enfin. Il avait fini par y venir. Ça lui avait pris un certain temps, mais il te tendait la main. (À ne pas confondre avec "il demandait ta main", ce qu'il avait d'ailleurs fait en deux ou trois occasions, recevant une réponse évasive : tu ne voulais pas t'engager dans un sens ou dans l'autre.)

— J'aurais dû le voir venir, avais-tu admis. En fait, je l'ai vu venir, seulement je n'ai rien fait. Pourquoi ? Si j'avais sorti mes clients du marché et que les cours avaient fini par remonter en flèche, ce qui s'est passé l'année dernière, ils m'en auraient voulu, ils m'auraient laissée tomber, j'aurais été la seule pauvre poule mouillée à rater la reprise. Par contre, en ne bougeant pas et si le marché plongeait, tout le monde était dans le même bateau, je n'aurais pas été seule à porter le bonnet d'âne dans mon coin. Donc, je n'ai pas modifié les placements de mes clients. Pire, je n'ai pas modifié mes propres placements. Hier on était séropositifs. Aujourd'hui on est en réanimation.

— Oui, mais pourquoi, exactement ?

— Eh bien, ce n'est un secret pour personne que notre économie s'est aventurée en terrain glissant toute l'année. Des titres surévalués et des rendements faibles. De l'argent qui sort du pays à flots et très peu qui entre. Au fond d'eux-mêmes, la plupart des Américains croyaient que tôt ou tard le gouvernement ferait quelque chose pour renverser la tendance. C'était prêter au gouvernement plus d'intelligence et d'intégrité qu'il n'en a de toute évidence. Le marché des actions a suivi son petit bonhomme de chemin, soutenu seulement par la foi. Il y avait un type vraiment infect cet après-midi au Bull & Bear, un ancien crack dans le métier, tombé en disgrâce aujourd'hui, vraiment… infect ; bon, enfin, j'ai entendu ce pauvre type dire : "La foi, c'est quand on croit en quelque chose qu'on sait ne pas être vrai". Il a probablement raison. Hier – Dieu, que ça me semble loin –, cette foi en a pris un sérieux coup quand deux villes de Pennsylvanie et une du Maryland se sont déclarées incapables de payer leurs obligations municipales. Wall Street était nerveuse et prête à paniquer, et ce matin l'un des principaux analystes a mis le feu aux poudres. Il a prédit que New York aussi allait se déclarer en cessation de paiement et que la Trace Manhattan Bank allait disparaître. Il n'en a pas fallu plus. Les investisseurs institutionnels et les fonds de pension ont détalé pour se mettre à l'abri, les petits porteurs accrochés à leurs basques se sont dépêchés de faire la même chose.

— Ça a chuté de combien ? Huit cents points ?

— Huit cent soixante-treize pour être précis.

— C'est terrible. Mais je croyais qu'après le krach de 1987, ils s'étaient arrangés pour que cela ne puisse plus arriver. Qu'ils avaient mis des garde-fous, des coupe-circuits automatiques, ou quelque chose comme ça. C'est pas ce qu'ils avaient fait ?

— D'après ce que j'ai entendu dire sur 1987 – j'étais encore au lycée à l'époque –, ce carnage était la conséquence de facteurs internes. Une différence de marché entre la Bourse de New York et la Bourse de Chicago. La conséquence de la pratique qui consistait à protéger les ventes à découvert par des contrats à terme. Le marché des contrats à terme n'était pas réglementé à la hausse. On pouvait vendre à la baisse. Dans un marché baissier, les traders de Wall Street devaient attendre une hausse pour vendre à découvert. Donc, pour rester dans le jeu, ils protégeaient leurs portefeuilles à Chicago. Et avec l'augmentation du volume de transactions engendré par les opérations programmées par ordinateurs, ils se sont trouvés pris au piège.

Belford avait-il compris ce que tu venais de dire ? Et si la réponse était négative, comment pouvait-il espérer que tu l'épouses ? Comment pouvait-il l'espérer de toute façon ? À la lueur des lampadaires sous lesquels vous passiez, tu avais essayé d'imaginer de quoi Belford aurait l'air dans dix ans. Belford le travailleur social. Les mâchoires ramollies, des petites lunettes rondes, le crâne dégarni avec de longues mèches grises sur les côtés. Benjamin Franklin sans son cerf-volant.

— Par ailleurs, tu as raison, la Securities Exchange Commission a effectivement pris des dispositions pour que les choses ne puissent plus déraper en raison de facteurs internes. Mais il est pratiquement impossible de se protéger contre les événements extérieurs. Que pourraient-ils faire, fermer le bec de ce foutu analyste avec du sparadrap ? Limiter les échanges n'est guère efficace face aux demandes de paiement massives de la part des fonds communs de placement. Ça peut peut-être les ralentir ; mais une fois que le mouvement est lancé, rien ne peut l'arrêter. Et par-dessus le marché, il y avait un genre d'interférence atmosphérique aujourd'hui, des taches solaires, quelque chose comme ça, qui a mis hors service l'équipement de protection. Au fond, c'était un manque de chance terrible. Sans doute parce que j'étais impliquée jusqu'au cou.

Belford t'avait alors reproché de prendre ce krach de façon trop personnelle, et tu avais ri, comme si tu n'avais fait que plaisanter – mais tu avais été en partie sérieuse. Il y a des gens – tu l'as remarqué – qui ont des gènes spécifiques qui les prédisposent à avoir de l'argent. Posner, par exemple. Même Belford. Ce n'est pas qu'ils héritent toujours de fortunes, même s'ils ont tendance à ça aussi, mais c'est qu'ils sont génétiquement préparés à la richesse, ils sont liés à la richesse au niveau moléculaire. Il y a un chromosome doré supplémentaire attaché à la double hélice de leur ADN, qui attire l'argent comme un chromosome endommagé ou défectueux attire la maladie. Hélas, tu n'es pas née avec et toutes tes tentatives pour te l'implanter ont inévitablement été suivies d'un rejet. La greffe ne prend pas. Par conséquent, pour garder ton système branché sur le fric, tu dois avoir recours à de fréquentes et douloureuses injections. Est-ce que tout aurait été différent si ton papa avait été Ferdinand Marcos au lieu de Ferdinand Mati, si ta maman avait moins aimé la poésie ? C'est possible. Mais les choses étant ce qu'elles sont, tu entretiens avec l'argent un rapport identique à celui qu'un diabétique entretient avec l'insuline : une dose précise, absorbée de façon artificielle, t'est indispensable pour ne pas risquer le coma. Et même en procédant ainsi, il t'arrive de souffrir de réactions allergiques, comme si tes globules blancs étaient mobilisés pour repousser les dollars.

En tout cas, parler du krach en termes généraux et quelque peu objectifs t'avait fait du bien. Inspirée, tu étais prête à servir à Belford une resucée de la théorie de Gwendolyn Mati sur le courant de marée économique – ce qui arrive lorsque le flux et le reflux de la grande fortune entrent en collision avec les vacillements et les défaillances de l'extrême pauvreté, et pourquoi il est impératif que toi, qui fais partie de la classe moyenne, tu nages de toutes tes forces vers le chenal de la prospérité –, mais la Lincoln était arrivée au centre-ville et son conducteur restait accaparé par le spectacle bien réel et pas du tout théorique de la pauvreté dans les rues.

Tu avais embrassé le bout de tes doigts – une pratique totalement sans danger puisque tes ongles sont rongés jusqu'au sang – puis tu les avais posés sur la lèvre tuméfiée de Belford. De quelle couleur étaient les bandes sur le maillet – est-ce que quelqu'un y avait fait attention ? Est-ce que ce maillet serait encore utilisé par un beau dimanche ensoleillé lors d'une partie de croquet sur la pelouse de la maison jumelée, le facteur et sa femme de nouveau calmes, réconciliés, se concentrant sur les angles des arceaux, faisant équipe contre leurs beaux-parents ou contre des amis, tandis que non loin de là, recroquevillé au volant d'une voiture garée sur le côté de la route, l'amant fulminerait derrière ses verres fumés ; est-ce qu'il y aurait aussi – perché dans la cime d'un cèdre, les yeux brûlants comme des bâtonnets d'encens, les doigts sensibles aux carats parcourant son pelage pour une silencieuse récolte de puces – un singe aux aguets ?

Tu avais eu envie de partager cette vision de la cachette d'André (une prémonition – ou la fréquentation de Q-Jo t'aurait-elle rendue stupide ?), mais Belford était occupé à faire ses mignardises devant les déshérités comme s'ils avaient été des bébés de sa propre famille, alors tu t'étais éclipsée puis tu avais tourné au coin de Union Street, espérant peut-être trouver un autre morceau écorné du puzzle gris de ta destinée.

Maintenant que tu t'approches du Bull & Bear, le panneau d'affichage digital d'une banque t'informe que la température est de 9,5 °C et qu'il est exactement minuit. Le moment du changement. L'heure de l'instabilité. Le carillon de la superstition. Minuit – l'espace d'un instant de pulsation, le tic-tac monotone du mouvement diurne est remplacé par le son tonitruant, cool mais enfumé d'un saxophone, tour à tour séduisant et menaçant. Minuit. La tumeur noire sur le cadran de l'horloge dont il faut faire la biopsie toutes les vingt-quatre heures pour voir si elle est maligne ou bénigne.

00 h 01

L'affable Sol Finkelstein et l'encore plus affable Phil Craddock sont devant le Bull & Bear, dans Sixth Avenue. S'ils sont là depuis un moment, cela explique pourquoi ils ne sont pas venus au téléphone. Il est difficile d'imaginer ce qui a bien pu les retenir si longtemps ici, dehors au milieu de la nuit, mais heureusement, pour autant que tu puisses en juger, ni l'un ni l'autre n'est en train d'aboyer à la lune.

Génial ! te dis-tu. Ainsi tu n'auras pas à entrer, respirer encore la fumée de cigarettes, te retrouver devant Posner, ou rencontrer Larry Machin Chouette, ce taré qui a réussi à s'incruster dans ta vessie, si bien que chaque fois que tu vas pisser (si tu peux oser l'expression), son visage apparaît dans l'odeur qui monte d'entre tes genoux.

— Salut les gars.

Phil te fait un signe de tête, mais Sol détourne le regard. Bizarre. Il est clair qu'ils sont saouls tous les deux.

— Dites, je suis restée collée à mon ordinateur, mens-tu effrontément, à mettre en relation les rythmes de progression enregistrés par le passé avec divers niveaux d'endettement pour voir comment optimiser les solutions dans le cas d'une reprise et je crois que j'ai bêtement laissé passer la fermeture du Nikkei. Est-ce que vous pouvez me dire…

— Ça fait combien de temps que tu es dans le métier ? t'interrompt Phil.

— Moi ? Dans le métier ?

— Hm-hm.

— Quatre ans.

Phil regarde Sol en souriant. Sol roule les yeux.

— Quand tu es dans le circuit depuis quatre ans, tu crois que tu sais tout ce qu'il y a à savoir. Quand tu y es depuis vingt ans, tu te rends compte que tu y piges que dalle. Pas vrai, Sol ?

— Jamais rien pigé. J'y pigerai jamais rien.

Qu'est-ce que ça veut dire ? Ça doit être le whisky, ce grand ventriloque. Tu te forces à sourire.

— OK, je m'en souviendrai. Mais vous comprendrez que je suis tout de même impatiente de connaître les chiffres du…

— Je vais te dire quelque chose, ma petite dame. Sol et moi, on est les seuls dans la boîte à te supporter.

— Ça c'est vrai, dit Sol.

Et, te regardant droit dans les yeux pour la première fois, il ajoute :

— Et on te trouve vraiment imbuvable.

00 h 03

Alors que tu te sauves, les lèvres tremblantes, les paupières écrasant d'un battement chaque larme qui pointe le bout de son nez au coin de tes yeux, tu entends une voix derrière toi, la voix d'Ann Louise qui te crie :

— Finies les combines, mon chou. Terminé.

00 h 07

Tu t'effondres comme un soufflé raté sur le volant de ta Porsche et tu sanglotes jusqu'à ce que tu n'en puisses plus de sangloter. Et puis tu sanglotes encore un peu. Tu n'as pas pleuré ainsi depuis la mort de ta mère. Même les refus de Harvard et Wharton n'ont pas tiré de toi autant de liquide lacrymal. Quand enfin tu te sens suffisamment calme pour conduire, tu sors du parking dans un crissement de pneus, le nez dans un Kleenex, les yeux brouillés fixés sur la route. Tu rentres directement chez toi en abandonnant les recherches pour retrouver le singe.

Tu téléphones à Belford dès que tu arrives. Il va s'inquiéter en ne te voyant pas au point de rendez-vous, et tu n'as pas envie qu'il t'appelle et que ta voix, sous le coup de la surprise, trahisse ta peine. Comme tu t'y attendais, tu tombes sur son répondeur. Un jour, c'est aussi un répondeur qui prendra en charge l'appel de ta vessie te signalant un besoin urgent. Jusqu'à présent, cependant, il faut s'en occuper soi-même, mais tu attends de t'être brossé les dents et passé de la crème sur le visage avant d'affronter ce dernier pipi de la journée et le nom qu'il va sûrement faire résonner dans la cuvette. De retour de Tombouctou.

Tu tires du fond de l'armoire ton vieux pyjama de flanelle confortable, tu l'enfiles et tu trottines jusqu'au lit, t'arrêtant en chemin pour allumer ta télé et la mettre sur CNN. Seigneur Dieu, Gwen ! Il y a quelque chose en toi qui refuse de lâcher le morceau.

Évidemment, cinq minutes ne se sont pas écoulées qu'ils passent un reportage sur la crise boursière. Ça t'embête de devoir compter sur les médias grand public pour avoir des nouvelles de l'état du marché, ça fait amateur, tu te sens exclue du cercle des initiés, mais au moins tu n'es plus dans le noir complet. La séance a été suspendue à Hong Kong, apprends-tu, Singapour et Taipei, qui ont poursuivi leurs activités, se sont complètement effondrées. Curieusement, les informations en provenance de Tokyo sont aussi peu concluantes qu'auparavant. En baisse, oui, mais pas plus bas que les genoux de Godzilla. Que faut-il penser de la relative fermeté du Nikkei ? Le journaliste cite un analyste selon lequel elle pourrait être dûe aux retombées économiques quc l'on attend du traitement du cancer découvert par le Dr Motofusa Yamaguchi, des retombées que le bon docteur a promis de répartir de façon égale dans tous les secteurs de la santé au Japon (industrie pharmaceutique, hôpitaux, fournisseurs médicaux) et qui vont nécessairement bénéficier à d'autres valeurs (transports, hôtellerie, banques, etc.).

Bon, eh bien voilà. Plutôt imprécis, mais ça pourrait être pire.

— Reste à voir si la relative résistance de Tokyo va contribuer à atténuer notre propre crise financière, dit le journaliste. Nous ne pourrons en avoir une petite idée que lundi matin – après ce long week-end de Pâques. Pendant ce temps, à Seattle, dans l'État de Washington, le Dr Yamaguchi a donné une conférence de presse jeudi soir et le directeur de la clinique d'Hokkaido, qui a connu une célébrité fulgurante, avait quelque chose de… euh… d'inhabituel à dire. Restez à l'écoute.

Tu éteins la télé et te glisses dans ton lit. Ah ! Rien ne vaut la douceur des draps propres et satinés. Rien ne protège autant des flèches qu'une couette bien moelleuse. Mais ta tête s'est à peine enfoncée dans ton oreiller que tu sautes hors du lit pour aller rallumer la télé.

01 h 06

Lorsque la nouvelle commença à se répandre, il y a environ neuf mois de cela, que dans une obscure clinique de l'île la plus septentrionale du Japon un médecin guérissait le cancer du côlon de façon très régulière, on le traita de "charlatan" et on l'affubla de tant de noms d'oiseaux que la communauté médicale internationale ressembla bien vite à un congrès d'ornithologie. Plus tard, de plus en plus de guérisons se trouvant attestées et les théories de Motofusa Yamaguchi – sinon ses méthodes – étant rendues publiques, les experts admirent qu'il y avait une certaine validité scientifique dans le protocole de la clinique Fugetsudo, tout en déclarant que les travaux de Yamaguchi n'en étaient qu'au stade expérimental et que le marketing d'une expérimentation en tant que traitement approuvé était contraire à l'éthique dans la mesure où cela constituait une exploitation dans un but lucratif du désespoir des malades. Fugetsudo signifie "le vent et la lune", ce qui n'était évidemment pas fait pour calmer les doutes, bien que la raison pour laquelle une simple référence au monde naturel engendre une telle méfiance dans une profession fondée sur l'observation de la nature puisse laisser un tantinet perplexe.

Quoi qu'il en soit, les guérisons continuèrent. Les magazines à sensation en étaient pleins. Si la princesse Diana avait dû donner naissance à un bébé à trois têtes, l'histoire aurait été reléguée au second plan, derrière le dernier "miracle" de Yamaguchi – à moins, bien entendu, que l'une des têtes n'appartienne à Elvis Presley. La réticence dont faisait preuve le *New England Journal of Medicine* à cet égard n'avait d'égale que la réticence dont faisait preuve Yamaguchi lui-même.

Il s'avéra que le Dr Yamaguchi ne faisait pas le "marketing" de son traitement et qu'il ne refusait nullement de soigner les malades dans le besoin. Dans une interview exceptionnelle accordée au *Texas Monthly* – il avait fait ses études de médecine à Houston –, il avait déclaré être désireux de partager sa découverte avec le monde scientifique dès que cela serait techniquement possible. Cela n'était pas aussi facile, disait-il, qu'inscrire une formule à la craie sur un tableau noir ou donner les plans d'une machine. Paradoxalement, il laissait entendre que son traitement était si simple que même un profane pourrait le comprendre. Ses anciens patients l'avaient peut-être compris, mais ils restaient aussi insondables que leur médecin. Aucun d'entre eux n'avait quoi que ce fût de révélateur à donner en pâture à la presse, mais ceci pourrait bien être dû à l'opium avec lequel Yamaguchi, de son propre aveu, les anesthésiait. Il y a bien un homme de Kyoto qui fit allusion à "une poire rectale ninja", une expression qui plut aux rédacteurs en chef des magazines à sensation autant que s'ils l'avaient inventée eux-mêmes, mais les milieux plus sérieux rejetèrent cette allusion, estimant que cela prouvait bien que l'opium est à déconseiller en tant que sédatif clinique.

Le temps passant, la clinique Fugetsudo fut envahie, la ville de Kushiro fut envahie et l'île d'Hokkaido tout entière fut envahie. Les vrais malades étaient bien moins nombreux que les hypocondriaques et les maniaques de l'autodiagnostic, eux-mêmes moins nombreux que les journalistes et les hommes d'affaires. Cela créa de tels problèmes logistiques que la clinique fut forcée de fermer ses portes. Yamaguchi déclara qu'il allait discuter de ce qu'il convenait de faire avec les responsables politiques de son pays.

Pendant ce temps, des gens mouraient. De tous les cancers, celui du côlon est la deuxième cause de mortalité ; seul le cancer du poumon tue plus de malades. Les victimes et leurs familles firent pression sur le gouvernement américain pour qu'il importe la technologie du Dr Yamaguchi, mais les Instituts nationaux de la santé firent la sourde oreille, tandis que la Food and Drug Administration se contenta de s'agacer de "l'usage regrettable que faisait le Dr Yamaguchi de l'opium". L'American Cancer Society, quant à elle, extrêmement politisée et toujours soucieuse des questions de concurrence, se réjouit ouvertement de la cessation d'activité de la clinique Fugetsudo. À Seattle, toutefois, les spécialistes du Centre de Recherche Fred Hutchinson sur le Cancer adoptèrent une attitude plus positive et plus ouverte. Ils furent impressionnés non seulement par les résultats obtenus par Yamaguchi, mais aussi par la connaissance dont il faisait preuve sur le gène MCC, découvert récemment et qui, à l'état normal, produit la protéine qui régule la croissance des cellules colorectales, mais qui, lorsqu'il est défectueux, favorise la formation de polypes et de tumeurs. Hutchinson prit le risque d'envoyer une équipe au Japon pour enquêter. Quand elle revint – c'était le mois précédent –, elle fit savoir, avec des réserves de pure forme, ce que même le ministère japonais de la Santé hésitait à admettre : Motofusa Yamaguchi était capable de guérir le cancer du côlon.

Comment ? Eh bien, les chercheurs du Centre Hutchinson n'avaient pas vraiment de certitude à ce sujet. Bien des questions demeuraient. Toutefois, le Dr Yamaguchi avait accepté de participer à un colloque organisé par le Centre Hutchinson début avril – oui, l'homme qui ne quittait sa clinique que pour se promener dans les bois tard le soir allait venir à Seattle ! – et peut-être allait-il alors tout expliquer. En attendant, réjouissons-nous.

Et maintenant nous y sommes, il est là. Donnant une conférence de presse dès son arrivée à l'aéroport international de Seattle-Tacoma. Recevant un accueil digne d'un héros. Feu d'artifice de lumières stroboscopiques. Les édiles jouant des coudes pour être sur toutes les photos. Des tas de drapeaux américains, comme si l'Amérique avait si désespérément besoin de quelque chose qui lui donne l'occasion de se sentir bien qu'elle essayait de faire de la découverte médicale d'un étranger une raison de manifester son patriotisme.

Rien de bien remarquable, te dis-tu en voyant ce petit homme d'une cinquantaine d'années (approximativement l'âge et la taille de ton père, mais sans la queue-de-cheval de ce dernier), vêtu d'un costume de ville ordinaire, cligner des yeux et sourire timidement au gros bouquet de micros que l'on tend l'un après l'autre en direction de son visage comme des fleurs s'inclinant au bout de leur tige. Quand il parle, sa voix est aussi puissante que sa stature est frêle ; son anglais, assez bon, est légèrement relevé d'une pointe d'accent traînant texan. Ses dents de devant, maintenant découvertes, ont la taille et la couleur de morceaux de sucre et il a la curieuse habitude de tapoter dessus périodiquement avec un briquet Bic qu'il semble avoir sur lui pour ce seul usage.

01 h 07
(Retransmission)

— Merci, merci. Je suis heureux comme un poisson-chat en eau trouble d'être de nouveau aux États-Unis. Merci.

Le Dr Yamaguchi tapote sur ses dents avec le Bic.

— Vous avez beaucoup questions. Dans la suite, je ferai tout possible, tout mon possible, pour répondre à chacune. (Un temps d'arrêt. Tac, tac.) Mais nous ne devons pas oublier que meilleure réponse n'est pas toujours fiable. Les réponses parfois sont ouvertes à interprétation. Les réponses sont des choses difficiles à manier.

Yamaguchi dit "choses" avec son accent traînant : "chaaanzes". C'est plutôt déconcertant.

Yamaguchi élargit d'un centimètre ou deux un sourire tellement timide qu'il en devient douloureux.

— S'il vous plaît, permettez je raconte une petite histoire. Au VIIIe siècle vivait Joshu, grand patriarche du zen. Un jour un moine demande Maître Joshu : "Maître, Est-ce qu'un chien a la nature de bouddha ?" (Un temps d'arrêt. Tac.) "Est-ce qu'un chien a la nature de bouddha ?" À cela, on dit que Maître Joshu a répondu "Wu". Bien, si vous permettez, wu, dans la langue chinoise, est une réponse négative. Négative. "Non", oui ? Mais ce mot a beaucoup de subtiles nuances de sens. Beaucoup de variations. Ainsi, en fonction de l'inflexion, d'une légère nuance dans la prononciation, wu pourrait signifier "absolument pas" ou "probablement pas" ou "peut-être pas" ou "généralement pas". Il pourrait signifier "non" catégorique ou "Je suis plutôt enclin à en douter". Ainsi, depuis mille deux cents ans, c'est dispute de spécialistes. Exactement, qu'est-ce que Maître Joshua a voulu dire par wu ? Quelle inflexion, quelle nuance de sens ? Mille deux cents ans, ils disputent sans arrêt. Mais moi, je vais vous dire. (Un long temps d'arrêt. Pas de tac. Le Dr Yamaguchi, en fait, serre le Bic dans ses deux mains.) Quand demandé si le chien a la nature de bouddha, Maître n'a pas répondu "Wu". C'est grand malentendu. Quand demandé si le chien a la nature de bouddha, Maître a répondu "Ouah !"

Pendant un instant, le Dr Yamaguchi sourit joyeusement aux journalistes et aux dignitaires. Puis il renverse la tête en arrière jusqu'à ce que les fentes de ses yeux soient tournées vers le plafond.

— Ouah ! Et il se met à aboyer. Ouah ! Ouah ! Ouah ! Ouah ! Ouah !

Vendredi matin, 6 avril

Dans le temple de la déveine

05 h 30

— Sears, Philip Morris, Merck, General Electric, American Express, Coca-Cola, International Paper, AT and T…

Assise au bord de ton lit, les yeux fermés, la respiration superficielle, tes petits nénés montant et descendant encore au rythme du sommeil, tu récites les valeurs industrielles du Dow Jones exactement comme tu l'as toujours fait dès le saut du lit, chaque matin depuis ta deuxième année de fac.

— … Alcoa, DuPont, McDonald's, Exxon, General Motors, Texaco, Woolworth, Boeing, Goodyear…

Sur la côte Ouest, les courtiers doivent commencer à travailler très tôt le matin pour être synchrones avec Wall Street. À l'université, tu t'es entraînée à te réveiller à cinq heures trente, alors que ton premier cours ne commençait qu'à neuf heures. On se réveille. On sort les pieds nus du lit, on les plante sur le sol. Et on psalmodie.

— … Union Carbide, United Technologies, Chevron, 3M, Eastman Kodak, Westinghouse, Walt Disney, Procter and Gamble…

Tu as été très stricte dès le départ. Quand tu as perdu ta virginité – tu étais en première année –, le matin suivant, tu t'y es mise : "Sears, Philip Morris, Merck, General Electric", etc., tandis que le garçon, une star du rugby (tu aurais franchement préféré un golfeur), était là dans le lit, abasourdi, à se demander s'il avait dépucelé une sainte ou une dingue. Il était encore assez jeune pour croire qu'il y a une différence. Arrivée à "Exxon", tu as senti quelque chose de chaud couler sur l'intérieur de ta cuisse et pendant un moment, toi aussi, tu es restée abasourdie.

Il fut un temps où réciter cette liste était l'expression d'une passion sacrée. Derrière tes longs cils courbes, tu avais des visions de cheminées d'usines dorées plus hautes que l'Himalaya, leur sainte fumée saluant les cieux, de pneus tournant comme des moulins à prières, de caisses enregistreuses sonnant comme des cloches d'église, ou de cuves de métaux en fusion illuminant le vide. L'encens qui te parvenait de lointaines fabriques de papier faisait frémir tes pieuses narines, ton être tout entier baignait dans cette sérénité bouddhiste que seule une ligne de crédit substantielle a le pouvoir d'entretenir. Aujourd'hui, tu es toujours impressionnée par le Dow Jones et son aura verte tremblotante, mais, tout comme Grand-mère Mati fait mécaniquement le tour des grains de son chapelet, tu en es venue à invoquer ce panthéon en le débitant par cœur.

— Caterpillar, J. P. Morgan, Bethlehem (dans leur mangeoire d'acier est né un divin bénéfice), I... B... Mmmmmm.

Tu gardes toujours IBM – cette pauvre vieille Big Blue – pour la fin en raison de la position privilégiée qu'elle a longtemps occupée dans la hiérarchie hagiographique, mais aussi de la manière stimulante avec laquelle sa dernière syllabe, qui vient se répercuter comme un mantra sur ton diaphragme, sert à alerter les frontières de ta conscience et à te réveiller complètement. “I... B... Mmmmmm”. Alors que le m final s'échappe de ta poitrine en bourdonnant pour gagner l'éther, tes yeux s'ouvrent lentement et tu fais face au monde. Mais pas pour longtemps.

Le soleil se lève comme s'il n'avait pas droit de cité. Il monte dans le ciel en catimini. Ne trouvant aucun nuage derrière lequel se cacher, il a l'air hésitant, furtif, pas décidé à relâcher l'embrayage. C'est contagieux. Dès que tu te rends compte que c'est non seulement un jour férié, mais aussi le lendemain du pire jour de ta vie, tu replonges dans ton lit et disparais sous les couvertures. Si toutefois tu as peur de rester éveillée et de te ronger les sangs, tu te trompes agréablement. Quand le tuyau d'échappement du soleil franchit péniblement le ralentisseur de l'horizon, tu dors à poings fermés.

08 h 14

Bouddha promène sa chienne. Elle s'appelle Sparky et sa laisse est un long fil d'argent.

Bouddha promène sa chienne sur un terrain de golf.

— Hé, dites donc, vous ! hurlent les golfeurs. Que quelqu'un évacue ce fou obèse du green.

Au dix-septième trou, Bouddha cueille un champignon. Au dix-huitième trou, il le mange.

Maintenant Bouddha fait voler sa chienne comme un cerf-volant. Le fil d'argent casse et Sparky s'envole par-dessus les toits à pentes d'ardoise. Quand elle aboie, son jappement ressemble au tonnerre. Elle fouille dans un cumulus comme si c'était une poubelle.

Dans le quartier des restaurants, des cuisiniers tapent sur leurs pots et leurs casseroles, puis jettent des morceaux de viande en l'air. “La Soupe du Chien de Bouddha” atteindrait un prix exorbitant, si seulement ils arrivaient à l'attirer et à la faire descendre. Des chefs célèbres se précipitent sur des échelles ou empruntent des escaliers de secours en tapant sur des woks avec des cuillers en bois. Cela fait un bruit de plus en plus fort. Alors tu te réveilles. Le bruit se réveille en même temps que toi.

— C'est bon, c'est bon, j'arrive.

Ton futur appart est dans un immeuble à sécurité renforcée, avec des portiers vingt-quatre heures sur vingt-quatre. Belford ne pourra plus débarquer comme ça. Tu es sûre que c'est Belford. Q-Jo, qui prétend qu'elle a besoin de laisser mariner son psychisme dans la plus épaisse et la plus profonde marinade le plus longtemps possible, n'est jamais, au grand jamais, debout avant neuf heures. Il est hautement improbable que ce soit quelqu'un de la boîte : si Posner voulait te virer, si Phil ou Sol voulaient s'excuser, ils le feraient lundi, au bureau.

Tu as vu juste, bien sûr. C'est Belford. Et il a l'air d'une vraie loque.

08 h 15

La joue râpeuse, l'œil bouffi, Belford, de toute évidence, ne s'est pas couché de la nuit. Son costume de confection est tout froissé et taché de sang ; il a le nez et les lèvres tuméfiés et, pour la première fois de sa vie d'adulte, il a les cheveux en bataille ; sa main gauche et le poignet gauche de sa chemise sont recouverts d'une substance poisseuse et jaune, ce qui s'explique par le fait qu'il est resté assis sur les marches de son immeuble aux premières lueurs du jour en agitant une glace à la banane – le petit déjeuner favori d'André. Un tel spectacle te dégoûte, mais bon, tu n'es pas non plus au meilleur de ta forme. T'abstenant de toute critique à l'égard de Belford, tu files à la salle de bains pour consulter ton miroir.

Les yeux qui te regardent en clignant un peu sont gonflés et rougis par les pleurs, mais cela mis à part, le reflet ne révèle rien de fâcheux en dehors de l'habituelle surprise devant ton allure de Philippine. Depuis toutes ces années, tu ne t'y es pas encore faite. Grâce à ta mère, qui était principalement galloise, tu as réussi à échapper à ce genre de nez écrasé qui fait que toutes les femmes philippines ont l'air de garçons manqués, même celles qui ont des montagnes de soutiens-gorge en dentelle noire et deux mille paires de chaussures à talons aiguilles. Ce petit nez bien droit est un cadeau de ta mère, mais tout le reste – ta peau, tes cheveux, tes yeux et ta bouche – te vient de gènes embarqués dans la baie de Manille. En grandissant, tu as fait plusieurs tentatives pour assumer cet héritage, en pure perte. D'abord, tu es née à Oakland et tu as été élevée à Seattle dans un milieu plus bohème qu'ethnique. Ensuite, il y a ce flou difficile à ignorer qui caractérise la définition identitaire des îles Philippines en général ; c'est là le résultat de trois siècles d'occupation espagnole et d'un demi-siècle passé à se blottir sous l'aile aux plumes de fer de l'Amérique, sans parler de l'invasion japonaise, d'une importante immigration chinoise et de deux décennies d'une dictature draconienne. De plus, la patrie de tes ancêtres a été la seule nation de cette partie de l'Asie colonisée par l'Occident avant même d'avoir développé une forme de gouvernement centralisé et une culture avancée. Alors que tu étais encore adolescente, tu as décidé de régler ce problème d'identité en ignorant l'emballage et en te concentrant sur le contenu qui, tu en es convaincue, est yankee à cent pour cent. Il est compréhensible que les autres ne te voient pas comme une jeune femme typiquement américaine, mais ce qui est vraiment embêtant, c'est le petit sourire en coin avec lequel les miroirs te regardent, comme pour dire : "Qui essaies-tu de tromper ?" Tu voudrais bien le savoir.

Une fois le visage lavé, les dents brossées, les cheveux démêlés, la vessie vidée (pas la moindre bouffée d'enzyme d'asperge n'est venue te taquiner pendant la rencontre des eaux), tu vérifies ton reflet une nouvelle fois et décides que le pyjama de flanelle est de trop. Tu l'enlèves. Puis tu le remets. Mieux vaut être mal fagotée que dénudée, te dis-tu en retournant auprès de ton soupirant.

Belford est allongé sur le lit, les yeux fermés, et l'expression sur son visage pourrait servir à conclure trois opéras italiens et avoir encore suffisamment d'angoisse en réserve pour faire les délices d'un existentialiste. Tu t'étends près de lui. Tu ne souhaites que le réconforter, rien de plus, te dis-tu – comme si Belford ne pouvait se sentir bien la braguette boutonnée jusqu'en haut. Il grossit dans ta main comme devrait grossir la somme d'argent qui est sur ton compte. Bon, c'est le moment de prendre des bénéfices. Belford ouvre brusquement les yeux. Il a du mal à croire que tu sois aussi audacieuse. Toi aussi, d'ailleurs, tu as du mal à y croire. Et même, tu rougis alors que tu te trémousses pour faire glisser le bas de ton pyjama avant de te laisser retomber sur lui. Aïe, tu as mal visé. Sa queue cramoisie frappe violemment sur le périnée. Un poil plus au sud et tu suivrais les brisées, si l'on peut dire, d'Ann Louise. Tu te soulèves un peu, corriges la position, puis essaies à nouveau. Et là, tu te refermes sur lui comme les portes coulissantes d'un silo se referment sur un missile à tête chercheuse. Tu te mords la lèvre pour t'empêcher de couiner. Allez, admets-le, Gwendolyn, tu en avais besoin. Tu en avais vraiment besoin, cette fois-ci.

Le dos cambré, la tête rejetée en arrière, prenant tes seins dans tes mains, tu cahotes, tu te tortilles et tu vas, chevauchant dans le petit matin. La chevauchée est plutôt courte, en fait, et assez agitée, mais elle te mène là où tu voulais aller. En tant qu'amant c'est comme ça que tu aurais tendance à considérer Belford Dunn. Un moyen de transport bon marché.

08 h 40

Q-Jo affirme que tu n'as jamais eu de véritable orgasme. Comment pourrait-elle le savoir ? Même l'oreille collée au mur de ta chambre elle n'en saurait pas plus. Pousser des gémissements et des râles n'est pas ton genre. D'un autre côté, elle a peut-être raison. Comment toi, tu pourrais le savoir ? Ce que tu sais, c'est qu'à un certain moment de l'étreinte coïtale, tu atteins un point où tu as l'impression d'être plongée jusqu'à la taille dans un bain de graisse de poulet en ébullition. Et ensuite, tu te sens gênée et un peu souillée. Si ça, ça n'est pas l'orgasme, c'est quoi ?

Par bonheur pour vous deux, Belford s'endort immédiatement après avoir éjaculé. Tout doucement, pour ne pas le réveiller, tu te glisses hors du lit et retournes à la salle de bains. Tu te douches longuement, comme tu le fais toujours après les rapports sexuels. Puis, pommadée et poudrée, tu inspectes tes placards un moment et passes en revue les tailleurs Chanel, les chemisiers Ralph Lauren, les blazers Donna Karan, dont beaucoup ne sont pas encore payés. Plus tu regardes ta garde-robe, plus il t'apparaît clairement que tu devrais être gentille – très très gentille – avec Belford Dunn.

Aussi rapidement que le permet ta Porsche, tu files au supermarché Thriftway de Queen Anne et tu reviens les bras chargés de tout ce qui est nécessaire à la confection d'un petit déjeuner traditionnel ; un de ces repas mortels avec bacon et œufs sur le plat que les bûcherons (et les batteurs philippins) semblent apprécier. Q-Jo affirme que ce que les hommes apprécient le plus au monde, c'est ce que les gens vulgaires appellent "une bonne pipe". Q-Jo dit : "Montre-moi une femme qui ne suce pas la bite de son mari, je te montrerai un homme que je peux avoir quand je veux." Rien que d'y penser, ça te fait cracher – oh, très délicatement – dans l'évier.

09 h 30

Il s'avère que Belford a renoncé au bacon pendant le Carême, mais il se régale avec les œufs, bien que tu les aies fait frire si longtemps que les bords ressemblent à la dentelle noire des soutiens-gorge d'Imelda, et que les jaunes ont la texture d'une gomme à effacer. Tout en dévorant cinq tranches de pain grillé recouvertes d'une épaisse couche de confiture – il n'a pas mangé depuis le déjeuner du jeudi – il te complimente sur ta façon de cuisiner à tel point que cela commence à t'agacer. Même s'il ne mettait pas des miettes partout, tu serais agacée. Bon, mais tu continues à manger ton yaourt à petites cuillerées et tu tiens ta langue puis, quand il a fini de faire la vaisselle – tu n'as pas pu l'en dissuader – tu mets tes bras autour de lui et tu lui dis :

— Chéri, je comprends que tu aies envie de te précipiter dehors et de parcourir les rues en voiture, et on pourra le faire après, mais d'abord, tu ne crois pas qu'on devrait, dans l'intérêt d'André et de tout le monde, aller faire une déclaration à la police ?

Belford fait la grimace. Tant mieux. Tu préfères un air angoissé à son habituel sourire placide.

— Je sais que c'est ce qu'il faut faire, admet-il. Mais si jamais c'est la police qui le retrouve et ne veut pas me le rendre ? Même s'il n'a rien fait, une fois qu'ils sauront qui il est, peut-être qu'ils ne voudront pas me le rendre.

— Non, ne sois pas bête. Tu as bien réussi à convaincre les Français de te le confier. Et tu ne parlais même pas leur langue.

— Je les ai soudoyé.

— Belford ! Tu ne m'as jamais dit ça. Bon, eh bien il n'y a pas de problème. Tu crois que les flics de Seattle vont refuser ton fric ?

Ton petit ami, dont la cote semble grimper de façon inversement proportionnelle à la chute abrupte d'IBM, reste pensif un instant ou deux.

— OK, dit-il enfin. Allons-y.

— Peut-être que tu devrais t'arrêter chez toi en chemin pour changer de vêtements.

La suggestion est avisée. En plus des taches de sang, le chiffon qui lui sert de costume arbore tout autour de la braguette une croûte blanchâtre de sperme et de fluides vaginaux séchés, comme un lac d'alcali sur la lune.

— Pas le temps, réplique Belford en jetant un coup d'œil à l'horloge de la cuisine. Il faut qu'on aille en ville et qu'on revienne immédiatement. Sinon on va être pris dans les embouteillages.

— C'est férié aujourd'hui.

— Ouais, mais il y a un défilé à midi.

— Tu te moques de moi ? Un défilé pour le Vendredi saint ?

— Non, pas exactement. C'est des festivités, ou quelque chose comme ça, en l'honneur du Dr Yamaguchi.

10 h 20

Tu prends ta Porsche, convaincue que Belford n'est pas en état de conduire. Toi-même tu n'es pas dans une forme éblouissante. Oh, tu es superbe dans ton jean italien, ton chemiser Anne Klein et ton blazer de cachemire, mais le cafard qui pèse sur toi est aussi énorme que le Mont Rainier dont le titanesque cône enneigé remplit le quart sud du ciel avec une telle majesté imposante que même les gens qui vivent à Seattle depuis toujours ne peuvent qu'en rester baba. Bien sûr, à cause des nuages qui, habituellement, s'accrochent à la ville comme des mottes de terre aux croquenots, personne ne peut voir cette montagne très souvent. Par temps clair, exceptionnellement, et c'est le cas en ce matin d'avril où pas même un film de cellophane ne vient censurer ce spectacle mammaire (le sein givré de la femelle du Sasquatch ?), les habitants de Seattle sont merveilleusement pris au dépourvu – fait attesté par une augmentation concomitante du nombre d'accidents de circulation. Tu gardes un œil sur la route et l'autre sur le sommet, mais tu ne te délectes ni de technologie, ni de nature. Dans ta situation présente, toutes deux te semblent hostiles et menaçantes. Pour toi, un Américain ne peut plus compter sur des avancées technologiques ou des ressources naturelles pour se faire de bons gros paquets de fric.

Une fois arrivés au bâtiment de la Sécurité publique, on vous envoie au cinquième étage. Là, l'ascenseur vous déverse, Belford et toi, dans un petit vestibule miteux sans fenêtre. Il y a des portes fermées de la façon la plus rébarbative, avec des pancartes sur lesquelles on peut lire INTERDIT AU PUBLIC. Tout est gris : les murs, le linoléum, les trois bancs de bois. Tu as le sentiment que ça a beau être le printemps dehors, c'est toujours l'hiver dans la maison de la loi. Ça te fait frissonner. Peut-être que cela te rappelle les fois où ton père est rentré à la maison le cuir chevelu ouvert. Ça ne pouvait tout de même pas être sa faute à chaque fois. Quand ton petit frère et toi lui demandiez pourquoi les flics le tabassaient, il répondait toujours : “Yeux marron, cheveux noirs.”

Au coin, il y a un guichet d'accueil. En matière d'accueil, il y a sûrement mieux. Belford est débraillé et obséquieux ; toi, c'est ton habitude en présence de fonctionnaires, tu es hautaine. On pense que les gens qui se montrent hautains avec les porteurs et les petits employés font ouvertement preuve d'un sentiment de supériorité, alors qu'en fait il est plus probable qu'ils essaient d'augmenter la distance entre eux-mêmes et ceux qui les servent, de rendre le fossé si large que le destin aurait de gros problèmes logistiques s'il devait les faire retraverser. Dans chaque femme carriériste qui ne laisse pas de pourboire à une serveuse, il y a la crainte persistante qu'elle pourrait bien être elle-même un jour obligée de servir des clients. Cette arrogance n'est qu'une tentative pathétique de conjurer le sort.

La réceptionniste – elle porte sûrement un autre titre – est une matrone d'environ quarante ans et à la voir on a l'impression qu'elle a passé pas mal de temps dans un congélateur. Elle a le visage terreux, aplati et de travers, comme un morceau de viande qui aurait été coupé par un homme des cavernes avec une hache en pierre, une sorte de steak de reptile pour barbecue préhistorique. Ses yeux sont des morceaux de cartilage et sa bouche mince fait songer à un coup de hache dans le filet. Quand elle apprend que vous êtes là à propos d'un singe, c'est à son tour de se montrer hautaine.

— Vous ne pensez pas que la police a des choses plus importantes à faire ? demande-t-elle, comme si vous étiez stupides au point de ne rien avoir retenu de toutes ces séries policières à la télé. C'est au contrôle animalier que vous auriez dû aller.

Belford lui sort son numéro de charme d'agent immobilier, mais elle ne sait que répéter "Contrôle animalier. Contrôle animalier". Elle veut vous envoyer à ce que l'on appelait autrefois "la fourrière" pour expliquer votre problème à un responsable du contrôle animalier : un "agent de la fourrière" comme on disait à une époque où on se prenait moins au sérieux. Belford finit par se mordre la lèvre, celle qui est tuméfiée, et entreprend de la mettre au courant du passé d'André. Il n'a pas le temps d'aller bien loin : petit sourire en coin et roulant des yeux de poisson mort en direction des autres employés, elle appelle un inspecteur. Tu as la forte impression qu'elle fait cela plus par soupçon que par compassion. En fait, tu l'entends dire en aparté "Harborview" à la fille du bureau d'à côté – Harborview, c'est l'hôpital où les flics emmènent les indigents qui ont perdu la boule.

Pendant plus d'une demi-heure, vous attendez sur un banc gris et inconfortable sans même un vieux magazine pour vous aider à passer le temps. Cette attente t'agace, mais ne te surprend guère. Sans doute la femme qui a pour visage un steak de saurien flambé disait-elle la vérité en affirmant qu'il n'y avait qu'un inspecteur affecté à ce service. La ville ne peut plus financer correctement ses services municipaux. Partout, mais vraiment partout, les infrastructures se détériorent. Des entrepreneurs de pompes funèbres fiscales tournoient au-dessus des plus grandes municipalités américaines comme des vautours, des archéologues pointent déjà leur pelle sur des villes qui ne sont même pas encore enterrées. Quoi qu'il en soit, avec Belford pour seule distraction, tu es forcée de rester assise là et de cogiter sur l'ouverture du marché lundi matin, soupesant les maigres chances que tu pourrais avoir de sauver les meubles – et ta peau. Un haut-le-cœur fait remonter jusqu'à tes molaires ce que tu as avalé ce matin.

Quand, enfin, l'inspecteur arrive en traînant les pieds, Belford a la présence d'esprit de lui tendre une carte de visite et tu t'empresses de l'imiter. Les cartes ont toujours un effet positif – un agent immobilier ? un broker ? on ne sait jamais, ces deux enfoirés boivent peut-être le coup avec le maire –, alors l'inspecteur aux cheveux blancs et au visage rougeaud, avec son air de prêtre irlandais qui se serait un peu trop souvent cogné le nez contre la grille du confessionnal, prête une oreille polie, intéressée, même, à l'histoire de Belford.

11 h 10

— Vous voulez savoir quel genre de singe j'ai perdu ? Eh bien, inspecteur, si vous vous y connaissez un peu en singes, vous aurez une bonne idée de quoi André a l'air quand je vous aurai dit qu'il s'agit d'un macaque sans queue, du type qu'on appelle communément singe de Barbarie. Un singe du Vieux Monde. Grand comme ça, large comme ça, à peu près. Pelage marron foncé. Très gentil, sauf si on le provoque. Il est dingue de glaces à la banane, de pains aux raisins et de ces tartelettes aux pommes emballées qu'on trouve dans les épiceries, vous voyez ? Un macaque ordinaire, j'imagine. Pas ou presque pas de queue. Mais, excusez-moi, inspecteur, s'il n'y avait que ça, on ne serait pas ici à vous faire perdre un temps précieux, on serait à la fourrière.

Belford marque un temps d'arrêt pour se ressaisir et, dans l'intervalle, l'inspecteur lève les yeux de son calepin et fixe son regard sur toi. Un regard sévère. L'inspecteur se demande (c'est ce que tu supposes) si une jeune femme bien mise comme toi, à la carrière et à la coiffure impeccables, pourrait être responsable des taches en soleil qui ornent la braguette de Belford. C'est un peu gênant ! D'un autre côté, il pourrait aussi te lancer ce regard dur parce qu'il a placé ses économies à la Bourse. À moins que ce ne soient tes yeux marron et tes cheveux noirs ? En frémissant, tu fais passer le poids de ton corps de la fesse gauche à la fesse droite, sur ce banc dont la dureté t'engourdit le derrière.

— Vous comprenez, j'ai ramené André de France. Ça fait plus de trois ans. Il avait eu des problèmes là-bas. Tout un tas de problèmes.

— Quel genre de problèmes ce singe a-t-il pu avoir, exactement, monsieur ?

Pour une raison quelconque, il te fixe à nouveau. Seigneur Dieu ! Quelles pensées dégoûtantes peuvent bien se bousculer dans la tête de ce fonctionnaire ? Et comment pourrais-tu t'empêcher de rougir ?

— André n'était pas un singe de première main. Par là, je veux dire qu'il avait eu un autre propriétaire. Et son maître précédent était un dresseur d'animaux, un Belge, qui avait mal tourné. Il était devenu voleur de bijoux, pour être franc. Un célèbre voleur de bijoux. Ou faudrait-il dire tristement célèbre ?

— Poursuivez.

Apparemment, l'inspecteur ne travaillait pas au noir pour la police du langage.

— Vous avez peut-être entendu parler de ce type. Kongo van den Bos. Non ? Vraiment pas ? Bon, en tout cas, c'était entièrement la faute de ce Kongo van den Bos. Qu'est-ce qu'un singe irait faire avec le collier en émeraudes d'une star de cinéma ou une statuette aztèque en jade ? Ou le diamant Hope, d'ailleurs ? Vous savez, un singe peut avoir une certaine intelligence, mais ce ne sont que des animaux en fin de compte, et ils ne peuvent pas comprendre que ces pierres aux couleurs vives et ces métaux dorés aient une telle valeur pour nous autres les humains. André ne faisait que ce que Kongo van den Bos – vraiment je suis surpris que vous n'ayez jamais entendu parler de lui dans votre travail – lui avait appris à faire. C'était comme un numéro de cirque, vous voyez, pour ce qui concernait le petit André. Il n'est absolument pas possible qu'un singe comprenne que c'était une activité criminelle. Du point de vue de l'application de la loi, ce n'est pas ce que vous diriez ?

— Poursuivez, monsieur.

— OK, vous voyez, j'étais en France, je faisais un circuit touristique quelques mois après l'arrestation de M. van den Bos. Il avait été pris la main dans le sac à Saint-Tropez – c'est une ville sur la Côte d'Azur, pas le genre d'endroit que je fréquente normalement, ha-ha – et c'est à ce moment-là que les autorités se sont enfin rendu compte qu'il avait dressé son singe pour faire les sales coups à sa place. C'est ce qui expliquait son succès. Vous voyez, qu'est-ce qu'il y a de mieux qu'un singe pour entrer et sortir d'une chambre de milliardaire ? Bien, il y a eu un procès, Kongo a été reconnu coupable et envoyé en prison. Mais restait la question : Que faire d'André ? André, c'est le nom du singe. J'imagine que ça a fait toute une histoire, parce que les autorités voulaient l'euthanasier. Ils n'arrêtaient pas de dire que maintenant les habitudes criminelles qu'il avait prises étaient profondément ancrées en lui et que l'on ne pourrait plus jamais lui faire confiance. Mais les groupes de défense des animaux sont intervenus et ils ont finalement mis cette pauvre bête exploitée au zoo municipal de Saint-Tropez. Ça s'est passé environ une semaine avant que mon groupe arrive sur la Côte d'Azur. Bon, malheureusement, après deux nuits passées au zoo, André s'est… euh… échappé et euh…

Belford se tait, plein de chagrin.

— S'il vous plaît, poursuivez.

À cet instant, tu as le sentiment que l'inspecteur dit cela plus par curiosité que par impatience.

— Poursuivez, ordonne-t-il.

Alors Belford poursuit.

Tout en présentant des excuses qui finissent par devenir gênantes, il raconte à l'inspecteur comment, après s'être enfui du zoo, le singe s'était déchaîné. En une seule nuit, André était passé comme une tornade dans une demi-douzaine de villas et presque autant d'hôtels, volant montres, bagues et broches, rien que les plus belles pièces, faisant son choix avec l'œil d'un connaisseur, même si, peu avant l'aube, il avait aussi fait main basse sur le dentier du chef de la police qui était dans un verre d'eau sur sa commode. Le chef de la police l'avait pris comme une insulte personnelle délibérée et, quand André avait été capturé le lendemain après-midi en pleine sieste dans le nid-de-pie d'un yacht à l'ancre, le chef avait juré que le singe allait y passer. Il était difficile de plaider pour qu'André soit épargné. Jusque-là, il n'avait sans doute fait qu'exécuter les ordres de son maître – une pauvre bête sous l'influence d'une canaille. Mais maintenant, il avait volé de son propre chef, il avait volé avec perspicacité et expertise et, surtout, en grande quantité. (Quand Kongo le dirigeait, il faisait rarement plus de deux cambriolages par mois.) Il était clair que ce n'était pas un animal ordinaire et, pour reprendre les termes du chef de la police, André était "d'une intelligence diabolique et une menace pour les possesseurs d'objets inestimables". Des farceurs avaient prétendu que le chef, en disant cela, avait remis en place son dentier retrouvé. Toutefois, les défenseurs des animaux étaient venus une fois encore à la rescousse du singe. Menées par une ancienne star du cinéma, des manifestations avaient eu lieu partout en France. Belford avait été le témoin de l'une d'entre elles depuis le balcon de son hôtel à Paris. Il avait vu, dans les rues et à la télévision, des photographies du singe condamné. Et dans son cœur, il avait senti quelque chose briller comme une planète brûlante mais lointaine. Instinctivement, il avait tendu le bras en direction de la photo, comme pour prendre la petite main du singe dans la sienne.

L'heure de l'exécution d'André était arrivée. Le chef de la police et trois de ses hommes maintenaient André pour que le vétérinaire puisse lui faire l'injection fatale. L'aiguille n'était plus qu'à quelques centimètres de la hanche rasée quand une vitre vola en éclats dans un bruit d'explosion et Brigitte Bardot elle-même bondit en passant par la fenêtre, suivie d'un commando d'une dizaine de personnes. Pendant que les deux parties se bagarraient, un juge du tribunal situé à quelques rues de là accorda un sursis à l'avocat de Bardot. Celui-ci se précipita chez le vétérinaire et, arrachant le chef de la police des griffes de sa cliente, présenta le document. Quand le groupe de son voyage organisé arriva à Saint-Tropez, Belford, apprenant que la "petite fripouille", comme il s'était mis à surnommer le macaque, avait été provisoirement épargnée, s'écria "Alléluia !" Comme ça, sur la Côte d'Azur. Il ne put s'en empêcher.

— J'ai toujours aimé les animaux, inspecteur. Que quelqu'un maltraite un chien et ça me fait vraiment sortir de mes gonds. Ce singe français était si mignon et la vie avait été si injuste avec lui. Bon, alors, tout de suite je me suis trouvé un interprète puis je suis allé à la mairie, au commissariat et au tribunal pour leur proposer de les débarrasser d'André. De le ramener en Amérique. Le pays des hommes libres, la patrie des hommes courageux. (Seigneur Dieu ! te dis-tu. Il peut pas arrêter ces mièvreries et en venir au fait ?) Tout d'abord, ils n'ont même pas voulu m'écouter, mais j'ai insisté. On vous apprend ça, dans la vente. Insister et rester poli. Mon groupe a continué vers l'Espagne, mais moi je suis resté et presque chaque jour j'allais au bureau d'un fonctionnaire ou d'un autre à Saint-Tropez et je leur sortais mon boniment. Je ne sais pas de quoi le chef de la police s'est fatigué le plus : la controverse dans les médias, ou moi devant sa porte, toujours est-il qu'un jour, après environ un mois de pression constante, il m'a fait venir dans son bureau et m'a dit dans un anglais parfait : "Si vous pouvez emmener cette sale bête hors de France demain soir au plus tard, ce singe est à vous." Mot pour mot. Et, avec grand plaisir, j'ai obtempéré.

L'inspecteur prit un air renfrogné.

— Ce Français n'a pas fait de dossier pour les autorités américaines ? Vous non plus ?

— Non, inspecteur, ni lui ni moi. Peut-être que j'ai eu tort, mais je voulais donner à ce pauvre singe une nouvelle vie. Pourquoi apporter son passé avec lui à Seattle ? Vous voyez, j'étais convaincu que je pouvais le changer. Et j'ai réussi. Comme Miss Mati peut en témoigner, j'ai réussi.

L'inspecteur te jette un regard comme on lance une pièce à un lépreux. Puis il demande à Belford :

— Qu'est-ce qui vous fait dire ça, monsieur ?

— Au bout de six ou sept mois, à peu près – ce genre de choses prend du temps –, je pouvais laisser des colifichets, des perles et des faux bijoux partout, et André n'y touchait même pas. Si j'agitais un bracelet en strass devant ses yeux, il se mettait à hurler et quittait la pièce en courant. (Peut-être, te dis-tu, qu'il hurlait devant ton mauvais goût. Tu crois qu'un singe ne peut pas faire la différence entre du strass et des diamants ?) Comment suis-je parvenu à ce résultat ? Eh bien, en partie grâce au conditionnement et à de simples règles de dressage animal, bien que ce ne soit pas toujours aussi simple, cela demande une montagne de patience. Et en partie grâce à ma foi. Et là je parle de prières. Mon Dieu, qu'est-ce que j'ai pu prier pour ce singe ! Et j'ai montré à André comment prier aussi. D'accord, vous pouvez me regarder d'un air bizarre, mais depuis un an et demi, André se met à genoux près de moi chaque soir, à l'heure d'aller au lit, et il incline la tête ; et les gens peuvent bien dire "Le singe voit, le singe fait", moi je crois sincèrement que ça va plus loin que ça. André est fervent. Vraiment. Il faut voir comment la petite fripouille réagit aux images de Jésus-Christ. Je sais, je sais, ce n'est qu'une bête, mais qui peut dire qu'André n'a pas d'âme, une petite âme de singe ? Bien sûr qu'André a été redressé, mais je suis prêt à aller encore plus loin. André a été régénéré.

L'inspecteur s'éclaircit la gorge. Levant à peine les yeux, il s'enquiert auprès de Belford des circonstances dans lesquelles le singe a disparu – "Hier matin, pendant que j'étais au travail. Il a ouvert la porte qui était fermée à clé et il est parti. Sans avertissement, rien" – et il l'assure que la police ne retiendra pas, ne pourrait pas retenir André une fois appréhendé, sauf s'il a commis une infraction. En fait, en l'absence de délit, la seule chose que l'inspecteur puisse faire, c'est remplir une fiche. L'information, classée "non prioritaire" (comprenez : d'importance secondaire), allait être communiquée aux agents dans les voitures de patrouille, leur signalant un singe en liberté et leur demandant d'être attentifs. À ce moment-là, l'air un peu sonné, comme un prêtre qui vient d'entendre les confessions de tout un dortoir de jeunes filles débordant d'hormones, l'inspecteur s'excuse et va se réfugier dans son bureau.

— Bon sang, dit Belford. Plutôt décevant, hein ?

— Dis-moi, je ne t'avais pas dit de mentionner les pots-de-vin ? Ça aurait pu lui donner une certaine inspiration.

11 h 30

Dehors, le temps est devenu étonnamment doux. Et, ce qui est moins étonnant, brumeux. L'air a un goût de choucroute, la couche d'ozone au-dessus de la métropole s'agite comme un entremets de gelée de rat. Bien qu'il n'y ait presque pas de nuages dans le ciel, le Mont Rainier a pratiquement disparu. C'est un sommet spectral maintenant, un téton fantomatique derrière la brume, et le soleil est fantomatique également, ses océans ardents de radiation nucléaire ne sont pas de taille à lutter contre ce que crachent des dizaines de milliers de petites voitures japonaises.

— Ne respire pas cet air, préviens-tu, tu ne sais pas d'où il vient.

Derrière son masque d'hydrocarbures, la silhouette de la ville apparaît comme le visage d'un cambrioleur sous son bas de nylon.

— Je me souviens d'une époque où il n'y avait pas de smog à Seattle, dit Belford. Il n'y a pas si longtemps de ça.

— Ne nous plaignons pas, répliques-tu. C'est l'odeur de l'argent.

Heureusement pour toi, Belford paie le parking. Tu te dis qu'il va sûrement falloir rogner sur tout maintenant – une idée profondément déprimante. Bizarrement, pour une raison quelconque, tu repenses à ce pauvre type au Bull & Bear et à ce qu'il a dit au sujet du bon temps qui ne faisait que commencer. "Harborview", siffles-tu. Et Belford, croyant que tu fais référence à la réceptionniste de la police, se hâte d'ajouter :

— Probable qu'on a dû lui paraître un peu fous à cette pauvre femme.

En prenant par Elliott Avenue, sur le front de mer, tu parviens à éviter les bouchons occasionnés par le défilé en l'honneur de Yamaguchi. De toute manière, il apparaît que ce n'est pas un défilé, mais un rassemblement au centre commercial Westlake, en plein centre-ville. Le maire remet au Dr Yamaguchi les clés de la ville. Une foule grouillante de cancéreux venus des États environnants et de Colombie-Britannique implorent sa bénédiction. Le bon docteur promet à tous et à la presse qu'il fera d'importantes révélations sur ses découvertes lors du congrès, lundi – et puis, avec force sourires timides et tapotements de Bic, il raconte une petite histoire, expliquant que ses parents n'avaient accepté qu'il vienne faire ses études à Houston que parce qu'ils pensaient que "Rice University"* était un nom adapté aux besoins alimentaires d'un Asiatique qui a le mal du pays.

Dans la montée de Queen Anne Hill, tu demandes stupidement à Belford s'il a envisagé la possibilité qu'André ait pu être volé. Il secoue la tête avec assurance, mais sa confiance se transforme rapidement en panique quand tu entres dans les détails :

— Là, moi je te parle de quelque chose qui aurait été organisé. Un travail de professionnel. Ce que je veux dire, c'est qu'il y a des criminels dans toute l'Europe qui ont eu connaissance d'André et de ses talents particuliers. Peut-être que l'un d'entre eux est remonté jusqu'à lui ici. Bon, d'accord, ils ne sauraient pas comment le contrôler, quels ordres lui donner et tout ça. Mais si Kongo van den Bos les avait renseignés ? Suppose qu'il ait vendu ces informations à un de ses compagnons de cellule, ou qu'ils l'aient tabassé pour lui extorquer les renseignements ? Suppose que Kongo soit en liberté conditionnelle ? Ça fait trois ans. Des libérations anticipées, ça arrive tout le temps en Amérique, alors pourquoi pas en France ? Suppose que Kongo soit ici ? Suppose…

— Mon Dieu, gémit Belford. Mon Dieu, mon Dieu, mon Dieu ! Pourquoi je n'y ai pas pensé plus tôt ?

Il insiste pour que tu fasses demi-tour avec ta Porsche et que tu le reconduises immédiatement à la police où il pourra prévenir l'inspecteur. Tu dois user de tous tes pouvoirs de persuasion pour le convaincre qu'il peut faire tout ça aussi facilement par téléphone.

— Appelle-les dès que tu es rentré chez toi. Ensuite, fais un somme, pour l'amour de Dieu. Bois un verre de sherry. Tu es un vrai paquet de nerfs.

Tu n'es peut-être pas aux petits soins pour lui autant que tu le devrais, mais tu lui as consacré toute ta matinée aux dépens de tes propres priorités. Il faut seulement que tu attrapes Q-Jo avant qu'elle ne parte. Son jeu de tarots t'attend, avec ses couleurs criardes et ses obscurs archétypes – un trou de serrure un peu extravagant, même s'il est bouché par une boulette de papier mâché, dans la porte qui donne accès à ton temple de la déveine.

* Rice est le nom du fondateur de cette université de Houston, mais le mot signifie aussi "riz".

11 h 50

Tu arrives trop tard. Son rendez-vous avec la touriste du club de jardinage est à midi et il semblerait que, pour une fois, elle va être à l'heure. Un jour, à toi qui as pour credo de ne jamais être en retard pour quoi que ce soit, elle a cité cette phrase d'Oliver Goldsmith : "La ponctualité n'est pas une caractéristique admirable chez une femme gracieuse." Q-Jo, avec ses bourrelets monstrueux de chair ballottante, n'offrait à ton regard qu'une parodie de grâce, mais tout ce que tu as trouvé à répondre, c'est : "Le monde appartient à ceux qui se lèvent tôt." Évidemment, ça l'a bien fait rire.

En tout cas, justement aujourd'hui, Q-Jo Huffington est partie au travail à l'heure, un travail qui, dans ce cas précis, concerne non pas sa première qualité, celle de liseuse de tarots, mais la seconde, celle de public captif professionnel pour raseurs voyageurs.

Il y a presque dix ans, prenant un bus en ville, Q-Jo avait glissé ses mignonnes petites plaques tectoniques sur un siège près d'une vieille bique vêtue de noir et (heureusement) minuscule qui, s'était-il avéré, revenait d'une visite à la maison de ses ancêtres, en Grèce. Q-Jo réagissant avec un semblant d'enthousiasme aux photos déjà bien écornées que la vieille femme avait sorties de son sac, celle-ci lui avait dit :

— Venez chez moi regarder mes photos, je vous paierai dix dollars.

Et parce qu'elle avait eu pitié de cette dame et qu'elle ne pouvait se permettre de refuser les dix dollars, Q-Jo avait accepté. Plus tard, il lui était apparu que le monde était plein de gens qui avaient les mêmes besoins. Certains étaient âgés et seuls, d'autres étaient bizarres et sans amis, d'autres encore avaient bien des amis, mais ils risquaient de les perdre s'ils leur infligeaient une nouvelle fois le récit illustré de leurs dernières vacances, d'autres, enfin, étaient d'incorrigibles m'as-tu-vu. Tous avaient en commun d'être allés quelque part et de vouloir le raconter à quelqu'un dans le détail. Et donc, Q-Jo se louait. Elle s'asseyait dans leur salon, leur tanière ou leur appartement exigu – occasionnellement dans des bureaux de direction – et se plongeait dans leurs albums et leurs photos, applaudissait à leurs séances de diapositives et de vidéos, poussait des oooh ! et des aaah ! devant les bibelots et les souvenirs rapportés, écoutait attentivement des pages de leur journal, des passages de guides touristiques et de brochures dithyrambiques et, de manière générale, manifestait son intérêt et sa curiosité. (Elle avait rapidement compris que plus elle posait de questions, plus les pourboires étaient élevés, mais il était prudent de ne poser que les questions auxquelles elle était sûre que ses clients pouvaient répondre.) Des pique-niques de famille en Iowa aux Folies-Bergère à Paris, des souris magiques de Disneyland aux énormes rats de Kaboul, Q-Jo avait eu l'occasion de donner son avis sur tout cela. Parfois à plusieurs reprises. Ses clients n'étaient pas du genre à courir le monde – certains ne partaient qu'une seule fois dans leur vie – et il lui arrivait assez fréquemment d'être invitée à revoir le même voyage deux ou trois fois, voire plus.

Si tu ne lui as pas dit vingt fois, tu ne lui as pas dit une seule fois : sa petite escroquerie est peut-être une bonne trouvaille, mais il n'y a pas d'argent à gagner avec ça, pas ce que toi tu appelles de l'argent. Elle dit qu'elle s'en fiche.

— C'est un revenu complémentaire. Les tarots, c'est un business qui m'a l'air de beaucoup fluctuer en fonction de l'alignement des planètes.

Selon toi, ce serait plutôt en fonction de la situation économique.

— De toute façon, mes clients s'appuient sur moi sur le plan émotionnel, insiste-t-elle en exprimant un sentiment qui ne te paraît pas notablement différent des attitudes très "cœur sensible" de Belford Dunn dont elle se moque volontiers avec toi.

Passons. Q-Jo est partie travailler, juste au moment où tu as le plus besoin d'elle. Toutefois – tu t'en aperçois quand tu arrives au bout du couloir qui mène à ton spacieux appartement –, elle t'a laissé un mot.

11 h 53

Glissé dans l'encadrement de ta porte, tu trouves un petit rectangle de papier de riz noir qui, une fois déplié, laisse apparaître, écrit à l'encre argentée, le message suivant :

> Gwen mon chou,
>
> Désolée qu'on se soit ratées. Je serai de retour à trois heures. En attendant, les cartes sont étalées sur mon bureau.

Je les ai battues en me concentrant sur toi et les questions que, j'en mettrais ma main à couper, tu brûles de me poser. Alors choisis une carte. Tu sais comment faire. Étudie-la, on se retrouve plus tard.

Bisous,

Q la Huff

Elle veut que tu choisisses une seule carte. C'est votre façon de faire ces jours-ci. Maintenant que vous êtes devenues proches, elle a du mal à te faire une lecture complète. Ses sentiments, ses craintes et ses espoirs à ton sujet interfèrent comme des parasites dans la transmission psychique. Elle dit que les tarots peuvent avoir une pléthore de significations et quand elle regarde les cartes qui sortent pour une amie, son instinct protecteur lui fait perdre son objectivité et la pousse à exagérer le positif. En fin de compte, la personne est trompée et le don de Q-Jo compromis.

— Les tarots avec un inconnu, c'est un peu comme une aventure amoureuse sans lendemain, explique-t-elle. C'est généralement plus dangereux et plus honnête que quand tu couches avec celui que tu aimes.

Te rappelant la première fois qu'elle t'a lu les cartes, tu es bien obligée d'être d'accord avec elle. C'était il y a presque trois ans. Tu étais nouvelle dans l'immeuble, tu venais d'acheter ton appartement à Belford Dunn. Tu étais aussi nouvelle dans la boîte de Posner, et c'est un mélange d'inquiétudes et d'ambitions professionnelles qui t'avait poussée à sonner chez Q-Jo, bien qu'elle affirme que c'était en fait de toutes autres préoccupations.

Tout comme l'université de l'État de Washington avait été le seul établissement de quelque importance qui ait bien voulu te prendre en troisième cycle, Posner Lampard McEvoy et Jacobsen fut la seule société de courtage qui voulut bien t'engager. Dieu sait que tu avais d'abord fait acte de candidature auprès des géants. Bon, c'est vrai que tu n'avais pas été super-brillante à la fac, mais tu avais obtenu ton MBA sans problème (oh, tu avais bien eu recours à quelques petites antisèches et tu avais bien fait un peu de lèche-bottes, comme cela arrive à un moment ou à un autre à tous les étudiants sous pression), et tu étais confiante quant à ta réussite. Après tout, c'était la seule chose que tu aies jamais voulue. Tu étais obligée de lancer ta carrière dans une entreprise régionale ? Eh bien tant mieux. Tu allais pouvoir devenir un gros poisson dans un petit étang, et bientôt tu serais invitée à descendre le courant jusqu'à la mer où s'ébattaient les gros mâles. Bien sûr, cela t'avait agacée au plus haut point que Posner ne soit pas impressionné par ton MBA. "On est ici pour vendre, avait-il dit, et je vous donne votre chance en raison de votre expérience dans la vente." Tu avais payé tes études supérieures en travaillant l'après-midi, les week-ends et pendant l'été chez Nordstrom. Au magasin, ils t'avaient d'abord mise au rayon lingerie féminine, mais comme tu devenais toute rouge à chaque fois qu'un membre de la gent masculine te posait des questions sur les tenues intimes, ils avaient dû te transférer au rayon vêtements de loisirs. Ah, tu peux dire que tu as manipulé des montagnes de blousons de ski pendant toutes ces années, mais c'est une autre histoire. Si Posner était incapable de faire la différence entre Gore-Tex et bons du Trésor, c'était son problème.

Ton problème à toi, c'était que tes performances cette première année dans la boîte n'avaient pas été à la hauteur de tes attentes. C'est vrai, tu étais financièrement plus à l'aise que tu ne l'avais jamais été auparavant, mais le pactole semblait tout simplement hors de portée de tes petites menottes, ce qui était assez contrariant, et M. Dunn, ainsi que tu l'appelais à cette époque, avait dû te pistonner auprès de la banque pour que ton prêt te soit accordé.

À quel moment exactement tu t'étais rendu compte que ta voisine d'étage était la liseuse de tarots la plus réputée de Seattle, cela t'échappe aujourd'hui. Par contre, tu te souviens très clairement du soir où, pleine d'hésitation, de cynisme et d'un peu plus d'une bonne dose de honte, tu avais posé le bout de ton index à l'ongle rongé sur sa sonnette. Désorientée par sa taille et son accoutrement, tu avais bafouillé que tu souhaitais prendre rendez-vous – "Juste comme ça, pour m'amuser, vous voyez" – et elle avait dit : "Là, tout de suite, ça vous dirait ? Ma séance de six heures et demie vient d'être annulée." Bredouillant quelques excuses, tu avais essayé de reculer, mais elle avait passé l'énorme miche de pain qui lui sert de bras – une baguette pour mastodontes – autour de toi et t'avait attirée à l'intérieur. "Allez, vous avez l'air d'être du genre à rechercher la satisfaction immédiate. Pourquoi atermoyer quand on peut vaticiner ?"

Sans te laisser le temps de protester davantage, elle t'avait fait asseoir à une table ovale en merisier dans un living-room – "salon" est un terme plus approprié – qui aurait pu être décoré par une grand-mère du Middle West partie faire une razzia dans un magasin Sears en 1939. Les meubles de la pièce étaient recouverts de ce genre de tissu grumeleux qui irrite légèrement mais de manière incessante l'esprit autant que la peau, les coussins du canapé étaient rêches et durs, les rideaux étaient en dentelle défraîchie ; et, décorant les murs là où tu t'étais attendue à voir, sinon des mandalas ésotériques, tout au moins des slogans inspirés en surimpression sur des images d'arcs-en-ciel et de levers de soleil, il y avait des tableaux représentant des paysages, comme ceux que l'on vend dans ces magasins de meubles des quartiers miteux de la ville qui annoncent en permanence une liquidation totale avant fermeture. Remarquant que tu contemplais le décor d'un air renfrogné, elle t'avait dit dans un large geste des bras : "Les forces psychiques trouvent cette atmosphère hospitalière." Seigneur Dieu ! avais-tu pensé. Entend-elle par là que la Conscience supérieure sommeille sous de la chenille ?

Comme tu t'étais sentie mal à l'aise en mélangeant les cartes ! Q-Jo s'était aperçue que tu étais totalement novice en matière de tarots, mais elle ne t'avait pas dit grand-chose concernant ton histoire et tes origines ce soir-là. Au cours des années suivantes, elle avait abondamment disserté sur ce sujet, même si tu admettais volontiers que la plus grande partie de ce qu'elle racontait entrait par une oreille et ressortait par l'autre. Tu lui avais rendu le paquet en disant :

— Écoutez, je suis courtière en Bourse et la raison pour laquelle je suis venue vous voir c'est, eh bien euh, je me demande… j'ai agi de façon inopportune avec le marché, récemment, j'ai acheté des actions qui ont fait le plongeon, j'ai raté quelques coups et… (Tu avais fouillé dans ton sac.) Je n'ai pas le répertoire des titres avec moi, mais je peux faire un saut chez moi et le rapporter. Je pensais que nous pourrions y jeter un petit coup d'œil et que vous pourriez…

Q-Jo avait posé une phalange grosse comme une banane plantain sur tes lèvres et émis un bref rire moqueur avant de répondre :

— Bon, écoutez-moi, ma chérie, et écoutez-moi bien. Est-ce que vous croyez vraiment que si j'étais capable de deviner quelles actions vont doubler – ou les chiffres qui vont sortir à la loterie, ou les chevaux qui vont gagner – je vivrais dans ce deux-pièces à fumer du tabac qui donne de l'asthme et que je porterais ce turban vieux d'un an ? Allons ! Je serais tranquillement en train de me faire coiffer dans une jolie petite villa des contreforts de l'Himalaya, avec des fontaines et des paons, Ram Dass dans la suite des invités, un cuisinier français et un diététicien à demeure et tout et tout. Vous voyez le tableau. Autre chose également : je ne peux pas prédire votre avenir avec exactitude. Il faut que ce soit bien clair entre nous. Je ne peux pas, aucun voyant ne peut et celui qui prétend le contraire est un escroc.

Elle avait tapé sur le jeu de cartes avec le même doigt-banane qu'elle avait employé pour te faire taire.

— Ceci n'est pas une boule de cristal, et vous devriez en être bougrement contente. Et ce ne sont pas des feuilles de thé, ni des entrailles de bouc. Ce que vous avez là est un système très raffiné et très efficace d'accès à un savoir symbolique. Les symboles, qui ont été soigneusement choisis au fil des siècles, parlent directement aux niveaux profonds de notre esprit. L'esprit occidental. En Orient, le Yi King permet d'obtenir pratiquement les mêmes résultats avec des moyens un peu plus tarabiscotés. Passons. Les images de ce tarot vont servir à ouvrir et libérer certains aspects de votre subconscient. Une fois que les symboles auront déverrouillé votre subconscient, je pourrai utiliser ma propre vision psychique pour lire ce qui peut bien se passer dans les recoins de votre citrouille. Je lis vos pensées subconscientes – et elles sont aussi lisibles pour moi que le *Seattle Times* – mais je ne lis pas l'avenir. Comprende ?

Aussi intimidée que déçue, tu avais acquiescé et, à l'invitation de Q-Jo, tu avais coupé les cartes. Une par une, en commençant par le dessus du paquet, elle avait retourné les lames et les avait disposées systématiquement de façon à former ce qui ressemblait à une croix celtique.

— Bon, pour une raison quelconque, votre subconscient sait des choses qu'ignore votre esprit conscient. Très souvent il est en avance sur votre esprit conscient à propos de la direction vers laquelle vous penchez concernant une situation ou une décision données. Donc, à cet égard, il est possible que l'information que je peux glaner pour vous ce soir vous apparaisse par la suite comme une prédiction qui s'est réalisée. Vous me suivez ? Mmm… voyons ce qu'on a là ? De la même façon, si les tarots et moi détectons des tendances dans votre conduite, des modes de comportement et ce genre de choses, on peut faire au moins des semi-prédictions. Vous savez, si vous voyez quelqu'un traverser Seattle en voiture, roulant à cent dix avec un bandeau sur les yeux, vous pouvez "prédire" sans grand risque de vous tromper que les parents de cette personne vont bientôt toucher une somme d'argent, pourvu que l'individu ait souscrit une bonne assurance. OK, Gwen ? Mais si un voyant affirme qu'il ou elle peut vraiment connaître les événements futurs, eh bien cela revient à nier l'existence du libre arbitre, et il se trouve que moi, je crois au libre arbitre. L'avenir n'est pas déjà tout tracé. Tout ce que je vais vous révéler ce soir peut être changé. Vous, de votre propre volonté, vous pouvez le changer. L'inverser, l'infléchir, tout ce que vous voulez. Vous pouvez enlever le bandeau sur vos yeux et ralentir. Souvenez-vous de cela. Bon, jetons un coup d'œil. Ça vous dérange si je fume ?

Bien que l'odeur de tabac te soulève l'estomac, tu lui avais fait signe que non. Elle avait embrasé son herbe puante puis, après s'être gonflé les voiles, elle était tombée dans une transe légère. Dans cet état, sa voix s'était faite apaisante, hypnotique presque, et sa façon de parler plus articulée, plus formelle. Néanmoins, il n'avait pas fallu longtemps pour que son supertanker vienne pulvériser ta petite jetée.

— En position trois, qui est la carte représentant les inquiétudes et les influences actuelles, vous voyez que nous avons le Quatre de Denier. Qu'est-ce qui se passe dans cette image, Gwen ? N'essayez pas de l'analyser. Regardez-la simplement comme si c'était une illustration dans votre livre d'enfants préféré. C'est de cette façon que je veux que vous regardiez toujours les cartes. OK ? Qu'est-ce que fait le personnage ? Il veut posséder, non ? Il a les pieds fermement posés sur des pièces d'or, les bras serrés très fort sur une autre pièce, et une quatrième est en équilibre sur son crâne : en d'autres termes, il n'a que l'or en tête. Ce que le Quatre de Denier dans cette position suggère, c'est une inquiétude à propos de l'argent, la crainte de pertes financières. On est dans des questions de sécurité fondamentale. Vous semblez préoccupée par l'accumulation de richesses ou la perte de ce que vous possédez. Et si jamais vous deviez perdre votre argent, que vaudriez-vous en tant qu'être humain, qui seriez-vous ? Votre identité est entièrement repliée sur les richesses matérielles. Le problème, Gwen, c'est que plus vous êtes prête à tout pour réussir financièrement, plus vous vous accrochez à ce que vous possédez, et plus vous risquez de tout perdre. L'argent, à cet égard, c'est comme l'amour. Il faudrait peut-être vous concentrer sur d'autres aspects de la vie pour changer. Cela pourrait vous être bénéfique de lâcher un peu prise.

Sidérée par la pertinence de la révélation ? Pas vraiment. Pas plus avancée ni impressionnée par ce que tu venais d'entendre, tu t'étais dit : Quelle escroquerie ! Elle a très bien pu extrapoler tout cela des remarques que j'ai faites en arrivant. Cela t'avait franchement agacée et il était dit que cela n'allait pas s'arranger. Apparemment, un morceau de carton de dix centimètres, appelé le Cinq de Bâton, était si bien au courant de ta manière de procéder qu'il pouvait t'accuser de te créer toi-même des problèmes sans t'en rendre compte, de te faire trébucher toi-même, de trop te battre et de faire trop de choses à la fois. Il y avait encore une troisième carte représentant du stress au sujet de questions financières, tandis que dans la position censée révéler comment les autres te voyaient surgissait un type sur son destrier – l'air presque comiquement agressif : le Cavalier d'Épée, que Miss Huffington avait décrit comme dévoré d'ambition et arriviste, le genre à ne laisser personne se mettre en travers du chemin qui mène à la récompense.

S'il y avait un croûton de vérité dans cette salade d'orties – et force était d'admettre qu'il y avait bien un croûton –, il n'était pas nécessaire d'en tenir compte dans la mesure où il était, selon toi, passager et trivial, et ne justifiait certainement pas la conclusion du mastodonte enturbanné selon laquelle tu avais choisi soit le mauvais but, soit la mauvaise façon d'y parvenir. Tu avais été sur le point de l'indemniser – “Vous prenez la carte Visa ? Voilà une carte qui sait comment se comporter avec les femmes” – et d'aller vite retrouver le confort de ton appartement, lorsqu'elle avait retourné la Reine de Coupe et regagné toute ton attention.

Une jeune femme blonde élancée, au teint pâle, vêtue d'une robe royale est assise sur un trône de bois sculpté au bord de la mer. Un amas de coquillages à ses pieds, roulant, peut-être ; l'eau vient caresser ses orteils. Oublieuse du sel et du soleil, des navires à l'horizon et de la nacre qui naît dans la vague, la reine regarde fixement un calice en or richement orné qu'elle tient en équilibre sur ses mains. Elle donne l'impression que le ciel pourrait s'ouvrir sans qu'elle se détourne du Graal et de sa dure beauté.

— Cette femme, la Reine de Coupe, délicate et rêveuse, avait dit Q-Jo, est une romantique, une esthète, de façon un peu morbide parfois. Elle sait être douce et protectrice, mais elle est obsédée par des questions philosophiques qu'elle ne peut comprendre. (Q-Jo avait levé les yeux avant de continuer.) De toute évidence, Gwen, cette femme n'est pas vous. Ce doit être votre mère. Oui, c'est votre mère. Votre mère était une personne aimante mais déséquilibrée sur le plan émotionnel. Elle a probablement essayé d'être présente pour vous, mais sans savoir comment s'y prendre parce qu'elle ne pouvait même pas être présente pour elle-même. Je dis "a essayé" parce que je sens qu'elle est passée de l'autre côté – cet autre côté qui l'a toujours beaucoup intriguée. Votre mère s'est suicidée. Aujourd'hui encore, vous ne savez pas pourquoi.

Comment cette fripouille obèse pouvait-elle savoir tout ça ? Comment osait-elle savoir ? Elle était payée pour lire l'avenir, pas le passé ! Tu t'étais sentie indignée. Mais les larmes que tu retenais n'étaient pas des larmes de rage.

Q-Jo avait trouvé ton père dans les cartes – le Valet de Coupe, immature et peu fiable. Elle avait également désigné le Cinq de Coupe et le Sept d'Épée, le premier indiquant la perte et la solitude que tu avais ressenties dans le cadre familial, le second suggérant colère et séparation. Elle avait fait allusion aux périodes où il fallait se cacher des propriétaires, aux matelas nus, au chianti renversé, aux rodomontades révolutionnaires, aux vêtements pour l'école achetés dans des friperies, et même aux magazines de poésie polycopiés, ainsi qu'à toutes ces fêtes au son des bongos qui duraient toute la nuit et qui faisaient que le lendemain tu t'endormais pendant les cours d'algèbre en première année de fac. Elle avait parlé d'une "carte de pardon", mais tu ne te souvenais plus laquelle c'était. À cet instant-là, tu n'avais pas pu te contrôler davantage, secouée de violents sanglots accompagnés de larmes. Les bras que la voyante avait passés autour de toi ressemblaient à des jouets de plage, des bouées en caoutchouc gonflées de mélasse. Tu t'étais écartée, mais vous étiez toutes deux libérées et réconfortées, et tu savais que tu reviendrais la voir.

11 h 55

Tu pénètres dans l'appartement de Q-Jo. Il possède la même cheminée en céramique et les mêmes poutres apparentes que le tien, mais tandis que tes parquets d'érable rouge sont nus et cirés, les siens sont presque entièrement recouverts de tapis orientaux élimés ; tandis que tes fenêtres à vitraux brillent sans la moindre décoration, les siennes sont drapées de dentelle défraîchie ; tandis que ton appartement est aéré, moderne, minimaliste, le sien est encombré et te donne envie de te gratter. Comme toujours dans ses quartiers, tu éprouves un curieux mélange de sensations, de consolation et de suffocation.

Le jeu de tarots est sur la table. Il se tourne les pouces (par dizaines) et tape du pied (par dizaines aussi). Au lieu de la disposition en croix, il est étalé sur le plateau, faces cachées, en éventail. Sans même prendre la peine de poser une question – qu'est-ce qui pourrait bien t'occuper l'esprit à part l'effondrement du marché et l'étendue des répercussions sur ta vie ? –, tu désignes immédiatement une carte. Mais au moment où tu vas la prendre, tu retires ta main. D'une certaine façon, tu as l'impression que quelque chose ne va pas avec cette carte.

Avec un petit rire nerveux, tu jettes un coup d'œil dans la pièce, comme si tu te croyais épiée. Tu te sens stupide tout à coup. Le pays, sinon le monde entier, est en plein désarroi économique, ta carrière est dans la balance et avec elle, tous tes rêves et ta sécurité, et tu perds ton temps à consulter le jeu de cartes pittoresques d'une voyante bibendum qui n'est même pas présente. Oh, et puis zut ! Q-Jo se plaint toujours que tu ne suis pas les conseils des tarots, de toute façon, alors où est le mal ? C'est un jeu, une petite distraction, et qui peut se passer de divertissements ?

Lentement tu passes la main au-dessus des cartes. Jusqu'à ce que tu ressentes… une légère secousse. Tu n'as jamais éprouvé cela auparavant. Comme une baguette de sourcier qui renifle une source souterraine, ton doigt pointé tressaute et tremblote, attiré vers le bas jusqu'à ce qu'il touche une carte particulière. Tu prends la carte et, sans l'examiner, tu la serres contre ton cœur comme Q-Jo t'a encouragée à le faire, puis tu retournes respirer l'oxygène moins mielleux de ton propre appartement.

11 h 59

Au moment où tu entres chez toi, le téléphone sonne. Tu choisis de ne pas répondre. Tu as peur qu'un de tes clients ait pu se procurer ton numéro, qui est sur liste rouge, et t'appelle pour te réprimander, même s'il est plus probable que ce soit Belford. André est rentré. André n'est pas rentré. André est détenu en otage. André est kaput. André a été vu à Las Vegas avec une perruque blonde et des lunettes ; ou sur scène avec une chorale gospel lors d'une croisade de Billy Graham. Fais une pause. À cet instant précis, tu te fiches pas mal d'André.

Mais la voix aux intonations parasitées par un embrouillamini de poils auditifs qui crépite dans ton répondeur n'est pas celle de Belford. C'est Q-Jo.

— Gwen, mon chou, c'est Huff, dit-elle. Je me suis arrêtée chez Fratelli prendre une glace et un milkshake et je suis un peu en retard, mais je voulais te prévenir que nous allons probablement manquer la première séance parce que j'ai dégoté un autre boulot et que je ne serai pas à la maison avant six heures environ. Y a un type qui m'a engagée pour regarder des diapos – intéressantes, pour une fois. Enfin, il se pourrait qu'elles soient intéressantes. Il rentre de Tombouctou.

Vendredi après-midi, 6 avril

Dis-leur que c'est Salvador Dali qui t'envoie

16 h 00

L'après-midi te semble durer à peu près aussi longtemps que ton année de CM2. Quel que soit le temps qu'il faut à un ouah-ouah de lumière émise par Sirius, l'étoile du Chien, pour atteindre son reflet dans une flaque de goudron sur le toit du Dog House, il en faut autant à l'après-midi pour passer. Cet après-midi est un train d'un million de wagons qui défile au ralenti dans un bruit d'enfer au passage à niveau d'une petite ville en rase campagne. Les wagons de marchandises sont vides et tu essaies de les remplir de recherches sur les marchés boursiers. Au moins, c'est ce que tu dis à Belford à chaque fois qu'il téléphone.

— Non, je ne peux pas t'aider à retrouver André tout de suite. Je fais des recherches sur les marchés boursiers.

En fait, tu es occupée à lire le *Wall Street Journal* de vendredi et à étudier soigneusement chaque paragraphe dans l'espoir bien futile d'y trouver ton salut. C'est une expérience qui te démoralise et te marginalise en même temps. Il fut un temps où tu aurais pu te rendre à la boîte le week-end ou un jour férié pour avoir à ta disposition les outils et les matériaux de ta profession, mais il y a cinq ou six mois, Posner a demandé que tu lui rendes ta clé, précisant que les associés n'estimaient plus qu'il était dans l'intérêt de la société de voir ses brokers faire des heures supplémentaires au lieu de se détendre et de reprendre des forces. Sur le moment, tu as pensé que cette décision, bien que peu judicieuse, partait d'une bonne intention. Maintenant, tu ne peux t'empêcher de te demander s'il a confisqué d'autres clés que la tienne.

Cette édition du journal publiée après l'effondrement n'est qu'un morne blizzard de statistiques, d'études, d'évaluations des victimes, de rappels historiques, de prévisions et d'interviews. Ils ont dû interviewer une centaine d'analystes, de gérants de portefeuilles, de régulateurs, de vendeurs, d'investisseurs et de consultants de tous niveaux (y compris cet hypocrite de Sol Finkelstein), et bien qu'ils aient tous été occupés à danser comme des ours sur des charbons ardents, ils étaient suffisamment lucides pour offrir nombre d'explications rationnelles sur ce ce qui s'était passé. La plupart citaient "l'importance de la dette de l'État et des entreprises", ainsi que la "trop lente augmentation des réserves monétaires du pays". Il y avait les références habituelles à la surcote de certaines actions, à la stagnation des bénéfices et à l'intensification de la concurrence étrangère. Quelques-uns se plaignaient à nouveau du danger que représentent les échanges électroniques, tandis que quelques rédacteurs de bulletins financiers tenaient à accuser la délinquance institutionnelle. "Jesse James s'est fait nommer au conseil d'administration de la banque. Cela lui permet d'économiser l'entretien d'un cheval." On citait une phrase de Sol Finkelstein : "Fondamentalement, sur le plan économique, l'Amérique n'a plus les pieds sur terre depuis le premier mandat de Reagan." C'est drôle, tu n'as jamais entendu Sol aborder ce sujet au cours d'une réunion.

L'après-midi est aussi ensoleillé qu'interminable. Tu ouvres une fenêtre pour laisser entrer les rayons. Ils se comportent en touristes – ce qu'ils sont pratiquement, à Seattle. Vêtue d'une petite culotte (blanche avec deux minuscules nœuds roses) et d'un sweat-shirt marqué Exxon Corporation, tu t'appuies contre un monticule d'oreillers qui s'élève au-dessus de ta tête de lit. Allongée, le journal étalé autour de toi comme la dot d'une jeune mariée alcoolique, une cruche de thé glacé à la mode philippine à portée de main, tu devrais être sereine, mais bien sûr tu ne l'es pas. Tu es inquiète. Tu pourrais tout aussi bien être en équilibre sur un tronc d'arbre infesté d'araignées dans une fosse septique ; c'est dire à quel point tu es inquiète. Et il est pratiquement impossible de séparer l'inquiétude en rapport avec ton travail de l'inquiétude en rapport avec Q-Jo.

En y repensant, cela n'est pas impossible du tout. Bien que tu te fasses sincèrement du souci au sujet de Q-Jo, ce n'est pas le même souci que celui que te cause la menace de voir ta carrière s'effondrer. Pour être franche, ce n'est pas tant du souci que de l'indignation. Et de la stupéfaction. Est-ce une monstrueuse coïncidence ou est-ce encore une de ces plaisanteries de mauvais goût dont les Parques adorent te faire la surprise et qui les fait se rouler sur le linoléum tellement c'est drôle ? Ou y a-t-il ici à l'œuvre une relation de cause à effet ? Ce Larry Diamond – c'était bien le nom de ce pauvre type, non ? – était-il au courant du fait que Q-Jo est censée être ton amie ? Et s'il était au courant de cette prétendue amitié, ne va-t-il pas sans dire qu'il a pris un malin plaisir à engager Q-Jo pour des raisons en rapport avec toi ? Mais pourquoi ? Tu supposes que cela pourrait aussi être l'inverse : il t'a abordée au Bull & Bear en espérant que tu lui faciliterais l'accès à Q-Jo. Il y a des hommes, descendants des pêcheurs de baleines de Nouvelle-Angleterre peut-être, qui trouvent excitantes les femmes d'une certaine ampleur. Si seulement tu avais répondu au téléphone à temps, tu aurais pu la prévenir. La Huff est d'une rapidité surprenante, surtout après avoir ingurgité du sucre.

Tourmentée, tu changes de position sur le lit, ce qui fait remonter ton sweat-shirt et dévoile un morceau de peau abdominale. Les rayons de soleil, appareils photo autour du cou, font immédiatement la queue pour entrer dans ton nombril.

16 h 30

L'après-midi continue à ronronner de façon assommante. Les spécialistes du *Wall Street Journal* aussi. Les dirigeants s'en prennent aux salariés : "L'ouvrier américain est sous-productif et trop payé." Les salariés s'en prennent aux dirigeants : "Quand un type dispose d'un parachute doré, il se fiche pas mal que l'avion soit en feu." Tandis que les prudents font allusion à "cet élément imprévisible qu'est le prix du pétrole", les cyniques se réfèrent à "ce véritable bandeau d'optimisme patriotique que le complexe militaro-industriel et ses larbins du monde politique nous ont mis sur les yeux". Excédé, un expert accuse : "L'économie américaine est un navire en train de sombrer et d'abandonner les rats." Peuh ! pestes-tu. Qui est-ce qu'il appelle les rats ? Hier encore, aucun de ces experts ne prévoyait rien de plus traumatisant qu'une forte correction. "On s'attendait à une bonne fessée, admet l'un d'eux, et on a eu droit à la guillotine." Agacée, tu rejettes les interviews et tu reprends les graphiques. L'analyse technique n'a jamais été ton fort et alors que tu t'efforces de comprendre une configuration particulière de courbes, le téléphone sonne, te faisant sursauter si violemment que tu renverses du thé glacé dans ton nombril. Mieux vaut s'abstenir de tout commentaire sur les rayons de soleil.

Tu es pratiquement certaine que Belford est au bout du fil, mais à moins qu'il ne t'apprenne que le singe régénéré a rapporté à la maison un diamant aussi gros que le Motel 6, tu n'as guère envie de répondre à ce nouvel appel. D'un autre côté, il pourrait s'agir de Q-Jo, une Q-Jo désespérée dans les griffes d'un monstre. Refusant d'envisager la possibilité que Q-Jo pourrait apprécier les griffes d'un monstre (effacée de ta mémoire, la fois où tu l'as surprise avec non pas un, ni deux, mais trois élèves officiers russes du navire école *Pallada* en train de grimper dans ses gréements), tu sautes hors du lit et tu restes penchée au-dessus du téléphone. Si c'est Q-Jo, peut-être qu'il est essentiel de ne pas perdre une seconde, mais tu prends le risque et tu attends.

Après la cinquième sonnerie, tu entends ta voix et ça te donne envie de rentrer sous terre. Tu as passé des heures à enregistrer et réenregistrer ce message mais tu détestes encore t'entendre.

— Bonjour. Vous êtes bien au domicile provisoire de Gwendolyn Mati. Je suis absente pour le moment, mais laissez-moi votre nom, votre numéro et l'heure à laquelle vous avez appelé, et je vous contacterai dès que mon programme chargé le permettra. Parlez lentement et distinctement tout de suite après le bip.

Clic. Bip.

— Hé, Couineuse ! T'es là ? Couineuse ? T'es où ?

Seigneur Dieu ! Lui. Tu es bien contente d'avoir résisté à la tentation de décrocher !

— Hé, ma vieille, j'aime pas parler quand y a personne. Si tu veux m'enregistrer, vois ça avec mon agent. Ha-ha ! Mais, dis, Couineuse, je joue ce soir, ma vieille. Ouais. Un nouveau club dans le quartier de Belltown. Le Woman Ray. Génial, t'as l'impression d'être ailleurs. Hé, ils ont ce robot Andy Warhol qui s'occupe du bar. Un vrai robot, ma vieille, mais avec des morceaux du corps d'Andy Warhol. Il lui ressemble, mais c'est un robot. Je joue pas avec l'orchestre, je suis en solo, ma vieille. Percussions et poésie. Je lis des vieux poèmes de ta maman. "L'amour est un mouchoir de lin délicat / Dans lequel Éros mouche son gros pif tumescent / À l'aube, les anges versent des larmes de détergent." Ouap Dou Ouap ! Tu connais. Alors, passe voir ton papa, ma petite Couineuse. Ce soir, ou demain soir, au Woman Ray, OK ? Y z'ont un autre robot qui s'occupe de l'entrée. Çui-là, c'est Marcel Duchamp qu'y s'appelle. Strict, mais y te laissera entrer. Dis-leur que c'est Salvador Dali qui t'envoie. OK ? Ciao.

17 h 10

Le téléphone sonne à nouveau et, cette fois, c'est vraiment Belford. Tu l'écoutes se confondre en excuses d'interrompre ainsi ton travail et tu ne peux t'empêcher de rire. Un rire ironique parce que tu as été incapable de te concentrer sur les graphiques après l'appel de ton père, un rire qui n'est pas dénué d'amusement véritable parce que tu ne te vois pas entrer au Woman Ray en compagnie de Belford. Belford n'a même jamais entendu parler de Salvador Dali. Ce qui n'est pas plus mal. Salvador Dali et ses horloges fondantes, il n'y a pas de quoi en faire un plat. En tout cas, André reste introuvable et Belford en est venu à la conclusion que tes doutes sont fondés : en d'autres termes, le singe a été enlevé par son propriétaire précédent ou des complices de celui-ci. André n'aurait pas pris la clé des champs de sa propre volonté, il est trop fort de tempérament, trop loyal, trop aimant pour cela. Belford a essayé de joindre le consul général de France à San Francisco pour savoir si oui ou non Kongo van den Bos est toujours en prison, mais le consulat est fermé pendant le week-end de Pâques. Alors, ton prétendu soupirant a réservé une place sur un vol de nuit pour San Francisco où il va tenter de retrouver le consul général et le persuader de lui fournir informations et assistance. Après tout, c'est devenu un problème d'ordre international.

— J'aimerais beaucoup que tu viennes avec moi pour le week-end, ma puce – on dit que le service de Pâques célébré dans le Golden Gate Park au lever du soleil suscite un véritable souffle inspirateur –, mais je vais te supplier de rester ici pour continuer à rechercher la petite fripouille pendant mon absence. Tu vois, juste au cas où…

L'éclat de ton sourire suffirait à faire briller toutes les pommes des vergers de Happy Valley. C'est la meilleure nouvelle que tu aies reçue depuis la dernière fois que la Banque fédérale a baissé ses taux d'intérêt.

Quel plaisir d'apprendre que Belford va te lâcher les baskets pour le restant du week-end ! Maintenant tu vas être libre de consacrer toute ton attention à ta carrière chancelante et à tous les facteurs internes et externes qui la font chanceler. De plus, Belford absent, tu devrais pouvoir te faire une idée plus claire de son rôle dans ta vie future. Aussi farouche que soit ton désir de le nier, tu es bien obligée d'admettre qu'une lune de miel cucul la praline avec M. Dunn est une solution envisageable à ton problème actuel.

Oui, mais… et si tu te mariais avec Belford et qu'il découvrait que ton problème est un tantinet plus… disons, *compliqué* que celui du courtier moyen victime du krach ? Dans le décor d'inquiétude qui domine le théâtre de ton esprit, tu imagines une scène dans laquelle un mari bouleversé rentre à la maison – de son agence immobilière florissante, espères-tu, et non d'un box minable dans les locaux des Services sociaux – et se plante en face de toi. “Gwendolyn, dit-il sur un ton des plus sévères, tout le monde sait que les courtiers vendent des actions et d'autres instruments financiers en fonction de ce que la société de courtage veut placer tel jour ou telle semaine. Tout le monde sait également que des clients non avertis se font vendre des titres spécifiques qui entraînent au profit du courtier les commissions les plus élevées. C'est une réalité de la vie, triste mais vraie, que la plupart des courtiers ont leurs propres intérêts présents à l'esprit à chaque fois qu'ils font une recommandation d'achat ou de vente. Ça fait partie du boulot, j'imagine. Mais, Gwen, M. Posner vient de m'informer que tu multiplies de façon malhonnête les opérations sur les comptes dont tu as la responsabilité. Dès le départ, il s'est inquiété de cette éventualité. Posner t'a engagée non pas pour ton MBA, ni pour ta voix inhabituelle, ni pour ton physique agréable, mais parce qu'un jour, chez Nordstrom, tu as vendu à sa fille trois pantalons de ski alors qu'elle n'en avait besoin que d'un seul. Il appréciait, en même temps qu'il craignait, le fait que tu sois si motivée par l'argent. Et ses pires craintes se sont révélées fondées. Tu as recherché des ordres d'opérations nuit et jour, faisant pression pour passer d'un fonds commun de placement à un autre, sans presque jamais expliquer convenablement ces transactions. Tu as constitué des portefeuilles avec un mépris épouvantable. Tu as vendu les mauvais titres aux mauvais clients en mauvaise quantité et avec de mauvaises attentes. Et quand le marché s'est effondré, tu as laissé derrière toi un véritable champ de bataille couvert de cadavres."

C'est l'heure de l'éreuthophobie. Comme d'habitude, la peur de rougir te fait rougir. Mais il n'y a pas un seul pigment de culpabilité dans la sanguinaire qui te colore les joues. Tu n'éprouves pas de honte, mais du mécontentement. Tu aurais opéré différemment si les conditions avaient été différentes. Les choses étant ce qu'elles sont, tu as été roulée par les circonstances, dupée par l'histoire. Fallait-il alors que tu t'en remettes tout simplement au zeitgeist ? Que tu sois comme une pierre ? Roulant là où on te pousse ?

Dans ton histoire imaginaire, ton époux te pardonne. Belford Dunn est tout sauf incapable de pardonner. Bien sûr, il te faut gagner ta rédemption. "Je veux que tu te mettes à genoux", ordonne Belford. Pas pour lui faire une pipe, mais pour faire quelque chose de tout aussi dégradant et dégoûtant. "Je veux que tu pries notre Seigneur Jésus-Christ, Gwendolyn. André et moi nous allons prier avec toi." Alors tu te mets à genoux entre le macaque infesté de puces et le mastodonte à tête carrée dans son costume de confection pour subir la triple épreuve de la confession, de la contrition et de l'engagement. Ensuite, la page vivement tournée, te voilà libérée. Tirée de cette sale affaire, waouh !

Arrivée au bout de cette simulation de confrontation, tu te sens plutôt bien. Tu ne t'es pas sentie aussi bien depuis quarante-huit heures. Chantonnant même un peu ("Lazy River"), tu enfiles un jean sur ta petite culotte, tu fermes la fenêtre car l'air s'est rafraîchi, tu replies et ranges le *Wall Street Journal*, tu échanges ton thé glacé contre un verre de chardonnay puis, après avoir jeté un coup d'œil à la pendule – Q-Jo devrait être de retour dans une demi-heure –, tu allumes la télévision à la recherche d'une autre raison d'espérer. Si le Président a pris des mesures extraordinaires, et si lui et son gouvernement ont agi avec audace, pour une fois, le mariage avec Belford pourrait être une option dont tu ne serais plus obligée de caresser les piquants.

Hélas, ce n'est ni le visage du Président, ni celui de l'un de ses conseillers économiques qui remplit le rectangle de verre lumineux. C'est le Dr Yamaguchi.

— Docteur ! crie un reporter. Docteur ! Vous arrivez ici d'une clinique située à l'extrémité nord du Japon, notre maire vous a remis les clés de la ville, le gouverneur se propose de vous inviter à un banquet, il y a eu un rassemblement monstre en votre honneur, les gens vous acclament et se bousculent pour vous voir et les journalistes du monde entier vous prennent en photo sous tous les angles. Que ressentez-vous devant toute cette attention, docteur ? Que ressentez-vous ?

Esquissant du coin des lèvres ce très léger sourire furtif, le Dr Yamaguchi baisse son Bic, soupire et hausse les épaules avant de répondre :

— Ce n'est qu'une journée de plus dans la vie d'un pauvre fou.

17 h 31

Avec la respiration que tu prends, tu aurais suffisamment de souffle pour déchiqueter les fleurs de toutes les courges dans Happy Valley. La carte ! La carte, la carte, la carte ! Tu avais posé la carte pendant que tu écoutais le message de Q-Jo et tu avais été tellement atterrée par les implications de ce message – "Il rentre de Tombouctou" – que tu avais complètement oublié de la prendre. Tout l'après-midi, alors que tu te faisais du mouron et que tu fulminais au sujet du marché, de l'audace de Larry Diamond et de la sécurité de la Huff, cette carte était restée sur la bibliothèque, la face retournée, ignorée, sans même avoir été examinée. Dieu seul sait quand tu te serais souvenue de cette carte s'il n'y avait pas eu le Dr Yamaguchi.

Un fou, avait-il dit. Fou. Sur les quatre dernières fois que tu as choisi une carte dans le jeu de tarots, tu as tiré le Fou à trois reprises. Trois fois sur quatre.

— Mon chou, avait dit Q-Jo, le tarot te connaît. C'est ta carte.

— Merde alors, merci beaucoup. C'est pas très encourageant.

Tu devais être vraiment contrariée, pour utiliser le mot qui commence par "m".

— Hé, j'ai toujours pensé que, secrètement, tu étais le Fou du tarot. Sinon je me serais désintéressée de toi il y a longtemps.

Si ça c'est un compliment, alors un vaurien est un flic qui fait du hip hop. Mais tu devrais être reconnaissante – enfin, tu le supposes – que

Q-Jo ait une vision plus positive que toi de ce personnage, considéré par certains experts comme la première carte du tarot et par d'autres comme la dernière.

Un jeune écervelé sautille dans un paysage sauvage et désolé, apparemment inconscient des dangers autour de lui. Son chapeau est posé à l'envers sur sa tête, comme s'il ne savait pas – ou se moquait pas mal de savoir – dans quel sens il va. Doum-doum-di-doum. Il va sautillant. Dans sa main gauche, comme pour l'offrir au monde, il tient une rose blanche, emblème de pureté et d'innocence, le contraire de la pomme. Sur son épaule droite, il porte, à la manière des vagabonds, un bâton auquel est accroché un sac. Qu'y a-t-il dans ton sac, pauvre Fou ? Doum-doum-di-doum. Nous t'échangeons un kilo d'or contre le contenu de ton sac, sans même le voir. Doum-doum-di-doum. C'est un contemplateur de nuages. Les yeux fixés vers le ciel, toujours sautillant, il est arrivé au bord d'un précipice rocheux. Le promontoire est en train de s'écrouler sous ses pieds. Pourtant, il continue à avancer les yeux clairs, regardant le soleil, le sourire aux lèvres, son sac rempli de babioles inutiles se balançant violemment.

D'après Q-Jo, les cartes du jeu entier, tout au moins les vingt-deux atouts des Arcanes majeurs, peuvent être lus comme le voyage du Fou.

— À un niveau important, avait-elle expliqué, les cartes majeures symbolisent des chapitres de l'histoire d'une quête. Je parle de la quête universelle de l'humanité à la recherche de la compréhension et de la communion avec Dieu. Peu importe si cette quête commence ou finit avec le Fou, parce que de toute façon il s'agit d'une boucle, d'un cycle qui se répète à l'infini. Quand le jeune Fou naïf finit par tomber dans le précipice, c'est dans le monde de l'expérience qu'il bascule. Alors son voyage peut vraiment commencer. Sur son chemin il va rencontrer des maîtres et des tentateurs – les tentateurs sont aussi des maîtres – ainsi que des épreuves, comme celles que toute personne est susceptible de rencontrer au cours de son évolution. Potentiellement, le Fou représente tout le monde, mais tout le monde n'a pas la sagesse ou le cran de jouer au Fou. Beaucoup de gens ignorent ce qui se cache dans le sac qu'ils portent. Et ils sont trop souvent prêts à l'échanger contre des espèces sonnantes et trébuchantes. À l'intérieur de ce sac, ils disposent de tous les outils nécessaires pour faciliter le voyage de la vie, mais ils ne l'ouvrent même pas pour y jeter un coup d'œil. De manière subconsciente, notre but à tous, primates incontrôlables, est essentiellement le même, mais je peux t'assurer une chose : les seuls qui atteindront jamais ce but sont ceux qui, en chemin, ont le courage de se faire passer pour des fous.

Bon, tout ça c'est très bien, mais à tes oreilles le mot "fou" produit une musique de coussin péteur. C'est une étiquette que tu t'empresserais d'arracher de ton casier personnel avec le premier objet coupant qui te tomberait sous la main. Quand tu as appris que dans les jeux de tarots, au Moyen Âge, le Fou apparaissait parfois sous les traits du Mendiant, tu as décidé une fois pour toutes que tu ne voulais rien avoir à faire avec lui. Quel qu'il soit, celui qui annonce la pauvreté ne peut pas être ton ami. Ton mode de transport à toi, c'est le camion de la Brinks, pas la roulotte de cirque. Cela ne suffit pas de travailler "avec l'argent", tu veux être dans l'argent, à l'intérieur, comme ces présidents morts depuis longtemps dont le regard est tourné vers nous.

— Le fou est celui qui ne se construit pas une forteresse d'argent, as-tu affirmé un jour.

— C'est tout à fait ça, a ironisé Q la Huff.

17 h 35

Avec une nonchalance affectée, tu déambules jusqu'à la bibliothèque. Tous les livres sur les étagères traitent des stratégies d'investissement, à l'exception d'une encyclopédie des vins, d'un livre de photos de Porsche et d'un maigre volume de poésie de ta mère : *Cupidon se reflète dans la bave d'un zombie tandis que le papillon blanc tient compagnie aux lilas après que la chaleur est passée*. Une publication posthume. La carte est sur le haut de la bibliothèque, près du vase Bauhaus et, toujours avec nonchalance, tu la soulèves. Si c'est encore une fois le Fou, te dis-tu, je peux aller la remettre dans le paquet et en tirer une autre. Voyante ou pas, Q-Jo n'en saura rien.

Dis donc ! Attends un peu ! "Put... !" Encore trois lettres et tu prononçais le mot qui commence par "p". Mais qui pourrait te le reprocher ? Cette lame... tu ne l'as jamais vue auparavant. À un moment ou à un autre, tu as jeté un coup d'œil à chacune des cartes du paquet et, tu en es absolument certaine, celle-ci n'a jamais été parmi elles. Pu… purée !

Jusqu'à un certain point, cette carte est proche de celle de l'Étoile, sauf que la jeune femme nue agenouillée près d'un bassin a ici des écailles vertes sur toute la partie inférieure du corps et les mains et les pieds palmés comme ceux d'une grenouille. De plus elle porte une coiffe qui ressemble à une queue de poisson. Au bas de la lame, là où on devrait lire normalement LE BATELEUR, LA MAISON-DIEU, L'IMPÉRATRICE, ou, dans ce cas peut-être, L'ÉTOILE, on lit, en lettres capitales, LE NOMMO. Le Nommo ? Pu… naise !

Emplissant le ciel, au-dessus de la femme nue agenouillée, il y a les mêmes sept étoiles d'argent et l'énorme étoile d'or au centre que celles que tu te souviens avoir vues sur la lame de l'Étoile. Seulement là, les étoiles d'argent brillent très faiblement et paraissent obscurcies par les nuages, et la grande étoile d'or très vive porte une sorte de marque. Au bout d'un moment, tu identifies cette marque : c'est le contour flou d'une tête de chien. Hein ?

Comme la jeune fille sur la carte de l'Étoile, celle-ci tient une cruche dans chaque main – ou plutôt dans chaque nageoire. Avec la cruche dans son… appendice gauche, elle verse de l'eau sur le sol, et avec la cruche de droite elle reverse de l'eau dans le bassin. En allant à la fenêtre, où la lumière est meilleure, tu remarques que la cruche de gauche est en or et l'autre en argent. Et puis tu relèves autre chose. À l'arrière-plan derrière le bassin, sous cet impressionnant ciel étoilé, on voit un petit arbre et un oiseau perché sur la plus haute branche, exactement comme sur la carte de l'Étoile. Mais un mot est inscrit sur le corps de l'oiseau. Et ce mot (oh, combien de follicules pileux doivent-ils se hérisser pour que l'épiderme d'une Philippine adulte soit tout entier gagné par la chair de poule ?), ce mot, c'est Bozo.

La perplexité barre ton visage d'autant de rides qu'il y a de lignes sur un mandat d'arrêt. Tu t'effondres dans le fauteuil le plus proche comme un phénix en marche arrière retourne à ses cendres. Il vaudrait mieux que Q-Jo Huffington rentre vite.

Vendredi soir, 6 avril

Le rêve n'est pas fini
tant que chante la naine blanche

19 h 50

Pourquoi ne sommes-nous pas aussi intelligents éveillés que nous le sommes dans nos rêves ?

Le coucher de soleil avait été spectaculaire. Ces dernières années, la pollution a étendu et intensifié la palette solaire et ce soir, sans l'habituelle caillebotte de nuages pour en diffuser les teintes et le faire ressembler, comme c'est souvent le cas à Seattle, à un cataplasme de mercure et de jus de pêche, le couchant s'était répandu sur toute la longueur de l'horizon, à l'ouest, comme le sang d'un Christ fluorescent tombant en une nuée ardente. C'était le coucher de soleil parfait pour un Vendredi saint, et tu l'avais observé de ton fauteuil jusqu'à ce que la dernière goutte sanguinolente ait été absorbée par les eaux huileuses et grisâtres du détroit de Puget. Ce coucher de soleil était aussi écarlate que toi lorsque tu piques un fard, mais en beaucoup plus lumineux, et à un moment donné, tu avais vraiment pensé à Jésus et à la façon dont Belford et ta grand-mère Mati en parlent tous les deux comme étant “la Lumière du Monde”. Tu étais sur le point de te sentir rassérénée, peut-être même élevée – mais c'est alors que l'obscurité s'est répandue dans toutes les directions et tu t'es dit : Évidemment. Peu de temps après, tu t'es endormie.

Tu as fait un rêve. Tu tenais cette étrange carte de tarot non conforme – celle qui était réellement sur tes genoux –, seulement, dans ton rêve, la carte semblait ancienne et usée, comme si elle était en parchemin ou en papyrus, ou quelque chose de ce genre, et elle était entourée d'une sorte d'aura. Mais dans ton rêve elle ne t'avait pas intriguée, tu avais senti sa signification intuitivement, tu la comprenais parfaitement. Derrière toi, un homme regardait par-dessus ton épaule. Son identité n'était pas révélée, mais sa voix t'était familière. Même maintenant, éveillée, tu n'es qu'à une synapse de la reconnaissance. Voici ce qu'il disait :

— Sarah Bernhardt était une actrice si immensément populaire et intimidante que lorsqu'elle faisait une tournée en Amérique du Nord, les salles étaient toujours combles bien qu'elle ne parlât pas un mot d'anglais, ou presque. Que ce soit une pièce de Shakespeare, de Molière, de Marlowe, ou de n'importe qui, elle la jouait en français, une langue que peu d'Américains pouvaient comprendre au XIXe siècle. On donnait aux spectateurs un livret pour qu'ils puissent suivre l'action en anglais. Or, en deux ou trois occasions, les ouvreuses distribuèrent un livret contenant le texte d'une pièce complètement différente de celle qui était jouée sur la scène. Pourtant, d'après ce qui a été rapporté, jamais une seule personne présente dans ces salles bondées n'a fait le moindre commentaire ou ne s'est plainte. Mieux, aucun critique n'a jamais mentionné cette divergence dans son compte rendu.

À cet instant, tu t'en souviens distinctement, l'homme t'a donné un petit coup de coude. Puis il a poursuivi.

— Nous, les êtres humains dans ce monde moderne, nous regardons la vie en essayant d'y voir un sens, observant une *réalité* qui trop souvent semble se dérouler dans une langue étrangère – le problème, c'est qu'on ne nous a pas distribué le bon livret. Le texte qu'on nous donne, c'est la Bible. Ou le Talmud, ou le Coran. On nous donne le *Time* et le *Reader's Digest*, des quotidiens et le journal télévisé ; on nous donne des manuels scolaires, des sitcoms et des histoires révisionnistes ; on nous donne du soutien psychologique, des sectes, des ateliers, des publicités, des boniments de vente, des déclarations péremptoires d'experts, de savants corrompus, d'activistes et de chefs d'État. Malheureusement, aucune de ces traductions ne présente de grande ressemblance avec ce qui transpire du vrai théâtre de l'existence, et la plupart d'entre elles sont même dangereusement trompeuses. Nous tentons de comprendre les complexités qui s'enroulent en spirales dans une tragi-comédie superbement sophistiquée avec des livrets qui décrivent des mélodrames de bas étage ou des sketches de maternelle. À quand remonte la dernière fois que vous avez entendu quelqu'un se plaindre à la direction ?

Voilà exactement les paroles qu'il a prononcées, tu t'en souviens très clairement. Bien sûr, ce n'était qu'un bavardage pseudo-philosophique sans aucune valeur, mais d'où venait-il ? Même si cet homme existait, tu avais rêvé son discours ; donc, les mots n'avaient pu venir que de toi. Y avait-il une partie de toi qui nourrissait de telles idées ? Plutôt embêtant si c'était vrai. Et que penser de ta part secrète qui semble connaître tant de choses sur Sarah Bernhardt ? Tu te souviens vaguement qu'une fois ta mère avait mentionné son nom. C'était avant qu'elle n'avale tous ces barbituriques et qu'elle ne sombre dans le Grand Dodo.

19 h 53

Brusquement, tu allumes le lampadaire près de ton fauteuil. Une fois tes yeux adaptés à la lumière vive, tu examines à nouveau cette carte de tarot anormale – et comme le faisceau de 150 watts ne laisse rien dans l'ombre, tu fais une découverte des plus intéressantes. À savoir : la carte a été modifiée.

Oui, c'est aussi visible que ce nez gallois au milieu de ton visage de Philippine. Des feutres de couleur et un stylo noir ont été utilisés pour transformer une carte de L'ÉTOILE ordinaire en cet hybride aquatique qui t'a tant étonnée. Une couche de bleu pâle a éteint les étoiles d'argent, du vert clair a métamorphosé les pieds de la jeune femme en nageoires et le nom LE NOMMO a été inscrit après que l'appellation originale, L'ÉTOILE, a été effacée avec du blanc. D'une certaine façon, cette découverte est un grand soulagement. Cela signifie que tu n'étais pas passée à côté de cette carte sans la voir auparavant, et que rien de, euh, surnaturel, ne s'est produit. Bien. Toutefois, tu te demandes pourquoi Q-Jo ferait une chose aussi stupide, pourquoi elle barbouillerait le tarot, un objet qu'elle respecte profondément. Et il faut aussi t'interroger sur l'intrusion de ce mot, Bozo. Franchement, Bozo commence à te courir sur le haricot.

Puis tu regardes ta Rolex et là, tu fais plus que t'interroger. Q-Jo a presque deux heures de retard. Et elle n'a pas eu la politesse de téléphoner. Eh oui, mais si elle n'était pas en mesure de téléphoner ? Et si elle était attachée sur un matelas fumigé, victime d'investigations et de giclées inimaginables perpétrées par ce… ce renifleur de pipi ? Une fois de plus, tu es partagée entre deux émotions. Colère. Préoccupation. Colère. Préoccupation.

21 h 00

Colère. Préoccupation. Ce balancement contrariant se poursuit et maintenant, à chaque oscillation du pendule, les allers et les retours prennent de l'ampleur. COLÈRE ! PRÉOCCUPATION ! Bon, pour être scrupuleusement exact, ça serait plutôt : COLÈRE ! Préoccupation. Parce que tu as beaucoup plus confiance dans la capacité de la Huff à se débrouiller toute seule que dans sa fiabilité. En tout cas, dès que des hommes entrent en ligne de compte. Pourtant, lorsque la sonnerie du téléphone retentit, quelques minutes après neuf heures, tu n'as aucune hésitation. Tu te jettes sur l'appareil comme une truite sur une mouche pleine de cochonneries.

— Ah, ma puce, tu es chez toi. J'appelais juste pour te laisser un message avant de partir. Je croyais que tu étais sortie avec Q-Jo. Je croyais que c'était pour ça que tu ne m'aidais pas ce soir. À chercher André.

— Je suis là. Q-Jo est sortie. Dieu sait où. Et la raison pour laquelle je ne t'aide pas à chercher André, c'est…

Ta voix s'éteint. Ce n'est pas plus mal. Le ton que tu emploies est suffisamment revêche et tu n'as pas besoin d'être plus précise sur ce que tu souhaites voir Belford faire avec son singe de malheur.

Après un moment de silence, Belford dit :

— Je ne t'entends plus.

— Écoute, Belford, je suis inquiète au sujet de Q-Jo. Elle avait rendez-vous cet après-midi avec un type vraiment bizarre et elle n'est pas encore rentrée. Elle n'a pas appelé, rien.

— C'est donc ça. Ma chérie, je suis désolé que tu sois inquiète, je n'aime pas que tu te fasses du souci. Mais Q-Jo est une femme pleine de volonté – ce qui fait beaucoup de volonté pour une seule femme, si je puis dire – et il est peu probable que qui que ce soit lui fasse faire ce qu'elle n'a pas envie de faire. Et qu'est-ce qui te fait penser que son client est bizarre ?

— Je sais qu'il est bizarre.

— Ah ! Tu connais ce monsieur personnellement ?

Sous les ongles de sa voix pointe la moisissure verte de la suspicion.

— Ce monsieur ? Oui ! Non ! Je veux dire, je l'ai rencontré hier au Bull & Bear. Il a essayé de… Il a fait allusion à… Peu importe. Fais-moi confiance, c'est un individu instable. Q-Jo a trois heures de retard et elle n'a pas appelé. Et il se passe des trucs étranges.

— Quel genre de trucs étranges ?

Là, tu es coincée. Si tu essayais de les exprimer verbalement, ces "trucs étranges" sembleraient bien inoffensifs. Comment pourrais-tu expliquer pourquoi une carte falsifiée et ce mot stupide, Bozo, te distraient de ton travail et transforment ton week-end de Pâques en Halloween ?

— Belford, finis-tu par dire, est-ce que tu penses que nous essayons de suivre le spectacle avec le mauvais livret ?

Un silence. Puis il demande :

— Qu'est-ce que c'est, ce livret, exactement ?

Seigneur Dieu ! Débrouille-toi pour que cet homme quitte la ville avant que tu ne l'épouses.

— Ton vol est à quelle heure ? Tu reviens quand ?

— Mon avion est à onze heures. Je rentre dimanche soir tard. Et, ma petite caille, puisque tu es disponible maintenant, je me demande si tu serais partante pour me conduire à l'aéroport ? Avec ma voiture, si cela ne te fait rien. J'aimerais te laisser la Lincoln, comme ça, quand tu parcourras les rues à la recherche d'André, il pourra… tu vois, il pourra reconnaître la voiture. Est-ce que tu sais – il émet un petit rire triste mais empreint de fierté – que parfois la petite fripouille s'assied sur mes genoux pendant que je conduis ? Je crois qu'il a envie de prendre le volant.

— Tu veux passer me prendre à quelle heure ? demandes-tu sur un ton glacial.

Même ça, ça vaudra mieux que rester à attendre le retour de la dévergondée de l'occulte.

— Neuf heures et demie.

— Je serai prête à dix heures moins le quart.

22 h 40

En rentrant chez toi de l'aéroport, tu fais grimper la Lincoln à 130 km/h. Ce n'est pas que tu sois vraiment pressée, malgré la grande curiosité que tu éprouves au sujet de la situation de Q-Jo ; c'est seulement que tu es persuaduée que Belford ne l'a jamais poussée au-dessus de 90 km/h et, d'une certaine façon, ça t'agace.

— Alors, mignonne, tu aimes ça, hein ? demandes-tu à la voiture lancée à toute allure, puis tu rougis jusqu'à la pédale d'accélérateur devant la connotation sexuelle de ta remarque.

Sur un coup de tête, ou peut-être pas, tu prends la sortie vers Seneca Street et tu te retrouves au centre-ville. De là, passer devant les bureaux de Posner Lampard McEvoy et Jacobsen est aussi naturel qu'acheter au plus bas et vendre au plus haut. Tu veux simplement voir s'il y a de la lumière. Bon sang, oui, tout est allumé ! De plus, comme par hasard, il y a une place de parking juste en face. Tu te gares et tu coupes le contact. Tu es tellement nerveuse que tu sens le bout de tes seins vibrer. Mais, dis, tu as parfaitement le droit de monter voir ce qui se passe – et si personne ne regarde, d'essayer d'effacer quelques-unes des traces que tu as laissées derrière toi.

Oh-oh. L'entrée du hall où se trouvent les ascenseurs est bloquée par ce que l'on appelle un *SDF*. Et il est équipé d'une de ces armes hypersophistiquées si populaires après la guerre du Golfe. Mais non, calme-toi, ce n'est pas un mini-missile, c'est un télescope sur un trépied.

— Un dollar, ma petite dame, et vous pourrez voir l'homme sur la lune. Pour deux dollars, vous pourrez regarder Sirius.

— Pourquoi c'est plus cher pour Sirius ?

— C'est plus loin.

Difficile de discuter. Bon, jeter un coup d'œil aux étoiles, c'est mieux qu'une sérénade sur un accordéon (la semaine dernière, un SDF réclamait cinquante cents pour jouer "Strangers in the Night" sur une guimbarde), et si tu parviens à l'amadouer, peut-être qu'il se poussera pour te laisser passer. Son visage est plutôt gentil, bien qu'il ait les yeux caves et l'air anéanti : c'est probablement un professeur d'astronomie qui a perdu son emploi à cause de la crise. Tu lui allonges deux dollars, tu te penches en avant pour coller un de tes yeux bruns à l'objectif.

— Où ? Je ne vois rien… Attendez, je crois que j'ai trouvé.

Tu appuies encore plus ton œil sur l'oculaire, jusqu'à ce que, semblables à une rangée de poils durs sur une patte de psocide, tes cils balaient le verre optique.

— Il y a un point brillant là. Pas grand-chose à voir.

Le clochard astronome grogne puis, se raclant la gorge, il envoie sur le trottoir un crachat si énorme que tu l'entends faire splash.

— Ma petite dame, il y a huit années-lumière virgule six entre elle et nous.

— Ça ne fait pas si loin que ça. C'est un bon télescope ?

— Eh ben merde, ma petite dame, ça fait des billions de kilomètres. Je dis bien des billions. Mais malgré ça, elle est plutôt proche. Elle est relativement proche et relativement grosse. C'est l'étoile la plus brillante du ciel.

— Oh, allez. (Qu'il aille raconter ses histoires à d'autres, ce vagabond.) J'en ai vu des beaucoup plus brillantes. Et sans télescope, même.

Tu as droit à un ricanement et à un grognement, suivi d'un raclement de gorge et d'un splash. Tu frissonnes en imaginant une substance ayant la consistance de la pâte à crêpes et la couleur de ces choses vivantes dans le réfrigérateur d'un célibataire, mais tu gardes l'œil rivé sur le point de feu jaune qui danse à l'autre bout du tube.

— Ce que vous avez peut-être vu, mam'selle, réplique ce type vulgaire qui ose te corriger, c'était Vénus, Mars ou Jupiter. C'est des planètes, nom de Dieu. Sirius, là, c'est une étoile.

OK, il a peut-être raison à ce sujet. Tu ne vas tout de même pas entrer dans une discussion avec un astronome marginal. Grâce à l'arôme qu'il dégage, tu devines qu'il s'est rapproché.

— En fait, dit-il, Sirius est une étoile binaire. Il y en a deux. Sirius A, dite l'Étoile du Chien, c'est la grosse qui scintille. Mais elle a une copine, toute petite. Sirius B. Une naine blanche. C'est un terme technique, mais je comprends qu'une personne comme vous puisse trouver cela poétique.

— Je peux la voir ? La petite étoile ?

Non que tu sois vraiment intéressée, mais tu en veux pour tes deux dollars.

— Peut-être, si vous regardez bien. Elle est en bas à droite de la grande.

Alors que tu t'efforces de repérer Sirius B, ça fait pan, et puis il y a un éclair, comme si Sirius A avait explosé – et les cieux, avec tout ce qui s'élève, se tapit, saute et s'étend dessous, disparaissent.

Quand tu reprends connaissance, plusieurs minutes plus tard, tu es allongée sur le trottoir, tu as le jean et la culotte baissés sur tes chevilles, le contenu de ton sac à main est éparpillé autour de toi comme les objets préférés d'une pharaonne dans sa tombe.

23 h 00

Toute la ville est aux premières loges pour la première apparition en public de ton petit minou : tous tes poils sont visibles, le plan de tes routes labiales est largement étalé, et ton clitoris, morceau de choix brillant, n'attend plus que la petite fourchette à dégustation ou les baguettes chinoises. Pourtant, tu ne rougis pas. Tu n'en es plus là. Tu t'es enfuie bien au-delà de ce qui te fait rougir. C'est le Pire Jour de Ta Vie, 2e Partie ; tu as franchi la rivière et tu t'es réfugiée tout en haut d'un arbre.

Progressivement, cependant, pour le meilleur et pour le pire, tu redescends dans ton corps. Le trottoir est glacial contre ton postérieur dénudé et la lumière d'un lampadaire vient frapper ta vision comme un panneau publicitaire. Tu t'assieds lentement. Tu ne sens aucune douleur te transpercer, rien de cassé ne retombe par terre. Remontant petite culotte et pantalon, tu te mets debout. Bouclant ta ceinture, tu regardes autour de toi. À ta grande surprise, et à ton grand soulagement, tu es seule dans la rue. Le Carl Sagan des rues s'est envolé et, avec lui, tout l'assortiment de mendiants et de musiciens qui peuplaient les environs juste avant, bien que tu puisses apercevoir au loin un groupe de silhouettes sombres duquel te parvient le refrain bien reconnaissable de “Strangers in the Night”, joué sur une guimbarde. Tu ramasses tous les objets éparpillés et tu les fourres dans ton sac.

J'ai été victime d'un viol et d'un vol, te dis-tu, je dois le signaler à la police. Mais pas ici. Pas depuis le téléphone à pièces dans le hall, et encore moins depuis un bureau de la boîte de Posner. Sans cesser de regarder par-dessus ton épaule, tu te hâtes de traverser Sixth Avenue pour rejoindre la voiture. Une fois enfermée à clé à l'intérieur de la Lincoln et le moteur en marche, tu te mets à trembler et à sangloter. Tu te mets aussi à te demander si tu as vraiment été violée. Ton entrecuisse n'est ni douloureux, ni humide. Tu ne détectes sur toi ni la sensation de brûlure, ni l'odeur du viol. Prudente comme le merle qui tire sur un ver de terre, craignant que les clochards ne s'approchent en douce de la voiture, tu fais l'inventaire du contenu de ton sac. Tout le liquide est là, les quarante dollars, moins les deux avec lesquels tu as acheté cette dernière offense. Ainsi que – oh, joie ! – ta carte Visa Gold. Et même cette carte de tarot modifiée que tu avais emportée pour la montrer à Belford au cas où il se montrerait réceptif – ce qui n'a pas été le cas. Étant donnée la manière dont les choses se passent, tu n'aurais pas été étonnée si cette carte avait été le seul objet manquant.

Dans un certain sens, tu te sens profondément soulagée, soulagée au point de dire “Merci, mon Dieu” à une entité que tu suspectes depuis longtemps de s'adonner de la façon la plus flagrante au délit d'initié. D'un autre côté, et de manière quelque peu perverse, tu te sens roulée, comme si tu ne pouvais même pas être convenablement violée et volée. Tu masses ta nuque qui commence à te faire mal : le Galilée des caniveaux a dû te faire le coup du lapin. Tout à fait approprié, à Pâques. Puisque tes différents trésors sont intacts, cette agression devait avoir pour but de t'humilier. Tu as entendu dire que les violences perpétrées contre les nantis par des démunis sont en augmentation – suscitées par l'envie, le ressentiment et les films de vengeance. Si seulement ils savaient que tu es à deux doigts de devenir toi-même une démunie.

23 h 14

Tu rentres chez toi en suivant un itinéraire curieusement tortueux, car à chaque fois que tu distingues au loin un groupe de SDF ou une bande de jeunes menaçante (cheveux noirs plus yeux marron, égale menace, hein, Gwen ?), tu tournes pour ne pas avoir à passer près d'eux. Peut-être t'inquiètes-tu du fait que si jamais tu repérais l'astronome, tu ne pourrais pas résister à l'envie de monter sur le trottoir et de l'expédier dans la lune avec l'avant de la Lincoln. Ou peut-être as-tu peur qu'une femme seule et très soignée au volant d'une voiture de luxe soit perçue comme une opportunité et qu'à un feu rouge ou à un stop, la foudre ne frappe une deuxième fois. L'opulence aussi a ses inconvénients.

Quoi qu'il en soit, toujours tremblante et sanglotant un peu, tu es maintenant sur Second Avenue, une artère en sens unique qui va vers le sud, ce qui signifie que tu t'éloignes de Queen Anne Hill plus que tu ne t'en rapproches – un problème de navigation qu'il va falloir régler. Alors que tu ralentis pour voir si la prochaine rue perpendiculaire peut convenir, une soudaine bouffée de musique vient frapper la voiture avec une force qui te fait sursauter. Tournant la tête, tu aperçois des zigzags de néon festif et une marquise sur laquelle tu peux lire : CONCERT VENDREDI ! BETTY SPAGHETTI ET LES MEATBALLS. Ha-ha : le Werewolf. Si seulement tu avais consenti à venir ici ce soir, peut-être que Q-Jo serait rentrée à l'heure et que rien de tout ceci ne serait arrivé. D'un autre côté, si Q-Jo avait meilleur goût en musique, le Werewolf n'aurait jamais été un problème. D'ailleurs, vous n'avez pas pu vous mettre d'accord sur un film non plus. Tu voulais voir deux Cary Grant dans un cinéma d'art et d'essai tandis que Q-Jo se disait passionnée par un porno transcendantaliste intitulé *Les Cornes de Thoreau*. Seigneur Dieu ! C'est vraiment une amitié futile – n'empêche, tu espères qu'elle est enfin rentrée.

Alors que tu tournes dans la ruelle, tu remarques un attroupement un peu plus loin. Tu freines aussitôt et, envisageant de battre en retraite dans Second Avenue, tu passes la marche arrière. Mais non, ce ne sera pas nécessaire. Ces gens portent des vêtements à la mode et font plus ou moins la queue derrière une corde en velours. Tu avances doucement. Ni marquise, ni néon. Une plaque discrète en cuivre seule identifie cet endroit : c'est le Club Woman Ray. Le robot Marcel Duchamp, cigarette fumante entre ses lèvres de caoutchouc, filtre les clients après un examen minutieux de leur allure et de leur accoutrement. Les abrutis, les fauchés et les anxieux sont sommairement rejetés. Tu apprécies. C'est comme dans les années 1980. Aujourd'hui, la plupart des boîtes et des restaurants sont tellement étranglés financièrement qu'ils tirent pratiquement les clients par le col. Marcel – tu te demandes comment ils ont pu le programmer pour qu'il soit aussi sélectif – ouvre la porte pour laisser entrer un couple aux tenues assorties en peau de serpent rose. L'espace d'un instant, tu entrevois dans l'entrebâillement la scène tout au fond. En costume de guérillero philippin, ton père est accroupi derrière ses bongos, comme tu l'as vu faire des milliers de fois. Avant que la lourde porte d'acier ne se referme, tu saisis quelques vers qui te sont familiers :

Serrant sous les vrilles de mes aisselles
l'ours en peluche décharné
gagné à la foire aux tricheurs de l'amour,
je grimpe dans le pick-up aux côtés
de l'Ange de la Mort,
attirée par ses guili-guili hypnotiques
ainsi que ses sucettes au réglisse éternel.

Oui. Tu t'en souviens. Celui-là s'appelait "Marché de dupes". Elle l'avait écrit juste avant de se jeter du pont Aurora. Tu t'attardes pour apercevoir ton père une nouvelle fois, mais une limousine allongée arrive derrière toi et klaxonne. Tu poursuis ta route.

23 h 22

Si tu le décidais, en cet instant de rêverie parentale, tu pourrais rejoindre le quartier de Queen Anne en passant par le pont Aurora, et gagner le haut de la colline par le nord, mais cela te ferait faire un détour et, de plus, tu n'es pas sûre que c'est là que ta mère s'est suicidée. À la vérité, tu ne sais pas quelle méthode elle a utilisée pour liquider ses actifs mortels. Ce dont tu te souviens, et ça tu t'en souviens très nettement, c'est qu'au mois de juin de ta douzième année, ta maman, imitant son idole en poésie, Sylvia machin chose, a allumé le four et s'est mis la tête dedans. Malheureusement, ou heureusement, c'est selon, elle avait oublié un détail gênant : votre four fonctionnait à l'électricité.

Au lieu de sombrer tranquillement dans le néant en se suicidant au gaz, elle n'était parvenue qu'à mettre le feu à ses cheveux après avoir pris un bon coup de chaud. Une odeur horrible avait envahi l'appartement. Quand tu étais sortie de ton lit pour voir d'où venait cette puanteur, tu l'avais trouvée à genoux dans la cuisine, entourée d'un nuage fumigène, tandis que ton père versait sur sa tête un pichet de vin rouge. C'est la dernière image que tu conserves d'elle. Elle avait passé la nuit à l'hôpital pour soigner ses brûlures au cuir chevelu et, le lendemain matin, on vous avait expédiés, toi et ton frère, à Oakland pour passer le reste de l'été chez votre grand-mère Mati. Un jour en août, ta mère avait enfin réussi son suicide. On préféra épargner les détails à la petite Couineuse.

23 h 35

Tu gares la Lincoln devant ton immeuble. Si Belford s'imagine une seule seconde que tu vas patrouiller dans tout Queen Anne pour essayer de retrouver ce satané macaque, c'est qu'il a perdu l'esprit. Même si tu n'avais pas été brutalement agressée, tu ne partirais pas à la recherche d'André. Pas ce soir, en tout cas. Demain est un autre jour.

Avant de pénétrer dans le bâtiment, tu jettes spontanément un coup d'œil en direction de Sirius. Sirius A. Sirius B est invisible à l'œil nu. Si, bien sûr, Sirius B existe vraiment. Le type a très bien pu te mener en bateau. "Psst, hé, petite, tu veux venir voir ma petite naine blanche ?" Il faudra que tu poses la question à la Huff. Q-Jo t'a dit un jour que tous les éléments lourds dans l'univers, y compris ceux du corps humain, résultaient de l'abominable agonie du fer dans les étoiles. Savoir cela, avait-elle ajouté, lui donnait un sentiment de parenté avec les galaxies les plus éloignées. Cela n'avait eu qu'un seul effet sur toi : te rappeler que tu n'avais pas pris tes vitamines.

Bon, lever les yeux au ciel pour voir Sirius (effectivement, elle brille) n'arrange pas ta nuque endolorie. Tu grimpes les escaliers et tu frappes à la porte de Q-Jo. Aucune réaction. Tu files dans le couloir et tu vas écouter les messages sur ton répondeur. Il n'y en a qu'un, et c'est Belford qui t'appelle de l'aéroport pour te dire que tu lui manques déjà. Belford est un crétin fini, mais d'une certaine façon il te manque aussi. Tu as terriblement besoin de quelqu'un à qui parler.

Sur un coup de tête, tu repars dans le couloir et tu entres dans l'appartement de Q-Jo. Rien n'a bougé. Elle n'est pas revenue. Les cartes sont toujours étalées sur la table, son carnet de rendez-vous est toujours ouvert sur le vieux chiffonnier branlant. Hé ! Le carnet de rendez-vous ! Bien vu, Gwendolyn. Hélas, la seule note écrite à vendredi, après la séance de midi avec la fana des jardins, est un simple rappel hâtivement gribouillé : "Appeler L.D." C'est tout. De toute évidence, appeler Larry Diamond. Mais pas de tainpu de numéro, si on te passe le verlan. Tu tentes ta chance et regardes dans l'annuaire. Évidemment, il n'y est pas. Posner pourrait avoir le numéro de

Diamond et Posner est un couche-tard, mais tu te sens trop vulnérable pour l'appeler. Tu ne pourras t'adresser de nouveau à lui que lorsque tu auras recalcifié ta coquille.

Tu t'assieds devant la table en merisier et, à la lueur d'une petite lampe à abat-jour, tu retournes, d'abord lentement et distraitement, puis avec empressement, toutes les cartes de tarot. Tu estimes rassurant qu'aucune autre lame n'ait été modifiée, bien que cela rende le mystère de la carte du Nommo d'autant plus embrouillé. Tu fouilles dans le désordre de ton sac et, retrouvant la carte en question, tu la remets dans le paquet. Que quelqu'un d'autre s'en occupe. Tu as assez de soucis comme ça sans avoir à méditer sur des jeunes filles aux pieds palmés. Mais alors que la carte glisse entre tes doigts, tu ressens un petit crépitement électrique – et, sans raison logique, tu te lèves pour jeter à nouveau un coup d'œil au carnet de rendez-vous de Q-Jo.

Et cette fois-ci, tu trouves : l'inscription s'étale sur la page comme une méduse sur la plage, invisible jusqu'à ce que tu poses le pied dessus, et alors tu ne vois plus qu'elle. *Vendredi matin, 9 h 30, Larry Diamond, La Maison du Tonnerre, 783-0190.*

23 h 55

Qu'est-ce que tu vas lui dire quand il répondra ? Est-ce que ça ne serait pas une bonne idée de déguiser ta voix ? Est-ce que tu peux demander à parler à Q-Jo Huffington sans chevroter ni couiner ? Il y a une heure, tu étais agressée dans la rue, pourquoi n'es-tu pas dans ton lit ? Sous la douche ? Chez ton médecin ? Au téléphone avec la police ? Tu te remets à trembler alors que tu appuies sur le 7, puis sur le 8, puis sur le 3…

Il y a un trou dans l'éther divin où toutes les sonneries se perdent. Chaque glouglou traverse ton cerveau et poursuit son chemin vers le nirvana du bruit où il rejoindra la chorale de l'éternité ou se réincarnera en, mettons, un grésillement de steak haché ou un miaulement de chaton. Encore une sonnerie. Tu lui laisses encore une sonnerie avant de raccrocher. OK, encore une pour faire bonne mesure et c'est tout. La dernière sonnerie est interrompue juste entre le premier glou et le second. Une seconde ou deux de silence en boîte, si facile à distinguer du bon vieux silence organique de la campagne et, alors que tu retiens ton souffle, tu entends ces mots enregistrés :

— Vous perdez votre temps à appeler ici. Sauf, bien sûr, si vous avez mis la main sur le bon livret.

Mis à part le choc provoqué par son contenu, deux choses te frappent dans ce message : Premièrement, pendant que l'homme parle on entend des roulements de tonnerre et un grand fracas en bruit de fond. Deuxièmement, il a la voix de l'homme que tu as entendu dans ton rêve.

Samedi matin, 7 avril

Tonnerre de boules de fromage

06 h 00

Un jour, prise d'un accès de niaiserie, tu as demandé à Q-Jo si elle pensait que tes rêves deviendraient réalité.

— Tu ne parles pas de rêves, te corrigea-t-elle. Tu fais référence à tes ambitions pathétiquement bourgeoises. Les rêves ne deviennent pas réalité. Les rêves sont la réalité.

Tu y as réfléchi alors que tu te tournais et te retournais toute la nuit sans dormir et sans rêver, mais tant d'idées jouaient aux autos tamponneuses dans ta tête que tu ne pouvais passer que quelques secondes avec une pensée particulière avant qu'elle ne soit percutée à l'arrière ou heurtée de côté par une autre – qui prenait alors brièvement la tête à son tour. Tu as bien tenté de rester concentrée sur le marché boursier, sur tes chances de survie en l'absence d'un rebond spectaculaire lundi, mais il y avait vraiment trop de voitures qui se carambolaient et se renversaient sur le circuit automobile de ton cerveau. Par exemple, même si un prude examen de ton vagin t'avait convaincue que tu avais échappé à une agression sexuelle lors de ta mésaventure en ville, tu ne pouvais t'empêcher de te demander si tu ne devais pas faire un test de dépistage du sida. Avec cette maladie endémique, un test serait prudent et pas trop gênant. Certainement moins gênant que d'aller raconter ton histoire de pantalon baissé à la police. Et à propos de police, peut-être que tu devrais… Non, non, Q-Jo sera rentrée dans la matinée, oublie cette dévergondée de la divination. Pourtant tu n'as pas pu l'oublier bien longtemps. Trois fois, au cours de cette horrible nuit, tu t'es levée pour l'appeler et après le troisième appel sans réponse tu as de nouveau composé le numéro de Larry Diamond. Tu t'es presque sentie soulagée d'entendre le même message pompeux qu'auparavant, mais cela t'a fait penser à ton rêve sur le livret. Ainsi qu'à ce mot stupide, Bozo. Apparemment, Diamond était le client que

Q-Jo devait avoir le matin pour une lecture des tarots, et il l'a aussi engagée pour regarder ses souvenirs de Tombouctou le vendredi après-midi. Donc c'est probablement Diamond – tu parierais une centaine d'actions Microsoft là-dessus – qui a trafiqué la carte de l'Étoile de la Huff. Dans quel but ? Elle a dû lui en donner l'autorisation. Dans quel but ? Peut-être même l'a-t-elle aidé. Dans quel but ? Te retournant sur ton oreiller, tu avais ressenti une douleur dans le cou, une douleur qui avait été la bienvenue car, boum, elle avait envoyé la voiture Diamond contre la glissière de sécurité, permettant à une autre pensée – coink-coink, tut-tut – de sortir à toute vitesse du peloton.

Maintenant, à six heures du matin, tes paupières sont aussi lourdes que des pare-chocs en caoutchouc, mais ta transmission est trop sollicitée et bruyante (et conditionnée par les activités de courtage) pour te laisser te reposer. Tu sautes hors du lit et trottines jusqu'à la fenêtre et là tu remarques avec une surprise modérée que les pluies sont de retour.

06 h 15

Les pluies sont de retour. Le ciel fugueur, comme retenu par un élastique géant, a été brutalement ramené vers la terre, où des pics perforent sa vessie et des crêtes pressent ses glandes pour les vider. Ton immeuble semble pris dans une matière molle, grise et humide, comme s'il se faisait absorber par une huître.

C'est ça, Seattle. Le court printemps ensoleillé est resté en rade et les pluies sont de retour. Elles ont dévalé les pentes où rôde le Sasquatch. Elles se sont élevées avec les oies au-dessus des marécages. Il pleut un cliquetis de dents de totem. Il pleut une hutte de sudation pleine de vapeurs anciennes. La grande ville, en dépit de ses tours de bureaux et de l'électricité, est renvoyée à un certain primitivisme par la pluie : toutes les teintes s'en trouvent assombries, tous les véhicules freinés, toutes les perspectives raccourcies, toutes les mentalités modernes et commerciales repliées sur elles-mêmes forcées de côtoyer la vieille salamandre qui sommeille au plus profond de l'âme. Heure après heure, la pluie va tomber ; les appartements élégamment décorés vont prendre l'allure de terriers ou de nids ; les kiosques à expresso, ces petites stations de pompage où coule la force vitale de Seattle, vont briller sous leurs parapluies comme des cabanes de chamanes. Des gouttes tombent en spirales de chaque corniche, de chaque antenne, de chaque auvent. Des gouttes scintillent sur chaque vitrine, chaque hayon de voiture, chaque centimètre de néon grésillant dans la brume. Dense, pénétrante, capable de tout métamorphoser, la pluie réduit la distance qui sépare nature et civilisation. Des désirs oubliés se réveillent dans la fissure.

Tu as lu quelque part qu'au Botswana, le mot "pula" signifie à la fois "argent" et "bonjour". Cette association te plaît bien. À chaque fois que tu rencontres quelqu'un, tu dis "argent", et la personne te répond "argent". Quelle façon heureuse de se saluer ! Quelle sincérité ! Comme c'est pertinent ! Dans ce que tu as lu, ils disaient aussi que "pula" peut également se traduire par "pluie". Ce n'est pas mal non plus. Des pièces qui tombent du ciel. Les vieux Botswanais savent qu'il va pleuvoir parce que leur portefeuille est à sec. Et plus question de dire ennuyeux comme la pluie. Le regard fixé sur la partition des précipitations, tu essaies de l'imaginer en cascade d'argent, tout en restant partiellement consciente que quelque part dans cette ville, pas très loin de chez toi, des hommes d'affaires ruinés et leur famille se mettent à l'abri du mauvais temps sous des rampes d'accès d'autoroutes et dans des cabanes de fortune en carton. Peut-être que l'argent trouverait meilleure expression dans le mot "aloha" que dans "pula". Tout bonjour sous-entendant un au revoir.

Quant à la pluie, elle met en évidence toute l'ambiguïté d'"aloha", et pas qu'un peu. La pluie est protectrice de diverses façons que le soleil, apparemment plus affectueux, n'égalera jamais. Elle estompe le regard furieux du monstre, éteint le feu du dragon. Mais comme les poches d'un marin noyé, elle peut dissimuler des paquets d'opiacés interdits en train de se désagréger et tout un assortiment de couteaux rouillés.

Tu te prépares un grand café latte bien mousseux et enfiles un peignoir – avec l'humidité, la fraîcheur est apparue –, puis tu retournes te poster à la fenêtre. André craint l'eau, te dis-tu. Peut-être que la pluie va faire revenir cette satanée bestiole. Mais tout ce qui te revient, à toi, ce sont ces étranges désirs anciens. Ceux que tu croyais remplacés depuis bien longtemps par tes objectifs financiers.

— Sears, Philip Morris, Merck, General Electric, commences-tu à psalmodier.

Mais ces mots magiques n'ont guère de pouvoir contre la pluie.

09 h 10

Q-Jo Huffington adore la pluie. Elle estime que les conditions météorologiques qui prévalent à Seattle sont rafraîchissantes, une bénédiction. La pluie bénit le front de ceux qui la bravent et fait pousser les petits champignons. Q-Jo, tout en étant au courant des études sur la présence d'acides dans les gouttelettes, persiste à croire que les pluies du Nord-Ouest non seulement apportent nourriture et renouveau, mais aussi consacrent et sanctifient la terre. Tu considères cette contradiction comme un exemple supplémentaire de sa propension à l'auto-aveuglement, bien que tu doives admettre que même l'eau bénite dont on asperge les enfants lors du baptême grouille d'une vie microbienne qui, vue au microscope, a l'air aussi féroce que des gloutons mais fait pourtant moins de mal que de bien.

Le retour d'un temps pluvieux après une période de sécheresse est l'une des rares choses capables de sortir Q-Jo du lit avant neuf heures du matin, et tu espères que c'est ce qui l'a réveillée ce matin et l'a attirée comme le joueur de flûte hors des draps sordides dans lesquels elle s'est probablement vautrée. Tu l'attends dans l'heure qui suit avec une telle confiance qu'en t'installant devant ton ordinateur tu es en mesure de te concentrer avec suffisamment de lucidité sur les solutions ammoniaquées qui pourraient faire reprendre leurs esprits aux dieux de l'argent.

Les riches dont, chose inconcevable et exaspérante, tu ne fais pas partie, affirment qu'une bonne réduction de l'impôt sur les revenus du capital constituerait le remontant dont cette économie comateuse a besoin, mais Sol Finkelstein et compagnie soutiennent, quant à eux, qu'une telle mesure ne servirait qu'à élargir les douves autour des palais. Il fut un temps où une baisse des taux d'intérêt par la Réserve fédérale suffisait à stimuler l'emprunt et donc à augmenter la consommation mais, tout comme les gestes emphatiques d'un magicien vieillissant et perclus d'arthrite, ce tour de passe-passe est devenu tellement évident et grinçant que seuls les myopes dans le public s'y laissent encore prendre.

Il y a ceux – principalement les marginaux et les mal informés – qui mettent tout sur le dos du déficit budgétaire, mais les initiés comme toi savent pertinemment que le Trésor pourrait facilement imprimer des tas de billets neufs – une vision qui t'est si douce que tu en as les larmes aux yeux – et effacer le déficit du jour au lendemain. Le hic, c'est que les bons vieux dollars usés n'auraient plus la même valeur, ce qui ferait rétrécir les douves autour des palais, jusqu'au point où elles pourraient être franchies par les plus agiles dans les classes moyennes (au nombre desquels toi, Gwendolyn aux mollets d'acier, tu figurerais certainement), et puisque l'hôtel des Monnaies est tenu par les riches, inutile de prendre une bonne respiration tant que la planche à billets n'a pas commencé à fonctionner.

Il y a un problème encore plus grave, c'est la toute petite marge de manœuvre de l'Amérique en matière économique. Le Congrès et le Président pourraient prendre de nombreuses mesures pour rétablir l'équilibre de la balance commerciale, mais chacune d'entre elles reviendrait à verser de la térébenthine dans le rectum de telle ou telle partie de l'électorat, et aujourd'hui, tout le monde sait, sauf les naïfs incurables, que les hommes politiques sont davantage intéressés par leur réélection que par le sauvetage audacieux de la nation. De toute façon, les Américains qui détiennent le vrai pouvoir sont "multinationaux", et cela depuis des décennies, alors qu'est-ce que ça peut bien leur faire ? Tu ne peux pas leur en vouloir. Simplement, tu voudrais bien, toi aussi, avoir une villa en Toscane où te retirer aux Bahamas. N'importe où. Sauf à Tombouctou. Qu'est-ce qui a conduit un professionnel de la finance jusqu'à cet avant-poste éloigné ? Tu te le demandes. Mon Dieu, tu dois avoir un esprit bien morbide pour évoquer à nouveau ce type. Comme pour exorciser Diamond, tu secoues la tête jusqu'à ce qu'un unique cheveu franchement gris se détache et tombe en voltigeant sur le clavier de ton ordinateur, où il reste étendu pareil à une mèche de spaghetti de Méduse en travers du A, du S, du D et du F. Eh bien, ma petite, tu n'as pas les moyens de trouver refuge dans un paradis étranger, et quant à convaincre Belford Dunn d'abandonner son pays natal en ces temps difficiles, tu te souhaites bien du plaisir. Aucun des remèdes cités plus haut n'a de chance d'être appliqué, et s'ils l'étaient, ils le seraient probablement trop timidement et trop tard, l'échelle permettant d'aller décrocher la lune ayant déjà basculé. Alors, quelle est la solution ? La solution, te dis-tu, c'est la guerre.

Oui, pourquoi pas ? Tu tapes "la guerre" (déplaçant le cheveu solitaire en appuyant sur le A) et tu regardes le mot briller comme une ligne de débris phosphorescents sur l'écran du PC. Sauf erreur de ta part, les États-Unis vivent dans une économie de guerre depuis 1941. À la fin de la Seconde Guerre mondiale, il y avait ceux qui craignaient le retour de la Grande Dépression, et d'autres qui pensaient qu'un état de guerre permanent était un excellent moyen de contrôler la population américaine et la concurrence étrangère et donc, au lieu de transformer nos épées en charrues, nous nous sommes inventé un nouvel ennemi – l'Union soviétique, martyrisée, exsangue, mais "impie" – et nous avons consacré toutes nos capacités à fabriquer des épées plus grandes et plus efficaces. Cette leçon d'histoire, il faut l'avouer, tu la tiens de ton père et de ses copains progressistes fumeurs de hasch ; elle devrait par conséquent être totalement discréditée, sauf que ce matin, tu lui trouves un brin de vérité. Personne ne peut nier que dans cette société obsédée par la sécurité nationale, avec une industrie militaire qui tourne à plein régime vingt-quatre heures sur vingt-quatre, nous avons prospéré. Pendant un certain temps. Mais une économie de temps de guerre qui avale l'argent des impôts comme un adolescent géant avale sucre et graisse ne peut rester éternellement florissante en temps de paix. Au fil des années, la productivité a chuté, la compétitivité de l'industrie s'est mise à décliner, les salaires ont stagné, l'élévation du niveau de vie, autrefois constante, a fait de même, et d'importants secteurs non militaires en manque de financement tels que l'éducation, la santé et la protection de l'environnement se sont complètement délabrés. Pendant ce temps, les nations vaincues, l'Allemagne et le Japon, ignorant les dépenses militaires et se concentrant sur la production de biens à usage civil, se sont mises à nous botter le derrière des grilles des usines aux portes des banques et, malgré les quelques revers financiers qu'elles ont elles-mêmes connus, continuent à le faire aujourd'hui. Cela, personne ne peut le nier non plus. Un jour, en changeant nos priorités, peut-être pourrons-nous revitaliser nos industries de temps de paix au point de pouvoir traiter d'égal à égal avec les meilleurs, mais ça, c'est pour le long terme. À court terme, le marché boursier gît dans son propre sang et ta Porsche est cachée dans les buissons au cas où l'huissier viendrait la reprendre. À court terme, la seule façon de faire repartir le pouls de cette victime à l'électrocardiogramme plat est de lui passer sous les narines un flacon aux vapeurs de guerre.

C'est trop tiré par les cheveux ? Mais il est certain que le Président n'aurait aucun scrupule à ce sujet. Les Présidents de temps de guerre sont plus populaires que le Père Noël, et celui-ci brûle de se faire réélire. Côté ennemis, on ne manque pas de candidats séduisants. Maintenant que l'URSS n'existe plus, la plupart font figure de menu fretin, mais ils pourraient nous résister suffisamment longtemps pour que l'on se refasse une petite santé et, qui sait, l'un d'entre eux pourrait se révéler un adversaire aussi valable que le Vietnam du Nord. Pour qu'elle te soit bénéfique, cependant, il faudrait que cette guerre, ou la menace d'une guerre imminente, se matérialise à une vitesse vertigineuse. D'ici lundi matin, pour être précis.

OK, tu es bien consciente que cette perspective est à peu près aussi probable que celle de voir un de tes clients t'appeler pour te remercier des efforts inlassables que tu as consentis pour le séparer de ses économies. Néanmoins, d'un geste caractéristique de ton optimisme de petite fille – un geste qui, franchement, s'est égaré à plusieurs kilomètres au-delà de la frontière du rationnel –, tu allumes distraitement la radio, juste pour voir, d'un air détaché bien sûr, et vraiment à tout hasard, s'il n'y aurait pas quelques bruits de bottes sur la scène internationale.

Mais tu ne reçois qu'un gros paquet de parasites, ce qui semble indiquer que les éruptions solaires – ou tout ce qui a provoqué les interférences cosmiques de ces derniers jours – font toujours rage. À un moment, tu parviens à capter une transmission audible, mais tu t'aperçois qu'il s'agit des scores de la Ligue de basket-ball d'Inde orientale. Les Tigres du Bengale ont battu les Frondes de Singapour, les Gin de Bombay et les Trous Noirs de Calcutta sont à égalité pendant les prolongations, et les Shorts de Madras viennent de prendre l'avantage devant les Sweaters du Cachemire. Les Putois de Poona ne jouaient pas.

10 h 15

Toujours en peignoir, tu es retournée à la fenêtre et tu observes les gouttes de pluie glisser sur la vitre en frétillant comme des têtards rêveurs. Ils ont l'air d'être parfaitement sains, parfaitement formés. Une tête bien ronde. Une queue fuselée. Translucide à souhait. Modèle standard. Tout droit sortis du manuel. S'ils ont muté après contamination, ils le portent bien. Tu irais même jusqu'à dire que les pluies acides sont bonnes pour l'environnement. L'industrie ne fait-elle pas partie de l'environnement ?

Par vagues orchestrées par le vent, les gouttes se précipitent sur la vitre où elles renoncent à leur violence grotesque, leur désinvolture cinglante, leur roulette russe à balles marines, pour rejoindre le zendo des rêveurs, glissant en une lente et douce méditation sinueuse vers la flaque de l'existence, le nimbe suintant qui baigne l'âme. La pluie produit un son qui se situe quelque part entre le tambourinement de doigts (ton père à table pour le déjeuner, attendant avec impatience son adobo ?) et la conversation assourdie qui s'élève du lit conjugal et que chaque enfant dans la maison essaie de capter. Ses nuances ont-elles un sens ? Est-ce ce qui reste d'un langage primitif autrefois parlé par un ancêtre commun aux humains et aux dauphins ? Ou les gouttes de pluie ne sont-elles que des figurantes articulant silencieusement "rutabaga, rutabaga" sur le plateau d'un film dont elles n'ont pas eu le privilège de lire le scénario ? Tu écoutes la pluie avec plus d'attention que tu ne l'as jamais fait de ta vie, avec plus de concentration que ne le devrait quelqu'un dans ta position et poursuivant les buts que tu poursuis, et brutalement le charme est rompu, Dieu merci, par un bruit d'enjoliveur desserré sur un OVNI. C'est le téléphone.

Q-Jo enfin ! Tu le sens. Tu le sais. Sans aucun doute. Peut-être t'appelle-t-elle de chez elle, au bout du couloir, ou du téléphone à pièces du Dog House, après avoir pris des côtes de porc pour le petit déjeuner, ou depuis les quartiers de cet ancien broker miteux qui a probablement profité de sa silhouette de Bibendum et de son volume peu attirant pour le mâle ordinaire pour lui faire subir les outrages les plus dégoûtants. Peu importe d'où elle appelle. Ce qui compte, c'est que c'est elle et que toute la partie de ton esprit qui était consacrée à la colère et à la préoccupation peut maintenant être libérée au profit d'une activité plus productive. De plus, une fois qu'elle aura eu droit à tes remarques cinglantes, Q-Jo pourra satisfaire cette petite pointe de curiosité concernant la carte de tarot modifiée et les autres bizarreries qui, ces derniers jours, ont affecté ta vie d'ordinaire si bien réglée. Au moins prêtera-t-elle une oreille compatissante au récit de ton agression humiliante en ville hier soir, et elle pourrait bien t'amener à accepter tout cela avec une sorte de grâce fataliste. Bien qu'elle se désintéresse totalement des accidents tragiques qui font obstacle à ta carrière, tant elle est cynique en ce qui concerne le profit et les profiteurs, elle se montrera farouchement protectrice à propos de ton intégrité physique et vindicative envers quoi que ce soit ou qui que ce soit qui ait pu la mettre en danger.

C'est en pensant à elle presque comme à une sœur que tu soulèves le combiné, la gêne que tu éprouves à la fréquenter étant momentanément déplacée par un geyser de soulagement. Mais ce n'est pas elle. Ce n'est pas elle ! Tu as du mal à le croire. Tu es hors de toi. Ce n'est pas Q-Jo, c'est Belford.

— Salut, ma petite caille. Désolé de ne pas avoir appelé plus tôt, mais j'étais à la poursuite du consul général de France. J'ai appris qu'il était parti dans la Napa Valley pour le week-end, dans un domaine viticole ou quelque chose comme ça, et j'étais sur le point de louer une voiture pour y aller quand il m'est venu à l'esprit que ma petite fripouille était peut-être rentrée à la maison.

Il marque une pause en attendant une réaction. La pause se prolonge et prend tellement d'importance que si c'était une maison, Jésus-Christ et ses douze disciples pourraient y vivre, sauf peut-être Judas Iscariote qui devrait probablement dormir sous la petite véranda. L'attente, bien que silencieuse, est tellement énorme et insistante que par pure méchanceté tu refuses d'y répondre, et lorsque Belford finit par reprendre la parole, la panique, tel un opéra de termites, a miné sa voix. Il couine encore plus que toi, sa bien-aimée, quand il demande :

— Tu n'as pas de mauvaise nouvelle à m'annoncer, n'est-ce pas ?

— Seigneur Dieu, Belford ! Tu plaisantes ? Il n'y a que des mauvaises nouvelles. Mais où est-ce que tu vis, dans une citrouille ou quoi ? (Tu cherches le rhéostat pour baisser l'intensité de ta contrariété.) Si tu parles d'André, et j'imagine que c'est le cas, puisque c'est la seule chose qui t'importe, non, il n'y a pas de mauvaises nouvelles. Pas de bonnes non plus, d'ailleurs. Il n'y a rien de nouveau depuis que tu es parti, en tout cas pour ce qui concerne ton primate.

— Tu as l'air fâchée.

— Moi ? Fâchée ? Où vas-tu chercher ça ? Tu as fumé un de ces joints qu'on vend à San Francisco ? Je parie que c'est ça. Je parie…

— Gwen ! Chérie. Qu'est-ce qu'il y a ?

— Comment ça, qu'est-ce qu'il y a ? Tout est super. Ce n'est qu'une "journée de plus dans la vie d'un pauvre fou", pour reprendre un extrait de la sagesse orientale. Voilà. Tu ferais mieux de dessouler et si je rencontre André, je lui demanderai de t'appeler à ton hôtel. Au revoir.

Tu claques le combiné en marmonnant "Bozo !". Et pour une raison inexplicable, cela te fait rire tout haut.

10 h 30

Quelque chose a changé. Tu as changé. Une fois, ton père t'a dit qu'un jour Dizzie Gillespie s'était assis sur sa trompette et l'avait tordue, créant par accident un instrument qui avait transformé sa carrière. Le changement, ça peut arriver comme ça. Crac ! Aïe ! Et d'un coup, on se met à jouer une musique totalement différente. Quelque chose dans ce coup de téléphone, la déception qu'il a causée en toi, le "Bozo" qui t'a échappé à la fin, la goutte d'eau qui fait déborder le vase, si l'on peut dire – un petit quelque chose bien ordinaire et pourtant indéfinissable, terre à terre et pourtant mystérieux, stupide et pourtant profond, quelque chose d'insignifiant mais de très très pur, s'est produit, et tu ne seras peut-être plus jamais la même.

La nature, paraît-il, récompense l'énergie et l'agressivité. Bon, mais tu t'es montrée énergique et agressive pour cinq et où cela t'a-t-il conduite ? Peut-être que c'était une question de mauvais alignement. Tu as toujours pointé ta corne droit devant toi alors qu'elle aurait dû être légèrement relevée vers le plafond. Et maintenant… Remarque, ce ne sont là que spéculations oiseuses, simple idée. Toutefois, si jamais quelqu'un mettait en doute le fait que tu es d'une humeur inhabituelle, il n'aurait qu'à observer la façon dont tu te débarrasses de ton peignoir et de ton pyjama pour passer une robe noire serrée sans même te doucher – et sans même enfiler le moindre sous-vêtement ! –, la spontanéité avec laquelle tu te maquilles les paupières et les lèvres, et la belle arrogance jubilatoire avec laquelle tu composes le numéro de Larry Diamond.

— Si vous appelez pour pleurnicher au sujet du marché, te répond sa voix enregistrée au milieu de roulements de tonnerre et de fracas, vous ne trouverez ici aucune compassion. Est-ce que vous pensiez vraiment qu'une culture convaincue que le Messie attend le second avènement au coin de la rue en suçotant des pastilles de menthe et en redressant sa cravate aurait à long terme la vision et la volonté suffisantes pour entretenir une économie de superpuissance ? Vous me faites rigoler, les gars.

Son ricanement ressemble au cri d'une pie en train de pondre un œuf en fil de fer barbelé.

Tu déglutis une fois, tu clignes des yeux deux fois, surprise autant par le contenu du message que par le fait même qu'il y ait un nouvel enregistrement, mais tu gardes ton assurance et après le bip tu lances :

— Écoutez, c'est Gwendolyn Mati. Je veux parler à Q-Jo Huffington et je veux lui parler illico. Si elle n'entre pas en contact avec moi dans les dix minutes, j'avertis la police.

Dans ta voix sont perceptibles les dents de scie de la détermination, bien que, pour être tout à fait franc, il te manque encore une ou deux octaves pour avoir un timbre vraiment adulte.

Pendant que tu attends, tu choisis une paire de pompes noires et le sac à main du jour. Dans ce dernier, tu verses le contenu de celui d'hier, moins cette stupide carte du Nommo, bien sûr, qui est désormais de retour là où elle doit être, dans le paquet de Q-Jo. Tu allumes la télé sur CNN et, évidemment, les informations concernent la crise financière. "Informations" est peut-être un mot trop fort. Il s'agit surtout de conjectures sur la façon dont pourrait se comporter la Bourse lundi, à supposer que la SEC l'autorise à ouvrir lundi. "Si elle n'ouvre pas lundi, demande un expert, quand ouvrira-t-elle ? Si l'on attend que les conditions s'améliorent substantiellement, alors elle pourrait ne pas rouvrir de notre vivant." Le ton n'est pas vraiment joyeux. Mais au moins, personne, à CNN, ne met ce krach sur le dos du dogme chrétien.

10 h 45

Dix minutes passent. En fait, quinze minutes passent : tu veux laisser une marge. À onze heures moins le quart, Q-Jo n'a toujours pas appelé, alors tu enfiles ton imper Burberry, tu empoignes un parapluie à pois comme s'il s'agissait d'un couteau à égorger les cochons et te voilà partie. Au bas de l'escalier, tu décides de prendre la Lincoln de Belford en te disant que si par miracle André devait apparaître dans le crachin sur ta route, il pourrait consentir à y monter. Au volant de ta Porsche, tu refuserais de le prendre avec toi, même s'il se tenait à un carrefour avec un bras cassé et te hélait avec une banane en guise de SOS. Tu n'oublieras jamais la fois où tu as accepté de conduire André chez le vétérinaire pour son vaccin annuel contre la grippe. (Belford devait s'occuper d'une vente importante.) Sur le chemin du retour, le gentil petit animal avait arraché tous les boutons et toutes les poignées intérieures à coups de dents, il avait fait des trous dans le cuir des sièges et s'était suspendu au rétroviseur. Alors que tu t'arrêtais dans l'allée de Belford, il avait ouvert son flacon de comprimés violets de vitamines pour singe, s'en était rempli la bouche, mais leur trouvant un goût détestable, il les avait recrachés avec des cris stridents, faisant des taches indélébiles sur les sièges, les tapis de sol et ton tailleur pantalon Armani tout neuf. Belford, après avoir fait s'agenouiller la bête poilue, lui avait demandé de prier pour que Dieu lui pardonne ; c'était certainement très touchant, mais ton attaché-case Hermès à neuf cents dollars porte aujourd'hui encore des marques violettes plutôt gênantes.

Le choix de la voiture se révèle cependant être de pure forme. Tu ne rencontres aucun animal égaré et peu d'humains à pied en te rendant au commissariat central. La pluie incessante a fait des ravages dans cette minuscule portion de la population qui a encore le courage – et les moyens – de faire des achats. De temps en temps, d'un porche ou d'un abri en carton sort un bras tendant dans la pénombre une boîte à bonbons détrempée dans l'espoir d'attirer une petite pièce ou une cigarette. À part cela, peu d'animation sur les trottoirs de Seattle en dehors des ruisselets que forme la pluie. Quand, entre le parking à étages et l'immeuble de la Sécurité publique, une violente bourrasque transforme ton parapluie en une radiographie de la poitrine d'un épouvantail, tu commences à regretter de t'être aventurée dehors.

En termes d'accueil, la température n'est guère plus clémente à l'intérieur. Tu aurais pu t'y attendre. Mets-toi à leur place. Tu t'avances jusqu'au guichet dans le couloir du cinquième étage décoré par le proctologue de Kafka et tu annonces :

— Je voudrais signaler une personne disparue.

La femme au visage comme un pavé de bacon de Cro-Magnon te regarde avec un frémissement à la surface jaune et plane de ses yeux de bile de bœuf qui signifie qu'elle t'a reconnue, et elle dit :

— Vous voulez dire un singe disparu.

— Non. Une personne.

— "Personne" comme dans "être humain" ?

— Exactement.

— "Personne" comme dans votre ami, qui est parti à la recherche de son chimpanzé et qui s'est lui-même perdu ?

— Négatif. Puis-je parler à l'inspecteur, s'il vous plaît ?

Tu essaies de te contrôler, ce qui est à peu près aussi facile que de garder un pitbull enfermé dans une taie d'oreiller.

— L'inspecteur est pas là. Il est sur une affaire sérieuse.

— Est-ce que vous insinuez que ceci n'est pas une affaire sérieuse ?

— J'insinue rien, madame.

— Je peux faire une déposition ou pas ?

— Ça dépend.

— De quoi ?

— De l'affaire.

Alors, tu essaies de lui expliquer l'affaire, mais elle t'interrompt sans arrêt. "Le nom de la personne, c'est quoi ?", "Elle pèse combien ?", "Elle a disparu depuis quand ?"

Par la suite, l'employée au visage de charogne va à un téléphone sur un bureau hors de portée de tes oreilles. Elle appelle sans doute l'inspecteur présumé absent, mais tu supposes qu'elle pourrait aussi bien appeler le service qui s'occupe des cinglés à Harborview. Pendant qu'elle parle, elle ne te quitte pas des yeux. Ses collègues t'observent aussi. Quelle méfiance ! Quelle suspicion ! Soudain, tu prends pleinement conscience du fait que tu ne portes pas de culotte. Après avoir raccroché, elle revient au guichet, décidée à t'expédier. La police, explique-t-elle, ne recherche pas les personnes disparues depuis moins de vingt-quatre heures, sauf circonstances particulières.

— Mais, bon sang, justement, il y en a !

— Mais, bon sang, justement, il n'y en a pas ! Vous avez dit vous-même qu'il est déjà arrivé que la personne passe la nuit hors de chez elle avec des individus de sexe masculin. Le fait que cet individu de sexe masculin particulier porte un tatouage sur la main et qu'il vous a parlé de manière grivoise dans un bar ne fait pas de lui un suspect. Si la personne n'est pas rentrée à sept heures ce soir, vous pourrez revenir et un agent prendra votre déposition. Je ne peux rien vous dire d'autre. Personnellement, je pense…

Elle se mord la langue – qui ressemble à de la graisse de rognon – et, avec quelque chose qui tient à la fois du sourire en coin et du regard furieux, elle quitte le guichet.

— Merci de votre aide ! cries-tu dans son dos.

Tu bous – mais peux-tu vraiment en vouloir aux flics ? Un jour tu débarques accompagnée d'un soupirant couvert de taches suppliant qu'on l'aide à retrouver un singe français régénéré voleur de bijoux, et le jour suivant, tu es là, affirmant qu'une femme de cent cinquante kilos, portant un nom bizarre et un turban, a peut-être été enlevée par un homme qui la payait pour regarder des photos de Tombouctou. Ils ont dû penser que ce n'est pas une imagination que tu as, mais un cirque à six pistes. OK, qu'ils s'étouffent avec leurs beignets, ça t'est bien égal. Pendant ce temps-là, toi tu vas retrouver Q-Jo Huffington. Morte ou vive.

11 h 32

La pluie a augmenté en intensité et, chose inexplicable, la circulation aussi. Les voitures roulent dans un chuintement, tous phares allumés, et s'éclaboussent mutuellement. (Prenons le pauvre essuie-glace en pitié, car son labeur sisyphéen n'accédera jamais au statut de mythe.) Cela fait des années maintenant que les automobiles sont faites pour ressembler grossièrement à des œufs. Les fabricants affirment que la forme ovoïde optimise l'efficacité aérodynamique, mais si c'est vrai, comment se fait-il qu'un oiseau doive briser la coquille avant de pouvoir voler ?

Pendant la messe d'enterrement de Grand-père Mati, tu as demandé pourquoi les hommes devaient ôter leur chapeau dans l'église et pas les femmes, et ta mère t'a répondu :

— Au Moyen Âge, il a été décidé que seuls les hommes devraient ôter leur chapeau car les femmes sont déjà des œufs.

Ta compréhension de cette décision reste partielle. Et cette méditation involontaire sur les œufs te rend nerveuse. Plus d'une fois par le passé, tu as eu d'horribles visions des spermatozoïdes de Belford : si déterminés, si patients, si regrettablement persévérants dans leurs tentatives de hisser leurs petits sacs de fertilisant par-dessus les barricades que tu as érigées à l'entrée de ton utérus. Seigneur Dieu ! En frissonnant, tu allumes la radio de la Lincoln.

Un cauchemar zen d'applaudissements rugit dans les haut-parleurs. Tu imagines qu'ils sont destinés au Président qui doit être en train de présenter à la nation les grandes lignes de son plan d'action à la suite du krach de jeudi. Mieux vaut tard que jamais, te dis-tu. Hélas, ce qui suit, loin d'être une proclamation présidentielle, n'est qu'une nouvelle pointe d'humour absurde de la part du Dr Motofusa Yamaguchi. Le gouverneur de l'État de Washington vient de demander à Yamaguchi si son traitement contre le cancer ouvre la voie à une ère meilleure pour l'humanité tout entière.

— Quand une chose s'améliore, réplique le bon docteur en esquissant un ricanement, il faut qu'une autre chose empire. À une grande face avant correspond une grande face arrière.

— Très juste. Tu l'as dit, toubib.

Mon Dieu ! Pour une raison quelconque, tu as toujours pensé qu'une percée dans la recherche sur le cancer viendrait d'une équipe très sobre, très sérieuse, de chimistes suisses en blouse blanche et aux traits anguleux, métalliquement propres et grassement payés, au service d'un de ces laboratoires pharmaceutiques géants dont tu as, en ton temps, vendu des tonnes et des tonnes d'actions. La vie est vraiment pleine de surprises dont généralement nous pourrions nous passer. "Ouah-ouah", aboies-tu en direction de la radio tout en l'éteignant. Mieux vaut encore entendre les insultes de SDF invisibles – "Emmène-moi à l'hôpital dans ta Lincoln, salope !" – et le toc toc toc de la pluie.

Une silhouette vaguement féminine avec un turban rouge s'engouffre sous le porche d'un immeuble calciné. Instinctivement tu mets le pied sur la pédale de frein bien que tu saches au premier coup d'œil que cette personne ne pouvait être Q-Jo qui, preuve vivante de la loi de Yamaguchi, est aussi grosse devant que derrière. Cette femme était bien trop mince et par ailleurs c'était probablement un pansement ensanglanté qu'elle avait autour de la tête. Un jour, tu as dit à ta grosse amie voyante que son turban lui donnait l'air d'une sorte de swami de bande dessinée. Elle t'a répondu :

— C'est peut-être un cliché pour une mésange coincée comme toi, mais pour de véritables êtres humains, mon turban est comme le dôme d'une cathédrale ou le clocher d'une église. Il signale ce qu'ils peuvent espérer trouver dessous et les guide vers une forme d'assistance particulière.

À tort ou à raison, la serviette de toilette sur sa tête est demeurée une source d'embarras pour toi, bien que tu donnerais cher – si tu en avais encore les moyens – pour l'apercevoir ce matin.

Mais seule la pluie occupe la place de parking de Q-Jo et seul le silence te répond lorsque tu frappes à sa porte. Il n'y a qu'un message sur ton répondeur, de Belford qui plus est : il s'excuse de ne pas avoir été sensible, lors de son appel précédent, à ton SPM. SPM ? Quel SPM ? Normalement, cela aurait mis à rude épreuve ton doux tempérament et, effectivement, tu es au bord de la fureur, mais, dis, ta corne est maintenant très légèrement relevée vers les étoiles ; de plus, tu perçois une nouvelle ligne mélodique, téméraire et vaguement ironique, et il semble que ce soit ton destin de la suivre.

11 h 55

Dans la résidence des Posner, il faut un petit moment à Barbara Posner, une gracieuse dame d'un certain âge à la chevelure bleutée, que tu as rencontrée plusieurs fois en société, pour te situer.

— Oh, mais oui, bien sûr, mademoiselle Mati, dit-elle enfin avant de s'excuser et d'aller chercher son mari. (Mais c'est à nouveau sa voix et non celle de son mari qui résonne dans le téléphone.) Je suis vraiment désolée, il est difficile pour M. Posner de vous parler maintenant, mais il dit qu'il a prévu un entretien avec vous dans son bureau lundi. Il l'a déjà noté.

— Dites-lui que ce n'est pas d'ordre professionnel.

— Ah ? Si c'est d'ordre personnel, mademoiselle Mati, peut-être que cela pourrait être également abordé lors de votre entretien.

— Écoutez, tout ce que je veux demander à votre mari, c'est une adresse. L'adresse de Larry Diamond.

— Pardon ? Qui ? Je ne suis pas sûre que nous connaissions cette personne.

— Vous pourriez lui demander ? Larry Diamond. C'est d'une importance capitale.

Un instant plus tard, Barbara Posner reprend le téléphone :

— Ah oui, bien sûr. Nous nous en souvenons. M. Diamond. Un vrai personnage. Il est parti de chez Dean Witter plus ou moins en état de disgrâce, je crois, mais à ce qu'il paraît il serait rentré du fin fond de l'Afrique récemment, fort d'une certaine sagesse.

— C'est ça, c'est lui, déclares-tu, bien que dans ton for intérieur tu aies quelque réticence au sujet de la "sagesse" en question.

— Désolée. M. Posner n'a aucune idée de l'endroit où réside M. Diamond.

Tu as du mal à avaler.

— Ah bon ?

— Joyeuses Pâques, ma petite.

Phil Craddock n'est pas chez lui, Sol Finkelstein non plus, quant à Ann Louise, elle est trop nouvelle dans le paysage pour avoir pu offrir son cul à Diamond avec succès. Qui contacter ? Que faire ? Tu te prépares une petite salade avec des feuilles de mizuna et de patsoi que tu as fait commander spécialement par le responsable des produits chez Thriftway. Le magasin ne vend plus ce genre de légumes verts depuis les années 1980. Ils sont tellement amers qu'un lapin en deviendrait carnivore, mais tu es trop plongée dans tes pensées pour y prêter attention.

Au milieu de la salade et des feuilles de mizuna qui te déchirent pratiquement la langue, tu te lèves brusquement de table et tu vas à nouveau composer le numéro de Diamond. Le message n'a pas changé, mais ce n'est pas le message qui t'intéresse cette fois-ci. Ces roulements de tonnerre, ce fracas à l'arrière-plan ! Ça te dit quelque chose. Tu raccroches et tu rappelles. Et encore une fois. Au cinquième appel, un déclic synaptique se produit tout à coup, et dans ton cerveau la lumière du couloir se met à clignoter. Au sixième appel, une lourde boule marbrée roule dans le couloir.

Tout excitée, tu laisses tomber le combiné pour te précipiter jusqu'à la bibliothèque et là tu t'empares du mince recueil de poésie de ta mère. Voilà, c'est là. Page 14. "Hommage au Maître chinois Bo Ling".

Les doigts enfoncés telles des dents de rat
Dans un fromage rond et noir
– Ô lune en orbite autour de Milwaukee ! –
Tu l'élèves au-dessus de la piste,
Sente à sens unique,
Long couloir lisse
Au bout duquel attendent, stoïques,
Dans le tonnerre et le fracas,
Les dix bouddhas.

Bo Ling, bien sûr. Ta mère a écrit ce poème après avoir accompagné à contrecœur ton père et ses amis à un tournoi de bowling pour Américains d'origine asiatique – tu aimerais bien maintenant te souvenir où. Qu'importe. Tu es sur la bonne voie. Les bruits dans le téléphone de Larry Diamond. La Maison du Tonnerre. Mais oui, par Jésus-Christ en chemise brodée ! Quelle qu'en soit la raison, dingue ou dépravée, Larry Diamond mène sa vie depuis un bowling.

Samedi après-midi, 7 avril

Mais où sont les amphibiens ?

12 h 20

Il y a quatorze bowlings dans les pages jaunes de l'annuaire de Seattle. Comme tu pouvais t'y attendre, il n'y a pas de Maison du Tonnerre parmi eux. Cependant, il y a un Bowling de l'Oiseau-Tonnerre dans le quartier de Ballard et cela te semble un endroit pas plus mauvais qu'un autre où commencer.

Ne t'attardant que le temps d'enfiler une petite culotte – tu n'as aucune envie de prendre le risque de rencontrer Larry Diamond avec ta petite moule à l'air libre sur sa demi-coquille, pour ainsi dire –, tu attrapes ton parapluie de secours et les clés de ta Porsche et te voilà repartie. Pendant cinq secondes environ, tu envisages de prendre la Lincoln, mais tu repousses cette idée pour la simple raison que la petite fripouille chère à Belford, où qu'elle puisse se trouver, n'est certainement pas dans le quartier de Ballard. Un voleur de bijoux dans Ballard ? Ne te fais pas rire. Un voleur de lutefisk, oui, peut-être.

Ballard est aussi appelé la Petite Norvège ou la Petite Suède, tout dépend de quel côté du Skagerrak votre cœur balance. Les irrévérencieux l'appellent le Carrefour de la Chique, en référence au tabac à chiquer qu'utilisent les habitants du quartier. "C'est pas chic de chiquer", avait déclaré ton père un jour, en refusant de déménager la famille Mati dans une petite maison confortable de Ballard alors que les loyers de ce quartier étaient parmi les plus bas de la ville. Curieux, tout de même, que le bowling de Ballard ait été baptisé "Oiseau-Tonnerre" plutôt que, disons, "Thor". Mais il est vrai que les Indiens vivaient là bien avant les Scandinaves, et ce n'est peut-être que justice. Ethniquement, tout est mélangé maintenant, de toute façon. Des cultures éparpillées au milieu d'autres cultures, comme des tuiles après une tornade. Des touristes japonais dans des voitures allemandes qui passent la nuit au Motel des Mers du Sud à Moscou, dans l'Idaho. Ton père philippin qui tape sur des tambours antillais et parle comme s'il avait grandi à Harlem. Tu te demandes si ce multiculturalisme dont Belford et tous les gens comme lui sont si admiratifs n'est pas au moins en partie responsable du fiasco économique du pays. En fait, l'Amérique a toujours été multiculturelle, mais jusqu'à il y a relativement peu de temps, la nation était symboliquement un creuset dans lequel divers peuples venaient se fondre métaphoriquement pour donner un riche alliage ; et c'était cette fusion de talents, de philosophies, de qualités et de tendances – renouvelables et adaptables – qui donnait aux États-Unis leur tonus et leur entrain. Mais de nos jours, il semble que peu d'immigrants soient désireux de s'assimiler. Ils apportent avec eux leur culture d'origine, pratiquement intacte, et ils s'y accrochent, allant jusqu'à refuser d'apprendre à parler anglais et se mettant en colère lorsque les organismes sociaux de leur pays d'adoption ne s'adressent pas à eux dans leur langue indigène. Ce qui, naturellement, les maintient à l'écart du marché de l'emploi et dans une mentalité de victime, une mentalité égoïste qui les pousse à s'apitoyer sur eux-mêmes, qui se perpétue et qui est insidieusement exploitée par les gens de gauche à des fins purement politiques. Ainsi, au lieu d'être un bouillon fort et nourrissant, relevé par ces arômes épicés que sont le travail et le succès, l'Amérique est devenue un brouet où nagent quelques petits morceaux épars de matière non digérée. Un peu comme… du vomi. Adieu le creuset, bonjour le pot de chambre.

Eh oui, Gwen, mais si tu pouvais d'une façon ou d'une autre tirer avantage de ton statut ethnique minoritaire lundi, quand les têtes vont commencer à tomber ? Tu ne peux nier que l'idée t'est venue à l'esprit que tu pourrais accuser Posner Lampart McEvoy et Jacobsen de discrimination raciale ou de harcèlement sexuel, ou des deux. Trouver un arrangement, tout au moins, et peut-être empocher des indemnités ou garder ton job. Cela t'est venu hier. Au cours de la nuit. Mais aujourd'hui tu te sens étrangement éloignée de cette idée, un peu comme si tu étais au-dessus de tout ça maintenant.

Bon sang ! Cette pluie ne va donc jamais cesser ?

Ballard est le port d'attache de la flotte de pêche de Seattle, et tandis que la Porsche se fraie un chemin au milieu de la pluie et franchit le long pont qui relie le Carrefour de la Chique au bas de

Queen Anne, tu plonges le regard à travers le format page commerciale de la brume (d'interminables colonnes de minuscules symboles gris fournis par une sorte d'équivalent atmosphérique de la Bourse de New York) et distingues là, tout en bas, les bateaux de longueurs et de tonnages variables, depuis les poids plume équipés de seines jusqu'aux monstrueuses conserveries flottantes qui se tournent les antennes dans l'attente de la pêche au saumon estivale. On ne devinerait jamais, à voir cette multitude de bateaux dans le port, que le saumon se fait rare – ainsi que le crabe et le flétan. "Poisson", dis-tu à haute voix, avec un gloussement grinçant et totalement dépourvu d'humour. Tu pourrais être en train de penser qu'il est tout à fait étonnant de constater à quel point nous, les êtres humains – évolués, civilisés, raffinés, créés à l'image de Dieu –, dépendons de ces vertébrés au sang froid, au corps allongé et couvert d'écailles (glissants, les yeux globuleux et à l'odeur pornographique) qui se cachent en nombres indéfinis dans les étendues d'eau du monde entier, profondes ou pas, larges ou étroites, douces ou salées, agitées ou calmes. Grands dieux, non, tu penses à la carte du Nommo.

De l'autre côté du pont, maintenant, tu prends sur ta droite, traversant au volant de ta Porsche un quartier industriel dont les activités sont directement liées à la pêche commerciale. Puis, t'éloignant des quais, tu tournes vers le nord à nouveau et tu remontes lentement une rue bordée de modestes petites maisons de bois comme celle que ton père trop branché avait refusé d'habiter, jusqu'à ce que tu aperçoives, à un croisement avec une avenue très commerçante, un bâtiment sans fenêtres – sorte de boîte aux dimensions démesurées, d'un brun excrémentiel, qui ne peut être qu'un hôpital psychiatrique albanais, une école du Middle West ou un bowling. Son enseigne au néon n'est pas allumée – comme beaucoup d'établissements des environs, ils doivent faire des économies sur les frais d'exploitation –, pourtant tu es persuadée que cette dernière possibilité est la bonne. Après un changement de vitesses, tu accélères et viens te garer sur le parking dans un crissement de pneus. C'est bien le Bowling de l'Oiseau-Tonnerre. Tu suis du regard un type vêtu d'un blouson de nylon, portant une sacoche de forme ronde qui pourrait très bien contenir la tête d'un être humain, même une tête enturbannée et aux joues rebondies. Quand il ouvre la grande porte de devant, tu entends les roulements de tonnerre et le fracas à l'intérieur. Tu entends aussi, tout de suite après, le crissement de tes pneus quand tu repars.

12 h 45

Quatre fois, tu fais le tour du pâté de maisons. Dans la circulation ralentie par la pluie, la Porsche se faufile comme l'essence d'une phrase de Henry James se faufile parmi les syntagmes prépositionnels, les subordonnées et les apartés entre parenthèses (appuyant occasionnellement sur la pédale de frein pour éviter de mal placer un adverbe). Pendant tout ce temps, tu te dis qu'il serait plus prudent, plus sage, plus sûr et plus simple de rentrer chez toi – ou d'aller à la boîte, au centre-ville, si tu arrives à te faire ouvrir – et de te concentrer sur le sauvetage de ta carrière. Il doit y avoir un moyen de bourrer le mou à Posner quand il te fera venir devant son bureau en teck lundi. Tu peux trouver des tas de raisons pour quitter le quartier de Ballard immédiatement – y compris, et ce ne serait pas la moindre la faible probabilité d'y rencontrer le précieux singe de Belford – et pratiquement aucune raison d'y rester. Mais tu retournes finalement au Bowling de l'Oiseau-Tonnerre, tu te gares et tu sors de ta voiture. Qu'a dit cet agaçant Dr Yamaguchi ? Une journée de plus dans la vie d'un pauvre fou.

Et comme si tu n'avais pas suffisamment l'impression de faire des folies, tu laisses ton pébroque défaitiste exposer son ventre mou et blanc aux crocs du vent, si bien que quelques secondes après son ouverture, il est passé de la forme concave à la forme convexe et a rejoint son homologue à pois au Walhalla des parapluies. Le temps d'arriver à la porte, tes cheveux, les gris comme les noirs, sont parsemés de perles de pluie qui s'agitent et vibrent à chaque roulement de tonnerre et à chaque fracas.

12 h 55

Bowling, sais-tu à quel point Gwendolyn Mati te méprise ? Fais le compte de ses raisons. Premièrement, le bowling est un sport marginal (qui ne réclame presque pas de qualités physiques chez ceux qui le pratiquent, dont la plupart semblent plus enclins à boire de la bière et à bavarder qu'à s'intéresser aux subtilités du jeu – si toutefois subtilités il y a). Deuxièmement, les joueurs de bowling sont des marginaux (dans cette ruche qu'est l'Amérique, seuls les faux-bourdons font du bowling). Troisièmement, les bowlings sont des endroits marginaux (difficile d'en trouver un qui n'aurait pas pu être dessiné par Mussolini, construit par son beau-frère et décoré par sa maîtresse adolescente). Quatrièmement, le bowling a du succès auprès des masses populaires (qu'y a-t-il à ajouter à cela ?).

À l'instant où tu entres dans l'Oiseau-Tonnerre, tu es submergée par un puissant dégoût et un sentiment de dépression qui t'anéantit. Dans l'implacable lumière éblouissante d'un demi-hectare de tubes fluorescents, tu te retrouves sans transition à côtoyer des prolétaires poivrots et des nanas négligées, le genre de populace ouvrière que tu as toujours tout fait pour éviter. Tu crois les entendre roter, péter, citer Clint Eastwood, échanger des blagues ringardes et faire tous ces autres bruits grossiers et menaçants qui d'ordinaire constituent le moyen d'expression de la populace, mais tu es bientôt forcée d'admettre que tout cela relève surtout de ton imagination. Dans l'espace détente, un assortiment de rustauds te font de larges sourires et t'invitent à leurs tables, mais les joueurs de bowling, pour la plupart, t'ignorent et au fil des minutes ta peur, sinon ton aversion, diminue. Au moins, ici personne n'aboie.

T'efforçant de passer inaperçue, tu te promènes et regardes dans tous les coins en essayant de repérer Larry Diamond ou quelqu'un qui, d'une façon ou d'une autre, serait du genre à le fréquenter ou à le connaître. En vain. Tu t'attardes sur les deux téléphones publics fixés au mur près de l'entrée, à guère plus d'un jet de boule de bowling de la première des seize pistes de l'Oiseau-Tonnerre. Rien qui sorte de l'ordinaire, pour autant que tu puisses en juger. Sortant une pièce de vingt-cinq cents de ton sac, tu décides de passer un appel. L'appareil se comporte comme n'importe quel autre téléphone public, tu n'attires pas particulièrement l'attention des clients, ni du personnel – et Q-Jo Huffington ne répond pas chez elle.

— Diable ! t'exclames-tu, sans même relever qu'aucune Philippine n'a jamais, au grand jamais, dit "diable" avant toi.

Serait-il possible que Diamond vive dans ce quartier, dans une de ces minables petites maisons souillées par le jus de chique, et qu'il se rende à l'Oiseau-Tonnerre pour utiliser ses téléphones publics ? Bien sûr que non, andouille ! Il ne pourrait pas brancher son répondeur sur un téléphone public. Et aucun des numéros d'ici ne correspond au sien. Même l'indicatif est différent. De toute évidence, dans le genre mauvaise piste, même le gouvernement ne ferait pas mieux. La relation entre le Bowling de l'Oiseau-Tonnerre et la Maison du Tonnerre semble à peu près aussi étroite que celle entre cuvette des toilettes et eau de toilette. OK, mais attends un instant. Et l'indicatif ? Tu pourrais appeler la compagnie du téléphone, leur donner l'indicatif de Diamond et ils te diraient dans quel quartier de la ville il habite. Seigneur Dieu ! Cela t'a pris tout ce temps pour avoir cette idée ? Tu es au travail de détective ce que Grandma Moses est àl'expressionnisme allemand. L'opératrice des renseignements téléphoniques semble avoir attendu toute la matinée pour satisfaire à ta demande :

— 7, 8, 3, te répond-elle rapidement et sur un ton enjoué, est l'un des indicatifs du quartier de Ballard.

Jetant un coup d'œil par-dessus chacune de tes épaules, tu raccroches et tu sens monter et descendre dans ton dos quelque chose de froid et de piquant comme la brosse à dents de Nanouk l'Esquimau.

13 h 09

Les bureaux de l'Oiseau-Tonnerre sont situés sur une sorte de mezzanine au-dessus du bar. En montant les marches, tu es à la fois satisfaite et inquiète car tu es peut-être en train de te rapprocher de ta cible. Tu enlèves de ta bouche l'index dont tu rongeais l'ongle, puis tu appuies sur la sonnette. De l'autre côté de la porte te parvient un bruit de trottinement suscitant des visions de gerbilles, de hamsters, de mulots, de musaraignes, de campagnols, de rats musqués, de rats à queue touffue, de lemmings, et toutes sortes de rongeurs défilent à toute vitesse devant tes yeux.

— Qu'esse que c'est ? demande quelqu'un.

Et tu trouves que ta voix ressemble à un couinement ! La porte est ouverte par une femme pas beaucoup plus grande qu'une quille de bowling. Et tu te trouves petite !

— Euh, est-ce que le… euh, le directeur est là ?

— Pas aujourd'hui. C'est samedi.

Pendant qu'elle répond, tu regardes furtivement par-dessus l'épaule de la femme – ce qui ne pose aucun problème : on peut regarder autour d'elle et au-dessus d'elle aussi facilement que si elle était une décoration de jardin. On pourrait même l'enrouler tout entière dans un des turbans de Q-Jo et avoir encore suffisamment de tissu pour envelopper les biscuits de Toutankhamon. À propos, Q-Jo a lu dans un de ses magazines ésotériques que des généticiens utilisant du sang séché prélevé sur les bandes des momies pourraient bien un jour cloner les pharaons.

— Tout ça c'est bien beau, lui as-tu répondu, mais je n'achèterais pas d'actions de cette société, la demande en matière de pharaons ressuscités risque d'être plutôt faible.

— Ouais, a-t-elle acquiescé, mais il y a d'autres applications possibles pour cette technologie, et je suggère que toi et moi nous mettions de côté quelques tampons usagés, au cas où.

Le simple fait de te remémorer cette conversation te fait rougir. La naine, pensant probablement que son apparence est à l'origine de ta gêne, commence à s'agiter et à se dandiner sur place. Des visions de gerbilles, de hamsters, de mulots, de campagnols, etc., défilent à toute vitesse devant tes yeux. Tu te dépêches de dire :

— Je… j'aimerais appeler le directeur la semaine prochaine, alors. Vous pourriez me donner le numéro d'ici ?

Le bureau, exigu, encombré et totalement banal, ne présente pas le moindre élément qui pourrait le relier à Larry Diamond, et pourtant, tu es certaine que celui-ci se trouve quelque part dans le quartier, soit dans un bowling, soit avec des effets sonores de bowling sur son répondeur, donc il ne faut rien négliger.

— Sept…, gerbille la minuscule employée.

Hmm, hmm.

— Huit…, mulote-t-elle.

Oui ? Oui ?

— Un…, campagnole-t-elle.

Et avant qu'elle puisse musaraigner un autre numéro, tu es déjà en train de lui tourner le dos, la déception et le soulagement amoureusement enlacés sur le lit défait de ton cœur.

13 h 14

Le bowling n'étant pas, dans l'ensemble, une activité particulièrement épuisante, les vêtements du joueur sont rarement trempés par les sécrétions du corps en plein effort. Comme lorsque quelqu'un joue au basket ou au tennis, par exemple. (La tenue du joueur de bowling risque plus de souffrir d'une bière renversée, mais c'est une autre histoire.) S'il y a une chose que tu pourrais mettre au crédit du bowling, c'est sa relative aridité. À chaque fois que c'est possible, tu évites toute proximité avec des personnes en sueur. Sauf dans son sens abstrait, tu trouves l'expression "à la sueur de son front" regrettable. Par contre, "ne me fais pas suer" est une tournure tombée du ciel et faite sur mesure pour toi, bien qu'il soit peu probable qu'elle puisse sortir de ta bouche, "suer" étant l'un de ces mots qui te restent en travers de la gorge. Ta mère ne transpirait pas. Jamais. C'est ce dont elle se vantait. En ce qui te concerne, tu ne sais pas vraiment si tu te rends coupable de l'acte de transpiration ou pas. Tu tendrais à soutenir que tu as hérité de la netteté glandulaire de ta mère, sauf qu'à certains moments, tes seins et ton ventre sont tellement mouillés que tu ne peux t'empêcher de te demander si toute cette humidité provient entièrement des pores de Belford Dunn. Quoi qu'il en soit, tu te douches toujours immédiatement après les rapports sexuels.

Lorsqu'une personne est méticuleuse au point d'en devenir prude ou guindée, on pourrait mettre sa tête à couper que l'intérieur de son moi intime est en pagaille. Il n'est pas nécessaire d'être un arnaqueur professionnel, un psychiatre ou un sage d'Extrême-Orient pour le deviner. Dans le vacarme d'enfer qui emplit la basilique de l'Oiseau-Tonnerre, tes jambes un peu courtes mais bien tournées évacuent le lit défait de ton cœur. Heureusement, si le mot n'est pas trop fort, aucun des joueurs que tu croises sur ton chemin ne transpire de façon visible (ainsi qu'il l'a été dit, le bowling ne fait pas partie des sports qui demandent de gros efforts), mais beaucoup d'entre eux semblent avoir la potentialité de transpirer, de suer comme des porcs, en fait ; et cela suffit pour t'inciter à hâter le pas.

Donc, tu hâtes le pas. Mais, Gwen, où vas-tu comme ça ? Eh bien, tu fais un premier arrêt aux téléphones publics où tu apprends, en consultant l'annuaire, qu'il y a un autre bowling dans le quartier de Ballard – Bowling et Salle de Jeux du Crépuscule, c'est son nom – mais l'indicatif du Crépuscule est le 782, et non le 783. Néanmoins, tu te dis qu'il faudra bien vérifier, même si, sans savoir pourquoi, tu hésites à quitter l'Oiseau-Tonnerre tout de suite. Alors que, grâce au juke-box, les voix de Bruce Springsteen et Waylon Jennings remplissent les intervalles entre les roulements de tonnerre et les fracas, alors que le niveau du liquide dans les verres, les bouteilles et les vessies monte et descend, alors que les ailes de poulet s'agitent une dernière fois dans la bassine à friture comme pour saluer la mémoire de compagnons de poulailler qu'elles n'éventeront plus, alors que les *spares* sont accueillis par des hourrahs et que les *splits* provoquent des lamentations, alors que la fumée des cigarettes qui s'accumule progressivement s'en prend à tes sinus et que les yeux avides des piliers de bar s'en prennent à ton derrière, tu te diriges résolument vers le tableau d'affichage comme si tu t'attendais à y trouver un message.

On vient d'y mettre les classements des différents championnats. Tu découvres que les Crêpes Suédoises sont en tête dans leur division, distançant aisément les Modernes Danois et les Bois Norvégiens. Dans la ligue du mardi soir, c'est la Patrouille des Trolls qui devance… oh, mais qu'est-ce que ça peut faire ? À côté, sur le tableau, se trouve une leçon d'histoire. Le bowling, semble-t-il, est un jeu très ancien. “Les Égyptiens, appréciaient déjà le bowling en plein air, il y a environ sept mille ans.” Qu'est-ce que tu dis de ça ? Si le clonage à partir des bandelettes de momies fonctionne, les pharaons pourraient former une équipe de bowling.

Des prospectus attirent ton attention sur l'existence d'un Panthéon du Bowling. Y sont honorés des champions nommés Marion Ladewig, Andy Veripapa et Ed Lubanski, originaires de patelins tels que Grand Rapids, Milwaukee – le poème de ta maman tapait en plein dans le mille – et Akron. Les vers de ta maman visaient également juste en établissant un lien entre le bowling et la religion, même si la relation ne concerne pas les bouddhistes, mais les protestants. Et pas n'importe lesquels : Martin Luther en personne a pris sur lui de fixer officiellement le nombre de quilles à neuf. Avant l'édit de Luther – cloué, peut-être bien, sur la porte d'un bowling au XVIe siècle –, les hommes d'église allemands avaient longuement débattu la question du nombre correct de quilles. Surprise ? Tu ne devrais pas l'être. Croyais-tu vraiment que les théologiens parlaient d'autre chose que du bowling lorsqu'ils se disputaient pour savoir combien d'anges peuvent danser sur la tête d'une quille (et non sur la tête d'une épingle, comme on le dit parfois) ? Aujourd'hui, bien sûr, il y a dix quilles dans le jeu. Peut-être les Manuscrits de la mer Morte ont-ils prouvé que Luther avait tort.

Si l'on en croit la littérature fascinante que tu as sous les yeux – et là, c'est un peu plus ton rayon, si l'on peut dire –, les bowlings prospèrent particulièrement lorsque les temps sont durs, car les populations en proie à des difficultés financières ont tendance à revenir à des activités de loisirs saines et bon marché. Mais bien sûr. Quand les gens ont perdu leur boulot, il leur reste le bowling. Hmm. Quelles conclusions sur la profondeur et la durée possible du marasme économique actuel un analyste pourrait-il tirer du fait qu'en ce début de samedi après-midi l'Oiseau-Tonnerre est bourré comme une boîte de sardines norvégiennes ?

Un groupe de septuagénaires rougeauds aux cheveux blancs suçant leur tabac à chiquer a pris la responsabilité de gaver le juke-box. Il s'ensuit que Bruce Springsteen et Waylon Jennings ont été supplantés par Laurence Welk. Personne, dans l'Oiseau-Tonnerre, ne semble y voir d'objection. Toi encore moins que les autres. À ton avis, un genre de musique pour ouvriers est aussi fâcheux qu'un autre. Ce n'est donc pas une polka de Laurence Welk, mais bien l'obligation d'admettre avec une certaine réticence que tu devrais examiner de près les indicateurs économiques du Bowling du Crépuscule (se pourrait-il qu'il soit aussi bourré ?), qui te propulse enfin hors de cette caverne cacophonique remplie de crétins jouant aux quilles, et te voilà sous une pluie torrentielle.

Bien que tu n'aies pas de parapluie en état de marche, tu t'arrêtes à mi-parcours entre la sortie et ta voiture. Le lit défait de ton cœur s'arrête avec toi. Es-tu certaine, Gwendolyn, absolument certaine, que tu n'as rien négligé ici ? Dieu sait que tu ne voudrais pas avoir à y revenir.

13 h 30

Comme un planteur dans une rizière à l'envers, tu restes là, debout au milieu des tiges de pluie. Aussi fines et droites que des baguettes chinoises, gris verdâtre comme les cordes de la cithare de l'océan, les tiges sont suspendues aux nuages par leurs racines et se secouent pour libérer leurs grains. Le bol de riz de ton col déborde rapidement. Tu rentres les épaules et elles te font des sushis de pluie.

Sur le parking, trois quarts des places sont occupées. Est-ce le signe d'une économie en récession tandis qu'un parking plein signifierait une véritable dépression ? Que les véhicules soient en majorité des pick-up cabossés et des petites japonaises vieillissantes ne veut probablement rien dire : tu imagines volontiers que les passionnés de bowling roulent dans des épaves même pendant les périodes euphoriques. Ta Porsche se remarque comme une orchidée dans une fosse septique. Et puisqu'il est question de la Porsche, ça va te faire un plaisir fou de monter dedans et de partir d'ici. Mais d'abord, il faudrait que tu t'approches un tout petit peu de la rampe d'accès qui descend, tu viens de t'en apercevoir, vers ce qui est selon toute apparence un niveau inférieur, une sorte d'entresol de l'Oiseau-Tonnerre. Hmm ? Au bas de la pente, tu peux voir une belle porte en bois qui, par sa matière et son style, semble former une association incongrue avec l'esthétique craignos, genre *Dead Zone*, du reste du bâtiment. Si c'est une entrée de service, elle est d'une élégance inhabituelle. On dirait qu'il y a une sorte de pancarte sur cette porte. Avec les gouttes de pluie qui rebondissent sur tes prunelles astigmates, c'est difficile à dire. Oui – tu es plus près maintenant –, c'est bien une pancarte, ou plutôt une plaque, une de ces plaques en séquoia faites à la main, comme celles qui portent des inscriptions telles que “M. et Mme Schicklgruber et leurs enfants”, ou “Bob & Mary Ann”, ou “Mon repos”, en lettres maladroitement sculptées. Avant même que tu aies descendu la moitié de la rampe d'accès, tu as la confirmation de ce que tu pressentais dans un frisson d'excitation. Sur la plaque, tu peux lire : “La Maison du Tonnerre”.

13 h 36

Les nuages balancent des chaussures en même temps que du riz. Tu as l'impression d'être l'heureuse élue à un mariage élémentaire. Rien qu'en tordant tes cheveux, on pourrait mettre un terme à la sécheresse en Somalie. Pourtant, tu restes sous le déluge encore une minute ou deux, pesant le pour et le contre en faisant appel à ton caractère bien trempé. Ce qu'il serait malin de faire, à cet instant, ce serait de sillonner le parking et les rues avoisinantes à la recherche de la voiture de Q-Jo. Mais qu'apprendrais-tu vraiment en constatant sa présence ou son absence ? Cette histoire dure depuis trop longtemps. Il est possible que tu doives attendre jusqu'à lundi pour savoir combien de cuillerées il reste dans ton pot de miel ou quelles mouches tournent avec agressivité au-dessus du bord, mais là, il est un mystère que tu peux éclaircir. Maintenant.

Tu te précipites jusqu'au bas de la rampe et tu martèles la porte.

C'est une porte massive avec de grosses charnières en fer ; son panneau central est décoré d'un bas-relief sculpté représentant des cumulus crachant des éclairs en zigzag. Le bois en est sombre, les sculptures discrètes et difficiles à voir. Heureusement que cette porte nécessite une étude approfondie, cela te donne quelque chose à faire pendant que tu attends.

Tu n'es pas vraiment surprise que Larry Diamond te fasse attendre. Tu as l'impression que c'est le genre de personne qui pourrait aussi bien ne pas venir ouvrir du tout. Larry Diamond pourrait bien ne pas venir ouvrir sa porte même s'il ne gardait pas ta meilleure amie Q-Jo attachée avec des lanières de cuir et des objets en latex à son lit rond équipé d'un matelas d'eau. Ce qui n'est probablement pas le cas, mais, bon, cette affaire dure depuis suffisamment longtemps. C'est si difficile que ça à comprendre ? Le marché boursier américain est en train de tourner en eau de boudin, menaçant d'emporter avec lui les marchés étrangers et de défaire l'ordre économique mondial, provoquant chaos et désespoir. Ils ne peuvent vraiment pas comprendre ? Le chaos et le désespoir. L'ordre économique complètement défait (être *défait* signifie pratiquement la même chose qu'être *refait*, un fait étymologique que tu trouves vraiment agaçant). Tu n'as pas le temps de t'occuper de ces absurdités. Q-Jo ! Diamond ! Alors que ton petit poing heurte une nouvelle fois la porte, tu te dis que le nuage porteur d'orage stylisé sur lequel tu frappes est un motif indien. Le fait de t'en rendre compte aurait dû atténuer l'étonnement qui est le tien lorsque la porte s'ouvre sur un Indien d'une stature assez imposante. Cela aurait dû, mais ce n'est pas le cas.

Musclé, trapu plutôt que grand, l'homme est vêtu d'un ensemble en jean propre et repassé et un bandeau en perles enserre des cheveux aussi noirs que le furent les tiens autrefois, avant que le stress professionnel, la malchance et les embêtements de la vie ne fassent des ravages. Son âge est indéfinissable, comme cela arrive fréquemment avec vous autres, les non-Européens. Il a un front étroit, un nez plus cassé que crochu, une bouche aux lèvres minces et droites, et des sourcils épais recourbés comme des dais en peau de wapiti au-dessus d'une paire d'yeux bruns, sereins, quoique légèrement proéminents. Te retournant froidement ton propre regard sévère, l'homme reste silencieux et immobile. Tout son être, surtout ses yeux, suggère qu'il a été interrompu en pleine méditation. Ayant l'impression d'avoir dérangé une obscure rêverie, tu ne peux t'empêcher d'avoir l'air contrit quand tu bafouilles :

— Euh, salut. Bonjour. Je... euh, je-je cherche un type qui s'appelle... euh, Larry Diamond.

Le sourire de l'Indien est si léger, si timide qu'il te rappelle celui du Dr Yamaguchi. Quel contraste avec les joueurs de bowling à l'étage au-dessus, dont les sourires aussi mous que la lavette du barman étaient suffisamment larges pour qu'on y glisse un chat.

— Larry n'est pas là, répond-il doucement.

Il y a une cadence syncopée dans sa façon de parler.

— Euh, bon, où est-il ? laisses-tu échapper, oubliant la politesse que ta mère a réussi à t'inculquer malgré ton père qui, lui, ridiculisait les bonnes manières, dans lesquelles il ne voyait qu'une tactique destinée à masquer les motivations insidieuses de la bourgeoisie.

À nouveau, tu as droit au sourire rectiligne comme une raie dans les cheveux, un sourire comme le premier trait à la craie tracé par la lumière du jour sur le tableau de la petite école rouge de l'aube.

— Larry est allé voir les amphibiens, dit-il.

Et là, son sourire s'élargit. Mais la porte se referme.

Comme si elles voulaient t'aider – à moins qu'elles ne veuillent en rajouter –, les gouttes de pluie te répètent à l'oreille les derniers mots de l'Indien :

— Larry est allé voir les amphibiens.

Seigneur Dieu !

13 h 41

Voilà la scène : tu es là, dans le vent et la pluie, en train de tambouriner sur la porte de l'entresol d'un bowling du Carrefour de la Chique, hurlant de ta petite voix de fausset :

— Où ? Mais où ? Où sont les amphibiens ?

Et les joueurs de bowling qui entrent et qui sortent te regardent comme si tu étais folle. Tu dois subir leurs moqueries, leurs huées, une femme te lance même :

— Faut vivre, ma petite !

Comme si rien que dans tes toilettes tu n'avais pas plus de vie que cette souillon de bimbo n'en avait dans toute sa … toute sa… vie. Des joueurs de bowling en train de te ridiculiser – des joueurs de bowling des bas-fonds, bon sang –, et tu es rouge de la tête aux pieds. Pourtant, ni la gêne, ni la rage ne t'empêchent de marteler et de hurler : "Où sont les amphibiens ?" Tu baisses tout de même d'un ton lorsque deux rigolos en blousons de nylon légers et casquettes de base-ball se mettent à coasser à l'unisson comme des grenouilles.

Tu es dans un tel état qu'il te faut un certain temps avant de comprendre que tu n'as peut-être pas vraiment envie de savoir où se trouvent "les amphibiens". Il y a des choses que, dans notre propre intérêt, il vaut mieux ignorer (mais c'est à nous qu'il appartient de le décider, ce ne devrait jamais être la prérogative du gouvernement, des médias ou de la profession médicale). De plus, tant que l'on ne possède pas une information, il est pratiquement impossible d'en juger les effets. En tout cas, une vision de la carte du Nommo, ou plutôt de la carte de l'Étoile modifiée, commence maintenant à clignoter dans ta conscience. Tu te souviens de la jeune femme aux écailles vertes et aux pieds palmés. Les écailles vertes et les orteils palmés ne sont pas vraiment des attributs normaux pour une jeune femme en bonne santé, mais on peut les considérer comme courants, sinon incontournables, chez les amphibiens. Dis donc ! Est-ce qu'on ne serait pas en train de flirter avec une activité de nature occulte ici ? Le fait même que Q-Jo y soit mêlée suggère une réponse affirmative. Des cubes de glace viennent tinter contre la cuiller à cocktail de ta colonne vertébrale et tu commences à te demander si ce n'est pas le moment idéal pour rentrer chez toi, prendre une bonne douche bien chaude avant de te pelotonner devant ton bon vieil ordinateur avec un verre de vin blanc. Le problème, c'est que lorsqu'on joue avec une trompette bouchée, il n'est pas facile de revenir à l'instrument traditionnel. Tu redresses les épaules et tu frappes sur la porte de la Maison du Tonnerre. Au même moment, la porte s'ouvre dans un grincement et devant toi se tient l'Indien massif ; il a l'air de quelqu'un qui était train de lire le *Livre des Morts* les yeux fermés. Une fois de plus, tu te sens coupable comme si tu t'essuyais les pieds sur un tapis de prière.

— Laissez-moi vous expliquer, dis-tu, faisant un effort pour donner à ton organe phonatoire d'oiseau le ton de conspirateur que tu réserves aux clients à qui tu veux vendre un investissement particulièrement risqué.

L'Indien n'accorde qu'un intérêt limité à ton petit numéro. Il te fait l'aumône d'une esquisse de sourire empreint de pitié, te tend un morceau de papier puis, avec l'assurance et l'aisance de celui qui n'est plus un débutant en la matière, il te claque la porte au nez.

14 h 00

Construit pour l'Exposition Universelle de Seattle en 1962, le Pacific Science Center demeure l'un des bâtiments les plus élégants de la ville. Peut-être “élégant” est-il un mot trop masculin. Avec ses bassins-miroirs et ses hautes arches sur pied, véritables torsades d'une blancheur de cygne, le Science Center ressemble à un Taj Mahal qui aurait été rongé de l'intérieur par des milliards de termites mangeurs de marbre, si bien qu'il n'en resterait qu'une coquille en dentelle s'éblouissant de son propre reflet, un rayon de miel neigeux élaboré par des anges, brillant toujours d'un même éclat sous la pluie comme en plein soleil. Non, le Science Center est plus beau qu'élégant, surtout si on le compare aux boîtes de Kleenex beiges plantées tels des monolithes monotones au centre-ville, ces immeubles qui attireraient non pas de délicats insectes, mais des vers de vase et des ogres.

Architecturalement parlant, le Science Center est féminin sans aucun doute, bien que l'entreprise humaine que son érection est censée honorer semble parfois avoir été totalement usurpée par les pires aspects de la sensibilité masculine. En cette pluvieuse veille de Pâques, cependant, les activités à l'intérieur du bâtiment n'ont qu'un rapport limité avec le profit, la propriété ou le pouvoir. L'intérêt, aujourd'hui, promet d'être modeste et tranquille, ayant plus à voir avec une certaine curiosité à l'égard de choses modestes et tranquilles elles aussi, qu'avec des découvertes menant à un nouveau filon à exploiter. Non que tu n'aurais pas préféré cette seconde possibilité. Mais tu as atterri ici grâce aux instructions du prospectus que l'Indien de la Maison du Tonnerre t'a fourré dans la main et, pour le meilleur et pour le pire, tu as une petite idée de ce qui t'attend.

Le prospectus annonce le Salon annuel des Reptiles et des Amphibiens, parrainé par la Société d'Herpétologie de la Côte Nord-Ouest du Pacifique. "Les crapauds sont-ils vraiment visqueux ? Les boas écrasent-ils vraiment leurs proies ? Vous trouverez les réponses à toutes vos questions sur les reptiles et les amphibiens." Bon sang, Gwen, quelles questions te poses-tu sur les reptiles et les amphibiens ? Une seule te vient à l'esprit. Comment faire pour passer toute sa vie sans jamais avoir à rencontrer de telles bestioles ? "Exposition : plus de 100 reptiles et amphibiens non venimeux, du plus courant au plus exotique." Tu apprécies le "non venimeux". De plus, un événement qui fait figurer au nombre de ses attractions "atelier de fabrication de marionnettes en papier d'emballage, avec tortues et grenouilles" ne peut être que raisonnablement inoffensif. D'un autre côté, les gosses adorent tout ce qui est affreux et dégoûtant. Dans ton cauchemar le plus horrible, tu accouches d'un Belford Dunn Junior et tu le regardes jouer avec les limaces du jardin et le contenu de ses couches.

Le vent fait une pause et la pluie a réglé son débit sur bruine – un peu tard, en ce qui concerne tes cheveux et ton fard à paupières. Pour quelque raison complètement illogique et irritante, tu te sens un peu gênée à l'idée que tu vas peut-être rencontrer Larry Diamond dans cet état dépenaillé, et tu traverses lentement, avec précaution même, le spacieux atrium en plein air du Science Center. T'arrêtant un instant sous l'une des arches à la blancheur pascale, tu te dis : S'il y a une franchise McDonald's au Ciel, c'est à ça qu'elle ressemble. Tout de suite après, tu te demandes si, étant données les conditions d'admission au Ciel, il y a suffisamment de clients là-haut pour qu'un McDonald's soit rentable. Et puis, à quoi peut bien servir la restauration rapide quand on a l'éternité ?

Depuis ton enfance, le concept d'éternité t'a toujours mise mal à l'aise. Tu n'as pas de difficulté à comprendre que la vie dans l'au-delà puisse durer un temps extrêmement long. Des millions d'années. Et même des milliards – ou des dizaines de milliards – d'années. Mais ne jamais s'arrêter. Ne jamais, jamais, jamais s'arrêter ! Comment se peut-il qu'il n'y ait pas, tôt ou tard, une fin ? Il y a sûrement des gens qui trouvent un réconfort dans l'idée d'éternité, mais pour toi cette notion est déconcertante, accablante, horrible même. À tout jamais, au sens littéral, est un choc pour l'entendement.

Tu es sur le point de poursuivre ton chemin en direction des guichets où, avec les plus grandes craintes, tu vas débourser cinq précieux dollars pour pouvoir te promener au milieu d'aquariums pleins de bêtes rampantes et glissantes, parmi les salamandres pommelées, les rainettes faux-grillons de l'Illinois, les tortues d'eau, les tortues à dos diamantin, les serpents-laitiers rouges, les lézards de nuit, les salamandres géantes américaines, les nectures tachetés et les tritons à la peau rude, tu es sur le point de puiser dans ton capital menacé pour financer une excursion au royaume des créatures les plus répugnantes, lorsqu'une voix proche de ton oreille te dit :

— Dans l'éternité, le temps n'existe pas.

Tu sursautes tellement que tu es pratiquement projetée hors de tes chaussures trempées.

— L'éternité est intemporelle, poursuit-il. Elle est par définition hors du temps. Et donc des termes tels que "début" et "fin" n'ont pas de sens.

Ta première réaction est de répondre : Comment osez-vous vous approcher de moi comme ça sans bruit avant que j'aie eu la possibilité d'aller aux toilettes pour me refaire une beauté ! Mais ce que tu dis en fait, c'est :

— Comment avez-vous su ce que j'étais en train de penser ?

À quoi il réplique :

— Un petit truc que j'ai appris à Tombouctou.

14 h 04

— Qu'est-ce que vous faites ici ? demandes-tu sur un ton presque accusateur.

— La vraie question, c'est qu'est-ce que vous, vous faites ici ? D'abord vous faites référence à Bozo et ensuite vous vous pointez à cette exposition sur les amphibiens. Cela m'amène à en déduire que vous pourriez bien être sur la rampe.

— Quelle rampe ?

S'il s'agit d'une expression vulgaire typiquement masculine, tu vas encore avoir l'air idiote.

— La rampe des êtres venus d'ailleurs.

— Je n'ai pas la moindre idée de ce dont vous parlez. Je suis une citoyenne américaine de naissance dont il se trouve que le père venait des îles Philippines. Et si vous pouvez lire dans mes pensées, monsieur Diamond, alors vous devriez savoir ce qui m'amène ici.

Il part d'un éclat de rire tout droit sorti d'un film sur la jungle. Si Belford entendait cela, il penserait que tu as retrouvé André.

— Je ne peux pas lire dans vos pensées, dit Diamond. La conscience étant ce qu'elle est par nature, n'importe qui peut deviner les pensées des gens à l'occasion, si ces pensées sont fortes et si la personne les captant est suffisamment réceptrice. Depuis que je suis sur la rampe, je me suis aperçu que je peux parfois me glisser dans la tête des gens, ou dans leurs rêves.

Les mains sur les hanches, il te lance un regard libidineux qui pourrait décoller le papier velours des murs de la vertu, avant de poursuivre :

— Mais là où j'aimerais réellement me glisser, c'est dans votre pantalon.

Pivotant, tu t'éloignes de lui à toute vitesse. Si jamais il te suit, tu te mets à crier comme un putois. Plusieurs familles traversent l'atrium, des parents en train de claquer tout le budget loisirs de la semaine pour que leurs gosses puissent participer à "l'atelier de fabrication de marionnettes en papier d'emballage, avec tortues et grenouilles". Certainement qu'un vaillant père de famille viendrait te sauver de cet individu. Dégénéré ! Pauvre type !

Mais tes chaussures trempées n'ont pas fait dix mètres lorsque tu te souviens de la raison pour laquelle tu es venue le voir ici. Tu t'arrêtes et tu fais demi-tour. Cela fait au moins un an qu'il te faudrait des lunettes – la coquetterie t'a barré le chemin jusqu'à l'optométriste –, mais le sourire en dents de scie de Diamond est clairement visible dans le brouillard.

— Où est-elle, hurles-tu dans sa direction. Où est Q-Jo Huffington ?

— Vous voulez dire que vous ne le savez pas ?

— Bien sûr que non, je ne le sais pas. Que lui avez-vous fait ?

Il s'approche de toi. Tu te prépares à crier. Mais le regard lubrique – le comique vulgaire – a été évacué de la scène et remplacé par une expression sérieuse et inquiète, l'air à la Hamlet d'un présentateur de la télé annonçant une nouvelle crise nationale.

— Je pense qu'on devrait s'asseoir et parler, dit-il tranquillement.

Et comme tu hésites, il ajoute :

— Au sujet de Q-Jo, pas d'amour. Pour vous dire la vérité, je ne pense pas que me glisser dans votre pantalon soit une bonne idée.

Là-dessus, tu es bien d'accord. Mais pendant tout le chemin jusqu'au café, tu ne peux t'empêcher de te demander ce qui lui a fait changer d'avis.

14 h 10

Tu marches en silence, tandis que Diamond semble chantonner tout bas. Dans toute la mesure du possible, tu évites de le regarder directement, mais tu l'observes suffisamment pour remarquer que ses yeux ont perdu leur rougeur féroce. Ce devait être l'alcool et la fumée qui leur avaient donné cette couleur, jeudi. Cependant, une barbe drue de plusieurs jours pointille encore comme du seigle dans les plaines creuses de ses joues et de son menton ; sa longue chevelure se balance encore comme la queue d'un étalon arabe rentrant langoureusement à l'écurie après une saillie. Il a négligé de changer sa veste de cuir qui a l'air vieille et grasse comme la peau d'un bouc, et d'enlever sa boucle d'oreille en or (la bruine y a serti des éclats de diamant). Le jour passe sans effort à travers les parties élimées de son jean. Ses bottes en peau de serpent te frappent comme étant plutôt inappropriées pour une visite à un Salon des Reptiles et des Amphibiens – une vague de peur ne va-t-elle pas se propager à travers les vivariums à chacun de ses pas ? – et son tatouage te hérisse le poil par sa grossièreté et son immaturité, bien que tu ne puisses le voir en détail qu'une fois assise en face de lui dans une des stalles du Pony Espresso.

Pendant qu'il passe sa commande – et flirte de manière éhontée avec la serveuse qui la prend –, tu jettes un regard furtif au dos de sa main gauche qui agite deux morceaux de sucre comme s'il s'agissait de dés, mais alors que tu t'attendais à une tête de mort, un cobra dressé ou une vahiné vêtue de quelques feuilles, ce que tu vois constitue une étrange configuration de symboles célestes. Puisque l'attention de Diamond reste accaparée ailleurs (mais qu'est-ce qu'elle peut bien avoir d'intéressant, cette pouffiasse de serveuse ?), tu ne te gênes pas pour l'étudier plus longuement. Le tatouage comprend trois cercles situés l'un au-dessus de l'autre. On dirait bien des symboles du soleil, ou plutôt des variations sur des symboles du soleil car chacun est différent : celui du haut est un cercle brisé en quatre endroits et ses rayons sont brisés aussi ; le symbole du milieu, le plus conventionnel, ressemble à un soleil dessiné par n'importe quel enfant qui s'applique, le genre que tu aurais pu dessiner au jardin d'enfants ; tandis que le soleil du bas, le plus proche de son poignet osseux, est plus élaboré et consiste en deux cercles concentriques émettant des rayons doubles fermés, comme des pétales.

— En admiration devant mon tatouage artistique, à ce que je vois.

Tu sursautes et puis, cela va sans dire, tu rougis.

— Pas vraiment, réponds-tu en essayant de prendre un air désinvolte et peu intéressé.

— Vous voulez que je vous raconte ?

— Euh, non. Non. Je veux que vous me parliez de Q-Jo. Et c'est la seule chose que je veux entendre, merci.

Ton système nerveux central a bien enregistré qu'il est peut-être en compagnie d'un fou dangereux. Tes mains sont toutes tremblotantes, et tu te demandes comment tu vas faire pour boire ton grand café latte à la vanille sans trahir ta peur. Jusqu'à présent, tu as résisté à l'envie d'aller aux toilettes pour te remettre du maquillage et brosser tes cheveux trempés, te disant que toute amélioration de ton apparence pourrait encourager ses instincts de prédateur. Cependant, tu as ôté ton imperméable ruisselant et découvert ta robe noire, raisonnablement sèche, mais implacablement serrée.

— Q-Jo est votre amie ?

— Oui, aboies-tu.

Tu te rends compte que c'est la deuxième fois que tu reconnais cette amitié. La toute première fois, c'était aujourd'hui même, au commissariat central. Une couche supplémentaire de fraises remonte à la surface de tes joues déjà rouges.

— Et pour autant que vous le sachiez, elle n'est pas rentrée chez elle.

— C'est cela.

— Vous n'avez aucune idée de l'endroit où elle pourrait être ?

— Non. Aux dernières nouvelles, elle était avec vous.

Tu rassembles tout ton courage pour le regarder droit dans les yeux. Maintenant que ses vaisseaux capillaires ne sont plus éclatés, ses yeux sont d'un bleu profond et seraient plutôt agréables s'ils n'étaient aussi moqueurs que des pies et aussi lubriques que des puces.

— Hier.

— Pardon ?

— Hier. Elle était "avec moi", comme vous dites, hier après-midi. Q-Jo est venue chez moi pour regarder les diapos d'un voyage que j'ai fait récemment. C'était un rendez-vous professionnel.

— Très bien. Et une fois la partie professionnelle terminée, elle a décidé de rester. Et votre entrevue est devenue, dirons-nous, d'une nature plus "privée".

Diamond sourit. Un sourire vif et cuisant comme une griffure de chat. Curieusement, il y a dedans quelque chose de pardonnable, de plaisant même, comme si la griffure avait été faite par ton chaton préféré, comme si tu étais convaincue que ce n'était que pour jouer.

— Tout au contraire, rectifie-t-il. Elle est partie avant que la partie professionnelle soit terminée.

— Ah, vraiment ? Alors vous l'avez fait fuir ? dis-tu, l'imaginant en train de s'avancer vers elle d'une manière tellement vulgaire et tordue que même Q-Jo, qui n'est pourtant pas hostile à une pincée de perversion, s'est précipitée vers la porte.

Il sourit à nouveau. Tu sens la griffe te zébrer le front.

— Si quelque chose l'a effrayée, ce dont je doute sincèrement, ce n'était pas moi. Pas personnellement. Je n'étais même pas dans la pièce.

— Que voulez-vous dire ?

La serveuse arrive avec ton grand café latte et son soda à l'amande, mais ni l'un ni l'autre vous n'y prêtez attention.

— Je veux dire, Gwendolyn (sa façon de prononcer ton nom – on dirait William S. Burroughs commandant un lait-fraise – te fait frissonner jusqu'au plus profond de toi-même), que votre amie et moi regardions des diapos de Tombouctou et que je me suis excusé. Pour aller aux toilettes. Quand je suis revenu, elle était partie.

14 h 20

— Partie ?

— Partie.

La serveuse a déposé vos verres devant vous mais ne s'est pas éloignée de la table. Elle reste là, au-dessus de vous, en fait. Tu la regardes avec une certaine irritation – et avec pitié tu penses à l'attirance que certaines jeunes victimes naïves ont éprouvée, dit-on, pour certains tueurs en série. Diamond la regarde aussi, ce qui n'a rien de surprenant, mais compte tenu de la façon dont elle reste plantée là, vous n'avez ni l'un ni l'autre guère le choix.

— Dites, j'espère que ça vous dérange pas, s'excuse-t-elle, mais le patron va changer de chaîne maintenant. (Elle lève une épaule en direction du poste de télé au-dessus du comptoir et tu remarques pour la première fois qu'il y a un match de base-ball des Mariners en cours sur l'écran de 19 pouces.) Je crois que le Président va faire une déclaration importante, ou quelque chose comme ça.

Tu la fusilles du regard : oser te prendre pour une de ces filles avec une choucroute sur la tête qui endommagent leur potentiel et leur QI en regardant du sport à la télé ! En ce qui le concerne, Diamond lui fait un clin d'œil et dit :

— Vas-y, ma jolie. Mets-nous le vieux crapaud. Ça ne me fera pas de mal de rire un bon coup.

Perché sur un tabouret de bar et se hissant sur la pointe des pieds, le patron change de chaîne manuellement. Un lanceur disparaît au beau milieu de sa prise d'élan pour être remplacé non par un autre lanceur au visage angélique venant du terrain d'échauffement, ni par le Dr Yamaguchi, comme tu t'y attends presque, mais par l'homme que les journalistes, qui devraient pourtant faire preuve de plus de discernement, présentent toujours comme "le leader du monde libre". Après s'être éclairci la gorge et avoir corrigé son expression, le Président est prêt à s'adresser à cette partie de la population en diminution constante qui n'est pas occupée à mendier, à fumer du crack ou à jouer au bowling.

— Donc, Gwendolyn, comme je disais, quand je suis sorti des toilettes, votre amie était…

— Chut, le fais-tu taire. Je veux entendre ça.

Diamond incline la tête et te lance un regard qui a tout pour dévaloriser le mot sarcasme, un regard qui, par chacune de ses nuances cyniques, met en doute la sincérité de l'intérêt que tu portes à Q-Jo.

— Écoutez, lui dis-tu, j'ai un boulot, j'ai des clients à protéger. Ceci pourrait être de la plus haute importance.

— Faites comme chez vous, dit-il et il lève son verre de soda italien.

Jusqu'à maintenant, tu croyais qu'il était impossible d'avoir un sourire en coin et de boire en même temps.

Pendant ce temps, le Président déclare qu'il ne veut pas sous-estimer les événements inquiétants qui ont touché notre grand pays récemment. Puis il se met à minimiser chacun des problèmes figurant sur la liste infernale : les faillites de banques, le blocage du crédit, le non-paiement des obligations émises par les municipalités, le déficit budgétaire en augmentation, la baisse de l'immobilier, la chute des cours du pétrole, la saisie des biens hypothéqués, les soins médicaux inaccessibles, les faillites individuelles et de sociétés, les pénuries d'eau, les tensions raciales, les émeutes dues à la pauvreté, la criminalité, l'exode en masse des habitants de New York, et les tentatives de sécession de Hawaii et du Vermont. Et la cerise noire sur le gâteau au cyanure, bien sûr, l'effondrement de la Bourse jeudi. Chacune des satanées taupes infestant les vastes pelouses vertes du Rêve américain peut en être délogée, affirme le Président à ses électeurs. L'herbe tendre poussera à nouveau – mais pas trop – au pied des mâts à drapeau dans chacun de nos jardins. Hélas, la reconstruction de l'Amérique financière exige que l'on se serre la ceinture, elle exige une baisse du niveau de vie, elle exige (gémissement !) des sacrifices personnels. Le Président est allé de réunion en réunion avec son équipe d'experts, jour et nuit, semble-t-il, et il en est ressorti un certain nombre de brillantes mesures pour nous assister dans nos sacrifices, au cas où nous ne serions pas capables de nous sacrifier suffisamment nous-mêmes.

— Oh-oh, dit le patron du café. Tous aux abris.

Tu hocherais bien la tête pour marquer ton accord, sauf que tu ne voudrais pas être vue en train de marquer ton accord avec un homme d'aussi basse extraction. Tu t'abstiens donc de hocher la tête, mais tu imagines une dépanneuse aux couleurs vertes du gouvernement fédéral qui embarque ta Porsche, tu t'imagines continuer à vivre sur le même palier que Q-Jo Huffington jusqu'à la saint-glinglin. En admettant, bien sûr, que Q-Jo Huffington soit toujours en vie. Avec un sentiment de culpabilité, tu jettes un coup d'œil à Diamond, qui te gratifie d'un sourire large comme celui d'une citrouille d'Halloween.

— Le crapaud va demander au Congrès de relever les impôts, dit Diamond d'un air très détaché. Il va demander à la Réserve fédérale d'augmenter la M2. Il va faire pression pour que des mesures de restrictions soient prises à l'égard des investissements étrangers et que les opérations de change soient limitées. Il pourrait même exiger qu'une partie des réserves de la Sécurité sociale et les plans de retraite sous contrôle de l'État soient utilisés pour financer le déficit. Ensuite, il va supprimer les services publics et virer tout un tas d'employés du gouvernement. Et vous pourrez dire adieu à tous les programmes sociaux.

Plissant la bouche, il produit un bruit de baiser sonore qui provoque un gloussement de la part de la serveuse et un regard furieux de la tienne.

À ce moment, le Président commence à énumérer ses mesures et elles correspondent précisément à ce que Diamond avait prévu, sauf que le Président y met la pédale douce de telle façon qu'elles semblent inoffensives. Par exemple, il dit qu'il va "suspendre" les services publics, et non les supprimer, et que les bureaucrates visés, plutôt que d'être virés, seront "temporairement laissés inactifs". De plus, il suggère que beaucoup de ces mesures n'auront pas besoin d'être promulguées si les marchés financiers du monde entier font meilleure figure dès lundi.

Tu aurais pu considérer Diamond avec quelque admiration si cette petite catin de serveuse n'était pas déjà en train de le faire.

— Il y a eu des fuites, ou bien vous pouvez aussi lire dans ses pensées ? demandes-tu.

Il s'esclaffe.

— N'importe quel imbécile aurait pu le deviner. Que pouvait-il faire d'autre ? Le problème, c'est qu'il est trop tard pour la plupart de ces mesures, elles auraient dû être prises il y a des années. Et il ne faudrait surtout pas doubler la masse monétaire. Cela va faire grimper les taux d'intérêt en flèche. J'espère que vous n'envisagiez pas d'acheter un logement.

Bon sang, c'est vrai ! Et voilà ton nouvel appart qui double la Porsche tellement il est pressé de sortir de ta vie. Mais tu n'auras peut-être plus de vie du tout. Dès lundi.

14 h 35

Le Président conclut en implorant les Américains d'être économes et courageux.

— Deux douzièmes d'un boy-scout, dit Diamond.

— Douze douzièmes d'un désastre, répliques-tu. Mon Dieu, on est vraiment dans un sale pétrin !

— Sale ? Moi je dirais que c'est plutôt génial.

— Le bon temps ne fait que commencer ?

— Ouais. Absolument. Vu de la rampe.

Le patron manque de tomber du tabouret en remettant le match de base-ball. La serveuse s'approche en roulant des hanches pour voir si Diamond veut un autre soda à l'amande. Tu peux sentir la moiteur gagner sous sa jupe tandis qu'elle lui parle. C'est Miami, là-dessous.

— Tenez, lances-tu d'un ton sec en lui tendant ton café latte intact. Il faudrait le réchauffer.

Elle pourrait sûrement le faire bouillir entre ses cuisses. Si tu allais aux toilettes pour te rendre plus présentable, nul doute que tu pourrais tuer dans l'œuf ce flirt agaçant –, mais tu préférerais mourir plutôt que tomber si bas. Ou prendre ce risque.

— Pardonnez ma franchise, monsieur Diamond, lui glisses-tu lorsque la serveuse s'est arrachée de la table, mais je pense que tout cela n'est que du dépit de votre part.

— Oh, vraiment ?

— Je pense que vous éprouvez un malin plaisir devant cette crise parce que... parce que vous n'en faites plus partie. Des milieux financiers, je veux dire. Vous avez cafouillé, vous vous êtes fait virer et maintenant vous vous réjouissez que les affaires aillent mal. C'est un truc de vengeance, si vous voulez mon avis. Pure rancune. Si vous pouviez récupérer votre boulot, vous ne diriez pas la même chose.

Le sourire irritant de Diamond s'éclaire à en devenir encore plus irritant.

— Je souffrirais tout comme vous tous ?

— Oui. On peut dire ça comme ça.

Il se met à rire et la serveuse te regarde avec envie, jalouse, sans aucun doute, qu'il te trouve si distrayante.

— Oh, Gwendolyn, soupire-t-il. Une telle naïveté, par les temps qui courent, pourrait être rafraîchissante si elle n'était en fait pathétique.

Tu deviens aussi rouge qu'une calotte de cardinal et tu te lèves de ton coussin, mais Diamond ne semble rien remarquer.

— Je n'ai jamais été interdit par l'Association nationale des Courtiers en Bourse, poursuit-il, et même si cela avait été le cas, il y a des tas de sociétés à Wall Street qui emploient exclusivement des courtiers qui ont été interdits.

Hmm. Ça, c'est intéressant. Tu te rassois.

— Dans les trois mois qui ont suivi mon renvoi, j'aurais pu aller travailler dans n'importe quelle boîte du pays, sauf, peut-être, et j'insiste sur le peut-être, dans celle qui m'avait viré. Et j'avais arnaqué mes employeurs autant que mes clients.

Oui, pas de doute, tout cela devient très intéressant.

— Sérieusement ?

— Bien sûr. Dans le business, on ne connaît qu'une seule règle : rapporter du fric. Vous le savez bien. Et tant que vous suivez cette règle, peu importe que vous en enfreigniez d'autres. Wall Street aime les types comme moi autant qu'un maquereau aime les putes accros à la chatte bien étroite.

Tu es tellement intriguée que tu en oublies de relever l'indélicatesse de son analogie.

— Euh, je voudrais vous poser une question, lui dis-tu. Sous le sceau du secret. Si jamais Posner devait me mettre à la porte lundi, si j'étais accusée d'avoir multiplié les opérations pour augmenter les commissions, ou ce genre de truc – je ne dis pas que ça va arriver –, vous pensez que je pourrais être reprise dans une autre société ? Dans un certain temps ? Un temps relativement court ?

À la façon dont Diamond se met à rire, la serveuse doit penser que tu es la petite-fille de Dorothy Parker. En un samedi après-midi de pluie, tu as transformé le Pony Espresso en grand hôtel Algonquin.

— Oh, certainement, répond-il. Vous savez vendre, à ce qu'on dit, et il y a des boîtes prêtes à engager n'importe qui capable de vendre. Donc, si vous voulez présenter votre candidature chez les petits, ils vous prendront. Mais, franchement, je ne vous vois pas candidater chez un poids lourd, même si vous étiez irréprochable, parce que vous ne jouez pas dans cette catégorie.

— Je le pourrais très bien.

— J'en doute, Gwendolyn. J'en doute fort. Vous avez la volonté, je l'admets, mais pas le talent. La vérité, c'est que vous avez choisi une profession dans laquelle votre réussite ne sera jamais que marginale.

Marginale ! Comment ose-t-il ? Tu es tellement indignée que tu en oublies toute la crainte qu'il t'inspire.

— Pourquoi ? Parce que j'ai fait quelques erreurs ? Ce sont les mêmes erreurs que celles que vous avez faites, sauf que les miennes étaient moins graves. Parce que je suis une femme ? C'est ça ? Parce que je suis philippine ? J'ai un MBA ! Comment pouvez-vous savoir quelles sont mes capacités ?

Plus tu élèves la voix, plus elle ressemble à celle d'une pisseuse dans un dessin animé. La serveuse te regarde d'un autre œil maintenant. Comme on dit dans les milieux sportifs, l'espoir change de camp.

— Du calme. Allons, du calme. Il n'y a pas de quoi en faire un plat. Si c'était un crime d'être payé pour faire un boulot pour lequel on n'est pas vraiment doué, la moitié du pays serait derrière les barreaux – y compris ce crapaud malfaisant qui vient de nous parler depuis le Bureau Ovale. De toute façon, je ne dis pas que vous êtes incompétente. Vous êtes probablement dans la moyenne des bookies. Mais pourquoi vous rabaisser en vous contentant d'être ordinaire ? La médiocrité, c'est ça la vraie laideur pour vous. La médiocrité est une boule de poils recrachée sur le tapis persan de la Création. (Il boit une gorgée de son soda.) Mais comment je sais que vous ne serez jamais une grosse pointure ? Très simple. Avant-hier, après la séance à la Bourse, après le krach, j'ai observé la foule des bookies qui envahissait le Bull & Bear, énervés, ébranlés, déroutés. Ils pleurnichaient en se triturant les mains – et vous étiez là, à pleurnicher avec les autres. Bon, si vous aviez ce qu'il faut pour être une grosse pointure, vous auriez été à votre bureau, en train de passer calmement en revue les opportunités d'achat et de dénicher les bonnes affaires. Croyez-moi, c'est là qu'étaient les vedettes.

— Je ne pouvais pas acheter, protestes-tu. Même pas les bonnes affaires. Je n'avais pas de liquidités.

— Vous aviez un ordinateur, non ? Si vous savez forcer un ordinateur, peu importe que vous n'ayez plus de liquide dans le tiroir. Même là, maintenant, vous pourriez trafiquer votre ordinateur de bureau et probablement sauver votre peau, même si vous avez multiplié les opérations de manière éhontée. Si vous étiez suffisamment douée.

Extrêmement intéressant.

— Vous, vous êtes suffisamment doué pour ça ?

— Je l'étais, répond-il en haussant les épaules.

— Mais vous n'avez pas sauvé votre… boulot.

— Je n'ai pas voulu. Et j'ai du mal à imaginer que vous vouliez sauver le vôtre, dit-il avec son large sourire. Pas maintenant que vous m'avez rencontré et que vous commencez à deviner qu'il y a des choses qui se passent dans cet univers, des choses à côté desquelles le marché des actions tient à la fois de la partouze et de la réunion Tupperware.

Tu n'as aucune idée de ce à quoi Diamond fait référence, et tu t'en fiches. Tu décides de faire vibrer sa corde sensible.

— Eh bien, vous venez sûrement d'une famille aisée, réponds-tu. Pour moi, il s'agit d'abord d'une question de sécurité. Je sais ce que c'est que de ne pas avoir d'argent.

— Passer sa vie à se sentir euphorique quand le marché est euphorique et déprimé quand le marché est déprimé, c'est ça votre conception de la sécurité ? Et puis n'essayez pas de faire vibrer ma corde sensible. J'étais un enfant autiste et je suis resté suffisamment narcissique pour être pratiquement immunisé contre les histoires de malheurs des autres. Tout le monde en a une à raconter. Sauf les gens qui sont sur la rampe.

Bon, d'accord, tu l'as sous-estimé. Peut-être parce qu'il est un peu plus qu'un brin maboul. Pour profiter de ses dons dans le business, il va falloir recourir à une tactique légèrement moins convenable et plus périlleuse. T'excusant, tu files aux toilettes en serrant bien fort ton sac à main et sa cargaison de produits de beauté.

14 h 59

Quand tu reviens à la table, la serveuse est en train de miauler devant Diamond. Elle est tellement gorgée d'hormones qu'elle en a les yeux exorbités. Mais cela ne fait rien. Un seul regard dans ta direction – tu es maintenant épatante, pleine de vivacité, confiante, souriante (et il y a de quoi, car les nouvelles sont bonnes) – et la porte se referme brutalement sur son petit clitoris impatient.

— Essayez donc de manger des asperges, lui conseilles-tu, entre femmes, lorsque tu l'écartes pour te rasseoir.

Tu remarques le coup d'œil appréciateur de Diamond, mais bien que les lanternes rouges de la concupiscence clignotent en permanence au-dessus de l'enseigne de sa personnalité, il n'est pas du genre flatteur roublard ou séducteur baratineur. En fait, il ne fait aucune remarque sur ton aspect physique, choisissant plutôt de braquer les projecteurs sur Q-Jo.

— Si je comprends bien, vous me dites que votre amie reste injoignable depuis qu'elle est partie à la Maison du Tonnerre hier après-midi. J'ai bien peur de ne pas pouvoir vraiment vous aider, mais je…

— C'est bon, l'interromps-tu avec un sourire si large et si intense qu'un observateur pourrait te confondre avec un de ces lutins espiègles qui avalent des sodas dans les pubs à la télé. (“Les gourous et les philosophes peuvent aller se rhabiller, t'a dit la Huff un jour.

Apparemment, tout ce qu'il faut aux êtres humains pour atteindre la béatitude, c'est la bonne combinaison de sucre, d'eau gazeuse, de colorant caramel, d'acide phosphorique, de benzoate de potassium, de caféine, d'acide citrique et d'arômes naturels." À quoi tu as répondu : "Coke était en hausse de 1,12 aujourd'hui, et Pepsi d'un quart de point. Ça, ça me rend heureuse.")

— Que voulez-vous dire, c'est bon ?

La façon dont Diamond plisse les yeux comme une vipère et le ressort de couteau à cran d'arrêt que tu perçois dans sa voix te préviennent une fois de plus : ce n'est pas un homme que l'on peut prendre à la légère. Mais tu ne le prends pas à la légère.

— Je veux dire qu'elle est chez elle. Q-Jo est rentrée. Quel que soit l'endroit où elle était.

Il prend un air incrédule.

— J'ai appelé pendant que j'étais aux toilettes, expliques-tu.

— Bon. Et qu'est-ce qu'elle a dit ?

— Je ne lui ai pas parlé. Sa ligne était occupée.

— Gwendolyn, ça ne veut pas dire qu'elle est chez elle. C'était peut-être quelqu'un d'autre qui laissait un message.

— Non, j'ai attendu plus de deux minutes et j'ai rappelé. Toujours occupé. Non, non, elle est chez elle. Tout ça doit vous sembler bizarre, mais vous voyez, elle a été absente toute la nuit et presque toute la journée, et j'ai vraiment cru que quelque chose d'horrible lui était arrivé. Désolée de vous avoir mêlé à ça, sincèrement. Mais Q-Jo va bien et c'est ce qui compte. Elle va bien.

15 h 10

Larry Diamond avait pris le bus pour venir au salon des amphibiens, alors tu lui proposes de le ramener. Il est économe, tu es courageuse. Le Président va être content. Mais qu'est-ce que tu pouvais faire d'autre ? Si tu étais partie comme ça en le laissant au Pony Espresso, lui et cette souillon de serveuse seraient déjà en train de copuler comme des chats de gouttière. Ça se voyait comme le nez au milieu de la figure. Et pour des raisons qui restent plus qu'obscures, tu nourris certaines objections à l'égard d'une telle union.

— Non, non, j'insiste, insistes-tu. C'est pratiquement sur mon chemin.

— À vol d'oiseau-tonnerre, marmonne-t-il, parce que même celui qui ne connaît pas plus les environs que le chauffeur de taxi moyen à Seattle (ils parlent quelle langue, déjà ? le bengali ?) sait que Ballard est situé au-delà de ta destination.

Diamond reste bizarrement silencieux, et même maussade, pendant le retour. Peut-être est-il hypnotisé par la pluie fine qui tombe sans arrêt. Ou alors c'est le ronronnement de la Porsche qui lui rappelle la compagnie à laquelle il a renoncé en quittant le café. Bon, tu n'as certainement pas l'intention de lui offrir une compensation, mais au cas où il s'imaginerait que ton histoire sur Q-Jo n'est qu'une ruse, tu entres dans une station-service un peu avant le pont et tu proposes d'essayer d'appeler le numéro de Q-Jo depuis la cabine.

— Et votre téléphone de voiture ?

— Il ne marche pas.

— Il a l'air abîmé.

— Ouais, un peu.

Pas facile d'expliquer que c'est le singe de ton petit ami qui l'a pris pour un appareil de gymnastique !

Tu laisses Diamond faire le numéro – à deux dans la cabine, la proximité est plutôt dangereuse – et quand il entend le signal "occupé", il semble satisfait. De retour dans la Porsche, il redevient bavard.

— Donc, vous êtes venue au salon des amphibiens à la recherche de Q-Jo, en fait ?

— Ben, oui. Pour quelle autre raison ?

— Je devais prendre mes désirs pour des réalités, j'imagine.

Est-ce qu'il veut dire qu'il aurait aimé que tu sois à sa recherche ? Ou qu'il aimerait que tu sois "sur la rampe" ? Tu décides de ne pas t'interroger davantage.

— Vous ne voulez pas savoir comment je vous ai retrouvé dans cet endroit ?

— Plus rien ne me surprend. Comment m'avez-vous retrouvé dans cet endroit ?

— C'est l'Indien qui me l'a dit.

— Oh ! Donc vous avez rencontré Twister ?

— "Rencontré" est peut-être un bien grand mot. Dites-moi, monsieur Diamond…

— Larry.

— Larry. Êtes-vous vraiment dans un tel pétrin que vous devez vivre dans l'entresol d'un bowling ?

À nouveau, il te lacère de son terrible sourire.

— Gwendolyn, j'y habitais déjà quand j'étais dans le business. J'y vis depuis 1986.

Ta perplexité – que tu as du mal à dissimuler – l'amuse encore plus.

— Vous, vous travaillez dans les marchés financiers pour les récompenses matérielles. Bon, très bien. Je suppose que le marché est un endroit aussi bien qu'un autre quand on est à la poursuite du mirage de la sécurité qui fascine tant cette race de primates en laquelle nous avons dégénéré depuis que nous ne sommes plus des amphibiens. Mais l'argent n'a jamais eu cette importance pour moi.

Oh, mon Dieu, te fais-tu la réflexion. Ne me dites pas que ce type n'est qu'une version plus cool et plus bizarre de Belford Dunn ?

— J'ai cru comprendre, dis-tu, que vous avez bousillé votre carrière, et presque bousillé votre boîte, en recherchant des performances de plus en plus élevées.

Ça le fait glousser. Un peu comme un démon et un peu comme un petit garçon.

— Si j'avais été intéressé par le méga-pactole, je me serais lancé dans la banque d'investissement, dit-il. Mais, effectivement, j'ai poussé les expériences en matière de courtage d'actions aussi loin que possible. Oui. C'est sûr. C'était un jeu pour moi. Et pendant quelques années, j'y ai trouvé le drame et l'aventure que comporte tout jeu lorsqu'il est bien joué. Et puis, c'est devenu ennuyeux. C'était trop facile. J'étais trop bon. J'étais à Seattle, dans l'État de Washington, et je faisais des feintes à la Michael Jordan aux as de Wall Street. Cela constituait une partie du défi et une partie du charme. Mais c'est devenu monotone. Parce que même si les performances étaient flatteuses, au bout du compte je n'étais pas plus avancé. Vous voyez ce que je veux dire ?

Et il ajoute, dans un soupir :

— Je crois bien que vous ne voyez pas.

Non, tu ne vois pas.

— Quand faire du fric de façon légale a cessé d'être marrant, j'en ai fait de façon illégale. Ça a relancé l'excitation, l'aventure. Pendant un moment. Et puis je crois que c'est devenu ennuyeux aussi. Je me suis arrangé pour me retrouver complètement à poil en cas de krach. Et le krach s'est produit le 19 octobre 1987. Ça a été un immense soulagement.

— Et les gens que vous avez escroqués ?

— Premièrement, je n'ai jamais escroqué le menu fretin. Pas de personnes âgées, pas de jeunes couples ayant du mal à s'en sortir, pas de boat people séduits par les rêves de tous les immigrants. En ce qui concerne les gros investisseurs, j'ai bien eu un peu de remords, j'imagine. Mais, bon, ils jouaient un jeu aussi, même s'ils étaient trop aveugles ou trop hypocrites pour l'admettre. Est-ce qu'ils croyaient que c'était Mère Teresa qui donnait les cartes ? Jusqu'à quel point pouvez-vous avoir pitié de gens qui entrent dans le capital du Grand Mensonge, qui font copain-copain avec lui, mangent à sa table, lui lèchent le cul et puis qui viennent se plaindre et pleurnicher quand ils se sentent trahis ? Comme ça arrive toujours, tôt ou tard.

Tu n'en es pas tout à fait sûre, mais tu crois bien que tu apprécies le ton de ces remarques. En tout cas leur côté provocant. Alors que tu entres sur le parking de l'Oiseau-Tonnerre, tu lui demandes :

— Donc, en fin de compte, vous vous êtes laissé prendre ? C'est fascinant. Vous vouliez en sortir. Mais supposez que quelqu'un veuille y rester ?

Tu t'efforces de faire le flou dans ton cerveau, de peur qu'il ne “lise” dans tes pensées.

— Vous, par exemple ?

— Bon, d'accord. Moi. Vous pensez vraiment que je peux m'arranger pour rester dans le business ?

— Ouais. Bien sûr. S'il y a encore un business.

— Que voulez-vous dire ?

— Je veux dire que cette fois-ci, ce pourrait être le big bang. La fin du Grand Mensonge. Probable que non, mais ça pourrait l'être. Peut-être qu'on est en train d'assister à l'agonie de l'Amérique de la finance.

Tes espoirs dégringolent comme un rouleau de pièces de vingt-cinq cents dans un puits aux vœux. Le ton de ta voix est celui du petit lapin dans un dessin animé qui vient de repérer un méchant clébard sur le chemin menant au carré de carottes.

— Vous croyez vraiment ?

Et voilà encore ce sourire.

— Peut-être bien, dit-il. C'est pas génial ?

15 h 23

Tu arrêtes la voiture en haut de la rampe. Pendant quelques minutes, tu restes silencieuse. Tu es incapable de parler. Diamond choisit de se taire. La pluie frappe le pare-brise de ses doigts de céréales. À chaque fois que la porte du bowling s'ouvre, elle laisse échapper roulements de tonnerre et fracas.

Au bout d'un moment, il agrippe la poignée de la portière. C'est ta vision périphérique perfectionnée au bureau qui te le dit.

— Merci de m'avoir ramené, dit-il. Quand vous aurez fini de gronder Miss Huffington pour vous avoir causé tant de souci, demandez-lui pourquoi elle s'est sauvée de chez moi. J'aimerais savoir.

Puis, juste avant de se glisser dans le mauvais temps, il se penche avec la rapidité de la mangouste, et, en un éclair mais avec une pression électrisante, t'embrasse sur la bouche.

15 h 35

Les dents de George Washington étaient-elles en bois dur ou en bois tendre ? En acajou pour la force, ou en épicéa pour la chaleur et l'éclat ? Peintes, vernies ou en bois brut ? Taillées dans un seul bloc ou assemblées en petits morceaux ? Et si c'étaient des morceaux, étaient-ils collés, cloués ou simplement enfoncés dans des encoches ? Pourriture ? Éclats ? Vers à bois ? Est-ce que les cerises y laissaient des taches rouges, la moutarde des taches jaunes ? Pendant la mastication, est-ce qu'elles faisaient un cliquetis et un bruit de claquettes esthétiques comme le cliquetis et le bruit de claquettes dans la musique japonaise traditionnelle, ou est-ce qu'elles faisaient plutôt le bruit d'un pic-vert dans un sycomore ? Si elles étaient tombées accidentellement pendant la traversée du fleuve Delaware, est-ce qu'elles auraient coulé ou flotté comme le petit bateau d'un enfant ? Quand il faisait l'amour, il les enlevait ou il les gardait ? Quelles marques ont-elles pu laisser dans le cou de Martha ? Dans une salle à manger du XVIIIe siècle, à la lueur des bougies, quelles ombres projetaient-elles sur les murs ?

Tout le chemin du retour, tu penses aux dents de George Washington. Ta mère t'a dit que lorsqu'une personne est troublée, à bout de nerfs, incapable de penser correctement, elle devrait faire une pause quelques instants et se concentrer sur une page d'histoire. Tu as essayé plusieurs fois, mais la seule chose que tu sembles avoir retenue de tes cours d'histoire, à part la Grande Dépression – à laquelle tu refuses catégoriquement de penser –, ce sont les dents de George Washington.

Quel que soit l'effet apaisant que l'image du dentier du grand homme produise sur ton esprit, il ne s'étend pas à ta conduite qui, c'est le moins que l'on puisse dire, est plutôt erratique. Tu roules très vite – trop vite pour des routes mouillées – et puis tu roules très lentement. Vite, puis lentement, vite, lentement. Une voiture italienne pourrait comprendre des sautes d'humeur d'une telle amplitude, mais la sensibilité toute germanique de la Porsche est mise à rude épreuve. Elle va probablement avoir besoin d'une révision.

D'un côté, tu es follement impatiente de rentrer et d'apprendre ce qui s'est passé avec Q-Jo. D'un autre, tu veux traîner un peu, laisser venir se briser sur toi les vagues d'émotions contradictoires soulevées par Larry Diamond. Tu éprouves un nouvel optimisme, tu éprouves de nouvelles craintes. Tu es parcourue d'un picotement électrique qu'il vaudrait sûrement mieux débrancher.

Donc tu vas trop vite. Tu vas trop lentement. Et tu te demandes : Si le Père de la Nation avait été un fumeur inattentif, aurait-il pu mettre le feu à ses dents ?

15 h 59

— Q-Jo ! Salut. Q-Jo ?

Q-Jo ne venant pas t'ouvrir, tu as utilisé ta clé et tu es entrée. Il t'est apparu immédiatement qu'elle – ou une autre personne – était passée récemment. L'appartement n'a pas exactement été mis sens dessus dessous comme l'auraient fait des voleurs ou des flics, mais il est dans un désordre modéré. Maintenant, une sensation angoissante monte le long de ta colonne vertébrale alors que tu passes prudemment de la salle de séjour à la chambre, puis à la salle de bains en appelant "Q-Jo ?". Aucune réaction. Il n'y a personne.

En vain tu recherches des signes qui pourraient indiquer qu'elle est rentrée chez elle, puis ressortie. Son châle multicolore n'est pas dans le placard, son sac à main géant n'est pas sur la commode, tu ne trouves aucune trace de produits alimentaires achetés récemment (la Huff rentre rarement chez elle sans nourriture), le jeu de tarots est toujours étalé sur la table. Rapidement, tu retournes les cartes, retenant ta respiration jusqu'à ce que la carte de l'Étoile modifiée apparaisse. Tu as oublié d'interroger Larry Diamond au sujet de cette carte. Il y a plusieurs choses que tu as oublié de demander à Larry Diamond.

C'est en ramassant des branches de delphinium séché éparpillées sur le canapé recouvert de tissu grumeleux pour les remettre dans leur vase bon marché que tu remarques que le téléphone n'est pas posé sur son socle. La sensation angoissante s'intensifie, bien que certains indices laissent penser que le combiné a été mal raccroché plutôt que délibérément décroché. En tout cas, tu le remets en place, puis tu te précipites dans le couloir et te voilà dans ton appartement.

Quelqu'un est entré chez toi aussi !

Jésus Marie Dow Jones ! Tu es sur le point de faire demi-tour et de prendre tes jambes à ton cou. Mais alors que tu recules vers la porte, le mystère s'éclaircit soudain. Ce n'est pas tant la coupe à fruits Dale Chihuly renversée (et les morceaux de pelure d'orange et de pomme éparpillés) que la porte du congélateur restée ouverte qui identifie l'intrus. Mais oui. C'est parfaitement logique. Il fut un temps où ce congélateur recelait un trésor de glaces à la banane.

16 h 15

Ce n'est qu'après avoir mis ton Burberry et tes chaussures à sécher dans la cabine de douche, nettoyé les dégâts occasionnés par André, t'être versé un verre de chardonnay et écouté les messages sur ton répondeur que tu te laisses tomber sur ton lit en te demandant, silencieusement mais avec insistance : Et maintenant ?

Trois des quatre messages étaient de Belford, naturellement. Il parcourt toute la Napa Valley, de domaine viticole en domaine viticole, mais le consul général de France et son entourage ont jusqu'à présent réussi à garder une dégustation d'avance sur lui. Puisque tu n'étais pas chez toi et que tu n'as pas appelé à son hôtel de San Francisco, il en déduit que tu consacres tout ton temps – en vain, apparemment – à la recherche d'André. Il apprécie ton dévouement et, à nouveau, il se dit désolé d'être resté insensible aux rigueurs psychologiques de ton infirmité mensuelle. Enfin, des mots d'ancien bûcheron qui voulaient dire ça. Seigneur Dieu ! Quel genre de type est incapable de se souvenir que sa prétendue petite amie a eu ses règles la semaine précédente ? Le quatrième message commençait par : "Hé, Couineuse ! Hier soir au Woman Ray ! Mas super, mec ! Comment ça se fait que tu..." Là, tu as coupé.

OK. Prends une gorgée de vin. Défais la fermeture de ta robe (qui te comprime la croupe). Éclaircis-toi les idées (sans l'aide, espérons-le, du râtelier de George Washington). Et envisage les différentes possibilités.

D'abord, tu te dis qu'il vaudrait mieux aller chez Belford voir si André est rentré. Mais si la petite fripouille avait trouvé ce qu'il cherchait chez son maître, il est fort probable qu'il ne serait pas venu piller ton appartement ni celui de Q-Jo. La vérité, c'est qu'André ne t'aime pas plus que ça, probablement parce que tu n'es pas dupe de son petit numéro de singe régénéré. Non, il est impossible de dire où il pourrait se trouver à cet instant, ni où il pourrait frapper la prochaine fois. Maintenant que la pluie s'est calmée, il doit traîner partout dans les rues. Tu devrais tout au moins faire savoir à Belford que sa bestiole adorée est bien vivante et pille à tout va. Bien entendu, s'il devait recevoir une telle information, ton futur mari prendrait le prochain avion pour Seattle – et ce retour-là, à tort ou à raison, tu préférerais ne pas le hâter.

En ce qui concerne l'absence prolongée de Q-Jo, la conduite à tenir devient de plus en plus problématique. Suppose que Larry Diamond soit responsable de sa disparition, après tout. Cela signifierait que c'est un psychopathe bien plus dangereux que ce que tu avais imaginé au départ. À l'inverse, si Diamond est innocent, comme tu en es venue à le croire – progressivement et à contrecœur – au cours de l'heure écoulée, il pourrait, étant la dernière personne à l'avoir vue avant qu'elle et ses cent cinquante kilos se volatilisent comme par enchantement, t'être d'une aide précieuse dans tes efforts pour la retrouver, sans parler du coup de pouce qu'il pourrait donner à tes efforts pour préserver ta carrière, une perspective que tu ne peux pas te permettre d'ignorer. La question, c'est : est-ce que Diamond est utile ou dangereux – ou les deux ?

Face à ce dilemme, tu balances, si vite et si haut que tu attrapes mal au cœur. C'est devant le lavabo de la salle de bains, avalant deux cuillerées de Pepto-Bismol ("le champagne du broker"), que tu décides finalement quelle carte tu vas jouer.

17 h 38

Comme les courses de pigeons, le jeu de chat au téléphone est un sport sans spectateurs, et bien que tu y aies participé de nombreuses fois auparavant, aujourd'hui, dans les circonstances présentes, tu t'y refuses. Lorsque la voix enregistrée de Diamond résonne dans l'écouteur (tu souris maintenant aux roulements de tonnerre et aux fracas, et tu as la chair de poule en entendant ses intonations malicieusement sèches) :

— Si vous appelez au sujet du discours du Président, voici mon conseil : allez derrière votre maison et plantez-y des pommes de terre. Il vaudrait mieux en planter un peu devant aussi. Pendant que vous y êtes, creusez une mare à grenouilles. Et n'oubliez pas de nourrir votre cerveau. Ha-ha-ha-ha-ha.

Après le bip habituel, tu réponds :

— Nom de Dieu, Larry, c'est Gwen Mati. Il faut que je vous parle et je ne raccrocherai pas tant que nous n'aurons pas eu une conversation.

Tu pensais devoir patienter assez longtemps, peut-être indéfiniment, mais quarante secondes à peine se sont écoulées lorsque sa voix se fait entendre :

— Gwendolyn, pourquoi avez-vous tant tardé ?

Bien sûr, son audace t'agace.

— Vous vous attendiez à ce que j'appelle ?

— Eh bien, Q-Jo n'est pas rentrée au ranch, hein ?

— Comment le savez-vous ?

— Juste un pressentiment.

Ah oui ? Peut-être est-ce son intuition, ou peut-être sait-il réellement où elle est ? Peut-être a-t-il passé les deux heures écoulées depuis qu'il t'a embrassée à fourrer les morceaux de son cadavre dans un broyeur pour en faire de la chair à saucisses. Une lampée de Pepto-Bismol te remonte à la gorge comme une diarrhée rosâtre.

— Désolé de ne pas avoir répondu au téléphone, dit-il, mais je ne peux pas perdre mon temps à compatir avec des bookies à bout de nerfs. Même votre patron, Posner, m'a appelé. Vous voyez Posner en train de creuser sa pelouse ? Ha-ha-ha-ha.

— Alors Posner vous a téléphoné ? Dites-moi, est-ce que Posner est déjà allé à la Maison du Tonnerre ?

Ta question n'est pas innocente, mais tu parviens à débarrasser ta voix de toute suspicion.

— Certainement pas, dit-il. Posner me connaît surtout de réputation. Pourquoi ? Il a mentionné mon nom ?

Tu soupires presque, presque soulagée.

— Non, non. Je ne l'ai jamais entendu mentionner votre nom – mais sa femme croit que vous êtes revenu d'Afrique rempli de sagesse.

— Eh bien elle se trompe à ce sujet. La sagesse ne "remplit" pas les gens. Elle les allège. Plus vous devenez sage, plus vous devenez léger. Ceci est un témoignage non sollicité en faveur de la légèreté d'esprit, Gwendolyn. Je vous suggère d'y prêter attention.

— Bien sûr. OK. Mais, et Q-Jo ? Je ne me sens pas particulièrement pétillante au sujet de ce problème.

Ni au sujet d'une bonne dizaine d'autres, aurais-tu pu ajouter.

— Alors, pourquoi ne venez-vous pas à la Maison du Tonnerre, nous pourrons…

— Non ! lances-tu sèchement, un peu trop vite et un peu trop fort.

Tu as juré sur le livre de poèmes de ta mère que tu ne laisserais jamais cette araignée t'attirer dans sa toile assourdissante. Voyons, tu serais censée te sentir en sécurité parce qu'un type nommé "Twister" traîne dans les parages ? Cet Indien défoncé n'est pas exactement le genre de chaperon auquel pensent la plupart des défenseurs de la santé et de la décence.

— Non, reprends-tu, un peu plus doucement cette fois-ci. Qu'en pensez-vous, je dois aller en ville. (C'est un mensonge, mais rencontrer Diamond dans un endroit connu et public est essentiel au compromis auquel tu es parvenue.) Pourrions-nous nous rencontrer à… au… disons au Bull & Bear ? Dans une demi-heure ?

— Désolé.

— Ah.

— Pas le Bull & Bear. Je ne crois pas que je puisse supporter… Oh, et puis, d'accord. Ça ne sera pas très intime, mais cette catastrophe économique continue à être tellement distrayante que ça vaudra même la peine d'être interrompus, rien que pour entendre ce que les lemmings se disent entre eux quand ils tombent de la falaise. Mais dans trente minutes, je ne peux pas. Mon scooter est en pièces détachées…

— Votre scooter ?

— Oui, vous savez. Ma moto. À l'inverse de certaines choses auxquelles je pense, elle ne fonctionne pas bien quand elle est mouillée. (Tu grimaces. Il parle de quoi ? Des amphibiens ou bien de… ?) J'ai travaillé dessus toute la journée, enfin, par moments, et je l'aurai remontée dans une heure. Mais il se pourrait que je sois retenu encore un peu. J'attends un appel. Disons qu'on se retrouve à sept heures et quart ? Mais ne pétez pas une durite si je suis en retard.

— Cet appel, ça ne peut pas attendre ?

Pour une raison ou pour une autre, tu es certaine que c'est cette serveuse qui a le feu aux fesses. Des bêtes ! Ces gens-là n'ont jamais entendu parler du sida ?

— Je crains que non. Réussir à avoir Motofusa Yamaguchi au bout du fil, c'est pas du gâteau.

Samedi soir, 7 avril

Le poivrot de Sa Majesté

19 h 15

À six heures et quart, le ciel est devenu aussi chauve qu'un flacon de lotion capillaire. Plus la moindre mèche de pluie ne tombe de son crâne gris et lisse. À sept heures et quart, les rues du centre-ville sont à nouveau grouillantes de déshérités, presque catatoniquement passifs pour certains, dangereusement agressifs pour d'autres. Tu passes parmi eux en toute hâte, prenant soin de ne pas croiser leur regard.

Le soupir de soulagement que tu espères pousser en atteignant la sécurité du Bull & Bear avorte dans ton sternum. Le Bull & Bear est fermé !

Ta première réaction est de croire que le restaurant a suivi le marché dans la débâcle. Puis tu reprends tes esprits. On est samedi. Bien sûr, le Bull & Bear est fermé ! Le Bull & Bear n'est jamais ouvert le week-end. Tu sais cela depuis des années.

Allons, ne te réprimande pas. Mais non, tu n'es pas une tête de linotte. Tu as eu tellement de préoccupations ces jours-ci, plus que ta dose habituelle de stress, et cette semaine de travail, en raison du Vendredi saint, s'est terminée plus tôt. Il est compréhensible que tu perdes la notion du temps. Mais… et Larry Diamond ? Est-ce qu'il a, lui aussi, oublié quel jour on était ? Ou est-ce qu'il t'a laissée te rendre au Bull & Bear en sachant fort bien que tu le trouverais fermé ? Il en est capable. Même s'il n'est pas physiquement dangereux, tu es persuadée que c'est le genre d'homme qui aime mettre les gens à l'épreuve, jouer avec leurs nerfs. Il trouverait probablement amusant, à sa façon sardonique et pince-sans-rire, de te voir te recroqueviller sous le porche du restaurant en essayant d'échapper à la vue des traîne-misère dans la rue – dont certains pourraient se souvenir de t'avoir vue le pantalon baissé la nuit précédente.

Il faut que tu décides si tu vas t'attarder un peu sur les lieux – Dieu merci, il fait encore jour dehors – ou si tu vas battre en retraite et retourner à ta voiture. Tu pourrais faire le tour du pâté d'immeubles jusqu'à l'arrivée de Diamond. Tandis que tu t'interroges sur ce que tu dois faire, un clochard s'approche en titubant. Il ressemble tellement à un caissier auquel tu avais affaire à la banque Seafirst que tu hésites à le repousser.

— Je sais, mon attitude n'est pas très rassurante, dit l'homme en bafouillant quoique poliment, mais j'aurais besoin de cinq dollars.

Tu le regardes fixement. Il te semble si familier ! Il poursuit :

— Je me rends compte que mon haleine est peut-être insupportable…

— Vous n'étiez pas…

— … mais il me faudrait cinq dollars.

— … employé à…

— En petites coupures, non marquées.

Seigneur Dieu ! Tu n'aurais jamais dû croiser son regard. Comment peux-tu te débarrasser de lui sans débourser les cinq dollars que tu as économisés en évitant d'entrer au salon des amphibiens ? Il ne te croira pas si tu lui dis que tu es fauchée. Tu es sur ton trente-et-un dans ton adorable petit tailleur Ellen Tracy en laine parfaitement ajusté et au motif ethnique plutôt voyant, pas pour impressionner Diamond, le Ciel t'en préserve, mais au cas où un broker de quelque importance serait en train d'investir dans du Johnnie Walker au bar du Bull & Bear. Oh, voilà maintenant qu'un deuxième clochard, petit, en haillons, coiffé d'un chapeau melon, te rejoint sous le porche.

— Si tu manges de la merde de chien, dit le nouvel arrivant, et que tu la chies, t'as de la merde de chien ou de la merde humaine ?

Complètement écœurée, tu frissonnes de dégoût. Dans ton estomac, quelque chose réclame encore un peu de Pepto-Bismol. Cependant, le clochard-caissier étudie la question. Au bout d'un moment, pendant lequel il s'est vigoureusement gratté la cage thoracique, il dit :

— Nous, on avait un chien de chasse qui mangeait sa propre…

Tu te fourres les doigts dans les oreilles. Quand tu les enlèves, le second clochard dit :

— Tout juste, et c'est pourquoi le chien de chasse n'était pas le copain d'Elvis Presley. Mais ça justifie bien ma question, mec.

— Cinq dollars, ça t'dirait ? lui demande l'ex-caissier en agitant son pouce dans ta direction.

C'est tout juste si tu ne le prends pas dans l'œil.

— Dans mon Angleterre natale, réplique l'autre avec dignité, j'étais, par nomination spéciale, poivrot de Sa Majesté la Reine.

— Cinq dollars, ça t'dirait, alors ?

— Le poivrot de Sa Majesté.

— Le dollar est faible par rapport à la plupart des grandes monnaies, mais à la supérette de chez Gary il est aussi bon que de l'or.

Seigneur Dieu ! Tu te sens submergée par une vague de nostalgie pour ce bon vieux temps où les clochards ne savaient rien dire d'autre que “Z'auriez pas une p'tite pièce ?” Tripotant la fermeture de ton sac, tu es sur le point de leur glisser un dollar à chacun, juste pour te sortir de ce supplice, lorsque de l'autre côté de Sixth Avenue, devant un fleuriste, ne voilà-t-il pas que tu repères, en train d'installer son télescope, le Jack l'Éventreur de l'astronomie, le délinquant sexuel observateur d'étoiles, celui qui a révélé ta lune au monde entier.

19 h 20

Tu écartes les vagabonds si brutalement que l'un d'eux en perd son chapeau melon et l'autre son équilibre. Obligeant une luxueuse Mercedes-Benz et une vieille japonaise minuscule crachant un nuage de fumée à ralentir pour toi, tu te précipites de l'autre côté de l'avenue.

— Je ne suis pas ouvert, ma petite dame. J'attends une éclaircie dans la couverture nuageuse.

— Je vais vous en foutre une, moi, de couverture nuageuse.

— Ah, c'est vous.

— Oui, c'est moi, espèce de salaud. Et dans un instant, ça sera la police aussi. Vous ne pensiez quand même pas vous en sortir comme ça ?

— J'ai rien fait, moi, mam'selle.

Il y a une telle sincérité, tant de chaleur dans sa voix que sur le coup, tu ne dis plus rien. Sous ton regard fixe, il commence à se racler la gorge, ce qui te fait reculer de quelques pas, au cas où il lancerait l'un de ses projectiles chargés de mucosités.

— Qu'est-ce que vous voulez dire, vous n'avez rien fait ? Vous étiez juste à côté de moi !

— C'est les jeunes voyous friqués. Quand je les ai vus, il était déjà trop tard. Si j'avais pas attrapé mon télescope pour me sauver, ils m'auraient chopé aussi.

— Vous me racontez pas des histoires ?

Tu as entendu parler de ces jeunes voyous friqués, en fait. Des fils de familles riches de l'Eastside qui parcourent les rues et terrorisent les SDF autant que les SDF terrorisent les gens aisés.

— Non. Je vous assure. Il y en avait plein une voiture. Une BMW toute neuve. Défoncés, j'peux pas vous dire à quoi. Ils sont sortis d'un coup et ils se sont jetés sur vous. Pour se marrer, vous voyez. Ils allaient vous enlever vos vêtements et vous laisser toute nue, c'est une blague qu'ils font aux femmes SDF, mais quelqu'un a hurlé pour alerter les flics, alors ils ont eu la frousse et ils se sont sauvés.

— Mais… je ne suis pas une SDF, moi.

L'astronome se racle la gorge. Avant de cracher, il sourit :

— Pas encore, en tout cas.

19 h 24

L'un des clochards t'a suivie de l'autre côté de la rue.

— Je me souviens de vous, bafouille-t-il d'une voix lente et sur un ton accusateur. C'est vous qui avez essayé de me faire virer de la banque.

— Vous ne m'aviez pas rendu toute ma monnaie.

— Elle sait pas compter son argent et elle accuse les autres, dit-il à l'astronome. Et en plus elle bouscule les gens.

— On devrait avoir une belle vue de Sirius ce soir, s'il y a une éclaircie.

— Espèce de salope, tu m'as bousculé.

— La tribu Bozo, au Mali, décrit Sirius comme assise.

— Qu'est-ce que vous avez dit ?

— Tu te prends pour qui ?

— Pas vous ! Allez au diable ! (Tu te tournes vers l'astronome :) Au sujet des Bozos ?

— Assise, ils disent. Comment peut-on voir une étoile comme *assise* sur quelque chose ? À moins ...

Le clochard te bouscule maintenant ; il te bouscule pour t'éloigner de l'astronome dont tu as du mal à entendre les paroles.

— ... qu'elle soit assise... (Reniflement.)

— Tu te crois mieux que les autres, mais j'suis pas dupe, moi.

Il te pousse contre la façade en marbre d'une agence de voyage chic.

— ... comme une grenouille, peut-être... (Raclement.)

— Ton compte était toujours à découvert !

— ... sur son gros... (Splash !)

— Maintenant, c'est mon tour, ma vieille. Je veux retirer cinq biftons.

Étant occupée à rougir – comment ose-t-on parler du solde de ton compte en banque en public ! – et à donner des tapes sur les mains de l'ex-caissier pour les éloigner de ton sac, tu n'es pas sûre de bien entendre l'ex-astronome, mais à moins que tes oreilles et ton imagination ne se soient liguées contre toi, il utilise le mot “rampe”. Il dit :

— ... comme une grenouille sur son nénuphar, telle une fusée sur sa rampe de lancement.

19 h 27

Le visage du clochard est tout contre le tien et son haleine est vraiment insupportable. Apparemment, il n'a plus de réserves quant à son attitude. Bon, maintenant ça suffit. Tu lui donnes un bon coup de pied dans le tibia avec le bout pointu de tes nouveaux escarpins à bride Kenneth Cole. Tandis qu'il hurle comme la sirène d'alarme d'une banque, tu t'échappes. Passant près de l'astronome, tu lui lances :

— Je reviens !

— Pas la peine, ma petite dame. Vous n'arriverez jamais à coincer les jeunes voyous friqués.

Alors que tu retraverses à toute vitesse Sixth Avenue, tu l'entends ajouter :

— Avec Sirius, vous en avez eu pour vos deux dollars.

Tu as la tête qui tourne, tu as le cœur qui repasse la bande d'une des soirées de ton père avec ses bongos. L'adrénaline te propulse vers ta voiture, bien que tu n'aies pas encore réfléchi à ce que tu veux faire ni où tu veux aller une fois que tu y seras. Une Vespa couleur raisin s'approche de toi – roulant sur le trottoir, nom de Dieu –, alors instinctivement tu plonges la main dans ton sac pour prendre la bombe lacrymogène que tu as failli utiliser sur l'employé de banque complètement fou.

— Pourquoi tant de hâte ? demande une voix qui semble filtrée à travers un bol de pâtée pour chiens bon marché. Une nouvelle orientation dans votre carrière ?

Bien qu'il s'agisse fort certainement d'un sentiment passager dû à la situation, tu te sens soulagée – heureuse même – de voir Larry Diamond. Aussi élégamment que tu peux – il t'appartient, te dis-tu, de maintenir un semblant de correction à cet instant particulièrement barbare de notre histoire culturelle –, tu entreprends de balancer une jambe par-dessus la Vespa qui pétarade de façon un peu ridicule. (Sans savoir pourquoi, tu l'avais imaginé parcourant les rues sur une grosse Harley noire.) Tu parviens à grimper sur l'engin – mais pour une très courte distance. Au lieu de t'emporter dans la nuit et dans le vent, une perspective qui ajoute trois ensembles de bongos à ton rythme cardiaque, Diamond décrit un arc de cercle et arrête son scooter quelques mètres plus loin, juste devant le Bull & Bear.

— Ils sont fermés, lui rappelles-tu, te tenant très légèrement au dos de sa veste en cuir.

— Seulement pour les amateurs, dit-il, descendant de son scooter et claudiquant vers l'entrée.

19 h 45

Tu te sens tellement humiliée que tu pourrais te fourrer dans la soucoupe de cacahuètes et disparaître sous les arachides salées. Le Bull & Bear, semble-t-il, fonctionne en tant que club privé le samedi soir. Ses portes sont fermées au public, les stores baissés, mais les “membres” y ont accès en tapant un code sur un clavier. Et qui sont les “membres” ? Eh bien, tous ceux qui sont quelqu'un dans la communauté du courtage à Seattle. Larry Diamond est membre, et cela fait des années qu'il n'est plus dans le business. Ann Louise, une nouvelle venue, est membre, apparemment ; tu reconnais sa croupe si fréquemment chevauchée au bar. Mais toi, tu n'étais même pas au courant de l'existence du club. À certains égards, le coup est plus dur pour toi que le krach boursier.

— Quelque chose ne va pas ? demande Diamond.

Tes paupières contiennent tes larmes comme le service de sécurité repousse les fans à un concert de rock.

— Seigneur Jésus, dis-tu en te mordant la lèvre. Pas de doute, c'est le pire week-end de ma vie.

— Il n'est pas encore fini.

— C'est bien ce qui me fait peur. (Tu avales un tiers de ton verre de vin blanc additionné d'eau gazeuse et tu t'essuies les lèvres et les yeux avec ta serviette en papier.) Tout s'est détraqué dans ma vie. Absolument tout.

— C'est bon signe. Le désastre est toujours mieux à grande échelle. Comme le dit Yamaguchi, à une grande face avant correspond une grande face arrière.

— Hm-hm. Eh bien, vu d'où je suis, il n'y a que de l'arrière et pas d'avant. Où est l'autre face, monsieur Diamond ? Et pendant que nous y sommes, où est ce satané bon temps qui, d'après vous, ne fait que commencer ?

— Il est tout autour de nous, Gwendolyn. Il faut simplement avoir les yeux pour le voir.

Ton sentiment est que la conception que se fait Diamond du bon temps comprend des événements et des activités qu'un être humain normal pourrait considérer comme des catastrophes. Toutefois, tu lui réponds :

— Vos yeux sont de toute évidence meilleurs que les miens. S'ils peuvent voir du bon temps qui demeure invisible pour le reste d'entre nous, imaginez un peu avec quelle clarté ils verraient quelque chose de la taille de Q-Jo Huffington. (Marquant un temps d'arrêt, tu bois une gorgée.) Où diable peut-elle bien être ?

L'éclairage à l'intérieur du Bull & Bear est plus tamisé qu'à l'accoutumée, la musique plus douce, les clients, qui ne sont pas plus d'une dizaine, plus discrets. L'ambiance frise le romantisme, bien que tu perçoives l'absence d'agitation comme la conséquence du traumatisme économique. Tout de même, tu te félicites d'être dans cet endroit tranquille et sûr pour soutirer quelques tuyaux à ce cerveau malade. Tu es à l'abri des jeunes voyous friqués et des pauvres qui traînent dans la rue, et pour ce qui est du danger que représente Diamond lui-même, eh bien, Ann Louise lance des regards curieux en direction de ta table ; s'il devait se faire pressant, tu pourrais toujours le lui refiler.

Ton compagnon a retiré sa veste. Dessous, il porte une chemise en coton sans col, avec des broderies fantaisistes autour du cou et aux poignets. Tu dirais volontiers qu'elle est d'origine africaine, et si ce n'est pas vraiment renversant comme style vestimentaire, ses motifs se marient assez bien avec les dessins ethniques de ton tailleur plus coûteux, plus élégant. Il boit une tequila sour, mais moins goulûment que tu n'aurais pu l'imaginer.

— Tout ce que je sais sur Q-Jo Huffington pourrait tenir dans cette soucoupe de cacahuètes (tant pis pour ta cachette) et il resterait encore suffisamment de place pour un repas complet. Vous semblez croire que sa disparition a quelque chose à voir avec moi, alors je vais reprendre mes deux rencontres avec elle, aussi brèves qu'elles aient été. Je vais mentionner tout ce dont je me souviens parce que des petits riens que j'ai à peine remarqués sur le moment pourraient s'avérer être des indices. OK ? Goethe a dit, et un architecte célèbre a construit toute sa carrière là-dessus : "Dieu est dans les détails." Peut-être que Q-Jo y est aussi.

19 h 50

— J'aimerais vous demander une chose d'abord.

Il te soumet à son sourire cynique qui suggère que Q-Jo pourrait ne pas être tout en haut de la liste de tes priorités.

— Est-ce que votre question concerne les tendances du business ou les emplois rémunérateurs ?

Tu secoues la tête.

— Alors, allez-y.

Tu peux en conclure sans risque d'erreur que discuter de ta carrière ne le transporte pas vraiment – c'est pas bon signe, Gwen, pas bon signe du tout. Mais, si les circonstances s'y prêtent, tu peux toujours le faire changer d'avis. En attendant, tu as effectivement une question d'un autre ordre.`

— Bien, dis-tu pour commencer. Vous nous avez fait entrer ici ce soir en tapant un code sur un clavier. Et je me suis dit : il doit y avoir des tas de clubs à Seattle et dans le pays auxquels n'ont accès que les personnes qui ont le code d'entrée. Alors, est-ce que "être sur la rampe" signifie que vous êtes membre d'un groupe social d'élite qui connaît les codes à taper sur tous les bons claviers ? Ou (tu retiens ta respiration une seconde ou deux) est-ce que ça fait référence d'une façon ou d'une autre à Sirius, Sirius A, plus précisément, et à la façon dont les Bozos disent qu'elle est assise comme une grenouille sur son nénuphar, prête à s'élancer ?

Tu n'as pas la moindre idée de ce dont tu parles, bien sûr. Ce ne sont que des ballons d'essai. Par contre, pour ce qui est de l'effet produit sur Diamond, c'est comme si tu maniais une fourche en plein soleil de midi. Comme empalé, il te regarde avec étonnement et un respect qu'il t'accorde malgré lui. Il te regarde comme ça un bon moment avant de répondre :

— Vous essayez de jouer au plus fin avec Tonton Larry, mon ange. OK, Tonton Larry aime bien jouer – à condition que le jeu en vaille la chandelle. L'instinct de Tonton Larry lui dit que vous bluffez. Tonton Larry croit que vous ne connaissez que dalle à Sirius et aux Bozos. Mais vous en savez assez pour relier les deux et comprendre que ce sujet l'intéresse, ce qui veut dire que vous avez une goutte de confiture sur votre tartine. Donc, il va prendre votre question pour argent comptant et y répondre honnêtement, bien qu'il trouve la première partie insultante et la seconde plutôt tartignolle.

Ben oui, Tonton Larry, pourquoi mâcher ses mots ?

— Quelle sorte de cancrelat au QI affligeant, au taux de glucides déficient, manquant d'assurance au point d'en être pathétique et se cherchant désespérément une place dans la société pourrait s'imaginer qu'avoir le code d'entrée d'un club sélect a plus d'importance qu'un pet de poulet ? "Être sur la rampe", je l'admets, est une métaphore, mais ce n'est pas une métaphore superficielle. Tout au moins, je l'espère. En ce qui concerne les Bozos, le nom qu'ils donnent à Sirius A est "sima kayne", ce qui se traduit littéralement par "boubou assis". Ouais, c'est cela même, hé-hé, "boubou assis". Même les costumiers animaliers chez Disney ne mettent pas de boubous aux grenouilles, alors je ne sais pas où vous êtes allée pêcher cette stupidité. Mais il y a bien un lien entre Sirius et les amphibiens, là vous chauffez, et peut-être que vous allez brûler. Des éléments d'information vont se faire jour au cours de notre conversation, que nous le voulions ou non, alors je suggère que nous continuions. À moins que vous n'ayez une autre question fascinante qui ne peut attendre que Q-Jo… je vois que c'est le cas.

— Non, non. Passons.

— Allez-y. J'insiste.

— Bon. Vous n'avez pas été élevé dans le Middle West, par hasard ?

— Pourquoi une telle question ?

— Votre accent. Votre façon de parler. On dirait presque W.C. Fields.

— W.C. Fields était de Philadelphie.

19 h 53

Jusqu'à présent, les autres clients du Bull & Bear vous ont laissés tranquilles, bien que certains d'entre eux, particulièrement Ann Louise, ne peuvent s'empêcher de regarder dans votre direction. Le serveur prend ta commande pour un autre verre de vin blanc additionné d'eau gazeuse. Diamond ne prend rien.

— Je suis allé voir Q-Jo Huffington parce que je ne pouvais pas manger de champignons, dit-il.

— Ouah ! Attendez. Vous lui avez demandé une lecture des tarots pour vous aider à guérir d'une allergie alimentaire ?

— Désolé. J'ai oublié à qui je parlais. À l'avenir, j'essaierai d'aller moins vite pour que vous puissiez suivre.

— Ne ralentissez pas, contentez-vous d'être clair.

— Si vous insistez. Voici toute l'histoire. Récemment, je me suis fait refaire le cerveau. Une petite rénovation cognitive. J'ai commencé à Tombouctou et j'ai continué après mon retour ; les travaux de transformation prennent toujours deux fois plus de temps que prévu, vous savez comment ça se passe. Tout a bien marché, mais il y a des jours, en me réveillant je vois les nouveaux meubles, la nouvelle moquette, les nouveaux rideaux et la nouvelle peinture et il me faut une ou deux minute pour savoir où je suis ; j'ai l'impression de ne plus être chez moi. Vous avez déjà éprouvé cette sensation ?

— Non.

— Je n'étais pas encore complètement intégré dans mon nouvel espace cérébral, pourrait-on dire. Bon, en matière de réorientation, pour remettre d'aplomb ce bon vieux gyroscope ontologique, rien ne vaut quinze ou vingt milligrammes de champignon à psilocybine. Cependant…

— Mais vous parlez de drogue !

— De plantes, Gwendolyn. De mignonnes petites plantes faites par Dieu lui-même. Cependant, j'ai eu, euh, j'ai eu quelques problèmes médicaux, des problèmes d'ordre physique, récemment, et le type qui me soigne m'a déconseillé les champignons. Il m'a dit, les champignons, c'est comme les écureuils : ils peuvent vous apprendre beaucoup de choses, mais ils bavardent trop. Ils fatiguent le système immunitaire, je crois que c'est ce qu'il voulait dire. En tout cas, j'étais partant pour un procédé non chimique de remise d'aplomb et quand j'ai entendu dire que votre amie Q-Jo était la voyante la plus douée de tout le Nord-Ouest, j'ai décidé de l'essayer.

— Vous avez à peine touché votre verre. Vous êtes vraiment malade ou quoi ?

— Tss-tss, Gwendolyn. Souvenez-vous, on ne raconte pas ses malheurs. Si les vôtres ont besoin de compagnie, allez donc parler avec un de ces bookies au bar.

— Très bien, Monsieur le Difficile. Comme vous voulez. Comment ça s'est passé avec elle ?

— Avec Q-Jo ? À merveille. Vraiment, à merveille. Même si la lecture elle-même n'a pas été exactement du super Nostradamus. Par exemple, elle a dit que la carte de l'Amoureux en septième position annonçait une histoire d'amour imminente, mais puisque je vous avais déjà rencontrée la veille au soir, ce n'était pas une grande surprise pour moi.

— Oh ! (Tu rougis tellement que tu ne peux répondre que Oh ! Mais tu penses : Monsieur, quand vous avez refait la pièce de votre cerveau, vous avez accroché les tableaux à l'envers.)

— Le Cinq de Deniers est sorti, signe de mauvaise santé, comme si j'avais besoin qu'on me le rappelle. J'ai eu la Maison-Dieu en cinquième position, ce qui signifie bouleversement ou changement important dans mon passé. Évidemment, la Maison-Dieu est mon adresse permanente. Je ne vivrai nulle part ailleurs. Donc, il n'y avait là rien de bien sensationnel, mais ça m'a amusé de voir apparaître, juste à côté de l'Amoureux, la carte du Fou. Grandeur nature. En troisième position, celle qui indique l'influence du moment présent. Q-Jo n'a pas pu me dire avec certitude si le Fou à cet endroit c'était moi ou la nouvelle femme de ma vie. Moi ou vous, Gwen ? Qu'est-ce que vous en pensez ?

— Ce n'est que trop évident.

— Ouais, moi aussi, je crois que c'est vous. C'est bien de ce sac sur votre épaule que vous avez sorti les Bozos et Sirius ? Il y a des choses étonnantes dans le sac du Fou. Si vous acceptiez de le vider et d'en examiner le contenu, peut-être que notre relation pourrait se développer bien au-delà de la simple attirance physique.

— Quelle relation ? Vous voulez bien continuer ? Bon sang, Larry !

Aux Olympiades de l'Exaspération, ce type remporterait toutes les médailles d'or.

— D'un autre côté, le Fou pourrait aussi représenter le Dr Yamaguchi. Sauf qu'il ne m'a jamais rappelé.

— J'en suis désolée. Vous voulez bien continuer ?

Si Diamond avait la moindre idée du nombre de fois où tu as tiré le Fou ces derniers mois, tu crains fort qu'il sauterait par-dessus la table pour t'embrasser, ou alors il se sauverait à toutes jambes.

— Comme je l'ai dit, c'était une lecture ordinaire. Pas d'éclaircie soudaine, pas de voile qui se déchire, pas de fax urgent en provenance de l'Autre Côté. Toutefois, si nous n'apprenons rien d'une nouvelle expérience, c'est généralement parce que nous ne faisons pas assez attention. Ou alors on suit sur le mauvais livret. Donc, j'ai modifié ma façon de voir les cartes, et la première chose qui m'a frappé, c'est toute l'eau qu'elles contenaient.

— L'eau ?

— H2O. Au moins un tiers des cartes dans le jeu représentent de l'eau. Un océan, un lac, une mare, un fleuve, une rivière, une fontaine : tout le répertoire aquatique. Sur l'As de Coupe, on trouve tout un paquet de nénuphars. Vous avez exprimé un certain intérêt pour les feuilles de nénuphar sauf erreur de ma part. Il y a des poissons aussi, y compris un homard qui aurait de quoi effrayer le steak de n'importe quel plat de "viande et crustacés" servi en ville. Sur le Valet de Coupe…

— Seigneur Jésus, marmonnes-tu tout bas.

— … on voit un type qui tient une sorte de calice doré richement décoré et il y a un poisson dans le calice, ou le gobelet, on se sait pas trop ce que c'est que ce machin, un poisson vivant, et on a l'impression qu'il parle au type, comme s'il essayait de lui dire quelque chose. En plus de tous ces trucs aquatiques, il y a les trucs célestes, les lunes, les soleils et les étoiles ; et là où l'aquatique rencontre le céleste, c'est l'endroit où je me trouve en ce moment, intellectuellement parlant. Je sais que les tarots représentent un très vieux système symbolique assez élaboré, d'origine européenne à ce qu'il paraît, et le fait que ce système et ces illustrations contiennent des images qui suggèrent les mêmes thèmes, certains des mêmes thèmes que ceux des Bozos en Afrique, de ceux qui sont "sur la rampe", si vous n'avez pas d'objection contre ma métaphore, ça m'a vraiment emballé, et j'en ai fait part à Q-Jo.

— Et je parierais qu'elle vous a dit de vous calmer et d'arrêter d'analyser.

— Vous la connaissez bien. Ouais, elle m'a rappelé que les tarots sont comme nos rêves, ils nous viennent d'un niveau de conscience qui se situe hors de portée de la raison. "Les figures des tarots sont des créatures de notre imagination, m'a-t-elle dit. La froide lumière de l'intellect ne peut que les faire s'enfuir sous terre." Étant moi-même convaincu que c'est l'imagination qui crée la réalité et non l'inverse, je n'ai pas eu de mal à être d'accord sur ce point, sauf que "sous l'eau" aurait peut-être été une meilleure expression. Mais j'étais toujours emballé, et quand j'ai commencé à partager mon enthousiasme, elle m'a écouté attentivement : j'imagine qu'elle a deux oreilles sous son turban. Elle a pêché une clé dans sa poitrine – comment elle a pu y retrouver quelque chose d'aussi petit que cette clé, ça restera toujours un mystère pour moi : quel décolleté ! J'aurais pu garer mon scooter dans l'espace entre ses nénés.

— Je vous en prie !

— Elle a pêché une clé dans sa – mais où se procure-t-on des soutiens-gorge capables de contenir des mamelles de mammouth ?…

— Je vous en prie !

— … et elle a ouvert une boîte en ébène, puis elle m'a montré une carte du Fou provenant d'un jeu français, vieille de quatre ou cinq siècles. Dans le coin gauche, en bas, il y avait un alligator, ou plutôt un crocodile. Vous saviez que la Bible fait allusion aux crocodiles comme étant les “paupières de l’aube” ? Non ? Bon, enfin, il était là, un amphibien à part entière, sur le tarot. Alors, on est tous les deux excités, maintenant...

— Physiquement excités ?

— Je vous en prie !

Tu rougis et l’invites à poursuivre.

— On a une conversation animée au cours de laquelle j’attrape ses crayons feutre et, spontanément, je modifie la carte de l’Étoile pour lui montrer comment serait... Mais qu’importe. On aurait pu continuer à discuter encore une heure, mais elle avait un autre rendez-vous, elle devait regarder les photos de voyage de quelqu’un, et quand elle m’a dit qu’elle se faisait payer pour ça, je lui ai proposé de l’engager pour jeter un coup d’œil à mes diapos de Tombouctou. Je me suis dit qu’elle pourrait apporter un point de vue différent, vous voyez ce que je veux dire. Elle n’était pas sûre de pouvoir se libérer avant la semaine prochaine, alors elle m’a dit qu’elle appellerait plus tard pour confirmer, mais moins d’une heure après, elle a téléphoné de chez un glacier pour m’annoncer qu’elle passerait à la Maison du Tonnerre à trois heures. J’avais dû éveiller sa curiosité.

— Vous n’aviez rien éveillé d’autre ?

Diamond se lève.

— Gwendolyn, je vais au petit coin, ce qui vous laissera le temps de sortir votre esprit de la boue. Si vous n’y parvenez pas, vous pouvez toujours venir me rejoindre. Je peux vous assurer que ce ne serait pas la première fois qu’un couple consommerait l’acte d’amour dans une des cabines du Bull & Bear.

Te laissant bouillir dans tes propres sécrétions isochrones, il s’éloigne en boitant vers les toilettes, d’où il ne ressort que quinze minutes plus tard.

20 h 29

Tu te dis : Il a dû rencontrer un ancien collègue et ils discutent de la situation du marché.

Tu te dis : Il revend de la drogue là-dedans.

Tu te dis : Peut-être qu'il a filé en passant par les cuisines, bon débarras.

Tu te dis : S'il ne revient pas, qu'est-ce que je fais ?

Tu te dis : Est-ce que le dentier de Washington se contractait avec le froid glacial qu'il faisait à Valley Forge ?

Tu te dis : Ah, le voilà ! Les bookies lui font signe, mais il ne leur prête pas attention. Il ne boitait pas autant que ça avant.

— Vous allez bien ? Vous ne boitiez pas autant que ça avant.

— C'est parce que j'ai fait du scooter. Les vibrations n'arrangent rien.

— N'arrangent pas quoi ?

— Une vieille blessure. Bataille de Pork Chop Hill, en Corée. Bataille des Ardennes. Diên Biên Phu. Je ne me souviens plus laquelle. Je n'aime pas parler de ce que j'ai fait pendant la guerre. En tant que femme, vous ne pourriez pas comprendre.

Tu te dis : Il me fait marcher. Mais il sait que je sais qu'il me fait marcher. Donc, compte tenu de cette véracité d'ensemble, je crois que c'est acceptable.

— Je voudrais aborder une question qui semble vous préoccuper, dit-il. Le monde dans lequel nous vivons est très différent de ce que pensent quatre-vingt-dix-huit pour cent des gens. C'est une chose que Q-Jo et moi comprenons et apprécions. S'il y avait un lien qui nous unissait, c'était ça. Pas un atome de pollen sexuel n'a été émis dans l'atmosphère qui nous entourait. Comment aurait-il pu en être autrement, Gwendolyn, puisque je ne pollinise que pour vous ?

— Vraiment ? Alors c'était quoi cette poudre de perlimpinpin que vous répandiez partout au café cet après-midi ?

Il te fait un large sourire des plus exaspérants.

— Ah, oui – Natalie. Que pouvais-je faire d'autre ? Ce petit chaton de saule a une personnalité très sociable.

Tu te dis : Comment sait-il qu'elle s'appelle Natalie ?

20 h 30

— Q-Jo s'est pointée à la Maison du Tonnerre avec vingt minutes de retard. Elle s'était arrêtée en chemin pour prendre un sandwich aux boulettes de viande.

— Normal.

— Je lui ai fait visiter mon appartement rapidement, comme tout hôte cordial qui se respecte et, après avoir tamisé les lumières, j'ai commencé à projeter les diapos. Vous comprenez bien, n'est-ce pas, que les lumières tamisées avaient pour but d'améliorer la définition des images sur l'écran, et non pas…

— Larry, que les choses soient claires. Je me fiche éperdument de la façon dont vous pouvez donner libre cours à vos pulsions primaires avec tout adulte consentant. Je ne vous ai posé des questions sur… ce genre de choses que parce que… parce que j'essaie de trouver les raisons de ce qui a pu arriver ou ne pas arriver à mon… à Q-Jo.

— Je comprends parfaitement.

— Je ne voudrais pas que vous alliez vous imaginer des choses.

— Mes pensées sont pures, je vous assure.

— Bon, très bien.

— Bon, alors très bien.

— Pourquoi souriez-vous comme ça ?

— Je souris parce que je suis joyeux et radieux. Dans les milieux que vous fréquentez, vous n'avez probablement jamais rencontré d'homme qui soit joyeux et radieux.

Petit à petit son sourire se transforme en mine soucieuse.

— Gwendolyn, seriez-vous par hasard inquiète au sujet de soins dentaires à venir ?

Tu secoues la tête.

— Ma prochaine visite de contrôle n'est pas avant juillet.

— Hmm. Intéressant. Bon, je suppose que je devrais laisser la télépathie à Q-Jo.

Il se gratte la barbe avec ses ongles.

— Vous savez, si sa magie était au point, elle serait certainement au courant du fait qu'on est là à parler d'elle. Tout au moins, elle saurait que vous vous inquiétez.

Oui, tu t'étais posé la question aussi, mais tu avais refusé d'envisager qu'elle pouvait être morte, inconsciente ou même incompétente. Q-Jo est une personne complexe et difficile, un peu comme certaine autre personne présente. Pourquoi, mais pourquoi diable le Destin prend-il un malin plaisir à mettre de tels individus sur ta route ?

— Évidemment, poursuit Diamond, si la seule chose qu'elle arrive à capter en vous est un dentier…

— Voudriez-vous continuer, s'il vous plaît !

Tu jettes un coup d'œil furieux à ta Rolex, comme si tu avais autre chose à faire que regarder les informations à la télévision ou sillonner les rues à la recherche d'un singe.

20 h 33

— D'abord, j'ai projeté les diapos que j'avais prises dans les villages bozos et dogons. Nous avons encore discuté des esprits nommos, dont nous avions déjà parlé chez elle après la lecture des tarots. Elle semblait captivée et m'a posé des tas de questions. Je lui ai servi une assiette de cookies au chocolat et j'ai mis les diapos de Tombouctou. Je crois qu'elle a dû être surprise de voir à quel point c'est un endroit désolé. En tout cas, elle n'avait plus grand-chose à dire après ça. Peut-être que c'était la désolation, peut-être que c'étaient les cookies. Je les avais faits moi-même et ils étaient un petit peu carbonisés. Maintenant que j'y repense, ils allaient très bien avec la désolation. Aux deux tiers des diapos, il y avait des vues de l'université – l'université de Tombouctou. Elle m'a demandé de rester un moment sur chacune d'entre elles, pendant qu'elle marmonnait à travers le charbon qu'elle mastiquait. À ce moment-là, il a fallu que j'aille aux toilettes, ça ne pouvait plus attendre, donc je l'ai laissée devant une photo de groupe des professeurs. Et quand je suis revenu, elle n'était plus là. Pas de note, rien. Il restait deux cookies et demi sur l'assiette et elle n'avait pas pris son argent.

Tu prendrais bien un autre verre de vin blanc, mais comme Diamond en est encore à son premier verre, cela te paraît inconvenant d'en commander un troisième.

— Abandonner nourriture et argent ne ressemble pas à Q-Jo, dis-tu. Si vous permettez, j'aimerais vous demander quelque chose. Voyons, comment dire ? Euh, tout à l'heure, quand vous êtes allé aux toilettes ? Vous, euh, vous y êtes resté plutôt longtemps.

— Par rapport à quoi ?

— Par rapport au temps que passe un être humain normal dans ces fichues toilettes.

— Vous faites référence à la petite commission ou à la…

— On ne parle pas de ça ! Bon sang ! Je cherche seulement à savoir… je voudrais savoir si vous êtes resté dans vos toilettes aussi longtemps que dans celles du Bull & Bear.

— Approximativement, oui. J'étais…

— Non, stop. Je me fiche de ce que vous y faisiez. Mais peut-on dire que Q-Jo est restée seule dans votre appartement dix minutes, voire plus ?

— Oui, mais ça ne m'a pas gêné. Contrairement à l'Américain moyen, elle a une capacité d'attention qui dépasse en durée un orgasme de Mormon.

— Et l'Indien ?

— Vous voulez dire Twister ? Oh, Twister a une capacité d'attention extraordinaire.

— Twister, Twisted, quel que soit son nom. Où était-il pendant tout ce temps ?

— Twister était dans son wigwam, contemplant son investissement.

— Son wigwam ?

— Peut-être que le mot "tipi" est meilleur.

— Mais de quoi parlez-vous ?

— Twister utilise le mot "tipi" pour parler de son appartement. Peut-être par ironie, peut-être par mièvrerie. Difficile à dire avec un Indien. La Maison du Tonnerre comprend deux appartements, le sien et le mien.

— Voisin ? A-t-il accès au vôtre ?

— Affirmatif pour les deux.

Diamond sourit comme la maman dans "Regarde, maman, sans les mains" : avec plaisir mais aussi un peu d'appréhension.

— Vous savez, Gwendolyn, vous avez un talent naturel pour les interrogatoires. Quelques déboires de plus, et vous pourriez finir comme avocate républicaine.

Tu hausses les épaules. Cela vaudrait certainement mieux que finir infirmière.

— Vous le connaissez bien, cet Amérindien ?

Diamond appelle le serveur et te commande un autre verre. Son geste attire l'attention de l'un des hommes au bar – un broker de chez PaineWebber, sauf erreur de ta part – qui s'approche de votre table d'un pas lourd et pose une question sur la capacité des compagnies pétrolières à liquider des actions industrielles si la crise du crédit s'aggrave, et tandis qu'il parle, se forme au coin de ses lèvres comme une bulle de pétrole. Diamond lui fait signe de s'éloigner.

— Le pétrole ! ricane-t-il. C'est ridiculement démodé.

Comme tu possèdes à titre personnel une centaine d'actions Exxon qui ne valent plus que le tiers du prix auquel tu les as achetées tu t'empresses de poursuivre sur ce sujet.

— De toute évidence, si le dollar continue à perdre de son importance en tant que monnaie de réserve dans le monde, les importations de pétrole vont faire l'objet de réductions encore plus significatives, mais...

— Si vous permettez, t'interrompt Diamond, j'ai quelque chose à vous raconter au sujet de Twister. À propos de pétrole. Son nom comanche, c'est Tornado Warning. Pour des raisons professionnelles, il se faisait appeler Tory Warren, mais un de ses associés – cela aurait pu être moi – l'a surnommé Twister*. Dans les années 1980, il a vendu des droits de forage en Oklahoma à une entreprise de visages pâles et il est arrivé à Seattle avec un demi-million dans ses poches de jean. Son père est un sorcier guérisseur comanche très connu et ce changement de domicile n'a pas beaucoup plu à papa. Mais le jeune homme ne s'est pas mal débrouillé dans la grande ville. De manière purement fortuite, je suis devenu son conseiller financier et je lui ai fait gagner des tonnes de fric. Des tonnes de fric. Mais il avait le mal du pays, l'Oklahoma lui manquait, et l'une des choses qui lui manquaient le plus, c'étaient les orages. Un jour qu'il revenait des écluses de Ballard où il était allé observer la migration annuelle des saumons, il a remarqué l'enseigne de l'Oiseau-Tonnerre ; sur un coup de tête, il s'y est arrêté. Et voilà que les bruits du bowling lui ont effectivement fait penser au tonnerre ; il s'est mis à y passer tout son temps, bien qu'il n'ait jamais lancé une boule. Et puis un jour, il l'a acheté.

— Twister est le propriétaire du bowling ?

— Du bowling et d'une autre chose. J'y arrive. Il a transformé l'entresol en logement de façon à pouvoir entendre le "tonnerre" dans le "ciel" quand il est dans son lit, comme il faisait dans les Grandes Plaines. À ce prix-là, cela n'avait rien d'extraordinaire comme investissement,

* Twister signifie aussi tornade.

mais il vaut toujours mieux se faire plaisir que se faire du fric. Vous n'êtes pas de mon avis ? À la Maison du Tonnerre, il y avait la place pour deux grands appartements et quand il a proposé de m'en louer un, je me suis senti comme ce type au cinéma, vous savez, "le seul homme blanc en qui les Indiens ont confiance". À l'époque, je résidais dans une chambre de motel sur Aurora Avenue, alors, quelle que soit la façon de voir les choses, la Maison du Tonnerre, c'était tout de même un progrès. Mais quand ils ont décidé de rester ouvert toute la nuit, j'ai eu du mal à me blottir dans les bras de Morphée. Toutes ces heures de sommeil perdues jusqu'à ce que je m'habitue, ça finissait par me donner mauvaise mine. Moi que l'on trouvait si beau !

Je voudrais bien savoir qui, te dis-tu. Des poules de motards dont les petits amis étaient en prison ? Mais ton verre arrive avec une autre soucoupe de cacahuètes, alors tu te contentes de rouler les yeux.

— La Maison du Tonnerre est donc devenue mon domicile principal. Deux ou trois ans plus tard, Twister s'est laissé séduire par le marché de l'art. Il s'est mis à avoir de mauvaises fréquentations, il allait à des soirées où les invités se mettaient tout nus en regardant les ventes aux enchères de Sotheby's par satellite. Il faut dire qu'en ce temps-là, le marché de l'art était plus que juteux, les prix doublaient pratiquement du jour au lendemain ; tous les barbouilleurs couverts de peinture de SoHo se baladaient en limousine allongée, et si vous étiez un artiste européen mort, à chaque fois que le marteau du commissaire-priseur s'abattait, vous vous retourniez dans votre cercueil. Et donc, je n'ai été qu'à moitié choqué quand Twister a casqué trois millions de dollars pour un dessin de Van Gogh.

— Ho là là ! Trois millions pour un dessin de Van Gogh ?

— Ouais, mais de Vincent Van Gogh, Gwendolyn, pas de son frère, Elmer. À cette époque, le prix n'était pas exorbitant. Le problème, c'est que ces trois millions représentaient la totalité des avoirs de Twister, mis à part le bowling. Et quelques années plus tard, alors qu'il attendait que la valeur de son petit dessin tout sale soit multipliée par quatre, les collectionneurs japonais sont redescendus sur terre et le marché de l'art s'est effondré. Un industriel hollandais lui a offert huit cent mille pour son Van Gogh, mais Twister a dû garder dans sa mémoire génétique l'histoire de la vente de Manhattan. Il a refusé. Puis le père de Twister a eu vent de la folie artistique de son fils, et il s'est mis dans tous ses états chamaniques. Il a débarqué à la Maison du Tonnerre dans sa tunique en peau de bison et a demandé à voir le dessin. Mais depuis son achat, le Van Gogh était dans un coffre à la banque, ce qui a rendu le vieil homme complètement cinglé. "Tu gaspilles grosse fortune pour image que tu regardes même pas ?" Et il a forcé Twister à rapporter le Van Gogh chez lui et à l'accrocher au mur. "Maintenant nous regardons image", a-t-il dit. Ils se sont assis tous les deux sur le canapé face au dessin – on parle là d'une esquisse sombre et glauque de quelques paysans en train d'éplucher des navets – et ils l'ont observé pendant environ une semaine. Puis le vieil homme est retourné en Oklahoma. Mais pendant ce temps, Twister était devenu accro au dessin. Il ne pouvait plus s'arrêter de le regarder. Il ne voulait plus s'arrêter. C'était devenu une forme de méditation pour lui. Cela lui apportait paix et compréhension. Il continue à le regarder – tout le temps, tous les jours. Tous les deux ou trois mois, le Hollandais augmente son offre, mais Twister ne veut rien entendre.

— La dernière offre, c'était combien ?

— Oh, putain, Gwendolyn, je n'en sais rien ! C'est pas ça l'important. L'important, c'est que Twister reste assis sur son derrière toute la journée, plongé dans la contemplation de cette absence de relief dans la composition et le traitement de l'espace par laquelle Van Gogh, l'antinaturaliste, transformait de façon si expressive l'expérience d'un quotidien ordinaire, communiquant tout un nouvel ensemble de significations qui défiait l'histoire de la perspective telle que l'avait conçue la Renaissance. L'important, c'est que Twister reste en extase devant ses putains d'éplucheurs de navets et qu'il n'y a pas la moindre probabilité qu'il ait pu faire quoi que ce soit de mal à Q-Jo, même s'il était du genre à enlever les femmes blanches obèses, ce qui n'est pas le cas.

— Bon, très bien, réponds-tu. C'était juste une question.

20 h 45

— Garçon, appelles-tu au moment où le serveur passe près de toi. (Tu sais pertinemment qu'il s'appelle Brian, mais tu refuses toute familiarité avec le petit personnel.) Garçon, ce vin blanc n'a pas le même goût que le précédent. En fait le deuxième n'avait pas le même goût que le premier.

— Vous l'avez remarqué ! Oh, très bien ! Le barman essaie la nouvelle ligne des vins Walt Disney, ce soir. Votre premier verre contenait, sauf grossière erreur de ma part, du chardonnay Donald Duck. Le suivant, c'était du Liebfraumilch Minnie Mouse, et celui-ci c'est du Pinot blanc Dingo. C'est amusant, non ?

— Très. Et le bon temps ne fait que commencer, marmonnes-tu en repoussant ton verre.

Tu te retiens pour ne pas enfouir la tête dans tes bras.

20 h 46

— Gwendolyn, jusqu'à maintenant, je tenais pour acquis que vous aviez depuis longtemps appelé les amis de Q-Jo, ses amants, ses parents et cetera, pour leur demander si elle était avec eux. À présent je dois vous poser la question : avais-je tort ?

— J'aurais appelé si j'avais su où appeler. Sa famille vit quelque part dans l'Ohio, j'aurais pu trouver leur numéro dans son carnet d'adresses, mais je ne voulais pas les inquiéter. De toute façon, elle ne serait pas partie précipitamment de chez vous pour aller dans l'Ohio. Q-Jo déteste l'Ohio.

— Elle n'est pas la seule, j'imagine. Et du côté des amis ?

— Elle a deux ou trois copines astrologues, mais elle ne passerait certainement pas la nuit chez elles. Je ne me souviens plus de leur nom.

— Des amants ?

— Pas de régulier. Elle fait du free-lance. Quand elle peut. Sa taille, vous voyez.

— Ouais. Et malgré cela, vous pensiez que moi j'aurais pu la trouver irrésistible…

— Eh bien, vous êtes… un peu bizarre.

— Parce que vous ne me connaissez pas encore bien.

Diamond pose sa main au tatouage ésotérique sur la tienne. Tu te figes. Puis, très lentement, l'air de rien, frauduleusement, pour ainsi dire, tu te dégages et, juste pour avoir un prétexte, tu bois une gorgée – dont tu n'as plus du tout envie depuis que tu sais que c'est du *vin de*

Dingo[*]. Ta main libérée continue à vibrer pendant une bonne quarantaine de secondes.

— D'autres suggestions ? demandes-tu.

— Absolument.

Il tend de nouveau la main vers la tienne. Tu la mets hors de portée.

— Je voulais dire au sujet de…

— Q-Jo ?

— Oui, naturellement. Mais aussi au sujet de ma situation au… boulot.

Très lentement, l'air de rien, frauduleusement, pour ainsi dire, tu replaces ta main à portée de la sienne.

Il secoue la tête de gauche à droite et te lance un regard où se lisent pitié et consternation, exactement le même regard que celui que ton père posait sur toi après tes leçons de chant. Quand tu avais à peu près quatorze ans, Freddy Mati s'était mis dans la tête que tu pouvais renverser en ta faveur le handicap de ta drôle de petite voix et en tirer avantage. Freddy te voyait devenir chanteuse de jazz genre Blossom Dearie. Deux fois par semaine, pendant un mois, il t'a fait prendre le bus après l'école pour aller à Central District où une femme noire à peine moins grosse que Q-Jo te donnait des leçons. Un peu avant la fin de chaque leçon, Freddy faisait son apparition et, les yeux fermés, écoutait ta voix sauter d'un ton à l'autre, comme un écureuil pendant la récolte des noisettes.

— Ah, Couineuse, soupirait-il quand c'était fini, et il secouait la tête exactement comme Larry Diamond secoue la sienne maintenant.

— Vous manquez un peu de jugeote, dit Diamond.

— Pardon ?

— Vous manquez un peu de jugeote. (Il reprend sa façon de parler à la W.C. Fields.) C'est pas parce que vous avez le plus joli cul à l'ouest de Chicago et au nord de Los Angeles que vous devez vous y fourrer la tête. D'abord, il n'y a plus de place pour moi.

Avant que tu aies pu faire autre chose que bafouiller, il enchaîne :

— Élevez-vous au-dessus de cette fixation sur le boulot, Gwendolyn, élevez-vous au-dessus de ça, ou alors résignez-vous à vivre avec les crapauds.

— Vivre avec les crapauds ?

— La plupart des crapauds savent nager s'ils y sont obligés, mais contrairement aux grenouilles, ils vont rarement dans l'eau. Si on songe que l'eau recouvre les deux tiers de la planète, où situeriez-vous les limites : du côté des crapauds ou du côté des grenouilles ? Les grenouilles sont douces, lisses et humides ; les crapauds sont rugueux, secs et couverts de pustules. (Il se gratte la mâchoire.) Il y a un autre problème avec les crapauds.

— Oh, dites-moi vite, je vous en prie.

— Ils ne peuvent pas s'accoupler avec les grenouilles.

Tu avales la fin de ton stupide vin blanc et tu fais semblant de repousser ta chaise de la table.

— Élevez-vous au-dessus de cette fixation sur l'accouplement, Diamond, élevez-vous au-dessus de ça, ou alors résignez-vous à vous passer de ma compagnie pour la soirée.

— Touché. Touché. Excusez-moi de m'être à nouveau laissé aller à mes fantasmes amphibiens. J'essaierai de mieux les contrôler à l'avenir. (Voyant que tu étais presque levée de ta chaise, il ajoute :) Si je vous aide avec votre boulot, vous restez ?

20 h 50

Évidemment, c'était trop beau pour être vrai. Sa façon de t'aider consiste à te sermonner sur le caractère rétrograde et désuet de l'emploi salarié. Il t'explique de sa voix nasillarde que dans notre histoire sociale, les emplois sont une aberration, un feu de paille. Cela fait un million d'années que les hommes sont sur terre, dit-il (tu penses qu'il se trompe à ce sujet), mais les emplois n'existent que depuis ces cinq cents dernières années (cela ne te semble pas correct non plus), une durée insignifiante, replacée dans l'ensemble. Les gens ont toujours travaillé, poursuit-il, mais ils ne sont employés – ce qui implique salaires, employeurs, congés et lettres de licenciement – que depuis peu. Et maintenant, avec l'envahissement de l'informatique, de la robotique et de l'automation de toutes sortes et à tous les niveaux, les emplois sont à nouveau en voie de disparition. Du point de vue de l'histoire, les emplois n'ont été qu'une mode éphémère.

De nos jours, veut-il te convaincre, l'État utilise les emplois, ou plutôt l'illusion des emplois, comme mécanisme de contrôle. S'il y a un tollé à propos d'une affaire particulièrement grave de déforestation, de pollution ou d'accident, les "crapauds" s'empressent de justifier les dégâts causés à l'environnement en claironnant bien fort le nombre d'emplois que cela devrait permettre de sauver ou de créer – et les protestations s'affaiblissent comme le bruit qu'on fait quand on froisse un vieux billet d'un dollar. Des décisions en matière de politique étrangère, y compris des interventions armées illégales et immorales sont, de la même manière, rendues acceptables, voire populaires, au prétexte qu'elles sont indispensables pour protéger les emplois des Américains. Pratiquement tous les candidats à des fonctions officielles au cours des soixante-dix dernières années ont fait campagne en accrochant à leur vieil hameçon le ver en caoutchouc "plus d'emplois", et c'est le pêcheur qui a le ver le plus ressemblant qui attrape les voix, bien que tous les électeurs, sauf les paralysés du cerveau, doivent reconnaître qu'il va y avoir de moins en moins d'emplois avec le temps et les progrès technologiques.

— Vous diriez donc, Larry, que ceux d'entre nous qui se font du souci pour leur emploi lisent le mauvais livret ?

Le sourire qu'il t'adresse est si merveilleux que le capteur infrarouge situé dans ton bas-ventre se déclenche tout seul et tu dois détourner le regard en direction d'Ann Louise pour stopper la vague aussi chaude qu'embarrassante qui emplit les écluses de ton Panama périnéal.

— Tout espoir n'est pas perdu en ce qui vous concerne, dit-il.

— Ne vous faites pas trop d'illusions.

Le garçon, qui avait interprété ton regard comme un signe, s'approche en se dandinant pour prendre ta commande.

— Je prendrai un Martini dry, dis-tu imprudemment, et s'il y a un personnage de dessin animé sur la bouteille de gin, je sors ma bombe lacrymo et vous et le barman allez le regretter.

Le sourire de Diamond s'est encore élargi et tu ne peux t'empêcher de sourire toi-même. En fait, tu es obligée de te mordre la lèvre pour retrouver un air sérieux. Il est tout de même intéressant de constater que tu es capable de plaisanter quand tu te lâches un peu.

— Nous avons déjà eu un taux de chômage à deux chiffres avant le Jeudi noir, reprend Diamond. Dans les semaines à venir, sauf si un revirement se produit d'un coup de baguette magique, il pourrait dépasser les vingt pour cent. Mais même ça, c'est encore une vision paradisiaque de syndicat. Dans deux ou trois décennies, quatre-vingts pour cent des gens valides pourraient bien être sans emploi. Remarquez que j'ai dit "sans emploi", pas "sans travail". Le problème, c'est que nous avons oublié comment travailler sans être employé. Nous sommes accros à l'emploi, et aucune de nos institutions n'est prête à nous aider à nous débarrasser de cette habitude, ni n'est qualifiée pour le faire.

— Parce que les crapauds sont bien trop occupés à nous pondre des livrets inadaptés.

— Sarcastique, mais en même temps très juste, ma chère. Pas mal pour un amateur. Voici votre cocktail. J'espère pour Brian que c'est bien un Martini et pas un mar… supilami.

— Oh, il a été préparé avec du gin Tanqueray, monsieur D., je vous assure. Je peux vous apporter une autre tequila sour ?

— Juste une eau de Seltz, Brian. Avec un zeste de citron. Bon, Gwendolyn, effacez-moi ce vilain sourire satisfait de votre visage et dites-moi qui est le mieux équipé pour échapper à l'obsolescence, les crapauds du fondamentalisme industriel – perdus et hystériques dans un monde sans emplois – ou les grenouilles capables de s'adapter…

— Si on ne peut pas payer ses achats à l'épicerie, que l'on soit l'un ou l'autre, on est fichu de toute façon.

— Pas de boulot, pas de bouffe, hein ? Ils ont dû utiliser un détergent surpuissant quand ils vous ont fait ce lavage de cerveau. Sur le toit de la Maison du Tonnerre, on pourrait faire pousser suffisamment de nourriture pour tout le monde dans le quartier tout au long de l'année. Vous pourriez faire ça également sur le toit de votre immeuble. Et pas besoin de s'épuiser à y transporter de la terre. Les tomates poussent comme du chiendent dans du papier journal humide.

— Je ne peux pas payer ma Porsche avec des tomates.

— Juste. Mais vous ne pouvez pas rouler en Porsche sous l'eau non plus.

— Qu'est-ce que c'est que cette histoire d'eau ? Je suis en train de couler financièrement, c'est tout ce qui m'intéresse. (On lui apporte son eau de Seltz.) Vous vous attendez à une inondation ou quoi ? Sauf erreur de ma part, la Bible dit que la prochaine fois, ce sera le feu.

Le Martini dry a bon goût, mais cette conversation semble dériver constamment.

— C'est ce qu'elle dit. Et c'est ce qui arrivera. Mais le feu n'est que l'envers de l'eau – et à une grande face avant correspond…

— Une grande face arrière. Oui, je sais.

Pourtant, elle te captive bien plus que la plupart des conversations que tu as eues au Bull & Bear.

— Écoutez, mon petit crapaud, je vais vous faire une proposition.

— Je pensais que c'était déjà fait.

— Je vais aller aux toilettes pour hommes…

— Certainement pas avec moi.

— Je vais aux toilettes…

— Mais vous en revenez.

— … et pendant mon absence, j'aimerais que vous fassiez deux choses. D'abord, nous commander à dîner. La cuisine va bientôt fermer et on ne peut vivre seulement d'amour. Ensuite, je veux que vous preniez une décision. Quand je reviendrai, nous parlerons du mauvais choix que vous avez fait en vous lançant dans cette carrière sans avenir, et je vous donnerai le moindre petit détail ennuyeux à ma disposition susceptible d'être d'une quelconque utilité à une personne désespérée qui a royalement foiré dans une profession royalement foireuse. Ou – ou – je consacrerai autant de temps et d'énergie à vous faire part de deux ou trois petites choses qui sont réellement intéressantes. Et réellement importantes. Un savoir qui pourrait éventuellement vous donner un pouvoir bien plus considérable qu'un MBA. Ou peut-être pas. En tout cas, c'est vous qui déciderez. L'un ou l'autre. À vous de voir.

Sur ces mots, il se lève en balançant ses longs cheveux et s'éloigne d'une démarche incertaine, vacillante et claudicante, comme un animal qui a reçu une fléchette anesthésiante dans la cuisse.

21 h 04

— Je prendrai la poêlée de légumes. Mais sans les asperges. Je répète : pas d'asperges.

— Je vois ce que vous voulez dire, répond Brian, un peu trop impudemment pour un subalterne. Et qu'est-ce que Monsieur D. prendra ce soir ?

— Euh, Monsieur D. prendra... je crois que Monsieur D. aimerait... (C'est méchant, mais tu ne peux pas t'en empêcher.) Pour lui ce sera des cuisses de grenouille.

21 h 05

Le Bull & Bear procure une sorte d'exaltation qui est due non seulement à son décor – sombre et confortable, massif, ciré, ancien – et à sa clientèle – soignée, chic, instruite, branchée – mais aussi à sa fonction de sanctuaire, de protection contre le chaos : le chaos contrôlé des marchés financiers et, de plus en plus, le chaos beaucoup moins prévisible de la rue. Dans le monde extérieur, la civilisation est fréquemment perçue, peut-être à juste titre, comme un vernis recouvrant superficiellement les rodomontades et les bagarres d'une espèce essentiellement sauvage. Au Bull & Bear, à l'inverse, les échauffements dus à l'alcool et les fanfaronnades semblent n'être qu'un vernis d'atavisme recouvrant superficiellement un socle de raffinement et d'ordre. Cette partie de l'Amérique qui reste riche, qui n'est ni à feu et à sang, ni à vendre, ni pleine de trous ni en train de rouiller, cette partie riche apparaît en bien des endroits abasourdie et peu commode. Mais dans cette citadelle, et même si à certaines heures de la journée l'atmosphère peut devenir bruyante, enfumée ou indisciplinée, la stabilité et le calme traditionnellement prodigués par Bouddha le Banquier continuent à régner. Depuis que tu as découvert cet établissement pendant une pause déjeuner alors que tu travaillais au rayon ski chez Nordstrom, il y a une demi-douzaine d'années, l'aura du Bull & Bear a toujours exercé une grande emprise sur toi.

Ce soir, tu sens cette emprise se relâcher.

Tu ressens une forme étrange, presque poignante, d'éloignement du groupe de brokers à l'autre bout de la salle. Ils sont étonnamment discrets ce soir, concentrés sur leur verre de gnôle anesthésiante et sur l'écran de télé du bar. Ils sont tout de même unis dans une communion silencieuse, mais tu as l'impression que tu n'y prendrais pas part, même si tu avais ton petit ventre plat collé au comptoir. Sans doute regardent-ils la chaîne financière et tu te demandes si par hasard tu n'es pas en train de rater quelque chose d'important. De ta table, tu ne peux voir que des taches dansantes de vert et de rouge, comme une couronne de Noël atomisée. Il faut que tu te fasses examiner les yeux. Les cotations boursières, comme les Saintes Écritures, sont une cause courante d'érosion optique. Tous ces noms et ces chiffres minuscules, si difficiles à lire, si lourds d'un secret salut ! Si seulement les muscles oculaires pouvaient les forcer à s'ouvrir et à se révéler !

Une partie du sentiment poignant qui t'envahit peut être attribué au fait que ta vessie est pleine à craquer. Tu n'avais pas souhaité aller aux toilettes en même temps que Larry Diamond de peur qu'il ne perçoive – avec la délectation que tu imagines – une intimité répugnante dans cette excrétion synchronisée de vos déchets. Mais tu ne peux plus attendre. Passant près du bar aussi discrètement que possible, tu jettes un regard furtif vers l'écran de télévision. Il s'avère que tes collègues regardent en fait un film d'horreur latino, l'histoire d'un groupe de mariachis vampires. Pas étonnant qu'il y ait cette profusion de rouge et de vert. Quand ils flânent la nuit dans les jardins publics de Tijuana, ces musiciens donnent une version plutôt originale de “Besame mucho”.

21 h 08

Il y a un problème avec l'électricité dans les toilettes pour dames. Il y fait aussi noir qu'aux confins de la galaxie et l'interrupteur se lève et s'abaisse sans le moindre résultat, comme les lèvres du Président. Oh, et puis tant pis pour celles qui sont incapables de faire pipi dans l'obscurité. Ayant grandi dans une maison où l'électricité était régulièrement coupée à cause de factures impayées, tu es habituée à trouver le siège des toilettes au toucher. Une fois la cible repérée, le jet urinaire compact de la femme, contrairement au tuyau d'arrosage incontrôlable de son homologue masculin, peut viser avec une précision remarquable.

Force est d'admettre qu'il est normal que tu sois assise dans l'obscurité littéralement parlant puisque cela fait à peu près trois jours que, figurativement parlant, tu es dans le noir. S'il n'y avait ces connotations d'ignorance et d'exclusion (habituellement, ce sont les masses qui sont laissées dans l'ignorance), tu tirerais une sorte de bien-être réconfortant de cette panne de courant. L'obscurité protège autant qu'elle menace. Bien sûr, il y a une limite à la durée pendant laquelle tu peux profiter de cet asile dans les toilettes. Et quand enfin tu en sortiras, tu devras emporter ta décision avec toi – si tant est que tu aies vraiment le choix. À moins que…

Quand s'est évanouie la dernière note de musique aquatique, tu tamponnes ta petite valve avec du papier et, toujours assise, tu t'appuies sur la cloison de droite de la cabine. Parmi les nombreuses rumeurs voletant comme des chauves-souris au-dessus des ruines du marché, il en est une qui semble vouloir s'accrocher la tête en bas aux poutres de ton crâne : c'est celle selon laquelle les Arabes pourraient réduire les ruines en cendres en augmentant encore le prix du pétrole. Ensuite, lorsque le marché aura subi tous les dégâts qu'il peut supporter sans disparaître complètement, les cheikhs s'amèneront avec les coffres-forts bourrés des pétrodollars qu'ils auront amassés et ils achèteront tout le magasin. Puis, ils baisseront les prix du pétrole au niveau d'aujourd'hui, voire en dessous, et, du haut de l'escalier, ils regarderont monter les indices jusqu'à eux, suintant du fric par tous les pores. Ce n'est pas absurde. Et il doit y avoir un moyen pour une petite maligne comme toi de mettre la main sur une miette du gâteau. En achetant des contrats à terme dans le pétrole, par exemple. Mais tu serais obligée d'acheter en empruntant, et tu devrais probablement acheter à Londres, de préférence demain soir tard, dès que les marchés ouvriront en Europe. Tu n'as pas la faculté d'acheter sans ressources, tu n'as pas le savoir-faire pour acheter à l'étranger à court terme. Larry Diamond, par contre, s'il est le magicien que l'on prétend…

Malheureusement, Diamond a un autre programme. Il veut te baiser (s'il n'y avait pas eu le vin et le gin, c'est un mot que tu ne pourrais même pas penser ; ce mot laisse une auréole saumâtre autour de ton cerveau, semblable à la trace de crasse sur le pourtour d'une baignoire), mais il n'y a pas que cela. Il te demande de t'aventurer sur des terrains qui n'ont que peu, ou rien, à voir avec le sexe.

Ton père te racontait volontiers des histoires avant de t'endormir, en s'accompagnant sur ses bongos. Son histoire favorite, mais pas nécessairement la tienne, était "Jacques et le haricot magique". C'était incroyable la façon qu'il pouvait faire dire Fe ! Fi ! Fo ! Fum ! à ses tambours. En grandissant, tu t'étais lassée de ce divertissement au moment du coucher, mais un soir, tu avais neuf ans, peut-être dix, il t'avait raconté "Jacques et le haricot magique" une dernière fois. En terminant le conte par un énorme coup sur un tambour pour écraser le géant, il avait dit : "C'est pas une histoire stupide, Couineuse. Il y a une leçon dans cette histoire. On peut retenir des choses justes de cette histoire, mec. Oublie pas." Après avoir frappé dans ta main levée, il avait quitté ta chambre et s'en était allé dans un club ou à une soirée. Le lendemain matin, tu avais demandé à ta mère ce qu'il avait voulu dire. "Je pense, avait-elle répondu, qu'il veut dire que tu ne devrais jamais hésiter à échanger ta vache contre une poignée de haricots magiques." Sur le chemin de l'école, tu avais réfléchi à ce conseil paternel – et tu l'avais rejeté. Pourquoi ne pas traire la vache, avais-tu raisonné, et puis échanger un seau de lait contre seulement deux ou trois haricots ? Comme ça, tu gardes ta vache, et de toute façon, de combien de haricots magiques a-t-on vraiment besoin ?

Bon, tu as oublié de verrouiller la porte de l'étable et la tempête l'a ouverte. Ta vache s'est enfuie. Tu veux lui courir après pour la forcer à rentrer à la maison. Larry Diamond te presse de la laisser partir. Les vaches n'ont aucune importance, dit-il : tenez, oubliez la vache et prenez ces haricots magiques. Diamond te met au défi de t'intégrer à quelque chose qui t'est totalement étranger, de sortir du domaine des attentes habituelles. Cela t'intrigue, principalement parce qu'il n'attend pas de vache en retour. Mais de toute évidence, il veut quelque chose. Seulement du sexe ? Autre chose ? Et comment peut-il être sûr que ses haricots vont pousser ? Et si ce n'étaient que des bonbons haricots, ou des haricots sauteurs – ou des gélules de poison ?

Toujours sur le siège des toilettes, tu fais passer ton poids de la fesse droite à la fesse gauche. Maintenant, tu as la tête et l'épaule appuyées sur la cloison gauche de la cabine. Dans tes veines, des molécules de vin et de gin se promènent çà et là, font la roue et chantent comme une troupe de ménestrels. Quelques gouttes supplémentaires s'écoulent de ton urètre. Ton problème à toi est de convaincre Diamond d'attraper ta vache au lasso et de te refiler un haricot ou deux sans avoir à coucher avec lui.

Une bulle d'alcool vient se cogner à ta libido et rebondit avec espièglerie sur sa surface sans défense. Coucher avec Diamond pourrait être, euh… envisagé, au moins si tu pouvais avoir l'assurance qu'il n'est pour rien, de quelque sinistre façon que ce soit, dans la disparition de Q-Jo.

Tout à coup un doigt de lumière pénètre dans les toilettes. Deux doigts, trois doigts. L'ouverture s'agrandit. Quatre doigts, cinq. Un grincement, puis doigt après doigt, la main de la lumière se referme avec un claquement pour former un poing. La porte s'est ouverte et refermée. Tu sens qu'il y a quelqu'un dans la pièce, peut-être en train d'actionner l'interrupteur en vain. C'est sans doute Ann Louise, ou bien la seule autre femme du groupe au bar. Tu te racles la gorge et tu fais du bruit avec le distributeur de papier pour signaler que la cabine est occupée. Quelle horreur si Ann Louise venait à reculons dans l'obscurité et posait son derrière dévergondé sur toi !

La personne marche dans la pièce. Et tu t'aperçois dans un frisson, que ces pas – lourds, plats, allongés, sans talons hauts – sont ceux d'un homme.

21 h 13

Les pas s'avancent jusqu'à la porte de la cabine – sans loquet et pas vraiment jointive – puis s'arrêtent. Il n'y a aucun bruit à part celui de deux respirations. La tienne. La sienne.

Lentement tu remontes ta petite culotte, te rendant compte avec effarement et un picotement, que si cet homme se mettait à parler, si c'était la voix de Diamond et si cette voix était tendre et rassurante, tu pourrais la laisser sur tes chevilles.

Il n'appelle pas. Il ne chuchote pas ton nom. Il ne bouge pas non plus. Il ne fait que respirer. Tu n'entends plus ton propre souffle, il est bouché comme une effervescence d'oxygène, comme un hurlement distillé dans la bouteille de tes poumons. Sa respiration à lui est lente et régulière, et le côté ordinaire de sa cadence, l'absence de raclement, de précipitation, de lourdeur, la rend d'autant plus menaçante.

Des minutes passent. La panique palpite en toi au rythme d'une guitare de gitan. De ton sac à main posé à tes pieds, qui ne sont qu'à quelques centimètres des siens, tu retires ta bombe lacrymo. Dans quel monde vivons-nous ? te dis-tu. Je me le demande vraiment.

Puis, sans dire un mot, il fait demi-tour, marche tranquillement jusqu'à la porte et sort en laissant dans son sillage une faible odeur de sucre roussi.

Tu prends quelques minutes pour te ressaisir avant de le suivre. Une fois que tes yeux se sont réaccoutumés à la lumière, tu passes la salle en revue. Rien n'a changé. Le barman est au bar, le serveur sert, les bookies, plongés dans leur film (les mariachis vampires jouent la sérénade à un couple de Brooklyn en voyage de noces), ne cillent même pas quand tu passes près d'eux toute tremblotante. Larry Diamond est assis à la table.

— Je ne vous ai pas attendue, dit-il. J'espère que vous ne m'en voudrez pas.

Il mange la poêlée de légumes.

21 h 23

Des oignons aux couches de peau nacrées, comme des pages de journaux publiés par des huîtres.

Des jeunes carottes, orange et tombantes, qui imitent les moustaches de Sam le Pirate.

Des pois gourmands verts, colonnes vertébrales de lutins.

Des boutonnières de brocolis cueillies aux revers moisis de Créatures des Marais en costume de dandy.

Des poivrons doux en tranches, rouges et jaunes, qui forment des voûtes et des nefs, comme des coupes transversales de cathédrales antillaises.

Des courgettes qui affichent ouvertement leur envie d'aubergines.

Des champignons en forme de boutons – mais qu'est-ce qu'ils boutonnent ? L'habit de clown de la terre ? La braguette du pré ? On pense à Satan déshabillant sa jeune épouse.

Des betteraves vives comme des tueurs en série, du céleri avec des fils comme les cordes d'un orchestre, des graines de sésame aussi blanches que les yeux de reines termites. L'un après l'autre, Diamond enfourne les morceaux de légumes tandis que toi, essayant de te ressaisir, tu évites de baisser les yeux vers l'assiette dont tu as hérité.

De temps en temps, Diamond te regarde d'un air interrogateur, mais il ne te demande ni quelle décision tu as prise, ni pourquoi tu n'as pas encore pris une seule bouchée de cuisse de grenouille. Une chose est sûre, si c'est lui qui t'a terrorisée dans les toilettes, il ne s'en vante pas. Il enfourne, il mâche, il te jette un coup d'œil interrogatif, jusqu'à ce que finalement, sous la pression du silence, tu lâches en soupirant :

— Larry, est-ce que vous pensez que George Washington utilisait un poinçon à la place de fil dentaire ?

Diamond ne bronche pas. Guidant un bouquet de brocoli entre ses babines, il répond :

— Si le père de notre pays en a été réduit à ça, c'est au christianisme qu'il aurait dû s'en prendre.

— Pardon ?

— Le christianisme, répète-t-il. L'ennemi des dents autant que du clitoris et du cerveau.

— L'ennemi des dents ? demandes-tu en espérant qu'il va laisser de côté la partie clitoris.

— La dentisterie était déjà une science avancée dans l'Égypte ancienne. On a retrouvé des momies avec des dents plombées, des dents dévitalisées et des bridges, nom de Dieu !

Il mastique son brocoli pendant que tu te dis : Bonne nouvelle pour les pharaons clonés. Ils pourront aller tout droit du sarcophage au restaurant.

— Les Juifs considéraient ces pratiques comme une forme de mutilation et nos ancêtres chrétiens européens croyaient que c'était un blasphème que de toucher à l'ouvrage du Tout-Puissant, étant donné que nous avions été créés à son image, malocclusion comprise. Et tant pis si leurs molaires les faisaient souffrir – c'était la conséquence du péché ou l'œuvre des démons. À l'époque où la version de la Bible du roi Jacques arrive dans tous les kiosques en seize-cent-j'sais-pas-combien, la dentisterie dans le monde anglophone n'est qu'une blague rustique, et c'est pour ça que, quatre mille ans après les plombages d'Imhotep, le Président des États-Unis a été obligé de remplacer ses dents cariées par des objets contondants taillés dans un tronc d'arbre. Les chrétiens ont crucifié la science dentaire tout comme ils ont cloué au pilori l'astronomie – vous savez ce qui est arrivé à Copernic et

Galilée – et le reste du progrès intellectuel et artistique de l'espèce humaine. Oui, je vous assure. C'est un évêque de l'Église de Rome qui a brûlé la grande bibliothèque d'Alexandrie parce qu'il n'acceptait pas qu'on lui rappelle sur une telle échelle qu'il y avait eu des entreprises humaines couronnées de succès avant Jésus-Christ. Vous avez une idée de ce qui a été perdu dans cet incendie ? La science, les archives, l'érudition, la sagesse, la littérature ? Ce que nous comprenons du passé et de ce qu'il peut présager de l'avenir a été endommagé de façon irréparable par ces arrogants incendiaires chrétiens. Il se trouve que la deuxième plus grande bibliothèque au monde était située à Tombouctou, et celle-là a été incendiée par des révisionnistes islamistes pour les mêmes raisons. Que l'histoire commence avec Mahomet ! Si ces connards de bigots sont vraiment convaincus du pouvoir et de la vérité de leurs incantations, pourquoi craignent-ils tant les faits historiques, la pensée, le savoir ? (Il enfonce les dents de sa fourchette dans une cosse de pois.) C'est une question rhétorique. Allez-y, mangez.

Si les poulets jouaient au basket, leurs cuisses ressembleraient aux appendices frits sur l'assiette placée devant toi. Longs, gracieux, à la courbure athlétique. Heureusement que les pieds n'y sont pas. Ils porteraient probablement une petite paire de Nike. De toute évidence, Diamond voit que tu n'y touches pas.

— Que ce soit au sujet de leurs finances ou de leur âme, hasardes-tu, la plupart des gens ont tendance à éprouver un sentiment d'insécurité. Mais vous, vous n'avez aucune compassion pour eux, n'est-ce pas ? Vous n'avez jamais éprouvé un tel sentiment ?

— Un sentiment d'insécurité ? Moi ? (Il projette ces mots à travers de la purée de pois.) Constamment. Chaque seconde de chaque jour, et même probablement quand je sommeille. La sécurité en ce bas monde n'existe pas, mon ange, et plus vite on accepte ce fait, mieux ça vaut. La personne qui recherche la sécurité ne sera jamais libre. La personne qui pense avoir trouvé la sécurité n'atteindra jamais le paradis. Ce qu'elle prend pour de la sécurité, c'est le purgatoire. Vous savez ce qu'est le purgatoire, Gwendolyn ? C'est la salle d'attente, le hall d'entrée. Non seulement cette personne a le mauvais livret, mais en plus elle reste bloquée dans l'entrée d'où elle ne peut même pas voir le spectacle.

— C'est peut-être pas plus mal, si le spectacle est nul.

— Jésus, ce pauvre miséreux dont les vaines tentatives pour réformer le judaïsme et le rendre moins commercial et moins corrompu ont été exploitées de telle façon qu'elles ont donné le business le plus important et le plus profitable de toute l'histoire de l'humanité – vous n'auriez pas aimé acheter le christianisme, mon petit, quand il valait un shekel l'action ? –, ce bon vieux Jésus a dit : "Le Royaume des Cieux s'étend sur la Terre, mais les hommes ne le voient pas." Personnellement, je pense que le Royaume des Cieux doit être un spectacle plutôt excitant, mais il faut dire que les comptes rendus ont été sommaires. Et même si c'est un four, c'est mieux qu'attendre dans l'entrée. Au moins vous pouvez vous faire une idée par vous-même. Mais d'abord il faut prendre place et regarder.

— Tout le monde attend quelque chose.

— Oui, et il faut arrêter d'attendre. Attendre rend dingue. Pire, ça rend médiocre. Même les Dogons et les Bozos attendent le Nommo comme les autres imbéciles attendent le Messie. (Il enfourche une carotte.) Qu'est-ce qui est pire, se faire percer un furoncle ou passer des heures dans la salle d'attente du médecin à remplir des formulaires et à feuilleter des vieux magazines pendant que les autres toussent, éternuent et vous arrosent de vie microbienne, que des bébés n'arrêtent pas de hurler et que les gens s'échangent leurs malheurs comme des cartes de base-ball ? Mieux vaut être dans la salle de soins et apprendre que le furoncle est en fait un cancer que passer sa vie à attendre en compagnie de malheureux sur des sièges en plastique. Le Purgatoire n'est pas seulement moins bien que le Ciel, c'est pire que l'Enfer.

Alors qu'il fourre une carotte dans son léger sourire, comme on fourre une cartouche dans la chambre d'un vieux fusil, tu dis :

— Nous savons tous deux ce que moi j'attends…

— Entre autres choses, que j'arrête de pontifier.

— … mais vous ? Il n'y a rien que vous attendiez, Larry ?

— Entre autres choses, que j'arrête de pontifier.

— Et quoi d'autre ?

— Eh bien, à court terme, je suppose que je retiens mon souffle dans l'attente de votre décision. Quel va être votre choix, joli minois aux yeux chocolat ? La sagesse ou l'emploi stable ?

Tu te redresses et repousses l'assiette de cuisses de grenouille avant de répondre.

— Larry, je vais vous décevoir. Toutefois, je…

Tu es interrompue par un brouhaha sonore provenant du bar.

— Oh, merde ! s'exclame quelqu'un.

— C'est pas possible ! s'exclame un autre.

Même les clients qui ne regardaient pas le film ont maintenant les yeux fixés sur l'écran de télévision, où tout a radicalement changé. La musique mexicaine et les grincements de couvercles de cercueils ont été remplacés par la voix excitée mais contrôlée d'un reporter ; le rouge sang et le vert vampire se sont transformés en teintes grises et beiges. Brouillées par les muscles contractés de ta myopie, les images restent indistinctes, mais tu déduis de la faible fréquence de leur clignotement qu'elles sont trop statiques pour qu'il s'agisse d'une bagarre entre bandes ou d'une émeute en pleine ville. Instinctivement, tu te lèves et tu t'approches du bar.

21 h 30

À ton crédit, peut-être, tes premières pensées sont pour Q-Jo : et si on avait retrouvé son cadavre décapité dans une poubelle ? Mais aucune chaîne n'interromprait son film du samedi soir pour un reportage sur un fait divers sanglant qui est devenu chose courante en Amérique ; et de toute façon, la réaction des bookies indique qu'il s'agit d'une affaire aux répercussions financières. Ce qui t'incite à t'approcher davantage encore.

Tu apprends bien vite que le bulletin d'information concerne Motofusa Yamaguchi. Il semblerait que le docteur qui rentrait de bonne heure d'un dîner en ville aurait trouvé sa suite d'hôtel cambriolée. Aurait disparu un "appareil" ou "instrument" qui n'a pas été décrit avec précision, mais dont on dit qu'il est absolument indispensable au traitement du cancer découvert par Yamaguchi. Sans cet objet, la présence du docteur au colloque de lundi n'a plus de sens, l'œuvre de toute une vie se trouve au point mort, sinon réduite à néant.

— Ça va faire plonger le Nikkei, dit un broker.

— Ça va faire plonger le Nikkei, le Hang Seng, le DAX, le Crédit suisse, le CAC 40, le Footsie… développe un autre d'une voix qui s'éteint de désespoir.

De manière répétitive, la caméra montre la scène du délit, une suite luxueuse, bondée, dans un désordre tout relatif et dans un coin de laquelle on peut voir le Dr Yamaguchi en grande conversation avec des inspecteurs, qui hausse les épaules, sourie timidement, se tape sur le devant des dents avec son Bic.

— Le toubib n'a pas l'air tellement retourné, constate Ann Louise. Pour un type dont l'oiseau s'est envolé.

— Ils sont impénétrables, vous savez.

— Tout ça pourrait n'être qu'un coup monté depuis le début. Moi, en ce qui me concerne, je n'ai jamais été vraiment convaincu qu'il avait un traitement contre le cancer.

— Oh, allons, Joel. À quoi servirait une supercherie comme celle-là ?

— Ouah, aboie Joel.

Le film reprend, mais les brokers ont perdu tout intérêt pour les crocs et les frijoles. Le brouhaha se poursuit au bar, tout le monde – sauf toi – parlant en même temps.

— J'aimerais beaucoup entendre le commentaire de Larry Diamond là-dessus, dit Ann Louise en élevant notablement la voix. Mais il semblerait que Miss Mati, ici présente, l'ait mis sur les rotules.

Tout le monde, toi y compris, suit son geste du regard. Renversé dans son fauteuil, les yeux clos, pâle, Diamond a l'air inanimé. Ann Louise baisse la voix et dit, comme en aparté :

— Vous l'avez vu tout à l'heure ? Le pauvre étalon pouvait à peine marcher.

Ce qui déclenche une série de rires obscènes, mais le temps que tu rejettes la tête en arrière, mèches grises comprises, et que tu te diriges d'un air digne vers ta table, c'est à nouveau Yamaguchi qui fait l'objet de la conversation.

— Ils ne vont pas être à court de suspects, entends-tu un bookie affirmer. Les groupes pharmaceutiques. Le National Cancer Institute. Toutes les organisations terroristes, y compris l'American Medical Association.

— Larry ? Vous allez bien ?

Les perles de sueur sur son front sont plus grosses que des punaises. Quelques-unes s'éparpillent lorsqu'il ouvre les yeux.

— En pleine forme, dit-il faiblement. (Puis, la voix plus ferme, il ajoute :) Fichons le camp d'ici.

De son jean râpé, il tire un rouleau de billets qui suffirait pour ouvrir une société de crédit immobilier, en détache trois de cinquante dollars, les laisse tomber dans la corbeille à pain et jette sa veste de cuir sur ses épaules comme une cape. Tu t'aperçois tout de suite qu'il fait de gros efforts pour marcher normalement.

— Larry. T'as un moment ?

— Larry, j'peux te demander…

Un chœur de "Larry ceci" et de "Larry cela" s'élève alors que vous vous approchez du bar. À nouveau il sort de sa poche cette belle efflorescence de billets, en détache un autre de cinquante qu'il jette au barman et s'adresse aux brokers d'un ton enjoué :

— Privés de quelques espoirs, mais délivrés de quelques illusions. C'est ma tournée.

— Mais, Larry, crois-tu que…

— Je crois que Bouddha était une grenouille. Et la grenouille, c'est Bouddha. Regardez les grenouilles méditer sur leur feuille de nénuphar et osez venir me dire que ce ne sont pas des moines. (Le silence se fait parmi les bookies qui s'écartent pour le laisser passer.) Peut-être bien que Marie, mère de Jésus, était une grenouille elle aussi. Ce qui expliquerait l'Immaculée Conception.

Diamond se dirige vers la sortie, tu lui emboîtes le pas. Au moment où tu passes devant Ann Louise, tu lui attrapes le nez d'un geste vif de la main. Tu le tords jusqu'à ce que tu aies l'impression de tenir une tablette de chewing-gum entre les doigts et qu'elle hurle de douleur.

Cela aurait été une sortie formidable, elle aurait pu entrer au panthéon des Sorties, malheureusement la télévision fiche tout par terre, comme elle sait si bien le faire. Diamond, marmonnant que l'Enfant Jésus était un têtard, a juste eu le temps de faire trois pas, tu as à peine lâché le museau tout froissé d'Ann Louise qu'un nouveau bulletin d'information fait disparaître un suceur de sang coiffé d'un sombrero au beau milieu d'une morsure. Soulagé, amusé et agacé tout à la fois, le reporter apparaît devant la caméra pour annoncer que l'appareil anti-cancer de Yamaguchi a été retrouvé. Il était dans la chambre. Sous le lit.

— Officieusement, la police pense que le Dr Yamaguchi a consommé un peu trop de saké au dîner, et quand il est rentré à son hôtel, il a renversé la table sur laquelle était posé son attaché-case et l'instrument a roulé sous le lit.

L'air plutôt penaud, Yamaguchi montre un objet qui ressemble à un petit bâton translucide. Les brokers font taire Ann Louise, qui pousse des cris hystériques, de façon à pouvoir entendre plus clairement ce que le docteur a à dire pour sa défense, mais Yamaguchi se contente de se balancer de droite à gauche et de rire bêtement.

— Nom de Dieu, ce type est bourré, dit le bookie de chez PaineWebber avec dégoût.

— Et alors ? On est plutôt beurrés nous aussi.

— Ouais, mais nous on n'est pas des savants célèbres. On n'est pas des génies censés avoir découvert un traitement contre le cancer.

— Le type sur lequel le monde entier compte.

— Justement. Moi j'ai pas confiance dans ce Jap toqué.

— Mais si jamais il y a une embellie sur les marchés étrangers demain soir, tu l'embrasseras là où le soleil levant ne se lève pas.

— Vous avez vu ce que cette petite traînée m'a fait ? demande Ann Louise en sanglotant et en se frottant le nez, mais personne ne lui prête attention.

— Le Père est une grenouille, le Fils est un têtard, le Saint-Esprit est un gaz de marais, annonce Larry Diamond.

Il te saisit par la main et sort en te tirant derrière lui.

21 h 42

Une fois dans la rue, Diamond retrouve son sourire. Il lance une pièce à une femme manchote qui l'attrape entre ses seins. La pièce glisse à l'intérieur, retombe par terre et se met à rouler dans Sixth Avenue.

— C'est les jeunes voyous friqués, ils m'ont volé mon soutien-gorge, explique-t-elle.

Elle poursuit la pièce et la ramasse avec les dents. Le visage de Diamond, qui peut être d'une férocité effrayante, s'illumine maintenant d'une joie d'un autre monde. Cette façon dont les choses changent, basculent puis rebasculent... tu te prendrais presque pour Alice au pays des merveilles.

Il a gardé ta main dans la sienne. Une lune sur le déclin et pourtant encore gonflée comme une boule de levain vient heurter de son ventre doré et plein de bière le plexus solaire ascétique du halo de lumière que diffuse la ville. Bien que l'air sec et frais soit empli de bruits de sirènes, de hurlements et d'alarmes de voitures, tu entends une guimbarde, quelque part, jouer "Strangers in the Night". Ou bien Diamond est en train de t'attirer contre lui, ou bien tes pieds se sont transformés en camions-jouets mécaniques remontés à fond et pointés dans sa direction. Ton visage s'approche du sien, tu fermes les yeux.

— Si tu devais manger de la merde de chien et puis la chier, t'aurais quoi, de la merde de chien ou de la merde humaine ?

Seigneur Dieu ! Tu plonges la main dans ton sac, bien décidée à envoyer au vagabond royalement désigné une bonne dose de gaz lacrymogène américain, mais Diamond regarde le poivrot de Sa Majesté droit dans les yeux et dit sérieusement :

— Je pense que cela dépendrait de la sauce.

Le petit homme incline son chapeau melon en guise de salut.

— Et du vin aussi ? Hmm. Solution intéressante, chef, à un problème épineux.

Diamond enfourche sa Vespa en grimaçant de douleur.

— Grimpez à bord, dit-il. Je vous dépose à votre voiture.

Le poivrot de Sa Majesté saisit la pièce qu'il lui lance.

— Vous partez, alors ?

— Il semblerait que j'attends quelque chose, finalement, dit-il. J'attends d'entrer en contact avec le Dr Yamaguchi – et je ne peux pas attendre beaucoup plus longtemps.

— De quoi s'agit-il, Larry ?

Tu parles à sa nuque tandis que le scooter bondit du trottoir pour se mêler à la circulation – si l'on peut parler de circulation dans le quartier financier en dehors des heures de bureau.

— Encore une histoire triste. Et malheureusement, une des moins romantiques qui soient.

— Vous avez un cancer, c'est ça ?
— C'est moi, le type qui est allé se faire percer un furoncle.
— Du côlon ?
— Du rectum.
— Ah, Larry.
— Je vous ai prévenue, c'est pas romantique pour deux ronds.
— Larry. Je suis vraiment désolée.
— Bah, si ce n'est pas un truc, c'en est un autre. Il y a toujours quelque chose qui essaie de nous évincer de la rampe. Le père de Twister, Wide Place in the Road, s'occupe de moi et jusqu'à maintenant la tumeur était sous contrôle. Mais ce soir la petite diablesse se défoule et elle a décidé de faire la fête.

Il gare son scooter le long de ta Porsche, mais tu ne bouges pas.

— Pourquoi vous ne m'avez rien dit ? C'est terrible. Qu'est-ce que vous pouvez faire ?
— C'est Yamaguchi qui détient la carte maîtresse. Je dois attendre qu'il la joue. En attendant (il ferme à demi les yeux d'un air lascif), vous ne voudriez pas venir à la Maison du Tonnerre, je vous montrerai mes diapos de Tombouctou ?

Pour le meilleur ou pour le pire, par ambition, passion, compassion ou confusion, tu as vraiment l'intention de dire oui, mais quand il se tourne et penche son visage vers le tien, alors que tu te prépares à recevoir son baiser, son souffle t'enveloppe d'une effluve de sucre roussi – l'odeur de confiserie que l'intrus avait répandue dans les toilettes pour dames.

Tu recules et tu descends du scooter.

— Je, euh… faut que je m'occupe de Q-Jo, bégaies-tu. Je dois avertir la police, si elle n'est pas rentrée. Appeler les hôpitaux, et tout ça.

Tu ne le mentionnes pas, mais tu dois aussi appeler une certaine personne à San Francisco. Belford est sûrement en train de se ronger les sangs à l'heure qu'il est.

Diamond sourit.

— Certainement une sage décision. Je vous souhaite bonne chance. (Il met les gaz.) Merci pour cette charmante soirée. Dommage que vous n'ayez pas goûté aux cuisses de grenouille, tout de même.

Démarrant en trombe, il continue à parler, et tu saisis au vol les mots “Pâques”, “Hostie” et “Sainte Communion”.

22 h 00

Il est révélateur de l’état d’esprit dans lequel tu te trouves que tu passes près de Continental Place sans même lever les yeux vers les fenêtres du neuvième étage de l’immeuble grand standing que tu as tant convoité et pour lequel tu dois verser un acompte dans la semaine – ou alors tu pourras lui dire adieu, et à l’argent que tu as déjà donné pour la réservation, par-dessus le marché. Tu as l’impression que ton cerveau qui, il y a seulement quelques jours, était assis telle une poule bien dodue sur un nid de chiffres tout chauds, couvant de jolis projets et caquetant sur un rythme de valse, a été repeint au radium et écrasé avec une tapette à mouches. Il est même étonnant que tu retrouves le chemin pour rentrer chez toi.

Après t’être assurée que Q-Jo n’est pas de retour au bercail, tu appelles le service des personnes disparues au siège de la police, où on te fait attendre tellement longtemps que trois autres de tes cheveux virent au gris. Par la suite, on te permet de faire une déposition préliminaire, mais tu dois te présenter en personne lundi pour que le dossier soit officiellement enregistré.

Tu téléphones à Belford. Il est dans sa chambre, presque hors d’haleine à force de faire les cent pas sur la moquette. Essayant de donner à un mensonge éhonté une allure plus acceptable, tu lui racontes que si André n’a toujours pas été repéré, tu crois l’avoir peut-être entendu dans l’érable devant ta fenêtre. Voyant que Belford s’emballe et menace de rentrer par le premier avion, tu fais machine arrière et explique que cela pouvait tout aussi bien être un raton laveur, ou ton imagination. Tu le presses de rester pour assister au service interconfessionnel du lever de soleil au Golden Gate Park et pour rencontrer un sous-fifre du consulat français que le consul général – un peu égaré et plutôt enivré quand Belford a réussi à l’intercepter à Sonoma – a promis d’envoyer à son hôtel le dimanche après-midi.

— Tu es fatiguée, Gwen ? Ta voix semble… je ne sais pas… bizarre.

— Ce doit être ce SPM.

Le sarcasme lui échappe.

— Oh, ma chérie. J'aurais dû m'en souvenir. Mon pauvre bébé. Je suis désolé.

Seigneur Dieu !

D'un coup de pied tu te débarrasses de tes chaussures et tu te laisses tomber sur ton lit – atterrissant, bien sûr, au milieu de millions d'acariens. Si tu avais le moindre soupçon que ta literie grouille de petits crabes arthropodes qui se délectent à longueur de temps des squames de ta peau morte, tu serais tellement dégoûtée que tu préférerais sûrement dormir par terre. Pourtant, chacun de nous, y compris les riches, les dévots et les gens de sang royal, dort toutes les nuits dans des colonies de monstres invisibles. Les témoins ultimes, les voyeurs les plus intimes – voilà ce que sont les acariens. Quels livres ne pourraient-ils pas écrire, quelles histoires ne pourraient-ils pas raconter ! Imaginez les Mémoires d'une multitude de minuscules Malcolm Lowry expatriés dans un Mexique de tissu éponge, marinant dans de la téquila de pellicules, vivant et écrivant sous le volcan de l'amour. Secoués par des tremblements de matelas, enterrés par des glissements de cuisses, emportés par des flots soudains de lave séminale, ils s'accrochent aux draps avec leurs pinces miniatures et enregistrent, avec une objectivité toute littéraire, nos orgasmes, nos fièvres, nos discussions sur l'oreiller, nos rêves. Qui connaît mieux nos secrets ? Qui ? La nuit, et même le jour, souvent, ils nous rejoignent à bord de la barque lunaire, leurs steaks de peau morte marinant dans nos larmes, leur petit déjeuner bouillant dans notre transpiration, le vent de nos pets jouant dans leurs cheveux. Ils connaissent intimement et la femme et la maîtresse, le mari aussi bien que l'amant, la bouillotte et le sex toy, la série télévisée préférée et la drogue favorite ; ils ont en mémoire nos confessions, nos récriminations, nos prières, nos délires et le nom si doux que nous crions dans notre sommeil. Nos bébés sont conçus – et naissent – au milieu d'eux ; nos parents meurent – comme nous-mêmes un jour – dans ce qui passe pour être leurs bras. Oui, tout ça à la fois ; mais les acariens ne nous trahissent pas. S'ils s'adonnent aux commérages, c'est seulement entre eux. Peut-être perçoivent-ils un ordre dans le chaos de nos vies alitées – le rythme auquel nous nous tournons et nous retournons, nos gémissements et nos cauchemars, les moments où l'on grignote un morceau, nos ronflements, nos changements de partenaires –, un ordre que nous n'avons pas encore découvert. Peut-être même ont-ils de nous une image glorieuse, peut-être nous voient-ils capables de miracles à l'état brut, capables à tout instant – non pas malgré, mais en raison de notre folie – d'une transcendance qui va au-delà de la transformance.

En général, nous ne chantons pas au lit. Nous n'en avons pas besoin. Les acariens chantent pour nous. Ils nous chantent. Ils sont notre chœur antique, notre chœur fanatique, chœurs d'anges microscopiques toujours prêts à danser sur la tête d'une épingle – ou d'une quille. Ils ont l'appétit macabre, la faim divine. Ils sont ce qu'ils mangent.

Extrait d'un ouvrage d'acarien :

> Peu avant onze heures, le soir précédant Pâques, notre hôtesse, Gwendolyn Mati, s'étendit (toute habillée, malheureusement) en notre cité pour retrouver ses esprits, rassembler ses pensées, mettre de l'ordre dans ses idées – des idées qui allaient du cancer rectal aux arômes sucrés, de la disparition d'amies à la mort possible de cette puissante et immuable conviction que chaque génération d'Américains pouvait et allait dépasser la génération précédente dans l'échelle sociale et économique. Toutefois, étant chaotiques, submergées, inquiètes, sur des charbons ardents, épuisées, profondément déçues et pourtant étrangement libres, ses diverses pensées finirent par se coaguler, son esprit se mit en position de mire comme un écran de télévision, et elle glissa assez rapidement dans le sommeil. Au bout de quelques minutes, elle se mit à rêver. Une voix lui parla dans son rêve, lui parla si fort et si distinctement (tout en allongeant les syllabes de façon méprisante à travers son appendice nasal, à la manière de ce vieux comique bouffi d'une émission qui passe tard dans la nuit) que nous l'entendîmes, malgré le bruit que nous faisons en circulant et en mâchant, aussi clairement que si cela s'était passé là, entre les draps. Effrayée, Miss Mati se redressa d'un bond dans son lit. Puis, dans un murmure émerveillé à peine audible, elle répéta la phrase que nous avions tous perçue : "Le voyage du Fou prend fin sur Sirius C."

Dimanche matin, 8 avril

L'extinction des amphibiens

05 h 30

Affublé d'un pansement de nuages sales sur une blessure au côté d'où suinte du lait de lapine, le soleil fait rouler la pierre obstruant la tombe de la nuit pour émerger – pâle, clignant des yeux, mais triomphant – dans le cimetière de Pâques, quelque part entre "Coca-Cola" et "IBMmmm". Alors que tu retrouves ta pleine conscience et que tu te souviens de quel jour on est, ton moral à la fois s'illumine de l'espoir de la résurrection et s'assombrit des craintes de la mort sacrificielle ; ceci en dépit du fait que grâce à Q-Jo Huffington, Pâques n'est plus rien pour toi qu'un autre trou rond dans lequel la prise carrée de ton conditionnement ne peut entrer.

Selon Q-Jo, Pâques était une très ancienne fête païenne en l'honneur de la déesse saxonne Eostre, Eostre étant une prononciation régionale d'Astarté, la principale déesse de la création et de la destruction à laquelle les cultures indo-européennes ont voué un culte pendant des dizaines de milliers d'années : notre Mère Nature sous sa forme fondamentale, non expurgée, paradoxale, donnant la vie et avide de sang. Bon, cette vieille histoire – c'est du passé maintenant, bon débarras – te semble totalement barbare, pour ne pas dire horrifiante. Elle a des relents d'atavisme agraire, de laine humide, de placenta, de fumée de bois et de tas de fumier. Et de sueur, des baquets entiers de sueur puante : la sueur du cheval, la sueur du mari, la sueur de la corvée pénible et de l'accouplement fruste et dénué de tout romantisme. De plus, même si on n'est pas une grenouille de bénitier – et manifestement, au grand dépit de Belford, tu n'en es pas une –, il faudrait être sacrément cynique pour croire que les consultants en communication des premiers chrétiens se sont approprié la fête d'Eostre pour essayer d'usurper le charme qu'elle exerçait sur les populations paysannes tout en y contribuant avec un miracle fabriqué de toutes pièces.

Oh, cela pourrait sembler vrai à un Larry Diamond qui divague sur l'interdiction des dentistes et les bibliothèques incendiées quelque part en Afrique. Diamond et Q-Jo sont plutôt semblables à cet égard. Toutefois, il faut dire une chose au sujet de Q-Jo : elle ne fait pas partie des niaises qui clament à tout bout de champ qu'il suffirait d'obliger Dieu à subir une opération de changement de sexe pour que tout soit pour le mieux dans le meilleur des mondes. Son opposition au culte des déesses des temps modernes explique en grande partie pourquoi la Huff a si peu d'amis parmi ses consœurs. Elle affirme que le Divin n'est ni masculin ni féminin, qu'il n'appartient pas à un sexe particulier, qu'il est au-delà de l'appartenance à un sexe ; et que s'il peut avoir des aspects masculins et féminins, ce ne sont là que deux des facettes de l'infinitude aux infinies facettes qu'il présente au monde, et que toute envie d'attribuer un genre masculin ou féminin à la Divinité n'est qu'un exemple stupide de chauvinisme qui tente futilement de mettre des limites à ce qui est illimité. Bon, peut-être qu'elle ne le dit pas tout à fait comme cela.

Tout cela n'est pas dénué de sens, à un certain niveau, te dis-tu, mais pourquoi les gens devraient-ils se troubler l'esprit avec des questions sans réponse et depuis fort longtemps passées de mode – à moins, bien sûr, que ce ne soit leur version des dents de Washington. Il est déjà bien assez difficile aujourd'hui d'échapper à la violence et de payer nos traites. Les conceptions que l'on se fait de Dieu et les célébrations de ses fêtes ont évolué au fil des siècles et profondément changé depuis l'époque primitive, mais la lutte pour la survie, elle, n'a jamais varié. La survie est le problème de fond, que ce soit le jour de Pâques ou tout autre jour. Le problème juste au-dessus est la survie dans la dignité : survivre dans l'ordre, le confort et le bon goût – un but beaucoup plus facile à imaginer aujourd'hui qu'à l'époque d'Eostre, bien qu'il soit, comme l'ont montré des événements récents, toujours aussi désespérément hors d'atteinte.

Q-Jo a également dit, puisque tu t'attardes sur ce sujet, que si chacun de nous avait, en secret, la possibilité de poser une seule question à Dieu, absolument personne ne lui demanderait : “Êtes-vous un homme ou une femme ?”, ni : “Quelle est la couleur de votre peau ?”, ce qui prouve bien que les questions de sexe et de race sont, en dernier ressort, purement triviales. Plus vraisemblablement, nous lui demanderions : "Est-ce que j'ai une chance de sortir d'ici vivant ?", "Où serai-je quand je ne serai plus ici ?", "Est-ce que je reverrai un jour telle ou telle personne ?", "Quelle est la chute de l'histoire ?" ou "Vous avez avalé votre langue ?" – toutes questions que nous nous posons rarement les uns aux autres parce que ceux qui nous sont intellectuellement supérieurs les considèrent comme débiles et parce que dans notre for intérieur nous doutons qu'un mortel quel qu'il soit, même s'il est membre du clergé, puisse nous apporter des réponses encourageantes fondées sur autre chose que des témoignages indirects.

Bon, il est un peu tôt dans la matinée pour de telles bêtises, même si tu dois admettre que tu te sens étonnamment revigorée. Tu as dormi toute habillée, il y avait une voix dans ta tête plus forte que n'importe quel rêve, et à un moment donné de la nuit, tu t'es réveillée et tu t'es masturbée. Cela faisait tellement longtemps que cela ne t'était pas arrivé que même les acariens ne s'en souvenaient pas – habituellement, tu fantasmes sur Cary Grant quand tu te donnes du plaisir, mais la nuit dernière, lorsque le poney blanc a franchi le sommet de la colline au galop, tu as murmuré un nom qui ressemblait étrangement moins à "Cary" qu'à "Larry", une aberration que tu préférerais oublier –, pourtant tu ne te sens pas seulement reposée, mais aussi pleine d'énergie ; prête, crois-tu naïvement, à affronter les événements de la journée.

Tu trottines jusqu'à la cuisine pour te verser un verre de jus de tomate. Dans le réfrigérateur se trouve le reste des œufs que tu avais achetés vendredi pour le petit déjeuner de Belford. S'il y avait des enfants dans ton immeuble, tu pourrais leur en faire cadeau pour leurs petites festivités. Peut-être que Q-Jo a raison au sujet de Pâques. Qu'est-ce que le fait de colorier et de cacher ces symboles de fertilité féminine pourrait bien avoir à faire avec le drame qui entoure la crucifixion du Christ ? À moins, peut-être, qu'une omelette ait été servie au cours de la Cène. Imagine un peu, le repas le plus célèbre de l'histoire et personne n'a la moindre idée de ce qu'il y avait au menu. Cela doit rendre dingues les gastronomes. Une fois, dans le loft à courants d'air de tes parents au centre-ville, vous avez cherché des œufs de Pâques, toi et ton frère. C'est un lapin de Pâques inattendu, Freddy Mati, qui les avait peints pour vous. Ils étaient tous d'un noir profond, uni, existentiel.

05 h 50

Une chose est claire comme l'eau du bain dans lequel tu trempes au lever du soleil : tu dois choisir entre te résigner à ton sort – auquel cas tu finiras soit sans emploi et indigente, soit mariée par intérêt, comme une prostituée –, ou passer à l'offensive. Telles que tu vois les choses, cette dernière solution implique que tu joues avec les contrats à terme sur le pétrole : pariant que le prix du brut va augmenter à court terme et baisser à long terme, tu places ta mise auprès de l'International Petroleum Exchange peu après l'ouverture des transactions à Londres, demain à 1 heure du matin, heure de Seattle. Si tu décides de jouer la carte du pétrole, tu as deux possibilités. Avec l'aide de Larry Diamond, tu pourrais peut-être acheter en empruntant, bien que, dans la mesure où ton crédit est aussi mince que la couche d'or sur les trois boules du mont-de-piété, une combine informatique de ce genre serait risquée et plutôt frauduleuse. Si quelque chose tournait mal, cela pourrait te mener derrière les barreaux. Compte tenu de ta situation déjà précaire, il semblerait plus indiqué pour toi de te lancer dans une opération légale avec paiement cash. Bien sûr, si vraiment tu te retrouvais dos au mur…

Cependant, il faudrait que tu trouves des sources potentielles de liquidités. Tu te verses une huître ambrée de shampooing sur la tête, et au moment où la mousse couvre la moitié des cheveux noirs et les deux tiers des gris, tu as déjà fait la liste complète des sources possibles.

Un. Si tu liquidais à perte tous les produits financiers qui te restent sur ton compte personnel, tu pourrais en retirer tout au plus neuf ou dix mille dollars. Des clopinettes. Des liquidités, ça ? Un pipi de naine, oui, et tu ne fais pas référence à une quelconque condensation de Sirius B.

Deux. Belford, malgré sa philanthropie irréfléchie, doit encore avoir des fonds à l'abri. Il faut bien. Il va avoir besoin d'argent pour vivre pendant qu'il sera en train d'étudier pour devenir un stupide travailleur social. À ton avis, il devrait avoir plus de cent mille, cent cinquante mille dollars dans une jolie petite banque quelque part. Mais alors qu'il pourrait se laisser convaincre d'en céder une partie à un va-nu-pieds de missionnaire luthérien illuminé qui récite des histoires de la Bible avec l'accent monotone du Middle West à des indifférents du côté de Tombouctou, il y a peu de chances pour qu'il t'en prête, même si toi tu lui rendrais – avec intérêts – dans quelques mois, promis, juré !

Trois. Pour terminer, il y a Diamond lui-même. Il a sorti un sacré rouleau de billets hier soir. Le problème, bien qu'il ne soit pas prétentieux pour deux sous, c'est que cela aurait pu être destiné à t'impressionner. Ou cela aurait pu être tout l'argent qu'il possède au monde. Avec un type aussi fantasque on ne sait jamais. Comme Milken et de nombreux autres méchants garçons des années 1980 – les bookies surdoués qui furent punis pour avoir trop bien compris et utilisé le capitalisme pour que le capitalisme puisse le supporter –, Diamond avait sûrement plus d'une pierre précieuse planquée dans son casse-croûte quand il a été éjecté de la mine d'émeraudes. C'est vrai que ça fait presque dix ans qu'il ne travaille plus, qu'il se déplace sur un scooter rouillé, s'habille comme un rocker grunge et habite sous un bowling, mais il est difficile de dire de façon concluante ou péremptoire qu'il n'a pas caché une montagne de roubles dans sa boîte à biscuits. La question est : Serait-il disposé à conclure un marché avec toi ? Il est difficile d'imaginer un vieux cheval de pompiers ne réagissant pas à une dernière alarme. Pourtant il semble être totalement et sincèrement absorbé par d'autres sujets, des trucs étranges qui trahissent une perte du sens des réalités, le pourrissement d'un esprit infirme. Il pourrait même être dangereux. Pour toi, personnellement. Il est tellement… tellement porté sur le sexe ! Et pas d'une façon responsable ou judicieuse. De plus, il est – ou il prétend être – gravement malade : encore une complication.

Il faut bien l'admettre, le pari le moins risqué, c'est Belford. Tu n'as jamais discuté d'un emprunt avec lui auparavant, donc tu ne peux pas être certaine qu'il va refuser. Et il existe des moyens de l'amadouer. Par exemple une conversation à propos de votre avenir ensemble, et peu importe si les promesses restent vagues. Surtout, ce qui pourrait vraiment ouvrir grand les vannes de son cœur serait que tu lui rapportes, sain et sauf, son macaque fugueur. À cet effet, tu décides – en même temps que d'un coup d'éponge savonneuse tu évacues de ton nombril un minuscule flocon de peluches (le genre de choses auxquelles il faut s'attendre quand on dort tout habillée) – de te rendre en toute hâte dans un magasin où tu pourras investir dans un stock de glaces à l'eau parfumées à la banane.

Oui, tu vas remplir ton congélateur et le congélateur de tes amis. Tu vas ouvrir tes impostes et celles de Q-Jo, que tu as fermées hier après les intrusions, et sur chacune d'elles tu vas déposer une glace à l'eau comme appât. Tu vas mettre des glaces à la banane sur les appuis de fenêtres où elles étincelleront comme les dents d'un gros fumeur, tu vas semer des glaces à la banane sur les balcons où elles brilleront comme des vers luisants sous une véranda méridionale. En fondant, elles embaumeront le voisinage comme un gigantesque rot d'Harry Belafonte, et tu n'auras plus qu'à attendre qu'une petite fripouille, pas plus capable de résister à la musique olfactive tendance musacéenne que n'importe quel petit garçon bricoleur, s'approche de sa démarche chaloupée, les babines jaunâtres et la fourrure poisseuse et tombe dans ton piège.

D'un dernier coup d'éponge, tu refermes l'enveloppe personnelle que tu as entre les jambes. Puis, séchée, poudrée, crémée, parée de sous-vêtements Christian Dior couleur or, d'une jupe Perry Ellis noire en laine mi-longue et d'un pull Ralph Lauren bleu marine sur un chemisier de soie blanche, tu descends l'escalier en trottinant pour tomber, devant la porte d'entrée, nez à nez avec deux policiers en uniforme à l'air très sérieux.

06 h 30

La première chose qui te traverse l'esprit est que les flics sont là au sujet de Q-Jo : elle est à l'hôpital, à la morgue, en prison, au... Menteuse ! Dis la vérité, Gwendolyn. La première chose qui te traverse l'esprit, c'est qu'il y a eu un audit à la boîte, que Posner en a rapidement tiré des conclusions et que, sans te donner l'occasion de t'expliquer, il a averti la SEC et appelé la police. C'est seulement après que ces craintes ont joué à sauter à la corde avec ton cœur que tu envisages l'éventualité de terribles nouvelles concernant Q-Jo. En toute justice, il faut dire que tu ne fais aucune prière muette pour que les représentants de la loi soient là pour elle et non pour toi. En fait, il s'avère qu'ils sont là à propos du Violeur Adepte du Sécuri-sexe.

Le Violeur Adepte du Sécuri-sexe, ainsi appelé parce qu'il porte un préservatif lors de chaque attaque, a fait une vingtaine de victimes au cours des trente derniers jours. La fréquence de ses viols est telle que certains habitants de Seattle pensent qu'ils ne sont pas l'œuvre d'un seul homme (oubliant peut-être leur jeunesse). On mentionne souvent les jeunes voyous friqués. Bien que les victimes ne soient en aucune façon exclusivement des pauvres ou des SDF, les jeunes voyous friqués ont été mentionnés par pratiquement tout le monde sauf le maire, les conseillers municipaux et les rédacteurs en chef des journaux, qui jouent tous au golf avec les papas des jeunes voyous friqués. Quoi qu'il en soit, d'après les flics à la porte, le Violeur Adepte du Sécuri-sexe a encore frappé la nuit dernière, ou plutôt très tôt ce matin, s'en prenant à une infirmière qui descendait du bus en rentrant chez elle après sa garde de nuit. Le viol, semble-t-il, a été interrompu par un chauffeur de taxi qui a poursuivi l'agresseur en fuite. La police est arrivée et on pense que le violeur s'est trouvé coincé et reste caché dans le voisinage.

— On demande à tout le monde dans le quartier, surtout aux femmes, de rester chez elles, les portes fermées à double tour jusqu'à ce qu'on ait débusqué notre gibier, dit l'un des agents.

— Mais il fait jour, maintenant, protestes-tu, et je vais juste faire quelques courses. Je vais juste au Thriftway de Queen Anne, en voiture.

— Désolé, dit le flic. On peut pas vous laisser faire ça. Ce type est toujours dans les parages, et il est dangereux.

— C'est pas des blagues, ma petite dame, renchérit l'autre agent. Bon sang, le parking du Thriftway, c'est justement là qu'il a abandonné son scooter.

06 h 33

Ton cœur se prend dans la corde à sauter et s'égratigne les coudes.

— Oh, mon Dieu, oh non, murmures-tu.

— Un problème ?

— Non. Si. Je veux dire, je sais qui c'est.

— Vous dites ?

— Le violeur. Je sais qui c'est.

— Vous êtes sûre ? Comment le savez-vous ? Il habite ici ?

— Écoutez, c'est une longue histoire. Mais ça ne peut être que lui. Ça doit être lui. Si je voyais son véhicule, je pourrais le confirmer.

— Cecil, dit le plus âgé des deux agents, appelle Smokey et dis-lui de te conduire avec elle jusqu'au scooter. Je vais voir le gardien et lui demander de prévenir les autres locataires.

— Propriétaires, rectifies-tu.

— Quoi ?

— Nous sommes propriétaires dans cet immeuble, pas locataires.

— Ouais, OK, ma petite dame, dit Cecil. Allez, venez avec moi.

06 h 39

Le scooter abandonné est en train d'être chargé sur un camion de la police. C'est un de ces nouveaux Honda au look fantaisiste qui brillent et étincellent, d'un rouge pomme d'amour auquel est assorti ton fard à joues – qui, lui, n'a pas de paillettes métalliques.

— Je suis désolée, dis-tu.

Il n'est pas besoin d'être inspecteur de police pour voir que tu es moins contrite que soulagée, moins soulagée qu'embarrassée.

— C'est bon. Tout le monde peut se tromper. (Smokey sort un calepin et un crayon.) Le nom et l'adresse du suspect ?

— Quel suspect ?

— Le type que vous pensiez être le violeur.

— Mais ce n'est pas lui.

— Vous ne pouvez pas en être sûre. Il aurait pu changer de scooter.

De la radio de la voiture de patrouille s'échappe une voix qui, entre deux tranches de parasites, glisse les mots :

— Voiture quarante-sept.

— Quarante-sept.

— Quarante-sept, on nous signale un singe en liberté qui perturbe le service religieux de Pâques en plein air dans Kinnear Park. Vous y allez ?

— Négatif, réplique Smokey. Impossible. Vous savez pas qu'on a un dix-soixante, ici ? Appelez le contrôle animalier, bon sang.

— Bien reçu, quarante-sept.

— Non mais, tu t'rends compte ? Nous enlever d'un dix-soixante pour une saleté de singe ?

— Je sais qui c'est !

— Le violeur ?

— Le singe. Je connais ce singe.

Les agents de police échangent un regard et roulent les yeux.

— Vous ne comprenez pas. C'est un ami. Je veux dire, il appartient à un ami à…

— Ma petite dame, dit Cecil, je vous demande de sortir de cette voiture.

— Mais, je vous assure…

— Dehors ! Tout de suite. Et si jamais vous importunez qui que ce soit ici, je vous amène tout droit à Harborview, c'est là que vous devriez être. Nom de Dieu, je vous y conduirais tout de suite si j'avais le temps. (Il tape sur l'épaule de son équipier.) On y va, Smoke.

Tu as à peine claqué la portière que la voiture 47, toutes sirènes hurlantes et tous gyrophares girouettant et clignotant, s'arrache du parking du Thriftway pour retourner vers ce qui était censé devenir prochainement ton ancien quartier en te laissant sur place, bouillant et fumant dans un cioppino d'indignation, d'humiliation, de remords et deux ou trois autres sentiments bien connus.

06 h 51

Lorsque la caissière t'invite à passer une bonne journée, tu lui lances un regard qui lui fait se demander comment une femme qui vient d'acheter deux douzaines de glaces à la banane peut être d'une humeur aussi massacrante.

Ta hargne est en partie due au fait que maintenant que tu es en possession d'une belle quantité de friandises pour singe, tu ne sais pas très bien comment la distribuer. Il semblerait qu'André s'amuse aux dépens des dévots de Kinnear Park, mais le temps que tu y ailles à pied, les fidèles et lui seront probablement déjà partis, car le soleil grimpe à l'est plus vite qu'un voyeur le long de la gouttière d'un dortoir de jeunes filles. Et même si le service de Pâques n'était pas terminé, tu ne pourrais tout de même pas te promener entre les rangées en agitant des glaces jaunes au bout de leur bâton sans attirer l'attention – le genre d'attention qui pourrait bien remettre Cecil et Smokey sur ton chemin. De toute façon, plutôt que courir après André (une plaisanterie futile), il serait plus sage d'attendre qu'il vienne à toi. Le problème est que tu ne peux pas à cet instant retourner à ton immeuble, bien qu'il ne soit qu'à une petite dizaine de minutes de marche, puisque ton quartier est bouclé avec deux ou trois voitures de police à chaque carrefour. Toutefois, la route est libre jusque chez Belford, et il t'apparaît rapidement que, dans la mesure où tu avais dès le départ prévu de semer des glaces à l'eau en guise d'appât un peu partout chez lui, la seule option logique qui te reste est d'aller chez Belford à pied.

Sur le chemin, frissonnant très légèrement dans la fraîcheur matinale, bien que la température soit trop élevée de quelques degrés pour la bonne tenue de ta cargaison, tu ne peux t'empêcher de t'interroger sur la présence d'André au service du lever du soleil. Coïncidence ? Acte de rébellion ? Ou bien a-t-il été attiré dans cet endroit parce qu'il y aurait une part de vrai dans cette histoire de "régénération"... ? Non. Non, impossible. C'est ridicule. Les animaux, même les animaux intelligents – surtout les animaux intelligents – ne partagent pas le besoin pathétique des humains de collectiviser la béatitude, de codifier la crainte, d'étiqueter le Mystère, et d'apprivoiser le Divin. Pour un singe, une seconde "naissance" est totalement superflue, puisqu'il a tout bon dès le départ. Au moins, c'est ainsi que Q-Jo voit les choses. Personnellement, tu ne t'y connais pas beaucoup en matière de spiritualité, mais tu sais, ou tu te doutes, qu'un singe qui a autrefois fréquenté des aristocrates dans des stations de ski en Suisse et des stars du cinéma sur la Côte d'Azur, risque de trouver la compagnie de luthériens de Seattle triste, austère et abrutissante au-delà de tout ce que l'on peut imaginer.

07 h 10

Ainsi que l'indiquent une boîte à biscuits renversée et la porte ouverte du congélateur, André est revenu à la maison au moins une fois depuis le départ de Belford. Prenant cela comme un encouragement, tu mets deux ou trois glaces dans le congélateur et, avec le reste de la boîte, tu joues au Petit Poucet, balisant tout l'itinéraire du toit du garage au balcon, jusqu'à un placard à balais dans lequel, pourvu qu'on claque la porte assez rapidement, un petit macaque gourmand pourrait se retrouver enfermé par surprise. Satisfaite, sans être trop sûre de ton coup – tu es bien placée pour savoir qu'il ne faut pas prendre ce tristement célèbre simien voleur de bijoux pour le dernier des idiots –, tu t'installes dans le fauteuil préféré de Belford. Avec la télécommande, tu allumes la radio que tu règles sur une station locale pour être immédiatement informée de la fin de la chasse à l'homme dans ton voisinage. Au bulletin de sept heures et quart, tu apprends que le violeur est toujours en liberté quelque part dans ton quartier, qui reste bouclé. Tu apprends également, un instant plus tard, que le Dr Yamaguchi a convoqué une conférence de presse à dix heures, probablement, selon le présentateur, pour expliquer sa conduite de la veille. C'est la moindre des choses. Seigneur Dieu !

Penser au docteur abruti de saké te conduit, comme une courte traînée de glaces à l'eau synaptiques, à penser à Larry Diamond. Bien vite, tu te retrouves toi-même enfermée dans un placard de culpabilité. Tu te rends compte que tu étais à deux doigts d'accuser officiellement Diamond de viol en série. À quel point tu étais désireuse de donner son nom ! Si ces soupçons étaient injustifiés, irresponsables, même, est-ce que l'on ne pourrait pas en dire autant de la rapidité avec laquelle tu lui as mis la disparition de Q-Jo sur le dos ? Dans une certaine mesure, c'est sa faute, parce qu'il se laisse guider par ses instincts les plus obscènes, qu'il ne respecte pas les convenances, qu'il se comporte comme un dingue et un bouc. Cependant, il est malade, il souffre – peut-être même est-il mourant – et tu lui as causé du tort. Tu as fait un faux témoignage contre lui.

Est-ce que cela te donne mauvaise conscience ? Pas suffisamment pour que tu songes à tout lui avouer et à t'excuser. Ce que cet obsédé sexuel un peu dingo ignore ne peut lui nuire. Oui, mais si, à un certain niveau, il en avait connaissance ? Depuis qu'il est "sur la rampe", quoi que cela puisse signifier, par tous les diables, il est capable de détourner les rêves et de cambrioler les pensées. Alors que tu es affalée dans le fauteuil de Belford souillé par son singe, la deuxième boîte de glaces à la banane fondant sur tes genoux, il te semble que tu devrais avoir un entretien avec Diamond ou bien l'éviter comme un contrôleur des impôts pour le restant de ta vie.

En moins de neuf minutes, un taxi commandé par téléphone arrive chez Belford. Le chauffeur a l'air ahuri et baragouine quelque chose en sanscrit, ou en araméen, ou en urdu, quand tu lui dis :

— À la Maison du Tonnerre, s'il vous plaît.

Finalement, tu parviens à te faire comprendre. Tu as droit, bien sûr, aux accidents évités de justesse et aux habituelles erreurs d'itinéraire, et lorsqu'il te dépose au Bowling de l'Oiseau-Tonnerre, tu lui tends, en guise de pourboire, la boîte qui est maintenant toute détrempée et qui transpire une substance jaune parfumée.

— Pour vos enfants, lui dis-tu généreusement, convaincue que ces types indisciplinés du tiers-monde ont toujours une ribambelle d'enfants.

Pour la blonde Natalie, qui sort d'une démarche aguichante de la Maison du Tonnerre juste au moment où tu arrives à la porte, tu pourrais très bien être – avec ta peau couleur olive et tes yeux teinture d'iode – la femme du chauffeur de taxi.

07 h 57

L'espace de quelques secondes tendues, Natalie et toi vous fusillez du regard – toi, la traitant mentalement de bimbo express ! elle, te qualifiant de sorcière coincée ! –, puis tu fais demi-tour et remontes la rampe.

— Gwendolyn, attendez !

Tu ralentis, jettes un coup d'œil par-dessus ton épaule, mais tu n'interromps pas vraiment ton mouvement de repli jusqu'à ce que tu entendes Diamond dire :

— Natalie, je vous présente Gwen Mati. Inexplicablement mais indéniablement, c'est la femme que j'aime.

À mi-pente, un peu sidérée, tu t'arrêtes, les mains sur les hanches, arrogante mais intriguée, curieuse de savoir si ce coureur de jupons et sa traînée plaisantent à tes dépens, ou si Diamond joue avec toi et Natalie, ou s'il est sincère ; et dans ce cas, s'il est sain d'esprit ou s'il est timbré.

— Ça explique tout, dit Natalie.

Un tressaillement relève brutalement le coin gauche du sourire pacificateur de Diamond.

— Bien, poursuit Natalie. Au moins, maintenant je sais que ce n'était pas moi qui étais en cause.

— J'étais distrait, dit Diamond humblement.

— C'est sûr, soupire Natalie.

— Je ne voudrais pas interrompre quoi que ce soit, dis-tu sur un ton légèrement plus sarcastique que le sien.

— Vous l'avez déjà fait, réplique Natalie. Il y a quelques heures de cela.

Rejetant sa tête blonde en arrière, elle remonte la pente d'un pas décidé. Au moment où elle te croise, dégageant ce qui pour toi ressemble à une odeur de ragoût pour chat, elle ajoute :

— J'espère que vous vivrez heureux pour le restant de votre vie.

— C'est promis, crie Larry joyeusement. Vous pouvez compter sur nous.

— Écoutez, je voulais seulement dire quelques mots à M. Diamond, dis-tu.

Mais la serveuse poursuit opportunément son chemin en direction d'une mini japonaise qui a l'air d'avoir reçu un bon coup de pied de Godzilla, et elle te laisse face à cet obsédé du batifolage. Au bas de la rampe, ce salaud qui passe son temps à courir la gueuse essaie maintenant de t'amadouer avec le sourire penaud de celui qui se sent dans ses petits souliers.

08 h 30

— Tombouctou. Le bout de la route pour nous tous. Capitale de nulle part. Perpétuelle avant-garde de la Géographie, inévitable cul-de-sac du voyageur de salon. Tombouctou. Ville natale du mystère, refuge final de l'éphémère, lointain carrefour où l'Obscur rencontre l'Exotique, où se croisent le Rêve et l'Exil. Tombouctou. Là où le lointain ne va pas plus loin. Là-bas. Ailleurs. Plus près de la lune que du New Jersey. Seule Katmandou peut rivaliser avec elle en tant que ville-poème la plus musicale de la terre. Tom-bouc-tou. L'une des merveilles phonétiques du monde. Un endroit merveilleux à prononcer, mais vous n'auriez pas envie d'y vivre.

Non, effectivement, tu n'aurais pas envie de vivre dans cet endroit. Tu n'aurais pas envie de passer ne serait-ce qu'une minute et demie à Tombouctou. Et tu n'avais pas envisagé de passer beaucoup plus d'une minute et demie dans la Maison du Tonnerre, d'ailleurs – "Je passais dans le coin et je me suis juste arrêtée pour vous dire que Yamaguchi tient une conférence de presse à dix heures" –, mais Diamond t'a gentiment persuadée d'entrer (suivant de près cette catin du café), après t'avoir convaincue que si tu voyais ses diapos de Tombouctou, cela te donnerait peut-être une idée sur la disparition de Q-Jo. Il t'a menée jusqu'à une pièce spacieuse aux lumières tamisées, non meublée, mis à part un confortable canapé caramel, mais dont le sol était couvert de magnifiques tapis orientaux, les plus riches et probablement les plus chers que tu aies jamais vus, et dont les murs étaient décorés de masques africains, certains censés représenter, selon toute vraisemblance, des grenouilles. Il t'a fait asseoir sur le canapé, que tu as reniflé pour détecter d'éventuelles traces laissées par Natalie, t'a servi du thé à la menthe (drogué ? t'es-tu demandé), a allumé le projecteur à diapos, puis il t'a complètement hypnotisée malgré toi – oui, hypnotisée, il n'y a pas d'autre mot – avec sa façon étrange de parler.

— Tombouctou. Le dernier endroit inviolé. Solitude étant mère de pureté. Tous les hommes sont jaloux de Tombouctou parce que Tombouctou reste à l'écart des hommes, c'est la complétude que les hommes ont fracturée, la limite sacrée qu'ils ont vendue. Comme l'Enfer, comme le Paradis, Tombouctou est un endroit de notre cerveau, un endroit dont l'existence peut être souvent mise en doute, mais jamais exclue. Tombouctou. Une constellation grâce à laquelle l'imagination peut naviguer, le joker dans le jeu du cartographe.

08 h 38

Hypnotisée, peut-être, mais guère sociable. Tu te maintiens à bonne distance de ton hôte, ne songeant même pas à lui demander comment il se sent – après tout, il se sentait suffisamment bien pour passer la nuit avec Natalie, non ? – et quand il passe la première diapo, une sorte d'océan illimité et vide qui aurait été formé par la fonte de milliards de glaces à la banane, tu ricanes :

— Hmm. Pas étonnant que Tombouctou soit si difficile à trouver, sous-entendant par là qu'il n'y a rien à trouver.

— Ceci, ma chère, est le Sahara. Vide, oui ; aride, oui ; violent et trompeusement dépourvu de marques distinctives, mais, je vous l'assure, inoubliable.

— Ouais, sans doute. Si on aime le beige.

Diamond passe à la diapo suivante, qui est pratiquement identique.

— Aussi vaste qu'il paraisse sur cette photo, ceci n'est qu'un échantillon. On pourrait mettre les États-Unis tout entiers, y compris l'Alaska, dans le Sahara, et il y aurait encore assez de place pour les provisions de nourriture de Q-Jo.

— Tout ce sable. Quel gâchis de terrain pour l'immobilier.

— Il y a autant de pierre que de sable, croyez-le ou pas. Et au cours de son histoire il a été recouvert par la mer à deux reprises. Les grenouilles et les poissons y nageaient, Gwendolyn. Les tortues et les crocodiles. On retrouve des squelettes partout.

— Formidable.

— Les grands déserts sont comme les grands océans : lorsqu'ils s'ennuient, ils changent de place, tout simplement. Heureusement, cela n'arrive pas tous les samedis soir. Les déserts et les mers ont beaucoup de choses en commun. Pour ce qui nous concerne, à court et à long terme, la mer est plus importante, mais moi, j'ai une tendresse particulière pour le désert. Il nous montre à quel point la Terre serait belle si les hommes ne l'habitaient pas. Le Sahara est peut-être le seul endroit au monde où nous n'avons pas encore foutu la merde. Quand vous le regardez, vous avez une petite idée de ce qu'était notre planète avant que nos ancêtres ne sortent de la soupe en sautillant, et de ce qu'elle sera une fois que nous y serons retournés. Métaphoriquement ou littéralement. Encore un peu de thé ?

— Merci, non. Tombouctou est quelque part dans ce désert ?

Inconsciemment, tu souhaites qu'il te replonge dans cet état hypnotique.

— Pas encore. Un jour, oui.

Il passe une troisième diapo : bassins desséchés, cônes de cendres, dunes jaunes.

— Tombouctou bouge ?

— C'est le Sahara qui bouge. Il descend vers le sud, comme un chanteur de blues nostalgique. À l'instant même où nous parlons, le désert lèche les orteils de Tombouctou, pas aussi amoureusement, toutefois, que j'aimerais lécher les vôtres. Le fait est que le Sahara est en train d'engloutir Tombouctou petit à petit. Aussi délicieuse que vous puissiez être, mon petit chaton en sucre, jamais je ne vous mangerais toute crue.

— Vous êtes un gentleman, Larry. J'admire votre retenue. On peut continuer ?

— Vous n'arrêtez pas de vouloir continuer. Savez-vous que vouloir atteindre un but rapidement est une pulsion de mort sublimée ? Ce n'est pas par hasard que l'on parle de "l'expiration" d'un délai. Le Sahara serait un bon endroit pour les impatients comme vous. Si la mer nous enseigne l'humilité, le désert nous enseigne la patience. Tombouctou n'est jamais pressée. Et nous n'allons pas, vous et moi, nous précipiter dans Tombouctou. Nous étions d'accord, je crois, sur le fait que je vous montrerais les diapos dans le même ordre que je les ai montrées à Q-Jo. Ce qui signifie, j'en ai bien peur, que notre entrée dans Tombouctou n'interviendra que dans un quart d'heure au moins. Auparavant, nous devons passer quelque temps avec…

Clic-clac. Diamond change la diapo et un fleuve large mais peu profond apparaît.

— … les Bozos.

08 h 44

Le Mali, à ne pas confondre avec Bali, et encore moins avec Malibu ou Maui, est un pays assez étendu, généralement aride, sans débouché sur la mer, situé dans le Nord-Ouest de l'Afrique. Six siècles durant, de l'an 1000 à l'an 1600, environ, Tombouctou a été la ville la plus riche et la plus puissante du Mali ; l'une des villes les plus riches, les plus puissantes et les plus savantes en dehors du monde "civilisé" bien connu. Le succès de cette oasis lointaine était entièrement dû à sa position à l'extrémité sud des pistes de caravanes transsahariennes, associée à la proximité du fleuve Niger. Grâce au Niger, le sel, les épices, les esclaves, les étoffes et les manuscrits que les caravanes de chameaux venaient échanger contre de l'or à Tombouctou pouvaient être transportés en barques jusqu'à l'océan Atlantique.

— Le Niger, déclame Diamond, le puissant Niger, ressemble à un point d'interrogation dessiné par un octogénaire gaucher et alcoolique, une forme particulièrement bien adaptée puisque les questions concernant sa source, son cours et son embouchure rendaient fous les géographes européens. Le Niger a une forme excentrique et coule dans une direction opposée à celle à laquelle un spécialiste pourrait s'attendre. Plus d'un explorateur a perdu la vie en essayant de comprendre ce fleuve. Leurs efforts n'étaient guère facilités par le fait que ce joli bébé faisait près de quatre mille deux cents kilomètres de long, sans compter qu'une nouvelle maladie et une nouvelle hostilité les attendaient à chaque boucle. Ce que nous voyons, ce sont des vues de la partie de huit cents kilomètres qui s'étend de Bamako, la capitale, en direction du nord-est, jusqu'aux abords de Tombouctou. Sur le territoire bozo ; c'est de l'eau bozo.

— De l'eau bozo, marmonnes-tu tout bas.

Un nom parfait pour l'eau du robinet artificiellement gazéifiée que de nombreux embouteilleurs américains font passer pour de l'eau minérale. Au fur et à mesure que Diamond fait défiler les diapos, tu as droit à des scènes pittoresques d'indigènes dans de longues pirogues poussées à la perche, plutôt qu'à la pagaie, par un seul homme debout à l'arrière. Quelques pirogues semblent être un moyen de transport collectif, d'autres transportent des marchandises, mais la majorité sont des barques de pêche. Il y a beaucoup de photos où ils jettent ou tirent leurs filets.

— À l'origine, les Bozos sont égyptiens. Pour une raison quelconque, ils ont délaissé le Nil pour émigrer jusqu'au Niger, il y a de cela cinq mille ans, à peu près. Un peuple minuscule de riverains qui ont apporté avec eux leur langue égyptienne, qu'ils continuent à parler, et leur religion animiste compliquée, hautement ritualisée, qu'ils continuent à pratiquer malgré les avancées de l'islam. Le noyau de cette religion est Sirius, l'Étoile du Chien.

— Boubou assis.

— Oui. Ah-ah. Boubou assis.

Il te regarde avec une admiration sincère.

— Récemment, je me suis dit que ça pouvait être une erreur de traduction. Peut-être que les Bozos appelaient Sirius “toutou assis”.

— Ouah-ouah, aboies-tu, incitant Diamond à te récompenser d’un sourire assez large pour décorer toute une niche.

Vus de près, les Bozos sont plutôt décevants. Apparemment, tu t’attendais à une race de Toutankhamon et de Cléopâtre en exil, mais à part la relative finesse de leurs traits, ils ressemblent plus à des métayers du Mississippi qu’à de mystérieux Égyptiens. Les hommes portent des T-shirts sales, des sandales en plastique et des pantalons en coton qui auraient pu être achetés en soldes dans un supermarché avant d’être passés dans une déchiqueteuse. Bien que les femmes portent de longues robes aux motifs multicolores, traditionnelles en Afrique de l’Ouest, leurs vêtements sont froissés et déchirés. On ne voit aucune robe de cérémonie, aucune décoration religieuse, et s’il y a des temples, ils ne se distinguent en rien des huttes misérables qui s’agglutinent sur les rives du fleuve et qui sont submergées par des vagues d’enfants nus, de poulets maigrelets et de boue.

— À ce que je vois, ça ne vous bouleverse pas vraiment, dit Diamond. Bientôt, nous allons passer aux Dogons ; je pense que, comme la plupart des gens, vous les trouverez plus impressionnants. Les Dogons ont un habitat troglodyte ; ils vivent dans des villages perchés, des cavernes et d’étranges tours d’argile le long d’une gigantesque falaise qui s’élève de la savane brûlée par le soleil, une savane séparée du fleuve Niger par quelques kilomètres d’un terrain aride. Leurs ancêtres se sont réfugiés dans cette barrière naturelle inhospitalière pour échapper aux influences étrangères, et ce peuple a opposé une résistance farouche aux mœurs modernes, à l’assimilation malienne, ainsi qu’à l’islamisation.

Ce qui te frappe dans les photos de Diamond, c’est que les Dogons ne s’habillent avec guère plus de chic que les Bozos et, franchement, tu préférerais être morte et enterrée dans n’importe quel cimetière américain bien entretenu plutôt que vivante et en bonne santé dans un endroit aussi dépourvu de confort et de classe. Toutefois, tu conviens que leurs masques et statuettes en bois, leurs autels et leurs encadrements de portes finement sculptés, leurs étranges costumes de danses rituelles, sont plus impressionnants, culturellement parlant, que l’ordinaire boueux des Bozos.

— Ces gens étaient aussi des Égyptiens, à l'origine ? t'enquiers-tu, moins par curiosité que par souci de politesse.

Les diapos de Diamond te font penser à un documentaire ethnologique sur une chaîne publique, et pour être franche, tu as toujours préféré regarder les vieux films où des dandys agiles font des claquettes en haut-de-forme et queue-de-pie et où tout le monde trempe ses lèvres dans du champagne.

— Non, en fait les Dogons ont émigré de Libye, où leurs ancêtres pourraient être des Grecs qui auraient fait naufrage. Selon une certaine théorie, ils seraient les descendants des marins disparus de l'Argo qui, ne pouvant rentrer chez eux en Grèce, se seraient mariés avec des Libyennes noires.

— Vous m'en direz tant.

— Gwendolyn ?

— Oui ?

— Vous ne seriez pas en train de penser à Fred Astaire, par hasard ?

— Mais non. Où allez-vous chercher une idée pareille ?

— Peu importe. Les Argonautes, avant de faire naufrage, étaient à la recherche de la Toison d'or. D'accord ? Vous savez tout cela, vous êtes une jeune femme instruite. Selon certaines rumeurs, vous seriez même titulaire d'un MBA. Quoi qu'il en soit, la Toison d'or est un symbole céleste. Elle fait référence aux étoiles de la constellation du Grand Chien – les poils du chien, pour ainsi dire – qui se trouvait juste au-dessus de l'oracle de Colchis lorsque le colchique doré d'automne, également appelé faux safran, une importante plante médicinale dans la Grèce antique, y fleurissait tous les ans. Bien entendu, Sirius A fait office de méga-star au hit-parade de la constellation Canis Major, mais c'est Sirius B qui compte le plus pour les Dogons. Comme pour les Bozos. Ils partagent la même mythologie. Chez les Dogons, les rituels ont été mieux préservés et leurs objets sacrés sont plus nombreux, plus raffinés et esthétiques, mais mon cœur bat plus fort pour les Bozos pour la simple raison qu'ils sont restés fidèles au monde aquatique. C'est un peuple du fleuve à cent pour cent. Les premiers jouets qu'un enfant bozo reçoit, ce sont des arêtes et des têtes de poisson. Ils consomment ce qui nage et sont eux-mêmes d'excellents nageurs. Le Bozo croit que le crocodile est son père et il prétend avoir un pacte de sang avec les crocos : un Bozo ne chasse pas les crocodiles et les crocodiles ne chassent pas les Bozos. Des témoins jurent que c'est vrai. Rien que cela prouve que les Bozos ont gardé des liens plus étroits avec le Nommo que les Dogons, mais j'imagine que vous ne souhaitez pas aller plus avant dans cette direction.

Le Nommo, hein ? Bon, en fait, ce sujet t'intéresse tout de même un peu, après la frousse que cette carte ridicule t'a flanquée, mais ce que tu veux en vérité, c'est que Diamond en finisse avec sa présentation – qui, jusqu'à présent, n'a pas apporté la plus petite parcelle d'information sur la raison pour laquelle Q-Jo se serait enfuie de la Maison du Tonnerre – pour que tu puisses solliciter ses conseils au sujet d'une opération de contrats à terme sur le pétrole. Bien sûr, il va répéter que toute opération de Bourse n'est que trivialité, perte de temps et gâchis d'intelligence, mais il pourrait t'être d'un grand secours en ce qui concerne la mécanique de la transaction. De plus, il faut que tu retournes chez Belford pour voir s'il y a eu des touches sur ta ligne à singe. Qu'il y en ait eu ou pas, tu as maintenant l'intention de transformer ton appartement en cantine regorgeant de glaces à la banane car l'impact sur Belford pourrait être beaucoup plus fort si tu récupérais André chez toi plutôt que chez lui.

— Non ? demande Diamond. Pas de Nommo ? Dommage. Bon, OK. On peut mener un crapaud à la rivière, mais on ne peut pas l'obliger à penser. Poursuivons donc jusqu'à Tombouctou.

— Bon, répliques-tu sèchement.

Tu parierais ta dernière action en décapilotade d'Union Carbide qu'il n'a pas exigé de Natalie qu'elle réfléchisse à la magie du Nommo bozo.

09 h 00

— Tombouctou. Une ville faite de pâte à tarte et de lumière d'étoiles. Un mirage dans lequel vous pouvez vous promener – si vous supportez la chaleur. Solitaire, hermétiquement close, tous volets fermés, elle porte un masque sous un autre masque derrière un voile. Tombouctou. Une Venise déshydratée, s'effondrant dans un entrelacs de canaux de poussière. Conçue lorsque le sphinx partagea sa couche avec le scarabée d'or dans un campement presque aussi vieux que le temps. Le Sahara crisse dans chaque bouchée de son pain, le vent porte les cendres de livres morts dans toutes ses rues ; la sagesse perdue d'une douzaine de races est ensevelie sous ses sédiments que jamais une pelle d'archéologue ne viendra remuer. Tombouctou. Une ville où seul un aventurier se hasarderait, que seul un romantique pardonnerait, que seul un nomade trouverait hospitalière, que seul un chameau aimerait.

Babil, babil hypnotique de cinglé. Mais Diamond a raison sur un point : Tombouctou a vraiment l'air d'être faite de pâte à gâteau et de lumière d'étoiles. Ce qui ne signifie pas qu'elle est douce ou radieuse ou même vaguement charmante. Il est vrai qu'elle est chargée d'un mystère certain, dû en premier lieu à l'audace avec laquelle elle occupe le vide, imposant fièrement son existence là où aucune ville ne devrait exister, et au caractère exotique même de son architecture, ce fouillis curieusement naturel de maisons d'argile cubiques empilées et adossées les unes contre les autres comme quelque chose qu'un enfant maniaque pourrait construire – un enfant incapable d'imaginer flèches, arches ou dômes –, et qui pourtant contient suffisamment de fantaisie enfantine pour qu'une porte sur trois ou quatre soit peinte d'un bleu éclatant. Mais ce mystère lui-même est sapé par l'aspect vide et désolé de l'endroit, la monotonie de la couleur fauve rompue de temps en temps seulement par le clin d'œil d'une porte bleue, l'immobilité si immobile que même les diapos la traduisent : si Diamond avait utilisé une caméra, l'effet aurait été le même – celui d'une ville fantôme qui refuse de rendre l'âme, un endroit où les gens passent leur vie à écouter le vent souffler.

— Vous n'êtes pas la première à être déçue, dit Diamond comme s'il lisait dans tes pensées une fois de plus. Pendant tout le Moyen Âge, Tombouctou a représenté pour les Européens une sorte de splendeur séduisante et hors d'atteinte, une cité magique mais bien réelle, symbole de richesse, de raffinement, d'intrigue et de savoir ; un centre commercial de rêve, pour ainsi dire, où l'on pouvait se procurer sel, poivre, cornes de licornes, cartes de tarots, livres, vierges, eunuques, nains, minerais ; où l'on pouvait batifoler dans les jardins luxuriants aménagés sur les toits des maisons avec la jeune esclave que l'on venait d'acheter, et discuter avec des savants ou des saints à chaque coin de rue. Oh, oui. Mais quand les premiers hommes blancs ont commencé à foncer sur l'objectif, au XIXe siècle, cela faisait au moins trois cents ans que cette époque glorieuse était révolue. Les palais n'étaient plus que ruines, les souks n'existaient plus, la bibliothèque et l'université avaient été incendiées. Alors qu'ils s'attendaient à se rouler dans de la poussière d'or, ces sales Blancs n'ont reçu en plein visage qu'une bouffée de sable chaud. L'Eldorado africain. Oui, sans aucun doute. Savez-vous, très chère, que Marlon Brando a dit que la chose la plus laide au monde était l'intérieur de la bouche d'un chameau ?

— Pourquoi ?

— Pourquoi ? Retroussez leurs babines et vous pourrez...

— Non, non, Larry. Pour l'amour du ciel. Je parle de Tombouctou. Si cette ville était si riche et si splendide, pourquoi est-elle devenue ce... ce... cimetière ?

— Vous pourriez poser la même question au sujet de Wall Street. Les choses ne durent que ce qu'elles durent en ce bas monde. Précisément, si vous voulez vraiment savoir, Tombouctou a commencé à décliner après que les marchands européens sont arrivés sur la côte Ouest de l'Afrique au XVe siècle, ouvrant une autre voie que les caravanes transsahariennes ; et puis la ville a perdu littéralement son âme quand elle a été envahie par des mercenaires marocains et des renégats fondamentalistes en 1591. Mais de tels événements ne sont que les véhicules que le changement aime à emprunter. L'évolution conduit un bulldozer déguisé en bicyclette immobile. L'histoire, c'est l'inverse.

Se pourrait-il, te demandes-tu indépendamment des illogismes de Diamond, que tu sois en fait comme ces explorateurs européens ? Que tu te sois embarquée dans l'espoir de prendre ta part de la richesse d'un pays légendaire pour atteindre, après bien des difficultés, ta destination longtemps après son heure de gloire ? De toute évidence les jours de folle prospérité sont bien passés, mais ce déclin serait-il par hasard permanent ? Les centres financiers de l'Amérique, autrefois si puissants, sont-ils condamnés à s'enfoncer de plus en plus dans un Sahara économique qui envahit tout, jusqu'à ce qu'un jour, dans dix ans, dans vingt ans, ils ne soient plus que des villages poussiéreux dont les habitants, toi y compris, n'auront rien d'autre à faire que contempler leur obsolescence et écouter le vent souffler ?

— Ou regarder les étoiles.

— Pardon ?

— Écouter le vent souffler – je lis en vous comme dans un journal grand ouvert, n'oubliez pas – ou regarder les étoiles. (Diamond remplit ta tasse de thé.) Vous savez, aujourd'hui encore, des voyageurs arrivent à Tombouctou s'attendant à… je ne sais pas, quelque chose d'épiphanique, de fantasmagorique, et ils en repartent avec le sentiment d'avoir été floués, se plaignent qu'il n'y a rien à voir. Mais peut-être que la question n'est pas de savoir s'il y a quelque chose à voir. Peut-être que tout simplement ils ne savent pas quoi chercher.

— Tout le monde ne lit pas dans les pensées comme vous, Larry. Que pourraient-ils chercher en réalité ? Où pourraient-ils regarder ?

— Oh, ils pourraient commencer par l'université. Tombouctou a de nouveau une université et, je peux vous l'assurer, elle est tout à fait à part. J'y ai appris deux ou trois petites choses. Oui, je vous le dis. Deux ou trois petites choses, et pas n'importe quoi.

Clic-clac. Clic-clac. Il fait défiler les diapos rapidement dans un brouillard saccadé pour finalement s'arrêter sur un haut mur couleur fauve. Tombouctou est une cité sans murailles, ce qui te surprend, étant donnée la légende de mystère qui s'y attache, mais dans les faubourgs, il y a plusieurs ensembles entourés de murs, l'un d'entre eux étant, selon toute vraisemblance, une sorte d'école. La scène suivante montre une grille en fer forgé très travaillée ouvrant sur une cour ornée de bananiers, d'arbres en fleurs, et, croyez-le ou pas…

— Un bassin ?

— Oui. Pensiez-vous que dans un endroit où la lune est si énorme il n'y aurait pas de grenouilles pour en faire l'éloge ? Après tout, Tombouctou est une oasis.

La photo suivante révèle un assez grand bâtiment sur deux niveaux, plutôt carré, fait d'argile dans le style soudanais et arborant des volets bleus (clos) à l'étage. Avec sa cour ombragée et verdoyante, tu imagines volontiers que l'endroit constitue une sorte de refuge, après les allées désolées et le sable grillé par le soleil tout autour (une oasis dans une oasis), mais c'est un piètre prétexte pour une université. Tu es sur le point de faire la remarque quand, clic-clac, Diamond appuie sur le bouton et passe à une autre vue de la grille, cette fois-ci avec un groupe d'une bonne douzaine d'Occidentaux posant devant l'entrée.

— Le corps enseignant ? demandes-tu.

— Oui et non. Oui et non. Là, au premier rang à gauche, c'est Robert Anton Wilson ; et à sa gauche il y a Terence McKenna, Diane di Prima et, je crois, John Lilly. Vous reconnaissez Timothy Leary au deuxième rang, à côté de Carlos Castaneda – la seule photo de lui qui existe, soit dit en passant –, et puis Andrei Codrescu, Ted Joans, euh… Rupert Sheldrake, Fritjof Capra, Gary Snyder et… bon, quelques mathématiciens, des spécialistes de la physique quantique, et des artistes dont vous n'avez sûrement jamais entendu parler.

— Je n'ai jamais entendu parler des autres non plus, dis-tu de façon quelque peu mensongère, car tu crois te souvenir que Q-Jo – à moins que ce ne soit tes parents – a mentionné certains de ces noms.

— Inutile de préciser que ces sommités ne sont pas en résidence là-bas en permanence. Les non-Africains vont et viennent pratiquement au hasard. Et toujours en secret. Ils donnent bien quelques conférences, de temps en temps, ils font des communications, ils n'hésitent pas à intervenir pendant les cours – si l'on peut appeler ça des “cours” –, mais il semble qu'ils soient là pour étudier autant que pour enseigner. Professeurs, étudiants, difficile de faire la différence. Ils ne constituent pas le corps enseignant à proprement parler. Voici…

Clic-clac.

— … le corps enseignant.

Même grille, même pose, même nombre de personnes, à une ou deux près, mais dans ce groupe les pigmentations déclinent les différentes nuances de la cannelle et de l'asphalte, et les vêtements offrent divers exemples de la mode africaine, des longues robes blanches et turbans aux costumes de lin blancs, des ensembles deux-pièces bariolés aux pagnes, des tuniques africaines flottantes aux peaux de bêtes.

— Chamanes, devins, griots et grands sorciers, dit Diamond. Dites-moi, quelle opinion pensez-vous que ces enseignants auraient de votre MBA ?

Tu ne réponds pas parce que tu n'écoutes pas. Après avoir pensé à Q-Jo, tu t'es recentrée sur les raisons pour lesquelles tu assistes, par un matin de Pâques, à cette stupide séance.

— Larry, il y a quelques minutes, vous avez dit que l'on vendait des cartes de tarot à Tombouctou au… euh, au Moyen Âge, je crois bien.

Est-ce que vous en avez parlé à Q-Jo aussi ? Je me demande si cela aurait pu déclencher quelque chose, si ça pourrait être un indice, ou…

Dans la pénombre, tu peux voir des gouttes de sueur grosses comme des petits oignons blancs perler sur le front de Diamond, tu peux même sentir son accès de fièvre.

— Je… je ne me souviens pas vraiment. (Il se met à trembler.) Vous m'excuserez, je dois aller à la salle de bains, comme s'entêtent à dire les Américains dénaturés bien que leurs besoins impliquent rarement le fait de prendre un bain.

Il s'éloigne en titubant et disparaît dans l'obscurité.

09 h 28

Reconnais-le, Gwen, tu es lente. Tu es plus lente que des zombies qui jouent au Monopoly, qu'une course en sac dans une maison de retraite, que Noël en Arabie Saoudite. Tu es si lente que si tu sautais d'un avion en plein vol, l'avion atterrirait avant toi. Tu es si lente qu'il s'écoule cinq bonnes minutes avant – avant que ce qui aurait dû t'apparaître immédiatement comme horriblement évident ne finisse par s'imposer à toi. Et quand cela se produit enfin, cela fait gicler le thé de ta tasse et l'adrénaline de tes glandes surrénales.

Fais un dessin, Sherlock, mets tout sur la table : il y a moins de quarante-huit heures, Q-Jo Huffington était assise sur ce même canapé, regardant précisément cette diapo quand Larry Diamond s'est excusé pour aller aux toilettes, comme il vient de le faire à nouveau, comme par hasard, et au cours de son absence, quelque chose est arrivé à Q-Jo, quelque chose de catastrophique, quelque chose qui l'a fait disparaître de la surface de la terre. C'est plus qu'une coïncidence, au-delà du déjà-vu, c'est l'histoire qui délibérément se répète, et tu te retrouves juste avant le dernier acte.

09 h 30

Pendant un long moment, tu restes assise et essaies de contrôler la tasse sur sa soucoupe tremblante, les yeux grands ouverts rivés sur l'écran comme si l'un des membres du corps enseignant de l'université de Tombouctou pouvait t'interpeller et te dire ce qu'il convient de faire. Puis, brusquement, tu te lèves en projetant du thé sur le tapis et, comme un débutant au tai-chi qui aurait les deux pieds dans un piège à ours, tu pivotes maladroitement. Personne ne s'est approché de toi en douce. La pièce est vide. Et, mis à part le faible ronronnement irrégulier du projecteur, silencieuse. D'un silence de mort.

Tu attends là, sur tes gardes, t'efforçant de combattre la panique et de mettre de l'ordre dans tes idées. Comme une horrible crème de cholestérol instantanée, ou de la graisse de canard coagulée par l'adrénaline, la peur a bouché tous les conduits de ton cerveau. Tu ne penses qu'à une chose : quoi qu'il ait pu arriver à Q-Jo, tu ne dois pas permettre que la même chose t'arrive à toi.

Naturellement, l'idée te vient de te mettre à courir vers la sortie, mais tu rejettes immédiatement cette possibilité, pour la simple raison que te faire surprendre en train de courir serait bien gênant. (Mieux vaut mourir que rougir, hein, Gwen ?) Posant la tasse et la soucoupe sur le canapé, tu commences à t'avancer sans te presser en direction de la porte, tranquillement, nonchalamment, doum-doum-di-doum, essayant de ne pas voir un fou armé d'un couteau dans chacune des ombres terribles projetées par les masques africains. L'immense salle de séjour est séparée de la porte d'entrée par un petit vestibule, et alors que tu pénètres dans ce vestibule, les bras ballants, en toute innocence, doum-doum-di-doum, tu remarques une porte intérieure avec de la lumière filtrant au bas de cette porte. La salle de bains ! Devant laquelle tu dois passer pour atteindre la sortie.

Tu hésites. Et si c'était un piège ? Que ce soit un piège insidieux aux conséquences néfastes ou une de ces plaisanteries ostensiblement éducatives que Diamond affectionne, peu importe ; les deux te rendent furieuse. Des grumeaux de peur glacés commencent à se dissoudre dans un bain de colère chaud et acide. Tandis que tu fouilles dans ton sac à la recherche de ta fidèle bombe lacrymogène, tu sens ta corne se redresser et tu t'apprêtes à foncer droit devant comme un rhinocéros.

09 h 34

Progressant sur la pointe des pieds, bombe lacrymo à la main, tu passes doucement devant la salle de bains. Qu'il s'amuse à tenter quelque chose pour voir ! Ton cœur tambourine contre ton sternum comme le poing du propriétaire contre la porte de l'appartement de ton père, mais ta rage et ta détermination sont si grandes que tu es presque déçue d'atteindre la porte sans encombre.

Tu marques un temps d'arrêt. Es-tu absolument certaine de vouloir filer à l'anglaise ? Oui. Oui, bien sûr. Tu ne t'enfuis pas simplement d'une situation désagréable, tu es peut-être en train de sauver ta peau. Vas-y. Sors d'ici en vitesse !

Hélas, la poignée refuse de tourner dans un sens ou dans l'autre. Tu secoues, tu tournes, tu tires, tu pousses. Rien n'y fait. Cette porte est plus hermétiquement fermée que les lèvres d'une sainte nitouche. Tu cherches en vain un verrou quelconque. Apparemment tu as été enfermée à clé. Lentement, tu relâches la poignée inerte et tu te retournes. Rien n'a changé. La Maison du Tonnerre reste vide, sombre et silencieuse. À côté, dans la salle de séjour, le projecteur de diapos bourdonne comme un insecte dans un bocal. À un peu plus d'un mètre sur ta gauche, un ourlet de lumière décore toujours le bas de la porte de la salle de bains.

Tu te rends rapidement à l'évidence : tu n'as pas beaucoup de solutions. Tu pourrais chercher un téléphone et tenter ta chance à la roulette du 911, le numéro de police-secours – ces temps-ci, les appels sont innombrables, mais les réponses rares. Tu pourrais chercher assistance auprès de cet Amérindien, ce Twister, en supposant qu'il est sur les lieux et qu'il n'est pas le complice de ton hôte, quels que soient ses agissements. Tu pourrais simplement rester dans le vestibule et attendre de voir ce que va faire Diamond, le laissant décider de ton sort. Ou tu pourrais prendre l'initiative, passer à l'offensive, te transformer en broker en bleu de chauffe dans cette société frauduleuse d'agents de change qu'est la vie. Étant donné l'état d'exaspération dans lequel tu te trouves actuellement, cette dernière éventualité semble inévitable. Rejetant en arrière d'un coup de tête tes cheveux qui virent au gris à grande vitesse, sentant se former dans ta gorge la version couineuse et aguicheuse d'un cri de guerre, tu fonces sur la porte de la salle de bains et tu l'ouvres violemment, prête à asperger ce salaud de gaz lacrymogène en le poursuivant jusqu'à Tombouctou.

09 h 37

Rien, au cours de ta vie, pas même *La Tentation de saint Antoine* de Bosch dont ta mère avait punaisé une reproduction au mur de ta chambre d'enfant et dont tu as été, pendant tes premières années, obligée de regarder les inépuisables monstruosités au lieu de la télévision (jusqu'à ce que Grand-mère Mati, se signant comme un jouet mécanique, finisse par l'arracher), non, rien, pas même la corbeille de la Bourse de Chicago, ne t'a préparée au spectacle qui s'offre maintenant à toi dans la salle de bains de Larry Diamond.

Nu à partir de la taille, Diamond est à quatre pattes sur un kilim afghan – de toute beauté et probablement très cher – occupé à s'enfoncer des feuilles vertes dans le rectum.

— Mon Dieu ! balbuties-tu le souffle coupé.

Celui qui fut le génie de la Bourse de toute la côte Nord-Ouest du Pacifique ressemble maintenant à un mutant incomplet, une forme de vie étrange sortie d'un film de science-fiction artisanal, une sorte d'hybride au rabais, mi-homme, mi-plante, rampant vers une Bethlehem de jardinerie pour y venir au monde. C'est cela, ou alors il joue la scène d'un cauchemar dans lequel il donne naissance à une salade verte.

— Mon Dieu !

— Je ne pense pas avoir sonné la bonne, dit Diamond d'un air détaché en levant les yeux.

Profondément mortifiée, tu opères un mouvement de retraite en marchant à reculons façon geisha : à tout petits pas très rapprochés et en te dandinant, le tout ponctué d'humbles courbettes craintives au cours desquelles tu prends bien garde de dissimuler dans ton dos ta bombe lacrymogène comme s'il s'agissait d'une bouteille de saké de mauvaise qualité. Diamond te signale de rester, bien que le geste par lequel il te fait signe soit quelque peu confus, dans la mesure où il est très occupé à jouer le rôle d'un chien à trois pattes essayant de libérer son arrière-train d'une azalée.

— Pardonnez cette présentation primitive, te prie-t-il. (Mais il n'est pas facile d'absoudre sans autre formalité un homme sans pantalon qui arbore un sourire malicieux à une extrémité et une plante verte du genre faux arum à l'autre.) C'est mon traitement, explique-t-il. Grand remède de guérisseur. (Il lâche le bouquet de feuilles qu'il s'appliquait sur le postérieur, le laissant tomber par terre, et en prend un autre dans une feuille de papier journal humide.) Tenez, dit-il, sentant que tu es sur le point de recommencer à jouer les Madame Butterfly pour rejoindre le vestibule. (Il te tend le bouquet détrempé, le soumettant à ton observation peu enthousiaste.) C'est le père de Twister qui m'envoie ces spécimens de la fine flore de l'Oklahoma. Grand remède.

— C'est avec cela que vous traitez votre… votre…

— Mon cancer ? Oui. Oui, bien sûr. Wide Place in the Road est un guérisseur très estimé, bien que je doive admettre que son traitement à base de plantes semble perdre de son efficacité en ce qui concerne mon infirmité. Peut-être que je devrais essayer de la fumer, son herbe.

Mon Dieu, te dis-tu tout bas. Le pauvre. Comment aurais-je pu deviner… ?

Ton cœur, qui déjà fait un bond dans sa direction, reçoit dans le même temps un encouragement supplémentaire ainsi qu'une mise en garde lorsque, levant les feuilles à la hauteur de ton visage, tu captes leur arôme – quelque chose comme du sucre roussi, du caramel, ou une macédoine de fruits en conserve.

09 h 41

— Vous-vous-vous devez avoir mal, bégaies-tu, sentant que tu devrais probablement lui essuyer le front, par exemple, mais tu tiens les feuilles humides dans une main et ta bombe lacrymogène dans l'autre, et puis de toute façon, tu n'es pas tout à fait sûre de savoir quoi faire : poser une main compatissante sur lui ou quitter les lieux définitivement.

— Oh, c'est un peu comme si j'étais assis sur une lampe à souder, mais chacun de nous a ses petits malheurs. On nous prévient qu'il va falloir souffrir, quand on est gosse, mais on oublie de mentionner l'humiliation. Quel fœtus qui se respecte choisirait-il de naître tout de même si on lui montrait qu'il sera, au cours de sa vie, patient d'un proctologue, jeune recrue dans un camp d'entraînement et candidat d'un jeu télévisé ? (Il détourne le regard et tu sautes sur l'occasion pour te débarrasser de ta bombe lacrymogène dans une corbeille à linge sale.) Bien sûr, poursuit-il, à une grande face avant correspond effectivement une grande face arrière. Cette vieille fripouille de Yamaguchi pourrait devenir mon sauveur ; s'il joue ses cartes comme il faut. En attendant, on dirait bien que je suis à genoux.

— À quel… à quel stade ça en est ?

Tu te rapproches de lui d'un pas de geisha.

— Ça ne fait mal que lorsque je ne ris pas, dit-il.

À ces mots, il se redresse sur ses genoux et tu te retrouves les yeux fixés directement sur son – son truc. Qui te fixe de son œil unique et épicanthique ! Tout de suite, tu es surprise de le trouver vraiment… très élégant. C'est-à-dire, comparé à celui de Belford. Le pénis de Belford, qui dépasse certainement celui de Diamond en longueur et en épaisseur, est un machin tout ridé, tordu, gorgé de sang, qui te fait tellement penser à un cou de dinde bouilli que tu peux à peine supporter de le regarder. La bite de Diamond, elle, est comme un canon de revolver en albâtre – lisse, droite et d'un blanc lunaire – tandis que sa couronne ressemble à une pomme en satin, un mélange rosé tenant de la pelote à épingles vierge, du bulbe de tulipe et de la tête d'un cobra en chewing-gum. Et si c'est un cobra, toi tu es la flûte du charmeur, parce que, où que tu ailles dans ton agitation nerveuse et embarrassée, il te suit, se balançant, dansant, te témoignant une périlleuse estime.

De ta vie tu n'as jamais autant rougi que maintenant et pourtant, tu restes fascinée, hypnotisée par la grâce et l'éclat de son vaillant membre, tout autant que tu étais fascinée par ses monologues délirants. De plus, tes genoux ont l'air d'être faits d'hélium et de bouillon de poule, et lorsque Diamond tend les mains pour te prendre les poignets, non seulement tu as l'impression qu'ils sont encore plus faibles, mais l'un d'eux semble vouloir aller vers l'est et l'autre vers l'ouest, comme pour faire un peu de place à la nappe d'humidité qui commence à s'étendre dans ton slip, accompagnée d'une sensation de liquéfaction proche de celle que doivent ressentir les glaces à la banane un peu partout dans l'appartement de Belford.

Diamond t'attire plus près. Sans t'en rendre compte, tu te retrouves à genoux aussi. D'abord timidement, puis sans la moindre réserve, vos lèvres se rencontrent. Quand sa langue toute chaude explose dans ta bouche et s'y démène dans tous les sens comme une truite au bout d'une ligne, retournant ta propre langue d'un côté, puis d'un autre, comme une côtelette examinée par un inspecteur zélé de l'hygiène alimentaire, badigeonnant, lissant et décorant la voûte de ton palais tel un Michel-Ange miniature dopé à l'espresso, tu te débarrasses de ton bouquet de feuilles humides – ovales, lancéolées, peltées et perfoliées, orbiculaires et deltoïdes – en balançant tout contre le mur, la cuvette des toilettes, le côté de la baignoire. En moins de temps qu'il n'en faut pour le dire, tu as remplacé la matière végétale par sa… Ô mon Dieu ! Jamais tes doigts ne se sont refermés sur une chose aussi luisante, aussi raide, aussi vivante. Si vivante qu'elle en est presque sonore, si vivante que tu ne peux t'empêcher de t'accrocher à elle. C'est comme si tu avais empoigné un morceau de câble à haute tension et qu'il tressaute et crépite tout en faisant des étincelles.

Tu sens que sa main – sans savoir pourquoi, tu es sûre que c'est celle avec le tatouage mystérieux – grimpe sous ta jupe. S'ensuit le bruit reconnaissable du tissu en détresse. Du coin de l'œil tu vois les lambeaux de ta petite culotte voler çà et là. C'est la dernière chose que tu vois : comme une adolescente aveuglée par les vents rouges tourbillonnants du désir et de la passion (ceux-là mêmes qui s'élèvent tel le sirocco des fioles de chlore de l'âme) au point que les concepts de “maladie”, “grossesse” ou “humiliation” s'estompent puis disparaissent, tu fermes les yeux (bien inutilement) et tu te laisses lentement aller sur le dos en émettant de petits gémissements semblables à ceux d'un chiot dans une congère.

Mais qu'est-ce qu'il attend ? Ah, oui, bien sûr, le préservatif. C'est vraiment irresponsable de ta part d'avoir oublié. Mais qu'est-ce qu'il dit ? Entre tes jambes, plus bas, tu l'entends grogner, grommeler, marmonner, pousser des ah ! et des oh !

— C'est plus qu'un vagin, c'est un *monstre sacré** ! Le nid-de-poule dans lequel des empires brisent l'essieu de leur char. Les portes que Samson ne pourrait abattre. Le sourire du mollusque. La fourmilière du miraculeux.

Et ainsi de suite.

Seigneur Dieu ! Tu ouvres les yeux pour les refermer aussitôt lorsque tu sens sa langue effilée te parcourir depuis l'anus jusqu'au nombril. Mon Dieu ! Qu'est-ce qu'il fait ? Tu as déjà entendu parler de ça par cette cochonne de Q-Jo, mais, de ta vie, jamais… ! Ton corps tout entier frissonne tandis qu'il te lèche la vulve, tu cries quand sa langue, tel un serpent, te pénètre puis te quitte, et quand très tendrement il prend ton clitoris entre ses dents – Mon Dieu !

Un instant plus tard, son visage luisant du liquide salé de ta petite mare portative apparaît au-dessus du tien, ouvrant tes paupières à coups de baisers, et tu sens son impudente rigidité glisser lentement, très lentement en toi, centimètre par centimètre, poussant devant elle l'extase comme un corps étranger.

C'est alors que tout le bâtiment se met à trembler, faisant tomber d'une étagère une brosse à dents qui rebondit sur le kilim près de ta tête, et tu as les oreilles pleines de grondements et de fracas, comme les bruits d'une bataille lointaine, et tu te dis : C'est véridique, ça fait trembler la terre !

Mais attends un peu. Ce bruit. Ce bruit te semble familier… Diamond sourit d'un air fataliste, stoppe sa locomotive juste avant qu'elle atteigne ton utérus et, indiquant le plafond de la tête, murmure :

— Dix heures. Le bowling vient d'ouvrir.

10 h 00

L'étreinte charnelle nous coupe du reste du monde. En douceur et avec efficacité, elle étouffe tous les autres besoins biologiques, dissout l'intellect, efface la conscience. Si elle peut, le temps qu'elle dure, supprimer la faim, la fatigue, la douleur, le temps, la raison, la responsabilité et la culpabilité, elle peut certainement assourdir les détonations bien banales du bowling. Et rapidement, c'est ce qui se produit. Bientôt le tonnerre des quilles est couvert par le doux clapotement de son ventre contre le tien – tu as la jupe remontée autour du cou – et tu t'accroches autant que tu peux pour ne pas plonger dans le trou sans fond (mais étroit) de la baise.

Alors que les muscles de ton vagin se contractent autour de son phallus, le muscle, plus grand, de la baise se contracte autour de toi, et tu as l'impression d'être comprimée jusqu'à ne plus être qu'une seule goutte de graisse musquée, une cuillerée de saindoux grésillant dans une poêle sur un fourneau de soie. Tes glandes de Bartholin s'agitent dans leur jus et quand, de temps à autre, son scrotum vient les heurter, le poney blanc se cabre sur la colline. C'est parti pour le craquement des os ! Pour l'écrasement des cartilages ! Pour les projections de salive ! Pour…

Seigneur Dieu. Quoi encore ?

Diamond sourit à nouveau d'un air fataliste et le rythme de ses coups de reins ralentit jusqu'à l'arrêt brutal. Que se passe-t-il, chéri ? as-tu envie de lui demander. S'il te plaît, n'arrête pas. N'arrête plus jamais. Mais pas un mot ne sort de ta bouche et par-dessus l'épaule de ton amant tu aperçois la silhouette qui a mis fin au mouvement et a fait fuir le poney blanc de la prairie jusque dans les mesquites.

C'est Twister, Jésus Marie Joseph ! Twister. L'imposant Amérindien se tient dans l'encadrement de la porte de la salle de bains, impassible, perplexe, si perturbé qu'il ne semble pas comprendre qu'il est lui-même la perturbation, la personnification de ce qui, après la mort et la mise en attente d'un appel téléphonique, constitue l'intrusion la plus impardonnable dans l'univers d'un être humain : le coïtus interruptus. Tandis que le sang se rue à ton visage à la vitesse d'une boule de bowling – c'est tout juste si tu n'entends pas le grondement –, il dit d'une voix calme qui semble venir du plus profond de sa personne :

— Excuse-moi, Larry, mais tu m'as dit de te prévenir quand ce docteur japonais passerait à la télé.

10 h 05

Twister se retire. Mais pas Diamond – toutefois, tu sens bien qu'il diminue en toi.

— Un moment mal choisi, dit-il.

— Hmm-hmm.

— Dans la vie comme en amour, le succès dépend du choix du moment.

— C'est pareil à la Bourse.

— Tout à fait. Il y a le bon moment et le mauvais moment. Celui-ci était mauvais.

— Hmm-hmm.

— Inopportun.

— Oui.

Tu le sens se ratatiner. Où est-ce que ça va quand ça s'en va ?

— Mais il y aura d'autres occasions.

Tu ne sais pas si c'est une affirmation ou une question, alors tu dis :

— On devrait se relever. Il pourrait revenir.

— Non, Twister est dans son tipi. Toutefois…

D'un mouvement vif des hanches il se retire et, baissant la tête, il t'embrasse tendrement. Puis, reculant à quatre pattes, il te plaque un vigoureux baiser en plein sur la cible, entre tes cuisses. Se léchant les lèvres comme un goinfre à un barbecue, il se redresse. Te sentant soudainement peu couverte – et très intimidée –, tu te relèves en vitesse également.

— Tant qu'on est debout…, dit-il.

— Oui ?

— Eh bien, j'aimerais autant jeter un coup d'œil à ce Yamaguchi. Cela te dérange ?

— Je… euh… (Tu retrouves ta petite culotte par terre, sur un tas de feuilles. Humide et en lambeaux, elle ressemble à ce qui serait resté du Petit Chaperon Rouge si le chasseur ne s'était pas pointé à temps.) Je crois qu'un brin de toilette me rafraîchira.

Diamond s'empare de ta petite culotte, la porte à son visage et respire à fond.

— Une pêche qui serait plus fraîche que vous, ma chère, serait encore sur l'arbre.

Tu vas pour protester lorsqu'un arôme, non pas celui de ta culotte déchiquetée, mais celui des feuilles éparpillées, te ramène à sa maladie et à l'espoir d'un traitement que pourrait représenter ce dingue de Yamaguchi. Et tu le laisses, après qu'il a enfilé son jean, te prendre la main pour t'emmener hors de la pièce. En sortant, tu jettes un regard en arrière, avec sur le visage une expression, mi-sourire, mi-froncement de sourcils, comme si ton cerveau embrouillé s'efforçait de comprendre. La chose la plus excitante qui te soit jamais arrivée hors des locaux de la firme Posner Lampard McEvoy et Jacobsen ne viendrait-elle pas de se produire sur le sol de cette salle de bains ?

10 h 06

Dans l'appartement de Twister, où vous pénétrez par une porte discrète sur le côté droit du vestibule, les meubles sont de style époque coloniale, ce qui aux yeux d'un Comanche n'est sans doute qu'une période récente, et encore. Pour toi, ces meubles sont de mauvais goût, bien qu'indiscutablement supérieurs à ceux que Q-Jo déniche dans des brocantes. Sa salle de séjour est aussi spacieuse que celle de Diamond, mais l'essentiel du mobilier a été rassemblé dans un coin, à l'autre bout, où il prend la poussière et vibre à l'unisson du fracas des quilles. À ce bout-ci de la pièce, un gros meuble de télévision a été installé contre le mur côté Est et, lui faisant face, au milieu de la pièce – l'Indien doit avoir de meilleurs yeux que toi – se trouve un canapé pas très confortable, apparemment, recouvert de toile imprimée rustique. Plus près du mur Ouest, dos au canapé, il y a un rocking-chair en bois, également de style colonial, mais tu es sûre qu'il s'agit d'une copie et tu te dis qu'il doit être dur pour les fesses. Twister y est assis, mais il ne se balance pas. En fait, il est aussi immobile que s'il était perché sur un rocher. Il a les yeux rivés sur le mur, ou plutôt, sur un petit tableau au mur. Le fameux Van Gogh, certainement. Naturellement, tu es impatiente de l'examiner, mais Diamond te conduit directement jusqu'au canapé et t'invite à t'asseoir près de lui.

— Tu n'as pas de télé ? lui murmures-tu à l'oreille, celle qui est percée d'un anneau, la malheureuse.

— Je l'ai mise à la poubelle, répond-il. Quand je suis rentré de Tombouctou.

Il fixe l'écran avec la même attention que celle que Twister accorde à son dessin de Van Gogh, avec suffisamment de souplesse, toutefois, pour glisser une main sous ta jupe et serrer ta cuisse nue et poisseuse. Tu tiques mais ne résistes pas. Ce doit être parce que le marché s'est effondré, te dis-tu. Le fait que je semble ne plus avoir honte de rien.

10 h 07

Apparemment, Motofusa Yamaguchi a passé les premières minutes de sa conférence de presse à présenter des excuses alambiquées et décousues à Seattle, aux hommes, aux femmes et aux enfants de Seattle et même à l'humanité tout entière pour avoir laissé une boisson alcoolisée modifier ses réactions rationnelles, brouiller son jugement et occasionner le grotesque incident qui s'est produit la veille, sapant peut-être la confiance que le public avait placée en lui et en ses méthodes de traitement. Cependant, si le bon docteur a perdu la face, s'il envisage de se faire hara-kiri pour éviter le déshonneur complet, cela n'apparaît pas franchement dans son attitude. En fait, son œil brille d'un éclat malicieux alors qu'il est assis tout seul à une petite table sous les projecteurs, dans la salle de réunion d'un hôtel, tapotant ses dents considérables avec son briquet Bic, pendant qu'un porte-parole plus sombre, un membre de l'équipe du Centre Hutchinson de Recherche sur le Cancer, annonce que le Dr Yamaguchi a décidé de rendre immédiatement publics certains détails de son traitement, détails qu'il avait initialement prévu de ne révéler que demain, lors du colloque international. Il est probable qu'il essaie ainsi de regagner la confiance perdue. En tout cas, un bourdonnement exalté monte de la salle pleine de reporters, et Diamond accentue très légèrement sa pression sur ta cuisse. Tu le regardes en essayant de comprendre ce qu'il doit endurer. Tu as beau te mettre à sa place, tu ne sais toujours pas si le fait qu'il a ce cancer augmente ou diminue ton sentiment d'avilissement.

Yamaguchi : D'abord, il y a question ?
Un reporter : Oui, docteur. Avez-vous un problème d'alcool ?
Yamaguchi : Bien sûr. Toute personne qui boit alcool a problème. C'est pour ça que l'alcool si apprécié. À chaque fois, nouveau problème pour nous distraire.

Le docteur émet un timide ricanement, le reporter a l'air perplexe, Diamond rit et frappe le canapé de sa main qui ne te caresse pas.

— Il faut absolument envoyer ce type à l'université de Tombouctou, dit-il.

Un reporter (un autre) : Pouvez-vous nous parler de cet instrument ? Celui que…

Yamaguchi : Ah ! Content que vous demandez. Un instant, s'il vous plaît.

Le docteur pose son Bic, ouvre sa valise, en tire une boîte plus petite qu'il ouvre et dont il tire un objet effilé d'environ douze centimètres de long, un objet apparemment identique à celui dont la disparition momentanée avait causé toute cette agitation la nuit dernière. Il le lève pour le montrer.

Plusieurs reporters (tous en chœur) : Qu'est-ce que c'est ?

Yamaguchi : Je crois dans votre langue vous appelez “canule”. Canule pour lavement.

Une vague de murmures déferle sur la salle. Photographes et cameramen se bousculent pour faire des gros plans.

Un reporter (prudemment) : Il y a quelque chose de spécial dans ce lavement ? Cette canule ?

Yamaguchi (haussant les épaules) : Oh, objet un petit peu spécial. D'abord, c'est très ancien. Ensuite, c'est en jade. Jade et cristal minéral. Vous voyez ? (Il le tient plus haut et le fait tourner entre ses doigts. L'objet émet une faible lueur vert menthe.)

Un reporter (du fond de la salle) : Quelle est la fonction de cette canule ?

Yamaguchi : Fonction est de réguler et faciliter le passage de solution dans les intestins.

Un reporter (un autre) : Oui, on a bien compris, mais qu'a-t-elle de si spécial ?

Yamaguchi : D'abord, très ancien. (Il observe l'objet avec admiration.) C'était canule à lavement personnelle pour impératrice de Chine, il y a deux, trois cents ans. Ensuite, c'est en…

Le reporter (exaspéré) : Bon, d'accord, mais est-ce que cela fait quelque chose que les canules ordinaires ne font pas ?

Yamaguchi : Bien sûr. Oui. (Il marque un temps d'arrêt.) Objet mâche le riz.

Tu te tournes vers Diamond.

— Ça mâche le riz ? C'est bien ce qu'il a dit ?

Les reporters se regardent en se posant mutuellement la même question. Le représentant du Centre Hutchinson, qui tente maladroitement de masquer sa panique et de préserver ce qui reste de la nature éminemment sotériologique de l'occasion, prend la parole :

— Docteur Yamaguchi, pourriez-vous, s'il vous plaît, informer nos invités… Pourriez-vous expliquer exactement où vous voulez en venir ? (Puis, s'adressant à la presse :) N'oubliez pas, mesdames et messieurs, que l'anglais n'est pas la langue maternelle du Dr Yamaguchi.

— Gwendolyn, mon amour, dirais-tu que ma langue est maternelle ?

Bien évidemment, tu rougis, pourtant, malgré tous tes efforts, tu ne peux t'empêcher de sourire.

Yamaguchi : Secret de bonne santé, c'est mâcher. Nourriture nutritive sert à rien si pas bien mâchée. Beaucoup beaucoup de gens dans nations industrielles ont mauvaise nutrition parce qu'ils mâchent pas nourriture assez. Vous voulez longue vie, bonne santé, vous mâchez, mâchez, mâchez. OK ? Bon. Solution pour lavement pour mes patients est faire – est faite avec riz, bêta-carotène, une deux autres choses. Riz – non raffiné, que vous appelez riz complet – remet en condition normale, bonne santé du gène MCC. MCC commence à produire bonne protéine. Ça permet à tumeur ou polype de devenir petit. Diminuer. Simple, non ? Ah, mais autre chose. Où mâcher ? Il faut mâcher la solution de riz. Les dents (il reprend son Bic, joue du xylophone sur ses dents supérieures) sont dans bouche, pas dans rectum. Non ? Pas de dents dans intestin, donc canule doit mâcher. (Un temps d'arrêt.) Pourquoi personne peut mâcher là ?

Un reporter (peu importe lequel) : Et comment cette fameuse canule peut-elle “mâcher” la solution de riz et de bêta-carotène ?

Yamaguchi : Comme dit là-bas à Houston, au Texas : “Ça me laisse sur le cul.”

Le reporter : Vous voulez dire que vous n'avez pas la moindre idée de la façon dont ça marche ?

Yamaguchi : J'ai idée. Je crois que réfraction de lumière par jade et cristal permet à canule de mâcher. Bien sûr, comme dit à Houston, on met lavement là où le soleil ne brille jamais, donc je ne réfère pas à lumière littérale, je réfère à lumière poétique, à énergie.

Jamais auparavant tu n'avais vu une meute de journalistes aussi muette. Même ceux dont l'expression indique qu'ils croient avoir découvert une supercherie monumentale, même eux sont incapables d'intervenir verbalement pour le démolir. Diamond, lui, semble captivé par le numéro du docteur, à un tel point qu'il cesse momentanément ses lentes caresses affolantes à la périphérie de ton pubis.

Un reporter (enfin) : Donc, docteur Yamaguchi, administrer des lavements de riz complet grâce à une canule de jade et de cristal va nous permettre de détruire les tumeurs ? De vaincre le cancer ?

Yamaguchi : Que voulez-vous dire, “vaincre” ? Que voulez-vous dire, “détruire” ? La médecine occidentale toujours pense en termes de destruction. En Occident, une personne attrape virus, elle veut le tuer. Attrape une tumeur, elle veut tirer une balle magique dessus. Pas une guérison, mais fusillade. Règlement de comptes à OK Corral, *ne* ? (Il pointe sa canule en direction des reporters et fait semblant de tirer un coup de feu.) Ma méthode pas la guerre. Ma méthode est faire la paix. Faire ami avec tumeur. Amitié avec cancer. Changer le régime de l'ami, apprendre à l'ami bonnes manières.

Murmures dans la salle.

Un reporter : Hier soir, vous étiez très énervé quand vous avez cru que votre canule avait été volée. Vous n'avez pas de canules de remplacement, c'est la seule qui existe ?

Yamaguchi : Derrière chaque étoile, une autre étoile. Mais grande distance entre elles.

Un reporter : Docteur, vous devez bien vous douter que certains d'entre nous ont du mal à vous prendre au sérieux.

Yamaguchi (haussant les épaules) : Comme dit Popeye, j'essuie ce que j'essuie et c'est tout ce que j'essuie.

À cet instant, le porte-parole du Centre Hutchinson, visiblement ébranlé, se lève et fait signe que la conférence de presse est terminée.

— Mesdames et messieurs, merci d'être venus. Des informations supplémentaires vous seront communiquées après l'exposé de demain. En attendant, permettez-moi de vous rappeler que si la communication s'avère parfois problématique entre l'Asie et l'Occident, les succès du Dr Yamaguchi dans le traitement des tumeurs malignes du côlon sont nombreux et vérifiables. Merci encore.

Après avoir remis sa canule dans sa valise, le Dr Yamaguchi se lève et s'apprête à partir. Tout à coup, Diamond s'assied plus en avant sur le canapé et hurle en direction de l'écran :

— Dites, est-ce que vos lavements guérissent le cancer rectal aussi ?

Tu te dis, le pauvre. Sous ses manières habiles et excentriques, il cache un profond désespoir. Il doit traverser des moments bien difficiles !

Yamaguchi (regardant droit dans la caméra) : Le traitement peut aussi fonctionner pour tumeur maligne du rectum.

Et il fait un signe de la main.

10 h 20

— Mon Dieu, Larry, comment tu fais ça ?

— Comme ils disent à Houston, Texas : "Ça me laisse sur le cul." J'essaie seulement d'imiter des trucs dont j'ai été témoin à l'université de Tombouctou. Parfois ça marche avec moi, mais pas souvent.

— Ça fiche la frousse ! Tu ne trouves pas ?

— Oh, pas plus que les connaissances étonnantes des Bozos sur Sirius B. La plupart des gens ont la frousse des choses qui refusent de rester à leur place et de poser pour le portrait officiel de la réalité telle qu'ils la veulent – ce qui signifie qu'ils ont des tonnes de choses susceptibles de leur ficher la frousse. C'est pour ça qu'ils se gardent de regarder trop loin dans quelque direction que ce soit.

À propos de rester à sa place, il y en a un qui n'a pas bougé : Twister. La conférence de presse de Yamaguchi, le cri de Diamond, le doigt que celui-ci t'a pratiquement mis – est-ce que tu te rends compte ? –, tout cela quelques pas derrière le dos de l'Indien, sans qu'il ne remarque rien, d'après ce que tu peux en juger. Tu plisses les yeux pour essayer de mieux voir – ce n'est pas la peine de t'acharner, tu as besoin de lentilles de contact – le précieux dessin qui l'absorbe tant, mais cela ne reste pour toi qu'un petit rectangle trouble sur un grand mur tremblotant (en haut, dans le bowling, l'activité s'est progressivement intensifiée).

Alors que Diamond t'emmène vers la porte, tu ne peux t'empêcher de crier :

— Le Hollandais, il offre combien ces jours-ci ?

Que diable. Après la prise en flagrant délit, vous devriez être un peu plus proches, tous les deux.

Twister ne fait pas un geste et ne dit pas un mot. Bon, tant pis, ce n'est pas la première fois qu'on te snobe. Une fille a bien le droit d'être curieuse.

Suivant Diamond dans le vestibule, tu entends une voix derrière toi, une de ces voix repliées sur elles-mêmes comme une tortilla qui semble avoir traversé des siècles et des siècles de farine de maïs et de cendres, tu entends cette voix te dire :

— Deux millions et…

Grondement. Fracas.

Seigneur Dieu. Juste avant que la foudre de Brunswick ne frappe, ce Twister parlait d'un sacré paquet de fric.

10 h 25

— Des lavements, dit Diamond, se parlant à lui-même autant qu'à toi. Une irrigation. Tombouctou a besoin d'être irriguée et, apparemment, moi aussi. Plutôt chic, comme petit irrigateur, cette canule. Ce bout translucide de cristal et cette tige de jade vert… (Il frissonne.) Je parie que c'est froid, tu ne crois pas ? Cette impératrice chinoise devait être un vrai dragon pour s'enfoncer ce genre de glaçon dans le derrière. Le jade ou le cristal, ou les deux, entrent d'une certaine façon en interaction au niveau moléculaire avec le remède concocté par Yamaguchi – tu as remarqué que ce vieux renard a omis de mentionner deux ou trois ingrédients –, ce qui le modifie de façon à le rendre électro-chimiquement actif au niveau infracellulaire. Si c'est un virus carcinogène qui est impliqué, ça peut avoir un sens. Les virus adorent les graisses et les sucres. Par contre, des trucs comme le riz complet et le brocoli, même s'ils n'ont pas été électro-chimiquement modifiés, ça ne leur plaît pas du tout. Ils préféreraient mourir que d'en manger. Quand on y pense, on est aussi comme ça, nous les humains. Souviens-t'en, Gwendolyn, la prochaine fois que tu commanderas des cuisses de grenouille frites ! S'il y a un virus en toi, il te poussera à manger : “Allez, ma petite dame, allez-y ! Envoyez-moi un peu de graisses ! Et que diriez-vous d'une mousse au chocolat pour le dessert ? Miam-miam !" Bien sûr, il est probable qu'il n'y ait pas un seul virus dans tout ton petit organisme. Il est bien trop mignon pour ça. (Il passe un doigt dans ses cheveux filasses et te gratifie d'un de ses ricanements que tu associes à Halloween.) Bien, changeons de sujet, mon petit crapaud adoré. Voyons, où en étions-nous ?

Diamond a l'intention de reprendre quelque chose, mais tu ne saurais dire s'il pense à la projection de diapos ou au sexe. Tu restes assise bien sagement sur le canapé en cuir pendant qu'il fait les cent pas entre toi et la photo du personnel enseignant de l'université de Tombouctou sur l'écran, ta petite culotte en lambeaux dépassant de sa poche arrière comme le drapeau d'un arbitre attendant d'être agité. La vérité, c'est que tu n'as plus beaucoup de temps pour les diapos ou pour la chose. Après tout, Belford doit rentrer à dix heures ce soir, la Bourse de Londres ouvre quelques heures plus tard, et à six heures demain matin, ô mon Dieu, tu seras de retour à la boîte pour affronter Posner, tes clients, ce qui reste du marché et les Parques qui se sont bien moquées de toi tout au long de ta fichue carrière. En attendant, tu as une affaire à négocier et un singe à berner – et puis il y a Q-Jo. Pauvre Q-Jo. Tu devrais essayer de l'appeler tout de suite.

Tu te lèves pour voir si tu trouves un téléphone lorsque Diamond te glisse un bras autour de la taille et t'étreint. Oh, et puis tant pis, de toute façon tu aurais sûrement du mal à te concentrer sur les tâches qui t'attendent si cette question devait rester en suspens. Si Larry veut vraiment m'emporter dans son lit et me faire l'amour – oui, bon, me baiser – pendant une vingtaine de minutes – oui, bon, une heure –, je suis sûre que j'aurais les idées beaucoup plus claires après. Et lui aussi. Le pauvre.

Tu te blottis contre la grosseur qui lui est apparue dans le bas du ventre. Quand vous vous embrassez, c'est toi qui lui enfonces la langue dans la bouche. Ça te plaît bien, ça. Bien sûr, tu te dégoûtes. Tu ne t'es jamais sentie aussi chienne. Oh, évidemment, tu as déjà été excitée auparavant. Pour le meilleur ou pour le pire, l'excitation est un aspect de la condition humaine, et les religieuses, et même les femmes chefs d'entreprise, à ce qu'on te dit, ne s'élèvent pas complètement au-dessus de ça. C'est la malédiction de la chair ; une femme doit apprendre à vivre avec. Non, une femme doit apprendre à s'en servir, la contenir, la diriger, la faire travailler pour son plus grand avantage ; en goûter poliment les plaisirs indéniables, quoique bas, lorsqu'elle se manifeste, et se garder tout autant des abstinences stressantes que des orgies stupides. Elle doit se familiariser avec elle, l'exploiter lorsqu'elle est exploitable, mais jamais au grand jamais elle ne doit s'y abandonner imprudemment. Sinon, la chair se retournera contre elle tel le loup efflanqué et affamé que la jeune fille, en toute innocence, invite à s'étendre près de l'âtre, et la prendra pour dîner ou pour esclave, ou pire encore : devenue la rivale de cette chair elle se transformera elle-même en une louve affamée qui, à force de tout dévorer, perdra et ses sentiments et son indépendance. Ses rêves s'abîmant dans le sexe, elle abandonnera ses plus belles ambitions.

Non, le loup n'est pas un étranger pour toi, mais tu n'as pas, parmi tes souvenirs, un hurlement aussi mélodieux, un pelage aussi duveteux, un souffle de carnivore aussi doux. Pour une fois, ça ne te dérange pas que ça soit un peu gluant et que ça sente comme les chaussettes de Cupidon. Tu te surprends à attendre que Diamond te fasse des choses sales, cochonnes, innommables, bien que tu n'aies qu'une très vague notion de ce que de telles choses pourraient être. Cela dépasse ton imagination. Pour autant que tu saches, elles pourraient être douloureuses ou exiger des efforts excessifs. Sans compter qu'elles prendraient du temps, ça entamerait ta journée.

Ah, j'ai vraiment choisi le bon moment pour avoir envie de faire des galipettes, te dis-tu. Tu fais une grimace, dans la mesure où on peut faire une grimace et embrasser en même temps. "Galipettes" est un mot de prolétaire. Un mot de dessin animé. Un mot pour les clowns, les lourdauds et les adolescents. Mes désirs sont peut-être grossiers, mais pas frivoles. Il faudrait un mot bien plus compliqué et sincère que "galipettes" pour prendre la mesure de mon envie humide.

Tu défais tes boutons dans le dos. Le bruit de ta jupe qui tombe en cascade sur le sol, un bruit si mat, si bref, et pourtant si insistant, audacieux et évocateur de libération – le froufroutement d'une voile qui se déploie sur un sloop briseur de blocus –, ce bruit déclenche un délicieux frisson le long de ta colonne vertébrale.

Diamond se tortille doucement pour se libérer de ta langue. Pinçant gentiment ton derrière nu comme on le ferait à un bébé, il dit :

— Gwendolyn, j'hésite beaucoup à suggérer une telle chose, mais je me demande si tu verrais une objection…

Oui ? Oui ? Dis-moi, Larry ? Quelle chose sale, cochonne et innommable veut-il te faire ? Ou veut-il que tu (Aïe !) lui fasses ? Quelle obscénité, quelle dégradation a-t-il en tête ? (Tu palpites comme une chanteuse de gospel dans une église en transe.) Quelles pratiques révoltantes et interdites… perverses, dépravées, lubriques, lubrifiées, vicieuses, visqueuses vont-elles t'être imposées, quels équipements pourraient-elles nécessiter, combien de tes orifices principaux pourraient-elles concerner ? Oui, Larry ? Oui ?

— … je me demande si tu verrais une objection à m'accompagner à une conférence sur les grenouilles ?

10 h 47

Et c'est ainsi que tu te retrouves – frustrée, humiliée et pourtant curieusement enjouée – à l'arrière du scooter de Diamond (il t'a fait ce sourire entendu qui peut être si irritant quand tu lui as expliqué que tu étais venue en taxi), traversant le pont Ballard en pétaradant, laissant derrière vous La Maison du Tonnerre et sa fausse tempête, sa poétique tombouctouesque, son petit dessin de Van Gogh tout sombre (valant deux millions et des poussières à Amsterdam), ses ombres aux allures de dragons et son kilim portant les traces de vos ébats, en route (via Queen Anne Hill) pour le Pacific Science Center où, dans le cadre des activités clôturant le Salon des Reptiles et des Amphibiens, une conférence intitulée "Silence dans les marécages" est prévue à onze heures trente.

Tu as insisté pour passer par Queen Anne dans le but de faire un arrêt chez toi. "Pour voir s'il y a des nouvelles de Q-Jo", as-tu dit à Diamond, bien que tu sois aussi impatiente d'avoir des nouvelles d'André, et à cet effet tu demanderas à Diamond de s'arrêter d'abord chez Belford et ensuite, si les circonstances l'exigent, dans une épicerie.

Les linceuls et les blancs d'œufs, au milieu desquels le soleil s'était levé, occupent toujours la plus grande partie du ciel. L'air est assez doux lorsqu'on s'y déplace à pied, mais avec la vitesse du scooter il devient plutôt glacial. Tu t'accroches à Diamond pour te protéger du vent et des regards indiscrets. Il y a peu de chance, mais imagine que quelqu'un avec qui tu es en affaire te repère sur cet engin ridicule en compagnie d'un individu aussi négligé par un matin de Pâques ! Ils n'auraient même pas besoin de savoir que tu as le derrière nu – poisseux et glacé – sur le cuir miteux du siège.

Des relents se dégagent de Diamond : le cuir détérioré, les feuilles sucrées, ton odeur – un mélange contradictoire qui suscite en toi une certaine tendresse. Glissant tes bras autour de sa taille, tu enfouis ton visage dans son dos. C'est alors que tes yeux baissés tombent sur ta petite culotte déchirée fleurissant dans sa poche arrière comme le mouchoir d'un magicien. Tu l'arraches d'un geste et, résistant à la tentation de la faire tournoyer au-dessus de ta tête à l'intention des conducteurs qui passent, lorsque le scooter quitte Elliott Avenue pour commencer la pénible ascension de la colline, tu la jettes par-dessus une haie entourant une modeste pelouse.

— Envole-toi ! Goûte à la liberté ! chantonnes-tu.

Aussitôt après tu t'admonestes pour cette conduite légère. Quelqu'un va probablement découvrir cette culotte et la porter à la police. Un souvenir du Violeur Adepte du Sécuri-sexe vont-ils peut-être se dire, ou le vestige d'une farce d'un des voyous friqués, bien qu'il y ait peu de chances pour que les femmes déshabillées par ces voyous aient jamais enfilé des culottes aussi chic que celle-ci.

11 h 23

Attrapé !

Tu l'as attrapé ! Que les économies restent en rade, que les esprits perdent leur raison, que les hormones deviennent complètement folles, que les prières restent sans réponse, que les pères tapent sur leurs bongos et les employeurs sur les doigts de leurs employés, que les cheveux deviennent gris et les encres rouges, que les Parques s'interrompent au beau milieu de leurs gloussements, car tôt ou tard, Gwendolyn Maria Mati devait bien finir par se montrer plus futée qu'elles. Tu as attrapé André ! Tu l'as eu, ce macaque de malheur.

Un rapide coup d'œil à l'appartement de Belford (tu te sens un peu coupable vis-à-vis de Belford, mais ce n'est pas le moment de penser à ça) t'avait suffi pour constater qu'André était venu s'y régaler des appâts disposés ce matin. La porte du congélateur était à nouveau ouverte et des bâtons de glace gisaient comme des tiges d'achillée millefeuille après le passage d'un typhon Yi King. Pas besoin d'être un primatologue ou un enquêteur d'Interpol pour prédire que le macaque irait ensuite chez toi, l'ancien lieu de résidence de Belford, dans le but d'y trouver d'autres gourmandises une fois celles-ci digérées. Tu as demandé à Diamond de faire un détour par le Thriftway – il t'a déposée devant la porte, c'est tout juste s'il n'est pas entré dans le magasin en scooter, ce qui t'a horriblement gênée –, où tu as acheté encore une boîte de glaces à la banane en prenant soin d'éviter le regard de la caissière. Une chose à mettre à l'actif de Diamond – rien ne semble le surprendre : il n'a posé aucune question sur tes emplettes, il t'a conduite avec ton sac en plastique jusque chez toi, puis il t'a attendue, toujours content, sur le parking. Un baiser avec un petit coup de langue l'avait assuré que tu n'en aurais pas pour longtemps.

La porte de ton congélateur était également ouverte et il y avait un paquet de bok choy par terre au milieu de la salle de séjour, en train de décongeler juste à côté des poèmes de ta mère. Les gens cachent parfois leurs bijoux dans des livres creux, mais s'il s'imagine que quelqu'un cacherait une glace à l'eau dans un recueil de poésie, alors ce singe n'est pas aussi intelligent qu'on l'a prétendu. Bon, enfin, tu l'avais raté, mais il y avait gros à parier qu'il allait revenir, alors tu as laissé une glace sur chacun des rebords de fenêtre et tu as mis le reste au congélateur. J'espère que ce stupide conférencier ne va pas bavasser et coasser toute la journée, t'es-tu dit en te trémoussant pour enfiler une petite culotte. Tu as écouté tes messages téléphoniques, tous de Belford et pitoyables pour la plupart, puis tu es sortie sans fermer à clé, bien que les serrures aient rarement posé problème à André avant qu'il ne trouve le salut dans le Seigneur.

Pleine d'espoir, tu as sonné à la porte de Q-Jo sans obtenir de réponse, et alors que tu t'apprêtais à repartir dans le couloir, tes narines se sont contractées et ton appendice d'une étroitesse surprenante s'est mis à se comporter comme s'il était rempli de haricots sauteurs et de poudre à canon. L'arôme qui s'échappait de sous la porte était celui du tabac de Q-Jo ! Impossible de se tromper. C'est le tabac de Q-Jo que

Satan fumerait si fumer en enfer n'était pas redondant, et il n'y a qu'une seule odeur qui soit plus familière et plus répugnante à tes narines : la marijuana de ton père.

Sans bombe lacrymogène mais avec audace, tu es entrée, t'attendant à trouver, qui sait, Q-Jo peut-être rendue folle par son commerce avec les forces surnaturelles, accroupie dans un coin en train de baver et de fumer, les yeux vitreux perdus dans le vide. Au lieu de cela, tu es tombée sur André. Le singe, une expression boudeuse sur le visage, se balançait dans un fauteuil bien rembourré – on aurait dit un Pygmée sosie d'Elvis du club congolais – et il tirait sur une cigarette qu'il s'était lui-même roulée. C'était un magma informe et dégoûtant, mais après tout, Q-Jo ne les roulait guère mieux, et elle, elle avait deux pouces complètement opposables.

D'un air faussement nonchalant, tu lui as parlé de ta voix d'histoire pour enfants la plus douce.

— Salut, André. Salut mon chou. Bien contente de te voir. Salut. Reste assis bien sagement et tata Gwen va t'apporter quelque chose de délicieux. D'accord ? OK ?

Lentement, très lentement tu as refermé la porte. Puis tu as piqué un sprint dans le couloir, on aurait dit Jackie Joyner-Kersee avec une guêpe dans son short. Tu as pris la boîte de glaces à l'eau dans le congélateur et tu es retournée chez Q-Jo à toute vitesse en suppliant le ciel qu'il ne se soit pas enfui.

— Voilà, mon chou. Regarde. Regarde ce que je t'ai apporté.

T'arrachant la boîte des mains, il t'a lâché un nuage de fumée âcre en plein visage, qui t'a fait suffoquer et presque vomir. Tu t'es pratiquement fait une hernie hiatale en essayant de réprimer un toussotement, mais tu as tenu bon et tu lui as offert le reste des glaces. Pendant qu'André s'occupait à enlever les emballages en papier et à essayer de trouver le moyen de manger et fumer en même temps, un tour qu'il aurait pu apprendre dans n'importe quel restaurant de péquenauds, tu as pris un marteau et des clous dans le placard et, aussi discrètement que possible, tu as cloué chaque fenêtre et même l'imposte. Tu as mis de l'eau dans un bol avec un peu de punch en boîte et tu y as fait dissoudre tout ce qui te restait de Valium. Puis tu as posé le bol par terre, près de son fauteuil.

— Tiens, mon chou, au cas où tu aurais soif.

Tu as éteint du pied le feu qui commençait à couver sur le tapis, parce qu'en fin de compte il s'était débarrassé de sa cigarette, et à petits pas de geisha à reculons – tu commences à faire cela très bien – tu as gagné la porte.

— Au revoir. Au revoir, maintenant. Amuse-toi bien et Gwendolyn va revenir dans un petit moment. OK ? Au revoir. Joyeuses Pâques.

Tu as fermé les deux verrous et tu as ajouté quelques clous pour faire bonne mesure.

— Voilà qui devrait te garder bien au chaud, petit salopard. Je t'ai bien attrapé.

11 h 24

— Attrapé !

Il y a une demi-douzaine de résidents dans l'entrée, au bas des escaliers, et l'un d'entre eux te dit :

— Il a été attrapé !

— Je vous demande pardon ?

Mais comment ont-ils fait pour savoir ? Ces gens sont aussi fouineurs qu'ils manquent de classe. Il faut vraiment que tu ailles vivre dans un immeuble d'un standing un peu plus élevé.

— Ils l'ont attrapé !

— Qui ?

— Mais le violeur, voyons. Ils l'ont raté tout à l'heure, mais ils viennent de l'avoir.

Oh, mon Dieu !

— Mrs Kudahl l'a repéré sur le parking et elle a appelé les flics.

Seigneur Dieu !

Te frayant un passage au milieu de tes voisins, tu te rues à l'extérieur, et tu passes les dix minutes qui suivent à convaincre la police que l'homme qu'ils ont collé contre le mur est un ami à toi – toi qui es propriétaire d'un appartement dans cet immeuble ! – et, malgré son allure, un citoyen respectueux des lois. Cela ne manque pas de provoquer force moqueries et roulements d'yeux chez Smokey et Cecil qui sont à deux doigts de te coller contre le mur également – il faut dire qu'en plus de tout le reste, sans t'en rendre compte, tu brandis un marteau ; mais finalement, autant en raison du manque de preuves que grâce à ton bagout de vendeuse perfectionné par l'expérience du courtage, ils sont bien obligés de le relâcher. Il y a encore un petit problème. En palpant le suspect – à la recherche d'une arme, ou de préservatifs ou de tu ne sais quoi –, Smokey a trouvé un gros rouleau de billets et ils veulent savoir pourquoi Diamond se promène avec tout cet argent liquide.

— Vous êtes suffisamment observateur, monsieur l'Agent, pour avoir remarqué que je suis aussi en possession de billets d'avion. Je pars demain rendre visite à mes chers parents qui sont missionnaires et répandent la parole de l'Évangile au milieu des païens dans un pays lointain. Et quelqu'un d'aussi bien informé que vous est très certainement au courant de ce fait – attristant et honteux – que les cartes de crédit américaines ne sont plus acceptées à l'étranger avec le même enthousiasme qu'autrefois. On pourrait croire que c'est un bon paquet de fric, mais avec la faiblesse actuelle du dollar, ça ne sera que de la roupie de sansonnet pour ces filous d'étrangers sans foi ni loi.

Alors ils l'ont relâché. En partant, Cecil t'a dit :

— Ma petite dame, je ne sais pas ce que vous fabriquez, mais je ne veux plus vous retrouver sur mon chemin. Jamais.

— Ne vous inquiétez pas, monsieur l'Agent.

Tandis qu'ils remontent dans leur véhicule de patrouille, tu te tournes vers Diamond.

— Tu vas où, Larry ?

— Au Salon des Reptiles et des Amphibiens, je te l'ai déjà dit.

— Je veux dire demain.

Mais… aurais-tu la gorge serrée ?

— Je t'expliquerai plus tard, mon chaton fourré. La conférence a commencé il y a cinq minutes et j'ai bien peur que mon scooter ait rendu l'âme.

— Très bien. Prenons la Porsche.

11 h 50

Mais où sont donc passées toutes les grenouilles ? C'est là le sujet de la communication qui a lieu dans la salle de conférences du Pacific Science Center. Il faut bien avouer que tu ne t'étais absolument pas aperçue de leur disparition, mais de toute évidence, il y a des gens qui l'ont remarquée, parce que le conférencier, un herpétologue à la voix douce d'environ trente-cinq ans, barbu, vêtu d'un jean et d'une chemise de travail bleue (pourquoi les gens qui ont les moyens de s'acheter autre chose choisissent-ils de se marginaliser en se déguisant en ouvriers agricoles ?) et d'une veste en tweed, est en train de débiter des statistiques quand Diamond et toi arrivez pour vous joindre à un public étonnamment nombreux – tu dirais qu'il y a bien quatre-vingts à cent personnes –, et apparemment cela fait déjà un petit moment que ça dure. Ces chiffres sont les résultats de diverses études indépendantes menées par des scientifiques dans le monde entier, et ils font clairement apparaître un déclin brutal, déroutant et alarmant, de la population des grenouilles sur la planète. En lisant les conclusions de chaque étude, l'herpétologue inscrit à la craie sur son tableau le nom d'une nouvelle espèce en voie de disparition. La liste en comportait déjà plus d'une douzaine à votre arrivée, et il y ajoute le "crapaud doré", le "crapaud boréal", la "grenouille arlequin", la "grenouille des montagnes à pattes jaunes", la "rainette faux-grillon du Canada". Seigneur Dieu. Tu espères que le chef du Bull & Bear n'avait pas garni ton assiette hier soir avec les membres inférieurs d'une de ces bestioles.

D'un autre côté, qu'est-ce que ça peut bien faire ? La dernière grenouille entière que tu te rappelles avoir vue est celle que tu as été obligée de démembrer (beurk !) pendant un cours de biologie au lycée et, en toute honnêteté, tu ne t'es pas sentie privée de quoi que ce soit. Si ces crétins s'inquiétaient autant du déclin du billet vert bien craquant que de celui de la grenouille verte visqueuse, peut-être que tu signerais pour ton nouvel appart la semaine prochaine.

— Pendant deux cents millions d'années, les grenouilles ont survécu aux inondations, à la sécheresse, aux glaciers, aux météorites, aux éruptions volcaniques et à ce qui a exterminé les dinosaures ; pendant deux cents millions de printemps, à travers les périodes de glaciation et de fournaise, elles ont chanté leur sérénade à notre bonne vieille Terre. Aujourd'hui, leur chant touche à sa fin. À moins d'un changement miraculeux, nous estimons que la moitié des trois mille huit cents espèces de grenouilles et de crapauds connues dans le monde aura disparu dans moins de vingt ans.

Bon sang, te dis-tu, ça en laisse tout de même encore mille neuf cents espèces. De combien de variétés de ces affreuses petites rainettes une seule planète a-t-elle besoin ? Tu lances un regard furtif à Diamond. Il te fait un clin d'œil.

Comme pour répondre à ta question, le conférencier explique que pour chaque affreuse petite rainette qui succombe, un nombre incalculable de bestioles va se développer.

— Le déclin des grenouilles fait le bonheur des insectes, dit-il, et il cite l'augmentation des dégâts causés aux récoltes, les moustiques et la malaria dans certaines parties d'Asie où les grenouilles ont pratiquement toutes passé l'arme à gauche. (Une bonne nouvelle en ce qui concerne tes actions de Union Carbide ?) Et à mesure que la population des grenouilles s'amenuise, s'amenuisent aussi celles des oiseaux, des poissons, des lézards, des serpents et des petits mammifères également, car beaucoup d'animaux se nourrissent régulièrement, sinon exclusivement, d'amphibiens. Ceux-ci constituent un élément essentiel de la chaîne alimentaire. (Q-Jo t'a raconté que lorsqu'elle rentrait malade de l'école et qu'elle restait à la maison, sa mère lui donnait de la soupe avec du vermicelle alphabet. À chaque fois qu'elle vomissait, Q-Jo observait ce qu'elle avait rendu pour voir si les petites pâtes composaient un mot. Pour les voyantes, tu imagines que les signes sont partout mais, curieusement, tu ne peux pas entendre le terme "chaîne alimentaire" sans repenser à l'histoire de Q-Jo – et ressentir une vague nausée.)

— Il ne s'agit pas simplement de sauver des grenouilles.

Ah bon ?

— Il y a ici une sorte d'effet domino, et la grenouille n'est que le premier domino. Plus nous perdons en diversité biologique, moins nous avons de flexibilité dans la création de nouvelles sources de nourriture pouvant tolérer les nouvelles conditions environnementales engendrées par le progrès. Aujourd'hui, c'est la grenouille ; demain, ce sera l'oiseau ; après-demain qui sait ce que ce sera ? Ainsi que l'a déclaré le Dr Richard L. Wyman, de la New York State University : “Nous ne savons pas combien d’espèces peuvent disparaître avant que le système dans son ensemble ne cesse de fonctionner. Par le passé, la vie réagissait au changement par l’évolution et ce processus dépend de la diversité génétique. Si la différence n’existe plus, l’évolution s’arrête.” Est-ce que cela ne fait pas peur ?

Un brouhaha d’inquiétude parcourt le petit auditorium. Jetant un coup d’œil autour de toi, tu es frappée par le manque de diversité dans le public. Presque tout le monde, quels que soient l’âge et le sexe, porte un blouson en nylon matelassé sur une chemise de flanelle écossaise. Cela fait des dizaines d’années que cette expression du chic version routard constitue l’uniforme officieux de la classe moyenne de Seattle, et maintenant tu dois te poser la question : se pourrait-il que l’uniformité soit partiellement responsable de la disparition de la bourgeoisie ? Mais y a-t-il moins de standardisation chez les pauvres, dont le nombre est en augmentation, ou chez les riches, qui restent stables (et résistent bien à tes tentatives d’infiltration, ainsi qu’à celles de gens comme toi) ? Cette chaîne de pensées te mène directement à un examen introspectif de ta situation présente, financière et personnelle, et tu ne prêtes qu’une oreille distraite au conférencier qui explore les causes possibles de la dramatique et mystérieuse décimation des amphibiens.

— S’il ne s’agissait que de l’intervention des humains et de la destruction de l’habitat, ce ne serait pas si problématique. Il est clair que les pesticides et les herbicides ont joué un rôle dévastateur, et beaucoup de gens montrent du doigt les pluies acides, mais à moins de cent kilomètres d’ici, les grenouilles disparaissent des lacs d’eau pure de Cascade Mountain où des prélèvements successifs ne révèlent aucune présence d’acides, ni d’ailleurs d’aucun polluant. Ceci pourrait indiquer que ce qui est en cause, c’est l’augmentation des rayons ultraviolets, mais puisque grâce à l’opposition du gouvernement et des grandes sociétés industrielles nous ne disposons pas des données qui permettraient de montrer si oui ou non le rayonnement ultraviolet est en augmentation, nous ne pouvons que faire des spéculations. Il est très vraisemblable que ce qui est en train d’exterminer nos grenouilles est un mélange complexe de modifications environnementales à l’échelle planétaire. Dans la mesure où, au cours de leur existence, les grenouilles vivent à la fois dans l'eau et sur terre, se nourrissent à la fois de végétaux et d'insectes, et où elles sont recouvertes d'une peau perméable qui n'offre qu'une faible protection contre le monde extérieur, elles sont les baromètres parfaits de la santé de notre planète. Les grenouilles nous informent sur l'état général de l'environnement sur terre, et les informations communiquées ne sont guère rassurantes. Depuis des dizaines de millions d'années, elles ont survécu à tout, par conséquent, le fait qu'elles soient maintenant menacées par ce rapide processus d'extinction constitue un avertissement d'autant plus sinistre. Il se pourrait bien que les grenouilles remplissent la même fonction que le légendaire canari des mines de charbon – sauf que lorsque le canari mourait, les mineurs pouvaient évacuer la mine. Nous, nous ne pouvons pas quitter cette planète. Il faut faire en sorte que cela ne devienne pas nécessaire. (Il marque un temps d'arrêt et le silence te tire brusquement de ton introspection.) Y a-t-il des questions ?

Tu te penches vers Diamond.

— J'ai des questions, murmures-tu. Est-ce que tu t'en vas vraiment demain, et si oui, où vas-tu ? Qu'as-tu l'intention de faire en ce qui concerne tes contacts avec le Dr Yamaguchi pour essayer de te faire traiter ? Q-Jo était-elle enfermée à clé, comme moi, dans la Maison du Tonnerre ? Pourquoi es-tu attiré par quelqu'un comme moi, alors qu'on est si différents ? Est-ce simplement un appétit animal ? Et est-ce que tu savais depuis le départ que je serais une proie facile ? Est-ce qu'il y a vraiment une Sirius C ?

Il est évident pour Diamond que tu ne prêtes aucune attention à la conférence et il te lance un regard accusateur.

— Désolé, mon chaton en sucre, réplique-t-il, mais toutes les questions doivent porter sur le sujet traité.

Il te sourit à sa façon inquiétante et démente, puis il se lève et adresse à l'herpétologue et au public le même genre de sourire.

— Puisque la seule fonction de la majorité de la race humaine, dit-il avec son accent nasillard et traînant, est de manger, chier, procréer et regarder la télévision…

Oh, Seigneur Dieu !

— … et puisque ceux qui ne sont pas carrément voleurs et violents sont peureux, ignorants et, surtout, insensibles…

Les Birkenstock et les Rockport se mettent à racler le sol – le public n'est pas vraiment enthousiasmé par les commentaires de cet individu à l'air extravagant, et à franchement parler toi non plus.

— … et puisque leur avidité et leur stupidité a poussé la biosphère tout entière au bord du précipice…

Là, il y a quelques hochements de tête en signe d'acquiescement.

— … et puisque nos soi-disant dirigeants – politiques, économiques et religieux – méritent de se faire réduire en purée et d'être mis en sandwich entre deux morceaux de Limburger bien fait…

— Attention à ce que vous dites ! entends-tu quelqu'un lancer.

— … et puisque les journaux et les magazines qui soutiennent ces escrocs ne sont bons qu'à mettre dans les cabinets au fond du jardin…

Mais il ne va donc pas s'asseoir et la boucler ?

— … et puisque tout le monde a ses malheurs, y compris les grenouilles…

— Excusez-moi, monsieur, dit l'herpétologue. Excusez-moi. Est-ce que vous avez une question à poser ?

— … c'est à contrecœur que je suggère que la baisse de la population de nos amphibiens pourrait être due à autre chose que les odieuses folies irresponsables de nos contemporains ou que ce qui apparaît comme une catastrophe à l'échelle de la biosphère pourrait en fait s'avérer être un signe positif et porteur d'espoir. J'hésite à suggérer ces possibilités, mais je le dois.

Brusquement, toutes les personnes présentes sont assises au bord de leur siège, et l'herpétologue qui avait poliment essayé de le faire taire invite avec circonspection Diamond à poursuivre. Celui-ci est, comme il le dirait lui-même, joyeux et radieux. En apparence, donc, tu es la seule à avoir envie de rentrer sous terre.

— Ainsi que vous le savez tous, vous qui êtes des gens érudits, le mot amphibien vient du grec *amphi* et *bios*, qui signifie vivre une double vie. Ceci fait référence, évidemment, à la double capacité de vivre dans l'eau et sur terre. À cet égard, les amphibiens sont les créatures les plus adaptables du monde, ironiquement les mieux équipées pour habiter cette planète. Mais ceux qui ont lu des histoires d'espionnage ou qui ont eu des liaisons extraconjugales le savent bien, une double vie implique une vie clandestine, une vie de comportements secrets. Bon, une grenouille n'est qu'un petit animal stupide avec un cerveau pas plus gros qu'une tête d'épingle. Ce cerveau ne détient certainement pas toute une masse d'informations confidentielles. Non, bien sûr. Mais, sans posséder des secrets, imaginez qu'une grenouille *soit* le secret. Le lien secret.

Il serait peut-être maintenant prudent de te diriger vers les toilettes pour dames, sinon vers la Porsche. Le problème est que Diamond, l'homme que tout le monde dans cet auditorium sait être ton compagnon, bloque la travée.

— L'amphibien est le lien entre le terrestre et l'aquatique. Je vous invite à considérer qu'il pourrait aussi être un pont entre notre planète humide et la galaxie, presque exclusivement aride. Un pont entre la terre et les étoiles. Un pont, et c'est encore plus important, entre l'esprit de l'homme et le sur-esprit cosmique. Et bien sûr, c'est le pont biologique entre les poissons, que beaucoup identifient à Jésus-Christ, et les reptiles, que beaucoup identifient à Satan.

Les personnes dans l'assistance, certaines amusées, d'autres mal à l'aise ou inquiètes, le regardent comme si après tout il pouvait s'agir d'un cinglé. Toi, le visage aussi rouge et brûlant qu'un genou fraîchement égratigné, tu refuses ne serait-ce que de regarder dans sa direction. Et dire qu'il y a seulement quelques minutes tu te faisais à cette idée de petite fille stupide que tu pourrais éprouver pour cet homme une sorte d'attachement romantique !

Pour être juste avec Diamond, s'il avait eu la possibilité de s'expliquer, il aurait pu recouvrir d'une patine de crédibilité ses postulats complètement dingues. Hélas, lorsqu'il ajoute :

— Je vous demande de considérer que des entités hyper-intelligentes – des agents du sur-esprit, des créatures extraterrestres, si vous voulez – pourraient très bien être en train d'enlever nos grenouilles, dans le cadre d'un plan bienveillant dont le but serait de nous libérer de la tyrannie de ce continuum historique et de réunifier nos âmes avec l'autre dimension…

Tu gâches toutes ses chances en te levant d'un bond et, le bousculant au passage, tu te rues hors de l'auditorium.

Tu pries pour qu'il ne te suive pas, mais alors que tu te précipites entre les bassins-miroirs et les arches d'une blancheur de sel, sanglotant presque de honte et de remords – comment as-tu pu laisser des besoins physiques incontrôlés te rendre temporairement aveugle à sa démence ? –, tu l'entends crier :

— Attends, mon chaton à la crème ! Arrête ! Attends-moi ! Tu n'as pas entendu la chute !

Dimanche après-midi, 8 avril

Au début, nous sommes tous des fruits de mer

12 h 17

La créature est de la taille d'un caniche standard. Elle a le corps recouvert d'une armure rigide, un peu plus de pattes que ne l'exige le bon goût ; de longues antennes souples qui semblent trier les molécules dans l'atmosphère comme des vieilles femmes qui achètent des tomates, et des yeux qui ne sont que d'énormes pupilles dépourvues d'expression et qui pourtant suivent le moindre de tes mouvements, comme si on avait implanté des scanners thermiques dans une paire de balles de golf noires. C'est une chose répugnante qui flanque la frousse – mais ce qui t'effraie, c'est le monstre juste à côté d'elle.

Après que ta mère s'est jetée sous un camion-toupie plein de béton, Grand-mère Mati, armée de gros ciseaux de couturière, s'est mise à découper son image de toutes les photos dans l'album de famille, sans que tu puisses dire si c'était en rapport avec une superstition d'origine philippine ou si c'était par simple méchanceté. Quoi qu'il en soit, tu aimerais bien avoir une paire de ciseaux capable de découper l'image de Larry Diamond et l'enlever de votre reflet à tous les deux, dans cette vitrine. À la réflexion, peut-être que c'est ton image à toi que tu devrais découper et laisser la sienne là. La vitrine devant laquelle ta Porsche est garée est celle d'une entreprise de désinsectisation, et elle est presque entièrement occupée par un cafard holographique aussi gros qu'un ocelot. C'est ce cafard qui n'est pas à sa place, car les cafards sont des intrus plutôt rares sous les cieux nordiques de Seattle, tandis que Diamond, de ton point de vue, serait une plaie sous n'importe quelle latitude.

— En bien dis donc, s'exclame Diamond, qui prétend n'avoir pas remarqué que tu faisais comme s'il n'existait pas, il faudrait une grenouille d'une taille considérable pour avaler une telle entrée entomologique à son déjeuner. Je serais curieux de savoir ce qu'un Nommo pourrait manger.

— Écoute, Larry, dis-tu en faisant de ton mieux pour couvrir ta voix d'une mucosité rauque, ça ne marchera pas, toi et moi.

— Ça ne marchera pas ?

Il semble sincèrement intrigué.

— Oui, tu sais ce que je veux dire, ça ne mènera nulle part.

— Oh, mais tu serais surprise de savoir où cela pourrait nous mener.

— Je n'en doute pas. Mais ça n'arrivera pas. C'est une relation qui n'a aucun avenir.

— Avenir ? Oh, j'y suis. Tu veux dire que tu ne prévois pas un tas d'or au bout de notre arc-en-ciel juteux. Tu veux dire que notre intimité n'est pas du genre à rapporter des dividendes. Tu me déçois, Gwendolyn. J'espérais que tu aurais un ou deux watts de lumière de plus dans ton ampoule que ces pauvres crapauds pour qui une histoire d'amour est un investissement, comme une propriété sur le front de mer ou des bons du Trésor. Est-ce que tu te plaindrais qu'un beau coucher de soleil n'ait pas d'avenir, ou qu'une étoile filante ne rapporte rien ? Pourquoi une histoire d'amour devrait-elle "mener quelque part" ? La passion n'est pas un sentier dans la forêt. La passion *est* la forêt. C'est la partie la plus profonde, la plus sauvage de la forêt ; ce bouquet d'arbres où les fées dansent encore et où d'obscènes vieilles vipères sommeillent dans les branches. Tout le monde, sauf les plus desséchés et les plus malades, est attiré par cet endroit et enchanté par ses mystères, mais il n'empêche que tout le monde brûle d'impatience d'y faire venir les tronçonneuses et les bulldozers pour le remplacer par un restaurant familial ou une agence bancaire. C'est ce que c'est censé rapporter, je suppose. La Sécurité. La Garantie. La Certitude. Oui, bien sûr. Eh bien, n'oublie pas ceci, mon petit chaton au café latte, ce n'est pas dans "une relation" que nous sommes impliqués, toi et moi, mais dans une collision. Les collisions ne se prêtent pas vraiment à un avenir assuré, mais peu de phénomènes offrent autant d'intérêt. Corrige-moi si je me trompe.

Il t'est difficile de soutenir que ta rencontre avec Diamond manque d'intérêt. Et quoi qu'il puisse présumer, tu n'es pas de ces femmes qui considèrent chaque mâle qu'elles rencontrent comme le partenaire potentiel d'un compromis domestique. Mais des fées ? D'abord il vous ridiculise – ridiculise, oui ! – tous les deux avec ses délires publics au sujet de kidnappeurs de grenouilles venus de l'espace, et maintenant voilà qu'il te parle de fées. De grâce ! Si tout ça est une blague, qu'il en fasse profiter le cafard. Tu as d'autres choses à faire.

— C'est décevant parce que j'espérais presque qu'on pourrait faire des affaires ensemble : j'ai un plan… mais il est sûrement préférable que je m'en occupe toute seule. Pour ce qui est de… euh, la partie sexuelle, ce sont des choses qui arrivent. Sans regrets. Dans la mesure où tu n'as pas de maladie. Tu n'en as pas, hein, dis ? (Il se contente de sourire, et le reflet de son sourire n'a pas du tout l'air déplacé à côté de la vermine dans la vitrine.) Tu vois, tu es vraiment impossible. (L'ironie qu'il y a à demander à quelqu'un atteint d'un cancer s'il n'a pas de maladie te passe carrément au-dessus de la tête.) Et puis je ne peux absolument pas supporter tes frasques en public. Toutes ces scènes.

— Vraiment ? Tu étais plutôt en forme hier soir au Bull & Bear, toi aussi.

— Oh, ça va. Oui, j'ai un peu perdu le contrôle récemment. Il m'est arrivé d'être un peu légère, parfois. C'est pas facile en ce moment pour moi. Mais ce n'est pas moi, ça.

— Qui es-tu, alors Gwendolyn ?

Tu soupires, mordilles le sac à baisers qu'est ta lèvre inférieure, et te détournes de la vitrine.

— Je suis un jockey blackboulé d'un cheval boiteux dans une course truquée. Mais je n'abandonne pas. J'irai jusqu'à la ligne d'arrivée. Et je me débrouillerai toute seule. Voilà. Si tu veux, je te ramène au bowling. Mais c'est tout. J'ai des choses à faire.

Pendant que tu cherches tes clés, il tape sur la vitre du magasin tout près du cafard géant.

— Gwendolyn, dit-il, si notre enfant devait ressembler à ça, est-ce que tu l'aimerais quand même ?

12 h 22

Diamond accepte de se faire conduire, mais pas à la Maison du Tonnerre. Il demande à être déposé au Sorrento, l'hôtel un peu vieillissant mais toujours très élégant sur First Hill où, dit-on, séjourne le Dr Yamaguchi.

— Moi aussi, j'ai des choses à faire, dit-il.

Il pose la main sur ta cuisse. Tu lui donnes une claque.

— Non, s'il te plaît, Larry ! Après l'heure, ce n'est plus l'heure. OK ? J'ai une vie suffisamment dingue en ce moment. Je ne suis même pas sûre d'être capable d'avoir une relation normale, alors s'il y a une chose dont je n'ai vraiment pas besoin, c'est d'une "collision".

— *Au contraire**. Une collision est très exactement ce qu'il te faut, parce que les collisions sont transformatrices. Une relation peut à l'occasion combler quelqu'un, mais seule une collision peut transformer une personne. C'est la même chose pour les cultures et pour les individus. Dois-je te citer des exemples historiques ?

— Qu'est-ce qui vous fait penser, monsieur L'Arrogant, que j'ai besoin d'être transformée ?

— Parce que c'est pour ça que nous sommes sur terre. C'est évident. Ou est-ce que tu penses que c'est pour payer nos traites ?

— Je suis une personne qui évolue. J'ai déjà beaucoup évolué. Comment peux-tu savoir si j'ai évolué ou pas ?

— Je ne parle pas de cette évolution-là. Les petits têtards n'évoluent pas simplement pour donner de gros têtards et s'appeler grenouilles, un peu comme les petits enfants évoluent pour donner de grands enfants que l'on appelle des adultes. Les têtards se transforment en quelque chose de complètement différent.

Tu es sur le point de hurler "Mais on se fiche pas mal de ce que font les têtards !", lorsque tu es obligée de freiner à mort pour éviter de percuter un train de chariots de supermarché qui traverse l'intersection de First Avenue et Denny Way sans s'occuper des feux. Il y a environ six mois, quelques individus sans domicile ont eu la brillante idée de former des convois, poussant au long des rues des chariots qu'ils se sont appropriés et dans lesquels ils transportent tout ce qu'ils possèdent au monde – et souvent aussi, ce qu'ils ont trouvé au cours de la journée dans les poubelles. Et cela a fait boule de neige. Aujourd'hui, il y a des convois, ou des "trains" comme on dit, de trente ou quarante chariots de long qui bénéficient d'un certain degré de protection – contre les flics, les voyous friqués et leurs congénères plus brutaux –, de même qu'ils détiennent un certain pouvoir, notamment sur les automobilistes car la circulation au centre-ville est souvent à la merci de ces irrévérencieuses caravanes de détritus et de désespoir qui se déplacent lentement dans un grincement de roulettes.

Tu es à la fois mécontente de ce retard et énervée par ce qui en est la cause, mais Diamond, lui, observe la scène l'air émerveillé.

— Tu les imagines, traversant le Sahara pour aller jusqu'à Tombouctou ?

Son émerveillement ne fait que grandir lorsque, à quelques pâtés d'immeubles de là, vous apercevez un voleur dépourvu d'outils fracasser le pare-brise d'une voiture avec son crâne, une procession de chrétiens hystériques à moitié nus se flageller avec des morceaux de pneus à carcasse radiale, un noyau de néomarxistes prôner les joies et les bénéfices d'une révolution sanglante devant des groupes de poivrots aux lèvres violacées, de vendeurs de crack dansant le hip hop et de quelques couples ahuris fraîchement exilés de banlieues qu'aucun vendeur de jacuzzi ne parcourra plus jamais. Au bord des trottoirs, telles des cigognes sur un parapet, exécutant parfois des véroniques désarticulées au milieu de la circulation comme si la corrida était une compétition des Jeux paralympiques, des mendiants de tous âges et de toutes races, de tous milieux sociaux et de tous niveaux de santé mentale, demandent l'aumône en poussant des cris stridents, en marmonnant, en gazouillant ou en geignant, et en passant près du coin de First Avenue et Stewart Street, tu jurerais entendre les accents d'un air bien connu joué à la guimbarde.

Diamond a dû remarquer ta grimace, car il dit :

— Oui, oui, je suis bien d'accord, il est beaucoup trop tôt pour "Strangers in the Night". Si ce type avait tous ses esprits, il nous gratifierait d'une mélodie diurne.

Sur ce, il rejette la tête en arrière et se met à chanter :

— Zip-A-Dee-Doo-Dah.

— Vraiment je ne comprends pas comment de telles dégradations peuvent t'amuser.

— Félicitations, crapaud. Une fois de plus, tu as choisi le mauvais mot. Le théâtre de la vie n'est pas toujours "amusant", mais c'est toujours du théâtre, et le théâtre peut toujours être une source d'émerveillement, même lorsque son contenu est sombre et dur. La tragédie grecque, ça te dit quelque chose ?

Avant même que tu t'en aperçoives, tu parles comme Belford Dunn.

— Ces gens ne jouent pas un rôle, bon sang. Leur souffrance est bien réelle.

— Tout le monde joue un rôle. On croit seulement que c'est la réalité.

— Oh, vraiment ? C'est encore une pépite de sagesse que tu as trouvée à Tombouctou ? J'espère que tu arriveras à voir ton Dr Yamagivré. Il te fera un lavement gratuit rien que pour t'entendre papoter.

Tu fais une embardée pour éviter un poivrot qui traverse en dehors des passages pour piétons, puis encore un autre. Si le *Titanic* avait été une Porsche, il flotterait encore. Bien sûr, si les poivrots étaient des icebergs, les morpions porteraient des raquettes et les puces des piolets.

— J'ai un ami, poursuis-tu, qui pense que c'est de notre faute si ces gens sont dans la rue et que c'est notre devoir de les nourrir et de leur trouver un abri. Peut-être qu'à une certaine époque cela pouvait se comprendre, mais aujourd'hui, ils sont si nombreux.

— Oui, n'est-ce pas magnifique ? Un clochard ou deux à un coin de rue, c'est un tableau doux-amer, mais ça… ça c'est un spectacle ! La question du nombre mise à part, ton ami n'est qu'un idiot présomptueux pour attribuer des responsabilités et assigner des devoirs de la sorte. Ton ami insulte les sans-abri en ne leur accordant aucun mérite pour les décisions qu'ils ont prises et qui ont déterminé leur vie et il les humilie encore davantage en les jugeant impuissants à changer eux-mêmes leur situation. Il y a bien des façons, très chère, de transformer les gens en victimes. La plus insidieuse est de les persuader qu'ils sont des victimes.

— Attends un peu, Larry. (Très hypocritement, tu essaies d'aborder la question du point de vue de Belford.) Je doute fort que qui que ce soit ait choisi cette manière de vivre. Tu imagines des gosses dans une salle de jeux vidéo après l'école, il y en a un qui dit qu'il voudrait devenir ingénieur un jour, deux autres voudraient être avocats, une fille a pour ambition de faire des études de médecine vétérinaire, et puis il y en a un qui arrive et qui dit : “Ben, moi, je crois que je me verrais bien en sans-abri – ou alors, en poivrot puant et édenté qui dort sur le trottoir" ? Faut pas me raconter ça à moi.

— À moi non plus. Et pourtant, à part ceux qui sont vraiment congénitalement fous, tous sont là où ils sont en raison des choix qu'ils ont faits. Des choix stupides. À un moment donné, les dieux ont placé deux sacs fermés à leur portée et leur ont dit : "Choisissez." Dans un sac il y avait un salami, dans l'autre une crotte. Eh bien, s'ils avaient pris la peine d'examiner les sacs, d'appuyer dessus, de les secouer, de les sentir – indiscutablement, les salamis n'ont pas la même consistance, la même élasticité ni le même parfum que leur contrepartie excrémentielle –, bon, tu vois ce que je veux dire. Mais, parce que le sac contenant la crotte était plus près et qu'ils n'avaient pas à se fatiguer pour l'attraper, ou parce qu'il avait l'air plus léger et donc plus facile à porter, ou plus grand et donc semblait promettre davantage sans contrepartie, ou parce qu'ils ont été distraits par la télévision – en réalité, ceux qui regardaient beaucoup la télé avaient peut-être déjà choisi la merde – ou parce que le sac à crotte était décoré aux couleurs de leur équipe favorite…

— Peut-être que quelqu'un a choisi pour eux.

— C'est ce qui arrive fréquemment. Mais on peut aussi choisir de faire ses propres choix.

— Plus facile à dire qu'à faire.

— On peut dire ça de tout. Si tu veux te plaindre parce qu'il y a souvent des circonstances atténuantes ou parce qu'on nous force à choisir entre les deux sacs alors qu'on est encore trop jeune ou pas suffisamment informé pour savoir ce qu'on fait, il va falloir aller en parler aux dieux. Tonton Larry n'a pas inventé le système. Tout ce que Tonton Larry dit, c'est que les individus doivent assumer la responsabilité de leurs propres mauvais choix. Si à chaque fois que nous choisissons une crotte, la société nous permet, à grands frais, de l'échanger contre un salami, alors non seulement nous n'apprendrons jamais à faire des choix intelligents, mais en plus nous renoncerons à notre liberté de choix, parce qu'un choix sans conséquences n'est pas un choix. Tout cela revient simplement à poser une question : quelle place accorde-t-on à la liberté ? C'est le *numero uno* dans le petit carnet de Tonton Larry, loin devant la nourriture et un toit, mais à un quart de poil seulement devant ton petit…

— Suffit !

La Porsche préférerait peut-être filer sur une Autobahn à 200 à l'heure plutôt que se traîner au milieu d'un flot de piétons vaguement hostiles au carrefour de First Avenue et Pike Street qui constitue l'entrée du fameux Pike Place Market et le centre du monde des poivrots, mais elle n'en laisse rien paraître. Bridée, la belle Allemande se comporte comme si elle sirotait du brandy et tirait sur un cigare dans la bibliothèque d'un pavillon de chasse en Bavière. Tu aimerais être aussi sereine. Cela fait des années que les clochards t'agacent secrètement, des années que l'intérêt larmoyant de Belford pour ces gens-là te fait te sentir coupable. Maintenant, il y a un type qui est en train de suggérer qu'il se pourrait que ton agacement et ta culpabilité soient déplacés, que les sans-abri sont simplement des acteurs dans un grand spectacle historique, qu'ils sont peut-être essentiels à l'intrigue, voire qu'ils en sont partie intégrante. Enfin, tu crois que c'est ce qu'il veut dire. Résistant, plus par peur que par gentillesse, à l'envie de klaxonner pour disperser ces "acteurs" qui forment un bouchon sur le passage piétons, tu reprends :

— Tout de même, Larry, il y a des gens là dehors, qui ont bien choisi ton salami, qui l'ont pris et sont partis avec, qui n'ont pas abandonné l'école et qui ne se sont pas fait virer, qui n'ont pas braqué une petite épicerie, ni volé une voiture, qui ne se sont pas retrouvées enceintes, ni mariées trop jeunes, qui ne sont pas devenus dépendants de l'alcool ni du crack, des gens qui ont tiré profit d'une enfance heureuse ou qui sont sortis plus forts d'une enfance malheureuse, qui ont travaillé dur, qui ont réussi dans leur profession, et tout ça pour qu'on vienne leur tirer le tapis de dessous les pieds quand l'économie a perdu le nord. Et eux alors ? Ce ne sont pas des victimes ?

— Ce sont des victimes s'ils pensent qu'ils en sont. Tout le monde a…

— Ses petits malheurs. C'est tout ce que tu trouves à dire ?

Une brèche temporaire dans la procession te permet de propulser la Porsche de l'autre côté du carrefour.

— Je m'excuse si l'ennui qui me guette est comme une meule autour du cou de cette conversation, mais en ce qui me concerne, toutes ces questions ne sont que de la sociologie et du bruit. Du bruit et de la sociologie. Je dois cependant te rappeler que l'on peut déjouer l'autorité – et le destin – et que pour chaque véritable victime dans notre culture, il y en a cent qui se transforment eux-mêmes en victimes – et se rendent insignifiants – en se complaisant dans leur colère et en dorlotant leur amertume. Zip-A-Dee-Doo-Dah.

— C'est tout ce que tu as à dire ?

— Je n'en aurais pas dit autant si tu n'étais pas à ce point casse-noisettes. Allez, mon petit chaton au beurre…

— Arrête de m'appeler comme ça !

— Apparemment, tu voudrais que je me lamente sur le sort réservé à nos frères et sœurs du secteur financier, mais les patineurs de Ice Capades auront fait une tournée en Enfer avant que tes collègues condamnés ne soient parvenus à susciter la moindre bulle de sympathie dans mon infâme poitrine. Les investisseurs ruinés tout comme les brokers en faillite ont eux-mêmes tendu les verges pour se faire battre en devenant actionnaires du Mensonge.

— Tiens donc. Et c'est quoi, ce Mensonge ?

— Le Mensonge du progrès. Le Mensonge de l'expansion illimitée. Le Mensonge du "croître ou crever". Écoute-moi. On s'est fait un joli feu de joie commercial, mais au lieu de jouir tranquillement de sa chaleur, de griller des marshmallows dessus et de lire les grands classiques à sa lumière, on s'est mis dans la tête de le faire devenir de plus en plus grand, de plus en plus chaud, à un tel point que si les flammes ne s'élevaient pas plus haut d'un trimestre à l'autre, cela entraînait beaucoup de soucis et de frustration. Eh bien, n'importe quel Bozo sur la rive aurait pu nous dire que si on nourrit un feu de joie sans arrêt, tôt ou tard, on finit par brûler tout le bois et le feu s'éteint ; ou alors, le feu devient trop important et on en perd le contrôle, il engloutit tout le pays et brûle ses habitants. La nature a toujours mis des limites à la croissance : il y a des limites à la taille des individus de chaque espèce, des limites à la taille des populations. Est-ce qu'on a vraiment cru que le capitalisme faisait exception aux lois de la nature ? Est-ce qu'on a vraiment confondu consommation sans fin et progrès sans fin ? Benjamin De Casseres, un Français qui donnait des cours à l'université de Tombouctou, a défini le progrès comme "la victoire du rire sur le dogme". Eh bien, voilà une victoire qui mérite d'être célébrée.

Il existe une expression un peu curieuse : “faire son temps”, une tournure qui, si elle est prise littéralement, implique que le temps est quelque chose que l’on peut faire, fabriquer, et donc réussir plus ou moins bien ; une telle idée est aussi saugrenue et illogique que nommer une étoile “pantalon assis” – jusqu’à ce que l’on se mette à la physique quantique, et là on apprend que le temps tel qu’on le mesure sur terre avec nos horloges n’est effectivement qu’une construction, une chose que nous avons fabriquée par commodité. Par ailleurs, plus on “gagne du temps”, c’est-à-dire plus on va vite, moins il y a de temps, à tel point que lorsqu’on atteint la vitesse de la lumière, il n’y a plus de temps du tout, ce qui signifie peut-être que le seul bon temps est un temps mort. Ne faut-il pas réfléchir au fait que si la science a en quelque sorte justifié l’expression “faire son temps”, elle pourrait peut-être aussi valider un jour le nom “pantalon assis” ? Mais pour l’instant, il suffit de dire que tu files comme l’éclair, remontant First Avenue sans perdre de temps, enfin, en direction de l’hôtel Sorrento.

Après avoir rétrogradé, tu tournes à droite dans Marion Street et au bout de quelques pâtés d’immeubles dans cette rue escarpée tu as laissé derrière toi les derniers vestiges du “spectacle”. Bientôt les convois de chariots de supermarché auront été remplacés par des voitures de luxe, les clochards par des gens vêtus de leurs plus beaux atours pour Pâques. Cela te remonte le moral et c’est tout juste si une pique d’accusation perce dans ta voix lorsque tu dis à Diamond :

— En fait, tu t’es retourné contre l’argent.

Il émet une moitié de ricanement. La moitié inférieure.

— C’est comme si tu disais que je me suis retourné contre la pince-monseigneur ou la binette.

— Mais…

— Comme si tu disais que je me suis retourné contre le double du cascadeur.

— Le quoi ?

— Le remplaçant qui fait les acrobaties à la place du cascadeur principal.

— Oh, je vois, dis-tu sans voir vraiment.

— Assurément, très chère, je ne suis pas bouché au point de ne pas avoir remarqué que tu me prends pour un ascète. Un snob autodestructeur de la pauvreté. Tu as déjà vu un ascète joyeux et radieux ? Tu as déjà entendu parler d'un saint qui serait créatif, brillant, séduisant ou tout ce que tu veux à part masochiste, souffrant de troubles de la sexualité, égotiste pathologique qui pense t'être supérieur spirituellement juste parce qu'il se complaît dans la misère et pas toi ? Les gens qui investissent dans la pauvreté sont tout aussi superficiels et exploiteurs que ceux qui investissent dans la richesse. Les uns comme les autres sont abrutis par leur manque d'imagination.

— Ce qui n'est certainement pas ton problème.

— Je prends ça comme un compliment. D'autant plus que, ayant été un enfant autiste, j'ai commencé ma vie sans la moindre imagination. Tiens, à six ans, j'étais aussi prosaïque qu'un gratte-papier dans un bureau.

— C'est vrai ? Je me souviens, tu as déjà dit que tu avais été autiste, mais je pensais que c'était une de tes plaisanteries.

— Vu de la rampe, tout n'est qu'une plaisanterie, même l'autisme – mais il y a de bonnes plaisanteries et il y en a de mauvaises, et l'autisme en tant que tel c'est pire que l'histoire du poulet qui n'arrête pas de traverser la route.

— J'ai bien peur de ne pas savoir grand-chose à ce sujet, et j'imagine que les médecins n'en savent pas beaucoup plus non plus.

— Ma théorie, et il y a peu de docteurs qui y souscrivent, si tant est même qu'il y en ait, c'est que contrairement aux désordres émotionnels ordinaires qui sont, comme Papa Freud nous l'a montré, généralement la conséquence de traumatismes de l'enfance, l'autisme est la conséquence d'un traumatisme fœtal, quelque chose qui nous perturbe alors que nous sommes toujours dans les eaux utérines. Quand nous en sommes encore au stade d'alevin. Et je dis bien, littéralement, au "stade d'alevin". Au tout début de notre vie, nous sommes tous des fruits de mer.

N'ayant pas envie de le suivre dans ces eaux-là, tu lui demandes :

— Comment as-tu pu le vaincre ? L'autisme ?

— Ce sont les dauphins qui m'ont guéri.

Seigneur Dieu ! Tu lui lances un regard qui lui fait dire :

— Ne me lance pas ce regard. Garde ça pour les défenseurs du système, demain à ta boîte. Quand j'avais huit ans, mes parents nous ont emmenés, mes sœurs et moi, dans un endroit en Floride où on pouvait nager avec des dauphins. Au bout d'une heure, je suis sorti de l'eau et j'ai demandé un sandwich au beurre de cacahuète. Jusqu'à ce moment-là, je n'avais jamais parlé. Pas un mot. Le lendemain, nous avons recommencé. Cette fois, je suis sorti de l'eau et j'ai serré mon père entre mes bras. C'était la première fois que je touchais volontairement un être humain. Mon père a demandé une autorisation d'absence à son boulot, et on est restés plusieurs mois à Grassy Key. Tous les jours, je nageais avec les dauphins et quand j'ai eu neuf ans, j'étais devenu ce qu'on appelle un enfant "normal". Un garçon insupportable, mais, selon les critères de la psychiatrie, "normal".

— Mais comment… ?

— Les autistes sont des enfants qui ont disparu en eux-mêmes. Les dauphins ont percé la carapace, ils sont entrés à l'intérieur et ils m'ont ramené à la surface. Comment ? On communiquait, les dauphins et moi, parce qu'on était au même niveau. Le niveau intra-utérin, autonome. Le niveau subaquatique. D'un point de vue émotionnel, les enfants autistes sont encore dans l'utérus. Dans l'eau. Ils ne peuvent pas établir de relations avec les animaux terrestres. Ils restent étrangers à la vie à l'air libre. En quelque sorte, les dauphins m'ont appris à opérer la transition d'un environnement liquide à un environnement gazeux. Cela semble parfaitement logique. C'est un fait bien connu que l'on peut réduire son hypertension et soulager sa dépression en observant des poissons dans un aquarium.

— Ça explique peut-être…

— Pourquoi je suis un Nommophile ? Pas complètement. Toutefois, on peut dire sans risque de se tromper que je suis plus enclin que la plupart des gens à tirer des conclusions essentielles des obscures traditions aquatiques du peuple bozo. Mais ce n'est pas de cela que tu as envie de parler. Toi, tu as envie de parler d'argent.

— Tu es injuste. L'argent n'est pas la seule chose qui…

— Ne sois pas sur la défensive. Ce serait un mauvais signe si tu n'avais pas de goût pour l'abondance. L'abondance en toutes choses – matérielles, émotionnelles, intellectuelles, spirituelles – est le but de toute personne de qualité. Mais dans laquelle de ces catégories convient-il de ranger l'argent ? Automatiquement, tu vas dire "matérielles".

Tonton Larry n'est pas d'accord. Tonton Larry dit "spirituelles". Il se pourrait bien que l'argent soit notre meilleur professeur en matière de spiritualité. Plus édifiant qu'un stade rempli de swamis. Rien ne peut faire dévier un pèlerin de son chemin plus vite que l'argent. C'est ça le boulot d'un professeur de spiritualité, tu sais. Non pas de nous maintenir sur le chemin, mais de nous en faire dévier. Jusqu'à ce que nous puissions y rester sans jamais en dévier – ou être tentés d'en dévier, jusqu'à ce que nous puissions résister à la carotte du professeur et supporter son bâton, le voyage au cours duquel doit s'opérer notre transformation ne peut être qu'une série d'à-coups. Quand il s'agit d'éclairer la structure interne de notre conscience, de mettre en évidence ses faiblesses et ses défauts, rien, pas même l'amour, ne projette un rayon aussi lumineux que l'argent. Les choses que nous sommes prêts à faire pour l'obtenir, pour le protéger, pour exprimer le sentiment de culpabilité que nous procure sa possession, sont incomparablement révélatrices. La frontière est mince entre la charité et la cupidité : fondamentalement, toutes deux sont l'expression d'un manque d'assurance et la manifestation du moi. Si tu veux connaître le degré de ton inquiétude comme le degré de bouffissure de ton moi, si tu veux savoir quelles sont tes chances de rester sur le chemin, alors examine de près ton rapport au fric. L'argent est un très mauvais serviteur, mais un maître remarquable. Loin de Tonton Larry, très chère, l'idée de s'interposer entre celle qui cherche et son gourou.

Nom d'un chien ! Qu'est-ce que tu es censée faire de tout ça ? Tu es toujours en train d'essayer d'interpréter les nuances du dernier laïus de Diamond – pourrait-il s'agir d'une invitation voilée à demander son aide pour ton opération de contrats à terme sur le pétrole ? – lorsque tu arrives devant les barrages autour de l'hôtel Sorrento.

12 h 45

First Hill n'a aucun rapport, physique ou thématique, avec First Avenue. Les deux endroits sont séparés par presque une douzaine de rues. De plus, de nombreux habitants de Seattle sont enclins à appeler First Hill la Colline aux Pilules, en hommage à la grande concentration d'hôpitaux, de cliniques, de centres médicaux et de pharmacies que l'on y trouve. Harborview, l'hôpital psychiatrique public où ces grossiers personnages de Cecil et Smokey voulaient t'envoyer croupir, est situé sur la Colline aux Pilules, tout comme le Centre Hutchinson de Recherche sur le Cancer. Et à l'extrémité nord-ouest de la colline, dominant le centre-ville et le détroit de Puget, se trouve aussi le Sorrento, un adorable petit hôtel de style méditerranéen du début du siècle, apprécié des clients qui recherchent calme, intimité et raffinement dans un milieu urbain. Peut-être que ce sont précisément les qualités que privilégie Motofusa Yamaguchi pour son logement, mais il est plus probable que ce sont ses hôtes qui lui ont réservé une chambre dans cet endroit en raison de la proximité avec les laboratoires du Centre Hutchinson. Quoi qu'il en soit, même si plus d'une célébrité du show-biz a réussi à se cacher au Sorrento, la présence du Dr Yamaguchi en ces lieux a fait voler en éclats toute prétention au calme et à l'intimité.

Une foule quatre fois plus nombreuse que le public à la conférence sur les grenouilles grouille devant l'hôtel, et si quatre cents personnes ne constituent pas vraiment une multitude, c'est largement suffisant pour que soit envahi le paisible petit jardin qui sert d'entrée au Sorrento, avec sa fontaine, sa grille de fer forgé aux pointes acérées et ses robustes palmiers. Qu'ils soient là dans l'espoir de soins médicaux désespérés, d'une association commerciale ou par simple curiosité, les visiteurs se sont massés dans la cour et répandus dans Madison Street ainsi que dans Terry Avenue, au coin de la rue. La police, surchargée et aux effectifs insuffisants, a érigé des barrières tout autour de l'hôtel proprement dit et deux flics font dévier la circulation, cherchant en premier lieu à empêcher l'encombrement de Terry Avenue car c'est la route la plus directe pour les ambulances qui vont aux urgences de l'Hôpital suédois, une rue plus loin. Tu diriges prudemment la Porsche vers un parc de stationnement tout près de Terry Avenue. Toutes les places sont prises, mais tu n'as besoin que d'un endroit pour t'arrêter le temps de débarquer ton passager. Diamond baisse sa vitre pour demander ce qui se passe. La frêle vieille dame à laquelle il s'adresse répond que Yamaguchi a été emmené en toute hâte pour déjeuner quelque part mais qu'on attend son retour pour trois heures.

— Qu'est-ce que tu vas faire ?

Tu ne peux t'empêcher de remarquer que son front est à nouveau parsemé de perles de transpiration, et si tu es impatiente de t'en débarrasser, tu n'es pas sans pitié.

— D'abord je vais me frayer un chemin jusqu'à l'entrée. Si le personnel m'interdit tout accès aux toilettes, je reviendrai ici et je m'accroupirai entre les voitures. (De la poche intérieure de sa veste de cuir, il sort un sachet en plastique avec une fermeture à glissière, rempli de feuilles comanches.) Ce n'est pas tant la douleur que je trouve pénible que le côté grossier.

— Je suis désolée, Larry.

Tu n'as pas de cancer, mais tu sais ce qu'il veut dire.

— Et puis j'attendrai ici, avec tous ces gens insignifiants qui espèrent quelque chose, pour voir si je peux glisser un mot à Yamaguchi-san.

— J'espère qu'il acceptera de te parler.

— Quoi qu'il en soit, ça va être une sacrée scène de théâtre. (Il se tourne vers toi.) Mais avant que je prenne congé, permets-moi d'essayer de répondre brièvement à tes autres questions, même si ce n'est probablement pas dans l'ordre dans lequel tu les as posées. (Tu dois avoir l'air étonnée car il précise :) Les questions que tu m'as posées dans la salle de conférences.

— Ah, celles-là.

— Personne à part les Bozos et les Dogos ne postule qu'il existe une Sirius C. Mais les Bozos et les Dogons bénéficient d'une crédibilité exceptionnelle dans ce domaine. S'ils ont raison, si Sirius a une seconde sœur que les astronomes ne connaissent pas, s'il y a une Sirius C, alors on peut dire que cette crème tremblotante qu'on appelle la réalité est vraiment une crème très tremblotante. À cet égard, et en réponse à une autre question, je dois t'informer que la serrure automatique à la Maison du Tonnerre fonctionne de telle manière que personne ne peut sortir sans clé. Je n'ai pas la moindre idée de la façon dont Q-Jo a pu sortir. Je n'ai pas voulu te le dire plus tôt car je ne voulais pas t'effrayer. (Là, tu cales et tu hésites avant de redémarrer le moteur.) Maintenant, pour ce qui est de l'attirance, à l'instant même où je t'ai vue, très chère, j'ai eu autant envie d'ouvrir tes jambes qu'un compte courant dans une banque qui ne fait pas payer d'agios sur les découverts. Et crois-moi si tu veux, je voulais t'ouvrir l'esprit aussi. Je me suis dit : "Larry, est-ce que ça ne serait pas bien, est-ce que ça ne serait pas une chose vraiment chouette, un bienfait pour la communauté des hommes et pour toutes les créatures, grandes et petites, si l'âme de cette femme était aussi mûre et stupéfiante que son cul ?" Elle ne l'est pas, bien sûr, mais peut-être qu'elle pourrait le devenir. Gwendolyn, tu es comme un beau téléviseur très cher qui ne peut recevoir que deux ou trois chaînes. J'ai envie de te brancher sur le câble, mon ange. Je veux être ton antenne satellite.

Tandis que tu essaies de décider si tu dois te sentir flattée ou insultée, il retire de sa poche de poitrine des billets d'avions. Des taches vertes – les billets étaient placés à côté des herbes médicinales – masquent pratiquement le nom de la compagnie aérienne.

— Demain, poursuit-il en réponse à la dernière question, je retourne à Tombouctou.

12 h 52

— Tombouctou ? Demain ?

Tu déglutis péniblement mais tu t'efforces de le cacher.

— Oui. À l'aube. Avant le troisième cri du coq. Je comprends que cette nouvelle te brise le cœur, mais il ne faut pas désespérer. Je suis sûr que nous pouvons mettre au point une stratégie qui fera de cette calamité une joie. De toute évidence, il nous est difficile de mettre au point quelque chose d'important avec cette procession de crétins en train de piailler derrière nous. (Plusieurs voitures, que vous bloquez dans leurs futiles tentatives de faire le tour du parking, se sont mises à klaxonner.) Donc je vais m'éclipser, sachant que l'amour trouvera un moyen et que nous résoudrons le problème la prochaine fois que nous nous verrons.

Tu es sur le point de dire : "Ne compte pas trop sur une prochaine fois", mais il t'embrasse et son baiser ressemble tellement à une robe de mariée mexicaine, avec plusieurs épaisseurs de dentelles et des couches de fanfreluches, des volants, de la broderie, des rangées de boutons de nacre et des nœuds de rubans aux couleurs vives, que les voitures en colère se transforment en fiesta et que le gardien du parking qui agite les bras dans ta direction devient un prêtre donnant sa bénédiction. Lorsque

Diamond se glisse hors de la Porsche, emmenant avec lui un filet de salive, tes gonades galopent à bride abattue en direction de Durango.

13 h 00

Le sol ferme. C'est ce dont tu rêves. Sentir, rien qu'un moment, le sol ferme sous tes pieds. Une base rocheuse. Terra firma. Du béton armé. Ô Gravité, où est ton hameçon, ton fil, le plomb au bas de ta ligne ?

Pour rentrer chez toi, tu choisis un itinéraire indirect passant délibérément au large des denses populations de clochards, évitant ainsi les bouchons de piétons, de possibles actes de vandalisme et de violence, de même que la tentation de voir ces sans-abri avec les yeux de Diamond. (Si ces gens-là sont vraiment des figurants – et, en même temps, des stars – dans un spectacle géant et plein de vie, alors tu aimerais bien dire un mot au producteur, peu importe ce que cela implique, droit de cuissage et tout le reste.)

Tu parviens à ton immeuble sans encombre, ce qui est déjà un petit exploit, sans être toutefois un signe annonciateur de stabilité puisque tu dois maintenant passer voir André, une tâche qui interdit toute illusion de fermeté sous tes pieds. Heureusement, comme c'est un vieil immeuble tristement démodé, les portes des appartements sont percées de trous de serrures et c'est l'œil collé à une ouverture de cuivre usé que tu peux voir l'intérieur du domicile de Q-Jo et t'assurer que le macaque est toujours là, bien en évidence. En fait, il est étalé au milieu des tarots éparpillés sur la table en merisier de la Huff, telle la victime sacrificielle d'une secte d'adorateurs de postiches. En raison de cette satanée myopie, tu es totalement incapable de dire avec certitude si André respire encore et il te vient cette pensée horrible que tu l'as peut-être tué. Qui sait quelle dose de Valium un singe d'une dizaine de kilos peut supporter ?

Tu plisses les yeux, tu clignes des yeux, tu appuies si fort sur le trou de la serrure que ton globe oculaire te fait l'impression d'être un grain de raisin que l'on enfonce de force dans une sarbacane. Hélas, tu es toujours incapable de détecter le moindre mouvement vers le bas ou vers le haut de la poitrine velue. Si jamais, par ta négligence, tu as tué la petite fripouille de Belford – bon, les conséquences sont trop affreuses, mieux vaut ne pas y penser ! Tandis que, munie de ta lime à ongles tu entreprends d'enlever les clous qui bloquent la porte pour pouvoir aller sur la pointe des pieds tenir un miroir au-dessus des narines du singe ou sentir son pouls, ton esprit est déjà à la recherche d'alibis ou de manières de coller ce méfait sur le dos de quelqu'un d'autre.

Mais à peine as-tu franchi le seuil qu'André te fait sursauter en se glissant d'un air irrité une main sous la croupe, d'où il tire une carte de tarot – comme si elle lui avait pincé son petit scrotum – dont il se débarrasse aussitôt. Bien qu'il n'ait pas ouvert les yeux et qu'il ne fasse pas d'autre mouvement, tu es contente de voir qu'il va bien (tu n'envisages pas qu'il puisse être dans le coma ou que son cerveau puisse être endommagé) et tu te sens grandement soulagée. Plus son sommeil durera, plus il sera facile de le contrôler. Cela fait au moins une chose de réglée. Tu es sur le point de te glisser hors de l'appartement lorsque ton regard tombe sur la carte qu'André a tirée du paquet étalé. Elle a atterri face contre le sol et tu te sens soudain prise d'une violente curiosité. Une carte choisie avec une telle vigueur et en même temps de façon somnambulique a forcément une signification particulière, et tu te demandes de quelle carte il peut bien s'agir. Tu te demandes également si la carte se rapporterait spécifiquement au subconscient du singe, si toutefois un singe a un subconscient, ou si son message pourrait t'être destiné ? Est-ce que ce message pourrait, par exemple, concerner ton projet d'exploiter le retour du primate prodigue pour obtenir de l'argent – sous forme d'emprunt à court terme, bien sûr – de Belford Dunn ? Avant même de t'en rendre compte, tu te retrouves à quatre pattes, rampant subrepticement vers la carte tombée par terre.

Tu as fait la moitié du chemin qui te sépare de la carte lorsque tu te rends compte que c'est là un comportement bien singulier pour quelqu'un qui n'a qu'une envie : se camper sur la croûte rigide de la routine et de la raison. Tu marques une pause pour réfléchir à tes actes, et pendant l'arrêt sur image de ton hésitation tu entends quelqu'un s'éclaircir la gorge derrière toi.

Essie Kudahl, la fleuriste à la retraite qui habite en face dans le couloir, se tient dans l'encadrement de la porte, les yeux écarquillés, bouche bée. C'est peut-être une belle preuve de la force de ta volonté que tu aies la présence d'esprit, tout en étant occupée à rougir violemment, de poser un doigt sur tes lèvres, empêchant toute exclamation de la veuve Kudahl qui aurait pu réveiller le prince endormi.

14 h 40

Tandis que l'après-midi s'écoule, ton esprit s'évade plusieurs fois en direction de la carte de tarot que tu n'as pas examinée, mais ayant épuisé tous tes pouvoirs de persuasion pour convaincre Mrs Kudahl que la petite scène sur laquelle elle est tombée par hasard n'était pas aussi dépravée qu'elle le semblait, tu n'as aucune intention de retourner à l'appartement de Q-Jo, sauf si André se réveille et fait du grabuge. Tous les quarts d'heure à peu près, tu vas pourtant dans le couloir sur la pointe des pieds pour surveiller ton prisonnier, mais tu ne manques pas d'éprouver la nette sensation que Mrs Kudahl te regarde par le trou de sa serrure en train de regarder par le trou de la serrure de Q-Jo.

Et encore plus souvent, ton esprit s'évade en direction de Larry Diamond. Par exemple :

Premièrement. N'ayant rien mangé de la journée, tu te réchauffes un peu de bisque de homard – et pendant que tu avales tes cuillerées, tu te demandes si Diamond a pris le temps de se nourrir, ou si son cancer a dévoré son appétit, comme on dit que cela arrive parfois avec le cancer.

Deuxièmement. À court d'idées, tu appelles les hôpitaux pour leur demander s'ils ont admis quelqu'un correspondant à la description de Q-Jo – et pendant que tu attends les inévitables réponses négatives, tu essaies d'imaginer où se situe chacun des hôpitaux de la Colline aux Pilules par rapport à l'endroit où se trouvent Diamond et le Sorrento.

Troisièmement. N'ayant toujours pas écrit de lettre à Grand-mère Mati depuis qu'elle a quitté Oakland en février pour retourner vivre aux Philippines, tu sors ton Mont-Blanc pour lui envoyer un mot – et tandis que l'encre imprègne la pulpe de bois, tu imagines la vieille dame en train de lever les bras au ciel en voyant Diamond et s'exclamer : "Il a l'air complètement dingo, comme ton papa !"

Quatrièmement. N'ayant que peu d'expérience dans le domaine des matières premières, tu prends un manuel de la fac sur l'étagère – et pendant que tu révises le chapitre sur l'investissement dans les contrats à terme, tu ravives l'espoir de voir Diamond t'aider à monter ce stratagème désespéré.

Cinquièmement. Ayant atteint le point où la culpabilité et la simple décence ne te permettent plus d'ignorer les appels pathétiques de Belford, tu composes le numéro de son hôtel – et pendant que le téléphone sonne à San Francisco, tu te surprends à souhaiter malgré toi et de façon totalement déraisonnable que ce soit Diamond qui décroche et non pas Dunn.

14 h 42

Belford te semble tellement abattu qu'il lui faudrait monter sur une échelle pour changer l'ampoule d'une lampe de poche. Sa rencontre avec le diplomate français vient de se terminer sur une note pessimiste et il n'arrive pas à comprendre pourquoi tu ne l'as pas rappelé.

— Tu étais où ? demande-t-il, en forçant sa voix jusqu'au point de rupture pour éviter d'apparaître geignard ou accusateur.

— Eh bien, je cherchais André, évidemment. (Tu réponds sur un ton si innocent qu'aucune tourterelle n'hésiterait à venir faire son nid dans les fleurs de cognassier de tes inflexions.) J'ai même de bonnes nouvelles.

— Vraiment ?

— Eh bien, en quelque sorte, oui. Je l'ai vu.

— Vraiment ?

— Euh, je crois l'avoir vu.

— Qu'est-ce que tu veux dire ?

— Je suis presque sûre de l'avoir repéré dans les arbres près de l'école. Deux fois. Et j'ai un plan pour l'attirer dans ma voiture.

— Oh, Dieu soit loué ! J'espère que tu dis vrai. Je rentrerais bien immédiatement, mais tous les vols sont archi-complets à cause des fêtes. Joyeuses Pâques, au fait.

— Ouais. Joyeuses Pâques, Belford.

— Il m'est absolument impossible d'être à Seattle avant dix heures ce soir.

— Très bien.

— Qu'est-ce que tu veux dire ?

— Excuse-moi, je voulais dire que ce n'est pas trop grave parce que cela va peut-être me prendre un peu de temps pour le euh… récupérer, mais il se pourrait bien que je l'aie ce soir quand tu arriveras.

— Tu vas faire comment ?

— Peu importe. Ne t'inquiète pas. J'ai imaginé un scénario. Fais-moi confiance.

— Oh, je te fais confiance, ma chérie, je te fais entièrement confiance, mais je dois te rappeler – et je ne dis pas ça pour te blesser –, je dois te rappeler qu'André n'est pas toujours disposé euh… à aller vers toi.

— On a eu quelques petits différends par le passé, André et moi, mais j'ai le sentiment que nous allons bien nous entendre maintenant.

— Je vais prier pour vous deux en permanence. Tu sais, Gwen, si c'est vraiment lui, il y a une chose qui pourrait être utile : une glace à la banane.

— Bon sang, oui, bien sûr ! Quelle bonne idée, Belford ! Je vais essayer ça.

14 h 55

Tu regardes fixement par la fenêtre pendant plusieurs minutes avant de te rendre compte qu'il s'est remis à pleuvoir. La dernière fois que tu as jeté un coup d'œil au ciel, il était encore bleu pour l'essentiel. Bah, Seattle c'est ça, pour toi. Du lapis à l'étain en un clin d'œil. Encore un clin d'œil et ton espresso est complètement dilué. Humide en un rien de temps, lente à sécher, la ville s'est résignée à des cieux qui se couvrent soudainement et à des arrosages prolongés. Les nouveaux arrivants tordent leurs moufles trempées et s'inquiètent de la moisissure ; les anciens jurent et poursuivent leurs occupations, sachant que la prochaine journée ensoleillée, qu'il faudra peut-être attendre des semaines, va faire apparaître un tel panorama montagneux fait de pagodes, de cornets de glace, de rochers se découpant fièrement dans le ciel comme le menton de héros fièrement relevés, de doigts de Dieu majestueusement tendus, et composera une telle palette de couchers de soleil de gelées de fruits, de boissons rafraîchissantes, de couleurs vives comme les néons du Strip de Las Vegas, et d'huile de carotte, un tel tableau marin de grand large, d'îles couvertes de sapins, de baleines soufflant leurs jets de vapeur d'eau, et de voiliers plus nombreux que les triangles dans un livre de géométrie, que tous les souvenirs des jours pluvieux se mettront à pétiller avant d'imploser dans un éclat d'amnésie aveuglante.

Tu t'es habituée depuis bien longtemps à cette malédiction qu'est le crachin persistant, et bien que son effet dévastateur sur ton maquillage et ta coiffure ne cesse de te contrarier, tu t'en accommodes tant bien que mal. Cet après-midi, cependant, à l'enclume de la morosité est venue s'accrocher une gueuse de fonte. Tu te demandes si Larry Diamond attendait toujours à l'extérieur de l'hôtel Sorrento quand la pluie s'est mise à tomber. Tu l'imagines trempé, seul, malheureux, risquant une pneumonie qui pourrait sérieusement aggraver sa tumeur et amoindrir sa résistance aux coups de la maladie. C'est vrai, Diamond est un séducteur amoral, un farfelu imprudent qui ne représente rien, ou presque, pour toi, et en plus, il part demain pour Tomboucstupidetou. Un individu aurait déjà bien de la chance de trouver un pansement non utilisé dans un tel endroit, alors une chimiothérapie… Tu es en droit de te demander s'il est vraiment malade ou s'il est vraiment intelligent. Pourtant, il te semble que ce n'est pas bien de le laisser là-bas sous la pluie dans son état, sans abri, sans moyen de transport. Quel mal y aurait-il à le reconduire jusqu'à la Maison du Tonnerre ? De toute façon, il faudrait que tu passes au peigne fin les environs du bowling pour voir si la voiture de Q-Jo s'y trouve. Tu refuses catégoriquement de croire qu'elle a franchi sans clé une porte munie d'un verrou.

15 h 06

— Qu'est-ce que vous regardez comme ça ? demandes-tu sèchement à la caissière du Thriftway.

Ce qu'elle regarde, c'est assez évident – c'est la troisième fois qu'en ce dimanche de Pâques tu viens acheter des quantités inhabituellement importantes de glaces à la banane –, mais c'est pas ses oignons et tu ne vas quand même pas tolérer une telle impertinence.

— Excusez-moi, dit-elle en évitant ton regard furieux tandis qu'elle met tes achats dans un sac.

C'est chouette de voir quelqu'un d'autre rougir, pour changer. Tu t'empares du sac.

— C'est le seul remède connu pour soigner les stigmates, dis-tu sévèrement. Si vous étiez un peu plus qu'une chrétienne de bijouterie (tu fais un signe de tête en direction de la petite croix en or qu'elle porte autour du cou), vous le sauriez.

— Oui, m'dame.

— Et la prochaine fois, n'oubliez pas de me demander si je veux un sac en papier ou en plastique.

Et toc. Tu te sens mieux maintenant. Un sourire flotte sur ton visage pendant que tu te rends chez Belford pour y prendre le harnais du singe.

15 h 16

Essie Kudahl, qui t'avait vue partir en voiture mais qui a raté ton retour, est à genoux dans le couloir, l'œil collé au trou de la serrure de Q-Jo. Cette fois-ci, c'est ton tour de t'éclaircir la gorge. Oh, ça alors, c'est incroyable la vitesse à laquelle un visage cireux peut devenir rouge ! Ça t'amuse beaucoup, cet embarras en série que tu provoques chez les autres. Se redressant toute chancelante sur ses pieds chaussés de pantoufles duveteuses et serrant sa robe de chambre sur sa poitrine comme si elle craignait que tu sois le Violeur Adepte du Sécuri-sexe, Mrs Kudahl bredouille :

— Il est en train de faire quelque chose. Il est en train de faire quelque chose de bizarre.

Tu l'écartes pour coller ton œil chocolat au trou de la serrure. Rapidement, tu devines que le macaque essaie en fait de se rouler une autre cigarette. Un peu sonné, il n'a pas la même réussite que précédemment et des poignées de tabac impatientes tombent de la feuille de papier à cigarette sur ses genoux et sur le vieux canapé à l'aspect grumeleux dans lequel il est assis.

Ignorant Mrs Kudahl, bien que cela ne te déplairait pas de la faire rougir encore un peu, tu enlèves les clous et déverrouilles la porte.

— Salut, André. Salut, mon chou. Tu as fait un gros dodo ?

Tu t'approches de lui prudemment, mais malgré la frustration que lui occasionne la cigarette, il semble plutôt docile.

— Regarde un peu, Tata Gwendolyn est allée t'acheter une autre gourmandise.

Tandis que le singe aspire bruyamment la glace à l'eau, tu lui enfiles le harnais et tu l'attaches.

— C'est un bon garçon, ça. Un bon singe. Tiens, en voilà une autre. Toi et Gwendolyn, vous allez faire une petite balade. Et si tu es gentil, tu auras des tas de glaces à l'eau. Beaucoup. D'accord ?

Conduisant l'animal béat hors de la pièce, tu passes près de la table aux tarots. La plupart des cartes sont éparpillées sur le sol, maintenant, et il est, hélas, impossible d'en retirer celle qu'André avait prise impulsivement. Tu entrevois tout de même un coin de la carte du Nommo et cela t'incite à partir en toute hâte. À Mrs Kudalh, dont la tête couverte de bigoudis apparaît dans l'entrebâillement de la porte comme si elle était accrochée à un fil, tu lances :

— Joyeuses Pâques. Le Père est une grenouille, le Fils est un têtard et le Saint Esprit est un gaz de marais.

15 h 27

Tu t'attendais à des difficultés pour fourrer André dans le coffre de la Porsche, mais dès que tu y jettes la boîte de glaces à l'eau, il s'empresse de sauter dedans. Bon, il pousse bien quelques cris stridents lorsque tu claques le capot, mais le vacarme se calme progressivement. C'est seulement quand tu tapotes le coffre avec satisfaction que tu remarques, en te retournant, la voiture de police garée en face dans la ruelle. Zut, te dis-tu. Zut à la puissance 16 !

— C'est un singe de Barbarie, cries-tu. Il ne supporte pas la pluie.

Smokey roule les yeux et secoue la tête.

— J'ai rien vu. Et toi, Cecil ?

Cecil refuse carrément de regarder dans ta direction. En fait, Cecil examine une rangée de poubelles archipleines avec autant de concentration que s'il avait reçu une bourse pour étudier les effets des pluies acides sur la litière de chat.

— J'ai rien vu du tout, grommelle-t-il.

Sa voix est celle d'un homme abattu.

En descendant Queen Anne Hill tu surveilles ton rétroviseur, mais tu n'y vois apparaître aucun gyrophare bleu et tu accélères. Tu traverses le centre-ville à bonne allure, car la pluie a chassé des rues la majorité des clochards et des délinquants – ils ont trouvé refuge sous les porches et dans diverses sortes d'abris de fortune où les feux qu'ils allument avec des détritus chuintent sous la pluie. Néanmoins, tu préfères prendre par Third Avenue plutôt que par First Avenue, généralement plus encombrée, et cet itinéraire te rapproche du Werewolf Club dont les prochaines attractions – tu le relèves avec intérêt – seront les Drunk Drivers et les Tijuana Diaper Service*. Évidemment, le club te rappelle ta dernière conversation avec Q-Jo, mais il faudrait bien autre chose que ce souvenir pour noircir ton humeur joyeuse du moment.

La pluie, ce fin shérif tout gris, a aussi distribué ses impitoyables ordres d'expulsion parmi la foule qui attendait autour du Sorrento. Ceux qui ne se pressent pas comme des sardines dans l'entrée sont retournés à leur voiture ou bien sont rentrés chez eux. Il y en a tout de même encore une petite douzaine dans la cour et Diamond se trouve parmi eux. Il est trempé, bien sûr, mais pas vraiment seul, ni malheureux. En pleine conversation avec une séduisante Asiatique d'âge mûr, il craque son sourire comme une allumette qui déchire l'air humide.

Fortuitement, une petite camionnette vient de libérer une des rares places de stationnement dans Terry Avenue et tu t'y ranges immédiatement, donnant un petit coup de klaxon pour attirer l'attention de Diamond. Au bout d'un moment, il te remarque et s'avance allègrement vers la Porsche, ses longs cheveux alourdis par la pluie se balançant d'avant en arrière et projetant des gouttes d'eau à droite et à gauche.

— Je passais dans le coin, dis-tu en baissant ta vitre.

— Oui. Oui, bien sûr. Moi aussi.

Curieusement, son sourire moqueur ne te dérange pas.

— Je suis surprise que tu sois encore ici. Qu'est-ce qui se passe ?

— Eh bien, notre bon docteur est rentré il y a vingtaine de minutes. C'est pas un personnage très impressionnant, encore moins en vrai qu'à la télé, et apparemment, il a encore biberonné du saké. Il nous a dit deux mots, mais c'était pas très cohérent. Il nous a montré un bocal en plastique plein de quelque chose qui ressemblait au liquide céphalorachidien d'un épouvantail. L'élixir à lavement. L'ambroisie

* Littéralement, les "Chauffeurs ivres" et les "Changeurs de couches de Tijuana".

anale. Il a précisé que, mis à part de l'eau de source, du riz complet bouilli et du bêta-carotène, il n'y a rien d'autre dedans qu'une pincée de café. N'importe qui pourrait le fabriquer à condition de connaître les proportions exactes.

— C'est vraiment désolant.

— Pourquoi dis-tu cela ?

— Si la nouvelle se répand qu'il n'existe pas de formule secrète pouvant être brevetée et protégée, alors les brassières de natation du Nikkei vont éclater demain ; et si Tokyo nous rejoint dans le jardin de la pieuvre, qui va jouer au sauveteur ? Là, on marche sur le fond avec des chaussures en plomb.

— Mais tu oublies la canule. Sans la canule spéciale de Yamaguchi, la formule ne vaut pas plus que de l'eau de vaisselle.

— Une petite canule à lavement ne suffira pas à soutenir l'économie mondiale. (C'est seulement la deuxième fois que tu utilises le mot "lavement" en compagnie d'une personne du genre masculin, mais tu es trop perturbée pour rougir.) Zut ! Bon, enfin, tu veux que je te raccompagne ?

— C'est très gentil de ta part de demander, mon chaton en nougat, mais je pense que je vais rester ici encore un peu. Yamaguchi nous a laissé entendre qu'il pourrait revenir pour nous parler de la possibilité de se faire traiter ; mais d'abord il doit changer de suite. L'hôtel le fait déménager au dernier étage. Pour raisons de sécurité. Ça ne me servira sûrement à rien à Tombouctou, mais je pense que je devrais être au courant des choix qui s'offrent à moi.

— Mais tu ne peux pas attendre sous la pluie comme ça. Tu es trempé. Monte dans la voiture un moment, je vais mettre le chauffage.

— Zip-A-Dee-Doo-Dah, chante Diamond, Zip-A-Dee-Ay.

16 h 00

Au commencement était la chose. Et puis une chose en amena une autre.

La vérité simple mais éternelle de cette version abrégée du premier chapitre de la Genèse est une nouvelle fois démontrée dans l'habitacle de la Porsche, un espace dans lequel toi, le grand public et la grosse majorité des ingénieurs automobiles allemands auriez estimé qu'il est impossible d'avoir de véritables relations sexuelles – mais tu enlèves ton sweat-shirt Exxon pour lui sécher les cheveux, il glisse sa main tatouée à l'intérieur de ton chemisier en soie, les vitres se couvrent fort à propos de buée et puis une chose en amène une autre.

Tout de même, cela restera un mystère pour le restant de ta vie, comment vous êtes parvenus à faire ça. Pourtant vous y parvenez avec vigueur et tendresse et pendant un bon bout de temps. S'ébrouant et hennissant, le poney blanc grimpe sur la colline, d'abord au trot, puis au galop et il arrive, il s'approche, jusqu'à ce qu'il atteigne la cour devant chez toi, et là il fait quelques ruades, puis s'étend paresseusement et se roule dans le trèfle. (Q-Jo avait raison. Les autres fois n'avaient été que des fausses alarmes, du fromage fondu en tranches, des rires enregistrés, des placebos.) La condensation sur les vitres te donne une impression d'intimité exagérée, mais à la façon dont la Porsche se balançait à l'apogée de ton ardeur, tout le monde dans les environs – Dieu merci, les flics ne sont plus là – a dû deviner qu'il se passait quelque chose d'inconvenant dans cette petite voiture de sport, et le pauvre André a dû croire qu'il franchissait les chutes du Niagara dans un tonneau.

— Qu'est-ce qui t'amuse comme ça, Gwendolyn ?

— Hmm, rien.

Inutile de gâcher une si belle rêverie post-coïtale en informant Diamond qu'il y a un singe à bord. Même après avoir offert son corps, une femme doit savoir garder des secrets. Tu te pelotonnes contre lui.

— Larry, dis-tu, absente.

— Oui ?

— Parle-moi du bon vieux temps. Parle-moi des années 1980.

— Ahh, mon petit crapaud, soupire-t-il.

Bon, et alors, il s'attendait à quoi ? Maintenant, il doit savoir que tu n'es pas du genre à demander à un partenaire si c'était bon pour lui aussi. Il soupire à nouveau. Tu soupires aussi.

— Si tu ne veux pas me parler du bateau que j'ai manqué, alors parle-moi d'un bateau que j'ai des chances d'attraper.

— Eh bien, il y a toujours le bateau de la nature, le bateau de l'art, le bateau du sexe, le bateau de l'ébriété. Ils dansent à l'extrémité de chaque jetée, ou presque, prêts à nous faire traverser nos périodes de calme plat, les tourbillons de la vie en société, les bassins d'épuration institutionnels. Les meilleurs d'entre eux peuvent même fendre les vagues de la médiocrité.

Le "bateau du sexe" t'a offert un voyage beaucoup plus gratifiant que tu ne l'aurais jamais cru possible, mais tu es sur le rivage maintenant, tu as retrouvé tes jambes terrestres, et à aucun moment tu n'as songé à l'art ou à la nature ou à l'ébriété. Tu décroches ta petite culotte du levier de vitesses. Les acrobaties auxquelles elle t'oblige avant que tu ne puisses l'enfiler sont si difficiles que tu as du mal à croire qu'elle ait pu être enlevée aussi facilement. Une fois que tu as repris tes esprits, tu regardes Diamond droit dans les yeux. Et puis tu te jettes à l'eau. Tu lui décris les grandes lignes de ton opération avec les contrats à terme sur le pétrole.

— Comme tu peux l'imaginer, ajoutes-tu quand tu as terminé, je suis loin d'atteindre les minima imposés par la Bourse pour l'achat de titres, en tout cas pas en quantités suffisantes pour que cela vaille le coup. Mais ainsi que tu l'as suggéré hier – c'était seulement hier ? – il pourrait y avoir un moyen de contourner cette difficulté. Il doit bien y en avoir un. Larry ? (Tu l'embrasses sur ses deux joues râpeuses, puis sur la bouche.) Tu crois que tu pourrais… ?

— Ça se pourrait. Peut-être. Laisse-moi y réfléchir. Franchement cette perspective me paraît moins immorale qu'hors de propos. C'est à peu près aussi alléchant qu'une tasse de café froid et un croissant rassis. Mais je vais tout de même bien remuer tout ça dans ce bon vieux gobelet à pierres précieuses qui me sert de cerveau. Ça te va ? En retour, Tonton Larry va insister pour que tu en fasses autant de ton côté. Un peu de remue-méninges et des longueurs. Comme en natation. Parce que chacun de ces bateaux que j'ai mentionnés a une voie d'eau, plus ou moins importante, et il est possible que le bateau que toi tu attends ait déjà coulé. Tant mieux si c'est le cas. C'est peut-être le moment de quitter le navire et de se remettre à l'eau. Ou tout au moins de regagner le nénuphar. Alors, efface cette supplique manipulatrice et cupide de tes babines et écoute un peu ce que je vais te raconter.

OK, Tonton Larry. Tant que tu présentes les choses de cette façon-là…

16 h 45

— J'ai remarqué, dit Diamond, que tu admirais la fleur de ma virilité.

— Sûrement pas !

— Même un rapide coup d'œil involontaire t'aurait appris que j'ai été circoncis.

— Et alors ? Tu es juif, non ?

— Pour être précis, je suis autant juif que tu es galloise. C'est amusant de voir comment on associe circoncision et Juifs. Cette pratique trouve son origine chez les Égyptiens. Moïse, qui bien sûr avait été élevé à la cour du pharaon, demanda aux Israélites de circoncire leurs fils, soit parce qu'il était convaincu que c'était une bonne mesure hygiénique, soit parce que lui-même ayant eu le zizi décalotté, il voyait cela comme une marque de loyauté envers lui et de solidarité parmi les rebelles. Quelle que soit la manière d'envisager la question, la mutilation génitale bénigne est caractéristique de l'Égypte prédynastique – cela remonte à cinq mille ans – et les traditions, les rites et les connaissances fondés sur le système stellaire de Sirius viennent de la même région, à peu près à la même époque. Aujourd'hui, certaines cérémonies bozos et dogons centrées autour de Sirius comprennent également des rites de circoncision. Pour ces tribus, l'acte de circoncision symbolise l'orbite de Sirius B autour de Sirius A.

— Excuse-moi, mais ne serait-ce pas là encore un exemple de la façon dont les hommes essaient de donner une signification cosmique à leur zigounette ?

— Hé-hé ! Grosse maligne, cela a à voir avec le mouvement elliptique du couteau. Par ailleurs, la "zigounette", pour reprendre le nom déshonorant que tu lui donnes, a déjà une signification cosmique naturelle, tout comme ta douce tuyauterie, à la fois pour des raisons extatiques et procréatives. Dans beaucoup de traditions populaires, voire dans la plupart d'entre elles, la zigounette et le vagin sont associés aux grenouilles. Les grenouilles sont associées aux champignons, les champignons sont associés aux organes génitaux et tous les trois – les grenouilles, les champignons et les organes sexuels – sont indirectement connectés aux étoiles. Je dis cela simplement pour te montrer à quel point ces sujets sont inextricablement mêlés. C'est tellement complexe que je ne sais même pas par où commencer.

— Bon sang, si c'est aussi compliqué, si cela doit… tu vois, mettre ton cerveau à l'épreuve, s'il te plaît, ne te crois pas obligé de poursuivre à cause de moi.

Sur le point de répondre, Diamond s'arrête et incline la tête.

— Gwendolyn, je sais bien que cette voiture est un modèle de luxe récent, mais tu n'aurais pas par hasard des souris dans ton coffre ?

Feignant l'incrédulité, tu prends un air insulté, mais tes oreilles ont également perçu le bruissement, et bien que le parfum du mélange des nectars mâle et femelle remplisse déjà l'habitacle de la Porsche, sans parler de l'arôme de sucre roussi des feuilles du père de Twister, tes narines commencent à détecter le fumet caractéristique du singe.

16 h 48

— Je reviens dans une seconde, dit Diamond.

Tu crains qu'il n'aille inspecter ton chargement à l'arrière, mais à travers la buée sur les vitres tu distingues sa silhouette fantomatique qui franchit la rue et se dirige vers l'hôtel à grandes enjambées. Il revient quelques minutes plus tard et annonce avec soulagement qu'il n'a rien manqué, le Dr Yamaguchi étant toujours dans sa chambre, probablement en train de faire la sieste après son déjeuner.

— Reiko m'appellera s'il se montre. (D'une chiquenaude, il fait tomber une ou deux gouttes de pluie de son nez en lame de couteau.) Cette pluie va me manquer dans la bonne ville aride de Tombouctou.

— C'est la meilleure raison d'aller là-bas que j'aie jamais entendue. À bien y réfléchir, c'est même la seule raison d'y aller que j'aie jamais entendue.

— Je suis allé là-bas parce que j'ai pensé qu'il était difficile d'aller plus loin ; c'était un refuge débarrassé des notions de valeur et de temps, loin des pugilats du commerce et de l'information. Toutefois, puisque l'univers est fait d'information, ce que j'ai fini par faire, sous l'impulsion d'une nouvelle base de données, c'est me défaire d'une couche de signification pour en mettre une autre au jour. Mais cette nouvelle couche était infiniment plus profonde, plus riche d'échos, et elle m'a permis de comprendre que ma naïve envie de voyage relevait d'une inspiration divine. Gwendolyn, tu sembles bien connaître Sirius.

— Mais qui ne connaît pas bien Sirius ? L'Étoile du Chien. La plus brillante de toutes les étoiles dans le ciel. Et elle n'est qu'à 8,5 années-lumière de nous.

— 8,6. Pour être précis.

— C'est ce qu'on dit, réponds-tu en haussant les épaules. En ce qui me concerne, ça m'a plutôt l'air d'être 8,5.

Diamond t'observe un instant. Il ne sait pas avec certitude si tu te paies sa tête.

— Tu l'as vue ?

— Ben, évidemment, dis-tu, pleine de vantardise. J'ai même vu Sirius B.

— Alors tu devais avoir un très bon télescope. Sirius B est si petite, en comparaison, et tellement inondée de lumière en provenance de Sirius A qu'elle est complètement invisible à l'œil nu et que même équipés de télescopes, les astronomes ne l'ont découverte que tard au siècle dernier. J'imagine que tu sais tout ça.

— Euh, plus ou moins.

— Mais tu sais que des gens en Afrique – les ancêtres des Bozos et des Dogons – connaissaient déjà Sirius B il y a cinq mille ans ? Non seulement ils connaissaient l'existence et la position exacte de cette étoile qu'on ne peut pas voir à l'œil nu, mais ils savaient aussi quelle était la forme précise de son orbite autour de Sirius A et combien de temps il fallait pour décrire cette orbite. Soit dit en passant, cela prend approximativement cinquante ans et les Bozos d'aujourd'hui organisent toujours des cérémonies qui suivent des cycles de cinquante ans. Par ailleurs, Sirius B, comme toutes les naines blanches, est extrêmement dense et lourde. La matière dont elle est faite est tellement différente de toute matière ordinaire qu'on ne peut la comparer à rien dans notre système solaire. Les Bozos le savent aussi, bien qu'ils soient en grande partie analphabètes et qu'ils n'aient jamais possédé d'instruments astronomiques d'aucune sorte. Ces connaissances leur ont été transmises par leurs ancêtres. Inutile de dire que lorsque j'ai appris ça, la trajectoire de ma vie s'en est trouvée changée.

— Mais pourquoi ? C'est ça que je ne comprends pas. Bon d'accord, c'est intéressant, c'est intrigant, ce mystère, c'est la même chose que comment ils ont pu construire les pyramides, ou qui a compris le rapport entre le subconscient et ces symboles qu'on trouve sur les cartes de tarot de Q-Jo, ou de savoir qui de l'œuf ou de la poule était là en premier – mais, bon, qu'est-ce que ça change ? Qu'est-ce que ça peut bien avoir à faire avec quoi que ce soit ? Notre vie familiale, notre carrière, notre santé, notre bien-être, nos finances personnelles, rien de tout cela n'est affecté le moins du monde. La plupart d'entre nous doivent se concentrer sur les réalités de la vie de tous les jours, Larry. Peut-être que toi tu peux t'offrir le luxe d'être obsédé par une énigme de magazines à sensation de supermarchés, mais nous autres on ne peut pas et, franchement, je ne vois pas ce que tu as à y gagner.

— Ah, Gwendolyn, il est possible que "la vie de tous les jours" soit cet engrenage d'activités mornes et répétitives auquel tu fais allusion, mais ce n'est là qu'une des nombreuses couches du gâteau ; et si tout ça semble n'être qu'un exercice absurde et médiocre, c'est peut-être seulement que ceux qui en font l'expérience en ont une vision trop étroite pour en percevoir la densité kaléidoscopique sous-jacente.

— Ou bien ils sont tout simplement trop occupés. Et puis je n'ai jamais dit que c'était absurde ou médiocre.

— Ne m'interromps pas. Cependant, je te concède qu'il existe une réalité consensuelle dominante, et même ceux qui sont larges d'esprit ne s'aventurent pas trop loin de cette réalité. Oui, je te le concède. Pourtant le fait même que, des milliers d'années avant l'invention du télescope, certains Africains furent capables d'accumuler des informations précises sur une obscure étoile invisible, ce fait suggère fortement qu'il y a un accroc dans le tissu de cette réalité consensuelle, une fêlure dans cette structure rationnelle dont on aimerait bien croire qu'elle fait tenir tout l'ensemble. Et cette fêlure remet en question beaucoup de nos convictions fondamentales – historiques, scientifiques, religieuses. Si on pouvait se familiariser avec Sirius B sans télescope, pourquoi ne pourrait-on pas se familiariser avec les molécules et les atomes sans microscope ? Et si ces prouesses de la perception sont possibles, alors qu'est-ce qui est impossible ? Les Dogons et les Bozos, d'ailleurs, ont toujours affirmé que Sirius est un système de trois étoiles, qu'il existe aussi une Sirius C. Jusqu'à présent, l'astronomie moderne n'en a pas trouvé la preuve.

— Bon, mais si elle est là, ils la trouveront. Et ils trouveront aussi une explication logique. Je parierais qu'ils ont déjà une explication logique au sujet des connaissances des Bozos sur Sirius B. C'est pas vrai ?

— Tu plaisantes ? Les savants conventionnels ne toucheraient pas à ce problème avec des pincettes de trois mètres de long. Et bien sûr, jamais ils n'obtiendraient un dollar de subvention pour mener de telles recherches. Il n'y a là apparemment aucune application commerciale ou militaire et de toute façon les énigmes de ce genre fichent une frousse bleue aux savants. Ils sont autant intimidés par les grands mystères de l'univers que le premier venu et ils sont bien trop contents de les escamoter.

— Il doit bien y avoir une explication logique.

— Tu as à moitié raison. Aux niveaux microscopiques et macroscopiques, il n'y a pas plus de logique dans l'univers que dans les marchés boursiers. Mais il y a une explication. Les quelques cerveaux qui se sont intéressés à cette question sont tous arrivés à la même conclusion : les connaissances précises des ancêtres des Bozos sur Sirius, ainsi que le contenu de leur cosmologie complexe leur ont été communiquées par des êtres venus d'ailleurs. Oui, mon petit crapaud. On parle bien d'une rencontre avec des extraterrestres.

À ce moment, comme sur un signal, André se met à baragouiner un charabia étrange. Tu émets un rire forcé et prolongé, faisant comme si tu tournais en dérision la suggestion que des créatures de l'espace seraient venues en visite au pays des Bozos, mais Diamond n'est pas dupe.

— Qu'est-ce que c'est ce truc ?

— Ce bruit, tu veux dire ? Oh, probablement un visiteur de l'espace, ah-ah-ah.

— Gwendolyn !

— Mais comment veux-tu que je sache ce que c'était ? On est à Seattle, il y a des rues tout autour. Maintenant, on entend tout et n'importe quoi par ici. C'était peut-être les voyous friqués en train de faire des leurs.

— Bien sûr. Les voyous friqués. Ils ont ajouté des extraits de bandes son de vieux films de Tarzan à leur répertoire diabolique. (Il te lacère de son sourire en forme de griffes de chat.) Ça m'avait l'air de venir de derrière nos sièges.

— Peut-être que les bruits portent sous la pluie. Je ne sais pas. André a sûrement liquidé toutes ses glaces à l'eau ou bien il a mal au ventre, ou bien il en réclame d'autres. Dans les deux cas, tu n'y peux rien pour l'instant. Tu espères que Diamond n'est pas en train de lire dans tes pensées.

— Alors, qu'est-ce que tu disais à propos de ces contacts avec des extraterrestres ?

Ronchonnant comme W.C. Fields à un pique-nique de jardin d'enfants, Diamond reprend son histoire.

17 h 02

— L'argument selon lequel les Bozos n'auraient pas pu avoir accès à ces énigmes cosmiques sans une aide extérieure ne tiendrait peut-être pas debout s'il n'y avait, dans la tradition orale de la tribu, des histoires de contacts avec des extraterrestres.

— Sérieusement ? Ils affirment vraiment qu'ils ont reçu la visite de petits hommes verts ?

— Verts, c'est possible. Petits, sûrement pas. Les Nommos étaient au moins aussi grands que nous.

Pour une raison ou pour une autre, le mot “Nommo”, tout comme “OPA” ou “LBO”, déclenche dans ton système circulatoire des vaguelettes d'excitation nerveuse. Tu frissonnes.

— Nommo, comme sur la carte de l'Étoile de Q-Jo ? Ce Nommo est censé venir de l'espace ?

— Un peu comme ce bon vieux Jésus, mais alors que les Évangiles restent vagues quant à la situation exosphérique exacte du Ciel, la tradition bozo n'hésite pas à donner l'adresse spécifique des Nommos. Ils sont venus du système de l'étoile sima kayne. Autrement dit, Sirius pour toi et moi. Qui, je me permets d'ajouter, est précisément, selon la science moderne, l'endroit d'où pourraient venir des extraterrestres – si jamais une telle rencontre devait avoir lieu.

— Pourquoi de cet endroit ?

— Question de proximité, purement et simplement. Sirius est dans notre voisinage. Ou tout près de notre voisinage. Ça fait toujours un sacré bout de chemin de là-haut à Cincinnati, mais à portée d'un vaisseau spatial bien conçu. Dans la mythologie subsaharienne, on trouve l'histoire d'une "arche" qui se serait posée sur terre.

— Donc ce n'est qu'un mythe.

— Gwendolyn, Gwendolyn. Tu ne fais sûrement pas partie de ces nigauds ignares qui croient qu'un mythe n'est qu'un ensemble de faits exagérés. Un mythe, tu devrais le savoir, est une méthode métaphorique utilisée pour décrire et représenter de façon imagée et condensée des événements historiques et des états psychologiques trop compliqués pour être assimilés ou appréciés par la société dominante. Et donc, mon petit chaton en ragoût, quand les Bozos et les Dogons disent qu'une arche interstellaire s'est posée sur terre un jour au nord-est – tiens donc ! Et qu'est-ce qu'il y a au nord-est pour eux, sinon l'Égypte ? –, ils peuvent faire référence à un événement extérieur, à une série d'événements qui aurait duré des siècles ou à un phénomène strictement psychologique, une sorte d'enchantement. Quoi qu'il en soit, les Africains disent que lorsque cette "arche" a touché le sol, son poids a fait gicler son "sang" jusqu'au ciel. La façon dont ils décrivent les rayons rougeâtres émanant de l'engin fait étrangement songer à une sorte de vaisseau-fusée.

À cet instant, Diamond fait en direction de ton visage un geste si vif que tu fais un mouvement pour l'esquiver, croyant qu'il essaie de te frapper.

— Un tantinet nerveuse, hein, mon ange ? On dit que c'est le signe d'une conscience coupable.

Tu rougis. Il sourit. André fait du bruit avec le cric.

La main de Diamond, tellement parfumée de tes sécrétions vaginales que c'en est embarrassant, reste à hauteur de tes yeux. Il te montre son tatouage.

— C'est la copie d'un dessin tribal bien connu qui décrit trois versions du véhicule des Nommos. Il n'est pas nécessaire d'avoir plus d'imagination qu'un législateur de notre État pour interpréter ces cercles et ces rayons et y voir les différentes phases de combustion des moteurs d'une fusée.

— Bon, d'accord. Je peux y voir ça, je pense. C'est un peu tiré par les cheveux, mais admettons que c'est ce que je vois. Ce que je ne vois pas par contre, c'est pourquoi tu t'es fait tatouer ça sur la main.

Il y a du petit garçon dans le sourire de Diamond.

— Ça me permet d'être bien servi dans les restaurants bozos, dit-il.

— Très pratique.

Tu attends une explication supplémentaire qui ne vient pas. Tu n'entends que la pluie qui tape ses Mémoires sur le toit de la voiture et le processus qui transforme des emballages de glaces à l'eau en confetti pour singe dans le coffre. Craignant que Diamond ne détecte le second bruit également, tu pousses un soupir de soulagement quand il dit au bout d'un moment :

— Tu sais, c'est peut-être un signe qu'il pleuve pendant que je te raconte tout ça. En plus d'être les "surveillants de l'univers", et les "gardiens de l'âme", les Nommos étaient aussi appelés les "distributeurs de la pluie" et les "maîtres de toutes les eaux". On suppose que le but de la visite des Nommos était d'apporter des principes spirituels au genre humain. Parfois, quand j'ai le cerveau un peu ramolli, j'ai presque l'impression d'entendre la pluie nous transmettre ces principes.

— Ah ouais ? Comme ça tu entends des voix, hein, Larry ? (André pousse un cri bref.) Ouah ! Tu as raison ! Tu as entendu ? (Il te jette un regard si dur que tu lui prends la main et caresse son étrange tatouage.) Je plaisante. Mais, dis-moi une chose. Si ces créatures de Sirius, ces Nommos, étaient les maîtres de la pluie et de l'eau, qu'est-ce qu'ils fabriquaient dans cette partie du monde où tout est si atrocement sec ?

— Il y a cinq mille ans, l'Afrique était beaucoup plus humide qu'elle ne l'est aujourd'hui. La désertification est un phénomène relativement récent. Les Nommos auraient vraisemblablement trouvé beaucoup d'eau. Et il y aurait eu d'énormes quantités d'eau à bord de leurs vaisseaux spatiaux également. Obligatoirement.

— Pourquoi ça ?

— Parce que, dit-il, les Nommos étaient des amphibiens.

17 h 12

Tandis que les gouttes de pluie glissent sur le pare-brise de la Porsche aussi rapidement que des cloportes se précipitant à un festival de bois pourri et que le macaque continue à déchiqueter les emballages de glaces à l'eau dans le coffre comme s'il était employé dans la salle des documents d'un Président républicain, Larry Diamond, de sa voix traînante et austère, poursuit son discours rasant sur ces grands amphibiens à moitié humains aux doigts palmés et queues de poisson qui, selon les Bozos et les Dogons, auraient fondé leur civilisation. Apparemment, ils auraient également fondé d'autres civilisations encore plus importantes, car Diamond raconte que les Assyriens, les Babyloniens et les Sumériens vénéraient un groupe de créatures venues de régions aquatiques couvertes de roseaux pour apporter aux humains l'écriture et des valeurs spirituelles. Dans les fragments pictographiques et cunéiformes sumériens, qui constituent les plus anciens exemples d'écriture existant au monde, la créature mi-homme, mi-poisson est désignée sous le nom d'Oannes. On attribue à cet Oannes bien des actes et des fonctions que les Hébreux s'approprièrent plus tard pour les conférer à leurs propres héros – Noé, par exemple – dans l'Ancien Testament. Jéhovah lui-même pourrait avoir été modelé d'après l'amphibien Oannes, bien que les Dogons et les Bozos insistent sur le fait que les Nommos n'étaient pas des dieux, mais des mortels supérieurement développés.

— Toutefois, continue Diamond, on trouve des parallèles évidents entre les récits sur les Nommos et les histoires sur Jésus-Christ. Un anthropologue français rapporte qu'un prêtre dogon lui aurait raconté que le Nommo "avait partagé son corps pour nourrir les hommes" et que "l'univers avait bu de son corps". Ça ne te rappelle rien ? Tu as déjà communié, Gwendolyn ? Tu as déjà avalé le guide ?

Après que tu as exprimé ton dégoût devant cette plaisanterie, il poursuit.

— Il est dit aussi que les créatures amphibiennes reviendront. Oui, mon chaton en croûte. Oui, bien sûr. Bientôt elles seront dans un étang près de toi. L'Avent du Nommo. Seras-tu prête ? Te prépares-tu ? Es-tu sur la rampe ? Tu y seras si tu restes auprès de Tonton Larry. (Tu fais une grimace, ce qui fait rire Diamond.) Au fait, le symbole céleste de la résurrection du Nommo est ie pelu tolo, "l'étoile de la dixième lune". On ne peut pas trouver cette étoile, même avec un radiotélescope, parce que si l'on en croit les Bozos elle ne se formera que lorsque "l'arche" du Nommo descendra. Donc, ie pelu tolo n'est pas une étoile à proprement parler, c'est un vaisseau spatial. (À nouveau il te met sous le nez sa patte au parfum de chatte.) L'étoile de la dixième lune, dit-il en montrant son tatouage. Tu remarqueras que ces cercles ressemblent également aux yeux d'une grenouille.

— Ouais. Et la lune ressemble à un fromage vert, marmonnes-tu.

Tu n'as aucune idée de la façon dont tu dois réagir à tout cela. Est-ce que Diamond est branché sur quelque chose de vraiment important, ou est-ce que son cerveau fait du saut à l'élastique du haut d'un tabouret de piano ? Tu es plus ou moins forcée de pencher pour la première hypothèse parce que, sinon, il te faudrait admettre que tu as connu le plus merveilleux coït de ta jeune vie avec un cinglé.

— Je ne sais pas quoi dire, Larry. Tu réalises que, pour l'essentiel, tu me demandes de croire que la civilisation nous a été apportée par une bande de créatures des marais venues de Sirius…

— De l'une des planètes du système sirien, pour être précis. Le mot égyptien qui désigne le système sirien, cela pourrait t'intéresser, signifiait aussi "trône". Et que fait-on avec un trône ? On s'assied dessus.

— C'est peut-être donc de là que vient l'expression "boubou assis".

— C'est bien, ça ! Oui, peut-être. Parmi certaines peuplades sub-sahariennes d'aujourd'hui, l'expression "rester assis" signifie se conduire de manière intelligente et vertueuse. De toute évidence, il n'est pas nécessaire de regarder bien loin dans quelque direction que ce soit pour constater que la population en général a perdu son assise. L'ignorance crasse et forte en gueule, la criminalité se généralisent. Voir tous ces idiots effarés et ces gangsters avides debout en train de sautiller sur place a certainement été un grand spectacle, mais ça commence à devenir un petit peu lassant et, bien sûr, c'est d'une injustice flagrante pour les autres espèces, les animaux et les plantes, qui ont eu le bon sens et la candeur de rester assis pendant tous ces millénaires. Cela pourrait être merveilleusement rafraîchissant, ne crois-tu pas, si les Nommos devaient revenir et nous inviter gentiment à nous accroupir. Mettre un terme à toutes ces bousculades et à toutes ces jérémiades qui n'ont pour but que d'attirer l'attention. Imagine-nous un peu, tous accroupis – je parle symboliquement –, sereins et sages, comme des grenouilles sur leur nénuphar.

Tu ne peux t'empêcher de sourire.

— Oui, mon cher Larry, c'est un bien joli conte de fées idéaliste. Malheureusement, ce n'est que cela. Pour commencer, toute cette idée de tritons nommos est vraiment tirée par les cheveux.

— Avant que tu ne paries jusqu'à ton dernier cent là-dessus, réfléchis bien à deux ou trois choses. Qu'il y ait, à part nous, voyous de terriens, des formes de vie intelligente dans l'univers est une certitude mathématique. Si l'on considère l'âge incommensurable de nombreux autres systèmes solaires, il est également hautement probable que certains d'entre eux ont développé des technologies plus avancées que les nôtres. Étant donné que nous ne sommes qu'une petite planète insignifiante aux confins d'une galaxie médiocre – une sorte de Tombouctou à l'échelle interstellaire – il y aurait de grandes chances pour que tout individu intéressé vienne d'un système relativement proche. Le système sirien constitue un candidat parfait. Pour des systèmes plus éloignés, nous ne vaudrions pas la peine de faire tant d'efforts. C'est vrai que notre soleil est une grosse boule de feu, mais ce n'est pratiquement qu'une boule de neige comparé à Sirius A, dont la luminosité est vingt-trois fois supérieure à celle d'El Sol, même si elle n'est qu'une fois et demie plus grande. Toute planète en orbite autour de Sirius est plutôt bien au chaud. Et probablement couverte de nuages en permanence. Même à travers la vapeur, il serait dangereux pour nos yeux de regarder Sirius. Alors, quelle forme de vie supérieure et dotée de sensations pourrait évoluer dans un monde aussi chaud, brillant et humide ? Des mammifères amphibies.

— Pourquoi des *mammifères* amphibies ?

— Parce que seuls les mammifères possèdent un cerveau suffisamment gros pour être capables de créer des civilisations et des technologies. Et des mammifères amphibies parce que pour se rafraîchir et protéger leur peau ainsi que leurs yeux, ils devraient passer beaucoup de leur temps dans et sous l'eau. Il y a longtemps, bien sûr, qu'ils auraient inventé le verre teinté et l'air conditionné, mais puisque l'évolution biologique est à la traîne à des millions d'années derrière l'innovation technologique, ces créatures, aujourd'hui encore, seraient aussi habituées à vivre dans les océans et les lacs que nous le sommes à vivre sur terre, peut-être même dépendraient-elles totalement de ce mode de vie. En tant que mammifères, elles auraient régulièrement besoin d'oxygène, mais elles seraient parfaitement à l'aise sous l'eau. Elles ressembleraient beaucoup à des dauphins avec des mains et des pieds.

— Tu savoures cette image, je parie.

— Oui, oh ça oui, dit-il de sa voix traînante. Quelle délectation d'imaginer un marsouin débarquant sur ses deux jambes de sa fusée pour secouer l'humanité et la sortir de cette transe où ne comptent que les biens matériels, un peu comme les dauphins avec lesquels j'ai nagé en Floride m'ont sorti de la transe de l'autisme. (Il lève sa main qui n'a pas de tatouage.) Tu n'ignores pas, je suppose, que dans les ailerons des dauphins se trouvent des vestiges de doigts. Oui, tout à fait. Il y a eu une époque où les dauphins auraient pu faire des tours de carte ou taquiner les touches d'un piano. Il se pourrait que nos amis joueurs dotés d'un gros cerveau soient reliés d'une façon ou d'une autre aux Nommos voyageurs de l'espace.

— C'est vrai, ça ? Cette histoire de vestiges de doigts ?

— Croix de bois, croix de fer, si je mens…

Il ne finit pas la phrase en ajoutant "je vais en enfer" – mais quand on a un cancer, on n'a pas envie d'ajouter cela.

— Bon, réponds-tu, j'admets que l'existence d'êtres tels que les Nommos quelque part dans l'univers est plausible ; il est peut-être même plausible que ces êtres aient fait un petit saut en Afrique pour donner un cours d'astronomie aux Bozos, mais tout bien considéré, je ne marche pas. Désolée, mais je ne crois pas que ce soit de cette façon que les Bozos ont découvert Sirius B.

Tu t'attends à ce qu'il se vexe et t'appelle "petit crapaud", mais il sourit et dit :

— C'est bien, mon petit chaton en sauce. À dire vrai, j'y crois pas non plus.

La surprise se dessine autour de tes yeux comme une paire de lunettes de plongée. Cependant, avant que Diamond ait eu le temps de s'expliquer, quelqu'un frappe à la vitre du passager.

17 h 24

Ta première crainte est qu'André ait réussi à se libérer en forçant la serrure du coffre avec un outil et qu'il soit venu réclamer sa vengeance. Ta deuxième crainte est que quelqu'un dans le voisinage ait appelé la brigade des mœurs : tu t'assures que ton chemisier est bien boutonné. Mais quand Diamond baisse la vitre, c'est l'Asiatique avec laquelle il était en train de flirter tout à l'heure qui penche sa tête vers lui.

— Excusez-moi, s'il vous plaît, dit-elle timidement. Je suis désolée, je voulais vous dire que le Dr Yamaguchi a fait savoir qu'il descendra dans le hall à six heures.

— Oh, merci, Reiko, dit Diamond. J'y serai.

— Très bien. Excusez-moi.

Elle a le nez qui frémit imperceptiblement, mais Diamond s'en aperçoit.

— Ça sent bon dans cette voiture, n'est-ce pas, Reiko ? Vous êtes suffisamment âgée pour vous souvenir des Beatles ? Vous vous souvenez de John Lennon et de Paul McCartney ? Quand ils chantaient ils s'approchaient l'un de l'autre devant le micro de telle façon qu'ils se fondaient en un seul visage. (Il soupire.) C'était le plus beau visage que j'aie jamais vu. Eh bien, c'est la même chose lorsqu'un homme et une femme mettent leurs odeurs ensemble, vous ne croyez pas ? Elles se fondent en une seule odeur, et c'est la meilleure qui soit au monde.

Reiko se retire gracieusement et avec dignité, mais en s'éloignant elle ne peut s'empêcher de secouer la tête de gauche à droite. Apparemment, Diamond produit cet effet-là sur les gens.

17 h 25

Pendant la demi-heure qui suit, à l'étroit dans l'habitacle de la Porsche saturé d'odeurs de sexe, accompagné par les fouets argentés et les castagnettes mollassonnes de la pluie, et sans être interrompu par le baragouinage du singe (apparemment, André a fini par se lasser et s'endormir), Larry Diamond te fait la sérénade avec un mélange de notions étranges et pour la plupart insondables. En voici quelques-unes qui te restent présentes à l'esprit.

Les Bozos ont reçu leurs informations sur les étoiles par télépathie.

Les Bozos, ou, pour être précis, leurs ancêtres, amélioraient leurs capacités télépathiques grâce à l'utilisation rituelle de mixtures dites "visionnaires". Ils utilisaient et appréciaient certainement des dérivés du chanvre et l'iboga, un buisson à fleurs connu depuis fort longtemps en Afrique occidentale pour ses propriétés hallucinogènes, mais il est aussi possible que les champignons psilocybes, poussant sur les excréments des troupeaux qui se déplaçaient à l'époque où la savane était arrosée par la pluie, soient à l'origine de ces pouvoirs télépathiques, ou qu'ils aient en fait élargi la conscience des Africains primitifs, leur permettant ainsi de se développer et d'atteindre un niveau supérieur à celui du cousin babouin ou du cousin chimpanzé.

Pendant qu'ils étaient plongés dans un état de sensibilisation extrême (chez les Africains, l'état produit par l'iboga est appelé "chaleureuse générosité"), les individus isolés ou en groupe étaient peut-être capables de capter des transmissions mentales des amphibiens extraterrestres qu'ils allaient connaître sous le nom de Oannes ou Nommos et qui ne seraient jamais venus physiquement sur notre planète. Cela n'aurait pas été nécessaire.

Plus vraisemblable encore, et peut-être plus important selon Diamond : il est possible que les transmissions reçues par les anciens Bozos soient venues non pas d'une civilisation avancée d'amphibiens en orbite autour de Sirius, mais d'une dimension de leur propre conscience. On serait tenté de qualifier cette dimension de "niveau supérieur de l'esprit", bien qu'il puisse en fait s'agir de l'esprit inférieur, cet aspect que Jung a nommé "le fond sous le fond". En tout cas, c'est un aspect de la conscience que partagent tous les êtres humains, mais auquel il est difficile d'avoir accès. C'est le sur-esprit (ou le sous-esprit) de notre espèce.

Il n'y a rien d'étonnant à ce que ce sur-esprit se manifeste sous la forme d'un amphibien, pour la simple raison que nous, les primates vivant sur la terre ferme, sommes essentiellement, en fin de compte, des créatures aquatiques.

Les spermatozoïdes nagent dans un liquide qui leur sert de moyen de transport. Le fœtus se forme et se développe entièrement immergé dans un fluide. Le développement de l'embryon humain est comparable aux phases métamorphiques de la grenouille. Jusqu'à ce que le cordon ombilical soit coupé, les bébés peuvent se développer sous l'eau. Par sa composition chimique, le sang ressemble étrangement à l'eau de mer. Notre corps est composé d'eau pour plus de 65 %. Nos ancêtres étaient des animaux marins qui ont goûté à l'oxygène de l'air et ont fini par y devenir accros.

On peut dire que les êtres humains sont en quelque sorte des poissons sortis de l'eau.

La mer est le berceau que nous avons quitté. Elle pourrait bien être la demeure où nous retournerons un jour.

Reprendre un mode de vie amphibie comporterait quelques avantages non négligeables. Par exemple, puisque les trois quarts environ de la surface de notre biosphère sont couverts d'eau, et puisque – grâce à une stupidité endémique aggravée par les sinistres desseins des religions organisées – la surpopulation réduit la qualité de la vie, profane l'inviolabilité de la vie et menace la continuation de la vie, les océans et les grands lacs constituent la frontière ultime sur la Terre, une vaste zone de repeuplement où se réfugier. Les mers sont d'une richesse incommensurable en ressources naturelles. L'eau stoppe les radiations, offrant ainsi protection non seulement contre les rayons du soleil qui se déversent à flots sans obstacle à cause de la réduction de la couche d'ozone, mais aussi contre le feu nucléaire que déclenchera presque certainement tôt ou tard l'une ou l'autre d'une douzaine de vilaines petites nations.

Si le réchauffement de la planète fait fondre la banquise, comme certains nous le prédisent, nous n'aurons guère le choix, il faudra bien retourner à un mode de vie aquatique.

Cela fait bien longtemps que notre espèce est obsédée par des images d'une "civilisation perdue" sous la mer. Certains disent que c'est une légende, d'autres que c'est un souvenir inscrit dans les gènes, d'autres encore pensent que la différence entre les deux est bien mince. L'erreur commune à tous ces gens, c'est qu'ils relèguent cette utopie "disparue" à une époque très ancienne de notre histoire. La conscience profonde ne saurait être limitée par les contraintes du temps linéaire. L'Atlantide fait partie de notre avenir, pas de notre passé.

D'un autre côté, l'Atlantide peut figurer à la fois dans notre avenir et dans notre passé. Nous recelons certainement, au niveau cellulaire, d'agréables souvenirs de jeux comparables à ceux des dauphins dans des mers chaudes préhistoriques, de douces transformations comme celles des grenouilles dans la quiétude d'un utérus rempli d'eau. Utopies perdues.

Des chercheurs nous disent qu'aucune créature sur terre ne rêve autant que le fœtus humain. Si le cerveau fœtal n'a aucune expérience, si son esprit nouvellement formé n'est qu'une tabula rasa, alors de quoi rêve-t-il ? Peut-on imaginer que les rêves du petit nageur soient secs ? Qu'aucun Nommo ne s'y ébatte ? Que l'humeur y soit autre qu'océanique ?

"Océanique", il est intéressant de le noter, est un mot que nous utilisons pour décrire le sentiment démesuré et extatique d'unité – unité avec l'humanité, avec la biosphère, avec le Divin – qui nous envahit tous à l'occasion, exceptés ceux qui sont désespérément insensibles, et qui éclaire fréquemment les contemplatifs et les astucieux. Dans ce contexte, "océanique" est un terme qui relève de la spiritualité, et c'est bien de transformation spirituelle qu'il est question dans toute cette histoire de relations entre les astres et les amphibiens.

À un moment eschatologique donné, ayant enfin absorbé les valeurs que les Nommos sont, littéralement ou figurativement, venus nous transmettre, nous nous laisserons peut-être porter par les courants jusqu'aux étoiles où, entrant dans la dimension du sur-esprit, nous connaîtrons la vraie proximité avec la divinité et finirons par embarquer sur des vagues encore plus puissantes pour des destinations nécessitant des transformations encore plus inimaginables.

En attendant, au niveau de développement où nous en sommes, largement oublieux de nos origines et de notre destination, nous somnolons dans nos pyjamas de grenouilles.

17 h 55

Diamond a dit bien d'autres choses encore, mais c'étaient là les points remarquables, si le mot n'est pas trop fort. Enfin, ce sont les idées extravagantes dont tu pourrais t'entretenir avec Q-Jo, si toutefois Diamond ne les a pas déjà glissées sous le turban de la voyante lors de leur séance vendredi matin, et si toutefois tu revois Q-Jo un jour. Ah, oui, il y avait aussi ce truc au sujet de Bouddha : sur presque toutes les statues et les images où ses extrémités sont représentées, il a les doigts palmés aux mains et aux pieds. Et la silhouette de Bouddha assis ressemble énormément à une grenouille taureau.

Si tu en avais le temps ou l'envie, tu pourrais facilement faire des recherches et vérifier si Bouddha a bien les doigts palmés ou si Tonton Larry te fait marcher. Et puis tu pourrais aussi ressortir la vieille Bible écornée que Grand-mère Mati t'a envoyée avant de retourner aux Philippines, et voir dans l'Exode, Chapitre Huit, s'il y a vraiment un passage qui dit que l'Égypte aurait été envahie par des grenouilles. Bon, tout ça, tu pourrais t'en assurer, mais et cette histoire grecque ? Celle selon laquelle il y aurait eu cinquante sœurs appelées les Danaïdes qui auraient quitté les marécages couverts de roseaux du delta du Nil pour aller porter les bienfaits de l'eau à la région la plus aride du Péloponnèse. Cinquante sœurs, note bien : une pour chaque année de la révolution de Sirius B autour de Sirius A. Les Danaïdes étaient les descendantes d'Io, la déesse au roseau, connue en Égypte sous le nom d'Isis, un mot qui faisait référence au "siège" ou au "trône" – ainsi qu'au système de Sirius.

— Oh là là ! t'étais-tu exclamée, tous ces enchevêtrements, tous ces chevauchements, toutes ces connexions !

— Oui, avait confirmé Diamond. Oui, effectivement. Et je ne fais qu'écrémer la surface. Toutes ces cultures anciennes s'abreuvaient à la même gourde. Ou à la même écuelle. Puisqu'il est question de l'Étoile du Chien. Pratiquement tout ce qui a brillé pendant l'Âge d'Or en Grèce a été emprunté aux Égyptiens qui eux-mêmes avaient emprunté leurs rituels aux reines et aux rois noirs de Nubie. Aujourd'hui, nous avons tendance à négliger la Nubie, à oublier à quel point ce royaume était fier, sophistiqué et influent. Pour l'Égypte, la Nubie a joué le même rôle que Professor Longhair et Big Mama Thornton ont joué pour Elvis. Les Nubiens vivaient près des lacs et des rivières, ils connaissaient bien les amphibiens, les étoiles et les champignons. Je pourrais continuer comme ça pendant des heures.

En ce qui te concerne, tu as l'impression que c'est qu'il vient de faire. Et à la fin de son laïus, voilà qu'il évoque à nouveau les champignons.

— Je me rends compte que cela brise ton petit cœur, mais il faut que j'aille à l'hôtel pour entendre ce que Yamaguchi a à dire. Il n'est pas censé dire quoi que ce soit d'autre avant le colloque de demain, mais, hé-hé, tout dans son comportement porte à croire qu'il est incontrôlable.

Diamond glisse la main sous ta jupe et pince, comme une corde de lyre, la partie de ta petite culotte qui s'est incrustée dans ton sexe. Tu l'arrêterais bien, mais cela fait dix ou quinze minutes qu'il se tortille sur son siège et il est évident qu'il souffre à nouveau. De plus, son geste fait vibrer les lèvres de ta vulve et, même si cela te semble un peu vulgaire et gênant, la sensation est plutôt agréable.

— Mais avant de partir, euh..., ce serait négligent de ma part si je n'ajoutais pas quelque chose au sujet des champignons.

— Je te pardonnerai si tu ne le fais pas. Tu ne voudrais tout de même pas rater Yamaguchi.

— Non, non, vraiment, il faut que tu saches. Les Africains faisaient souvent référence à Sirius comme étant "l'étoile de la semence". Cela peut sembler un peu désuet aujourd'hui, et pas très dans le coup, mais ils croyaient que les émanations du système sirien étaient une projection de la semence de l'âme et que la semence qui, euh, stimulait le monde, venait directement de Sirius. D'accord ? Bon est-ce que tu sais que des semences peuvent flotter dans l'espace intersidéral ? Que des semences pourraient théoriquement, sans aucune intervention et pendant un temps indéfini, voyager d'un système solaire à un autre ?

— Elles ne mourraient pas ?

— Certaines, peut-être. Mais beaucoup sont parfaitement équipées pour survivre pendant des millions d'années, indéfiniment, en fait. Les spores de champignons, par exemple, en plus de leur extrême légèreté, ont une durée de vie particulièrement longue.

— Encore un ragot glané à Tombouctou ?

— C'est sûr que je ne tiens pas ça de Dean Witter. C'était sûrement une des divagations de McKenna. Imagine un peu : les spores résistantes de champignons psilocybes portées dans l'espace obscur, volant et dérivant au coude à coude avec des particules de poussière cosmique pendant une éternité avant d'entrer finalement dans l'atmosphère terrestre et de finir par s'étendre sur la couche humide de quelque prairie préhistorique. Où elles ont disséminé leur mycélium et exposé leurs fruits. Des fruits qui, inévitablement, vont être un jour dégustés par un primate affamé ou tout simplement curieux. Bingo !

— Bingo ?

— Mais oui, évidemment. Une lumière s'allume. La stimulation du monde a commencé. L'éveil de l'âme. Tu vois, les Nommos n'auraient pas eu besoin de faire le voyage jusqu'à la Terre dans un vaisseau spatial, ni même d'envoyer quoi que ce soit par télépathie. Tout ce qu'ils avaient à enseigner à notre espèce, des valeurs philosophiques à l'anatomie de leur système stellaire, aurait pu nous être transmis par l'intermédiaire du champignon. Il se pourrait que le champignon soit le microphone du sur-esprit.

— Et nous savons bien, ajoutes-tu avec une pincée de sarcasme, que les champignons sont associés aux grenouilles.

— Tout à fait.

— Et les grenouilles ont commencé à disparaître.

— Oui. Quelque chose se prépare. Une force, un programme, qui a été enclenché il y a des millénaires, s'est accéléré. Tu t'es moquée, peut-être à juste titre, de ma petite métaphore de la rampe, mais quand j'évoque le fait d'être sur la rampe, tout ce que je veux dire, c'est être intellectuellement, émotionnellement et spirituellement prêt à participer pleinement au prochain progrès de l'évolution. Il est possible que cela se présente comme une mutation brutale plutôt que comme le type de changement progressif et imperceptible auquel nous sommes habitués, et que quatre-vingt-dix pour cent de la population – ceux qui sont congelés dans la poche de glace de leurs doctrines en faillite et de leurs clichés de pacotille – soient laissés au bord de la route. Je n'aimerais pas que tu te retrouves parmi eux.

— C'est gentil de ta part. Mais tu n'as pas à t'inquiéter pour moi. (Si j'arrive à survivre à cette foutue crise boursière, te dis-tu, je tenterai ma chance avec l'évolution, rapide ou lente, ou entre les deux.) Sincèrement, je ne comprends pas pourquoi tu veux que je sois sur la rampe.

— Ah, mon petit crapaud ! Tu ne vois pas ? Tu as du potentiel ! À toi toute seule, tu es une véritable mine d'esprit, de cran, de courage, d'adaptabilité. Mais tout ça est réprimé, mal utilisé. Tu dois larguer les amarres, t'ouvrir, te libérer. (Il tire sur ton élastique.) Et tu es potentiellement le meilleur coup de Seattle. (Tu lui donnes une tape sur la main pour qu'il l'enlève de ton entrecuisse et tu le repousses dans son coin.) Et par-dessus le marché, j'adore ta voix.

— Vraiment ? (Tu te radoucis avec une rapidité qu'aucune mutation brutale ne pourrait égaler.) Tu l'adores ? Vraiment ?

18 h 00

Tandis que Diamond traverse la route en claudiquant sous la pluie, son baiser résonne dans ta bouche comme un pétard dans un tiroir plein d'argenterie. Il n'y a pas à dire, il est cinglé, mais il sait embrasser. Tu ne peux pas lui enlever ça. Mais est-ce que des baisers de grande classe peuvent compenser… Oh, non ! Il fait demi-tour et revient vers ta voiture. Tu espères qu'il ne va pas devenir sentimental. Il a déjà essayé de t'extorquer la promesse de le rencontrer à nouveau plus tard dans la soirée, ou demain avant son départ. Tu lui as répondu que tu verrais ce que tu peux faire. Cela pourrait influer sur ta décision s'il y avait une chance de le faire entrer en douce dans ta boîte pour une heure ou deux, et de le faire asseoir devant ton ordinateur.

— Gwendolyn, dit-il, des gouttes de pluie brillant sur sa barbe naissante comme des bulles de champagne sur un tampon à récurer, j'espère que tu ne vas pas te mettre à me considérer comme ton gourou.

Seigneur Dieu ! Tu ne peux pas t'empêcher de rire.

— Euh, bien sûr que non, Larry. Aucun risque.

— Je ne peux pas sauver ton âme…

— Et mon job ?

— … personne d'autre que toi ne le peut. À ce stade du jeu, c'est chacun pour soi. Chacune aussi.

— Ça me va.

— Les Nommos ne peuvent pas nous sauver non plus. Ils peuvent bien venir de Sirius, ils peuvent bien être une extrusion du sur-esprit, ils peuvent bien être les deux à la fois. Ce n'est pas pour ça qu'ils vont voler à notre secours, pas plus que Jésus ou Marx ou toute autre charge de cavalerie inventée par ces maquereaux qui prennent des airs supérieurs et font de la retape pour nos idéologies voraces. Ne fais confiance à aucune d'entre elles, mon ange.

— Oh, ne t'inquiète pas pour ça.

— Il est possible que l'Avent du Nommo n'améliore pas nécessairement notre sort. Cela pourrait même faire empirer les choses. Peut-être pouvons-nous simplement espérer que les choses soient différentes. Que des cycles soient interrompus. Que des dogmes soient discrédités. Tonton Larry est pour le changement, Gwendolyn. Il est favorable au fait de se glisser dans une nouvelle peau, de partager l'information sans attendre rien en retour, et de faire un plat en plongeant dans les vieux étangs dont nous n'avons pas agité les eaux dormantes depuis si longtemps.

— Très bien.

— Oui. Bon, je me suis juste dit qu'il fallait que je te parle de ça.

— Merci. C'est aimable de ta part.

— Oui. Oui, bien sûr. En retour, peut-être qu'un jour tu seras assez aimable pour m'expliquer ce que tu fabriques avec un putain de singe dans ton coffre.

Il te déchire d'un regard, puis s'éloigne en boitillant.

Dimanche soir, 8 avril

Y a des gens qui disent que c’est de la folie

18 h 21

Tu ouvres brusquement la porte du coffre avec dans le cœur ce qui ressemble à une prière, espérant qu'André, dont le silence est aussi remarquable qu'inquiétant, n'a pas péri faute d'oxygène – c'est là un détail dont tu aurais pu te soucier plus tôt –, et tout de suite, c'est Mona Lisa qui te vient à l'esprit. André et le célèbre modèle de Léonard ont en commun la capacité d'avoir l'air interrogateur et curieux en dépit du fait qu'ils n'ont ni l'un ni l'autre de sourcils. En matière d'expression, les cabots pour qui les sourcils sont les banderoles et les panneaux d'affichage de toute émotion auraient beaucoup à apprendre de la Mona dépourvue de sourcils et du macaque qui n'en a pas plus.

Une fois les poils d'André lissés, il suffirait de le vêtir d'une robe florentine et d'un voile délicat, de l'asseoir dans une loggia avec des rochers érodés et plusieurs kilomètres de mauvaise route derrière lui, et il pourrait passer pour le double de Mona Lisa. Le singe exhibe la même expression délicate (et sans sourcils) d'un sentiment insaisissable faisant songer à une sorte de stupéfaction – à moins que ce ne soit un amusement personnel ? Il a l'air si pénétrant, si poignant, si humain, tandis qu'il te regarde avec un calme inattendu dans son nid d'emballages de glaces à l'eau et de chaînes de pneus, que tu ne peux t'empêcher de penser à l'art italien. Et à l'évolution.

En dépit des similitudes avec les primates, tu préférerais éviter le sujet de l'évolution. Non que tu remettes en doute les théories de Darwin. Bien au contraire, lorsque tu étais petite fille tu discutais, comme le font les écolières, de l'évolution avec Grand-mère Mati. Ta grand-mère ne croyait pas en l'évolution. Elle croyait en une interprétation littérale du Livre de la Genèse. Elle avait foi en la Bible, en Imelda Marcos, en son adobo au calamar et en pas grand-chose d'autre. Grand-mère Mati n'acceptait pas l'évolution à Oakland,

Californie, et maintenant qu'elle est retournée dans le village de ses ancêtres aux abords de Manille, elle l'accepte sûrement encore moins. Toi, au contraire, tu l'as toujours considérée comme allant de soi. Cependant, jusqu'à ce que tu rencontres Larry Diamond, tu pensais, étourdiment que l'évolution était terminée, qu'elle avait rempli sa fonction et qu'elle s'était éteinte. Comme des millions d'autres arrogants anthropocentriques, tu tenais pour acquis que l'espèce humaine était le maillon final du processus évolutif, son point culminant, son couronnement. Comment as-tu pu croire cela ne serait-ce qu'un instant ?

Nous. Avec notre goût pour le meurtre, la torture, l'esclavage, le viol, le cannibalisme, le pillage, les spots publicitaires, les tapis à longs poils et le golf, comment pourrions-nous être sérieusement considérés comme l'aboutissement parfait d'une expérimentation grandiose de quatre milliards d'années ? Peut-être, en tant que race humaine, sommes-nous allés au bout de nos possibilités de développement, mais cela ne veut en aucun cas dire que l'évolution va en rester là. Selon toute vraisemblance figure sur sa planche à dessin quelque chose qui se situe au-delà de l'humain. Nous avons tendance à qualifier nos comportements les plus barbares et crapuleux d'“inhumains” alors qu'en réalité ils sont très précisément humains, irrévocablement et fondamentalement humains, puisque aucune autre créature ne se livre habituellement à de telles atrocités. Cela ne remet pas en question nos vertus occasionnelles ou nos triomphes esthétiques, mais si ce n'est pas un être au moins un tout petit peu plus qu'humain qui doit prendre la relève au prochain virage du temps, alors c'est que l'évolution aura été victime d'une éjaculation précoce.

En tout cas, bien qu'il affiche une mine sobre et pensive de style Renaissance, André semble avoir supporté son emprisonnement sans problème. S'il est étonnamment conciliant tandis que tu le conduis dans ton immeuble, ses capacités motrices sont normales et ses yeux brillent. La question maintenant est : que peux-tu bien en faire jusqu'au retour de Belford ? Des heures se sont écoulées depuis la dernière fois que tu es allée aux toilettes et ta vessie plusieurs fois malmenée par la figure de proue de Diamond te donne l'impression d'être aussi grosse qu'un melon bien mûr, meurtrie et prête à éclater. Toutefois, si tu n'es pas tranquille à l'idée de laisser André tout seul, tu es encore moins tranquille à l'idée de l'emmener avec toi dans la salle de bains. Quel genre de femme permettrait à un singe de la regarder faire pipi ?

Finalement, tu avance en zigzaguant les cuisses bien serrées et le fais entrer dans la baignoire, tu attaches son harnais au robinet et tu tires le rideau de douche. Au moment où tu t'écroules sur le siège des toilettes, le flot est déjà en route. C'était moins une, mais tu as réussi ! Hélas, tu n'as pas évacué plus d'une tasse lorsque le rideau de la douche est arraché d'un coup, tel le drapeau d'un tyran, et André, tout baragouinant, t'évalue des pieds à la tête d'un coup d'œil simien. Tu essaies de stopper le jet, mais c'est trop douloureux, alors, évitant son regard intéressé, tu rougis et tu laisses la giclée se poursuivre. Pour autant que tu saches, André n'a jamais connu le plaisir d'avoir une compagne macaque, mais tu éprouves la nette sensation qu'il a une assez bonne idée de ce que tu essaies de cacher. Gardant cela à l'esprit, tu agis avec discrétion et en toute hâte lorsque vient le moment de t'essuyer, puis tu te tournes sur le côté pour remonter d'un coup ta petite culotte.

Tu dégages une odeur qui n'est pas sans rappeler celle qui règne à Biloxi quelques jours après l'ouverture du Festival de la Crevette. Mais il reste qu'une douche et un changement de vêtements sont hors de question jusqu'à ce que… jusqu'à ce que quoi ? Tu hésites. Tu as peut-être besoin de t'asseoir tranquillement quelque part pour réfléchir.

Quand tu vas détacher la laisse d'André du robinet, son expression ressemble moins à celle de Mona Lisa qu'à celle du Cavalier rieur de Frans Hals. Tu pourrais même la décrire comme un petit sourire en coin. Larry Diamond a dit – Dieu sait que tu ne te souviens plus du tout à quel sujet – que les grenouilles ont une vessie d'une taille inhabituelle qui constitue une réserve d'eau dont leur corps peut se servir quand il leur arrive d'être retenues sur la terre ferme. Tu aimerais bien avoir un réservoir à urine aux dimensions spéciales des Nommos, parce que tu refuses catégoriquement de retourner à la salle de bains en compagnie de cet animal.

18 h 49

“Le Nil fourmillera de grenouilles. Elles monteront et elles entreront dans ta maison, dans ta chambre à coucher et dans ton lit, dans la maison de tes serviteurs et dans celles de ton peuple, dans tes fours et dans tes pétrins. Les grenouilles monteront sur toi, sur ton peuple et sur tous tes serviteurs."

Ainsi parla le Seigneur Dieu dans l'Exode, Chapitre Huit. Tu te demandes à quel siècle cela a été écrit et ce que cela signifie. On dirait que c'est exactement le contraire de ce qui se passe aujourd'hui. Aujourd'hui, le peuple et les serviteurs fourmillent, tandis que les grenouilles se font rares.

À nouveau, tu lis la dernière ligne. "Les grenouilles monteront sur toi, sur ton peuple et sur tous tes serviteurs." Tu es en train de faire la lecture à André, que tu as attaché à l'un des radiateurs de la salle de séjour (pour une fois, tu te félicites d'avoir un système démodé de chauffage à circulation d'eau chaude), après lui avoir donné un pain de seigle à déchiqueter et à manger. Le macaque aime le pain aux raisins, mais tu n'en as pas chez toi et tu en as marre d'être aux petits soins pour lui.

— Je ne comprends rien à ce langage biblique, André, mais au moins Larry ne racontait pas d'histoires quand il disait que l'Égypte a été envahie par les grenouilles. J'aurais presque préféré qu'il ait menti. Tu te rends compte, si jamais tous les trucs bizarres qu'il a dits étaient vrais ? Peut-être qu'on devrait continuer à lire encore un peu. D'accord ?

Depuis que tu as sorti la vieille Bible de Grand-mère Mati, le singe s'est montré si attentif et si respectueux que cela donne un minimum de crédibilité à l'affirmation selon laquelle c'est un singe chrétien "régénéré". Non. C'est impossible. Ridicule. C'est unc coïncidence ou une arnaque. Quoi qu'il en soit, voilà le tableau : tu es assise d'un air guindée ton fauteuil Geoffrey Been Arkitektura préféré, une Bible ouverte sur les genoux, en train de lire la parole de Dieu à un singe de Barbarie tout ouïe, lorsque dans l'encadrement de la porte d'entrée, que tu avais laissée entrouverte au cas où tu aurais aperçu Q-Jo dans le couloir, apparaît brusquement Belford Dunn.

18 h 56

Belford sanglote.

Il pleure réellement. Il est si ému par la scène qu'il vient de surprendre – ému non seulement par ses retrouvailles inattendues avec son animal bien-aimé, mais aussi par le spectacle tout aussi inattendu et sans précédent que tu offres, lisant gentiment les Saintes Écritures à ton ancien antagoniste – que des larmes grosses comme des guppies ruissellent sur ses joues.

Et à travers ses larmes, il rayonne. Il rayonne avec tant d'éclat que tu ne serais pas surprise de le voir former un arc-en-ciel à lui tout seul. Son sourire semble vouloir dire : Enfin, voici mon rêve réalisé. Ma petite famille, mon unité domestique, réunie à l'abri dans le confort et l'harmonie, chacun savourant la compagnie des autres tout en approfondissant sa connaissance de la grandeur de Dieu.

Une fois qu'il t'a couvert le visage de baisers tremblotants et qu'il a serré contre lui - au risque d'en faire sortir des crottes à la banane – un André amusé mais pas plus enthousiaste que ça de revoir son grand maître, Belford commence son explication.

— Je ne pouvais plus attendre, alors je suis allé à l'aéroport et j'ai trouvé un marin qui a accepté de changer de vol avec moi pour soixante-cinq dollars. C'est beaucoup d'argent pour un simple échange de billets, mais il était chrétien, m'a-t-il dit, donc j'ai pensé qu'il n'allait pas gaspiller cet argent à boire de la bière et à jouer aux cartes. En parlant de cartes, Q-Jo est rentrée aussi ?

— Euh. Non seulement Q-Jo n'est pas rentrée, Belford, mais la dernière chose qu'on sait d'elle c'est qu'elle serait passée par une porte fermée à double tour sans en avoir la clé.

— Oh, voyons, ma petite caille !

— Ou ça, ou alors… (Ou alors quoi, Gwendolyn ?)

— Bon, ne t'en fais pas, on va arranger ça. Mais d'abord, dis-moi comment tu l'as retrouvé. Ma petite fripouille ! Il était où ? Il faisait quoi ? Raconte-moi tout.

Tu concoctes un jolie récit imaginaire qui te donne le beau rôle, tandis que Belford n'arrête pas de faire des allers-retours entre toi et André. Apparemment, il ne détecte pas les effluves émanant de ton corps qui porte toujours les souillures de tes ébats, peut-être parce que le macaque se défend pas mal non plus en matière d'odeurs. En tout cas, il est rempli d'adoration pour toi comme pour son animal favori, une situation que tu trouves à la fois touchante et irritante.

— J'ai honte de l'avouer, Gwen, mais il y a eu des moments ce week-end où j'ai perdu la foi. En André, en toi et même en Jésus.

— C'est compréhensible, Belford, et je suis sûre que nous te pardonnons tous.

Tu es tout aussi sûre que pas un d'entre vous ne s'en était aperçu.

Ton prétendu soupirant est d'humeur câline, tu le vois à la façon dont il te caresse l'avant-bras et à l'expression rêveuse de ses yeux. Il est mûr pour se faire gentiment exploiter, mais tu dois être prudente, il faut procéder avec douceur.

— Écoute. Toi et André avez besoin de passer un moment ensemble. Pourquoi ne l'emmènerais-tu pas chez toi une heure ou deux ? Ensuite on pourrait se voir un peu, toi et moi. Tu l'attacheras bien et tu reviendras ici. Mais pas très longtemps, parce que je vais avoir une journée très longue et très stressante demain.

— Bon, d'accord. J'ai entendu à la radio, dans le taxi, que la Bourse ne va sûrement pas ouvrir demain matin, pas à cause du krach, d'après ce qu'ils disaient, mais à cause des interférences atmosphériques qu'on a eues la semaine dernière. Je ne sais pas si c'est des taches solaires ou quoi.

— De toute façon, ça va être une journée terrible. Tiens, voilà tes clés de voiture.

Tu le gratifies d'un baiser générique, genre prêt-à-porter, et tu le pousses gentiment vers la porte.

— On se revoit dans deux petites heures. Au revoir, André. Passe une bonne soirée.

Pendant que j'essaie de réparer mon rideau de douche, espèce de sale bête.

— Au revoir, mon chou. Merci pour tout. Vraiment, je ne sais pas comment je pourrai te payer de retour.

Oh, on trouvera bien quelque chose.

19 h 40

Laissant le rideau de douche en tas sur le sol, tu t'offres un bon bain. À un moment donné, portant le gant de toilette à tes narines, tu ne peux t'empêcher de te demander où, dans les spéculations de Diamond, s'intègre le fait que la sexualité des humains pue la morue.

Une activité si fondamentale, si primitive – et si notoirement parfumée par la marée… Bon sang, tu es étonnée que ce maître renifleur n'en ait pas fait tout un plat. Mais pour l'essentiel, c'est au business que tu penses. La fermeture des marchés pendant un jour ou deux pourrait être un avantage pour toi. Cela te laisserait plus de temps pour mettre au point ton plan d'achat de contrats à terme sur le pétrole et pour faire disparaître quelques traces compromettantes. S'il n'est pas déjà trop tard. Si Posner ne t'a pas déjà mise sur un siège éjectable.

Une des raisons pour lesquelles le marché s'est effondré est l'énorme augmentation de la dette de marge – des clients qui achètent des titres à crédit en empruntant à leur courtier. L'achat sur marge, c'était super, à ton avis, jusqu'à ce que les masses s'y mettent. On n'aurait jamais dû ouvrir les portes à M. et Mme Tout-le-Monde et à tous ceux qui n'y connaissent rien. Les marginaux n'ont rien à faire avec les comptes de marge, tu l'as toujours dit et redit, et maintenant, voilà qu'ils ont foutu ton business en l'air. Ou en tout cas, ils l'ont rendu beaucoup plus difficile. D'un autre côté, ils t'ont peut-être offert sans le vouloir une superbe occasion. Larry Diamond, ce prétendu génie de la finance, n'a pas jugé ton plan irréalisable. Pas du tout. Il a d'autres intérêts, tout simplement. Des intérêts dont tu aurais préféré ne jamais rien savoir, parce qu'ils se sont incrustés au fond de toi un peu comme ces horribles refrains à la mode dont on n'arrive plus à se débarrasser. Des dauphins avec des doigts, des champignons avec des émetteurs, des Bouddhas avec des pieds palmés, des vaisseaux spatiaux avec des aquariums pleins de grenouilles, des gens aux destinées indescriptibles. Mais où sont les dents de Washington quand tu en as vraiment besoin ?

Ton corps a la couleur légèrement bronzée de la crème de sirop d'érable, et quand il luit, couvert de lotion de bain, on a l'impression qu'on pourrait l'étaler sur la Gaufre du Monde. Au lieu de cela, tu l'enveloppes d'une robe de soie et tu le mènes à la cuisine pour lui faire une salade. Les feuilles d'épinards prennent un air tout étonné lorsque tu les sors de leur sac en plastique. Tu as presque l'impression d'avoir interrompu quelque chose. Une tomate rouge tourne dans ta main comme une planète. Pour une raison ou pour une autre, le monde qui t'entoure semble vivant comme il ne l'a jamais été auparavant.

Tu viens d'enfourner la dernière feuille de roquette, une mèche à la Harpo Marx, clownesque, bariolée et vaguement électrique, lorsque le téléphone glougloute. C'est Diamond. Tu ne t'attendais pas à avoir de ses nouvelles si tôt, mais tu dois reconnaître que tu ressens une petite pointe d'excitation. Et cela mérite que tu t'en fasses le reproche.

— Tu as quelque chose dans la bouche ou c'est le plaisir de m'entendre ?

— Je finis de dîner, merci. J'ai bondi sur le téléphone parce que je pensais que ça pourrait être Q-Jo.

— Hélas, non. Mais j'ai une prémonition. Je vais bientôt avoir de ses nouvelles.

— Tu vas avoir de ses nouvelles ?

— Oui. Moi. J'en ai la prémonition. Mais, bon, je peux me tromper. Quoi qu'il en soit, mon petit chaton au hamburger, je t'appelle d'un téléphone de voiture...

— Ça explique les parasites.

Pendant un moment tu as cru que c'était la roquette.

— Il y en a beaucoup ce soir. Ça n'a pas l'air de s'améliorer du côté des interférences célestes. Écoute, je suis sur l'autoroute, je reviens de Sea-Tac...

— Qu'est-ce que tu es allé faire à l'aéroport ?

— Je ne te le dirai pas, devine. J'ai quelque chose pour toi. Un cadeau de Pâques, en quelque sorte. Ma nouvelle amie, Reiko, qui a eu la gentillesse de me servir de chauffeur, va me déposer à la Maison du Tonnerre dans environ, oh, disons, vingt minutes. Tu peux m'y rejoindre ?

— Oh, euh, je ne sais pas, Larry. Vraiment, je crois que ce n'est pas possible.

— C'est parfait. Tu ne le regretteras pas. Toutes les petites chattes aiment les cadeaux.

— Je ne suis pas une petite... Ne m'appelle pas comme ça ! Je te retrouve dans une heure. À neuf heures et demie. Dehors, sur le parking. D'accord ? Dehors. Pas à l'intérieur.

— Comme tu veux. Personnellement, j'ai passé un très bon moment, il n'y a pas si longtemps, dans une voiture sur un parking. Ah-ah-ah-ah-ah. Oui, je t'assure.

21 h 30

Les nuages chargés de pluie sont partis. Ils ont perdu au jeu toutes leurs petites pièces transparentes et ont dû quitter la ville dans des wagons de marchandises ; épuisés, maigrelets, dépenaillés, à sec. La lune, toujours gagnante car elle sait quand il faut s'arrêter, se tient sur le balcon du casino fermé ; on dirait qu'elle va s'allumer un cigare. Les étoiles lui font un clin d'œil, comme pour dire : "Aussi sûr qu'on est à Seattle, il y aura bientôt sur la ville un nouvel arrivage de gros paniers percés en provenance de l'ouest." La lune n'est pas pressée. Elle essuie son front tout rouge avec un mouchoir en cirrostratus qui a dû tomber de la poche d'un gogo quand il l'a retournée pour s'assurer qu'il n'avait plus rien.

Tu fais deux fois le tour du bowling avant de te garer. Les pistes sont éteintes. Ils doivent fermer tôt le dimanche soir. La seule lumière qui filtre du bâtiment vient d'une rangée de fenêtres à l'entresol, du côté ouest. Le "tipi" de Twister, si tu ne te trompes pas. Tu imagines l'imposant Comanche en train de méditer devant son Van Gogh, regardant en plissant les yeux l'un des paysans massifs vigoureusement coloriés, comme si la silhouette était celle d'un bison fantomatique.

Tu as à peine coupé le contact qu'une portière de voiture claque derrière toi et Diamond sort d'une Volvo récente. Il a les cheveux en broussaille, ses vêtements sont toujours humides, son boitillement prononcé, mais son sourire est suffisamment large pour couvrir le plafond de Liberace. "Un très bon moment dans une voiture sur un parking", c'est ce qu'il a dit, hein ? Qu'est-ce qu'il a bien pu faire avec cette Madame Butterfly ?

Il se glisse dans la Porsche, puis continue à glisser. En moins d'une seconde, il a glissé sa langue entre tes lèvres. Prudemment, comme si tu craignais de te faire mordre, tu te désengages de son baiser. Il ne faut pas que tu sois décoiffée. Belford t'attend.

— Comment ça s'est passé avec le Dr Yamaguchi ? demandes-tu, essuyant sa salive de tes lèvres avec ta manche.

— Une fois, j'ai vu un western américain à Paris. C'était en anglais, sous-titré en français. Un cow-boy grisonnant entre dans un saloon et grogne : "Un verre de bourbon !" Et dans les sous-titres, ils avaient traduit par : "Un Dubonnet, s'il vous plaît." On met parfois aux mots d'étranges masques dans une traduction.

— Mais Yamaguchi parle anglais.

— Il parle un anglais de sous-titres.

— Bon, mais tu vas avoir le traitement ou pas ?

— Seulement si je vais au Japon. La FDA n'a pas approuvé son traitement ici et il pense que cela pourrait prendre des années.

— Attends, tu veux dire qu'il faut la permission du gouvernement pour te faire faire un lavement ?

— C'est peut-être le pays de la liberté ici, mon ange, mais tu te mets le doigt dans l'œil si tu crois que ton cul t'appartient.

— Bon, alors tu vas au Japon ?

— Non, je vais à Tombouctou.

— Mais pourquoi, Larry ? Pourquoi est-ce si important pour toi d'aller dans cet endroit stupide ?

Il marque un temps d'arrêt, rejette la tête en arrière, ferme à demi les paupières et dit de sa voix traînante :

— J'ai rendez-vous avec une grenouille.

21 h 39

Tu supposes qu'il parle du Nommo. Il aurait pu faire allusion à une Française, mais dans ce cas il aurait probablement dit une "petite mangeuse de grenouilles". Donc, il doit s'agir du Nommo ; encore une de ses absurdités délirantes impliquant de prétendus tritons venus de l'espace. Eh bien, non. Il s'avère qu'il veut dire exactement ce qu'il a dit : une grenouille.

Une espèce particulière de grenouille. Une grenouille dont la peau sécrète une substance biochimique, un peptide azoté complexe, quel que soit ce truc, qui affecte le système nerveux humain d'une façon très spéciale.

— Ça m'a tout l'air d'être une drogue, lui dis-tu.

— C'est une bufotoxine hallucinogène. L'aspirine est une drogue.

— Mais ça te fait planer !

— Ah, prendre de la hauteur ! À Wall Street, ils disent : "Acheter quand ça baisse et vendre quand ça monte." Sur la rampe, nous on dit : "Acheter quand ça monte et vendre quand ça monte." Tu ne penses pas que c'est mieux ?

— Non ! C'est... ce n'est pas sérieux, c'est irresponsable et probablement dangereux.

— Bien moins dangereux que les rues de Seattle. Ces grenouilles magiques sont assez répandues. Tous ceux qui ont lu le *National Geographic* connaissent l'usage qu'en font les Indiens d'Amérique du Sud. Et on les trouve également en Afrique occidentale. Il n'existe pas de preuve quant à leur utilisation actuelle dans des pratiques religieuses ou pour la chasse, comme c'est le cas en Amazonie, mais il est presque inimaginable, si l'on considère les rapports historiques qu'il y a entre les cultures tribales et les hallucinogènes organiques, que les Africains n'en aient jamais tiré profit à un moment ou à un autre de leur passé.

— Au moins ils ont eu le bon sens d'arrêter.

— Moi je dirais plutôt que les changements climatiques et les pressions des exploiteurs islamiques et chrétiens ont plus à voir là-dedans que le bon sens. Ma théorie – la théorie qui a fait ma réputation à l'université de Tombouctou – c'est que la cosmologie aquatique des Bozos et des Dogons, la légende des Nommos, a été fortement influencée, sinon totalement inspirée par les hallucinogènes amphibiens.

— J'imagine que ça expliquerait tout, évidemment. Si toutefois ça intéresse quelqu'un. Mais qu'est-ce que cela a à voir avec le fait que tu retournes dans ce trou à chameaux complètement desséché, étant donné que tu es malade et tout ?

— Comme tu peux t'en douter, il n'y a plus de grenouilles à Tombouctou aujourd'hui, mais il y en a eu, des fossiles le prouvent. À l'incitation de ton serviteur, des types de l'université sont récemment allés dans la jungle au Sénégal et ils en ont ramené un sac à farine plein de spécimens vivants. Ils les ont mis dans le bassin dans la cour. Tu vois ça, mon chaton au gombo. Ces grenouilles agrémentent la brise de leurs prières érotiques et font glisser la gigantesque lune du Sahara dans leur gorge verte palpitante. Ils vont organiser une cérémonie cet automne. Cinquante jours après l'ascension de Sirius. C'était à cette époque que l'élite grecque partait pour Eleusis, tu vois, pour boire le breuvage sacré à l'ergotine et être initiée aux Mystères. Mais cette année, ma tumeur s'est réveillée avant Sirius et il est fort possible que je ne sois pas en mesure d'attendre septembre, donc j'y vais un peu plus tôt pour une discrète avant-première.

— Une avant-première de quoi, précisément ?

— Précisément de cet élixir magique de grenouille. Allons, ne me regarde pas avec ce mépris de crapaud…

— Tu as l'intention de manger une de ces grenouilles empoisonnées ?

— Jamais de la vie. Je te promets. Et de toute façon, une femme qui commande des cuisses de grenouille dans un restaurant en ville ne devrait pas me jeter la pierre.

— Bon alors tu vas les fumer.

— Fumer une grenouille ? Moi qui ne tirerais même pas une bouffée d'un cigare cubain ? Non, la beauté de la chose, c'est que ces grenouilles ne subissent aucun mauvais traitement. On se contente de lécher la sueur qu'elles sécrètent. Le meilleur endroit, c'est juste au-dessus de là où seraient les oreilles – si elles en avaient.

— De la sueur ?! Lécher ! C'est dégueulasse !

— Mais ça sort tout droit des contes de fées, ma chérie. Tu te souviens de ces jolies princesses qui embrassent des amphibiens ? Soit dit en passant, ce n'est pas vrai qu'on peut attraper des verrues en touchant des grenouilles, mais il est possible qu'on absorbe de la bufotoxine par la peau des doigts. C'est de là que vient la superstition. Faut pas que les petits enfants aient leur petit esprit stupéfié.

— Alors pourquoi veux-tu stupéfier le tien ? Et d'une façon aussi dégoûtante ?

— Les esprits sont faits pour être stupéfiés.

— Mon Dieu, Larry !

— Tu te souviens de la raison pour laquelle je suis allé voir Q-Jo Huffington ?

— Ouais. Parce que le père de Twister refusait de te laisser stupéfier ton esprit avec des champignons.

— En termes d'effets néfastes sur le système immunitaire, Wide Place in the Road avait peut-être raison, mais j'avais besoin de faire réexaminer ma demeure cérébrale et tout ce qu'il y a autour, et puisque

Q-Jo, quels que soient ses dons par ailleurs, ne joue pas dans la même division que les lutins psilocybiques, j'aurais certainement consulté les champignons de toute façon si je n'avais pas su que j'avais rendez-vous à Tombouctou. Nous avons établi que certains champignons peuvent fonctionner comme des microphones pour Nommos, émettant d'étranges informations non linéaires venues d'ailleurs, tout à la fois archaïques et futuristes…

— Tu as établi cela, pas moi.

— … mais si les grenouilles qui sont sur terre sont directement reliées aux premiers habitants du système de Sirius, alors les données contenues dans leurs émetteurs biochimiques pourraient bien être encore plus authentiques, plus près de la source. On pourrait comparer les champignons à des missionnaires modernes tandis que les grenouilles seraient les descendantes des apôtres originels. Tout au moins pour ce qui est de la pureté de leurs neurotransmissions. C'est vrai, je t'assure.

Tu te prends la tête entre les mains.

— C'est fou. Complètement dingue. Je ne peux pas croire que tu vas partir dans ce trou perdu d'Afrique pour lécher des grenouilles.

— Pour reprendre les paroles de Cab Calloway : "Y a des gens qui disent que c'est de la folie, mais moi, j'appelle ça le Hi-De-Ho." Ça fait partie du processus.

Tu n'as aucune idée de qui est Cab Calloway, bien que tu sois sûre d'avoir entendu ton père en parler, ce qui n'est pas un signe encourageant.

— Et si tu lèches trop, ou euh… s'il y a un problème, si tu as une allergie ou quelque chose comme ça ?

— Le risque fait partie du processus.

— Et qu'est-ce que tu vas faire pour tes finances ? Tu vas avoir besoin de soins médicaux. Je parierais que tu n'es pas assuré.

Bon sang ! Ces hommes, tout de même ! Diamond et Belford. Tourner le dos à un salaire régulier, un bon gros chèque de paie régulier, comme si un chèque de paie n'était rien de plus qu'une habitude.

Diamond se contente de sourire.

— Je devrais peut-être m'entraîner sur toi. Je veux dire, à lécher.

Il laisse pendre sa langue par-dessus sa lèvre inférieure comme une tranche de jambon sortant d'un sandwich écrasé.

— Arrête. Sois sérieux. On dirait un dingue.

— Allons, allons, sois gentille, mon petit chaton à la fondue. Ainsi que je te l'ai annoncé, Tonton Larry a un petit cadeau pour toi.

Là-dessus, il plonge la main dans la poche de poitrine de la peau de bête qui lui sert de veste en cuir, en sort un petit objet et le presse entre tes doigts. Tu desserres le poing, heureuse de constater qu'il ne contient rien de mièvre tel qu'une bague de fiançailles, ou d'embarrassant tel qu'un sex toy, ou d'affreux tel qu'une grenouille vivante ; pourtant, tu es déçue et perplexe de voir que c'est…

— Un briquet Bic ?

— Pas n'importe quel briquet Bic. C'est *le* briquet Bic du Dr Yamaguchi. Il me l'a donné. Un geste touchant. Le courant est passé. Dans le regard, principalement. Un type très liant. Vraiment. En tout cas, ce briquet est à moi, ce n'est pas ça, ton cadeau. Mais allume-le, veux-tu ? Je suis sérieux. Oui, vas-y. Allume ton Bic.

Du petit objet rempli de gaz jaillit une flamme de plus de deux centimètres que Diamond te demande de tenir bien droite. Puis, de la poche intérieure du tapis de bain paléolithique dont il couvre ses épaules osseuses, il tire deux enveloppes en papier, l'une d'environ vingt centimètres de long, épaisse et aux couleurs vives, l'autre plus petite, plus mince, plus ordinaire.

— En fait, dit-il, il y a deux cadeaux. Mais tu ne peux en garder qu'un seul. Il faut que tu choisisses.

— Mais – qu'est-ce que… ?

— Dans ma main gauche, des billets d'avion. En première classe, si ça t'intéresse. Pour Tombouctou. Pas sur mon vol, malheureusement. Ça n'a pas pu se faire. Tu pars mardi. Sur Delta, destination New York, puis sur Air Afrique, destination Bamako. C'est là que je t'attendrai et nous entrerons dans Tombouctou ensemble. Nous deux, main dans la main. Tu imagines comment ça serait ? Est-ce que tu peux imaginer ça ?

Non, en fait, tu ne peux pas. Pendant une fraction de seconde, tu vois une étendue de châteaux de sable sur une vaste plage sans mer, sous un ciel blanc comme la fumée d'un coup de feu, puis Diamond et toi sous une arcade en terre battue, l'air pâle et perdu comme les Amoureux du tarot, tandis que des nomades voilés de bleu passent à dos de chameau dans un bruit de tonnerre en vous accusant dans des langues barbares de trafic de grenouilles. Mais cette image s'évanouit aussi vite qu'elle est apparue et tu fixes la main droite de Diamond, le regard vide.

— Dans cet appendice, dit-il lentement, je tiens – garde la flamme bien droite maintenant – des notes et des instructions raisonnablement détaillées sur la marche à suivre pour modifier la base de données de ta boîte, de telle façon que Londres puisse voir que tu disposes de cent mille dollars ou plus sur ton compte personnel, sans que le moindre signe de ces faux fonds ou de la transaction que tu opères avec eux n'apparaisse à Seattle. À moins, bien sûr, que les cours du pétrole n'aillent pas dans la direction que tu prévois, auquel cas, tôt ou tard, quand tu ne pourras pas te couvrir, ou quand tu te couvriras avec le compte de quelqu'un d'autre, tu verras débarquer quelques messieurs à l'air très sérieux. Mais si ton intuition est bonne, tu vas te retrouver à la tête d'un joli paquet de fric qui ne t'aura rien coûté et personne n'en saura jamais rien. Je m'excuse par avance pour l'état de ces notes. Je les ai écrites au stylo à bille dans la voiture de Reiko, en partie pendant qu'on roulait. Maintenant…

Il approche les enveloppes du briquet qui commence à chauffer un peu trop entre tes doigts.

— Je veux que tu mettes le feu à une de ces enveloppes. L'une ou l'autre. Les billets ou les instructions pour ton arnaque. L'une des deux doit partir en fumée. À toi de choisir. Le salami ou la perle. Tu peux traficoter pour améliorer ta vie dans ses limites actuelles, ou tu peux élargir l'horizon de ta vie, peut-être même la transformer. Tu peux risquer ta liberté pour goûter au pactole, ou tu peux risquer absolument tout pour une chose qui restera peut-être incompréhensible même si tu l'atteins. Mets le feu à l'une des deux, Gwendolyn, et nous en assumerons tous les deux les conséquences. Allez, faut pas mollir. Je compte jusqu'à cinq ; si tu n'as pas choisi, l'offre ne sera plus valable et je brûlerai les deux enveloppes. Un – deux…

— Attends un instant, Larry. (Bien que le Bic te brûle les doigts, tu ne peux t'empêcher de gagner du temps.) Le ciel est dégagé maintenant. Tu crois qu'on peut voir Sirius ? Sirius A. Elle est, euh… au-dessus de mon épaule, peut-être ?

— Non, pas là. À cette époque de l'année, Sirius se couche un peu après neuf heures. Trois…

— Mais je l'ai vue vendredi soir. Il devait être pas loin d'onze heures.

— Impossible. Je compte…

— Mais si, je l'ai vue. L'étoile la plus brillante dans le ciel. J'ai vu B aussi.

— Non, tu ne l'as pas vue. Pas à cette latitude, pas en avril. On va être à court de gaz.

— Eh bien, j'ai vu quelque chose. À l'ouest. Une étoile extrêmement brillante. Qu'est-ce que ça pouvait être d'autre ?

— Peut-être que c'était ie pelu tolo. Bon, maintenant, arrête de faire traîner…

— Tu veux dire le vaisseau spatial des Nommos ? L'arche ? L'étoile de la dixième lune ? Tu n'es pas sérieux. Tu me fais marcher.

— Tout est possible. Je compte…

— Mais, Larry, dis-tu avec enthousiasme, et si tu avais raison ? Et si ce vaisseau était là-haut, quelque part, en train d'aspirer les grenouilles ?

Cette fois-ci, ça ne prend pas.

— Quatre…, dit-il.

22 h 10

Tu es si désorientée lorsque tu quittes le parking du bowling que tu prends malencontreusement une petite rue étroite qui finit en cul-de-sac devant un atelier de tôlerie. Au lieu de faire demi-tour une fois que tu t'es aperçue de ton erreur, tu montes sur le trottoir, tu mets au point mort et tu restes là en laissant le moteur tourner.

Tu n'arrives pas à croire ce que tu viens de faire. Il a dû t'hypnotiser, te plonger dans une sorte de transe africaine. Sur le moment, tu as pensé – si toutefois c'est le mot qui convient – que tu agissais par intuition, mais c'était autre chose. Une femme est censée pouvoir se fier à son intuition et son intuition est censée fonctionner en sa faveur. Tu n'as pas pu t'en empêcher. Il a vraiment d'étranges pouvoirs mentaux.

Tu prends l'enveloppe sur le siège à côté de toi, tu l'examines et tu secoues la tête. Des billets pour Tombouctou. Des billets aller *simple* pour Tombouctou ! Seigneur Dieu ! Si ça n'est pas la décision la plus stupide et la plus autodestructrice que tu aies jamais prise ?

Assez curieusement, tu n'es pas véritablement remplie de remords et de regrets. En fait, et c'est la troisième ou quatrième fois ce week-end, un vertige inhabituel et injustifiable s'est emparé de toi. Le pavillon de ta trompette s'est replié vers l'embouchure comme un serpent qui se mord la queue. Tu es dans un état de choc modéré, il est vrai, cependant aucune sensation d'irrévocabilité sérieuse ne bouche tes conduits internes. Peut-être que ce qui s'est passé n'a pas encore fait son chemin, peut-être es-tu en situation de déni, mais le cocktail d'émotions que ton cœur est en train d'engloutir contient une boisson gazeuse provoquant un genre d'excitation non spécifié en plus d'une goutte de crainte et d'incrédulité. Waouh, te dis-tu. Nom de Dieu. Waouh.

Tu sens dans ta poitrine une boule de la taille d'un chou-fleur, que dans un premier temps tu identifies comme un nœud de vive angoisse. Progressivement, cependant, il devient évident que cette boule est un globe de joie condensée. Un grand rire prisonnier en toi – à moins que ce ne soit un ensemble de minuscules éclats de rire – ne demande qu'à s'échapper. Étant données les circonstances, ce rire contenu est embarrassant, et tu n'oses pas le libérer de peur que l'hystérie ne s'en mêle. Cela n'a absolument rien à voir avec l'hystérie, mais quand même…

À la lumière du lampadaire, tu inspectes de nouveau l'enveloppe contenant les billets d'avion. C'est une option, te dis-tu. Rien qu'une option. Bien que tu sois fascinée par Larry Diamond, bien que tu sois devenue contre ta volonté – allez, avoue-le – sensible à sa sexualité, bien que tu t'inquiètes au sujet de sa maladie, s'il croit, ne serait-ce qu'un instant, qu'il t'a en son pouvoir et que tu es partante pour être son esclave sexuelle à Tombouctou, eh bien, il ferait mieux de ne pas vendre la peau de ses grenouilles avant qu'elles ne soient nées.

Bon, mais, et si tu le suivais vraiment à Tombouctou ? Et si tu faisais un pied de ton petit nez anglais à Posner, à la boîte, à la SEC, à toute la situation économique, pour t'envoler jusqu'au bout du monde ? Et si tu le faisais vraiment ?

À cette pensée, un rire éclate. C'est un rire bref mais sonore, et comme il y en a un autre qui pousse pour prendre la suite, tu jettes un coup d'œil alentour pour t'assurer que personne, dans cette infâme ruelle où les petites maisons norvégiennes se mélangent aux ateliers de tôlerie, ne t'a entendue. Instantanément, la boule de rires se dissout, car là, juste en face, de l'autre côté de la rue, garée devant une de ces maisons en bois minables du Carrefour de la Chique, tu viens d'apercevoir la Geo Storm de Q-Jo.

22 h 15

Aussi silencieusement qu'un grillon paraplégique, tu sors de ta voiture et tu t'approches de celle de Q-Jo. La Geo est vide. Pas de cadavre affalé sur les sièges, et il est évident que son corps n'entrerait pas dans le coffre ; probablement même pas si elle était découpée en morceaux. Tu regardes dans la rue. Les bâtiments industriels sont déserts et, de la demi-douzaine de maisons, deux sont sombres et quatre sont faiblement éclairées par le rayonnement photonique de la télévision. Il semble n'y avoir guère de risque à essayer d'ouvrir la portière.

Tu t'y attendais presque : elle n'est pas fermée à clé. De nos jours, à Seattle, et Q-Jo le sait bien, fermer sa voiture à clé revient à lancer une invitation à se faire fracasser les vitres. Un relent de tabac froid te saute aux narines. Rien d'autre. Pas de note, pas de lambeaux de vêtements, rien qu'un cendrier archiplein de mégots difformes et un emballage froissé de sandwich aux boulettes de viande pour indiquer que ce véhicule n'est pas conduit par un robot. Peut-être Sherlock Holmes trouverait-il un indice ici, mais en ce qui te concerne, la fouille ne donne rien.

Tranquillement, tu retournes à ta Porsche. Quand tu seras rentrée chez toi, tu téléphoneras à la police pour leur signaler l'emplacement de la Geo. En attendant, la découverte de la voiture te rend plutôt optimiste, ne serait-ce que parce que cela te convainc une fois pour toutes que Diamond n'est pour rien dans la disparition de Q-Jo ("absence" serait un mot plus adapté). Diamond est peut-être excentrique, mais il n'est pas stupide. S'il faisait quelque chose à une femme, il ne laisserait pas sa voiture garée à deux rues de la Maison du Tonnerre.

Gardant cela à l'esprit, tu te mets en route pour ton rendez-vous avec Belford Dunn.

22 h 34

— Ma petite caille ! Où étais-tu passée ?

Comme convenu, Belford est chez toi. Il t'attend et il est un tantinet inquiet.

— Je t'avais dit que j'avais une course à faire.

— À cette heure-ci ? Un dimanche soir ? Je m'inquiétais.

— Je cherchais la voiture de Q-Jo. Et… je l'ai retrouvée.

— Sans blague ? C'est vrai ? Où ?

— Oh, du côté de Ballard.

— Mais comment as-tu su que c'était là-bas qu'il fallait chercher ?

— Juste une intuition. J'ai bien retrouvé André, non ? Je suis une vraie détective. (Tu lui fais une bise sur la joue.) Maintenant, desserre ta cravate et détends-toi. J'appelle la police pour leur signaler ça et puis je suis à toi.

Plus facile à dire qu'à faire. Tu passes plus de dix minutes dans les circuits déconcertants d'un labyrinthe électronique avant d'entrer en contact avec un être humain et de t'entendre dire que "le service des personnes disparues" (c'est-à-dire l'inspecteur aux cheveux blancs et la femme iguane qui le représente) est fermé et qu'il faut rappeler demain matin à partir de neuf heures. Ton argument selon lequel la situation pourrait être grave et la découverte de la voiture d'une importance capitale se perd au bout de la ligne.

Frustrée et dégoûtée – comment les services publics pourraient-ils être pires à Tombouctou ? –, tu raccroches violemment et te précipites dans la salle de bains. Tu te laves le visage et y appliques une nouvelle couche de patine pour faire plus chic tout en analysant la situation actuelle. Fort probablement, Belford va vouloir parler du cas de Q-Jo, et une fois ce sujet épuisé, il va te poser des questions sur André, par exemple sur les méthodes que tu as employées pour l'amadouer, les versets de la Bible que tu lui as lus (comment et pourquoi tu les as choisis) et ce qu'il convient de faire pour s'assurer qu'il ne prenne pas la clé des champs une nouvelle fois (peut-on vraiment faire confiance à ce singe ? penses-tu que Belford lui a manqué ? etc.). Tout ceci pourrait bien prendre une heure et tu n'as tout simplement pas la patience de le supporter. En fait, ça te donnerait envie de hurler, et à cet instant précis pousser des hurlements n'arrangerait pas tes affaires. C'est pourquoi, te fixant un but plus élevé, tu te déshabilles, puis tu retournes dans la salle de séjour en sous-vêtements.

22 h 52

— Tu me trouverais toujours séduisante si je n'avais pas perdu ma queue ?

Belford a choisi la bande sonore de *La Mélodie du bonheur* – c'est ce qu'il y a de plus proche d'un "divertissement chrétien" dans ta maigre collection de CD – et, installé sur le canapé en peluche Paluko, il est en train de chantonner distraitement avec Julie Andrews lorsque tu arrives en te dandinant dans tes dessous de dentelle couleur pêche, le figeant net au milieu de sa phrase. Quand il retrouve la parole, il bégaie :

— De... de quoi... parles-tu ? Quelle queue ?

— J'avais une queue à une certaine époque. Quand j'étais un embryon. J'avais des petites nageoires. Et des stries et des rainures de chaque côté de la tête, comme les ouvertures des branchies d'un poisson. (En disant cela, tu te tournes et te retournes, comme un mannequin sur un podium et, à chaque tour, tu rapproches tes hanches du visage de Belford.) Alors, imagine que j'aie toujours ma queue ?

— Mais tu n'en as pas.

La respiration de Belford se comporte comme deux garçons de ferme obèses essayant de se glisser entre des barbelés. Sa pomme d'Adam ressemble à une balle de squash rebondissant sur les marches d'un temple aztèque.

— Je ne crois pas que ce soit vraiment une queue que nous avons quand nous sommes dans l'utérus, poursuit-il, mais quelle que soit cette chose qui ressemble à une queue, elle disparaît bien avant notre naissance.

— Mais si nous sommes créés à l'image de Dieu, comment se fait-il que le fœtus humain ressemble autant à un poisson ou à une grenouille ? Est-ce que Luther s'est penché sur cette question ? Quand il ne passait pas son temps à s'interroger sur le nombre de quilles souhaité par Dieu ? Si on rejette l'évolution, comment expliquer que nous ayons des queues et des branchies quand nous sommes des embryons, et comment expliquer que je n'en ai plus maintenant ?

Prenant ta question un petit peu plus au sérieux que tu ne l'avais envisagé, ou alors cherchant à faire diversion, confronté au petit derrière tout rond qui remue à seulement vingt centimètres de son nez, il gratte sa grosse tête bien solide et, après mûre réflexion, il répond :

— Nous ne sommes à l'image de Dieu qu'après notre naissance. Si on a, comme tu dis, un air bizarre, un air de grenouille dans les premiers stades de notre développement, eh bien, c'est probablement un avertissement. Le Seigneur nous dit que sans son amour miséricordieux nous pourrions tous ressembler à quelque chose qui sautille dans la boue. Tu vois ce que je veux dire, mon chou ? C'est comme ça que seraient nos bébés si Satan conduisait le bal.

Bon Dieu ! Tu n'avais pas l'intention de déclencher un discours théologique. Afin de faire redescendre la conversation des sphères de la religion traditionnelle jusqu'à des préoccupations plus terre à terre, tu fais lentement glisser ta petite culotte de tes fesses jusqu'à ce que ton périnée soit à découvert.

— Mais tu n'as pas vraiment répondu. Comment je serais avec une queue ?

Belford ne peut en supporter davantage. Il t'attire sur le canapé près de lui – pratiquement sur lui, pour dire la vérité – et se met à te caresser et à t'embrasser avec un appétit qui frise la frénésie.

— Mmmm ! (Bon, mais là, ça va un peu trop vite ; on pourrait même dire que ça dérape complètement.) Han ! (Tu parviens à te libérer.) Ouah. Du calme.

— Qu'est-ce qu'il y a ? demande-t-il l'air vexé. J'ai… ?

— Tu ne veux pas que j'enlève mon soutien-gorge ? Je croyais que tu aimais mes petites lunes des Philippines.

Belford acquiesce deux fois, une fois pour indiquer qu'il a effectivement envie que tu enlèves ton sous-vêtement, une seconde fois pour réaffirmer son allégeance à ton buste relativement maigrichon. En souriant, tu défais ton soutien-gorge – c'est un modèle qui s'agrafe sur le devant – mais tu l'ouvres juste ce qu'il faut pour découvrir l'étroite plaine de peau entre les deux monticules. Tenant un bonnet dans chaque main, tu marques un temps d'arrêt et tu le regardes droit dans les yeux.

— Belford, dis-tu, il y a un problème grave dont il faut que je discute avec toi et... je suis désolée, mais tant qu'on n'aura pas réglé ça, ça va me tracasser et m'empêcher de me concentrer. (Tu souris à nouveau en agitant de gauche à droite les deux bonnets, ce qui fait se trémousser tes seins comme des jaunes d'œuf dans leur pocheuse de dentelle.) Tu ne veux pas que je manque de concentration, hein ?

Non, bien sûr. Il ne veut que ce que tu veux. Tel le gentleman que tout le monde voit en lui, il s'adosse et écoute poliment tandis que tu lui livres une version condensée, style *Reader's Digest*, du plan que tu as mis au point pour tourner la crise financière actuelle à ton avantage. (S'il était vraiment un gentleman, il n'aurait probablement pas gardé cette érection pendant tout ton discours, bien qu'il ait des circonstances atténuantes. À savoir : tu es assise près de lui, ton soutien-gorge dégrafé et ta culotte baissée sur les cuisses.) Maintenant, tu en viens à la partie délicate et tu t'efforces de prendre une attitude digne tout en manifestant une confiance enjouée. Tu as besoin d'un prêt à court terme. Disons, une centaine de milliers de dollars. Plus, si possible. Qui sera remboursé avec intérêts. Et, en cas de mariage, il y aura partage des bénéfices. La communauté de biens entre époux est en vigueur dans l'État de Washington.

Attentif, captivé même, Belford te laisse finir ton boniment. Puis il prend avec bienveillance tes deux adorables petites menottes entre ses grosses mains rugueuses et, alors que ton soutien-gorge s'ouvre complètement, il dit :

— Ça alors, c'est une idée très intéressante, mon chou. Un peu risquée...

— Mais non, pas du tout, Belford. C'est du solide. Fais-moi confiance.

— ... mais le fait est que de toute façon je ne pourrai pas t'aider. Il faut que je te dise ce que j'ai fait. (Il t'adresse un sourire qui, dans certains coins du Montana, attirerait les loups et les coyotes à des kilomètres à la ronde.) Gwen, j'ai fait une promesse à Dieu. J'ai promis au Seigneur que s'Il estimait bon de me rendre André sain et sauf, je ferais don de quatre-vingt-dix pour cent de mes économies au foyer luthérien pour les sans-abri. Oh, ma chérie, je suis désolé, vraiment. Je déteste te voir déçue, mais j'étais désespéré et Il a entendu ma supplique. Il a eu pitié de moi dans les heures les plus sombres de ma vie. Et tu sais bien qu'on ne trahit pas une promesse faite au Seigneur.

En pensée, tu te repasses le film du briquet Bic, l'enveloppe contenant les instructions, le feu illuminant l'intérieur de la Porsche, les cendres se répandant sur le jean de Diamond comme de la neige nucléaire, et tu te dis : Et mes heures les plus sombres à moi, alors ? Hein ? C'est quand même moi qui t'ai rapporté ta saleté de singe !

Pendant quelques minutes, personne ne dit mot. Nerveusement, ton esprit passe en revue les possibilités qui te restent comme un aveugle amateur d'espresso lit le menu en braille dans un café. Belford te presse les mains et essaie de te faire des mamours. Les bruits qu'il produit ressemblent au bruit de fond d'un zoo pour petits enfants. Mais il a toujours son érection et, finalement, comme le dernier arbre resté debout après un ouragan, elle attire ton attention. Un tel arbre provoque un désir tout naturel de le toucher, de le marteler, de s'y appuyer, peut-être de pique-niquer à son ombre. Ce doit être ça. Sinon, pourquoi, alors que le dilemme est si intense, alors que tant de choses sont en jeu et que ta relation sentimentale avec Belford est arrivée à son terme, tendrais-tu la main pour saisir son phallus, le tirant et le pliant comme si tu étais chargée de la fabrication des arcs dans la forêt de Sherwood et que tu testais un jeune arbre ?

Se méprenant sur ton geste, Belford s'empare de toi et t'emporte dans la chambre. Tu devrais protester, mais au lieu de cela, tu te débarrasses de ta culotte en route et tu déboutonnes sa chemise.

Bon, plonger dans l'érotisme revient souvent à fuir une réalité désagréable, pourtant cela peut être à l'occasion une méthode de recentrage, une fournaise où brûler toutes les énergies parasites, ne laissant en fin de compte que cette énergie cérébrale limpide dont la lumière est indispensable à une mise au point juste et révélatrice. Rétrospectivement, tu pourras toujours prétendre que cet accouplement incontrôlé illustre parfaitement cette affirmation, mais pour l'instant ta prise de conscience ne va guère au-delà du vif élancement d'un clitoris chauffé à blanc, épine boursouflée en mal de baume apaisant.

Belford te dépose parmi les acariens reconnaissants et fait adroitement glisser son pantalon. Au bord de la syncope tant ton étrange désir impersonnel est intense, tu l'observes, paralysée, tandis qu'il ôte son caleçon, le plie soigneusement et le pose sur la commode. Son membre ressemble peut-être à un cou de dindon, mais il est très gros et très raide, et tu as du mal à t'empêcher de le réclamer à cor et à cri.

— Vite, vite, murmures-tu, tandis que, dans la salle de séjour, une Julie Andrews allègre fait savoir à qui veut l'entendre quelques-unes des choses qu'elle préfère.

Se soulevant et s'abaissant comme un motoculteur, Belford défonce la motte de ta culpabilité. (Oui, il y a bien là une couche de culpabilité, mais elle ne fait que rendre ta soumission plus frictionnelle et, par conséquent, plus galvanisante.) Tu t'ouvres pour lui comme un sillon. Il y enfonce une plante à tubercule, en profondeur. Tu te cabres, tu te tords, tu pousses et tu frétilles pour ne pas en perdre un millimètre. Son dos est un papier d'emballage, tes jambes sont la ficelle. Reprends tout depuis le début, Julie.

À intervalles réguliers, toutes les trois minutes à peu près, tu penses que tu en as terminé avec ces obscénités, que tu en as eu plus qu'il ne t'en fallait, que tu vas le repousser et retrouver ton calme, sinon ta dignité, et puis il vient heurter une terminaison nerveuse qui n'avait pas encore été massée et tu replonges pour trois minutes supplémentaires, jusqu'à ce que tu aies épuisé la moindre parcelle de plaisir que recelait cet endroit.

— Belford, dis-tu entre deux grognements, tu penses pas euh…, que ça euh…, ça n'a jamais été euh…, aussi euh…, bon ?

Il est tellement surpris de t'entendre parler pendant vos rapports qu'il s'interrompt un instant, comme s'il était inquiet. Puis il hoche la tête affirmativement – Belford non plus n'a jamais parlé pendant l'amour, et lui, en tout cas, n'a pas l'air de vouloir dévier d'un poil de sa ligne de conduite habituelle – et, pressant de ses doigts gros comme des cigares les joues rebondies de ton derrière, il reprend ses coups de reins sous un angle légèrement différent, déclenchant une onde de choc qui roule et tressaute jusqu'à tes gencives.

Maintenant le voilà soudain logé tout contre ton clitoris, le clouant au mur, pourrait-on dire, l'écrasant contre le mur, et il le polit méthodiquement comme un vieil épicier grec polit une aubergine, comme Aladin essaie de faire apparaître le génie récalcitrant, il le polit jusqu'à ce que tu le sentes briller, que tu le sentes illuminer ton vagin comme un show à Broadway. Ta-da ! Dans l'allée, voilà le poney blanc qui arrive au trot, fier et joueur. Faisant voler sa crinière, il franchit d'un bond la fosse d'orchestre, saute par-dessus les rampes de projecteurs et atterrit au milieu de la scène dans un puissant hennissement, ses sabots piétinent les planches, il a de l'écume aux lèvres, ses yeux clignotent comme les ampoules d'une lumière stroboscopique. Il casse la baraque. Et quand Belford l'arrose d'un tsunami tiède de roses blanches liquides, il fait le poirier pour être bissé.

23 h 56

Reprenant ton souffle après le clou de ce spectacle somptueux, tu te sens moins satisfaite que justifiée, moins justifiée que libérée. La satisfaction n'est rien d'autre qu'une anesthésie temporaire de la douleur provoquée par cette mystérieuse démangeaison qu'est l'existence. La justification n'est qu'une vengeance sans la moutarde. La libération, d'un autre côté, la libération est une face avant tellement grande que la seule face arrière qui peut lui correspondre est la mort. Et encore, même la mort n'est peut-être pas de taille.

Toute la crainte que tu éprouvais à l'idée que Diamond pouvait avoir une emprise sur toi, qu'il t'avait plongée dans une quelconque transe psychosexuelle, s'est complètement dissoute dans la vague de ton orgasme. Bien sûr, tu n'aurais peut-être pas pu avoir cet orgasme s'il n'y avait pas eu Diamond ; c'est lui qui t'a montré comment faire grimper le poney blanc jusqu'en haut de la colline, et si jamais un jour le sexe devait jouer un rôle plus important dans ta vie qu'actuellement, si jamais un jour un admirateur devait te qualifier de "meilleur coup de Seattle" et si toi – Dieu t'en garde ! – tu devais t'en sentir honorée, alors tu supposes que c'est à Diamond que tu le devrais. Mais pour l'instant, ayant descendu les rapides les plus fous que tu puisses imaginer sur un canot lancé par un Belford Dunn tout juste compétent, tu te sens libérée de toute obligation, de toute dépendance, de toute crainte ; tu te sens libre de l'influence ou de la domination potentielles de Diamond, tu te sens responsable de ton propre destin, rien de moins.

Et alors que tu te laves au lavabo de la salle de bains (pendant que Belford ronfle), tu sais exactement quelles mesures tu vas prendre !

Il y a une chose que tu ne sais pas, hélas, c'est que Belford, se conduisant, contrairement à son habitude, en présomptueux propriétaire, a débranché tes deux téléphones immédiatement après ton appel inutile au commissariat de police. Si tu avais été joignable, tu aurais reçu il y a une heure un message de Larry Diamond, un message urgent dans sa forme sinon par son contenu, un message t'informant que Q-Jo Huffington aurait été aperçue quelque part ; un message absurde, à franchement parler, et qui pourtant aurait pu modifier le parcours audacieux que tu es sur le point d'entreprendre. Cela aurait pu. Mais peut-être pas.

Lundi matin, 9 avril

Une journée de plus dans la vie d'un pauvre fou

00 h 33

Une oreille que l'on nettoie avec un coton-tige en cellophane. Un canard qui mange des céréales dans une chambre de résonance. Les dieux qui se font frire des hamburgers d'ambroisie. Le Vide qui serait devenu électrique. Des termites qui lisent Kafka à haute voix.

Il y a tellement de parasites sur la ligne que tu reconnais à peine la voix de Sol Finkelstein quand il répond au téléphone dans les bureaux de Posner Lampard McEvoy et Jacobsen. Lui, par contre, tel un ornithologue capable de repérer le pépiement d'une mésange au milieu de la circulation aux heures de pointe, identifie immédiatement ta petite voix flûtée.

— Mais où diable êtes-vous, Mati ? Le bon temps est fini. L'heure est venue de danser avec les morts.

On dirait qu'il est toujours légèrement ivre et il ne te fait aucune excuse pour sa grossièreté de jeudi soir.

— Euh, écoutez, Sol…

— Parlez plus fort, Mati, je vous entends à peine. Il y a un gros problème avec les communications. Posner et moi, on a essayé d'entrer en contact avec toutes les foutues Bourses d'Europe – la bulle Yamaguchi est prête à éclater et nous voulons court-circuiter l'indice japonais…

Court-circuiter le Nikkei. Mais oui ! Pourquoi n'y avais-tu pas pensé ?

— … mais on n'y arrive pas, à cause des interférences. J'ai essayé d'envoyer un fax à Londres, il y a une minute, et au lieu d'un signal de fax j'ai eu les résultats sportifs d'Asie. Vous avez déjà entendu parler d'une équipe de basket qui s'appelle La Grippe de Hong Kong ?

— Sol, j'ai des affaires personnelles à la boîte. Des photos et des trucs. Vous voulez bien demander à Judi Mullikin de tout enlever de mon bureau et d'emporter tout ça chez elle ? J'enverrai quelqu'un les chercher plus tard.

— Qu'est-ce que vous racontez, Mati ? Vous vous faites la malle ? Posner a tout un tas de comptes à régler avec vous. Je vous conseille de venir affronter l'orage. Vous n'avez pas le sens des convenances ? Vous n'avez pas de cran ?

Un cyclone dans la sono fait voler un tas de feuilles mortes pendant le défilé des supporters avant un match. Quand les craquements se calment un peu, tu lui dis :

— Allez vous faire foutre, Sol, et j'emmerde Posner et les comptes truqués sur lesquels il a pu tomber.

Avant de raccrocher, tu ajoutes :

— Si tu avais un peu de jugeote, espèce de crapaud, tu saurais que le bon temps ne fait que commencer. Zip-A-Dee-Doo-Dah !

00 h 39

Penchée au-dessus de Belford, tu observes sa poitrine velue qui se soulève au rythme de sa respiration. Dans un flash de déjà-vu, tu revois André sous tranquillisants sur la table de Q-Jo. Toutefois, comparé au singe, Belford semble touchant de naïveté. Non qu'André soit véritablement dépravé, il a simplement été obligé de se montrer adroit de façon assez peu orthodoxe pour survivre. Comme toi, Gwendolyn ? Oui, tu crois que tu commences à ressentir une certaine affinité avec le macaque exploité.

En tout cas, Belford n'est pas totalement sans tache. Il a débranché tes téléphones, non ? Bon, et alors ? Tu as facilement corrigé ça. Dans la salle de séjour, tu as remis la prise en place et tu viens de couper un pont. Et pas n'importe lequel. Mon Dieu ! Tu espères que tu n'auras pas à le regretter.

Tu te mets à genoux pour rebrancher la prise près du lit, sans savoir, bien sûr, que tu as raté l'appel de Diamond. Si tu étais abonnée à une messagerie vocale, comme presque tous ceux qui, en Amérique, peuvent encore s'offrir un service téléphonique, tu pourrais récupérer son message, mais tu as préféré l'un de ces répondeurs ultramodernes pas plus grand qu'une carte de tarot. Tu te méfies des messageries vocales. Qui sait ce que des pirates pourraient faire avec les messages dans ta boîte ? Une femme d'affaires se doit d'être prudente de nos jours.

Contrairement aux femmes philippines typiques qui aiment les ongles longs – souvent faux – et vernis de couleurs vives (même Grand-mère Mati les porte ainsi), les tiens sont coupés court et naturels (en fait, ils sont rongés jusqu'au sang), et tu n'hésites donc pas à racler les joues douces et roses de Belford. Il remue :

— Mmmm.

— Réveille-toi, Don Juan. On a quelques grands sauts à effectuer.

— Hein ?

— Quand on ne peut pas la saisir, faut voler l'occasion.

— Quoi ?

— Belford, tu n'aurais pas par hasard une canule à lavement, tu sais, comme il y avait dans le temps ?

Il se redresse brusquement.

— Ma chérie, tu es malade ?

— Probablement. Mais ce n'est pas ce que tu crois. Habille-toi, maintenant. J'ai besoin que tu viennes avec moi pour ce que j'ai à faire.

00 h 59

Tu es tout de noir vêtue. Jean noir, tennis noires, sweater Jhane Barnes noir, béret noir couvrant le nombre sans cesse croissant des cheveux gris qui jurent sur le noir de ta chevelure. Dans ton sac à main noir, tu as discrètement rangé ta bombe lacrymogène de réserve.

— Arrêtons-nous chez toi d'abord, dis-tu.

— Mais, chérie, je t'ai dit que je n'avais pas de matériel pour lavement.

— C'est bon. C'est juste qu'il faut passer voir André.

— C'est trop gentil. Je suis sûr qu'il va très bien.

— Oui, mais peut-être qu'il s'ennuie de nous.

Belford te lance un regard plein d'adoration.

— Bon, d'accord. Mais il doit être en train de dormir. Lui et moi on s'est payé une petite bagarre avant que je l'enferme. Bon sang, elle a de la force cette petite fripouille ! Il doit être claqué.

— Allons jeter un œil, dis-tu.

Au volant de la Lincoln, Belford prend la direction de Queen Anne Avenue.

Vous n'avez pas eu le temps d'aller bien loin quand la lune qui accompagne votre voyage (se déplaçant dans le ciel au-dessus des chagrins crasseux et des excès fortifiés de la ville, rappel visible et charismatique de cette magie primitive que l'esprit déformé par les institutions et la technologie n'a jamais vraiment réussi à éradiquer), cette lune se trouve vulgairement, même si ce n'est que temporairement, masquée par un boogie-woogie de cobalt et des balancements de rubis. Une ambulance et plusieurs voitures de police bloquent la rue, des balises clignotent et un attroupement s'est formé devant une modeste maison jumelle. En t'approchant, tu remarques Smokey et Cecil – ils ne rentrent donc jamais chez eux, ces deux-là ? – parmi les flics qui écartent les curieux d'une silhouette étendue dans l'herbe et sur laquelle se penchent deux infirmiers.

— Fais demi-tour, ordonnes-tu.

— Attends un peu.

— Non. Fais demi-tour. Fichons le camp d'ici.

— Chérie, cette maison… c'est la maison où j'ai…

— Je sais de quelle maison il s'agit, Belford. C'est là que tu t'es fait matraquer. Une fois ne t'a pas suffi ?

Belford fait descendre sa vitre.

— Excusez-moi, monsieur. Qu'est-ce qui s'est passé ?

— C'est le Violeur Adepte du Sécuri-sexe. Le type qui habite dans cette maison l'a capturé. Il lui a presque arraché la tête avec son maillet de croquet.

— Oh là là !

— Allez. On s'en va maintenant.

L'agent Smokey regarde la Lincoln et lui signale de faire demi-tour. Tu baisses la tête et tu t'enfonces dans le siège. Seigneur Dieu !

— Mais c'est une erreur. Ce pauvre type n'est pas le violeur. C'est le… l'ami de cette femme.

— Tu ne peux pas en être sûr, et puis même, qu'est-ce que ça peut faire ? Il a eu ce qu'il méritait.

— Ne jugez point…

— Ne baisez point dans tous les coins si vous ne voulez point vous faire baiser. Ces gens n'ont pas de morale. Partons.

— Mais je peux être utile. Je connais ces gens.

— Non, tu ne les connais pas ! Un pauvre taré inconnu essaie de te décapiter pendant que sa traînée de femme reste là à regarder, son tu-sais-quoi à l'air. Tu penses que ça fait de vous des amis inséparables ?

Smokey s'approche de vous. Tu t'enfonces encore davantage, et Belford t'examine avec une perplexité qui frise la suspicion.

— Si c'est un malentendu, dis-tu, ils régleront ça tôt ou tard. Et si tu ne nous fais pas partir d'ici, je vais vraiment me fâcher.

L'air malheureux, Belford passe la marche arrière, recule dans une allée et fait faire demi-tour à la Lincoln. En partant, tu envoies un baiser à Smokey. Tu n'es pas sûre qu'il t'ait reconnue, mais il vous suit du regard jusqu'à ce que vous ayez tourné au coin de la rue et cela te fait rire. Mais Belford, lui, ne rit pas. Perplexe et méfiant, il boude tout le long du chemin.

— Voilà, annonce-t-il laconiquement une fois arrivé devant chez lui. Tu veux toujours monter ?

— Écoute, je regrette de m'être emportée. Mais je ne comprends pas pourquoi tu te crois obligé de tenir la main de chaque paumé qui croise ton chemin.

— C'est mon devoir de chrétien, Gwen. Les faibles méritent toute l'aide que ceux d'entre nous qui sommes plus favorisés peuvent leur apporter.

— C'est très gentil de ta part, mais… j'ai un… je connais un euh… un homme qui affirme que l'importance qu'une société accorde aux besoins de son plus petit dénominateur commun indique à quel point cette société va s'embourber dans la médiocrité. Tandis que si nous destinions l'essentiel de notre soutien aux plus brillants, aux plus talentueux, aux plus vertueux, alors ceux-là auraient les moyens de trouver des solutions à bon nombre de problèmes, d'élever la culture dans son ensemble, de l'éclairer ou quelque chose comme ça, si bien qu'en fin de compte, il n'y aurait plus autant de paumés et de faiblards ralentissant l'évolution et tirant toute l'espèce vers le bas. Il affirme que des martyrs comme toi ne font que perpétuer la misère humaine en l'entretenant.

Il pense que les individus doivent assumer la responsabilité de leur propre vie et accepter les conséquences de leurs choix.

Belford émet un grognement.

— C'est facile pour lui de dire ça. C'est sûrement un de ces brokers privilégiés qui n'a jamais été obligé de…

— Il était autiste quand il était enfant, et maintenant il a un cancer.

— Oh, mon Dieu. Je suis désolé.

— Bah, tout le monde a ses petits malheurs. Mais ce que je veux dire, c'est que lui n'a jamais pleurniché, ne s'est jamais résigné à son sort. Il a…

— Bon, c'est très louable. C'est bien d'être un lutteur.

— Ce n'est pas vraiment un lutteur. C'est un aventurier. Ce n'est pas la même chose. Il n'attaque pas, il s'engage ; il ne défend pas, il développe ; il ne détruit pas, il transforme ; il ne rejette pas, il explore ; il ne… bon, enfin tu vois le genre.

Gwendolyn, ça vient d'où, tout ça ?

Belford t'observe. Son large visage honnête est tout ridé par le doute.

— Il semble que Monsieur l'Aventurier ait fait une forte impression sur toi. J'aimerais bien le rencontrer.

— Il quitte le pays demain matin. Il a un avion à six heures.

Belford ne parvient pas à dissimuler un soupir de soulagement.

— On ne peut pas lui en vouloir, j'imagine. L'Amérique ne peut certainement plus prétendre avoir le meilleur système de soins du monde. Mais tout de même, avec tout le respect que je lui dois, j'aurais ceci à lui dire : beaucoup de gens dans le ghetto et dans les rues sont incapables d'assumer la responsabilité de leur vie. Ceux qui ne sont pas véritablement invalides souffrent d'une dégradation de l'esprit. Ils sont incapables d'étudier les différentes options parce qu'ils ne se rendent même pas compte que ces options existent. On ne leur a jamais enseigné des notions telles que la transformation et le développement. Pire encore, ma chérie, on ne leur a jamais enseigné l'amour. Tu sais ça ? Ils n'ont aucune estime d'eux-mêmes parce que personne ne les a jamais vraiment aimés. Et c'est là qu'interviennent les "martyrs" comme moi.

— Tu peux les aimer tant que tu veux, Belford, mais tu ne les aimeras jamais assez et tu le sais. Quel que soit l'amour que les autres t'apportent, tu ne peux t'aimer toi-même que si tu es responsable de tes propres actes et tu ne seras jamais responsable tant que tu t'en tireras en mettant tes défauts et tes malheurs sur le dos de ta famille, ou de la société, ou de ta race, ou de ton sexe, ou de Satan ou de n'importe quoi d'autre. Tôt ou tard, une personne…

Patiemment, il attend que tu poursuives, mais étant clairement consciente du fait que tu parles comme Diamond et vaguement consciente qu'aux yeux de certains tu n'offres pas toi-même le meilleur exemple d'une attitude responsable, tu laisses tomber.

— Je parie que le singe est réveillé, te contentes-tu de dire.

Il ne l'est pas, mais pendant que Belford va chercher un verre d'eau à la cuisine, tu donnes des coups de pied dans sa cage jusqu'à ce qu'il bouge. D'ordinaire, il se mettrait à pousser des cris stridents dans ce genre de situation, mais cette nuit (ou plutôt, ce matin) il te fait sa mine à la Mona Lisa. Si le fait qu'un sourcil humain comporte en moyenne cinq cent cinquante poils t'incite à te sentir supérieure au macaque, battu à plate couture puisqu'il n'en a aucun, tu le caches très bien. Tu souris à André d'un air complice, comme pour suggérer que vous seuls, toi et lui, lisez le bon livret.

— Réveille-toi, *mon ami**, c'est le moment de s'y mettre. La lune est de sortie et elle est de la couleur de cette grosse topaze que tu as piquée à la marquise de Machin Chouette à Monte-Carlo. Faut que tu voies ça, mon ami. Elle brille comme une glace à la banane.

01 h 40

Le kit de lavement "prêt à l'emploi" Fleet (fabriqué par la société C. B. Fleet de Lynchburg, en Virginie) coûte un dollar et vingt-cinq cents ; il est entièrement jetable et, à le voir, on dirait qu'il peut servir à calfater une barque, boucher les fentes dans une cheminée, ou décorer un gâteau. Il consiste en une bouteille en plastique souple que l'on tient dans la main (la bouteille est équipée d'une "valve de sécurité anti-retour" qui permet de "contrôler le débit et empêche le refoulement"), et qui contient dix-neuf grammes de phosphate de sodium monobasique et sept grammes de phosphate de sodium dibasique dans une solution saline de quelques dizaines de centilitres. L'étiquette porte l'avertissement suivant : "Enlever le bouchon protecteur orange de la canule rectale avant l'insertion", ce qui semble assez clair, mais il faut se souvenir que cinquante pour cent de la population américaine est presque illettrée. "Aïe !" "Espèce d'idiot ! Voilà ce qui arrive quand on arrête trop tôt l'école."

La bouteille souple jetable est le seul kit de lavement vendu dans le seul drugstore ouvert toute la nuit dans l'agglomération de Seattle. C'est ce que Belford avait prédit. Il t'a dit qu'aujourd'hui, pour avoir un appareil à lavement ancien, en caoutchouc, avec tube et sac, il faudrait probablement aller dans un magasin de fournitures pour hôpitaux. Il a aussi dit que d'après un article publié dans *Nature*, la poire à lavement aurait été inventée par les Indiens d'Amérique du Sud qui utilisaient l'instrument pour administrer des mixtures hallucinogènes par le rectum. Il y a seulement deux jours, une information aussi ignoble et inutile t'aurait remplie de dégoût. Maintenant, elle te fait penser à Larry Diamond – et à dire vrai, elle te remplit également de dégoût, d'autant plus qu'elle émane de Belford Dunn dont le modeste cerveau d'agent immobilier luthérien pourrait difficilement être considéré comme le dépositaire du grossièrement bizarre. N'y aurait-il donc plus d'innocents ? Se pourrait-il qu'un magazine parcouru chez un coiffeur ait aussi instruit Belford sur la pratique ésotérique qui consiste à lécher les grenouilles ?

Frustrée par le drugstore – même si tu te serais bien passée de la gêne que tu as éprouvée en achetant un kit de lavement –, tu achètes quelques articles dans les rayons vitamines et fournitures scolaires avant de retourner à la Lincoln.

— Je crois que tu vas devoir attendre jusqu'en début de matinée, ma puce. Je suis désolé. Bon sang, j'ai l'impression que la petite fripouille a encore envie de manger.

— Je ne peux pas attendre, dis-tu au grand étonnement de Belford. Quant à André, il va bien falloir qu'il patiente, lui.

Comme il se sentait coupable de l'avoir à nouveau enfermé dans sa vieille cage, Belford n'avait pas été difficile à persuader d'emmener André avec vous au drugstore. Maintenant, le singe et son maître te fixent d'un regard implorant, eux sur le siège avant, toi sur celui de derrière. Tu leur fais baisser les yeux.

— Plus tard, dis-tu d'un ton sec. Là, tout de suite, on va à Chinatown.

02 h 06

Dans d'autres parties de la ville, de n'importe quelle ville, le néon n'est rien d'autre que de l'affichage électrifié. À Chinatown, le néon, c'est de la chanson, des indicatifs musicaux, la bande son visuelle du quartier. Les touristes sont attirés dans Chinatown par ces tentacules vibrants aux couleurs insolites, pour être engloutis dans la gueule d'une carpe éclatante infectée d'objets exotiques. Parmi les contributions de la Chine au monde entier, de la poudre à canon aux pâtes, il est impossible de mentionner les néons, et pourtant, Chinatown sans néon est aussi impensable que les mers du Sud sans palmiers : comment être sûr, autrement, que c'est bien là que l'on se trouve ? Si la nourriture est le Saint Graal de Chinatown, le néon est l'aura du Graal, son halo, tout autant que la magnétite des pendules dont les oscillations luminescentes hypnotisent tous les visiteurs, leur brouillant l'esprit de ces illusions de plaisirs interdits et d'un ailleurs romantique. Le néon de Chinatown est un néon de mystère, un néon de joie. FONG, dit le néon. FU, dit-il. Bon, eh bien d'accord ! Ce sera FONG FU. Un FONG FU mystérieux et joyeux. Le néon peut également dire LE JARDIN IMPÉRIAL, ou LE TEMPLE DE LA LUNE, et alors que les mots appartiennent au langage ordinaire, les lettres qui forment les mots pourraient avoir été soufflées avec une pipe à opium de Shanghai. Imitant la calligraphie comme des petits garçons imitent leur grand-père, ces lettres sont ridicules et pourtant, d'une certaine façon, charmantes ; ringardes et pourtant tout à fait correctes. Elles possèdent une sorte d'à-propos, même celles dont les éléments sont faits pour ressembler à des tiges de bambou. Et le gaz qui circule à travers elles comme un plasma surnaturel insufflant de la vie dans les images de dragons, de pagodes et de bols de riz, ce gaz a la couleur de la sauce barbecue, la couleur des pattes de canard au vinaigre, la couleur de l'opéra. La couleur de l'hibiscus et du ginseng, du ver à soie et du pétard. Le néon pousse son aiguille à broder dans le ciel du quartier de Chinatown, décorant la voûte qui tout à la fois le protège et en fait la publicité, le distinguant des autres parties de la ville. La profusion et la nature de ses enseignes au néon constituent la première indication que tes compagnons et toi avez atteint le Chinatown de Seattle. Les indications suivantes sont les immeubles bas détériorés, les ombres de Bouddha projetées sur les vieux murs en briques et les amas de cageots à bok choy inutilisables à chaque coin de rue. C'est sur les trottoirs de Chinatown que les feuilles des légumes verts viennent finir leur vie.

À Seattle, Chinatown s'appelle officiellement International District, un terme poli qui est approprié d'un certain point de vue et complètement faux d'un autre. Les Européens ne résident pas dans ce quartier et ils n'y ont pas de boutiques, et on peut dire la même chose des Africains, des Sud-Américains, des Australiens, ou des gens du Moyen-Orient, ce n'est donc pas vraiment un quartier "international". Par contre, les Chinois ont été rejoints par les Japonais, les Coréens, les Vietnamiens, les Cambodgiens et, oui, les Philippins. "Asiatown" serait un nom plus juste. Quoi qu'il en soit, Freddie Mati n'habite pas là pour fréquenter d'autres Asiatiques. Freddie Mati vit à Chinatown parce que c'est près des clubs, parce que la police est payée pour ne pas y venir et parce que c'est bon marché.

Ton père occupe le quatrième et dernier étage d'un petit immeuble appartenant à la Li Po Trading Company, une société qui importe et vend en gros des articles de bazar fabriqués par des détenus. Ses fenêtres sont éclairées, ce qui ne te surprend pas car Freddie se couche rarement avant l'aube, et puisque les clubs sont fermés pour Pâques, il n'avait nulle part où aller. Belford trouve que c'est gentil de ta part de rendre visite à ton père, comme ça, à l'improviste, bien que ce soit à une heure un peu curieuse. Il insiste pour t'accompagner, arguant du fait que l'escalier est raide et chichement éclairé, et aussi parce qu'il est impatient de développer des relations cordiales avec son futur beau-père. Freddie tarde à venir ouvrir et tu sens la fumée de marijuana qui s'échappe par le chambranle. Tu ne sais pas si Belford est préparé à cela. D'un autre côté, tu ne sais pas si Freddie est préparé à voir un singe sautiller sur ses pattes de derrière dans la pénombre.

— Ma Couineuse ! s'écrie Freddie quand il entrouvre enfin la porte. Quelle surprise ! Hé !

Tu rappelles rarement ton père après ses messages et tu ne lui rends visite qu'une ou deux fois par an, pourtant, il ne se plaint jamais et quand tu viens le voir, il est toujours content et reconnaissant. Dans les circonstances présentes, sa gaieté te dérange un peu. Tu préférerais presque qu'il te fasse des reproches.

— Ma petite Couineuse. Entre ma petite Couineuse. C'est qui avec toi ? (Il remarque André.) Oh, ouah ! J'peux pas croire c'que j'vois, mec ! (De toute évidence, Freddie est ravi de voir le macaque, et il se met à rigoler et à danser sur place. En fait, ses pitreries ne sont guère différentes de celles du singe.) On m'fait une blague, ou quoi ? Ouah, mec ! C'est un vrai singe ou un robot ? Hé, j'crois bien qu'ce singe c'est un vrai !

— Tout à fait, monsieur Mati. Aussi vrai que vous et moi. Bonsoir. Je m'appelle Belford Dunn.

Si Belford s'attend à ce que Freddie lui réponde : "Oh, oui, ma fille m'a beaucoup parlé de vous", il va être déçu. Même maintenant, tu n'as pas envie de les aider à faire connaissance, bien que cela n'ait plus énormément d'importance que Belford sache ou pas que ton père consomme de la drogue. Et très vraisemblablement, cela n'aurait pas eu d'importance pour Belford de toute façon. Belford méprise la drogue, mais Freddie étant financièrement défavorisé et membre d'une minorité ethnique aurait eu droit à plus de pitié que de dédain. Quoi qu'il en soit, ils devront se débrouiller tout seuls. À peine as-tu franchi le seuil que tu t'excuses et, tel un Druide à Stonehenge, tu te fraies un chemin à travers des empilements de cartons, de disques, de cassettes, de CD, de livres et de tambours jusqu'à la salle de bains.

Tu ne prends même pas la peine de tirer sur la ficelle qui pend comme un morceau de spaghetti de l'ampoule au plafond, grosse comme une boulette de viande. Tu sais ce que tu cherches, et la lueur des enseignes au néon qui crachote à travers la fenêtre t'éclaire suffisamment. Il ne te faut qu'un moment pour trouver. Il y a un ordre dans le désordre de Freddie, et tu sais parfaitement que, quoi qu'en dise Grand-mère Mati, il n'a jamais rien jeté de ce qui a autrefois appartenu à ta mère : par exemple, tous ces livres en tas sur le sol du loft, occasionnellement dépoussiérés, utilisés comme supports pour les bongos et les bouteilles de vin, mais plus jamais lus. Cependant ce n'est pas un livre que tu fourres dans ton sac à main, même s'il y a des livres qui sont traités avec guère plus de dignité.

Pour donner le change, tu tires la chasse d'eau, peut-être bien à tort, car tu entends l'eau déborder en sortant.

Tes parents n'ont jamais partagé ce loft, Freddie l'ayant trouvé alors que tu étais en première année de fac, six ans après la mort de sa femme, et pourtant des traces de ta mère sont partout visibles. Non seulement son vieux bureau en noyer occupe une place de choix dans le salon, mais son brûleur d'encens, ses bouteilles d'encre, son dictionnaire de rimes et sa collection de photographies de Dylan Thomas sont toujours dessus, comme dans l'attente de son retour. Malgré ton impatience de poursuivre la difficile entreprise dans laquelle tu t'es lancée cette nuit, tu contemples tout cela un instant avant de rejoindre Freddie et Belford. Les deux hommes ont à peine dépassé l'entrée mais ils ont l'air de s'apprécier, ayant spontanément établi une de ces relations fondées sur un désaccord jovial fréquent chez les hommes mais pratiquement inexistant chez les femmes. En fait, ils se sont livrés à un échange de propagande, Freddie forçant Belford à prendre un tract anarchiste, Belford répliquant avec une brochure luthérienne.

— Couineuse, t'es tout en noir, ma petite. Ça te va bien ! Ça me fait plaisir de te voir comme ça en noir.

— Ouais, Papa. On doit faire nos courses dans les mêmes boutiques.

Cela le fait sourire, bien qu'en fait la ceinture qui tient ton jean coûte plus cher à elle seule que l'ensemble des vêtements de Freddie, de son pull à col montant jusqu'à ses sandales. (Il y a tout de même une vraie possibilité pour que la ceinture ne soit pas encore complètement payée.)

— Bon, désolée pour ce délit de fuite, Papa, mais…

— Vous filez déjà ?

— On passait et on a vu de la lumière, on est juste montés pour te dire bonjour.

Belford te lance un regard perplexe, presque accusateur.

— Il est plutôt tard.

— La nuit, c'est le bon moment, Couineuse. Sûr, vous devez aller au boulot dans la matinée.

— Ouais.

— OK, mais n'oublie pas, ma petite : la flûte a été inventée avant la roue.

— C'est vrai, monsieur Mati ? demande Belford. Je ne savais pas.

Ce que Freddie veut dire, c'est que l'art est fondamentalement plus nécessaire à l'humanité que le commerce ou l'industrie – un de ses thèmes récurrents.

— C'est toi le musicien, Papa, pas moi.

— C'est vrai, ça. J'ai pas oublié tes leçons de chant. (Vous vous mettez à rire tous les deux à l'évocation de ce souvenir idiot.) Et puis de toute façon, tu as mis la main sur plein de peaux de grenouille.

Tu te figes sur place. Le regard que tu jettes à ton père est du même genre que celui que Larry Diamond t'a lancé il y a trois jours, le soir où tu l'as naïvement traité de Bozo – Bozo comme le clown.

— Qu'est-ce que tu veux dire par là ? l'implores-tu avec méfiance.

"Peaux de grenouille." Ton père serait-il au courant de quelque chose ?

Remarquant ton changement d'humeur, Freddie s'empresse d'expliquer que "peaux de grenouille" est une expression d'argot.

— C'est du langage de la rue, dit-il. Ça veut dire de l'argent. Des dollars.

Il est content – et Belford intrigué – de voir que tu es soulagée. Vous restez tous les trois silencieux un instant. Pour l'essentiel, André reste silencieux également. Puis tu regardes ta montre et tu fais un signe de tête en direction de la porte.

— Prends bien soin de toi, Papa. (Spontanément, tu le serres dans tes bras.) Je t'aime, lui murmures-tu à l'oreille.

Ah, Gwendolyn, cela fait des années que tu n'as plus dit ces mots à ton père. Ou à qui que ce soit d'autre. Peut-être les dis-tu maintenant parce que tu t'en vas et que tu ne sais pas quand, ou si, tu reviendras.

— Passe me voir bientôt, dit Freddie. Amène ton ami chrétien avec toi. Je lui ferai connaître le grand cadeau de Dieu : sainte Marie-Jeanne. Hé-hé ! Amène ce singe avec toi aussi. Ce singe, il est rigolo, mec.

Tu as descendu un quart des marches lorsqu'il crie :

— Le week-end prochain, je serai à cette nouvelle boîte vietnamienne, le Vo Mit Club. Je donne un concert avec Electric Baby Moses et ses Golden Helicopters. Ouais, et aussi les Spanish Flies. Faut pas que tu rates celui-là. Je laisserai ton nom à l'entrée. Ils te font des daïquiris à la banane, mec ! Ce singe, il aimera cette cochonnerie. Hé-hé !

Belford s'arrête et se retourne, probablement pour expliquer que son singe est un singe régénéré, mais tu lui donnes un coup de coude pour qu'il continue à descendre.

02 h 29

Enveloppé dans le nuage sanglant du souffle d'un dragon – émanation combinée des néons d'une demi-douzaine de façades de Chinatown –, Belford paraît troublé et un peu méfiant.

— C'est l'heure de rentrer, dit-il d'une voix monocorde. Je suis fatigué. Ce week-end a été plutôt particulier.

Ah ! te dis-tu tout bas. Tu n'en connais même pas la moitié.

— Eh bien, Belford, mon chéri, tu n'en as pas encore terminé avec ce côté particulier. Mais il n'y en a plus pour très longtemps. En tout cas pour toi.

— Je ne comprends pas de quoi tu parles. Je suis vidé.

— Ici, c'est moi qui conduis. Toi et André, vous montez à l'arrière.

Il fait ce que tu lui dis, et tu files vers l'est sur Jackson Street, puis vers le nord par Boren Avenue. ("C'est pas le chemin pour rentrer à la maison", gémit Belford.) Tu t'arrêtes à une épicerie ouverte toute la nuit, sur Broadway, où tu achètes deux glaces à l'eau et un de ces mini-chaussons aux pommes nappés de sucre, fabriqués à la chaîne par Hostess. Tu déposes le sac de sucreries sur le sol près de ton pied gauche, à la suite de quoi, André, sentant les friandises, se met à baver et à baragouiner.

— Pourquoi tu ne lui donnes pas maintenant ? demande Belford.

— Parce qu'il ne les a pas encore méritées. Il y a assez de gigolos vivant aux crochets de la société dans cette ville. Si André veut manger, il va falloir qu'il se bouge un peu.

— Tu nous emmènes où, Gwen ? demande Belford en regardant par la fenêtre.

— Dans un hôtel très joli.
— Un hôtel ?! On ne peut pas…
— Bien sûr que si, on peut.

02 h 47

Bien connus pour être des pilleurs de récoltes dans leur pays d'origine, les singes de Barbarie sont suffisamment adroits (leurs pouces étant suffisamment opposables) pour cueillir des grains de raisin dans une vigne ou ramasser des grains de maïs répandues par terre. Cette espèce de macaque possède également des abajoues dans lesquelles ils peuvent emmagasiner une provision de nourriture. Les abajoues d'André semblent assez amples – elles ont bien pu dissimuler une fois tout le contenu de la boîte à bijoux du sultan de Brunei –, mais tu te demandes tout de même si elles peuvent accueillir quelque chose d'aussi long et rigide que l'objet que tu viens de sortir de ton sac.

— Est-ce que tu voudrais bien me dire, s'il te plaît, ce qui se passe ici ? demande Belford sur un ton sévère.

Tu as garé la Lincoln dans Terry Avenue, juste en face de l'hôtel Sorrento. En fait, tu l'as garée à l'endroit exact où Diamond et toi, plus tôt dans la journée, vous êtes livrés à une activité sexuelle complète dans un habitacle d'automobile si exigu que même deux clowns de cirque – de ceux qui entrent à trente dans une voiture minuscule – n'auraient pas tenté le coup. L'amour fait tourner le monde, mais c'est le désir qui le fige sur place ; l'amour rend supportable le passage du temps, mais c'est le désir qui le fait s'arrêter ; le désir tue le temps, ce qui ne veut pas dire qu'il le gaspille ou qu'il le fait passer sans lui donner de but précis, mais plutôt qu'il l'annihile, l'annule, l'extirpe du flux continu, empêchant, tant qu'il dure, tout retour aux afflictions et aux mesquineries de notre société temporelle ; le désir est l'aiguille de cinq cents kilos du compteur sur le tableau de bord de l'absolu. Tu aimerais bien pouvoir invoquer un peu de cette désescalade charnelle, tu aimerais bien réintégrer le cocon extraordinaire dont Diamond et toi vous êtes entourés, cette capsule sexuelle qui vous a si bien et si totalement isolés de la voracité de l'horloge. Si ta stratégie a la moindre chance de réussir, les événements vont devoir se dérouler avec une rapidité méticuleuse, car le facteur temps est capital, la fin s'approche et pas une goutte de désir n'est là pour embaumer les minutes ou ralentir la marche du temps.

Avec le stylo-feutre couleur citron vert que tu as acheté au drugstore, tu colores la vieille canule à lavement en caoutchouc blanc de ta mère. Ce que tu obtiens ressemble à du jade à peu près autant que nos derniers Présidents ressemblent à des hommes d'État, et de toute façon, étant donnée la faible lumière, la couleur est sans doute purement théorique ; mais il paraît que Kongo van den Bos entraînait son assistant simien avec des aides visuelles, et dans la mesure où cette combine est plutôt vague – en mettant les choses au mieux –, tu veux laisser le moins de choses possible au hasard.

— Qu'est-ce que tu fabriques ? demande Belford.

Silencieusement, tu te glisses hors de la voiture et tu ouvres la portière arrière.

— Allez, André, viens avec Tata Gwen, mon chou. On va aller s'amuser un petit peu.

Tu attrapes la patte du singe et tu le tires à l'extérieur. Il fixe ses gros yeux globuleux orange sur le sac de friandises.

— Pas encore, André. Calme-toi, maintenant. Belford, tu viens aussi. Tu m'as déjà raconté une fois comment Kongo procédait, mais je ne suis pas sûre d'avoir tout retenu.

Tu conduis André de l'autre côté de la rue déserte. Sidéré, Belford court derrière toi. Il te rattrape au pied de l'échelle de secours dont le dernier échelon est à un bon mètre au-dessus de ta tête.

— Mais bon sang, qu'est-ce que... ?

Après avoir montré à André la canule peinte, tu lèves le doigt vers l'échelle de secours. Tu sors du sac une glace à l'eau et le petit chausson aux pommes que tu lui tends, et quand il essaie de les prendre, tu les retires vivement hors de sa portée. À nouveau, tu indiques l'échelle. Tu refermes ses petits doigts autour de la canule. Comme ils te paraissent vivants, agiles et forts !

— Aide-moi, Belford. Il faut lui faire atteindre l'échelle de secours.

Belford n'en revient pas.

— Mais tu es folle ? Qu'est-ce que tu as en tête ?

Le tintement de ta voix est si léger, aigu et doux que l'on pourrait croire que c'est le chausson aux pommes qui parle.

— J'envoie André me chercher quelque chose au dernier étage.

— Non, sûrement pas ! Tu as perdu la tête ? Remonte en voiture !

— Du calme, allons, du calme. Ce n'est qu'une farce.

— Quel genre de farce ?

— Une petite farce inoffensive. Je veux qu'André aille tout en haut pour me rapporter une canule à lavement.

Une fois encore, tu agites les friandises sous le nez du macaque, puis tu les retires en indiquant le dernier étage de l'immeuble. Tu comptes sur le fait que ton prétendu fiancé, ayant été occupé par une vaine course-poursuite dans la région de San Francisco, ne sait rien de la nature du traitement anticancer de Motofusa Yamaguchi.

— Pourquoi ? Pourquoi veux-tu... ? C'est une sorte de chasse au trésor débile ou quoi ?

Visiblement ébranlé, Belford tente désespérément de t'accorder le bénéfice du doute.

— C'est une plaisanterie.

— Faite à qui ?

— Euh, une de mes connaissances.

— M. l'Aventurier ?

— Eh bien, oui, si c'est ainsi que tu veux l'appeler. Il quitte le pays à six heures ce matin, comme je te l'ai dit, et je lui fais une petite plaisanterie.

— Eh bien, pas avec mon André, en tout cas !

— Chéri...

— Si tu veux faire une plaisanterie du genre scatologique à ton... ton ami, vas-y, mais tu laisses mon petit André en dehors de ça. Pas question qu'il fasse ça.

— Allons, Belford, ce n'est rien qu'un petit morceau de caoutchouc rigide.

Avec l'un de tes ongles rongés, tu tapotes sur la canule fermement tenue dans la patte du macaque. Tu indiques l'échelle de secours. Il suit ton geste.

— Non ! Qu'importe que ce soit une canule à lavement ou le diamant Hope, c'est toujours du vol. J'ai mis des années à corriger les mauvaises habitudes qu'un horrible criminel avait inculquées à cet animal innocent. Je ne te laisserai pas le corrompre à nouveau. Sûrement pas ! André !

Belford fait un mouvement pour se saisir de son animal, mais ses grosses paluches se sont à peine écartées de ses flancs que le singe saute sur tes épaules, te provoquant sur-le-champ un torticolis, puis se catapulte sur l'échelle.

— Arrête ! hurle Belford. André, viens ici !

— Chut ! Tu vas réveiller tout l'hôtel.

— Ouais. Je veux réveiller tout ce fichu hôtel. Je vais me mettre à hurler pour avertir les flics si tu ne mets pas un terme à tout ça immédiatement. André !

Le singe ne bouge pas. Tu frottes ton cou endolori. Belford craque comme un mobile home extra-large pris dans une tornade.

— Je vais appeler quelqu'un.

Avec la dextérité inconsciente d'un tireur du Far West, tu plonges la main dans ton sac et tu en sors ta bombe lacrymogène. Avant que ton esprit rationnel ait eu le temps d'enfiler son pantalon, tu as mis l'orifice à vingt centimètres du visage de Belford. Tu as le doigt sur la détente.

— Tu dis encore un mot, et je fais de toi une saleté d'amibe. Je ne plaisante pas, Belford. Je te transforme en bouillie.

La lune s'est couchée. Terry Avenue est aussi sombre qu'une rivière. La nuit est si calme que tu entends battre ton pouls et la respiration bloquée dans les poumons de Belford. Vous vous tenez tous les deux comme paralysés par l'éclair d'un orage psychique. Lentement, l'incrédulité dans le regard de Belford se change en douleur et en déception. S'il n'y avait pas ton pouls, tu pourrais entendre son cœur se briser. C'est un homme fort qui a eu une jeunesse rude. L'idée te vient qu'il pourrait t'assommer d'une seule claque, peut-être même avant que tu aies le temps d'utiliser ta bombe.

— Ce truc peut arrêter un ours, le préviens-tu.

Mais il ne va pas te frapper. Ses mains pendent à ses côtés comme des pantins désarticulés. Sa respiration semble contenue comme de la bière artisanale qui fermente dans son pot. Il se met à secouer la tête de droite à gauche et, à chaque mouvement pesant, la souffrance s'étend sur son visage comme une incision.

Graduellement, imperceptiblement, tu relâches la pression autour de ta bombe lacrymogène. Tu la laisses tomber sur le trottoir. Tu entends le bruit métallique qu'elle fait en tombant, puis elle roule dans le caniveau.

Tu ne pourrais pas aller jusqu'au bout. Quels que soient les enjeux, tu ne pourrais pas. Merde alors ! Merde de merde. Qu'est-ce que tu as, Couineuse ? T'es toujours pas à la hauteur ? Quand on met des méga-jetons sur la table, tu te déballonnes comme une baudruche. Et maintenant, que vas-tu faire ?

02 h 59

Les larmes gonflent tes yeux comme une varicelle d'échec, un herpès de rage et de capitulation. Mais avant que le premier sanglot n'agite tes nénés en forme de bols, Belford pivote et s'éloigne d'un pas lourd. Et il marche ainsi sans s'arrêter. Il traverse Madison Avenue, puis descend Terry Avenue, il marche vers le sud, s'éloignant de l'hôtel Sorrento et de l'hôpital, il traverse le quartier des immeubles appartenant au diocèse catholique romain de Seattle, un coin tranquille et boisé, encore plus sombre et calme que là où tu te trouves actuellement.

Il n'est bientôt plus qu'une silhouette, une ombre disparaissant parmi des ombres encore plus denses. Il n'y a pas de restaurants ni de stations service dans ces rues mortes, pas de cabines téléphoniques, même pas de logements privés. Où va-t-il ? Pourquoi s'en va-t-il ? Est-ce qu'il a craqué ? Est-ce que tu l'as brisé ? Tu sens tes chaussures de tennis commencer à se traîner dans sa direction.

Quelle qu'en soit la raison – et il serait stupide de vouloir coller une seule étiquette sur les émotions en cause – tu es sur le point de courir derrière lui. C'est alors que, par-dessus la tension de ton pouls, à travers la machinerie de tes sanglots, tu entends qu'on t'appelle. Ce n'est pas ton nom que tu entends. Ni même un mot, pour être exacte. Non, c'est plus quelque chose qui serait entre le grognement et le pépiement, comme si le Rouge-Gorge du Bonheur expulsait un noyau de pruneau. Le bruit vient d'au-dessus de ta tête. Et il a indiscutablement pour objet d'attirer ton attention.

03 h 02

Dans la lumière discrète qui filtre des couloirs du Sorrento, tu aperçois André à une fenêtre du deuxième étage, sa bobine affichant un air implorant, la canule à lavement de ta mère plantée entre ses lèvres comme un cigarillo de Clint Eastwood. Sauf grossière erreur de ta part, il attend tes instructions.

Tu jettes un coup d'œil vers Terry Avenue. La silhouette triste de Belford s'est fondue dans la nuit. Tu lèves de nouveau les yeux vers André. Il s'impatiente et commence à s'agiter. Tout à coup, ton pouls change de rythme, tes sanglots s'amenuisent, ta douleur dans le cou se transforme en chair de poule. OK ! Très bien, allons-y, alors !

D'un geste de la main vers le haut, tu indiques au singe qu'il doit continuer à grimper. Il réagit immédiatement. En un clin d'œil, il est à la fenêtre du troisième étage, prêt à l'ouvrir. Donc, c'est ainsi que Kongo procédait. OK ! Très bien ! Tu fais signe à André de poursuivre son ascension, et avant que tu t'en rendes compte, il s'est positionné devant la sortie de secours du quatrième étage. Bon sang. Si les singes étaient des grooms, le service ne serait pas aussi long. C'est un jeu d'enfant. Tu lui fais signe de continuer à grimper. Ton moral grimpe avec lui.

Le macaque est au sixième et tu vas lever la main pour lui dire de continuer jusqu'au dernier lorsque tu entends la sirène. Dans le ciel, tu détectes le reflet des lumières rouges qui tourbillonnent. Ce n'est pas ton imagination. La sirène hurle plus fort, l'éclat des lumières se fait plus intense. Pas de doute, ce sont les flics – cet enfoiré de Belford ! Qu'il aille au diable, lui et son âme de traître luthérien ! Ils se rapprochent de toi. Et aucun endroit où te cacher. Ça, en plus de tes fautes peu délicates au boulot : toi, ma belle, il va falloir que tu utilises au mieux tes talents oratoires si tu veux éviter de gâcher tes plus belles années professionnelles à regarder s'écailler la peinture sur le mur d'une cellule. Il t'est déjà arrivé d'être contrariée auparavant, il t'est déjà arrivé d'être embarrassée, mais c'était de la roupie de sansonnet à côté de la contrariété et de l'embarras que tu ressens maintenant.

En fait, ce n'est pas la police. C'est une ambulance. Sirènes hurlantes et lumières rougissantes, elle passe en trombe à côté de toi, propulsant encore un paquet de chair urbaine endommagée vers les urgences de l'Hôpital suédois.

Tu arraches le pieu en bois planté dans ton cœur et tu fais du feu avec pour te dégeler la moelle épinière. Jésus Marie Joseph ! Cesar Romero ! Quelle frousse ! Tu ne serais pas surprise d'apprendre que tes cheveux sont tous devenus gris. Mais quelque chose te protège, une sorte d'esprit protecteur : ta mère, peut-être, qui t'a vue t'arrêter pleine de chagrin devant son bureau ce soir ; ou Grand-mère Mati, ou Q-Jo Huffington, toutes deux en bons termes avec le monde des esprits ; ou Larry Diamond qui a réussi à entrer sur le ventre dans la soucoupe de l'étrangeté et qui peut faire sauter le verrou de tes rêves ; ou alors ce n'est peut-être que cet ange contusionné qui joue gardien de but dans l'équipe de hockey de Dieu. Quoi qu'il en soit, ma petite, tu es sauvée et les affaires peuvent reprendre.

À moins que ? Lorsque tu reportes ton attention sur l'échelle de secours, André n'est plus là.

03 h 06

Il n'est plus là. Le singe a disparu. D'après ce que tu peux voir dans cette obscurité, la fenêtre du septième est fermée. Est-ce que le singe l'aurait ouverte puis refermée derrière lui ? Kongo van den Bos l'aurait-il aussi bien entraîné ? Tu as entendu tellement d'histoires tirées par les cheveux sur ses capacités.

Ou est-ce qu'il a tout simplement continué à grimper jusque sur le toit ? Peut-être qu'il est tout là-haut maintenant, à gambader et à danser comme Freddie Mati parmi les chapeaux de ventilation. Il y a aussi la possibilité, à ne pas écarter, qu'il s'est encore enfui et que, suivant la musique de sa propre inspiration, il fait une fugue sur les toits de Seattle et consulte les constellations qui guideront son retour vers sa cambrousse natale.

Avec le temps, on a constaté des fluctuations si fréquentes et si spectaculaires dans la population des singes de Barbarie sur le Rocher de Gibraltar qu'une légende est apparue au sujet d'un passage souterrain entre Gibraltar et l'Afrique du Nord, un tunnel caché, connu des seuls macaques. D'autres habitants de Gibraltar ont imaginé que les singes étaient secrètement amphibiens et que par des nuits sans lune (comme celle-ci) ils se glissaient dans la mer et traversaient à la nage le détroit d'une quinzaine de kilomètres. (Tu te demandes si Diamond est au courant de cette histoire et s'il l'a incorporée à son mélange sur les Nommos.)

Les minutes passent. Le tambour de ton pouls s'accélère. Il y a tant de pression dans ta vessie que tu as l'impression d'avoir les jambes enveloppées d'une couverture. Tu jettes un regard aux alentours, cherchant un endroit pour y faire pipi, juste au cas où, mais rien ne semble s'y prêter, alors tu restes là, toute vêtue de noir, tordant ton cou douloureux pour surveiller le dernier étage. Entre les voyous friqués et le singe, ton cou a été transformé en arrêt de bus sur la ligne Violence Gratuite.

Quelques minutes de plus s'écoulent. Tu regardes ta Rolex. Nerveusement, l'urine s'accumulant en toi comme un étang fantôme, tu t'avances jusqu'au coin de la rue, près de l'hôpital. À travers les branches couvertes de bourgeons, tu aperçois une grosse étoile, la même, d'après toi, que cet astronome des bas-fonds t'a fait prendre pour Sirius. Sirius A. Elle a l'air plus grosse, plus chaude qu'il y a deux nuits. Qui sait jusqu'où une telle étoile pourrait guider un singe errant ?

Une porte claque. Tu sursautes tellement que tu manques en tomber sur les fesses. À la plate-forme de chargement des urgences, un moteur toussote. Tu accomplis un demi-tour plutôt raide et tu retournes vers l'hôtel. La boîte à lettres au coin de la rue se moque de toi. Par-dessus ton épaule, tu vois l'ambulance s'éloigner doucement de la réception. Tu traverses la rue en hâtant le pas. Tu veux être hors de vue quand l'ambulance passera. Tu mets un genou à terre derrière la Lincoln qui te protège de la rue. L'ambulance passe lentement, ses gyrophares et ses sirènes sont maintenant aussi paisibles que des ivrognes qui ont fini par perdre connaissance ou que des hyènes qui se sont endormies après avoir trop hurlé. Tu l'entends freiner au stop de Madison Street, changer de vitesses avant de continuer son chemin.

Quand tu te relèves enfin, André se tient à côté de toi.

03 h 28

Régénéré, hein ? Mais peut-être s'agit-il d'un cas de troisième "naissance" – le pécheur qui trouve Jésus et puis qui, par ennui, par embarras, par éducation ou par besoin, reprend ses activités condamnables avec enthousiasme et sans regret. En tout cas, la manière dont André se frappe dans les mains, hoche la tête et retrousse les babines pour exhiber jusqu'à sa dernière molaire dans un grossier sourire de singe – et tout ceci avant que tu l'aies récompensé avec les glaces et le gâteau – tendrait à indiquer qu'il est totalement ravi de voler à nouveau, et extrêmement fier d'avoir si bien volé.

Toi-même, tu es fière et ravie, et tu as du mal à croire que tu as vraiment réussi ton coup. Peut-être que la chance est en train de tourner et que les deuxième et troisième phases de ton plan vont également être couronnées de succès.

Sur l'autoroute I-5, en route vers l'aéroport (tu as décidé de ne pas sillonner le quartier à la recherche de Belford, pensant que cela te retarderait et que le retrouver n'apporterait rien de positif), tu prends la canule dans ta main, puis tu la reposes sur le siège près de toi, puis tu la reprends dans la main. Tu la fais tourner entre tes doigts, tu la soupèses dans ta paume, tu la tiens en l'air si bien que les phares des voitures arrivant en sens inverse pénètrent le bout cristallin et en même temps rebondissent sur la tige de jade. Plus lourd qu'il n'y paraît, l'objet est chargé du poids séculaire des idoles ; glissant comme un tuyau de plume sanglant, hautain comme une baguette chinoise sans son double, élémentaire comme un rayon de miel, il possède le caractère du rituel en fusion, refroidi au cours des siècles palpitants pour donner ce rayon gelé à la fonction primitive. Conduit d'eaux parfumées au lotus, petit harpon rigide lancé sur les Léviathans gastriques d'une impératrice, racine polie arrachée d'un jardin chtonien, il a, alors que tu le tiens contre la lumière, la dignité et la passion grave d'une étoile vert pâle.

Ce n'est que lorsque tu considères plus explicitement comment et où cette chose a passé l'essentiel de son existence que tu la reposes et que tu la laisses là où elle est. Et que tu t'essuies la main sur ton jean. C'était très chevaleresque – et très dégueulasse – de la part d'André de transporter un tel objet dans sa bouche !

— Mon petit singe, tu es incroyable. Je suis sérieuse, mon chou, tu es le meilleur. On fait une sacrée équipe, hein ? Toi et Tata Gwen, vous formez l'association la plus performante depuis la fusion RJR-Nabisco. Franchement, déclames-tu, imitant l'accent traînant et maniéré de Diamond, M. Dunn ne mérite pas nos talents à tous les deux.

André émet un mini-hurlement aigu, ce qui te pousse à jeter un coup d'œil par-dessus ton épaule pour essayer naïvement de voir si c'est pour acquiescer ou pour objecter, ou s'il réagit simplement au nom de son maître.

— Bien sûr, M. Dunn nous aime beaucoup tous les deux.

Une vague d'émotion provoque une crampe bien embarrassante dans ton larynx. Quand tu t'es reprise, tu ajoutes :

— Je suis désolée, mais à l'aéroport je vais devoir t'enfermer dans le coffre à nouveau. Alors ne t'énerve pas. Cette fois-ci, c'est un grand coffre, avec beaucoup d'espace, et c'est pour ton bien. Je n'en ai pas pour longtemps.

C'est ce que tu crois !

04 h 39

Puisque la physique théorique considère que le temps est relatif, il serait peut-être possible de démontrer, à la grande satisfaction d'Einstein, que les intervalles entre le moment où tu es entrée dans l'aérogare presque vide et celui où tu es allée satisfaire un besoin qui s'était fait pressant depuis bien longtemps, et puis celui où tu as pu obtenir ce que tu voulais de deux employés somnolant à deux guichets différents, étaient en fait de courts intervalles (le temps est relatif en fonction du déplacement de l'observateur, après tout ; et, étant donné qu'il est mort, ou bien Einstein se trouve dans la position stationnaire ultime, ou bien il s'est condensé en énergie pure se déplaçant à des vitesses qui avoisinent celle de la lumière) ; mais de ton point de vue plus vital, les choses se sont passées tellement lentement à l'aéroport que tu en as perdu tout ton calme et presque la tête.

Diamond a un vol à 6 heures, ce qui signifie qu'il doit enregistrer ses bagages dans ce même aéroport vers 5 h 15, ce qui signifie qu'il doit quitter la Maison du Tonnerre au plus tard à 4 h 45. Tu avais prévu de l'appeler en te servant du téléphone de la Lincoln sur le chemin du retour en ville, mais maintenant tu n'oses plus attendre. Un téléphone public dans le hall de l'aérogare devra faire l'affaire.

Tu pianotes le numéro, retiens ta respiration pendant la sonnerie, et tu te couvres l'oreille de la main quand une explosion de parasites t'arrache pratiquement l'appareil du poing.

04 h 40

Les interférences disparaissent et les premiers mots de Diamond que tu comprends sont en fait la fin d'une phrase :

— … derrière la grange. N'oubliez pas ceci, les amis : le tableau ne sait pas qui l'a peint, l'histoire ne sait pas qui la raconte, et l'économie n'a aucune idée de ce que sont ou qui sont les économistes, et encore moins de ce que sont les bookies et les gratte-papier. Vous n'y trouvez que ce que vous y apportez, et tout ce truc, on n'en a vraiment rien à branler ! Ne vous donnez pas la peine de laisser votre nom, ni votre numéro, ni l'heure de votre appel, parce que Tonton Larry est…

— Larry ? Larry ! S'il te plaît. Décroche. C'est moi. Tu es encore là, hein ? Larry, c'est…

Clic.

— Mon petit chaton en fricassée. Oui. C'est vraiment sympa de ta part d'enregistrer tes bagages.

Est-ce que c'est du sarcasme ? Avec les parasites sur la ligne et ses habituelles intonations menaçantes, c'est difficile à dire. Au moins tu l'as au bout du fil.

— Oui, bon, je me suis dit que j'allais appeler pour te dire au revoir. J'imagine que tu vas bientôt partir.

— Effectivement.

— Euh, c'est bien Twister qui te conduit ?

— Oui, et ça devrait être une expérience intéressante. Je crois que ça fait au moins un an qu'il n'a pas pris le volant. Si mon scooter avait tenu un jour de plus, je n'aurais pas eu à embêter Twister avec ça. Je ne t'ennuie pas, dis-moi ? Qu'est-ce que tu fais debout à cette heure ? Tu vas à ta boîte ? Le vieux cheval des pompiers ne peut pas résister à l'appel de la cloche ? Tu brûles de relever le défi des béquilles ? Tu veux fouiller dans les décombres pour y trouver un signe de vie du père ténia, plonger une dernière fois ton regard dans le tiroir-caisse de ses yeux ?

Normalement, tu aurais dû être dégoûtée par ses excès verbaux, aussi hypnotiques qu'ils puissent être, mais à travers les craquements et les sifflements des parasites, tu détectes dans sa voix une fièvre, quelque chose d'irrégulier, d'étranger. Son état a dû empirer dans la nuit.

— Je ne me suis pas couchée, dis-tu d'une voix plutôt faible.

— Ah, cela confirme mes doutes. Comme je ne pouvais pas te joindre par les moyens de télécommunications habituels, je me suis efforcé en vain de m'introduire dans tes rêves. Ou bien j'avais perdu le don, ou bien tu ne rêvais pas. Je devrais me réjouir que la seconde explication soit la bonne.

— Tu as essayé de m'appeler ?

— Plus de fois que je ne suis prêt à l'admettre. Est-ce que tu es en train de me dire que tu n'as pris connaissance d'aucun de mes messages ?

— Euh, non. J'ai, euh, j'ai roulé au hasard. Je réfléchissais. (Ta voix s'éclaircit.) Mais écoute, Larry. J'ai un cadeau pour toi. Un très… beau cadeau. Un très très beau cadeau. Je suis allée à Sea-Tac et j'ai déposé ce cadeau au comptoir de Delta avec ton nom dessus. S'il te plaît, je t'en prie, n'oublie pas d'aller le chercher. C'est important. D'accord ?

— Certainement. Je ne voudrais pas rater l'occasion d'être surpris, aussi minces que soient les chances.

— Nous verrons bien, hein ? Mais cette surprise, Larry… tu ne dois pas l'ouvrir avant ton arrivée en Afrique. Tu ne dois pas. Promets-moi.

— Très bien, c'est là un contrat que je dois pouvoir signer sans problème.

En esprit, tu essaies de te représenter la tête qu'il va faire quand il trouvera la canule de jade en sa possession. Cette vision te fait rougir, non pas en raison de la nature intrinsèque de l'instrument, ni par modestie devant ta générosité extrême. Non, tu revois plutôt le moment où, dans les toilettes pour dames ici, à Sea-Tac, tu as enlevé ta culotte pour y emmailloter la canule, un geste excessivement audacieux, car tu es convaincue que, tôt ou tard, une fois qu'il se sera remis du choc provoqué par le contenu de ta culotte, il y enfouira son nez de pervers. Et cela l'incitera à s'interroger sur ton esprit aventureux.

— Comment une femme peut-elle être aussi coincée en matière de sexe et être pourtant aussi sexy ? avait-il demandé.

Coincée ? Ah ! Eh bien, sens-moi ça ! Quant à la canule elle-même, une fois qu'il l'aura utilisée (dans le paquet à la culotte, tu as ajouté le flacon de bêta-carotène acheté au drugstore ouvert toute la nuit : le riz complet et le café, il peut se les procurer en Afrique), il la renverra sûrement par la poste au Dr Yamaguchi. Il n'y a aucun risque que Diamond la garde et essaie d'en tirer profit. Toi, l'espace d'une seconde, tu as bien envisagé la possibilité d'exiger une rançon, mais, voyons, ce n'est pas ton genre. Par ailleurs, tu as d'autres moyens de régler tes problèmes financiers. C'est-à-dire, un autre moyen.

— Bon, Larry, j'imagine que tu t'en vas.

— Pardon ?

Un bruit de scie de parasites a concassé la fin de ta remarque.

— J'ai dit : J'imagine que tu n'as pas de doutes au sujet de Tombouctou ?

— Tu plaisantes certainement. Seul un fou n'aurait pas de doutes au sujet de Tombouctou. En plus, j'ai des doutes au sujet de ma désertion de l'Amérique en cette période particulièrement mouvementée.

— Mais la situation est catastrophique.

— Oui. Oui. Je crois que c'est ce que j'avais prévu. C'est pas formidable ? Horace Walpole a écrit un jour : "Le monde est une comédie pour ceux qui pensent et une tragédie pour ceux qui ressentent." En extrapolant, on pourrait dire que pour la personne qui fait les deux, la personne qui a une vue équilibrée, le monde est une tragicomédie. Ah, mais presque plus personne ne pense en Amérique, et presque plus personne n'éprouve de sentiments non plus, d'ailleurs, en dehors de la colère et du ressentiment de ne pas avoir reçu une plus grosse part de ce gâteau extravagant dont on leur a fait croire que non seulement il existe, mais aussi qu'ils y ont droit indépendamment de leurs talents ou de leurs vertus. Que peut-on dire d'une population pour laquelle le monde n'est ni une comédie, ni une tragédie, mais un match dans un stade minable extrêmement bruyant, une patinoire jonchée de détritus où ils pourraient marquer un but s'ils ont de la chance ou s'ils sont assez rusés ou impitoyables, ou alors rester complètement paralysés s'ils échouent ?

Pourtant, il y a cette clameur. En Amérique, il y a une clameur, une vigueur que l'on ne trouve ni dans la vieille Europe fatiguée, ni dans la vieille Asie fataliste. S'il devait choisir entre notre barbarie et leur ennui, Tonton Larry choisirait la barbarie sans hésiter.

— D'après ce que j'ai entendu, la barbarie, c'est pas ce qui manque en Afrique.

— Ce que tu as entendu est vrai. Pour tout un tas de raisons regrettables, l'Africain moyen d'aujourd'hui est aussi éloigné des glorieux systèmes métaphysiques de ses ancêtres que le Grec moyen vendant des souvlaki au coin d'une rue polluée l'est des Mystères d'Éleusis ou de l'oracle de Delphes. Il y a une différence, toutefois, c'est qu'en Afrique, pour celui qui s'est lancé dans une quête, tout, ou presque, reste à découvrir.

— C'est vrai. Le léchage de grenouilles, par exemple.

— Allons, mon petit chaton à la frangipane, n'essaie pas de réduire mon voyage à des trivialités.

— Je ne pense pas que c'est trivial. Je pense que c'est insensé.

Diamond laisse passer une rafale de flatulences électriques avant de répondre.

— Oui. “Y a des gens qui disent que c'est de la folie”, si je puis me permettre une fois de plus de citer M. Calloway, mais si la majorité ignore l'accroc dans le tissu de la réalité consensuelle tandis qu'une petite minorité le voit, y réfléchit, le prend en compte, est-ce que je n'ai pas le droit de me demander où sont les véritables fous, dans la majorité ou dans la minorité ? La seule chose que demande Tonton Larry est d'écarter les bords de cet accroc. Attention, il n'a pas la prétention d'essayer de s'y faufiler. Une fois qu'il aura bien regardé dans cette brèche, peut-être qu'il fera marche arrière comme un coureur de jupons avec des brûlures d'estomac ou qu'il s'élancera vers les collines comme un cerf à huit cors le jour de l'ouverture de la chasse. Mais au moins, il saura. Mon but, si ce terme n'est pas trop précis, est de me repositionner hors des limites du contrôle et de la définition. Même lorsqu'on est sur la rampe, le contrôle et la définition œuvrent inlassablement à ériger leurs grilles de fonte autour de nous. Il est possible que jeter un coup d'œil, ne serait-ce que périodiquement, par le trou dans le rideau soit suffisant pour tenir ces contraintes à distance. Ensuite, je pourrai passer à l'étape suivante. Si cela me chante. Et si le petit monstre que j'ai dans le rectum ne m'a pas fait avaler mon bulletin de naissance. J'ai le grand plaisir de t'informer, mon petit chaton au prosciutto, que j'ai la forte prémonition que je vais finalement m'en sortir.

Fais attention, Gwen. Tu ne voudrais pas qu'il capte quoi que ce soit au sujet de la canule sur son satané radar télépathique. Pour essayer de détourner son attention, tu vas peut-être un peu trop loin :

— J'espère de tout mon cœur que ce sera le cas, mais n'oublie pas que tu avais aussi la prémonition que tu allais voir Q-Jo.

Un silence pesant s'installe sur la ligne. Tu croirais presque que les interférences atmosphériques ont coupé la communication, mais tu l'entends respirer. Tu imagines aussi l'entendre trembler, et sentir la chaleur de sa fièvre au bout du fil. Fallait-il vraiment que tu le décourages aussi brutalement ? Tu essaies de trouver les mots qui pourraient lui rendre l'espoir sans révéler la raison pour laquelle un tel espoir est entièrement justifié, lorsqu'il se remet à parler ; mais sa voix semble tout autant impressionnée et émerveillée que ravagée et effrayée.

— Mais j'ai vu Q-Jo.

— Quoi ?

— Je l'ai vue. C'est pour ça que j'ai essayé de t'appeler toute la nuit.

— Où ? Quand ? Bon Dieu, Larry !

— Du calme, Gwendolyn. Calme-toi. Prépare-toi, tu vas en avoir besoin pour entendre ça.

Pour te préparer, tu te prépares, comme si tu allais recevoir un coup dévastateur, mais rien au monde n'aurait pu te préparer à ce que Larry Diamond a à te dire. Parlant comme s'il était pris d'une transe qui le survoltait, il te raconte que lorsqu'il t'a quittée hier soir sur le parking du bowling, il est allé directement à sa salle de bains dans la Maison du Tonnerre pour s'appliquer encore une fois les feuilles de l'Indien. Il venait de terminer et se lavait les mains lorsqu'il y eut un éclair, suivi d'un craquement et d'une petite explosion, comme si un paparazzo se faisait fracasser son appareil photo par une célébrité excédée, puis les lumières dans la Maison du Tonnerre faiblirent, clignotèrent avant de s'éteindre et de revenir quelques secondes plus tard. Les interférences atmosphériques de ces derniers jours ayant déjà provoqué quelques brèves coupures de courant, il n'y prêta pas particulièrement attention, jusqu'à ce qu'il se rende compte que le projecteur à diapos était resté allumé depuis ta visite hier matin. Il bourdonnait plus fort que d'habitude – comme un sèche-cheveux victime d'un naufrage et encerclé par des cigales hostiles, c'est la comparaison que Diamond a utilisée – et donc il s'est précipité pour voir s'il y avait un problème et l'éteindre.

— L'appareil proprement dit était intact, dit-il, mais j'ai jeté un coup d'œil à l'écran, et c'est là que je l'ai vue.

— Qui ? Qu'est-ce que tu veux dire ?

— Ton amie, murmure-t-il. (Et là tu le sens frissonner.) Là, devant moi. Sur l'écran. Dans l'image. Dans la diapo. Posant avec le personnel enseignant. Grandeur nature, si ce n'est pas déjà un pléonasme dans le cas de Q-Jo. Je t'ai dit une fois que plus rien ne me surprend, eh bien je crois que c'était un mensonge.

04 h 44

— Si c'est une blague…

Mais alors même que tu le dis, tu sais qu'il ne plaisante pas.

— Pas vraiment. Je n'oserais en parler à personne d'autre que toi. Je ne l'ai même pas dit à Twister. (Il marque un temps d'arrêt.) Tu penses que c'était la fièvre. Ou le traitement. Que c'était une hallucination. J'y ai pensé, moi aussi, pendant un moment. J'ai couru à la cuisine pour m'asperger le visage d'eau fraîche. Après avoir repris mes esprits, je suis retourné devant l'écran – et elle était toujours là ! Elle était debout au milieu des chamans et des devins. Et ce sourire ! Comme si elle était dans son élément et ne pouvait rêver mieux. J'ai observé l'image pendant, oh, probablement dix minutes. Et elle était bien dedans. Ce n'était pas une illusion.

Sa sincérité ne suffit pas à tempérer ton incrédulité.

— Il faut que je le voie pour le croire, dis-tu.

À nouveau, il reste silencieux un instant.

— Tu ne peux pas le voir, finit-il par dire avec, dans la voix, un mélange d'angoisse et de regret.

— Pourquoi pas ? Si Q-Jo est vraiment…

— Elle n'y est plus. Il y a eu une autre coupure de courant. Tu l'as peut-être remarquée. (Non, tu étais au lit, en train de baiser Belford.)

Les lumières se sont éteintes pendant environ cinq secondes et quand elles sont revenues, elle n'était plus dans l'image. Disparue. Complètement. J'ai regardé la diapo plusieurs fois au cours de la nuit. Elle n'a pas réapparu.

— Larry…

— Mais il y a une autre chose digne d'intérêt. Je suis revenu en arrière, la diapo précédente – tu sais, la photo de groupe des professeurs invités ? – eh bien ils ont disparu, eux aussi. Tous, sans exception. Il n'y a plus personne sur la diapo, maintenant, il ne reste que la cour vide. Et ça, Gwendolyn, tu peux le voir. Je te le montrerais tout de suite si j'avais le temps.

— Oui, mais il est tard. Il faut que tu ailles à Sea-Tac.

Si Diamond ne plaisante pas, te dis-tu, et s'il n'a pas été victime de son traitement ou d'une drogue, alors il est peut-être vraiment fou. Et s'il est dingue, peut-être qu'il a vraiment tué Q-Jo, après tout.

Cela te déchire le cœur, mais il faut bien envisager à nouveau cette possibilité.

— Oui, c'est vrai. Twister est déjà sorti pour démarrer la voiture. Il ne veut pas s'éloigner de la Maison du Tonnerre plus longtemps que nécessaire.

— Bien, Larry…

— Écoute, ma chérie, je sais que c'est pénible, mais ne t'en fais pas trop à ce sujet. D'accord ? On trouvera le fin mot de cette histoire quand on sera en Afrique. Et c'est dans pas longtemps. Je dois te prévenir, mon petit chaton au kimchi, qu'au Mali, les choses sont un tant soit peu folkloriques. Les infrastructures laissent à désirer. L'aéroport de Bamako est un vrai cirque, nuit et jour, les horaires des arrivées et des départs sont très élastiques. Donc, si pour une raison ou pour une autre, je ne suis pas là quand ton vol arrive, prends un taxi et va à l'Hôtel l'Amitié. J'y prendrai une chambre sous le nom de Mookie Blaylock.

— Je vois.

— Très bien. J'entends Twister qui klaxonne. Sirius C m'appelle. Je crois bien que je t'aime. Au revoir.

— Au revoir, Larry. Je… crois que je … t'aime bien aussi.

04 h 58

Eurent-elles pour origine le petit gland ? Les puissantes dents de George Washington ? Ou bien, comme la plupart des meubles de l'époque coloniale, furent-elles rabotées dans un grand tronc d'érable après qu'il se fut vidé de toute sa sève ? De l'érable à mouchetures rouges ? De l'orme lisse ? Du pin noueux ? Peut-être furent-elles faites dans du tremble frémissant, de façon à accompagner la mastication quotidienne de la musique des bords de rivières. (À chaque rot, Martha aurait pu entendre le vent dans les saules. Une sérénade de sycomores.) Imagine un peu : des noix cassées par du noyer, des cerises écrabouillées par du cerisier ; du frêne dans la bouche – plutôt gênant pour dévorer de façon effrénée. Washington mangeant épicé avec des dents en épicéa. Washington incapable de savourer les produits de la nature à cause de ses dents taillées dans un tronc : l'arbre masquant la forêt. Et quand il découvrait son dentier, son sourire manquait-il de charme ? Aurait-il reculé devant le bouleau ?

Si Q-Jo était vraiment sur cette diapo africaine – ce qui, cela va sans dire, est impossible – tu ne pourrais même pas y penser une seconde. Et si Diamond, dans un état anormal, a seulement imaginé qu'elle y était, eh bien, tu ne peux pas y penser non plus. Tu ne te permettras pas de penser à cette histoire. Il te reste trop peu de temps et l'enjeu est trop important. Il te faut éviter toute confusion, combattre le doute, et passer avec courage et efficacité à l'étape suivante de ton plan magistral.

Tandis que la Lincoln ronronne sur l'autoroute en direction du nord à une vitesse vingt fois supérieure à celle à laquelle celui dont elle a emprunté le nom (et dont l'état des dents est inconnu) se rendait à l'école en pataugeant dans la neige fondue de l'Illinois, tu calmes André en lui chantant sa comptine française favorite – ta voix de poupée semble le captiver : eh oui, Blossom Dearie, tu l'as mauvaise, hein ! –, la chantant encore et encore pendant que tu imagines un dentier en balsa que l'on pouvait faire voler dans la salle à manger de la Maison-Blanche comme un aigle en papier. Bientôt, Diamond, en route vers le sud, va se trouver parallèle à toi l'espace d'un instant, mais étant donné que tu n'as aucune idée du genre de voiture que Twister peut bien posséder et étant donné que Diamond ne connaît pas la

Lincoln, vous êtes condamnés à vous croiser comme des navires dans la nuit. Ou plutôt dans l'aube car tu peux déjà détecter un fil jaune pâle qui se faufile (ou se défile) dans l'ourlet de l'horizon.

Tu prends la sortie vers Mercer Street et tu longes Lake Union en direction du bas de Queen Anne Hill. Peu après la sortie, tu rencontres un cortège de trois berlines BMW et une Ferrari noire roulant à grande vitesse : les voyous friqués rentrent dans leurs banlieues chic après avoir passé la nuit à harceler les clochards. Tu rougis de rage en te rappelant qu'ils t'ont baissé le pantalon – si, toutefois, c'étaient bien eux. Voilà encore un sujet sur lequel il vaut mieux ne pas s'attarder tant que tu n'es pas bien peinarde.

Belford pourrait avoir déclaré le vol de sa Lincoln à la police – c'est peu probable, mais tu ne peux pas prendre le risque – alors tu gares sa voiture devant ton immeuble et tu transfères le singe et le sac de provisions dans la Porsche.

— Tu te souviens de cette jolie voiture, mon ami ? On peut dire que tu l'as sacrément bien abîmée avec tes stupides vitamines. Mais ne t'inquiète pas, Tata Gwen te pardonne. Tu ne seras pas obligé de voyager dans ce vilain coffre.

Immédiatement après avoir mis le moteur en marche, tu entends un cri et dans le rétroviseur tu aperçois une silhouette masculine indistincte se précipiter sur toi. Sans même réfléchir, tu embrayes. Pendant une seconde ou deux, il semble gagner du terrain sur toi, mais une fois dans la rue, la Porsche pousse un cri strident, comme un baron prussien enragé sur le point de passer l'amant de sa femme au fil de son sabre, dépose deux traînées jumelles de cette confiture de testostérone âcre que les adolescents aiment étendre sur l'asphalte, et laisse ton poursuivant sur place. C'était probablement ce pauvre Belford, mais cela aurait tout aussi bien pu être le Violeur Adepte du Sécuri-sexe. Une fille doit toujours se méfier. Faisant hurler et tanguer la Porsche, tu conduis aussi vite que tu penses pouvoir le faire sans trop attirer l'attention et, après un bref arrêt au Thriftway pour une dernière réquisition de glaces à la banane, tu files vers Ballard et le bowling de l'Oiseau-Tonnerre.

05 h 25

La Bourse devrait en principe ouvrir dans cinquante-cinq minutes. Tu te demandes si elle va vraiment ouvrir. En traversant le pont Ballard, tu allumes la radio pour écouter les informations, mais il y a tellement de parasites que tu l'éteins aussitôt. Qu'est-ce que tu as à faire du marché, de toute façon ? Aujourd'hui, il n'y aura pas de "Sears, Philip Morris, Merck, General Electric". Pas de "Westinghouse, Walt Disney, Procter et Gamble". Et pas de "I… B… Mmmmm".

Aujourd'hui, ce sera "Van Gooo-gh".

05 h 27

Après avoir fait le tour du bowling une fois, tu te gares derrière le bâtiment (le côté Ouest), près de la longue fenêtre étroite du "tipi" de Twister, au niveau du sol.

— Ressaisis-toi, André. Sois patient. Tu vas encore passer un bon moment, mais donne-moi une minute.

Le macaque est en émoi, mais tu ne saurais dire si c'est en raison de l'anticipation d'un nouveau cambriolage ou si c'est parce que tu ne lui donnes pas ses friandises.

Utilisant une lame X-Acto, tu découpes un morceau de carton rigide pour obtenir un rectangle d'environ trente-cinq centimètres sur vingt-cinq. Puis, tu te mets au travail avec un gros crayon de couleur noir. Tu n'as pas reçu de véritable formation artistique, mais ton frère est sculpteur à San Francisco et ta mère avait un certain talent pour dessiner à l'encre les licornes mutilées et les tombes en ruine avec lesquelles elle illustrait souvent ses poèmes, et tu es dotée grâce à tes gènes d'un joli coup de crayon. Bien sûr, tu n'as besoin ici que d'une grossière approximation de l'original : une vague ressemblance suffira largement à informer le petit voleur sur ce qu'il est censé dérober, pourtant, il te faut mettre ta mémoire à l'épreuve – tu n'as vu ce dessin qu'une seule fois – pour positionner les silhouettes correctement ; et une fois que tu as barbouillé ta copie avec de la salive et le bout des doigts, tu imagines que tes paysans de bande dessinée possèdent un peu de la dignité fruste que Van Gogh a su donner à l'original. Il est possible que ton appréciation bénéficie de la lumière, ou plutôt, du manque de lumière : la couleur du ciel se partage entre myrtille et capucine – la couleur du linoléum de Dieu, mais il n'est pas encore assez brillant pour que tu puisses voir clair.

— Eh bien, on y va, mon chou. S'il te plaît, tu te dépêches, d'accord ?

Tu conduis André à la fenêtre de Twister et, agitant une glace à l'eau sous son nez, tu lui tends le dessin.

— Voilà ce que veut Tata Gwen. Ça ne rentrera pas dans ton abajoue, mais tu peux réussir. Et n'oublie pas, je te donne une prime si tu travailles vite. Très vite, d'accord ? Allez ! Vas-y, maintenant !

Évidemment, la fenêtre de Twister est fermée et verrouillée, mais ce singe est censé être passé maître dans l'art de l'effraction, un animal criminel de génie. Tu as une totale confiance en lui, mais elle est mise à rude épreuve lorsque tu vois André tripoter la fenêtre quelques instants, puis se coucher à côté et se mettre à geindre. Seigneur Dieu !

05 h 38

Tu pourrais briser la vitre avec un démonte-pneu ou quelque chose comme ça. Mais tu tiens à ce que cela ait l'air d'un coup commis de l'intérieur. Quand Twister reviendra de l'aéroport et s'apercevra que son précieux dessin n'est plus là, lui et les enquêteurs n'auront guère le choix : ils mettront le vol sur le dos de Larry Diamond. Il ne leur faudra pas plus de quelques jours pour découvrir la vérité et donc personne n'en pâtira, et à ce moment-là, toi, tu devrais être loin.

Ça, c'était ton plan. Désormais, ton désespoir augmentant, tu regardes autour de toi à la recherche d'un objet que tu pourrais lancer à travers la vitre. Voilà ! Qu'y a-t-il là, dans l'herbe ? Une boule de bowling ! Ça alors ! C'est sûrement un de ces balourds minables menant une existence marginale qui a fait un score tellement ridicule qu'il en a jeté sa boule dans un accès prolétaire de dépit. Tu la ramasses. Beurk ! Elle est toute sale. Et plus lourde que tu ne l'imaginais. C'est la première fois de ta vie que tu as dans les mains une de ces "lunes en orbite autour de Milwaukee", et tu crains que le simple fait de la soulever ait compromis ta dignité et réduit ton QI. T'efforçant de la tenir à bout de bras, tu t'avances vers la fenêtre.

Mais soudainement, comme sous le coup d'une inspiration, le singe saute sur ses pieds et se met à grimper le long d'une gouttière. Il monte vers le toit, peut-être pour y trouver un conduit d'aération. OK ! Génial ! Tu préfères ça. Tu savais que tu pouvais compter sur le fléau simien de la Côte d'Azur. Laissant tomber la boule avec dégoût, tu masses ton cou endolori puis tu retournes t'asseoir dans ta voiture. Une attente insoutenable commence.

05 h 44

Il est cinq heures quarante-quatre. Comme tu peux difficilement imaginer que la scène des adieux se soit prolongée à Sea-Tac, il est raisonnable d'envisager le retour de Twister dans les cinq ou six minutes qui viennent. Pour calmer tes tremblements émotionnels et faire en sorte que tes ongles déjà rongés jusqu'au sang ne subissent d'autres dommages, tu examines une fois de plus l'enveloppe contenant tes billets d'avion – les nouveaux billets que tu t'es procuré au guichet des échanges de Sea-Tac.

Seattle-New York. Bon. L'avion part dans deux heures.

New York-Amsterdam. Excellent. Si l'industriel néerlandais offrait deux millions et des poussières pour le dessin de Van Gogh, tu devrais pouvoir en tirer la moitié auprès de l'un de ses amis collectionneurs. Un peu de recherches. Un peu de tes talents de vendeuse bien connus, et bingo ! Tu te donnes une semaine. Ensuite…

Amsterdam-Manille. Parfait. Grand-mère Mati t'hébergera aussi longtemps que tu le souhaiteras. Même si ça tourne mal et que les flics sont sur ta piste, il n'existe pas de traité d'extradition entre les États-Unis et les Philippines. Et une fois là-bas, les choses pourraient aller très vite. Dans sa dernière lettre, Grand-mère Mati écrivait que beaucoup de jeunes politiciens ambitieux manœuvrent pour profiter d'une certaine vacance du pouvoir et se faire une place dans le gouvernement philippin. Une jeune Philippine aussi instruite que toi, aussi aisée (ta grand-mère croit que tu as réussi), sophistiquée et jolie (ton malheureux nez anglais est un défaut qu'ils pourraient sûrement se persuader d'ignorer), serait un beau parti, un atout supplémentaire dans la réalisation de leurs aspirations politiques. Tu pourrais très bien, avait-elle écrit, devenir la nouvelle Imelda Marcos.

Personnellement, tu préférerais devenir la nouvelle Gwendolyn Mati, mais, bon, "la nouvelle Imelda Marcos", ça sonne plutôt bien.

05 h 50

Jésus Marie Joseph !

André est de retour. Tu ne l'as pas entendu approcher et tu n'as même pas vu d'où il est venu – la fenêtre de Twister est toujours fermée et intacte – mais il est bien là, perché sur le pare-chocs qui enveloppe les formes arrondies de la Porsche comme une mousse de réglisse encerclant un œuf d'autruche. Tout d'abord, tu crains qu'il n'ait pas réussi à trouver une entrée, mais lorsqu'il saute du pare-chocs et se lance dans sa rudimentaire danse de victoire, tu sens ton moral grimper en flèche.

Mais… attends un peu. Ce trésor qu'il agite au-dessus de sa tête, comme si c'était le trophée du tournoi de Wimbledon ou quelque chose du même genre – c'est trop petit pour être le dessin de Van Gogh.

Trop petit. Bien trop petit. En fait, ce n'est pas beaucoup plus grand qu'une carte de tarot.

André ! Espèce de stupide bestiole !

Tu sautes hors de la voiture. Il t'abandonne son butin et tend la main pour recevoir sa récompense sucrée. Tu lui écartes la patte.

— Mais qu'est-ce…

C'est une carte de tarot. Une de ces cartes de grande taille que les cartomanciens réservent habituellement pour les occasions spéciales.

Tu la retournes. À cet instant précis, que pourrais-tu bien faire d'autre ? D'une certaine façon, tu n'es pas surprise de constater que c'est le Fou.

Ce qui te surprend, par contre, c'est qu'il semble y avoir quelque chose d'écrit dessus, un message gribouillé en travers du coin supérieur droit, en travers du soleil souverain et paternaliste, en travers de la rose blanche innocente, en travers du mystérieux baluchon de vagabond dans lequel sont dissimulées – en attendant qu'il les reconnaisse pour telles – toutes les choses dont le Fou pourrait avoir besoin pour faciliter son saut dans les eaux sauvages de l'inconnu.

Dans la faible lumière de l'aube, et avec ta vue imparfaite, le message ne se lit pas facilement. Toutefois, tu t'efforces d'y parvenir en plissant les yeux car, à ton suprême étonnement, tu t'aperçois qu'il s'agit de l'écriture fine de Q-Jo Huffington et que les lettres ont été tracées de son encre argentée favorite.

Lorsque tu parviens à distinguer le texte un peu plus nettement, tu peux lire :

Rendez-vous à Tombouctou !

Note de l'auteur

Les lecteurs intéressés par les relations entre les Dogons, les Bozos et Sirius trouveront des renseignements plus détaillés et plus érudits dans *Le Renard pâle* de Marcel Griaule et Germaine Dieterlen, *Ethnoastronomy : The Newest Oldest Science* de Verzig Dommer, *African Worlds* de Daryll Forde et, plus particulièrement, *The Sirius Mystery* de Robert K. G. Temple.

Après des recherches approfondies en dentisterie, j'en suis arrivé à la conclusion que les fausses dents de George Washington avaient en fait été taillées dans des dents d'hippopotame et dans des défenses d'éléphant et de morse. Ces dents étaient fixées sur un dentier en or (pour la mâchoire supérieure) et en ivoire (pour la mâchoire inférieure) à l'aide de petites chevilles en bois grosses comme des cure-dents, et ce sont probablement ces chevilles qui sont à l'origine de la légende selon laquelle Washington avait des dents en bois. Je me sens obligé de rétablir la vérité sur ce point, bien que, personnellement, je préfère de beaucoup la version apocryphe.

T R

Tom Robbins :
l'écrivain de la joie

Vous ne connaissez pas Tom Robbins ? Pas vraiment, peut-être un peu, pas du tout ? Scandale français !

Si Tom Robbins a peu publié – neuf romans et un recueil de nouvelles en près de quarante ans –, ses livres sont tous des best-sellers aux États-Unis, mais aussi en Asie et même en Europe. Partout dans le monde, il y a une Tom Robbins mania, alimentée par de nombreux sites internet à sa gloire.

Alors pourquoi ce silence en France ? Et pourquoi cet engouement dans son pays d'origine et ailleurs ?

Tom Robbins est-il trop américain ? À vrai dire, non. Même s'il s'est ancré à La Conner, petite bourgade de la région de Seattle, il a beaucoup voyagé – de l'Afrique à l'Asie en passant par l'Amérique du Sud et l'Europe. Il est même plutôt francophile.

Son écriture est-elle difficile, élitiste ? Il serait un postmoderne caché ? Pas vraiment. Si la langue de Tom Robbins est riche et imaginative, son écriture est avant tout jouissive et métaphorique en diable – l'imagination au pouvoir. La clé est peut-être là. Pour l'auteur dont la devise a toujours été *Joy in spite of everything* – la joie contre tout –, la vie doit avant tout être heureuse et il n'a de cesse de nous exhorter au bonheur dans une vision critique qui cherche à comprendre pourquoi nous sommes si humains. Serions-nous réfractaires à cette joie revendiquée ?

Car personne n'écrit comme Tom Robbins. Une langue imagée et explosive, où chaque phrase est un monde, obsession qu'il a toujours eue : dès l'âge de cinq ans, il dictait des histoires à sa mère et protestait si elle voulait en changer un seul mot.

Aujourd'hui encore, quand on l'interroge sur son processus de création, il répond invariablement qu'il écrit lentement, phrase après phrase, chacune d'elle étant mûrement réfléchie, chaque mot pesé.

Mais Tom Robbins n'est pas pour autant un ermite du langage. Il est même tout le contraire car il aime autant la vie que l'écriture.

Si pour être un bon écrivain, il faut savoir vivre et savoir lire, alors Tom Robbins en est un. Depuis la publication de son premier livre, il suit un rythme de vie liant les deux : trois ans d'écriture, un an d'édition et de promotion, une année de voyages et d'études. Le nombre d'années allouées à chaque activité peut varier mais le rythme est là : vivre beaucoup – voyages, plusieurs femmes, un fils au prénom inspiré d'un groupe de rock : Fleetwood Star –, lire beaucoup, écrire intensément même si le nombre de livres publiés reste restreint.

Né en 1936 à Blowing Rock, en Caroline du Nord, Tom Robbins grandit en Virginie où il fait des études de journalisme. À vingt ans, il part pour New York avec l'objectif de devenir un poète Beat. Sa vocation est stoppée net par son enrôlement dans l'armée où il passera trois années, notamment en Corée.

À son retour aux États-Unis, il reprend des études d'art au Richmond Professional Institute avant de s'installer à Seattle où il officie pour le *Seattle Times* – où il est également critique d'art – et le *Seattle Post-Intelligencer*.

En 1963, il expérimente les drogues hallucinogènes et notamment le LSD qui n'est pas encore interdit aux États-Unis. De cette expérience, il dira plus tard : "Franchement, le jour où j'ai ingéré 300 microgrammes de pur LSD Sandoz a été le jour le plus gratifiant de ma vie, un jour que je n'échangerais contre aucun autre."

L'année suivante, il s'installe à New York. Il rencontre Timothy Leary, participe à des marches en faveur de la légalisation de la marijuana avec Allen Ginsberg, s'inscrit avec enthousiasme dans la révolution psychédélique.

Après un bref passage à San Francisco, il revient s'installer dans la région de Seattle. Il devient DJ d'une radio alternative avec une émission intitulée *Notes From the Underground*, fonde la Shazam Society, consacrée "au renversement, dans la douceur et la tendresse, de la culture établie et à l'accomplissement en public et en privé d'actes d'amour, de beauté et de mystère", contribue au magazine *The Helix*.

En 1967, en rédigeant le compte rendu d'un concert des Doors, il découvre son style propre, "celui d'un individu très bien informé, libidineux et fier de l'être, éclairé et adepte des associations libres, qui goûte pleinement cette plaisanterie cosmique qu'est l'existence humaine."

C'est à cette époque qu'il réfléchit à une idée de roman : que se serait-il passé si Jésus-Christ n'avait pas été d'essence divine, s'il avait juste été un homme comme un autre ? Tom Robbins fait des recherches et devient une encyclopédie vivante de la vie de Jésus et des premiers temps du christianisme.

Un éditeur accroché par le ton de ses articles le contacte et lui demande d'écrire un livre sur les artistes de la Côte Ouest. Tom Robbins lui vend l'idée d'un roman. L'éditeur accepte. Il mettra deux ans pour l'écrire. Ce sera *Another Roadside Attraction** qui paraît en 1971.

Qualifié par le magazine *Rolling Stones* de "quintessence du roman des sixties", l'ouvrage raconte l'histoire d'un ex-footballeur reconverti dans le trafic de drogue qui découvre le corps momifié du Christ dans les catacombes du Vatican et le ramène aux États-Unis pour le cacher chez un couple de hippies gérant un zoo agrémenté d'un stand de hot-dogs.

Si l'accueil critique est bon, les ventes de la première édition tardent à décoller. Mais dès la publication en poche, elles explosent. À la fin des années 1970, plus de 700 000 exemplaires du livre auront été vendus, deux millions depuis. Le critique Michael Rogers dira du roman : "La grande réussite de Robbins est d'avoir compris que l'essence de la contre-culture ne se situait pas dans les mœurs, mais dans la fantaisie." Un écrivain est né.

On a longtemps raconté qu'on avait retrouvé un exemplaire de *Another Roadside Attraction* auprès d'Elvis Presley à sa mort. Fausse rumeur. Alors qu'ils faisaient un séjour dans la même prison, le Président des Hell's Angels de Californie aurait donné le roman à Timothy Leary en lui disant que c'était le livre préféré de ses motards. A priori, c'est vrai. Commentaire de Robbins : "Pendant longtemps je

* À paraître aux éditions Gallmeister.

me suis dit : Bon, si j'ai Elvis et les Hell's Angels de mon côté, je me fiche pas mal de la *New York Times Review of Books*."

En 1976 paraît son second roman, *Même les cow-girls ont du vague à l'âme**, qui raconte l'histoire de Sissy Hankshaw, dotée à la naissance des deux plus longs pouces du monde et qui va devenir la plus grande auto-stoppeuse des États-Unis. Robbins le décrit comme "un hymne rabelaisien à l'esprit de la femme et une réflexion approfondie sur cette question : jusqu'à quel point doit-on renoncer à sa liberté pour survivre ?"

C'est ce livre qui fera connaître vraiment l'auteur. En 1980, il s'est vendu à plus de 1,3 million d'exemplaires. Il sera adapté en 1993 par Gus Van Sant sans réel succès commercial. Car les romans de Tom Robbins ne sont pas faciles à adapter même quand c'est lui qui en écrit le scénario – ce qu'il fait pour trois d'entre eux sous le pseudonyme de Slick Gomez, sans qu'ils soient portés à l'écran à ce jour.

Les romans suivants seront publiés au rythme de la vie de l'auteur, en moyenne un tous les quatre à six ans**. Passant d'un thème à l'autre – le massacre systématique de l'écosystème, l'art et la place de l'artiste dans la société, l'immortalité, les démons du matérialisme, la religion –, Tom Robbins ne cesse de nous dire une chose et une seule : il faut apprendre à être heureux.

Il récidive dans son dernier opus publié en 2009 aux États-Unis, *B is for Beer* (jeu de mots sur le titre du classique *B is for Bear*), un livre pour enfants à lire par les adultes, présenté comme une ode hallucinatoire à la bière, aux enfants et aux mystères célestes qui nous intriguent tous…

Peut-être une manière de nous rappeler que "les pionniers de cette génération devraient se fixer pour but de limiter la procréation et de restreindre la consommation. Ils devraient également saisir toutes les occasions d'être heureux et prendre conscience du fait que la clé du bonheur dont on est soi-même responsable (le seul bonheur sur lequel on puisse compter), c'est le refus de se prendre trop au sérieux. "

* Balland, 1978.

** *Mickey Le Rouge*, Presses de la Renaissance, 1981 ; *Jitterbug Perfume* et *Skinny Legs and All*, inédits en français ; *Féroces infirmes retour des pays chaud*, Le Cherche Midi, 2003 ; *Villa Incognito*, Le Cherche Midi, 2005.

Utopique ? Peut-être, mais Tom Robbins a sans aucun doute suivi ses propres recommandations. À plus de soixante-treize ans, c'est encore un jeune homme.

Après quarante ans de publications, Tom Robbins reste intimement lié à l'esprit des années 1960. Mais il est avant tout un écrivain de la joie dont l'œuvre reste à découvrir. Tout comme le personnage, dont on sait somme toute relativement peu de choses. Dans une interview récente, au journaliste qui lui demandait ce qu'il faisait quand il n'écrivait pas, Tom Robbins a répondu : "Je suis content que vous me posiez la question parce que j'ai effectivement un nouveau hobby. Je me suis lancé dans l'art du pliage de la charcuterie. C'est vrai. Je prends des tranches de jambon, de mortadelle, de salami allemand et de mortadelle aux olives, et, en les pliant, je fais des petits animaux. Les petits animaux de la forêt. Ce matin, j'ai façonné tous les personnages de Bambi avec des tranches de fromage de tête. Malheureusement, je les ai mangés au déjeuner. Cela m'a donné l'impression d'être un feu de forêt."

Tout Robbins est dans cette réponse. Place à l'œuvre.

Philippe Beyvin

Table

COLLECTION NATURE WRITING

Edward ABBEY
Un fou ordinaire

Rick BASS
Le Livre de Yaak

Kathleen DEAN MOORE
Petit traité de philosophie naturelle

Gerald DURRELL
Ma famille et autres animaux

Pete FROMM
Indian Creek

John GIERACH
Traité du zen et de l'art de la pêche à la mouche

John HAINES
Vingt-cinq ans de solitude

Robert HUNTER
Les Combattants de l'Arc-en-Ciel

Howard MCCORD
L'homme qui marchait sur la Lune

John MCPHEE
Rencontres avec l'Archidruide

Doug PEACOCK
Une guerre dans la tête

Rob SCHULTHEIS
L'Or des fous
Sortilèges de l'Ouest

Alan TENNANT
En vol

John D. VOELKER
Itinéraire d'un pêcheur à la mouche
Testament d'un pêcheur à la mouche

COLLECTION NOIRE

Edward ABBEY
Le Gang de la Clef à Molette
Le Retour du Gang de la Clef à Molette
Le Feu sur la montagne

Craig JOHNSON
Little Bird

William G. TAPPLY
Dérive sanglante
Casco Bay

Jim TENUTO
La Rivière de sang

TREVANIAN
La Sanction
Shibumi

COLLECTION AMERICANA

Viken BERBERIAN
Das Kapital

Tom ROBBINS
Comme la grenouille sur son nénuphar

Terry SOUTHERN
Texas Marijuana et autres saveurs

Cet ouvrage a été imprimé sur du papier
dont les fibres de bois proviennent
de forêts durablement gérées

COMPOSÉ PAR ATLANT'COMMUNICATION
AUX SABLES-D'OLONNE (VENDÉE)
ET ACHEVÉ D'IMPRIMER
PAR L'IMPRIMERIE FLOCH À MAYENNE
EN MAI 2009
POUR LE COMPTE DES ÉDITIONS GALLMEISTER
30, RUE DE FLEURUS
PARIS 6e

DÉPÔT LÉGAL : MAI 2009
1re ÉDITION
N° D'IMPRESSION : 73911
IMPRIMÉ EN FRANCE